imaginist

想象另一种可能

理
想
国

imaginist

重读经典的伟大冒险

GREAT BOOKS

My Adventures with
Homer, Rousseau, Woolf and Other
Indestructible Writers of the Western World

David Denby
［美］大卫·丹比——著
冯 莉——译

北京日报出版社

GREAT BOOKS by David Denby

北京出版外国图书合同登记号：01－2020－7682

图书在版编目（CIP）数据

重读经典的伟大冒险 /（美）大卫·丹比著；冯莉
译. -- 北京：北京日报出版社，2022.4
ISBN 978-7-5477-3763-7

Ⅰ. ①重… Ⅱ. ①大… ②冯… Ⅲ. ①世界文学－文
学欣赏 Ⅳ. ① I106

中国版本图书馆 CIP 数据核字 (2020) 第 165579 号

特约编辑：张　卉
责任编辑：卢丹丹
装帧设计：赤　徉
内文制作：陈基胜

出版发行：北京日报出版社
地　　址：北京市东城区东单三条 8-16 号东方广场东配楼四层
邮　　编：100005
电　　话：发行部：（010）65255876
总编室：（010）65252135
印　　刷：山东韵杰文化科技有限公司
经　　销：各地新华书店
版　　次：2022 年 4 月第 1 版
2022 年 4 月第 1 次印刷
开　　本：880 毫米 ×1230 毫米　1/32
印　　张：19
字　　数：450 千字
定　　价：108.00 元

楔 子

1991 年秋，在第一次进入哥伦比亚大学三十年之后，我又回到了校园里，和十八岁的年轻人并肩读书。我们读的可不是等闲之书。荷马、柏拉图、索福克勒斯、奥古斯丁、康德、黑格尔、马克思，还有弗吉尼亚·伍尔夫。读的还是那些书，上的还是那些课，就像 1961 年身为大一新生的我，懵懵懂懂在哥伦比亚大学上的两门必修的核心课程一样。但在那个年代没有人能料到，接下来的几十年中这些课程会忽而被谴责为不公的压迫，忽而又被推崇为西方文化的堡垒。

两门课中，一门是文学人文（Literature Humanities, 简称 Lit Hum），从以前到现在均着重于欧洲文学经典的标准选读；另一门是当代文明（Contemporary Civilization, 简称 C. C.），选读哲学和社会理论的经典作品。这些都是“经典”课程，或者也可以说是“西方文明”一览表，一串重量级的名字依照年代顺序排列，有如脑海中某个荣耀的名人殿堂里的大理石胸像。这样的课程在 20 世纪初期由哥伦比亚大学首先设计出来，芝加哥大学随之开设，而后 40 年代许多其他大学和学院也纷纷跟进。之后，这些课程却减少了，有些时候，在哥伦比亚大学和芝加哥大学之外，客气一点说，已经濒临灭绝。

尽管我做了解释，1991 年的同学们可能还是很疑惑我究竟在那里做什么。我和他们一起坐在不舒服的橡木椅子上，的确怎么看也不像个学生：四十八岁，《纽约客》杂志的影评人，已经结婚生子、事业有成的男人，却为了某种我自己也不比他们清楚的原因感到隐隐不安。我只是想求知吗？课程里的许多书我已经读过了。但学生们可能注意到了，在那个时候，我生命中最重要的事似乎就是读那些经典之作、坐在那里参加讨论。

这本书叙述了我重做学生的那一年时光。我照实写下它带给我的时而惊险、时而静谧的旅程，同时也介绍了中年的我如饥似渴读取的伟大故事和重要思想，于是，成就了这本充满冒险的书，同时也是一部貌似业余、富于天真的作品——换句话说，它浑然天成。

* * *

这个计划始于我妻子给我的建议：不动手就闭嘴。大约在 1989 年或 1990 年的时候，凯瑟琳 · 夏安和我读着关于国内高等教育性质的论战，感到越来越惊异。现在光是要转述当时辩论的那些老生常谈，就隐约勾起一阵气愤和无聊：在一个不仅有欧洲人，更有世界其他各民族（例如非洲奴隶的后代、印第安人）的国家里，西方的经典作品和“欧洲中心”的课程安排扮演着什么样的角色？是否应该要求过去的弱势团体（如女性和少数族裔）去读遍已故欧洲白种男人的作品？

这些问题本身并非不合理，但现在看来委实难以相信的是，任何十六岁以上的人居然会用“已故欧洲白种男人”一词表达责怪之意。这些字已经显得过时，就像我在 1968 年春天戴过后就被塞进梳妆台抽屉的角落的珠子项链一样，有点霉味。这些怨言通常来自学院内的左派，尤其是一些女性主义、非裔美籍的学者们，而回应他们的则是保守派人士，这些人理直气壮、冠冕堂皇地指出西方传统对美国国家精神的重要性。人文学科国家基金会（National Endowment for the Humanities）的前后两任主席，威廉 · 贝内特（William Bennett）及林恩 · 切尼（Lynne V. Cheney），都说了“人文学科对一个受过教育的人有多么不可或缺”之类的好话。但他们在论战中的言下之意显然是，如果我们读错了书，就无法保护国家不受相对主义或其他东西的威胁。这可是与国家考量，甚至地缘政治考量息息相关的。文学变成了政策问题。文学落到这种地步令我沮丧，保守派对学院左派的攻击也令我沮丧，例如罗杰 · 金博（Roger Kimball）1990 年的《获得终身教职的激进派》（*Tenured Radicals*）一书，就把文学说成是神圣得不可言传，而且根本不可动摇的一套价值体系，可以也应该将之灌输到每一代美国学生的脑袋里。但我心目中理想的读者反应并不是被动的；我也不能了解，如果这些作品除了让读者“谨受教”之外没有产生任何更强烈的感觉，它们怎么可能达到经典的地位。

愈深入这场辩论，我愈苦于一种不真实感。三十年前我很喜欢上文学人文和当代文明课，但之后就忘得差不多了，就像大家都把大学学过的东西忘记了一样。那些课堂上读过的书究竟留下了什么一鳞半爪的印象，又如何影响到我的品位、感受力，甚至行动，我说不上来。这不就是奥秘所在吗？教育的奥秘，究竟跟我们有什么关系？参与辩论的那些人却似乎知道。他们大肆提出各种主张，以支持或反对那些书及其所代表的西方传统。同时，他们讨论文学、哲学、政治理论这些作品本身的方式是面目模糊、虚无缥缈的，把书仅仅当成了一场意识形态之争里的兵器。莎士比亚为殖民主义张目？卢梭是“霸权话语”（hegemonic discourse）的一分子？希腊经典是民主的堡垒？人们用这些字词谈论的真的是文学和哲学吗？这让人有一种怪异的感觉，参与论战的起码有好些人都二十年以上没碰过那些书了。这样的经典作品真的可能会像右派说的那么无趣，或是像左派说的那么邪恶吗？ 这些书本身的内容和风味都被剥夺了。而在这样的论争中，阅读的行为本身常常被掏空而失去了在所有读者生活中的一席之地，失去了它本来带给读者的压力和乐趣，抑或枯燥乏味或是偶尔的幸福感，更失去了它特有的孤独和令人入迷的性质。

然而，虽然这辩论在我看来很奇怪，却也对我造成了刺激。有好几个月的时间，我生气甚至痛苦。我觉得好像被骗走了什么，而很快我便了解到原因何在。如果说有些参与论战者看来离那些书有十万八千里，那么我知道我自己也是如此。我读过，我忘记了，这种失落感就像是失去了一个渐渐消逝的老朋友一样。我充满了盼望与好奇。阅读这些书的实际经验是什么？从中有什么收获？有什么样的乐趣、愤怒、激动和苦痛？最重要的是，书里面有什么？它们如何使得女人、非裔美国人、激进学者们勃然大怒，又如何让保守派男性政客趾高气扬、志得意满？我们在谈的到底是什么？

我把自己搞得义愤填膺，而身为小说家和读者的凯瑟琳（简称凯西）虽然同意我的观点，却讨厌再看到我愤愤不平的样子。她坐在我们纽约公寓里的床上、客厅里、客厅窗旁的椅子上，一本接一本地读着书。她读书的时候膝上常常伏着一只猫，快乐地发出呼噜声；做主人的她全神贯注在书里，一连几小时撸着猫的头。我妻子太善良了，可能也太忙了，所以没有指出一件其实很明显的事：我已经不怎么读书了；或者可以说，我读的是新闻、公共事务书籍，还有一些文章。“要是你对这件事这么生气的话，”凯西终于说，“何不再去上一次哥伦比亚的课？”

这就是读者对非读者还以颜色：你何不停止抱怨，去读书？我的问题解决之道的确是近在咫尺，位于曼哈顿西侧的哥伦比亚大学离我的公寓只有两英里路。而那些课程选读的材料虽然稍有变动（参照本书前后的书单），但在概念上并没有太大的改变。

不管是在 1961 年还是在 20 世纪 90 年代，哥伦比亚大学都少有人称文学人文和当代文明为“经典”课程，“经典”这词让人想起皮面镶金的精装套书，还有那些势利眼的杂志和报纸上强力推销的广告。如人们所熟知，经典之作的书单常常染上消费主义和平庸品位的色彩，于是在这两门课程的设计和教学上尽力避免这样的效果。首先，选读的内容通常很难，尤其是对现代的学生而言。这是西方传统的一剂猛药，受到习俗的尊崇并且（校方坚称）有实质上的需要。这两门课程是人人必修的，其含义不言而喻：不管这些十八岁的学生将来从事什么行业，是出人头地还是默默无闻，都不能不先接受这番熏陶。课程中所涵盖的作者是“西方”文化构成的精华：他们的书最直接触及人性的本质。正是这些作品形成了大众的文化修养。

其次，这两门课不是由权威人士或专家来讲授的，而是由系里不同的人以小组的方式来教学。带领课堂讨论的可能是有数十年教此课经验的资深教授，也可能是四年级毕业生，想在写论文之余赚点外快，至于讲师则可能来自任何学科。主导文学人文课的是英文与比较文学系，但哲学、宗教、古典文学、法文、德文、意大利文、斯拉夫研究、中东语言及文化等科系的老师们也参与其中。当代文明课的讲师是历史学家，但也有政治学家、哲学家、古典文学家、经济学家、人类学家，并不时穿插社会学家或宗教历史学家。这些人通通都参与在左派学者嘲弄为西方文化的“叙事”之中。这两门课程的魅力，对一些人来说是它们的长处，便在于它们的通识而非专业化，让学生追求古老的理想、教学生修身。这些课程远离现今当红的“理论”“文本化”，以及尖锐的种族、性别、阶级等学术议题，学生只是跳进来，读一堆伟大的书而已。以如今的学术标准来看，这些课程并不够格。

我自己是急着要跳进去的，但受到许多其他因素的干扰。我重拾这个念头，已经是两年以后的事了。当时我发现自己正在经历某种危机，那种混乱使得这计划或许变得比我从前以为的更加有必要。

我一直是个记者，从 1969 年起还担任影评人。我始终很喜欢为杂志写稿，但在 20 世纪 90 年代初我开始变得非常厌倦，不是对电影或影评感到厌倦，而是厌烦于继续过着法国哲学家居伊 · 德波（Guy Debord）所说的“镜像社会”中的生活——那个表征与幻象的庞大系统，那种浓重的资讯、意象、态度的氛围，塑造了生活在 20 世纪末媒体社会中的几乎每一个成人的思考条件和习性。身为媒体的一分子，我也对媒体感到疲乏了；我越来越不能忍受那影影绰绰的环境、那步调疯狂却压抑暗淡的不伦不类的生活：各色人物与地方风情轮番登场，各种闲聊、行动、飞车、枪击等小道消息与权威专家之言让人困扰，夫妇光天化日下指控对方不忠，那么多汲汲营营、动荡不停、不可思议的活动，还有超级无聊、仅仅为满足需要的低级趣味。

然而那些不是我的需要。媒体是传播讯息的，但 20 世纪 90

年代的讯息已经变得短暂而不稳定。一出现，它就被四分五裂，其中一些碎片获得升级，剩下的被驱离舞台。没有人掌握足够的资讯，这正是令时下许多美国人万分焦躁不安的原因之一。像许多人一样，我倒了胃口却仍然饥饿;我被铸进现代"活在媒体里"的模子中，兴奋激动却又充满嫌恶。在这个世纪之末，在这难得一遇的千禧年之末，媒体几获全胜，就要把文学推到看不见的地方，而我的嫌恶之感还沾染着一些我也不太能确定的强烈情绪，怀旧、懊悔、愤怒，甚至绝望。

但还不到唱挽歌的时候。

我之所以需要动笔写这本书，部分原因是我已经不再知道我知道什么了。我觉得我读过的、懂得的东西在流失。我有的是缺乏知识的资讯、缺乏原则的意见、缺乏信念的本能。我坐在楼上阳台眺望大海时,这座建筑的地基正在粉碎。我感觉到了摇晃，知道自己有麻烦了。我感到我的自我认同软化了，溶进了表象的氛围中，而我不知道它和我之间的分际何在。我自己的记忆在媒体生活的浓雾中衰退，我仿佛成为一个旁观者，没有真正活过的生活。也许当职业影评人上了年纪的时候会有种特别的焦虑，但我不认为事情是这样的。我们都是影评人，我只不过是写下并发表我的意见罢了。每个人都活在媒体里。

阅读那些"经典"以解决"中年危机"或认同危机，或随你怎么称呼它，似乎是很奇怪的事。为什么不去旅行或猎捕大象？或是追求十几岁的少女？或是住到修道院里去？我相信这些是应付这种问题的传统方法。但如果要冒险，我要的是对我而言有意义的冒险。认真地阅读，我想，或许可以终止我被媒体吸纳的生活，让我重新找到方向。

但为什么不坐下来读书就好了？为什么要回大学？因为我

想看看其他人是怎么读书，或不读书的。这些学生都在媒体的包围下长大，他们是什么样子的？在文化论战之中未受波及，但仍听得到炮火声的校园一角，现在是怎么教学的？要赶走那些“文化战争”的粗糙笼统和言不及义，方法之一就是去发现课堂上真正的情形。

而且我要在辩论中加进我脚踏实地的意见，始于文学也终于文学，永不脱离那些书籍本身。

* * *

我花了整整一学年的时间读那些书，观察老师和学生，并检视我自己。与此同时，除了短期告假，我去看电影并为《纽约客》杂志撰写影评，就如我多年来所做的一样：我早上帮妻子叫小孩起床，晚上赶他们睡觉，尽可能地过着正常的生活，善尽身为丈夫、父亲的职责，照样纳税、参加派对，与一些人为友或为敌。我认为，重点不是在于放弃我的生活，而是努力过好它，同时看看那些书会如何参与进我的生活方式中。

我定下了一些规则。什么都读并且做笔记，但在写的时候，则只谈最吸引我的那些书。一视同仁地崇敬那些与自己本无共鸣的经典作品是学术恶习，我必须避免。阅读是为了乐趣和学习，而当我觉得无聊的时候我就会直言不讳。其次，我依凭的是自己的反应和课堂上的东西，不碰二手的资料。我知道要避而不重读一些经典论著是不可能的，比如说，奥尔巴赫（Erich Auerbach）的《论模拟》（*Mimesis*），这本跨越半世纪的巨作，几乎可当作文学人文课的补充教材来读。但我不想一头栽进当代的学术评论之中，把时间都花在了解最新的理论家并与之辩论上，而将马基雅维利忽略了。我决定只约略涉猎现代学术评论，能了解教授们在说什么就足矣了。

作为一个现任的记者和评论人，我学会了相信自然涌现的第一感觉。基于需要和个性，文化记者通常是印象主义、经验主义的；他在乎的不是我们是怎么知道的，而是我们知道的是什么以及它对我们有什么影响。质地、色彩和经验令他兴奋；如果他没有麻木不仁的话，艺术会令他心醉神迷。但艺术的产生背景和社会组成对他而言毫无吸引力，或者被认为了解它们是次要的。我相信我不会被指控为在赞扬无知。但在不以自己的短处为傲的情形下，人是可以充分发挥自己的技能和知识的。写这本书的时候，我想避免使用评论的写法；我要犯下纯文学至上主义的滔天大罪（以学术圈而言），为我自己和读者的乐趣而写书。

* * *

我希望不要有人把这本书读成是对某一所大学的歌功颂德，从而暗地贬抑其他的大学或学院。本书意不在此。因为教育之途遥远曲折，不是只有一条阳光大道直通仙境，而是有许多大路和小径，也有无数长满树篱的步道和弯弯曲曲的岔路。哥伦比亚大学是本书的背景而非主题。想寻找机构历史或行政细节的人得到别处去找。一般的读者只需知道，当代文明课脱胎于哥伦比亚大学在第一次世界大战期间开设的“战争议题”课，从一开始便被视为对西方文化的讲述；文学人文课（起先被称为“人文课A”）首度出现在 1937 年，起源于身为教师和编辑的约翰·厄斯金（John Erskine）历时数年设计出的一个课程。从一开始，文学人文课就是要在一个有越来越多东欧、南欧后裔学生的学院里，建立起基督教欧洲文学的神殿，把那些未经洗礼但孺子可教的犹太人和意大利人同化入这个国家的主流文化。如此看来，这些课程现在被攻击为使移民后裔或少数民族或女性等边缘化，实在是件很讽刺的事。原先的意图或影响仍残留在这些课程中并起作用吗？这是我开始时的一个疑问。

另外有几点需要澄清的。我无意暗示只有这些书才是重要的，它们甚至也不见得是这种课程的最佳选读教材。在某种程度上，这份书单是武断的，我相信大多数在哥伦比亚讲授或选修文学人文和当代文明课的人都会承认这一点。其他大学的书单可能同样有效，而哥伦比亚大学自己的书单也在不同时期改变过（自1937年以来，以不同排列组合的形式出现在文学人文课书单上的书超过一百三十本）。要是时间足够，我们可以读遍所有，而这样的话书单就根本不需要了。但要开课就必须做取舍，而这些书单的确具有代表性，因而适于分析。其次，哥伦比亚大学很明确地表示这些是预备性的课程：该校核心课程所具体表现的西方传统并非要排斥其他的传统，而只是要给大学生一个立足的基础。一个学生通常是在入学的头两年修这些课，然后主修历史，或生物，或考古，或非裔美国族群研究。如果她/他对文学有兴趣，可能会去念玄学派诗人和19世纪英国小说家的作品；或者非裔美国作家如弗雷德里克·道格拉斯（Frederick Douglass）、杜波依斯（W. E. B. Du Bois）、赖特（Richard Wright）、托妮·莫里森（Toni Morrison）；或者非洲作家如古吉·娃·匈构（Ngugi Wa Thiogo）和钦努阿·阿契贝（Chinua Achebe）；或者阿拉伯世界的作家如马哈富兹（Naguib Mahfouz）和马哈茂德·达尔维什（Mahmoud Darwish）。她/他尽可随着自己的主修、阅读喜好、身份认同和生活方式行事，但首先她/他必须从某个特定的地方起步。而值得问的是，那是否是个有道理的、必要的好地方。

关于版本与译本

除非另有注明，我用的是哥伦比亚大学指定学生使用的版本与译本（详见《楔子》之后的书单）。

关于年代

为了写这本书，我在同一年里修文学人文和当代文明两门课，这是 20 世纪 90 年代的学生很少做的（书单已经变得太长了）。我很快就发现这两门课几乎很少在年代上同步。于是第一个学期的 11 月间，当代文明课跳到圣奥古斯丁和公元 4 世纪时，文学人文课还在念写作年代早了七百多年的柏拉图。我面临着排序上的选择——是纯粹依年代还是按照我体验到它们的顺序来排列。我选择了后者，不过略做调整，一方面将文学人文课和当代文明课的作者交错穿插以增加变化，另一方面也避免让读者太剧烈地来回穿越于不同的时代之间。

关于教师与学生的姓名

所有的教师都以本名出现，但我的精神冒险却不应该导致哥伦比亚大学的学生在少不更事的时期被媒体侵犯。因此我写到学生时用的是化名。学生人物是真的，名字则不是。

关于如何读这本书

在两门课程中，我接连读那些经典，并随之写下文字。但具有那样强大力量的书不可能安然置身于武断的叙事当中；每一本书都自成一个打破成规的世界。因此，读者可以自由选择是按照我的冒险顺序一章一章地读，还是依自己的兴趣和喜好随意跳读。

书单

第一学期

文学人文课

荷马	《伊利亚特》《奥德赛》
致得墨忒尔的赞美诗	《荷马赞美诗》
萨福	康宁汉等译诗
埃斯库罗斯	《奥瑞斯提亚》
索福克勒斯	《俄狄浦斯王》《安提戈涅》
修昔底德	《伯罗奔尼撒战争史》
欧里庇得斯	《厄勒克特拉》《酒神的女信徒》
阿里斯托芬	《云》
柏拉图	《会饮篇》《申辩篇》
亚里士多德	《尼各马可伦理学》《诗学》
维吉尔	《埃涅阿斯纪》
《圣经》	《旧约》;《创世记》《约伯记》

当代文明课

第一节：希腊罗马世界

修昔底德	《伯罗奔尼撒战争史》选段
柏拉图	《理想国》
亚里士多德	《政治学》《尼各马可伦理学》
西塞罗	《论美好人生》

第二节：犹太–基督教传统的源头

《圣经》	《旧约》:《创世记》《出埃及记》《以赛亚书》
	《新约》:《马太福音》《使徒行传》《罗马书》《雅各书》《启示录》

第三节：中世纪

奥古斯丁	《上帝之城》选段
阿奎纳	《阿奎纳论政治学与伦理学》
彼森	《女性之城》

第四节：文艺复兴与宗教改革

马基雅维利	《君主论》《论述集》选段
希勒布兰（编）	《新教改革》
加尔文	《体制论》

第五节：新科学

笛卡尔	《方法论》
伽利略	《发现与意见》

第六节：新哲学与政体

霍布斯	《利维坦》选段
洛克	《二论政府》

第二学期

文学人文课

《圣经》	《新约》:《福音书》
奥古斯丁	《忏悔录》
但丁	《地狱》
薄伽丘	《十日谈》选段
蒙田	《随笔集》选段
莎士比亚	自选剧本
	《李尔王》
弥尔顿	《失乐园》(非必读)
塞万提斯	《堂吉诃德》选段
笛卡尔	《方法论》《对第一哲学的思索》
歌德	《浮士德》(第一部)
简·奥斯汀	《傲慢与偏见》
伍尔夫	《到灯塔去》
	《一间自己的房间》(非必读)
	教师选文

当代文明课

第一节：启蒙运动与法国大革命

卢梭	《论不平等之起源》《社会契约论》
休谟	《道德原则的探索》
康德	《道德形而上学基础》《什么是启蒙？》
麦迪逊（等著）	《联邦主义论文》选段（非必读）

第二节：经济、社会、国家

亚当 · 斯密	《国富论》选段
黑格尔	《历史哲学》导论
	《权利哲学》附录（非必读）
	《主奴关系与界范》，出自《精神现象学》（非必读）
马克思	《马克思–恩格斯选集》选段
穆勒	《论自由》
沃尔斯通克莱夫特	《女权之辩》

第三节：达尔文、尼采、弗洛伊德

达尔文	《达尔文》选段
尼采	《论道德的谱系》
弗洛伊德	《弗洛伊德选集》选段

第四节：现代及其不满（教师从 A、B 组中各选至少一本书）

A　20 世纪的科学与革命

韦伯	《马克斯 · 韦伯：社会学文集》
葛兰西	《现代君王及其他》
阿伦特	《论暴力》
	《极权主义的起源》选段
列宁	《帝国主义》《国家与革命》
哈贝马斯	《公共领域的演变》

B　融合的模糊之处：阶级、种族、性别

波伏瓦	《第二性》选段
麦金农	《未加修饰的女性主义》
杰格 & 史达尔（编）	《女性主义架构》
劳斯	《正义论》
法农	《大地之悲惨》
马尔科姆 · 艾克斯	《自传》

韦司特	《预言释放！》
福柯	《规训与惩罚》
	最高法院判例

目 录

第一学期

第二学期

第一学期

第一章　荷马 1

《伊利亚特》关于荣耀和死亡的暧昧不清的态度，挑战了我们现今的大多数观念，关于什么是对、什么是错、什么是真、什么是英雄，以及最后，什么是人性。

《伊利亚特》

我忘记了。我忘记了它那极端的残忍与温柔，以至于现在读起来，随便翻到它 15 693 行中的任何一行，都令我震惊。一个濒死的词，“震惊”。自从《北非谍影》（*Casablanca*）里克劳德·雷恩斯的那句名言之后，已经很少有人能善用这个词了：“发现这里有赌博，真是令我震惊，震惊啊。”边说着边把赢的钱收进腰包。但对于这么强烈的激动和警觉，只有这个词才足以形容。空气凛冽鲜活，船队阵容强大，风怒火烈，战役如火如荼，平原上惊马嘶鸣，慌乱摔跌；战士前仆后继倒在尘埃中；思乡与念亲之情如此强烈，而对于温柔与和平的渴望饱受摧残，使得争战双方立即和解，其间即使不共戴天的仇敌也沉迷于赞叹对方的高贵和美丽——这是一首战争诗，而里奇蒙·拉第摩（Richmond Lattimore）的译文生动鲜活地再现了近乎偏执的观察下令人无法置信的可怕场面。

伊多梅纽斯用矛插进他的
胸口中央，戳裂了他披挂青铜的铠甲，
那是以前曾保护他身体免受毁灭的。
于是他叫，大叫出声，被戳裂了，身中矛枪，
而摔落，一声巨响，矛紧紧卡进他的心脏，
但那心脏仍在喘息和跳动，摇晃了矛的尾端。（XIII，438~444）

如果我是在购物中心的恐怖电影里看到那支抖动的矛，我会从黏糊糊的地板上跳起来夺门而出。非人的剥削！青少年什么书也不读，所以他们才会喜欢这种恶心的垃圾电影！但这可是西方文学之始的景象，还是最有名的一本书。

那支颤巍巍的矛令人汗毛直竖，不过还有更吓人的景象：插在矛头上的眼珠被胜利者高高举起，矛锋砍进嘴巴就是“黄铜的矛头往上一扬便直直削去了脑，白骨粉碎”。荷马记述这些砍杀的时候显然津津有味，但突然就转变成了苦涩的哀伤（这是这些景象不同于恐怖片的一个地方），以及对正常生活的渴望，使我们眼前令人目瞪口呆的灾祸之中渗进了怀旧的气息。淋漓尽致的暴力中充满着最深沉的惊惶。扎营在特洛伊城外的希腊人离家千万里，但家，以及所有可能在那里发生的可爱的、正当的、给人安慰的事物，都是在令人心碎的时刻闪现的。就像是：

希摩埃西欧斯这个俊美的青年，是他
身为伊妲后人的母亲在希摩埃斯河岸生下的，
在她跟随父母牧羊之后。
所以他们叫他希摩埃西欧斯；但他再也不能

回报他挚爱双亲的照顾；他英年早逝，
被打倒在心高气傲的埃亚斯的矛下，
在刚前进的时候被击中了右胸的
乳头，青铜的矛头一路戳穿肩膀。
于是他跌落尘埃，像一棵黑色的白杨树……（Ⅳ，472~482）

右胸的乳头。荷马用他可怕的精确笔法，告诉我们长矛从什么地方进、什么地方出，砍断了哪一只手脚；他告诉我们死去的人不会回到丰饶的土地上，不会再照顾年迈的双亲，不会再从他们年轻的妻子身上得到乐趣。他开门见山，有一种超越所有幻想的决定性。到头来，（由诸神推动的）战争会吞噬他们绝大多数的人，希腊人或特洛伊人都一样，战火会接连燃烧一年又一年，像一个具有排山倒海之势的谜，每一分钟都充满了紧迫的活动，整体上却毫无意义。起先是一方长驱直入，歼灭了成千上万人，眼看就要赢得胜利；然后过了几天，某个神的伎俩或是某个幽灵幻影的激励，给了筋疲力尽的战士的迟钝大脑一点刺激，使另一方恢复了元气，向前迈进，收复失地。在诗开场的时候，这进进退退的动作已经持续九年多了。

爱德华·泰勒教授说，我们将建立自我

老师是个矮小结实的男人，六十岁左右。他走进教室，在黑板上写了一些开头字母：

W　A　S　P
D　W　M

W C

D G S I

正当我们大多数人试解其意时（前两个对我不成问题，第三个我拿来对自己开了个乏味的玩笑，第四个则难倒我了），他转过身来扫视全班，用热情的、几乎是恳求的口吻说："我们在一起只有一年的时间……"他的声调祈求而忧愁，像是个害怕被拒绝的情人，然后别扭地顿了一顿。有些学生觉得窘迫，于是低下头。他接着说："这门课程已经被攻击了三十年。有人说，"他指向第一行字母，"这些作家都是盎格鲁-撒克逊白种新教徒（White Anglo-Saxon Protestants）。事实并非如此，不过没关系。他们说这些都是死掉的白种男人（Dead White Males）；事实并非如此，不过没关系。还说这都是西方文明（Western Civilization），这也不大对，西方文明有很多个，不过没关系。有关系的是这个。"

他看着我们，然后转身面对黑板，仔细、恭敬地端详"DGSI"这几个字母，揉着下巴。"别被扯进去。"（Don't Get Sucked In.）他终于说。再度停顿。我注意到我身旁的女孩有着张牙舞爪的头发，下巴和前额长了一大堆痘痘，惊慌地咧开嘴。其他的人在笑。抱歉，不是"他们"，是他们 / 她们，是大一新生，来自各科各系，很多并非主修文学，因此包括了未来的律师、会计师、教师、商人、政客、电视制作人、医生、诗人、游手好闲的人。他们来上文学人文课，这是一门必修课，哥伦比亚大学几乎所有学生都在第一年修完。这说不定是他们在学校里见到的第一位老师，而他并没使他们太好过。

"别被虚假不实的想法给扯进去，"他说，"你们在这里不是出于政治。你们在这里是为了很自私的原因,那就是要建立自我。自我是创造出来的，不是继承得到的。创造自我的方法之一是借鉴过去。呃，如果你觉得《伊利亚特》无聊、讨厌，或颂扬战争，你说得没错。那是你脑海中的一首诗，让它在你脑海中成形。这里面的女人是馈赠品，是战利品，像三足鼎一样，或者比三足鼎还不如。如果读这首诗的任何男性将校园里的女性当作财产看待，会是一件很奇怪的事。我也相信你们读了这首诗之后，不会出去找一个人来大卸八块。”

喔，我想，披头士时代的酷哥。他承认显而易见的指控，以求减弱其影响。而关于先验的价值、西方的最高经典诸如此类的东西则丝毫未提。我们在这里是为了自私的原因。他的声音悦耳却奇怪，是平稳的男中音，句子短而有力，却有嘲弄的意味。语调低沉，仿佛他在为说出的字句加饰黑色丧服似的。披头士一族的机智。他几乎是在嗡然念叨，但其中包含了些小小的惊奇，有稍稍暗示的概念，还有突然扩张的感觉。他有种阴沉的魅力，像莎士比亚笔下那些端正古老的丑角。

我清楚地记得他：爱德华 · 泰勒（Edward Tayler），英文教授。二十九年前我上过他的课（那时他是个年轻的助理教授），一堂 17 世纪玄学派诗歌的课，是当时哥伦比亚大学英文系学生必修的系列课程之一。我记得自己当初对他那晦涩难解的举止感到既迷惑又好奇。他显然很聪明，但他喜欢四处乱跳，让学生失去平衡，他会做出暗示后又撤退。我在课堂上学到了一些关于邓恩（John Donne）和马维尔（Andrew Marvell）的东西，然后在离开课堂时松了一口气。这些年来，他已经变成了一位有名的老师，现在被誉为人文学科鼎鼎大名的“莱昂内尔 · 特里林（Lionel Trilling）教授”。20 世纪 60 年代初我在那里时，特里林是哥伦比亚大学最负盛名的英国文学教授，是一个伟大的人物。

"'诠释的圆圈'，"泰勒说，"这是狄尔泰（Wilhelm Dilthey）说的。除非你掌握了结构，你才会知道怎么处理细节；而同时，除非你知道了细节，你才知道该怎么处理结构。在人生和文学中都是如此。诠释的圆圈是个恶性循环。呃，我们在一起只有一年的时间，你必须阅读。你在大学的四年中将要做的所有事情里，从自私的原因出发的话，没有比阅读这门课的书更重要的了。"

他们可会建立自我？从我在教室一侧的位置，我偷偷瞄了一眼。此时此刻，他们看起来像是一块一块的、混沌未开的大一学生。男生把腿伸得老远地坐着，眼睛盯着笔记。其中一些反戴着帽子。他们才十八岁，顶多十九。穿着 T 恤、牛仔裤，反戴着帽子的他们，有种夏令营式的早熟，像是刚带着一群十岁小孩去爬山回来的辅导员一样，随时要说"给我啤酒"。女生有很多也穿着 T 恤，头发用橡皮筋绑在脑后，注意力比较集中；她们看着泰勒，但眼神空洞。

泰勒发下来一张有数段引文的纸。最上面的是《创世记》开头的句子。

> 上帝说，要有光，就有了光。
> 上帝看光是好的，就把
> 光与暗分开了。……上帝说，
> 天下的水要聚在一处，
> 使旱地露出来。

"你们也许不相信上帝创造了宇宙，"泰勒说，语气是忧伤的、阴沉的，"但无论如何，看看上帝在这一段里做了什么。他在设立对立的东西。这也是我们一生中都在做的事。从二元对立中出现了道德的对立面。有的人是你会接触的，有的人是你不会接触的。每一个选择都是一种排除。要如何逃出二元对立的束缚？呃，我们稍后会读到的圣奥古斯丁说，在亚当和夏娃的堕落之前是没有非自主的行动的。堕落之前，亚当从来没有非自主地勃起过。”一阵停顿……“如果亚当和夏娃想做什么，他们就做什么。但你们是毁了，你们有麻烦。你想做的和你应该做的不是同一回事。你想出去和朋友喝杯啤酒，于是你必须逼迫自己通过一系列的战役。在亚当和夏娃的堕落之后，你掉进了双重性。”

纸上还有其他的引文，包括一段约翰 · 弥尔顿（John Milton）的诗，但泰勒当下并未说明它们可能有什么意义。他扫视全班。有人听懂了吗？也许有吧。那么我呢？走着瞧吧。然后他又表现出一副诚恳的情人样。然后他又说了一次：

“呃，走下去的时候注意你们的心灵状况。这是一项非常自私的事业。”

* * *

《伊利亚特》的情节展开的时候，最初造成这一连串事件的起因——一个男人拐跑了另一个男人的老婆，几乎已不再被任何参战者提起了。荷马在对着听众们吟唱的时候，必然是预期每一个人都知道这个老掉牙的故事的。多年以前，特洛伊的王子帕里斯在造访希腊国王梅内莱厄斯的寓所时，带走了心甘情愿跟着他离开的美丽王后海伦。于是戴了绿帽子的丈夫的弟弟阿伽门农召集了各地的国王和王子，率军前去包围特洛伊城，打算惩罚骄傲的城民并夺回海伦。但在九年多的征伐之后，当初引发这整场大战的风流行为已经被大多数人遗忘了。这个时候，羞愧的海伦认为自己不过是个荡妇（她困窘地出现在特洛伊城的墙头时，事实上是蛮令人失望的），而她的第二任“丈夫”帕里斯谈情说爱的本事强过作战，根本很少在战场上露面。当他真的出现并和梅内莱厄斯决斗的时候，诸神又插手混淆了结果，使得战争继续下去。九年之后，战争本身变成了战争的理由。

一本书怎么能同时让人觉得受伤和兴高采烈？《伊利亚特》令人震惊的地方在于，残忍和高贵的行为似乎是相生相成的，就像是某个有害的幻想所产生的一体两面的善与恶，共同形成了一个可怕的不稳定人格。毕竟，西方文学起源于两个高傲的海盗分赃不均的争执。在诗篇的开始，聚集在特洛伊城墙前的希腊诸部族（荷马称他们为亚加亚人，在他的时代，希腊并没有国家认同）正大难临头。他们的领导人、国王中最强的阿伽门农从邻近的城里掳来了一个年轻女子当情妇，她的父亲是阿波罗的祭司之一；阿波罗愤怒之余，降下瘟疫报复希腊人。阿伽门农是个脾气暴躁、爱逞威风的国王，发号施令时并不稳重。在其他领导人的施压下，他恼火地把女孩还给了她父亲。结果为了补偿这个损失，他竟把手下大将阿喀琉斯的情妇占为己有。女人们像是金制品或头盔似的被传来传去。这自家阵营里的打劫令阿喀琉斯大怒，几乎要杀了比他年长许多的国王。他在最后关头克制住没动手，从战场退回自己的帐篷，向他的母亲西缇丝祈祷，希望自己这一方战败；然后他就坐在帐篷里，弹弹七弦琴，“歌颂男子的名声”（也就是他自己的名声），任由他的朋友们被特洛伊人砍杀。接下来的一串战役，惨烈程度在我们的文学中无出其右者。

在西方文学艺术的初生期，这本书几乎太过分了，是一部极端而诡异的文学艺术作品。它令人想挺身而起直视它，因为这诗篇描绘的就是生命的极致，几乎永不停止的调兵、遣将、前进、撤逃，其间交替的和平时期是那么强劲，会议—宴会—竞技，简直不像能让人有喘息的机会。阅读这整篇诗，就像是直接面对一场不肯消停或止息的风暴。起初，我必须挣扎着读它；我并不感到无聊，但我想反抗，我的注意力像腾跳的马一样不愿被缰绳束缚。它太冗长了，我想，太残忍，太重复，而且，尽管它对战争的描写如此有力，离我们还是有一段奇怪的遥远距离。在这一切之中，荷马在哪里？他无所不在，选取、塑造着材料，但作为一个可触碰的存在，作为一个良心，他又无所在，而对一个现代的读者来说，没有良心是骇人的。没有人告诉我们要如何对那些残忍的行为或对任何东西做出反应。我们只能靠自己。被电影喂饱的我不习惯于如此努力地工作，而当我坐在家里的沙发上阅读的时候，总是会做白日梦，想着跳出座位，跳进卧室去，躺在床上打开电视,或是跳进厨房去打开冰箱。我在脑海中把自己拉回来，终于安稳下来读了又读，但有很长的一段时间，我是跌跌撞撞、浑身酸痛的。

校园书店

其他的男人或许有比较活泼的记忆，比如主场比赛进球得分然后亲吻一个女孩、那些秋天气息、口袋里的小酒瓶、斯科特·菲茨杰拉德式的东西，但我大学时代最甜美的回忆是偏向亲昵、沉静的那一面。在每一个学期的开始，我会站在各科必读的书本前，慢慢品味那个时刻，就像一个小孩看着商店橱窗里他知道父母会买给他的那辆脚踏车一样。我很快就会拥有这些东西了，不过购买它们的行动可以延缓。急什么呢？各个科目必读的书放在学校书店的架子上。我会长久地注视着它们，拿起来，翻一翻，假装我并不真的需要这一本或那一本，把它放下然后再拿起。如果没人在看我，我甚至会闻一闻书本、摸一摸书页，这是我对书的质地触感有偏好。当我知道我的偶像、伟大的文学评论家埃德蒙·威尔逊（Edmund Wilson）把书当作很感性的物体而沉迷其中时，我觉得很高兴。

显然，让我兴奋的不只是学习，而是阅读那些宝典的这个念头，是拓展自己的可能性，是接触陌生事物的冒险感。阅读具有一种收藏家的热情和占有欲：我想吞下整个书店。这是我在做梦。上学期可能书读不下去或者没意思，老师授课令人昏昏欲睡，甚至我可能自怨自艾地虚耗了一学期，但在新学期开始时，我总是振作起来到书店里进行美妙的巡礼。每当我站在那里时，就看见我自己安详地吸收一切，尽管我阅读的速度慢得可恨，要咀嚼到风味几乎尽失了为止，以至于从没能读完任何一科开出的书单。

从那时起便一直是如此。从曼哈顿城中走回家的路上，我会不幸地被吸引进某间书店，比如说百老汇和57街交叉口的“大竞技场书店”，在那里买下两三本书，然后它们常常会在我的书架上一坐数年，可能没被动过或是只读了一部分，直到有一天我找什么东西的时候才会抽出一两本来，惊讶地发现我有这些书。我喜欢拥有它们：我惯于买书，但不见得总是惯于读书；也许对出版业有帮助，不过对我自己却没有。

阅读是仅次于食色的最自然、最重要、最令人满足的行为之一，却奇异地变成了一种困扰的经验。我读的很多，有时候我整天阅读，但读的大部分是新闻性的东西：文章、评论，或者是我写《纽约客》杂志上的影评之前需要看一看的电影原著小说，或者是我从不会错过的作家，如菲力普 · 罗斯（Philip Roth）、索尔 · 贝娄（Saul Bellow）、约翰 · 勒卡雷（John le Carré）的书，读他们的作品比较像是和信任的朋友重温情谊，而非全新的体验。但我读了什么？我是说认真地读了什么？阅读普鲁斯特（Marcel Proust）的《去斯万家那边》（*Swann's Way*）是一个狂喜的经验，不太可能被《追忆似水年华》（*Remembrance of Things Past*）的其他部分取代。至少在我当下心有旁骛的状况中是不太可能的。要读像普鲁斯特这样密布浓郁细节的书，你需要特别拨出至少一个小时的安静时间；虽然我认识一些人会早起读普鲁斯特甚至一本不错的新出版的美国小说，但我自己是没办法早起的，而即使我能早起，我会做的也是煮咖啡，然后在儿子们进占厨房之前读《泰晤士报》。我太太的生活和我的一样不得安宁，却仍然能一本接一本地读很多书，有时候能一口气啃完同一个作者的所有作品。但我已不再能定下心来约束自己认真地阅读，我失去了一个真正读者的习惯，那就是一头栽进某本书，狼吞虎咽地读，不管是在公车上、浴缸里，还是在午餐柜台边。电影中充斥着垃圾，令我厌倦，但当我拿起一本正经的书，常常读了二十页就心不在焉。我想要读,但纷乱的思绪就是蜂拥而来，使我无法专心在书中的字句上。我的节奏改变了。我变成了一个看电影的、看杂志的、看有线电视新闻网 CNN 的人。当 CNN 报道了某个重大新闻，我会在当天的某几个时段继续收看最新消息，然后在半夜被汽车警报吵醒的时候接着看故事的发展，然后隔天早上再看看结局。要保持“消息灵通”云云，简直会变得像噩梦一样。如果你持续关注某一个报道，你就会开始觉得自己像是滚来滚去的球，或者是时钟指针，总是回到原点。

回到学校里，会迫使我去读书店里那整个书架。回去的意思不是要找寻我的青春，这想法太可怕。依我现在的想法，青春岁月是人生中最被过度称赞的时光。当你年轻的时候，你没办法看着你的孩子玩耍，也享受不到权力，而且你花的是父母的钱。我跌跌撞撞地混过了年轻的时光，现在享受着中年人的特权，但我渴望能……再有一个机会，一段用来认真读书的时间，一次重回学校的尝试。我厌烦于对所有的事都一知半解，我渴望投身于比我的事业更广大的东西。

四十八岁的我，站在哥伦比亚大学位于115街和百老汇交叉口的书店里。它比起当年要大，也更为明亮，我做学生的时候这书店塞得满满的，让人摆脱不掉新书散发出的那种淡淡香气。我感到莫名的兴奋。文学人文课和当代文明课的书都在这里：两本厚厚的荷马；企鹅出版社版本优雅的埃斯库罗斯（Aeschylus）和霍布斯（Thomas Hobbes），镶着黑色的边框、字体统一；装帧庄重的学术版本的柏拉图（Plato）和洛克（John Locke），一本正经，封面或封底都没有装饰，只有书名，内页是端庄朴素的字体，印得密密麻麻的，像法律书籍一样。这些书可能很难读，我为此感到激动。我将要读书，我将要学习，我将要和十几岁的人坐在一起了。

我没注意到的事物

阿喀琉斯真的是我们文学中的第一个英雄吗？他看起来像个傻瓜，幼稚而自恋。西方文学的第一个词是 menin，古希腊文中“愤怒”的意思。荷马指的是阿喀琉斯的愤怒，其中包含着神祇的怒火的成分，足以摧毁军队、攻破城市。但是在我们看来（虽然古希腊人不以为然），阿喀琉斯的愤怒似乎和神祇并没有太多关系，而是虚荣自私的。他的战利品被另外一个男人抢去了，于是他坐在营帐里生气，就因为如此他怒火冲天，岂不是反应过度得离谱吗？然而即使在阿喀琉斯退开的时候，他仍然是全诗的灵魂人物；他的情绪化、自我中心，正是使他迷人的原因之一。他创造出一种氛围，一种特殊的震动。从马龙·白兰度（Marlon Brando）年轻时一些精彩的阴沉演出中，我们可以了解到阿喀琉斯的某些个性。阿喀琉斯愤怒的意愿对命运的影响，超过任何凡夫俗子的平庸欲望。

他很年轻，可能才二十出头，天不怕地不怕，身高体壮，动如脱兔，充满了肌肉和美感，把他自己看得无上重要，甚至当他的荣耀受损的时候，他情愿让战况恶化。特洛伊人在他们的壮士赫克托耳的领导下，杀了许多希腊人，已经逼近烧毁希腊船舰、切断他们退路的地步。和阿喀琉斯同住一个营帐的密友帕托克罗斯为了力挽狂澜，穿戴阿喀琉斯的盔甲上阵，顶替了阿喀琉斯被赫克托耳杀死。

这下子阿喀琉斯不再避不出战了。他勃然大怒，而且伤心欲绝，终于决定上战场（此时我们已经读了一大段诗了，还没看到过他打仗），天空和大海都为之撼摇动荡。天色变暗，幽冥世界几乎迸裂开来，势不可挡的巨大力量出动了。阿喀琉斯开始作战，在厮杀中发泄他的苦痛。第十一卷开场时，他正在将特洛伊人赶回特洛伊城中：

> 但当他们将要横渡美丽奔腾的
> 滚滚的赞索斯河——这流水的父亲是不死之身的宙斯——
> 阿喀琉斯杀进他们阵中，把一些人赶过平原，
> 朝那城市的方向，就在前一天的同一个地方，

当显耀的赫克托耳仍怒发冲冠时，亚加亚人惊恐地四散奔逃。

就在这片土地上他们大批撤退；但赫拉降下了
浓雾在他们面前阻挡。同时另一半人
正拥挤在河水深深的银白色旋涡中，
嘈杂喧嚣地跌跌撞撞，而湍急的河水
发出声音，四周的河岸巨响回应，他们高叫出声，
试图往各个方向游，在旋涡中打转。
就像是在熊熊火焰前逃散的蝗虫
群集半空投向河中，而不屈不挠的火焰
突然窜出，蝗虫便挤在水里；
此时阿喀琉斯眼前淙淙的赞索斯河
深水的旋涡中便满是人马杂沓。
但从天而降的阿喀琉斯将他的矛留在岸上
倚靠着柽柳，然后像不死的神一样跳进水里，
只带着他的剑，但他是来者不善的，
于是他在四周砍出一个圈子。他们可悲的哀号声
响起于他们被剑砍中时，水被血
染红。就像是张开大口的海豚面前其他逃散的
鱼族，充塞了深水港的每一个角落。
心生畏惧，因为他抓到的都迅即吞噬；
沿着那可怕的河岸特洛伊人
在峻岩下颤抖。他，当他手杀得累的时候，
从河中选取带出了十二个人
为帕托克罗斯——梅诺丘斯之子——的死复仇。
这些人，像吓呆的小鹿，被他从河中带出

绑住双手，所用的皮绳是切割于
他们自己穿的长衫上解下的皮带，
让他的同伴把他们带到空船上，
然后自己旋身回去，仍杀气腾腾。（XXI，1~33）

荷马不需要向他当时的听众解释说，皮绳干了以后会缩紧，会勒进阿喀琉斯那些特洛伊俘虏的皮肉里。他也不需要解释为什么稍后阿喀琉斯杀了一个他认识的特洛伊战士，尽管那人在他脚边求饶。但一个美国读者对此会有什么反应？他来自一个号称道德的社会。我们的法律和行政系统、总统的言论、流行文化（影响所及，电视里的警察鲜少不对受害人照顾备至），都包装在关心里。事实上这个社会对艰苦的处境常常是无动于衷的，也难怪整个国家的心态充斥着反讽和愤世嫉俗。相反地，希腊的观点虽然野蛮，但不做作。《伊利亚特》里的希腊和特洛伊贵族们将死亡看作是战争中不可避免的事，他们眼中的世界不是愉快与否的问题，也不是善良或邪恶的问题，而是光荣或可耻的问题。我们也许可以说荷马笔下的人生观是高贵而非道德的，但这样的划分终究会误导我们。对希腊人而言，高贵就包含着道德的性质。你并非基督教所谓的好人或坏人，而是强壮或虚弱、美丽或丑陋、征服人或被打倒、活着或死去、受众神眷顾或诅咒。泰勒所谓的“二元对立”便是如此，但这里的划分法对我们而言是陌生的，而荷马依此对人格或事件所做的评断非常严格。

学院中反对西方经典课程的人，不断地督促读者思索“他者”——以西方的标准看来奇怪或讨厌的其他文化，据称是被我们践踏、边缘化了，另外还有在我们自己的文化中遭到排斥或轻视的他者：女性，有色人种，任何非白种、非男性、非西方的人。

但在这里，在西方书写文化之初（《伊利亚特》也许能上溯到公元前 8 世纪），有着像是“他者”的东西，那就是希腊人本身，一个高贵野蛮的种族，他们脱取尸体的盔甲，在大排场的宴饮中甚至在战场上向彼此朗诵自己的家谱。杀人、掳掠、洗澡、吃饭、向神献祭。我们和这些古时候东地中海的劫匪有什么关系？

哥伦比亚大学学生的今昔

这些大学生看起来真是苍白。我坐在娄氏图书馆的台阶上，看着他们在开学第二天的校园里走动，放眼望去没有几个人是晒成棕色的。难道他们都不去海滩了吗？我知道这个大学是在城市里，但我们刚过了三个月的暑假呀。他们看起来也不怎么快乐；他们看起来严肃，甚至有点阴沉，而且紧张。也许是刚开学的焦虑吧。还有，这里的学费是天价（包括食宿在内，大约二万三千美元），很多学生即使有补助，可能还是需要钱。对了，他们一定是整个夏天都在打工，而且是做室内的工作。没时间去海滩。无论如何，哥伦比亚大学的学生向来看上去就不太健康。这说不上是一个风度翩翩的校园（光鲜亮丽的人都上别的学校）。但他们聪明、严肃而有野心，这不就是我喜欢他们的地方吗？

在 20 世纪 60 年代初，我的那个时代，这学校里充满了城里的犹太人和意大利裔美国人，学究式的、面色青黄的年轻男人（就像我），偏好萨特和卡夫卡、贝多芬和摩登爵士四重奏，身穿灯芯绒外套或海军大衣，用当时流行的模仿亨佛莱 · 鲍嘉（Humphrey Bogart）的样子抽骆驼牌或吉坦司牌没有滤嘴的香烟。当然学生不只包括我们。事实上，我和我的朋友们——将来会走法律、教育、新闻的道路的英文和历史系的学生——只占少数，但我们创造出我们自命不凡的哥伦比亚大学，围绕着著名的作家（也是近期的校友）如艾伦·金斯堡（Allen Ginsberg）与杰克·凯鲁亚克（Jack Kerouac），以及英文教授如特里林、弗雷德里克·杜贝（Frederick Dupee）和史蒂芬·马库斯（Steven Mar-cus）。还有一部分学生是我认为的常春藤联盟的男孩——我叫他们贵族划桨手——他们有一种高傲但抑郁的样子，仿佛因为他们读的不是普林斯顿而失望。我对他们有偏见，不只是因为他们的举止和我们不同，也因为他们通常体格都很好。大部分的男学生都比我们那时候体型好，他们几乎全都有点肌肉男的样子（这在1961年的知识分子学生中可是有失身份的）。

更重要的是，学生不再是清一色的男性，自1982年起招收的女生现在占学生人数的一半。少数族裔学生的数目也增加了。当我去旁听另一堂文学人文课（我想去看看不同的教法），向好些学生点头打招呼之后，才突然发现，这个课堂完全不像我三十年前的那样。在一个班二十二个大一学生中，一共有四个白种男性。只有四个！学生们来自欧洲、印度、新加坡。喔，这就是美国啊！他们来自世界各地，但我为什么会感到惊讶呢？难道我要课堂上由白种男性占大多数吗？不是的。但学生时代记忆中的某个地方被搅乱了。如果你是一个四十岁以上的男人，要是不进到教室里,你是不会真正发现美国的大学教育已经变得多么多元化的。

当代文明课开始：安德斯·史蒂芬森与西方历法的霸权

“约翰·肯尼迪于1963年11月23日遇刺，”老师说，“这是客观的陈述吗？”

另一门必修的宝典课程——当代文明也开始了。学生听着这不太寻常的开场白，面无表情。他们大部分是大二学生，不会轻易让自己出丑。这是不是个陷阱？“大家举手表决好了。”老师说。大部分的人迟疑地举起了手。

“我不能说这是客观的。”一个亚裔美国学生说。他是一个戴着眼镜、长相斯文的男孩。“我没有目睹，事情发生在我出生以前。”

“嗯，好吧。你的意思是你不能确定这是真的。但这是不是客观的陈述？”大部分的学生都喃喃地说是。

“但看看这个年代，1963。在犹太历里那会是五七二四或某某年，而在中国农历里又是另外的数字。基督诞生的日期是由 6 世纪一个没受过什么教育的僧侣决定的。事实上，基督生于公元前 4 年。这样一个基督教历书上的年份，1963，本身不就是一个带有意识形态的日期吗？”

大家渐渐开始感到迷惑：他是讲正经的吗？老师是一个历史教授，一个名叫安德斯 · 史蒂芬森（Anders Stephanson）的瑞典人，学生还不知道他是什么样的人。他英俊、瘦削，约莫四十岁，金发蓝眼，笑起来颇有魅力，穿着褪色的牛仔裤和白色 T 恤，外罩黑夹克。在我看来，那 T 恤还蛮潇洒的，尤其是配上黑夹克。那么他是个年轻的单车健将知识分子吗？不，我无法想象他把啤酒溅在桌上的样子。他说起话来的节奏和用字，都是纯粹高级的学院作风。他的口音很接近英国腔，神态坚定，活泼但有着英国学院派的坚决。

“当然，你要是用其他的历法就会有不同的日期，”终于有一个男生说，“但不管你用什么历法，肯尼迪仍是死在同一天。那个日期是约定俗成的。”

“啊，约定俗成，约定俗成的。对。”

不过史蒂芬森用他那明目张胆的瑞典 / 牛津口音，把“right”（对）说成了“roight”。

“roight！而这约定俗成，不管是好是坏，就是我们制订历法的方法。有整整一系列的霸权过程在支配着我们描述时间的方法。它既不是中国的也不是犹太的方式。这一门课里的书，就像我们的历法一样，是跟随着主导欧洲的西欧的物质发展的。13 世纪的中国也许是先进的文化，比欧洲先进很多，但由于种种因素它并未成为世界上的霸权，而它的书也不在这门课程里。”

好啦，这就是了。我第一天上当代文明课就听过了。没有什么可以说是客观的，没有什么是自然的或放诸四海皆准的，包括日期在内。这就是“文化左派”的主要信念，这些学院叛逆分子急着要让西方人认清，他们的观念和体制并非放诸四海皆准的常理。在数学楼的一间窄小教室里，史蒂芬森的第一节当代文明课中，他颠覆了学生的三观，仿佛抽走了学生脚底下甚至不知道自己正踩着的地毯：你大多数的日常认定都是武断的，都由政治的因素决定。

学生们四脚朝天，他给了新的学术配给。当代文明课的书单，不管再怎么传统（柏拉图、《圣经》、卢梭、康德、马克思等），都是一个武断过程的结果。这些书得以存在这么久，并非证明了它们的世界性，而是正好相反——它们是一个政治上胜利了的传统的一部分。史蒂芬森甚至没把它们称为“书”；他用的是标准新学术的词语“文本”，听起来是去浪漫化的、幻灭的，是一个官方的、强加上去的名字，像是总统的演讲，而不是作家欲望的果实和读者的乐趣。这些文本，他说，“具体而微地代表了一种将教育放在学生面前，说什么是或不是文化的方式。这不是一个无辜的清单”。

当史蒂芬森说那些文本并不“无辜”时，他重重地强调了这个词，像是法庭上作风强硬的年轻辩护律师。从瑞典哥德堡大学毕业之后，他先后在牛津的新学院和哥伦比亚大学念研究生，但显然是牛津真正影响了他的风格。我开始感受到他那仿英国式的认真的魅力了。

所谓清单并不无辜的看法，正是攻击“经典”的主要理由。那些清单充斥着排除异己的味道。“文学的传授就是价值观的传授，”著名的非裔美国学者及评论家小亨利·路易斯·盖茨（Henry Louis Gates Jr.）在1990年写道，“这并不是必然的，而是偶然的，这不仅是而且已经变成了一种审美和政治秩序的传授，女性和有色人种从未在其中找到他们自己形象的投射，或听到他们自己文化声音的回响。”盖茨并不鼓吹瓦解传统的经典，而是要将其范围扩大，容纳那些未被听到的声音。然而有许多人意见激烈得多，进一步攻击当初制造出那些经典作品名单的权威阶层。这样的名单（哥伦比亚大学核心课程当然不是唯一的一个）达成了一套单一或几乎单一的价值观和想法，在一串不停地自我确认的过程中建立起它的中心甚至世界性的地位，就像是一个坚持会员高人一等的俱乐部，拒不承认其他人的特质。这样一个传统里被呈现为“世界性”的东西（那些人主张），事实上只代表了有限的一群人的经验和权力欲。所谓的世界性不仅是假的，是烟幕和骗局，而且更具有政治性的企图和实质影响。而本来只是重要作品的集合的“经典”，就是白种欧裔美国男性“霸权”中的一个重要元素，带着伪装的意识形态，推进或好或坏的西方模式，如个人主义、市场资本主义、帝国主义、种族主义和性别歧视。

如果文学人文课的泰勒说的是“这些书会形成你的人格”，教当代文明的史蒂芬森说的则是“这些书是被选来形成你的人格的”。然而，当我坐在那里时，我感到的不是惊慌，而是一股骄傲的暖流。这感觉简直令人全身舒畅：这自希腊文学发源之时便展开的巨大历史洪流，是针对我们来的。

“这些之所以是经典作品，”他说，“在于它们不断地接受重新诠释。”这也解释了他将采取的上课方式。他不会告诉我们该怎么想，他只会监督讨论的过程并保证它不离题。学生们要轮流针对各个作者上台做“报告”。

“我们永远不能接受这些文本表面的样子，”他说，“而是要质询它们。‘客观’的观点也许不存在,但严肃的阅读是存在的。”我们将严肃阅读这些书，在书堆中打发日子。但怎么做呢?

泰勒教授讲授《伊利亚特》

“想想形状，它的结构，”泰勒说，“而不是去想那些人物感觉到什么、没感觉到什么。《伊利亚特》并不只是在赞颂战争，这里还有些其他内容。而这其他内容，就需要对史诗的解读。”

开场白讲够了，现在可是玩真的，第二步是做实际的文学分析。他和全班一起检视这首长诗的结构，带他们分析整体性的宏观动向，然后是段落中比较微观的动向和模式，让他们面对这滔滔不绝的文本时不会无从下手，也突然好像不那么无所适从了。泰勒可以被称为观念的历史学家，但当他直接处理文本的时候，他用的是一种衍生自新批评的方式，该学派在 20 世纪 40 年代到 60 年代间盛行于美国大学，坚持伟大的艺术作品需要形式的一致。近年来，由于大学文学教育意识形态的改变，新批评事实上已经式微了。泰勒所尝试的，是现在被普遍认为不可能、异想天开，甚至暗中带有政治意味的——让文本“自己发言”。

当然，泰勒并不直接告诉学生他要什么。或恳求或督促，他引导学生们自己得出结论，用问题引导，给予暗示，要他们大声念出书中相隔遥远、看起来没有什么关联的段落。有时候课程的进行遇到瓶颈，他就会表面上从他的立场向后退，低下头想一会儿，然后再从另一个角度来谈，就像是游击队在丛林中尝试进攻一样。到头来，他会哄学生们从藏身之处出来，将他们包围。

一个被逼到角落的学生开了口。

"呃，是因为阿喀琉斯称这个他要，你知道，杀掉的家伙为'朋友'？"大一新生说起话来很不流畅，句子七零八落。有些学生开了头之后又没下文了，也有些在泰勒叫到他们的时候一脸茫然，这时，虽然我明知他不会叫到我，但我的手心突然间就会开始出汗，我会低头盯着笔记本，因为我也不知道答案，而学生时代的印象就会倒流回来——那时我也常常不知道答案。更糟的是，他是那种会把孩子钉在当场的老师，会让学生绞尽脑汁，直到被遗失在怠惰和健忘的抽屉里的答案掉出来，这是我一向很讨厌的，因为在这种状况下我的大脑通常都会上锁。幸好他似乎明白，呆等是没有用的。当一个学生大脑上了锁，他最后便会转向其他的学生，或者他会接下那个学生所说出的、不管多微乎其微的东西，摆弄它、扩大它，好让它多少有点意义，然后把它和另一个人所说的寥寥几个可以听懂的词串在一起。很快地，这两个结结巴巴、还在脸红的学生，就会被描述为一起建立了什么，或者充分阐述了"异议"。这蛮滑稽的，因为那两个人根本不知道自己讲了什么。有些时候泰勒的魔术把戏会壮了学生的胆，他们就真的开始发言了，从而成为他已经从帽子里变出来的兔子。他的出发点像是在空口说白话，但最后却抓住了全班的耳朵。

为什么结构这么重要？学生有点招架不住，但他坚持不懈，在全诗中跳来跳去。他会把这全部的线头接起来吗？在他的扼要说明的空当，这个悬念产生了。比方说，他有一次谈到《伊利亚特》中的五卷，叫学生们看一个宣誓、休战、决斗、盛宴重复出现的模式，然后过了一个小时左右（课是一个星期两次，每次两小时），他们就不需要太多指点，自己即可找出对称的地方，他称之为“环形组成”，其中的结构元素一团团地回到诗中，但次序相反。然后他突然走到黑板前，画了个东西。

“这是什么？”

“猫。”有人说，那是一个叫贺尔维兹的学生。“是啊。贺尔维兹，这又是什么？”

“老鼠。”贺尔维兹说。

“老鼠？贺尔维兹，拜托！”“哦，呃……猪！”

“是的，是猪。看，你的文化包袱来自小说、电影和电视；你习惯于读取人物和心理发展。所以你认出了猫。但如果你的文化不让你看见尾巴的小卷，你就搞不清楚了，还在舔着牛奶而不是去吃猪食。这首诗不是一本小说，”他把猫划掉，“而是小猪史诗。在我举的所有例子里，要你们看的都是尾巴的小卷，看见一个用不同方式运作的头脑。这是史诗，它是在圆圈和对称里运作的。呃，这是一首关于愤怒的诗，一种特别的愤怒。阿喀琉斯不去打仗了，坐在帐篷里一赌气就是好几天。那其他的这些东西在这里干吗——这些战役和英雄？我们读这群配角英雄和这些模式，因为他们代表了英雄规范的不同方面。然后我们就了解了阿喀琉斯的意思，因为他违犯了那个规范。”

大家开始微笑，放松。老师不再神秘兮兮了，至少目前是如此。“我对你们采取心智上的穷追猛打，也是情非得已。我为此道歉。我一直在尝试的，是教你们读比较古老的艺术作品。你们要读的是来自另一个文化的东西。这里面没有心理层面，没有自由意志和宿命论的冲突，没有主观和客观。这是首史诗，全部都是前景。但它并不是随便地收集了一些战役，每一个部分稍后都会有情绪上的对应部分。一旦你们习惯了这一点，你们就可以摆脱我，那对你们来说会是如释重负。摆脱了我，你们就得到了自己。”

突然之间，每一个人的头都抬起来了。这怎么可能呢？

我可以看出来，泰勒采取行动的角度，是为了对抗老套的窠臼。他提到了当初阅读《伊利亚特》时感到的抗拒。20 世纪 80 年代末在哥伦比亚大学有一段时间，每一年要在文学人文课上读这首诗，令一些比较年轻的教职员慌了神。这是一首压迫女人、歌颂战争的诗，有一个幼稚的英雄人物，云云。我向自己微笑，因为我也曾有类似的想法，而且没有任何批评理论的助益。泰勒没说这么多，但在我看来他的意见是，那些东西随便哪一个白痴都看得出来，而看得出来却不见得表示你会了解史诗究竟是什么。解构它，或将一些现代的阶级、权力、性别的观念（哪一个都和荷马没有多大关系）用在它上面，就是让这首诗失去意义。他的言外之意是，如果将这些书仅仅看作今日的一个有缺陷的版本，古老的经典作品将无法生存。

这部分我懂，但我仍然看不出从形式的角度读这首诗会如何向学生揭示他们的自我。他是说真的，还是在夸海口？因为如果他是说真的，这就是一个巨大的承诺，也是吓人的承诺。这些学生是否希望被这样公然地糊弄过去，包括那个高中刚毕业、有种静谧气质的长发女孩，那个腿伸得远远的加州来的大个子，还有那个沉默寡言但彬彬有礼的韩国男孩？至于我，十八岁的时候我最不想要的就是被揭示自我，而四十八岁的时候呢？也许太迟了。

* * *

当《伊利亚特》里的希腊和特洛伊战士倒下时，他们倒得沉重、缓慢，像大树一般，带着他们的家世、故事、土地、动物一起轰然倒下。屠杀的规模巨大，但其描写从来不平淡无奇。每一个死亡的打击你都能清楚地感觉到，绝不会变得麻木。诗里的每一件事物都有一种特别的分量和重要性，包括战将们的自吹自擂。这些男人正式地互相称呼，叙述家族的光荣和胜利事迹——从倒下的敌人那里取得的矛、盾牌、头盔、甲胄，统统是“在它们骄傲的闪耀中”取得的。在现代，绅士的品位禁止吹嘘（会显得没风度，因为赢家从不会自吹自擂的），但荷马笔下的夸耀和（比方说）两个黑手党大佬攀比的势力范围，味道却大不相同。要不是曾经戴过它的人是英雄好汉，那些闪耀的头盔也就不会那么有价值了。光荣在任何地方都是可能的：那些头盔骄傲地闪耀着。

荷马对有关行为举止或所属物品的繁文缛节也从不马虎。他坚持言之有序。称之为“英雄的规范”不足以捕捉其中指示和赞扬的力道。宴饮、作战、向神献祭的行动，只能有一种适当的进行方式——那就是尽最大的努力，用最繁复的技巧，冒最大的失败风险来努力实施。在奋力向前的冲劲中，行动冒着可能受到公然羞辱的风险。登峰造极也许会痛苦，但永远不会没有意义。

再一次指出：这离我们的世界十万八千里远。缺少怜悯只是第一个令人震惊的地方。第二个来得很缓慢，也许不仅仅是震惊，而是骇人的现实:《伊利亚特》的光辉，大地、空气、天候的宏伟，还有兵器的金铁交鸣，假若道德因素统治了全诗的话，这一切都不会如此精彩。物质、身体的颂扬光芒四射，不受拘束。这不是也不能被变成一部人文主义的作品（虽然尝试过的人很多）。

当我在泰勒的帮助下了解到这一点时，就不再抗拒这首诗了。我放松下来，开始享受这首诗了，尽管我的注意力还是会不集中。分心的小魔鬼闯进了我的脑海，它们不请自来，在诗中的某些能量从我的潜意识中引发出一个或一连串的白日梦之时出现——我是个战士，打造着强大的文章——然后我突然回过神来，五分钟已经过去了，又一小段时间一去不返。

我的注意力的确不如以前集中了。十几岁的时候，我可以躺在我的床上，连看好几个小时的书，只偶尔抬起眼睛研究一下脚下那块厚厚的阿富汗羊毛地毯的花纹。绿色，棕色，绿色，棕色……然后又回去读我的狄更斯或托尔斯泰。或者我会坐在宿舍床上，四周是淡绿色的水泥墙，对车声充耳不闻（对纽约人来说，车声就如同潮声，是种浑然不觉的背景音响），一头栽进一本小说，一读就是好几个小时。现在，我已经不能再那样地向小说俯首称臣了；我读读停停，读读停停，像一列火车因为轨道上的阻碍、天气恶劣、动力不足而被拦下来。每个人都抱怨在电视、电影、电动玩具、饶舌音乐中长大的年轻人没有耐心看长而复杂的叙述文字，但我小时候并没那么多电视可看，人到中年却失去了耐心。是过去三十年中我看的那些电影破坏了我脑中的电路，让线路乱成一团吗？这是个灰暗的想法。因为如果这是真的，照我思路现在的样子来看，是注定要支离破碎、观点游移不定、被疯狂的想法打断了。四处乱窜的小妖在搬动家具，我的思绪混杂于其间。

但电影真的是罪魁祸首吗？我那些喜欢看电影的朋友并没抱怨注意力不能集中。比较有关联的是，我的生活已经变得复杂多了。我娶了一个聪明杰出的女人，还有两个小孩在跑来跑去；我有好几份工作，要想的东西比起十八岁的时候多太多了。扩展了的人生经验此时投射出很多回声。也许白日梦并不只是虚掷时间，而是别有寓意的，是某种来自内心深处的隐晦评语。或许它也给了我暂时脱离这首残酷史诗的喘息的空间。

英雄阿喀琉斯

一个男人许多天（许多诗行）都没有参与行动、任由朋友和敌人同归于尽却待在帐篷里生气，怎么会仍然是史诗里的英雄呢？这个问题的答案，也指出了为什么吓人的、陌生的、暴力的、野蛮的《伊利亚特》，在西方文学传统之始的重要地位是不可以轻易动摇的。

对现代读者而言，诗的关键显然是在于第四卷，离阿喀琉斯重返战场还有一大段距离。特洛伊人夜里在火边等待拂晓出击时，感到大事不妙的希腊人派出了三个使者去见阿喀琉斯，承诺要犒赏他。这三个战将恳求阿喀琉斯息怒，其中包括最足智多谋的国王奥德修斯。他们开出的礼物清单是：三足鼎、大锅、马匹、黄金、女奴、将阿伽门农的一个女儿许配给他，甚至把阿喀琉斯的那个奴隶情妇完璧归赵，并且阿伽门农发誓从没碰过她。阿喀琉斯还嫌这不够吗？依照他们所遵从的战士行为规范，他应该接受礼物，重返战场，因为他遭到破坏的荣誉现在已经重振了。

阿喀琉斯起初的答案是莎士比亚式的排山倒海的演说，超过 120 行（309 ~ 429 行），其中思绪纷呈、情绪波动，和全诗其他的部分听来完全不同，因为这里面呈现出了一个男人挣扎着要说出在那一刻之前从没有人说过，甚至想都没想过的东西。如果说其他战将们的滔滔言谈是在为对家族传统的重视、荣誉、战利品、掳掠行为撑腰，阿喀琉斯则只为自己说话。

> 因为就像我厌憎死亡之门一样，我厌憎那个人，他
> 内心深处藏着一件事，说出的又是另一件。
> 但我会用我觉得最好的方式来对你们说：我既不认为
> 阿特柔斯之子阿伽门农能够说服我，
> 也不认为其他的达南人能，既然他们对永远和敌人
> 奋战不歇的人没有感激之心。
> 对于不出战和奋勇作战的人来说，命运是一样的。
> 我们都有着一致的评价，不管是强是弱。
> 一事无成的人难逃一死，成就斐然的人亦然。
> 我并没有赢得什么，现在我的心已经不再患有
> 让自己永远在沙场上冒生命危险的疾病。
> 因为就像母鸟为未长翅膀的幼雏带回
> 所有它所能找到的食物，而自己却受尽辛苦，

我也一样，度过那么多无眠的夜，
熬过那么多血腥厮杀的日子，
和战士们为了这些人的女人奋斗。（IX，312~327）

谈到所有物，
牛只和肥羊是城破之时会有的东西，
三足鼎是可以赢来的，黄褐色的高头大马亦然，
但人的生命是不会重返的，不能用武力
将它攻破或俘虏，一旦它逸出了皮囊。（IX，405~409）

英雄毕竟是英雄。阿喀琉斯愤而退出战场本来看起来很幼稚，最多是自恋的心受了伤，因为他的战利品——女奴情妇，被大佬抢走了，但却有种醍醐灌顶的效果，让这个高傲的年轻人看到了战争的另一层意义。突然之间，他开始有些明白荣誉并不建立在女人和货物的交换上，也不建立在男人对彼此英勇程度的评价上。“我们都有着一致的评价……一事无成的人难逃一死，成就斐然的人亦然。”对全世界最伟大的战将而言，承认这一点是很具破坏力的。从我们的观点看来，阿喀琉斯已经跃进了一种私人的甚至心灵的价值观：荣誉是一个男人和宙斯之间，或者和自己之间的事，而到头来，没有人的死能被补偿；生命的价值是不能度量的。当你把这段演说拿来与其他战将的行为和言谈比较时（泰勒就带着学生这么读），你就看得出阿喀琉斯已经快要和荷马笔下战士社会中的荣誉 / 耻辱观决裂了。虽然不见得很成功，但他已经试着要有所觉悟，而（对于现代的读者而言）这种觉悟是在此之前一直在诗中付之阙如的。

第一个觉悟的英雄只能到达这个地步，他的反抗没有效果。

帕托克罗斯战死之后，阿喀琉斯的愤怒变成了针对手刃帕托克罗斯的赫克托耳的私人恩怨，然后他大开杀戒（我们已经看到了），见一个杀一个；他将特洛伊军队赶回城里，最后杀死了赫克托耳，一连数日拖着他的尸体绕城墙而行。在帕托克罗斯的葬礼上，他用那十二个从河中带出的特洛伊年轻人献祭，他们和牛羊一起被割断喉咙，尸体被高高放在火葬的柴堆上。他彻夜难眠，恨意不消，悲痛欲绝。

用“人文主义”自以为是的角度来读《伊利亚特》，阿喀琉斯在诗末达到了完整的英雄境界。他把伟大战将赫克托耳的尸体还给了他的父亲——特洛伊王普里阿摩斯。第二十四卷中普里阿摩斯哀求阿喀琉斯的场景（“我经历了大地之上任何其他凡夫俗子都没经历过的事，我亲吻了杀死我孩子们的凶手的手”）是文学中最令人动容的场景之一，在这里，他有了同情之心（某种解读是这么认为的），并做好了赴死的准备。荷马在赫克托耳的葬礼中结束全诗，但我们知道阿喀琉斯选择的是光荣和英年早逝，而非在他父亲的土地上安全度过舒适的中年。阿喀琉斯的人格改进了，他扬弃了残忍，重新加入了社群，（在诗的情节结束之后）他以一个成就了的英雄的身份死去。

但这实在太现成老套了，这是主日学校的教材，或者也许是五十年前的文学人文课的读法。一个高傲年轻男人的成熟过程，如果这就是全诗的意涵所在的话，那我们真的可以赞同那些鼓吹放下《伊利亚特》的人。但事实并非如此。像阿喀琉斯的这种愤怒，一旦被激起就是不能平息的，因为它会增添新的残忍度，那就是思想的残忍：他所问出的关于战争和死亡的问题在诗中并没有得到解答，因为那些问题没有答案。《伊利亚特》尽管光辉灿烂，却和它自己之间存在着张力，质疑甚至颠覆它自己的信念，读后让人惴惴不安。读完全诗，我松了一口气，也感到一种惊叹。就是这同一部作品，让一些批评者和教师斥责为对战争进行无理性的歌颂，让渴望在物质和社会层面扩张霸权的现代帝国主义者和沙文主义者趋之若鹜吗？阿喀琉斯知道他会成为流芳百世的英雄，但他却是唯一一个衡量死亡意义的人。在诗末，我们想象他仍然无所慰藉，也慰藉不了人，仍然在特洛伊城外平原上的某个地方奔驰。西方文明的叙事始于一个既代表了当时所建立的文明的特质，又对之质疑的英雄人物。

* * *

作为一个白种资产阶级男性，在西方的文化中长大，我虽然不是帝国主义者，但我写作的出发点是在帝国的宫墙之内，并享受着它的保护。以文化左派的角度，从外表看来，这就是我的身份。但只是从外表看来而已。一个以种族、性别、阶级（文化左派离不开的三位一体）来定义的身份，怎么能解释我们面对各自境遇的方式、解释我们对自己经验的感知？于是，在读完《伊利亚特》之后，我想起了一些事，记起了十八岁时我读大一，同时上那两门核心课程时被荷马的诗弄得惊慌失措。我深受十八岁的拘谨之苦（而在 1961 年的哥伦比亚大学，拘谨之苦可是很时髦的），因而衡量了荷马笔下的英雄和我之间的差距，结果不怎么令人高兴。我被身体上的勇气压倒了，还有这首诗的宏大气势，那时我觉得它是在讥嘲我。

在这期间，我在纽约结婚生子了。我现在享有豪宅，生活优渥，食物精致，晚餐桌上还有圣培露矿泉水；而当我再次阅读《伊利亚特》，它带给我的烦扰又不同了。这首诗描写的壮丽场面，光芒四射，饮宴欢愉，火光灿烂，回荡着对物质性欢乐的野蛮赞颂，即使震撼的效果退去，也几乎令人沉迷。而这最起码使人对于当下优渥生活中圣培露矿泉水的满意程度降低了很多。中产阶级的生活不过是一个宜人的妥协，相较于：

> 就像当大海的浪涛沿着雷声隆隆的沙滩拍岸，
> 西风推动着它一波接一波；远处
> 先是在水面上翻腾，然后
> 发出巨响拍打在干燥的大地上，撞击突出的岩石
> 将它也变成浪头，吞吐着盐水的冲刷；
> 达南人密集的阵营也同样一波接一波蜂拥而来
> 涌进战场，每一个君主率领着
> 他的兵将……（Ⅳ，422~429）

我的意思不是说，《伊利亚特》的力量能以它对某一个中产阶级读者造成的苦恼来衡量。一件伟大的艺术品很可能挑战甚至颠覆任何一个人的平静。即使是《伊利亚特》宁静的最后一卷，当普里阿摩斯进入希腊阵线四处寻找他儿子的尸体时，都充满了悲痛、威胁，暗示着即将到来的大灾祸——特洛伊城陷落，剩下的男人被杀，女人和小孩被掳去当奴隶。荷马宣扬冷血的残酷，而厌恨冷血的残酷所造成的结果。《伊利亚特》关于荣耀和死亡的暧昧不清的态度，挑战了我们现今的大多数观念，关于什么是对、什么是错、什么是真、什么是英雄，以及最后，什么是人性。

第二章　萨福

萨福的诗风格轻柔，但却一针见血地直指生命核心。其中谈到了私人的情感、渴望、性、婚姻、分离、欲望，兼具讽刺、幽默及现代精神。

没有眼泪的母校

我干脆承认吧：我对哥伦比亚大学的校园没有什么特殊的记忆。那是一个处在市内的校区，缺少优雅的气氛，没有咖啡店，没有舒服的交谊厅，没有什么学生可以溜进去消磨时间的地方；有的只是一小片不太茂盛的绿地和东一丛西一丛开着花的灌木，找不到任何纯粹漂亮、豪华或者荒诞的东西。于是，过了大二那一年，我就和朋友一起搬出宿舍，搬进112街上的一间公寓，在百老汇和阿姆斯特丹大道之间，然后我就尽可能地逃进了城中——到卡耐基音乐厅、格林尼治村里的民谣俱乐部，或西边上城放老电影的戏院，那里黏黏的地板、坏掉的椅子、装有薄荷醇的小便池比起校园里那种平淡乏味的不舒适要更合学生的口味。弗雷德·阿斯泰尔（Fred Astaire）、马克斯兄弟（Marx Brothers）、让·雷诺阿（Jean Renoir）们的电影调剂了朴素单调的大学生活。

1897 年，大名鼎鼎的麦克金 / 米德 / 怀特建筑事务所给了校园一个统一的设计风格，但我从没见过有谁为这些新文艺复兴式的红砖建筑而痴狂。这些有石灰石镶边和淡绿色黄铜屋顶的建筑，围绕着中间的大片校园，北面是娄氏图书馆，南面是呆钝的、“胡佛风格”的巴特勒图书馆。这宽广的空间令人印象深刻——曼哈顿的任何开放空间都会令人印象深刻——而且校园的北端逐步延伸到一个气派的高坡上。然而，在校园东西两侧的这些红色教室和宿舍建筑虽然有模有样，但是，老实不客气地说，却并不美丽，也没有古趣。娄氏图书馆本身有着新帕拉第奥式的圆顶，虽然宏伟的构想很可敬，但无论在气势上还是创意上都不够引人入胜。喜欢那个圆顶的人是有，不过不包括我。在我看来，它像个飞起来的盘子安在柱子上面。当我想到大学的时候，我想到的是朋友、老师和一种充满了战后纽约风味的学术气氛，简直可以打包做纪念了。

我大学的很多时光是在校园西侧靠近阿姆斯特丹大道的汉米顿楼里度过的。有许多节文学人文课和当代文明课都是在那里上的，其他的人文科目也是；多年来，那是学生示威和“攻占”的地点。汉米顿楼！对大学部的学生而言，他们就像熟悉自己的书包一样地熟悉它。在我再度走进它时，我并不认为自己会有什么太大的感觉，但却突然受到了扰动。为什么？那大厅显然没什么特别之处。然而，正是那种没有特征的模样触动了我，天花板高高的，肃穆，简朴，空白，正如旧式的美国学术精神：既没有魅力，也不向你打招呼，只是准备好要包容些什么。我慢慢地走上长长的阶梯（旁边的学生川流不息），在第一个平台处看到了一张“女同性恋 / 双性恋 / 男同性恋联盟舞蹈大出演”的海报。有时候，会有反性别歧视的异性恋者团体（“面对我自身和他人的性别歧视观：男性觉醒工作坊”)。这些平台已经变成多彩多姿的校园行动组织看板，诉说着对这个时代的不满、控诉，以及自我控诉。我是个反性别歧视的异性恋者吗？我想是的，但我无法想象加入一群男人来讨论这个问题。女人不是更能教导男人“性别歧视”是什么吗？

楼梯空了，大家开始上课。汉米顿楼或许有四十个教室里有人在讲课，不过楼梯间里听不到什么声音。他们说的东西可能高妙，可能寻常。现在汉米顿楼里站满了老师和学生；我回到大学里来了。我像诵经一般对自己重复这句话。在一个偏向实用主义、被媒体所迷惑的市侩社会里，大学是少数诚恳的地方之一。严肃的汉米顿楼里，装着我们国家生命最柔嫩的一部分。

尝试坐在教室椅子上

可是教室的椅子为什么要那么硬啊？实心的橡木板，以不同的角度钉在一起，呈现幽暗的深棕色，对一个四十八岁的身体线条丝毫不让步。我找不出一个好的姿势来坐这些椅子。如果我塌下身子，靠在椅背那块木板上，我的屁股就会渐渐往前滑，我的腿也会滑出去，脊椎就会绷得太紧。椅子的右侧装着一块扁平的板子，供写笔记之用，如果我坐直了抄笔记呢，我就得向前倾，重心压在那块板子上，我担心我会往前栽倒在地上。

泰勒在汉米顿楼授课的那间教室里全是这种折磨人的椅子；史蒂芬森授课的教室则不在汉米顿楼，而是在数学楼，那也是一栋麦克金／米德／怀特出品的建筑，但位于校园北侧，娄氏图书馆后面的高坡上。教室中心摆着一张讲桌，四周是一些沉重的课椅。这些椅子的形状稍微舒服一点，有些凹下的曲线。但是我不能和其他学生一起坐在讲桌边。那是他们的课,我是去旁听的,不是要去喧宾夺主,所以我坐在墙边的另一排椅子中,在史蒂芬森到达之前偷听一点无精打采的对话。这一班和泰勒班上的学生都对我很好奇;他们向我点点头,然后跟朋友交头接耳。我问他们一些个人的问题时他们似乎很紧张,仿佛我是个警察,在盘查他们似的,搞不好是个间谍。但是谁派来的?我解释我在做什么,但我的解释在我听来总是奇怪而且没有说服力,也许在他们听来亦然。一项写书的计划?以学校为背景?也许他们忽视关于写书的那部分,只是把我当成我本来的身份来看待——一个不能相信自己的大胃口的男人。我打算闭口不言,洗耳恭听,但开始上课之后,我觉得自己不吐不快。要保持旁观恐怕不会是件简单的事。

《致得墨忒尔的赞美诗》

文学人文课上被《伊利亚特》眩惑得筋疲力尽的我们,在继续读《奥德赛》(*Odyssey*)之前暂停下来,带着感激之情先读《致得墨忒尔的赞美诗》(*Hymn to Demeter*)及其他萨福(Sappho)的抒情诗。在两部巨幅史诗之间,两个女人的作品交织在一起。共 495 行的得墨忒尔赞——诗风格轻柔,但却一针见血地直指生命核心。掌管丰饶和收成的女神得墨忒尔有一个美丽的女儿珀尔塞福涅,被宙斯的弟弟冥神哈迪斯绑架(也就是强暴)并掳走,拉进了他的地下王国。这位勇敢的母亲形单影只,心痛且愤怒,起先藏身在希腊的依洛西斯城,混迹于凡人之间。但经过一段哀叹的时光后,她起而报复——在地球上降下饥荒,如此一来不但人类没有食物,神祇也没有献祭的东西可享用。如果珀尔塞福涅不回来,人类就会饿死,神祇会得不到祭拜。奥林匹斯山上的诸神开始担心了：在多次派遣使者到依洛西斯和哈迪斯处斡旋之后，诸神决定，让被劫走的珀尔塞福涅一年中有一部分时间（冬天）和哈迪斯一起待在地下，这个季节中万物不生，其他的时间则和她母亲在一起。得墨忒尔感激之余便让田野遍布草叶、花朵、树木，于是有了四季，寒冷或温暖、荒瘠或丰盛；于是在收成的季节，依洛西斯有神秘教派，那种祭祀混合了农神节的仪式，一半像大弥撒、一半像春假时的劳德代尔堡，参与者疯狂无度，在彼此面前裸露、高举着大型的阳具模型、做爱、喊叫着猥亵的笑话、丢掷粪便。是的，美丽、严肃的希腊人会做这些事，在既神圣又低下的仪式中驱赶他们对贫瘠田园和死亡的恐惧。

这首赞诗充满了做母亲的悲伤和爱意，写得很美，常常还很幽默，但有着它神秘的角落。得墨忒尔痛苦地寄居在依洛西斯时，让别人雇用她做类似神圣奶妈的工作，照顾一个王族的孩子，并决定把他抚养成神，在晚上他的父母都睡了之后把他放在火中锻炼。这是在做什么？她为什么要烤那个小男孩？ 泰勒提出了一个人类学的、象征的解释：这首赞诗传达了早期母系社会转移到初生的希腊城邦的父权组织时的压力。在火（经验）中锻炼过的小男孩将会接收权力，部分是因为收成的女神得到安抚后，放弃了她可怕的力量。如果你想想这一点，这诗里隐含着恐怖的预兆：如果愤怒的女人撤回了属于她们的美好事物，生命将会中止。

为了和谐起见，文学人文课假定《致得墨忒尔的赞美诗》的作者是女性。事实如何，没有人有完全的把握。当我 1961 年首次修文学人文课时，这首赞诗和萨福都占不到一席之地；1986 年，学校开始招收女生的三年后，这两项被加进了书单。简 · 奥斯汀（Jane Austen）是前一年被加进去的，弗吉尼亚·伍尔夫（Virginia Woolf）被列入书单则是在四年之后的 1990 年。没有人能对她们在书单上的地位提出质疑。但萨福呢？她被列入其中是否是一种特别的辩护，是用政治的短棍敲裂古老雕像的一击？ 要让新来的人有容身之处，就有人得让位，于是拉丁文作家卢克莱修（Lucretius）——记得以前很喜欢他那首离经叛道的史诗《物性论》（*On the Nature of Things*）——就被踢出名单之外，还有陀思妥耶夫斯基（Fyodor M. Dostoyevsky）和文采斐然、言不离屎尿、据称是性别歧视者的拉伯雷（Francois Rabelais）。我心存怀疑地读下去。

> 爱情又再度来袭，令我双腿发软，
> 那既甜又苦、无可抗拒的形态。

读萨福是文学人文课中令人着急的时刻，因为她残存的作品多半是短短的片段（如上所示），或者是被后来的作家引用，或者从古老、残破的莎草纸上抽丝剥茧而出。有一首诗完整地保存了下来，我把它抄录在下面，另外还有一些比较长的诗句片段加起来大约 500 行，但其他的都归于尘土了。萨福的作品被认为不值得保存或不应该给年轻人看到，中世纪时可能没有被转抄在比莎草纸持久的羊皮纸上。萨福写的是情诗，一个被认为低于史诗和悲剧的文学类别。在对于类别的偏好底下，是否隐藏着对女人的歧视？就算她的作品真的曾被传抄，也可能在某些文学的危急存亡之秋散失了，比如说 1204 年在不光彩的第四次十字军东征攻陷拜占庭的时候。“当宫殿失火时，”我听到一个教授说，“要抢救史诗。”

没有人怀疑原有的诗多出很多，也许有九部莎草纸“书”之多，而且一般也同意那是一部重要作品。萨福的时代在荷马之后，大约公元前600年左右——当然是生活在莱斯沃斯岛上——在接下去的几个世纪中很有名。钱币上铸有她的面容，大城市里竖有她的雕像；柏拉图显然称她为“第十位缪斯”。但令人捶胸顿足的是，作品本身已经不存在了，剩下的只有她才华横溢和闻名遐迩的记录。

萨福的命运和名声

萨福在课程中占了一个尴尬的位置。比起其他“消失”的、也可以拿来研究的诗人，她被选上是因为她是女性，这点还用怀疑吗？当我想到这一点时，我就开始排斥这个选择，在我对萨福作品的欣赏中（即使只剩零星片段，她的作品仍然是非常值得欣赏的）也沾染了不悦之感。她受到的待遇像是某种保障名额，为了一个明显的目的，即反驳那些想象不出古典世界中有一个重要女诗人存在的人。仿佛我们支持的是让一个女人来搅和“死掉的白种男人”保护区的这种做法，而不是她的成就本身。

但如果我们想想她的名声暗淡的历史，把这一点列入考虑后，再来评断这样的行为是否有必要呢？在公元前5世纪被尊崇的萨福，在下一世纪以及接下来的很长一段时间里，都在被嘲弄。因为萨福笔下的题材不只是爱情，更是两个女人之间的爱情，而她感官色欲的诗句引起了人们的不安与不满。公元前4世纪的雅典讽刺剧作家讥嘲她是个妓女、有自杀倾向、在床上如狼似虎等。在两千多年之后的19世纪末，那些以讹传讹的人还不肯罢休。颓废派的信徒，如波德莱尔（Charles Baudelaire）、魏尔伦（Paul Verlaine）、比埃尔·路易斯（Pierre Louys），利用她的传说，将她塑造成一个狂热的女同性恋异类、一个欲望如同无底洞的女人、一个性爱的女怪。她变成了色情文学幻想中的人物。或许那些法国作家只是把她用在他们自己所沉溺的事物里，但公元前 4 世纪的希腊人对她的嘲讽可能更为丑陋，是男性假道学的极致，因为那些希腊人将男同性恋描绘成浪漫而严肃的关系。维多利亚时代的人自然是将她净化了，而这是另一种侮辱。

萨福作品的编者乔瑟芬·巴玛（Josephine Balmer）指出，诗人萨福常常被从个人的角度来评判。大部分身为男性的抱有敌意的评论者，都认定她私密的诗句宣言中写的就是她自己；他们弃而不用通常的文学假面分析理论，即诗人可能是把她自己创造成一个角色（如果是男诗人的话，他们就不会那样写了）。巴玛说的显然有道理。萨福被成功地中伤了，她的名声被一种丑闻和诋毁的气息包围，没有读过她作品的人只知道她是某种狂野的女同性恋诗人。这被中伤的恶名，又借由对她写作内容的忽视而更加根深蒂固。

一首萨福的诗

诗里的证据显示，萨福有着高尚的社会地位，结了婚，有一个女儿。泰勒简短地描述她为“受过高等教育，非常聪明，承继了大约五百年的诗歌历史”。和荷马一样，她承袭着口述的文化传统；这些诗虽然写成了白纸黑字，但其目的仍是要被朗读的。想象一个聚集着聪慧女性的沙龙，在场的大部分是结了婚的贵族，她们在一起享受一个晚上的休闲，会有些音乐，然后萨福会站起来唱歌。她的诗谈到私人的情感、渴望、性、婚姻、分离、欲望，就如这首呼唤爱之女神阿弗洛狄忒的诗，请她帮助追求一个女子。

光亮宝座上，不死的阿弗洛狄忒，
神的孩子，心之主宰，请你垂听！
勿用痛苦和心碎来摧毁
我的灵魂，女神，
而是请你来到我这里，如果过去
你曾经在远处听见
我的声音，并离开了你父的房屋，
来到这里，你的金色
战车套好了缰索，你美丽迅捷的
羽翼丰厚的燕子，旋绕在
黑土之上，自九天之外
穿过大气，
现在来到这里。你，幸运的你，
不死的容颜带着微笑，
问我现在又是怎么回事？
此番为何召唤你？
我疯狂的心中最想要的
是什么？“此番你要我
帮你赢得的是谁？是谁，萨福，
对你不公？”
“她若逃避得很快必将转而追寻；
退还礼物的将会转而送人礼物；
不爱人的必将很快坠入爱河，
无论是否心甘情愿。”
再来一次吧！解放这棘手的
焦虑，让我的灵魂得到

它所希望得到的，你是
我并肩作战的士兵。（J. V. Cunningham 英译）

我很高兴有人要我读这首诗。在阅读荷马猛烈的大块文章之后，萨福的生气勃勃令人大大地松了一口气。诗人写她追求一个女人，但夹在欲望和自我讥嘲之间；也许是贪得无厌，但也是荒谬的。这一次谁会被你看上呢，萨福？我们猜得出来，阿弗洛狄忒以前已经听过这些要求，也予以满足了。然而女神还是会扭转情势；她会使萨福爱上的那个女人投向她的怀抱，即使是不由自主的。也许就是这种成竹在胸让读者不悦，因为在那半真半假的对女神的召唤中，顺理成章地认定火焰会延烧，欲望是具有感染力的（就算我们想躲避，阿弗洛狄忒还是会触及我们），而被追求的会变成追求者。萨福既在诗里，又以诗人的身份控制全诗，既是欲望的发动者，又被欲望愚弄。我想，这诗的精神是热情而紧张的，同时又略带讽刺和轻松。

泰勒班上的学生抓到了基调所在，指出萨福（在这首和其他的诗里）挪用荷马的战争与征服的意象，将之用于私密目的的手法——她翻唱了荷马的英雄风格。泰勒转向班上的女生，对她们开一点关于欲望的玩笑（“这有没有在你身上发生过？”），然后再移向男生，试着要他们谈萨福所定义的爱的样子——“既甜又苦”。有几个女生微笑点头，但男生保持不大高兴的沉默，或者只说了几个不友善、不清楚的字，不太确定是要跟着打哈哈还是该发火。我想泰勒对其中一个女生有点过分了，她年轻、很胖，睡眼蒙眬，甚至可能有些沮丧，而他摆出一个开明伯伯的样子，谈到性。不过他谈得很奇怪，他对学生说如果他们想有真正的生活，必须在某个时刻拥抱欲望，但一旦这么做了之后，除了麻烦他们什么也找不到。可能这就是，既甜又苦。

文学人文课之“叙事”的一点点变化和改进

这两名诗人应该置身于这堂课之中吗？我无意尊奉崇拜哥伦比亚大学的书单，毕竟那只是颇为武断的选择结果，随时可能改变。其他的大学有其他的书单。不过我们也用不着假装我们不在乎谁上得了这类名单以及原因为何。女性主义和反女性主义的论争掺杂在我的阅读乐趣里。胜利的父权以不同的方式替这两个作者做下记号。《致得墨忒尔的赞美诗》中述及的古老母权秩序已经被彻底消灭，以至于像萨福一般威胁到新的父权统治的人，即便用的只是抒情诗和自我解嘲的欲望，也必须被粗鲁地打压。对萨福名誉的长达两千年的毁谤，黯然而有用地指出了为什么在 17 世纪以前，创造出伟大文学、哲学、绘画、音乐作品的女性那么稀少。

伟大作家之间的竞争是荒谬的。然而，我没办法说三十年前我读卢克莱修而非萨福的时候，对艺术和人生没有学到更多。她是个敢于讽刺、幽默、具有现代精神、面目一新的诗人。她的作品留下来的很少，但有些是，如同斯宾塞 · 屈赛（Spencer Tracy）谈及另一个天才女性时所说的，“cherce”。因此我扬弃了原先的怀疑：萨福的诗残存的极少，但这并不代表我们就可以忽视流传下来的那些。正好相反。在两首荷马的史诗之间读她，是文学经验，也是令人恢复理智的经验。可以让双腿发软的不只是胸口插进的一支矛，还有爱，爱也可以使四肢松弛。我们将会以不同的眼光来看荷马，以及或许课程里的其他作家。文学人文的“叙事”已经被更动了，门被打开，虽然只开了一条缝，但笑声和理智已经冲了进来。

插曲一

在反对“经典”的论争中心，有一个逻辑让一些局外人觉得很怪异。以女学生的处境为例。从萨福名声的历史可以看出，数千年来女人大多没有受高等教育的机会，也得不到去从事文学、哲学、绘画等方面的工作的鼓励。但是，如果说直到大约 17 世纪左右，这种恶劣的双重禁锢造成了西方女性创作不出极具价值的作品，或者幸存下来的极具价值的作品甚少。这个灾难现在怎么能被用来当作反对女人研习过去大师之作的理由？毕竟女人终于有了接受完整大学教育的机会。难道她们不该也利用这个机会，来研读过去的女人被迫自己读甚至根本读不到的这些东西吗？弗吉尼亚 · 伍尔夫在 1929 年所著的《一间自己的房间》（*A Room of One’s Own*）中一再强调，若要产生伟大的女性文学，需要的不只是经济独立，更需要许多代的教育和许多次要作家作品的累积。首先，女人需要进入图书馆和大学，她们需要从过去的作品中得到一个坚稳的立足点。如果文化左派说女人阅读那些不“代表”她们的作品时是受到了某种“压迫”的话，岂不是再次主张不让女人读那些伍尔夫认为她们应该读的作品？而不也正是这同一种逻辑在坚持，新进大学的少数族裔学生应该读“代表”他们的作品，而非他们的父母没有机会或被禁止阅读的古典作品吗？尽管这回的动机非常纯正，这个逻辑也难以立足。

哥伦比亚大学没有接受这种逻辑，该校不同意文学人文课或当代文明课的书单应该反映出上课学生的种族和性别分布的观点。首先，这样做显然有实用性的理由：现代美国大学里的学生非常多元化，想要有代表性的话非得反映出每一个人的背景不可，而这么一来课程就毫无意义了。但无论如何，代表性并不是重点。在开学第一天，斯密特（J. W. Smit）教授（历史学家，生于荷兰，也是当代文明课程的主任）的当代文明课上，一个黑人女学生有些激动地提出了黑人作家及黑人代表性的问题。“这些事情发生的时候，我的族群的人在哪里？”她问，“我们存在着。”大块头、和蔼可亲、声音温柔的斯密特轻轻叹了口气，说：“他们存在着，但当时他们并没有对美国产生影响。中国的政治思想有影响到美国的政治思维吗？我们的自由市场经济导致并塑造了我们的个人主义思想，而非洲的族群组织导致的是大不相同的一种思考方式——以社群为基础的组织的意识形态。美国的文明在许多伟大文明之后很久才出现，受不到它们的影响。”

于是，斯密特提出，维持古典作品的理论是立足于历史影响。美国的主要机制，政经体系、语言、法理学、权利观念、对个人主义的强调，来自英国和西欧，并受到开国元老和早期政治、宗教、知识界领袖的影响。当代文明课的书单代表了历史的证据。这门课的开设并没有包含黑人、拉丁裔、亚裔、美国原住民或其他许多族群的成就（或情感），虽然他们也为建立这个国家以及它的铁路、城市、农田等出过很大的力，参与创造了它的民间文化、市井言谈、大众幽默、流行音乐，而非它的法律及市场机制。没有人否认这所有的一切都和柏拉图一样对美国很重要，甚至更重要，但它们形成的是一种不同的文化。首先有的是遗产，然后才有美国灵魂的发展。

留下的是书，斯密特说：“它们是主导我们生活的鲸。”鲸？我思索着他的比喻。鲸一潜到底，然后浮升，大力喷气，一路吞食数以百计的鱼。吞噬的巨兽，宇宙的君王。19 世纪，它们尾巴一挥就将小艇上手执鱼叉的水手甩出船外。但现在鲸成了每个人唾手可得的猎物，一些种类已经濒临灭绝。鲸怎么能“主导”？它们是强壮的动物，但容易受伤害，太容易受伤害了。斯密特是这个意思吗？如果这些书是鲸，美国大学里可有很多人希望它们搁浅并死在沙滩上。

那个黑人女学生毫不满意，更激动地坚持：“这门课有些性别歧视和精英主义。这让我不舒服。它没有包括其他的文明。”

她有礼貌而且勇敢。有多少学生能有勇气在开学第一天质问当代文明课的主任？斯密特必须回答她。

“西方文明，”他说，“曾经引起宗教战争、奴隶制度、纳粹主义和犹太人的浩劫，但也带来了西方民主政治的规划。这些书既好也坏，既危险也是文明的精华。现在我们教学的方式和十五年前不一样了，像这样的一门课的确可能将经典书籍的价值观强加在人们身上。现在我们将那些不一致的沉默带了进来。”

如果注意的话，沉默是会说话的。“比方说，”他继续说下去，“柏拉图和亚里士多德作品中的性别可以用很特殊的方法来看。作家们不自觉地表达了他们自己的性格以及他们时代的特质。他们的思考方式和我们不同，但这正是读这些书的价值所在。这些和我们想法差这么多的人居然仍有这么大的威力，是很神奇的一件事。关于种族也是一样的道理，顺带一提，这个概念是相当近代的发明，我们的种族概念基本上是18和19世纪期间形成的。早期的作家对种族并无察觉，或者不自觉地表达了偏见，这一事实，对我们是很有用的。”

于是斯密特道出了该校的官方看法，将对经典的攻击反转了过来：因为这些书仍然有威力，所以你必须读它们；否则你就不会知道你在说些什么，你也不会知道你反抗的是什么，如果你要反抗的话。最终这是一个语言的问题：如果你不读这些书，你就会语言乏味，陈词滥调。

部分说来，斯密特之所以可以为当代文明课维持原状辩护，是因为学校当局认识到该名黑人学生的抱怨是很有力的，已经在这一门课之外采取了相关措施。1988 年，哥伦比亚大学承认这两门经典课程，以及其他西方艺术和音乐的必修课，可能带给学生有限而自满的观点。校方因而决定增加当时称为“扩充核心”的课程，要求所有的大学部学生额外修两门“主要文化”的半年课程，也就是非西方文化（比如说，阿拉伯世界的现代主义思想，或拉丁美洲文学）。到了 1991 年，我问过的学生都认为这个妥协堪称公平，尽管“扩充核心”一词被一些少数民族学生视为眼中钉，因为他们认为这听来像是后见之明。1992 年春，校方将该项必修课更名为“文化与专题”。在我离开后，有更多的改变在考虑中，但眼下校方巧妙地满足了传统和改革两派，保持了它的核心课程，但也要求学生的眼光跨越领域疆界。

第三章　柏拉图 1

> 《理想国》是一本极为丰富而复杂的书，可以用很多方式来读，像是一堆社会教条、一份政府形式的比较研究、一首关于感觉和知识的庞大散文诗、一篇艺术和伦理学的论文。

《理想国》、盖吉斯戒指和当代文明课的目的

我又在做白日梦了。

9 月中旬的一个晚上，我坐在家中客厅的沙发上阅读，神游四方，抵达了柏拉图哲学对话巨作《理想国》（*Republic*）的前段，亦师亦友的苏格拉底（Socrates）开始讨论正义的部分。正义！在 20 世纪 90 年代的美国，这似乎不过是个人见人爱的理想。我们对正义知道多少？刑事正义的体系负担过重，陷入困境，被种族身份扯向不同方向，已经几近崩溃。一种理想的社会正义，竟然被这个国家大部分人所拒绝，至少看不到有任何自觉的政府行动做出些成绩。在保守派想法中报酬贤能、惩罚懒惰之人的市场，却变成了最受尊敬的正义的分配者。作为一个理论的主题，正义散发出一种大学小组讨论的阳春白雪香气。要是上帝不存在呢？在宇宙起源的大爆炸之前有什么？完美的正义会是什么样的？把薯片递过来吧。但大学的小组讨论正是一个四十八岁的男

人所要的。于是我读了下去。

柏拉图在《理想国》的前段（后来被称为第二卷）放进了吸引人的东西——一个引诱，一道开向自由的门。读到这里的时候我又开始做白日梦了。摊在桌面上的问题是这样的：要是一个人不怕惩罚，他还会守法吗？人会追求为正义而正义吗？或者他会能钻多少漏洞就钻多少？柏拉图的对话一律是在苏格拉底和一些雅典贵族阶层的年轻男性代表之间进行。格劳孔，一个替苏格拉底煽风点火的朋友，试着要让苏格拉底为正义发出最好的议论，讲了一个奇怪而具有恶意的颠覆力的故事。那是盖吉斯戒指的神话。在古老的吕底亚王国，一个名叫盖吉斯的牧羊人从一个巨人的尸体上拿走了一枚金戒指。当盖吉斯和其他的牧羊人坐在一起时，他把玩着那个戒指，突然间他发现，当有宝石的那一面转到手指内侧时，其他牧羊人谈论他就像他不在现场似的。原来把戒指的宝石面转向里侧，就可以使他隐形！格劳孔继续说：

> 有了这个发现，他混进了一群要面见国王的人里，到皇宫引诱了王后，然后靠她帮忙击杀国王并篡位。
>
> 假设现在有两枚这样的戒指，一枚是正直的人戴着，另一枚则是不正直的人戴着。一般想来，没有人能有那样的钢铁意志去恪守正道、绝不染指他人的财物……正直的和不正直的人不会有差别，两者都会走上同一条路。

…… 我想想，午餐，午餐去…… 去“马戏团”！对，扬长进入厨房——纽约最骄傲的厨房之一，去拿正等着被端上桌的亨利·基辛格点的串煮肉饺，然后在角落里吃掉……不，这太可悲了，缺乏巧妙之处。把他叉子上的食物抢下来还比较像话，然后在他举杯要喝的时候挡住他的手臂，我自己凑上嘴去大吞一口。那样比较好，比较像哈坡，他向来戴着盖吉斯的戒指。我步履坚定地走过凡·克理夫 & 阿尔佩商店以及第五大道上其他的珠宝店（我自己有戒指！），从中城的一个车库里偷出一辆雷克萨斯（Lexus）Ls400，开到肯尼迪机场，混进飞往苏黎世的头等舱，下飞机后溜进包欧拉饭店的一间空房间里。早上起来看一眼湖泊。会不会有黑天鹅呢？不过我闲荡够了，该去工作了。回到机场，飞往巴格达，在市集上弄到一把刀，朝萨达姆的总部而去，闪过警卫，把刀插进那独裁者的……

不。

迅速回过神来，我不无失望地了解到我不会去做这些事。嗯，也许会去吃肉饺。但就算我成了隐形人，我也杀不了萨达姆，虽然我倒不反对别人去杀了他。我想格劳孔说错了，起码在我身上是如此。我会保持“正直”，尽管不见得是因为道德信念。长期的资产阶级的服从习性大概会让我保持诚实、非暴力，甚至忠实。我不会想和一个愿意跟隐形人上床的女人上床（可能我更像是格罗秋而不是哈坡）。好吧，就一次，找点刺激。但有谁是值得监视的？当然不会是麦当娜，她早就把全世界的人都变成窥视狂了。那我的冒险会是什么样的？可以犯下一些暂时性的罪——偷一套阿玛尼的西装，变回有形，穿那西装去参加宴会，早上再还回去。还可以劫富济贫！但那不是无法无天的幻想，那是自由派的幻想，那么到底要什么呢？我明白了，当我想要的时候，就溜出去睡大觉！

真是不怎么有想象力的生活。事实上，我认为美国有太多人的行为表现就仿佛他们已经戴着盖吉斯的戒指。全然隐形的梦想——希望逍遥法外，是伤害着我们的事物之一。我十八岁第一次读《理想国》的时候，也许会拿那枚戒指。但现在我要的是和平、秩序、负责任。无论如何，我是一个媒体的生物；我需要的是有形，而非隐形。我要被看见。

当然，自由和惩罚的问题永远不会消失。这不只是学院教室里的议题。而且现在它比起以前更是个问题了。如果介绍政治哲学的当代文明课有个单一的主题，也许会是："是什么维系了文明社会？是恐惧？还是对一个理想的忠实？诚实？一个无形的、未签署的合约？如果成员没有在某种程度上投入正义，社会还能存在吗？"现今，这些老旧的学院问题却切身得可怕。20世纪 90 年代的美国似乎人心不古了，柏拉图也许会了解这种情况：几乎没有人觉得犯罪可耻、害怕惩罚了；大家似乎也不怎么相信美国是个文明社会了。关于真理看起来、感觉起来是什么样子的一般概念在对种族、阶级、性别各自效忠的压力下几乎消失无踪，这不是一个理想，而是一种对现实认知的共识。这社会对某些团体和某些个人有利，而人要为自己和自己的团体奋斗。但团体内同仇敌忾的必然结果就是集体受害的感觉。黑人觉得受白人所害，白人觉得受黑人所害；女人觉得受男人所害，男人觉得受女人所害。如果人人都觉得自己是受害者的话，一个社会永远会心存怨怼。很少有人将社会想成一个互惠互利、互相保护的体系；很少有人投入这个整体。有什么东西将我们维系在一起吗？《理想国》以它的方式，谈论了这些问题。

柏拉图不会满足于我的"诚实行为只是出于中产阶级的习性和胆小"的解释。在《理想国》中他想证明很多东西，其中一项便是，外力可以使我们看见并且真正承认，我们最佳的、最真实的利益在于做出正直的行为。苏格拉底的同伴中有持怀疑论者和愤世嫉俗者，他们坚持认为伦理不过是权宜问题，或者是强者随心所欲的权力问题。对此，他提出了一条激进的、前基督教的道德律：伤害别人永远是错的；身受不义之害，比行不义之事要好。行正道到头来还是会对我们比较有利。如果我们真正了解我们的利益所在，我们就会做好人，连盖吉斯的戒指都不会要（如果有人要给我们的话）。我们会选择快乐，这种快乐指的不是一时的享乐，而是那种心满意足的状态，使我们天性的特质处于和谐之中。正直的人就是快乐的人。

读到这里，我深深地叹了一口气：要么把这些去跟试着偷车的小孩说说看，或者说给华尔街的劫掠者听。

《理想国》是当代文明课的第一个主要文本，写于公元前 375 年左右，至少在荷马史诗的三百五十年之后。柏拉图因在现实的政治生活中遭受许多挫败而感到气馁，于是在雅典建立了一所名为“学院”的学校，部分目的在于训练新一代的政治领袖，《理想国》可以看作他们教育的指南。同时，这本书的形式又呈现了教育的场景。这也是西方哲学中最广为阅读的一本书，原因十分明显。柏拉图是个引人入胜的作家，他将对话的形式运用得炉火纯青，问与答优雅曲折地交织在一起，预见读者的反驳，言谈看似有礼，事实上却是一种狡猾讥嘲的形式。苏格拉底似乎恭维着他的学生和朋友，大力夸赞他们。哦，是的，他们那么有智慧、那么聪明，而他自己的力量实在太微弱，微弱得可怕！不过他想问他们一个小问题：他们说的某某字词、某某观念是什么意思？然后“砰！”的一声，他抓到了他们的矛盾或混乱处，使他们溃不成军。

史蒂芬森教授露天雄辩

《理想国》和《圣经》、亚里士多德（Aristotle）的《尼各马可伦理学》（*Nicomachean Ethics*）、修昔底德（Thucydides）的《伯罗奔尼撒战争史》（*History of the Peloponnesian War*），是仅有的在两门核心课程中都会读到的书，而《理想国》可以用很多方式来读，像是一堆社会教条、一份政府形式的比较研究、一首关于感觉和知识的庞大散文诗、一部艺术和伦理学的论文。这是一本极为丰富而复杂的书，史蒂芬森教授上课时从解析它的结构开始，详述它的中心概念，带我们一节一节通读全文，这对他来说是不寻常的进行方式。之后我就发现，他通常直捣一本书的中心，发展出一些要点，然后让学生彼此混战（当他们行有余力的时候）。

我喜欢上了他的态度。他说话的方式和许多年轻教师相同，用的是学术行话，仿佛采用了标准术语就能驯服语言危险的主观性，但他有精力和天赋。他活泼而流里流气；他邀请学生参加一场又一场不断举行的宴会，在那里只能高谈阔论。觥筹交错间，我们说着某种新式独特的学术行话。他要的是逗弄甚至迷住学生，而不是对他们讲课。但在柏拉图这里例外。我们需要这个框架，因为《理想国》中确有许多古怪之处。

当天，他在数学楼的教室关闭了，于是我们坐在户外，坐在数学楼前宜人的绿草地上，处于校园北端的高坡。蜜蜂在学生之间嗡嗡地飞着，不远处有锤声轰隆作响，是纽约在开肠破肚检视地下忙碌的管道和电缆，夜以继日地传上来嘈杂之音。在这个城市里，要专心是多吃力的一件事！即使是在室内的时候，要阅读和说话都得穿越一堆噪声：公交车开动的声音、神经短路的汽车警报器的惊叫声、飞机飞向拉瓜迪亚和肯尼迪机场的轰鸣声。在数学楼前，史蒂芬森肩披着毛衣，嗓门比平常更大了。他基本上是在纽约日常的喧闹中喊话。有时锤声会停止一阵，经过的人就会突然听到一个教授用英国腔大叫“你们身为大学生，不也是监护者的一分子吗？身为精英的一员，你们不是应该为了别人好才来统治他们吗？”之类。

上课的时候，我不做白日梦。我全神贯注，抄笔记。史蒂芬森替我们铺陈好了。

我们研习正义不能看个人，苏格拉底说，也不能看我们的日常生活，其中人与人、利益与利益之间的冲突总是没完没了。反之，我们要看的是正义的纯粹形式。让我们设立一个正义的理想社会，没错，彻头彻尾的理想社会。等详察过大规模的正义，再让我们来看看在个人身上有没有吻合的正义形式。先看整体，再看细节。

你也许已经猜到了，柏拉图对我们大多数人定义的正义没什么兴趣：法律面前人人平等。他追求的不是法律观念上的正义，而是作为存在特质的正义，在国家和个人身上皆然，是一种根本上正确、适用于公共及私人层面的伦理。

柏拉图从无到有建立他的乌托邦

读了一点《理想国》之后，我很快就认定柏拉图——不管他怎么说——不可能花了这么大劲构想出一个理想社会，只为了以此类推到个人身上。我就是不相信。柏拉图必然有着更大的批判意图，也许是渴望矫正雅典混乱的民主，其中不同阵营的民众和具有煽动力的领袖各据山头。无论如何，这都是一场看来十分迷人的游戏。拿出你的工具，白手起家，不要把任何东西视为当然，更不用在乎是否实际的问题！工人、农人、手艺人、医生、音乐家、艺术家、诗人、大批的仆人和奴隶，这在我们的社会中都有需要，然后我们还需要战士来保卫这丰富的文明，这些战士精神抖擞，但对同胞公民们温文有礼——这些已经受过教育洗礼的战士，成为哲学家。我们会把又称监护者的战士阶级分成实际上作为领导的统治者，以及协助实践决策的辅佐者。

柏拉图的监护者教育

刚开始，这一切有着一种诙谐的游戏的味道。但当柏拉图谈起了那些监护者的教育时，这好脾气的游戏、这些有时激烈有时亲和的玩笑争论，都被某种一意孤行所取代，其目标的专一令我感到惊讶甚至敌意。创造一个理想的正直社会就意味着控制每一个人，从出生到长大成人。监护者的教育必须严格把关，苏格拉底说，从小时候讲给他们听的故事开始，里面就不能有任何会误导他们人格发展的东西。于是荷马作品里诸神行为不端甚或争吵的部分就得被去掉。关于死后世界暗无天日的故事也得丢开。我们的监护者必须要奋勇作战，不畏惧死亡。《奥德赛》中有一处景象是柏拉图会删掉的，就是佩涅洛佩的追求者死后，灵魂去往冥界之处：

> 就像一个恐怖山洞深处的蝙蝠轻疾飞翔
> 啾啾鸣叫，当它们中的一只落出了它在
> 众蝙蝠互相搭住而形成的链条中的位置；
> 同样地，他们鬼声啾啾地同行……（XXIV，6 ~ 9）

这太吓人、太令人颓丧了。悲叹和滑稽的场景也不能留。我们不可以读到英雄为了倒下的同胞啜泣，或者诸神乐于开恶意的玩笑。我们要培养出的是自制力，不鼓励任何形式的沉溺和道德弱点。

为柏拉图讲句话，我们应该说明的是希腊人并没有如《圣经》或《古兰经》那样的行为准则；他们的行为准则是荷马，而学生们必须背诵、朗读长篇大论的段落，的确是很严肃地看待他的作品。在这些演说中，学生们必须要在情感上认同他们所朗诵的部分，“变成”他所读的东西。但柏拉图的想法无疑仍然是种动机高尚的审查制度。《理想国》里，有种毫不动摇的“道德律”在主掌着阅读行为，而模仿战胜了艺术，因为柏拉图似乎不折不扣地相信我们读什么就会变成什么，所以年轻人能够接触到的艺术必须严格受限。柏拉图对于我们在 20 世纪末一个先进资本主义国家中所认知的艺术没什么兴趣。艺术作为一种具有自主性的活动，却享有它自己的力量和“权力”。

我们的孩子当然被各种艺术围绕；我们用娱乐、艺术表现、影像、游戏、故事将他们淹没。我们也许会想控制他们看的东西，但大部分人都知道是不可能的。在这里，我们养育他们的方式有些不同，也对如何创造出“正直”的个人有不同看法。和谐与其说是我们的理想，倒不如说更接近各种不同的选择。我们希望个人会选择行善，会拒绝送上门来的盖吉斯戒指。由于我们并没有创造出那么多正直的个人，我们的想法也许错了。

我儿子麦克斯与媒体：乐趣，乐趣，乐趣

我的大儿子麦克斯出生于 1983 年，他房里有一张绿色的厚

地毯，长毛缠成一团，是我太太和我从我们位于纽约西区大道的公寓的前任屋主那里继承来的。我记得麦克斯六七岁的时候，我们常常跪在那绿地毯上匍匐前进，清理他的玩具，因而有很多时间可以想想他所受教育的道德本质。硬币、橡皮筋、回形针、弹珠、花生壳、脏袜子、玩具兵、积木、“美国大兵”、蜡笔——仿佛是一种孩童世界的大杂烩，又像一锅塑料和金属制品的浓汤，聚集在绿地毯上。那是美国小孩的一道风景。

有一天，地毯上布满了好几百种的塑料玩具，我坐在当中差点崩溃。麦克斯的一个朋友刚来过，两个男孩在地上倒了好几盒玩具。其中当然有乐高，那种按压成形的小片，有不计其数的组合方式，不过也有神力超人和骷髅人，能动的橄榄绿色忍者龟、“美国大兵”和《芝麻街》里的零碎人物，还有两三个我分辨不出来的玩具族群。地上有好多塑料零件，那些不完全是玩具，而是玩具组合，其中很多在电视或电影或两者里面都有，还扩展到电脑游戏、电动玩具、漫画书、一般童书、衣服和早餐食品的包装盒上。有时候一本漫画书的人物会跑到另一本里，这些书因而互相推广。我还漏了什么吗？徽章？贴纸？广告歌词？随着光碟的“互动”，未来的每一个小孩都可以制作他自己的电影，从老套的元素中挑选出一些，组成他自己的动作片或身份错认喜剧——但这在当时还未实现。我们还处在消费时代。所谓彻底的消费，就是玩具系统里的每一部分都在推销其他的部分，于是小孩被团团包围，放眼望去几乎全是这些东西。我心不在焉地拾起了一个超级英雄时，折断了它的一只手臂。

20 世纪 50 年代初，我还在麦克斯这个年纪的时候最爱看电视，但他却早已超越了电视。他被各种媒体吞没了——除了电视和影响比较轻微的收音机，还有电影、录影录音带、漫画、游戏书、电脑游戏、任天堂、掌上电玩，以及他不时去游乐场里打的电动玩具。乐趣，乐趣，乐趣！媒体提供乐趣，配上电子声响，就像是舞者鞋底的敲击声，在小孩玩的时候嘟嘟叫，加强效果，警告、安慰、奚落他。嘟—砰—嘟—砰！小孩玩着，以游戏创造出一种叙事，杀死敌人、击沉船只、建造城市，而游戏也以一种相伴的叙事回应，像40年代告诉观众该有何感觉的好莱坞电影配乐般引导他的反应。嘟—砰—嘟—砰！没有人能成为这么可靠的同伴。我收拾着，将一个足球丢回麦克斯的玩具柜，砸到了不知什么玩意儿的开关，它对我嚷道："预备！开火！预备！开火！"我们并不孤单。

四十年前，做家长的担心漫画或者电视的影响，他们是过虑了，因为现代媒体里没有一样东西是持久的。游戏和电视节目自作自受，让小孩坐不住的结果是他很快就不再对这些游戏和电视节目感兴趣了。小孩着迷的东西一样换一样，从我不知道的兔宝宝、达菲鸭到超人，又从超人到马盖先，从马盖先到《黄金时期》，从《黄金时期》到"德军总部"，从"德军总部"到"模拟城市",从"模拟城市"到"文明",从"文明"到"迷雾之岛"，从"迷雾之岛"到"毁灭战士"，从"毁灭战士"到"毁灭战士Ⅱ"……没有东西是持久的！这条悲哀大道上的每一站都制造出扰动不安的心情，小孩因而不会彻底投入它们，只是不断地朝下一个移动。最后，小孩在媒体隧道的另一端出现。他上学去，培养兴趣，变成老师、银行家、律师或失败者，找到爱人，也可能结婚生子。适者生存。

所以在个人的角度上，当时和现在我都不觉得这些东西有什么害处。但从整体的角度来说，我就不敢确定了。即使小孩的人格并不是区区一个电视节目、一部电影、一个电玩游戏就可以塑造的，但无休无止的电子攻击必然在他身上到处留痕。媒体不断地提高小孩的赌注，狡猾地推动他走得更远（更多暴力、更多性），怂恿他，开他玩笑，走得更远。更多新的禁区被创造并打破，于是小孩不是依他的自然规律发展，而是渴望遵循媒体关于他应该在哪里的说法。纵使父母控制子女接触媒体，小孩还是会从同辈那里听来所有的东西；他们玩媒体设定给他们的游戏，用他们东一点西一点采集来的残酷暴力和色情互相嘲弄。媒体多面夹攻，冲破了父母的保护墙。

小孩生存下来，但他渐渐变得有些愤世嫉俗；或者他变得爱冷嘲热讽，心知肚明地讽刺着废物。他知道媒体里的一切都是转瞬即逝，是一次性的。电视上的一切都是临时假装的，“只是电视罢了”。而小孩会学到这种嘲弄的语气，感到没有什么是正经严肃的。他们长大后，大卫·莱特曼（David Letterman）就成了他们的讽刺王子：他们从他身上学到，他们身份认同的每一部分都是可以收回的，一切都是一种角色扮演。我不知这样的孩子是否会有柏拉图所认为的“正直的个人”所需要的坚定而单纯的人格。

自由派和基要主义者的教育

柏拉图是在和我们开玩笑吗？《理想国》里的社会理想看来像是专制和天真的混合。有时候，在那些提议里有一丝讽刺或嘲弄的味道，但很难捉摸。我们感觉到我们被戏弄了，但不知道究竟是怎么回事。柏拉图在其他地方提到“无法无天的欲望”，仿佛那是我们天性中的一个常数，但在讨论教育的时候，他似乎是认定人可以经由训练塑造成任何样子；人们只会做出他们听到过的行为。因此，英雄不可以听到平抚人心的音乐，而只能听雄壮的曲调。我们的监护者没有感情泛滥的马勒可听，也没有摇滚乐，只有作曲家苏泽和他的军乐。

当然，你不能轻易对柏拉图的看法嗤之以鼻。如果我们不相信教育可以塑造人格，我们就不会为教育起那么多争端了。每个人都希望他的小孩只读、只看某些东西，其他的就不管了。但这些东西到底是什么？我们不要让小孩接触到的讯息又是哪一些？掌控教育是由来已久的一个想法。柏拉图对教育的看法在许多种基要主义者的概念中再度浮现，这些人以为艺术就是人生，或至少对人生有直接的影响。在萨尔曼·鲁西迪（Salman Rushdie）的小说《撒旦诗篇》（*The Satanic Verses*）中有一个神经不正常的角色开安拉的玩笑，这就是对伊斯兰教整体的攻击——杀了这个小说家！一部美国的商业电影，一部惊悚片里如果有一桩失败的婚姻，那这不是区区一桩虚构婚姻的戏剧化，而是对婚姻体制本身的攻击——保护婚姻制度！

然而，在自由派的教育中，小孩从各种不同来源听到许多故事，他们还听到各式各样的行为，其中最迷人的两种就是邪恶和善良。这时我们教导他们什么是故事、故事和生活的道德关系如何。就连威廉·贝内特受欢迎的《道德之书》（*The Book of Virtues*）选集里也有一些负面的例子，比方说，麦克白夫人怂恿她丈夫杀人。孩子们了解到，人生不总是公平的，美德也不总是胜利，但美德仍然是美德。自由派的态度，不管是否有宗教信仰，都认为让小孩子听到邪恶的故事并不表示就不能把他们教育成善良的人。事实上，他们必须听到邪恶的故事，否则他们就不会热爱善良，不会发自内心地去爱。

这种想法也深植在哥伦比亚大学的核心课程中。第一天泰勒教授给了我们那张上面有引文的纸，其中一段他当时没有立刻解释的精彩的引文，是出自约翰·弥尔顿对言论自由的辩护《论出版自由》(*Areopagitica*)。泰勒引用这段文字有他自己的用意，但它用在当代文明课上也同样适合。

> 诚然我们带到这个世界上的不是纯真，而是芜杂：净化我们的是试炼，而试炼来自反面的事物……他们不是熟知人类情事的思考者，想象以去除罪恶事物的方式来去除罪恶。因为……这一大叠的堆积愈削减就会愈扩增……我们在这世上所知的善与恶几乎是无法分割地长在一起……对善与恶的知识就像一对双生子紧紧相连，从一枚被尝过的苹果跃入这个世界。也许这就是亚当难逃的劫数，亦即，要明白善恶，必由恶中知道善。

你必须被诱惑试炼，否则你无法成为良善。你必须知道戴上盖吉斯的戒指是什么感觉，否则你拒绝它根本没有意义。小孩必须听到邪恶的故事，否则他们无法选择美德。

媒体社会中的教育创造出了“正直”的个人吗？

我想要将这些“经典”交付给我的孩子，还有所有非经典的书，非经典的好作家、侦探小说作家、旅行作家、诗人、记者、历史学家、自传作者。我要他们培养什么都读的伟大习惯，以及求书若渴的求知欲，这是我自己几乎已经失去而现在为之哀悼的。但我在这问题上有把自己和他们搞疯的危险。毕竟，在我完成此书时，十三岁的麦克斯并不是成天坐在屏幕前。他上学，画图，到处溜冰，去公园里打篮球，在夏令营里骑马；他读科幻小说，写故事，和朋友出门，听吉米·亨德利克斯、甲壳虫乐队，也听涅槃合唱团和“窥探狗狗”。我还要求他什么？放孩子一马吧。我当初之所以会埋头书堆，是因为我腼腆害羞，一个在纽约一间公寓里度过许多时光的独生子，太需要同伴和慰藉了。我的阅读是强迫性的，我想从阅读中得到的太多了。

可是……

几年前，麦克斯打开一本书的时候，他会咬着上衣，把鞋带揉成一团；然后他坐到床上往后一躺，把书举在半空中，双腿和屁股也抬在半空中；然后他向侧边倒，把脸凑近书，像是在检查草里的什么小虫一样。他似乎热切地要从某个角度对书下手，也许从底下，也许从旁边，或是从书背后；有时，他还会生气地丢下书。我看着他，对他的喜爱只增无减，但我也感觉受到打击：原来媒体正适合他喜怒无常的性格。我恼火地告诉自己，他可以乖乖坐下来听比利·乔，看卡通、战争电影、摔跤，打电动玩具，这些全没问题，因为都可以依照他的节奏进行。那些娱乐知道怎么抓住他的兴趣，同时还卖了产品给他。现在该是反击的时候了。

直接硬碰硬，会比根本不打输得还快。所以我太太和我便迂回行事，等待时机。几年前，麦克斯很喜欢“德军总部”，那是一种可以任意射杀成排纳粹党卫队员的电脑游戏（后来有很多这种瞄准射击的游戏，如“毁灭战士”和“黑暗势力”）。玩家手持一把能在屏幕下方显示的枪，穿梭在三维空间的迷宫里，穿过走廊，进入门内，一层层向上，开枪射击，同时躲着敌人（一个小小的脸部画面显示伤势），通关是一关比一关更难，最后，从一条走廊的那一头出现了一个张牙舞爪、行动笨重的大家伙，然后——“砰！”你开枪，他中弹倒下。他死了，那是阿道夫·希特勒。游戏结束。

也许我儿子戴上盖吉斯戒指的话，会毫不犹豫地射杀萨达姆，因为，据我理解，这游戏达到了最接近那戒指的地步。一个成人朋友把“德军总部”带来，装电脑游戏之前我们不知道它这么血腥、粗暴，这么容易迎合小孩（好吧，小男孩）的毁灭欲。我的两个儿子，麦克斯和年仅九岁的汤米，都立刻上了瘾，而如果我们硬不准他们玩，既会造成冲突，也并无益处。于是我们采用向来的方式——寓教于乐。我们用这个游戏来教他们关于第二次世界大战甚至犹太人浩劫的历史，然后再谈到冷战和柏林墙。

与媒体相比，手无寸铁的父母非常彻底地担负教导责任。毕竟他们的赌注最大：他们是在塑造灵魂。我太太和我并没有事先计划或谈论，就设立起了一道防线，用我们自己缓慢、真实、随意、开放性的言谈节奏，去应对媒体连续、快速、紧张、尖锐的伪资讯的节奏。睡前我们会给他们讲故事，无数关于善恶的故事，有时他们会要我们讲上两三个甚至四个。媒体把小孩身上许多美好完整的本质给挤掉了；我们想将其复原，并常常感觉整个情势差点失控。

我们从未认真考虑过彻底禁止他们接触这些媒体。我知道有这样做的英勇家长，在小孩七岁的时候念简·奥斯汀的作品给他们听，但我永远也不能把孩子和他们那些将媒体照单全收的朋友们隔离。《辛普森一家》（*The Simpsons*）里的态度和笑话是我们夫妇和孩子们能完全分享的，每当有谁要我们之中的任何一人做什么的时候，我们就像马芝（剧中妈妈的角色）一样呻吟。大部分电玩游戏都很有吸引力，我自己也喜欢玩，而身为影评人的我，当然最没有资格不准小孩看电影和电视（当我和儿子们争论，强迫他们少看点电视的时候，他们都很有风度地不利用我这个极其明显的弱点）。我相信人应该享受乐趣，即使是“眼下”的乐趣、“浅薄”的乐趣。乐趣是引导你走向了解的路径；你会扩充你所喜爱的东西，从一样热衷的事物到另一样，从一本书到另一本书，从一首乐曲到另一首，最后这些乐趣加起来的总和，就是你自己的灵魂。

但乐趣，我们媒体社会的这种原则，会怎样引导小孩走向柏拉图所谈的那种“正义”和“快乐”？（我们会称之为一种“心满意足”的状态，但都是同一回事。）有太多问题了！柏拉图朝空中丢了太多球，我没法将它们通通接住：理想的社会、教育、快乐、权威！我还会需要再回到这里，因为文学人文课里，荷马又开始吟唱（或念诵或随便做什么）了，虽然我确定我已经读够了荷马，我还是得听。

第四章　荷马 2

《奥德赛》这首诗建立在一个折磨人的矛盾之上：想要休息、饱餐的诱惑几乎无人能抵，然而你一旦休息下来，就有失去知觉甚至生命的危险。到头来，除了死亡和遗忘，是没有休息的。

泰勒教授告诉学生，他们都是忒勒玛科斯

“你们都是忒勒玛科斯，不是吗？”我们向荷马的另一伟大史诗《奥德赛》迈进时，泰勒对班上的学生说。忒勒玛科斯？奥德修斯的儿子？仪容不整、睡眼惺忪，或是紧张兮兮、盯着笔记，女生的脸很奇怪地模糊不清，反戴帽子的男生带着愚笨的保护色，我想这些学生和忒勒玛科斯唯一的相似之处只在于他们的不确定。他们在躲藏。泰勒是这个意思吗？

从《伊利亚特》的争议之火中挣扎穿过之后，我心情沉重地翻开了《奥德赛》——更多的动物献祭，更多长篇累牍的族谱，更多令人厌烦的轻浮神祇。我读书的沙发已经开始吱呀作响。我已学会了喜爱《伊利亚特》，但我们真的有必要两部荷马的史诗都读吗？我恍惚记得这首诗：佩涅洛佩织了拆、拆了织……经年累月地守在织布机旁拒绝追求者，而奥德修斯则漂泊四海，到处和人上床，假装要回家。天啊，这可真是好看的东西。文化让《奥

德赛》成了陈词滥调（刺激的“奥德赛”式游艇航程载人来往于劳德代尔堡和圣胡安），我认为我知道原因：这首诗一本正经而枯燥乏味，是一部累人的经典作品。但我很有兴趣听听泰勒是什么意思，于是我蹒跚地走进诗里的世界。

又是一个熟悉的故事。刚开始,忒勒玛科斯不知道自己是谁。特洛伊城被攻破已经是十年前的事，距希腊最伟大的战将之一、绝对是最足智多谋的奥德修斯离家出征也有二十年了。二十年啊！ 在伊萨卡，忒勒玛科斯坐在他父亲的宫殿里，气愤地看着王国内最优秀的、前来追求他母亲佩涅洛佩的年轻人饱啖宫廷的牛羊。他们已经待在这里好几年了。这些厚颜无耻的食客飨宴痛饮、和仆人睡觉，忒勒玛科斯觉得他们是寄生虫，按他的说法是吃掉他的“血肉”，吞食了他继承的财产。一个愤怒的十八九岁男孩，天性好战，但不知道自己的能力可以证明多少，有着青少年澎湃的愤慨和困惑；他渴望成为他父亲的儿子，杀了那些追求者，但不知该怎么做。他从没见过奥德修斯。“我母亲说我的确是他亲生的，”他尖刻地说，“但我自己并不知道。没有人真正知道他的父亲是谁。”这说法令人很难回答，但这首诗至少提供了一部分答案：以建立起自己的身份认同、变成你自己的方式来知道你的父亲。《奥德赛》召唤青少年面对的正是最英雄的命运：你是谁，你的特质是什么？

我读着这首诗，发现无论泰勒怎么教，《奥德赛》都会给我带来麻烦。政治正确的议题隐隐浮现不祥征兆：父权的秩序在混杂的温柔美感和凶蛮中，招摇着它的标准。泰勒在做什么，那样挑战学生，说他们都是忒勒玛科斯？这里有一个根深蒂固的针对遗传的贵族观点：男人的特质会在男孩的奋战气概中显现。这正是父权秩序的中心。泰勒要把这个观点加诸他的大一新生身上？

而且男女皆然？

就在忒勒玛科斯坐在令他倍感羞辱的桌边时，奥德修斯无精打采地待在卡吕普索那草木葱茏的岛屿上的山洞里。卡吕普索是个水精——女神，招待他的同时也拘禁他，不肯让他离开。他离不开她那无休止的款待，“在海浪冲刷的岛屿上、千江万水的肚腹中，忧愁度日”。泰勒抓住卡吕普索的名字，当作用来解开这首巨幅诗篇的钥匙。他的表情像一只咬住发抖动物的老虎，告诉我们卡吕普索在古希腊文里是“斗篷”的意思。所以奥德修斯是被卡吕普索围裹起来，埋在胎包的羊水里（“千江万水的肚腹中”），他的身份受到掩蔽，回到他的王国、妻儿身边的路被完全切断。

学生想要深藏不露地朗读

和之前一样，泰勒将比喻和象征的分析转化成对学生的直接挑战。他要把他们找出来，扰乱他们。纯洁的分析手法在这里不管用，他牢记在心。在诗的开场，父亲和儿子都挣扎着要确立自己被压抑的身份。急着想知道奥德修斯消息的忒勒玛科斯，出海去拜访其他早就回到家乡的将领；受到保护神雅典娜帮助的奥德修斯，终于逃离了卡吕普索，再次尝试踏上归途。这两人都一路讲述故事，在对自己的来历和愿望时真时假的描述中确立身份。随着诗的进行，出现了一系列越来越紧凑的策略性改装易容和事实揭露，泰勒称之为“认出”。首先是简单的表明身份，然后比较深入地认清高贵的特质，最后是最深入的，在对话中以及在床上的，奥德修斯和佩涅洛佩的夫妻相认。这一切造成的痛苦和欢乐同样多。于是他拿这种双重性来对付学生。

"在古希腊文里,'奥德修斯'这个词的意思之一,"他说,"是'制造麻烦'。由此可见,你们这整票人都是生出来找麻烦的……除非你们想继续被埋在大海的肚子里。"

他用他那粗粝的、教授似的声音说着,在某些地方有意停顿,然后从沉默中说出最出人意料的话。这过分亲昵的、开明伯伯的样子突然变成了最苦涩的懊悔、最悲哀的忧郁。泰勒给学生煽风点火,同时哀叹他们未来的不快乐和终将失去的纯真。他召唤他们进入存在,又告诉他们会遍体鳞伤。

天知道,他们的确需要觉醒。虽然学生说他们喜欢《奥德赛》,他们还是不能读它——我是说,大声把它朗读出来。每当他们被指定在课堂上念一段的时候,不管男生女生都一样地喃喃不清,就算再情绪激动的部分,他们也是快速平淡地念过,好像在念美达复印机的说明书一样。

> ……现在忒勒玛科斯
> 拥抱住他伟大的父亲并大放悲声,
> 泪水潸潸,他们两人都有着哀悼的愿望;
> 他们尖锐的哭声颤动着,甚至超过了禽鸟的
> 高鸣,不管是鹦还是有利爪的秃鹰,当它们的幼雏
> 在羽翼长成之前被田野之人
> 偷去;他们的哀哭声和眼中流出的泪水也就是如此。(XVI,213~219)

照他们的读法,他们在说的也可以是:"将纸放入左侧的进纸盘中……"

我想让他们念得美丽而掷地有声,他们却怯懦而懒散,好

像还没睡醒。在这种时候，总是铿锵有力的《奥德赛》简直像是在开胆怯学生的玩笑。每当有人问奥德修斯的名字，他总是说一个关于他自己的故事。在一个口语叙述的传统中，你得说得出你的父母是谁、你有多少土地、你杀过谁、你被谁征服过、你取悦或激怒过哪些神。关于你的叙事是什么，你就是什么。然而这些学生不是口语文化而是一个无味的视听文化之下的产物，这种文化里一切都是角色，一切都是暂时的，而说出的话可能带来嘲讽或自嘲。在一个讽刺性的视听文化里，几乎没有人能说出他自己的故事。我们不关心在公开场合的言说。高中里很少要求人背诵诗歌，这些学生中可能有人在此之前从未在课堂上朗读过。

学期的前几周，我目睹了一种窘态。刚开学的时候，老师为了让课堂的气氛活跃一点，都会在教室里走来走去，要学生简短地介绍自己。他们脸色通红，声音有时小得像蚊子叫，说出来的故事变成了问题。

“嗯，我叫乔·莫理森？我来自明尼苏达？一个叫公园激流的小镇？然后，啊，我想，我还不知道，我主修的是什么？”

他们一定有他们的故事；他们只是太有戒心了，不肯说出来，也不肯用一种会泄漏个人底细的方式来朗读。我可以看出来，文学人文课旨在去除他们的防御心。课程里有一点柏拉图所说的那种塑造人格的味道。通过要求学生读古典文本的方式，这门课不仅提供文学教育的入门，也强迫他们将一小部分的自我（之后也许会更多）认同于忒勒玛科斯的恐惧，或是阿喀琉斯的愤怒，或是，当我们之后在学年末读《傲慢与偏见》的时候，伊丽莎白·贝内特的直爽。也许，通过某种转变的过程，他们会变为他们所读到的故事，最后又终于变成他们自己的故事。泰勒并没有这么说，不过这看起来像是他计划的一部分。

这里面使事情复杂化的是，奥德修斯通常会说谎。他被冲上法亚基安人的岛屿，先是吞吞吐吐编造出一些遁词，然后把自己的故事实话实说告诉了他们。但回到家乡伊萨卡的时候，他巧妙骗过了每一个人，甚至在他的妻子、儿子、父亲面前都假扮成了别人。就像所有成功的欺瞒者一样，他在捏造的情节中加入了不少事实：他扮成一个落难的君主，讲述的冒险和灾难故事很像，但却不是他自己的经历。直到他逐渐地将这些零碎的、奇异的假象越来越拉近事实，才表明了他的身份。

“你不能直接说实话，没有直接说实话的方法。”泰勒引用艾米莉·狄金森（Emily Dickinson）开头是“将事实全盘托出，但迂回地说”的那首诗中的句子对我们说。我领会到他是在说他自己，解释他那声东击西、忽进忽退的教学策略。他用游击队突袭的方式处理主题，从不简单清晰地一下子就说出他的目标，而是刺激学生，直到他们自己脱口而出。但“迂回地”说实话也是他对西方艺术的看法。看起来，身份的问题在荷马的作品里并不是件小事：只确认自己是不够的。在西方文学传统之初，自我就已经有了面具，并且会虚构重造一个自己，而这虚构也非单纯。“双重想法”是泰勒喜欢的说法之一。在伟大文学中的一切，每一个行为和字句，都可能在显而易见的意义之外另有所指，说不定还是完全相反的东西。

* * *

我读《伊利亚特》的时候总是要很费力才能保持专心，读《奥德赛》时却出人意料，稳坐桌前，一气呵成。我发现我被围绕在这首诗名声四周的老套说法误导，对它形成了错误的印象。这是一部惊人的作品，每一寸都和《伊利亚特》一样难读、狂野美丽、不可驾驭。我愈读愈喜欢，那种乐趣像阳光一样温暖了我。《奥德赛》是一首关于战后的诗，祈求解脱和满足，有时歌颂感官甚至肉欲。

> ……当伟大的奥德修斯在河中浴过，洗去了他身上的
> 贴附在他的背部和宽肩上的盐水，
> 他从他头上洗刷去了荒瘠大海的盐粒。
> 但当他洗浴完毕，在身上涂了橄榄油，
> 穿上了这个未嫁少女给他的衣服，
> 宙斯的女儿雅典娜便使他的体格
> 看上去更高大健壮，也使他头上
> 披散的鬈发看来像风信子的花瓣。（VI，224~231）

> ……于是雅典娜用优雅为他的头和肩镶金，
> 他走到一旁独自坐在海边，
> 焕发着高贵俊美的光芒；那少女仰慕不已。（VI，235~237）

全盛时期的米高梅电影公司能为克拉克 · 盖博（Clark Gable）做的也不过如此。年老的荷马笔下描写了男欢女爱和感官享受，还有身体快感和人际关系。主人公从打仗转而讲述战争的故事，从在战场上声名远扬转而在饮食男女中确立身份。在《伊利亚特》中被虐待、只有靠厮杀和野蛮的酒肉宴会来满足的身体，现在要求获得它应得的日常照顾与舒适。奥德修斯需要洗个澡，需要回到他自己的床上；他年迈的父亲雷提斯因为看不过去而离开了伊萨卡的宫殿，现在在乡下一间陋舍席地而居，下葬的时候需要一

块裹尸布。我们都需要一个家，一个紧紧包围着我们的空间，还有朋友。

令人惊讶的是，《奥德赛》的强大力量在于这首诗是个大型的黑色喜剧。正当精疲力竭的英雄们最需要休息、舒适、乐趣的时候，他们碰上了恐怖的事物和陷阱。《奥德赛》是归乡诗（Nostoi）中最有名的。归乡诗指的是描述特洛伊战争英雄人物还乡的史诗。其中很多人的归途都充满灾难，他们可能因为某些罪行或疏忽了祭祀而受到神祇的惩罚，遭遇恶劣的气候和船难，或者终于回到家之后，死在了背叛他们的妻子手里——好客的款待可能带来厄运和毁灭。《奥德赛》中最耳熟能详的部分——出奇的怪物和险境：巨人、曼声歌唱的女妖、怪异的灾难，都不只是科幻的惊险场面，而是更有趣得多。荷马似乎在运作着种种食欲的变态。人被自己和他人的需要吞噬，比方说，独眼野蛮的波吕斐摩斯能生吞活剥一切，这个巨人是“无法无天的独眼巨人”的头头，穷凶极恶地吃掉了奥德修斯的一些手下。“就像在山中长大的狮子，丝毫不留，……内脏、血肉和充满骨髓的骨头都一样”，要不是奥德修斯趁那巨人睡觉的时候将一根桩子插进巨人的独眼中，差点也被吃了。

就如泰勒兴冲冲地所说的，在这首诗中，“你不是吃，就是被吃，而如果你吃的话，最好吃对东西、吃对地方”。感官的乐趣——吃带来平静的莲花或带来作为惩罚的太阳神的牛群，或是降服于岛屿上的水精和女妖，他们可以毁了你，或削弱你回家的意志。

是的，这是一个残忍的玩笑！这首巨幅诗作建立在一个折磨人的矛盾之上：想要休息、饱餐的诱惑几乎无人能抵，然而你一旦休息下来，就有失去知觉甚至生命的危险。到头来，除了死亡和遗忘，是没有休息的，那是一种可以称作西方荣耀和西方疾病的状态。荷马找不到平静——在《伊利亚特》和《奥德赛》的精神中都有一种诡异非常、无法平息、遥不可及的陌生——以前普遍认为这首史诗是个明朗的冒险故事，却忽略了这部作品比大多数人所以为的更精致、更激动人心、更富挑战性。

回到汤姆餐厅

我为什么要责难这些大一新生？他们才刚进大学，对自己不甚确定，我又何必跟他们过不去呢？我缄默了几天，然后我的思绪开始飘回到十八岁的我，一个不太开朗的年轻男人，身穿灯芯绒夹克，紧张拘束地四处张望，住在有绿色水泥墙的宿舍房间里并不开心。这栋新大楼（当时它是叫这个名字）位于 114 街和百老汇的交叉口，外观平淡、毫无特色。现在，课余的时间我在哥伦比亚的校园里走来走去，在有过生活回忆的某个角落、某座纪念碑或某片草地寻找那个人，或是那个影子的踪迹，却一无所获。一定会有些证据留下的，我想，一根香烟的烟灰，一张旧的洗衣票子塞在巴特勒图书馆三楼紧邻期刊阅览室的椅子下，那里的壁龛式小隔间是沉静的吸烟者（当时就已经是少数了）的天堂，最棒的是那里宽大舒适的皮椅，是阅读的宝座。一言以蔽之，那是我 20 世纪 60 年代初在哥伦比亚找到的最优雅的地方。如果仔细找找椅子的深处，一定还可以找到一点记忆，甚至一块污渍……

通常到这里我就觉得没意思了。我关于自我的记忆要不是已经消逝，就是残破到我不想去重拾，以免它到完全解体的地步。于是，我要到我知道会找到自我的地方去。我心中惴惴不安地走出校园，走向远近知名、位于 112 街和百老汇交叉口的汤姆餐厅，即苏珊·薇格（Suzanne Vega）的畅销曲中唱到的汤姆餐厅，它那平常的门面有时会在影片《欢乐单身派对》的外景中出现，在它郁郁寡欢的店里我吃过至少一百顿饭。我站在门外，喉咙中涌起浇在肉丸或胸肉上、有时（加了利马豆）还充当汤的酱汁的味道，久久不能踏进去。我看向窗内：棕色的塑料椅、棕色的高脚凳、粉红色塑料贴面的柜台，还有贴在窗上的沾有油渍的菜单："'希腊式'烤通心粉…… 四美元"。还是希腊式的呢！一切都是老样子，连价钱也没变。我的大学生活乏善可陈。老师、朋友、书本、音乐、电影、几个醉醺醺的派对、一些不值一提的恶作剧，还有等了好久好久才终于在我二十几岁时出现的那场认真的恋爱。我逐渐明白，我生那些没故事可说的学生的气，是因为我自己没故事可说，至少早年的生活没什么可说。而大学时代我读着、听着、冬眠着，等待着什么事发生，最终深信我就像亨利·詹姆斯（Henry James）的中篇小说《丛林中的野兽》（*The Beast in the Jungle*）里的年轻男主角一样，准备迎接某种特殊命运，年复一年蓄势待发，最后知道他的特殊命运就是变成一个生活中什么事也不会发生的人，并且死去。野兽没有那样子扑向我。我慢慢地逃出了丛林，开始加速，但早年留白的生活使我受到了惩罚，在我的记忆中留下了一个空洞，令我为之叹息。

作为黑色喜剧的《奥德赛》：吃或被吃

很少有文学作品像《奥德赛》的最后四卷一样激起那么多恐惧。先前似乎不大关心悬疑技巧的荷马现在一延再延，于是在被延宕的动作之间，读者越来越焦虑。在不断地掩饰身份、说了许多精明怪异半真半假的故事之后，奥德修斯终于对他的儿子和他忠心耿耿的养猪仆人道明了身份（他还不想跟佩涅洛佩摊牌），相认的场面一幕比一幕更令人情绪激动。但在松了一口气的同时，我们又有不祥的预感——奥德修斯会把那些追求者全杀光。因为他要的是复仇，不是正义；那些追求者没杀过谁，也没碰过佩涅洛佩一下，但他们全都得死。屠杀是雅典娜的意旨，也是已找到一些帮手的奥德修斯的意愿。

> 而现在雅典娜挥舞着神盾，给人类带来灾殃，
> 从高高在上的屋顶，令所有的人呆若木鸡；
> 他们在厅堂内四散奔逃，像一群牲口
> 在白昼渐长的春天
> 被马蝇狠狠叮住，弄得发狂；
> 但另一批人，像是尖爪、钩喙的秃鹰，
> 从山上飞下来劫掠比较小的鸟；
> 这些在平原上的，快速地跑开以远离云层，
> 但秃鹰俯冲在他们身上毁灭了他们，完全不受
> 抵挡，不让一人逃脱，而这些人乐于狩猎；
> 于是这些人横扫宫殿，打倒了
> 一个又一个的追求者；地板上蒸腾着
> 鲜血，并传来头被打破时人的惨叫声。（XXII，297~309）

于是在先前段落里因为孩子被偷走而哭泣的秃鹰，现在俯冲下来杀死小鸟。荷马是在对奥德修斯做出隐晦的判断，说他可以为失去的孩子哭泣然后杀死弱者吗？大概不是的，写作时期早柏拉图 375 年的荷马，不见得将“正义”的概念放在了心里。荷马的听众不会觉得奥德修斯杀死追求者有什么不对：他是在解

放他的家乡。我知道，我感到如此大的恐怖，是因为我读这首诗的方式错接了时空。

怎么可能不这样读呢？就算我想按泰勒要求的那样照这些古书本身的方式来读它们，但要是不压制自己的自然反应的话，怎么可能做得到？在荷马的文明和我们的文明中，都有一种罪恶深重的东西不容忽视：对无情力量的崇拜也是“西方”的一部分。正当我对荷马和追寻感官乐趣及舒适的希腊人感到兄弟一般的亲切时，这首诗又迫使我再度将他们看作危险而野蛮、既“异类”也熟悉的人，而那异类也是我们的一部分。这就是双重想法，泰勒教授说。

我落进窠臼，面临重要关头：可以拒绝给了自己乐趣的事物吗？

泰勒着手于这本书的架构，而学生再次温习读取模式、象征和主题变化的任务时，我了解到我落进了老套的窠臼，而这正是泰勒讨厌的东西。但我决定不要羞于面对明显的事情。泰勒对于文学采取形式主义的读法，缺点在于使一些比较有刺激性的道德问题成了漏网之鱼。他认为这类问题太容易流于现代的陈词滥调了。但，呃，就像泰勒的口头禅，呃！在奥德修斯和他的手下杀了追求者之后，他强迫宫里和那些人睡过觉的侍女们去埋葬她们情人的尸体；然后，当她们完成之后，忒勒玛科斯在他父亲的命令下，把这些女人全杀了。是忒勒玛科斯杀了她们，他年纪很轻，因此（我们会认为）他对与性有关的事并没有能力做出绝对判断。当然，在荷马看来，这些女人是属于奥德修斯和忒勒玛科斯的；这两个男人的财产被侵犯了，身为奥德修斯继承人的忒勒玛科斯有权行使惩罚，事情就是这样。他是个男人，他对于女人有权力。

> 此刻深思熟虑的忒勒玛科斯对他们开口了：
> “我不会用任何干净利落的手段来结果这些女人的
> 生命，因为她们对我母亲恶言相向，
> 对我本人亦然，且她们和那些追求者睡过觉。”
> 他说着，取一条暗色船首的船的缆绳，
> 紧系在高柱上，绕过后甲板；
> 就像是展开翅膀的鹣鸟，或是鸽子
> 飞进了灌木丛里等着它们的陷阱，想要
> 找一个安歇的地方，但得到的却是可恨的长眠；
> 她们的头便如此排成一线，每一个人的颈子都
> 紧套在一个绳结里，使她们的死特别可悲。
> 她们蹬脚挣扎了一下，为时不久。（XXII，461~472）

哦，邪恶的父权哪！我太生气了。但这不是一个简单的议题，因为《奥德赛》文辞优美，就连这些句子以诗来说都是美丽的，而诗中残忍的部分和动人的部分密不可分。《伊利亚特》里荷马被抑制的温柔，在《奥德赛》中倾泻而出，读者进入了父权人生观的天堂，其中年轻男人期待负起和父亲一样的责任，妻子对长年在外的丈夫忠贞不移，而丈夫自己虽然拈花惹草，却仍然渴望回家；在这个天堂里，宾客受到热情款待，奴隶为英雄暖好了床，仆人对主人忠心耿耿。一切都富足而精美，芬芳而舒适，在西方文学中，可能要跳到托尔斯泰（Lev Tolstoy）的《战争与和平》（*War and Peace*），才会再体验到对人生中物质和身体的乐趣如

此强烈的爱好。而在那父权版本的生命中，无情的暴力和视女人如财产的态度，和忒勒马科斯男子气概的成熟过程一样天经地义，不可磨灭。

突然间，在学年开始没多久，我就不得不面临关键时刻。我了解到，虽然我对屠杀追求者和侍女的场面感到惊恐，我的乐趣却是真实的。我是个影评人，我相信乐趣，而如果我在如此享受这本书之后排斥它，我就是在排斥我自己，对人生和艺术的态度都流于虚假。《奥德赛》依据的一部分观念，造成了世界上一半人口的受苦和自我压抑，这是一个我必须接受的冲突对立。从政治上排斥一本自己喜爱的书，是一种谎言。

排斥过去的不公不义，并不表示必须排斥那些罪恶的古老文明的美丽之处，这是显而易见的，但这一点在现代的美国大学中已经越来越稀有，人们总是用怀疑的眼光来看待过去，连过去的艺术都被与邪恶挂钩。大学课程里应该把荷马去掉吗？不，不应该。那样做会剥夺学生接触诗的美感的机会，它在诗里是滔天巨浪，而社会观点只是次要的；同时学生也将无法体会在正常的现代书籍中绝对找不到的东西：生命的甜美和悲惨交织的动人印象。当我问女学生们对那些侍女的遭遇做何感想时，她们似乎都了解这一点。她们耸耸肩说："那就是当时对待女人的方式。历史没法改变。"学年才刚开始，质疑课程可能还嫌太早了。她们急着阅读。

泰勒教授将我救出窠臼

虽然我对泰勒的方法有疑问，但我看得出，到头来他还是对的：像《奥德赛》这样的一本书永远不能简单地被某一种社会观挪用：它太复杂了，超出每个人一己的（其实也就是其他人一己的）衡量标准。屠杀追求者和侍女的场面是西方文学中灾难性的一刻，但即使如此，我们也得说用女性主义和道德的理由来批评《奥德赛》是没多大意义的。我们很难说，这首诗的艺术价值会因为它的父权思想而受损。

而证据也不是这么简单的。奥德修斯抵达宫殿时，佩涅洛佩打量着这个膀大腰圆但衣衫褴褛的陌生人，与他说了很长时间的话。或者这对话其实是考验？她是个不凡的女人，绝不是无足轻重的不幸人物，而和奥德修斯在意志力甚或心计上都不相上下。她认出了她的丈夫吗？荷马当然没这么说，但那些场景可以被解读为，也曾经确实被一些学者解读为——暗示着她一直都知道那是奥德修斯。照这种看法，她是在拒绝承认他。这是有可能的，想想在二十年的禁欲生活中，她对亲密关系的抗拒力有多强。之前她曾经说过，如果要她“取悦一个不够格的丈夫的心智”，她宁愿诸神让她死掉算了。这是一句惊人的话：她不肯取悦一个不够格的丈夫的心智。这就是西方文学中第一个女人的发言，她也是西方文学中第一个有分量的女人。

接受她出类拔萃的丈夫的亲密举动可不是件容易的事。就连他穿上美丽的王袍，宣布他自己的身份，恼火于她的顽固也不行，她仍然拖延着，考验他，试探他，假装不认识他，假装已经把他多年前为他俩做的那张床移走了，奥德修斯围着一棵橄榄树做出了那张床（用树干当其中一根床柱），也由此将它牢牢固定在地上。这张床，她淘气地说，会放在卧室外面给这个陌生人用。当奥德修斯发起脾气，因为发现他固定在地上的床居然可以被移动，她就此知道眼前的这个男人只可能是她的丈夫了。

奥德修斯和佩涅洛佩在固定于地的床上回归了他们的“旧

日仪式”，这是最后的相认。“奥德修斯通过了床上的考验，”他环视学生说，“你们都得通过床上的考验。”他又变得狎昵起来。对这些十八岁的学生这样说真是不得了，但他坚持不放过他们。他走出形式主义的方法，至少是用在大一学生身上的，是将他们所读的拉回到他们自己身份认同的问题上。他会将他们从沉睡的、喃喃的自我中带出来，但他不会让他们轻松地看待“身份”。他们会在这样的庄严堂皇中试验它：

就像陆地似乎对游着泳的人表示欢迎，
当波塞冬在大海上捣碎了他们建造的坚固
船只，用狂风巨浪的重量
击打它，只有几个人逃离了灰色的水域，朝着陆地
游泳，身上结了厚厚的盐霜，
高兴地踏上陆地，逃出魔掌；
她看着她丈夫时的欢迎也是如此，
用她的雪白双臂抱住他不肯放。
有着粉红手指的拂晓会在他们的哭泣中到来，
要不是女神雅典娜另有安排的话。
她留住漫漫长夜，她拦下了
坐在海洋黄金宝座上的拂晓，不让她
驾驭她的快马将白昼带给人们：
澜波斯和飞颂，这两匹供拂晓驱策的马。
然后足智多谋的奥德修斯对他的妻子说：
“亲爱的妻子，我们还没有通过所有的试炼……”（XXIII，233~249）

名字的其中一义是“麻烦”的奥德修斯不能休息。他很快又会离开，去完成他的冒险。做结语的时候，泰勒环视着大家缓缓开口。

“你可以回到子宫里，”他说，“或者你可以让你的外表光亮不可侵入，使得没有人能够了解你。看看你们，你们认为你们找得到纯粹无瑕的快乐。你们中有的人深不可测，有的人被发现的话就会惊慌失措。呃，我不知道只要欢乐有何不可。但如果你们要真正被认知，一定会有麻烦和痛苦。你可以是卡吕普索或是奥德修斯，被埋住，或者被困扰。”

这可真是好建议！是给西方世界未来的领袖、霸权的立法者还有白人帝国里那些抱持必胜信念的会计师的好建议！

插曲二

“有些书自证其经典，”教授特意用平淡的声音说，“它们引发了对道德、自我、政府等重要问题的各式反应。但不是说它们打开了某一扇门，教它们的方法可以有很多。核心课程的书单也不是固定的，每一年的文本都有百分之十到二十的变动。”

他的声音悦耳，但态度保留。东亚研究与日本文学系的白根春雄教授和核心课程的常务委员会（这是一群不时开会检讨关于核心课程议题的教师们）的主席答应与一些学生在一栋宿舍的大厅里见面，听听他们的评语和抱怨。这是10月一个冷得出奇的晚上，一小群学生聚在旧哈特里楼十楼的大厅里，这是一栋红砖建筑，靠近汉米顿楼的那一侧校园。白根先从校方对核心课程的共识说起，并回溯行政单位在1988年做的决定——加进一些女作家，但保持文学人文课和当代文明课的完整，也保持时间各为一学期的必修的音乐人文课和艺术人文课的完整，这两门入门课程只包括西方的高等艺术（古典音乐、帕特农神殿、拉斐尔、圣彼得大教堂、毕加索，等等）。除此之外，学校要求学生选修另外两种文化的课程，或一门其他文化、一门当代社会议题。白根的中立态度表示他是在解释而非推销1988年的决定，他暗示对核心课程的批评可能正确或至少说得过去。他说完之后，开始询问大家的意见。

有一阵短暂的停顿。几个人低头看地上，然后一个白人男学生举手说：“如果这是有关于重要性的问题，为什么要把分析的角度限制在西方？为什么不读《奥义书》（*Upanishads*）或《薄伽梵歌》(*Bhagavad-Gita*)?”

白根看来松了一口气,他以前就听过这种话了。“重点在于,”他平和地说,“就算在长度各为两学期的两门课程里,都没办法均匀囊括重要的西方文本。我们不想搞得像自助餐馆一样。如果我们放进许多不同的传统,你们念完之后对许多重要问题和议题还是会一片模糊,没有实在的收获。”

一个非裔美籍女学生在会议中一直站着,身子微往前倾,此时颇激动地开口。“当代文明课和文学人文课暗地里传达的信息是,”她向前摇晃着说,“这些书、这些白种男人的文化是至高无上的。”

我猜她是三年级的学生,戴着眼镜和耳环,脸颊一侧松松绑着的头发掉出了几缕,身体朝着白根前倾。白根则点着头没有说话。于是她环顾四周,但没有反应,除了站在她附近的一个黑人女学生点了点头。要读《奥义书》的那个学生打破了沉默。“三年里,你花上不少时间,”他说,“去读西方文明。但一个只着重于世界某一部分的核心教育根本不能叫作核心。”

再次松了一口气的白根回到了实际的问题上:“教师们仅仅要对这些西方文本有所掌握,就已经快应付不过来了,要他们再精于东方文学,可能有点强人所难。”

嗯,这是个务实而坦诚的答案。文学人文课和当代文明课的教师来自许多科系:哲学家教文学作品,历史学家教哲学作品。你不能要求他们也精通东方经典。不过现在那第二个黑人女学生移向前来,站在她朋友旁边。“学生的成分改变了,”她说,“你们让女人和有色人种进入学校,但核心课程的书却是全白的。”

白根再次点点头但没有回答,而当他环顾四周的时候,我首度感到了一丝不快。他到底想不想为这些课程辩护?如果你的职责在于传达某种对文化的概念，我看不出你怎能对之感到腼腆。要么冒成为老古板的风险，要么就退出游戏。他甚至没有说出一件明显的事情，那就是这些课程从不是为了代表学生成分而开设的，这些书也不是均匀分布在各时期或国家。虽然近年来书单有了变化，文学人文课的前半年仍然是希腊人的天下。除了阿奎纳（St. Thomas Aquinas）、但丁（Dante）、薄伽丘（Giovanni Bocaccio），以及克里斯蒂娜·德·皮桑（Christine de Pizan），两门课里都没有从罗马帝国倾覆到文艺复兴时期之间的东西。虽然有些班可能会读到弗雷德里克·道格拉斯或杜波依斯的书（教师个人于学年末在教材的选择上有一点转圜之地），但当代文明课的必读书单里并没有黑人作家的作品（除非把在罗马帝国边缘的北非出生的奥古斯丁算进去）。就如当代文明课的主任斯米特教授在开学那天所说的，这些书只代表了影响力以及登峰造极的心智与创作力量，尽管后者自然受到过许多质疑。这些看起来凝聚了共识的标准，这些将荷马、《圣经》、莎士比亚、托尔斯泰推崇为西方文学巅峰的关于人生和艺术的看法，本身难道不是政治和经济力量的产物吗？要不就讲述这些标准，我想着，要不就走人吧。

这温吞水般的对话令人不舒服地踊跃起来。一个胡子没刮、尖尖的鼻子上架着眼镜的年轻男人生气地开口，他显然是印度或巴基斯坦后裔，但他的口音是最纯粹的美国腔——东岸口音，我想。他提出了一些典型的意见，关于吸收西方成就的重要性：再怎么说，你不都是要在这里生活、工作的吗？

“但为什么要设立关于西方世界的课程呢？”那第一个黑人女生说话，但没有回答他的问题。她现在很急切了，快要崩溃了。她的身体向前倾。

“为什么我在音乐人文课里要听什么莫扎特？”她用不屑的方式念出了这个名字，“我讨厌核心课程的原因在于它支持白人至上、种族歧视的概念。这是一个种族歧视的核心课程。小时候我被教得看不起自己……小时候听过的说白人比较好、比较优越的那些东西，我现在又要在文学人文课和当代文明课里听一遍。这个莫扎特、这个海顿、这些优越的白种男人都是谁？只有他们的文化才重要吗？这里面传达的信息是，这才是优越的文化。为什么莫扎特比某个非洲鼓手要好？被拒于音乐人文课之外的优雅音乐多得是，但现在里面没有包括女人，也没有有色人种。”

“但这不是肤色的问题，”那个印度裔的学生说，“这些是经典作品。无论如何，你早就知道哥伦比亚有这些课程，”他现在说得很紧张，句子一阵一阵地突然冒出来，仿佛要赶在忘记或改变主意之前把话说完，“你干吗要来？何不去上其他的学校？”

这下好了。她狠狠吐出一口气，几乎是在喘息，声音高了八度。“你看，你的反应是‘我何不到别的地方去？’”她说，“但为什么不改变这个地方呢？”几分钟过去了，她关于种族歧视的控诉没有得到回答，话题转向其他的东西，她愤愤地拂袖而去。

听完这一段话，我太沮丧、情绪太混乱了，她勇气可嘉但怒气冲天，而且，我想，她大错特错了，以致会议中其他的话全没听进去。我还来不及问她的名字，她就气冲冲地走了，我感到茫然，因为我不知道她是谁，不了解她有什么经历、她在哥伦比亚到底发生过什么事。

第五章　柏拉图 2

> 柏拉图的乌托邦提出了一种我们的理想所不可能接受的和谐，这看似美妙，但实则令人伤心梦碎。

面临身为影评人的一成不变

我很认真地在读书，读着荷马、柏拉图、亚里士多德、索福克勒斯（Sophocles）等的希腊作品。但我需要更多时间。生活在中间挡路——生活是好生活，但挡路。我一直都知道这是不可避免的，但我决心不要把我的学校历险隔离起来，不要变成中世纪修道院式的隐士，而是要尽可能正常地生活。说得好像我有选择的余地似的！有些日子我想自由自在地念书，高兴什么时候吃饭睡觉就什么时候吃饭睡觉，像个十八岁的年轻人一样不修边幅。然后我的小儿子汤玛斯就会来拉我的手，带我到他房间里去看他画的画，把我从柏拉图旁边拉开，让我既生气又感激，因为世上没有什么比得上孩子的小手。

电影也在挡路。晚上吃过饭后，我常要赶去看电影试映，然后在没有课的星期五，我会坐在家里，试着将哲学和文学推开，为我在《纽约客》杂志上的专栏写阿诺德·施瓦辛格新的旷世巨作《终结者 2:审判日》的影评。有时候要这么做实在不太容易。“我发霉了。”下笔不顺的时候我会如此呻吟。这是影评人版本的心灵枯竭，就像虔诚的教徒找不到接近上帝之路时所感到的灰暗绝望。我写不出新东西，不只是因为电影烂。它们的确烂，这我是一点都不怀疑的:有太多写给洛杉矶警察局的情书,《小鬼当家 2》里麦考利·卡尔金戳了乔·佩西太多下，太多可爱的 X 世代喜剧，太多叫作《湖边鸡尾酒会》(*Cocktails by the Lake*)的英国片里有瑞格雷一家九口穿着晚餐服的场景。干杯！好莱坞的犬儒主义和其他拍片国家的疲态已经在我的热情上钻出了一个洞。没有勇气、对观众没信心的片子让我感到木然的厌烦，而大部分的片子正是如此拍成的。它们也拍得越来越没有说故事的技巧，而要找好的说故事技巧,不妨看看电视上迪克·沃夫(Dick Wolf)的《法网》(*Low & Order*)。美国电影的巅峰在 20 世纪 70 年代初。到了 90 年代，在长期的走下坡之后，好莱坞似乎不打算一年出品超过八到十部可以令成人感兴趣的片子了。外国片比起光辉灿烂的 60 年代也大不如前，当时每年都有大师级的作品来自意大利、法国、日本和东欧。好电影还是有，但我们在 60 年代充满信心地称之为“电影文化”的东西——作为人生、知识、艺术的一种形式的电影——看来最多是个幻影。如果说电影一直是商业和艺术的战场，那么，只有傻瓜才会否认赢的是商业。

但如果每个星期都说这样的话，无异于自掘职业生涯的坟墓。做一个影评人是很棒的事,只要有些有趣的东西可以让你写，即使是糟糕到惹人生气地步的片子，都能让你的谈论生色。有人付你钱去追寻乐趣，是件走运的事，而因为乐趣是神圣的，你必须尽量不沦于犬儒主义。比起烂电影，这才是危险所在。许多聪明的影评人都毁在世故用错了地方。他们的奋战意志萎缩了，箭囊如果不是空的，就是只装了一两个可悲的笑话，最后只不过是要展示他们比所评的电影优越。他们变得吹毛求疵，没事找事，常常漏掉偶尔出现的的确好的片子。

“马丁 · 斯科塞斯（Martin Scorsese）的《恐怖角》（*Cape Fear*）里，演出和拍片的技术为什么都那么神经兮兮的？”这次我的开场白如此质问着，“演员看起来像是脑袋曾被放在榨酒槽里挤压似的。”也许是，但我自己也有点被挤压。到底榨酒槽是个什么东西？我见过吗？《恐怖角》是部糟透的片子，但我找不到适合的字句。“保持清醒！”坐下来写作的时候我会命令自己，就像运动员在比赛前加油打气一样。而在我灵感枯竭、下笔不顺、故步自封、做出榨酒槽式比喻的日子，那种危险我看得太清楚了。“阿诺德·施瓦辛格的电影缺少了《伊利亚特》的苦涩悲剧力量。”如果有朝一日我写出甚至只是想到了那么愚笨的东西，我就完蛋了（也不会有人要雇用我了）。不，我不会掉进陷阱，让经典作品把电影压下去，或是犯下轻视我的生计的低俗错误。厌恶是一回事，装模作样又是另一回事。

上了几个星期的课之后，我摆脱了这种状态。希腊经典作品并没有把电影压下去。读这些希腊经典只是让我对烂电影更加不满，并更渴望看到好电影。我会放下索福克勒斯，跑去看一部新的动作片，然后再跑回来读索福克勒斯，而这两者事实上都让我从对方当中解脱出来。看完《终结者》不会让我渴望读索福克勒斯，而是让我渴望看到一部好的动作片。当我了解到索福克勒斯并没有伤害到我对电影的感觉时，我就可以安心做我的工作。总得有人评论《终结者》，没有理由那个人不能是我。

我是个学生，我害怕落在后面。于是我强迫自己阅读，不只是在哥伦比亚给我的位于汉米顿楼的那间小办公室里（在八楼，绿色的黄铜屋顶底下），在家里也是，在夜深时分，或是小汤玛斯在洗澡的时候；我还在电影开始前的试映室或电影院里读，在餐厅和医生的办公室里读，在公交车和地铁里读，而四周的人则埋首在约翰·格里森姆(John Grisham)、罗伯特·勒德拉姆(Robert Ludlum)，以及迈克尔·克里奇顿（Michael Crichton）的书里。有时候我站着读，就像马站着睡觉一样。我在地铁上挣扎着读柏拉图的时候，看看周遭，真羡慕那些手拿一本格里森姆新书的人。为乐趣而读书而并没有想到“进修”的他们，至少知道自己在做什么。在跨捷（IRT）快车上真的很合适读约翰·格里森姆；轰隆的噪声和高速车轮的喀啦声会推动你更快进入书中情节。在这些拼命阅读的时段中我了解到，对我而言，做出的努力比（有限的）结果来得重要。我随身携带着我文学人文课和当代文明课的书，就像佩戴某种护身符一样，驱赶邪恶。

《理想国》(续)：现代专制的来源？

滔滔雄辩的史蒂芬森，如今教到了《理想国》中最令现代人觉得过分而不合情理的部分——在理想的国度，每个人都去做适合他与生俱来的基础功能的事情。记住，这游戏的重点在于设计出一个其中所有元素都处于和谐状态的国家，使正义因而得以实现。和谐会带来正义！于是柏拉图分配了各种功能：手艺人、农夫和生意人应该生产；最上层的统治者，为了全体的利益而统治；辅佐者则执行决策。男人能做的，女人也能做；她们可以光着身子和男人一起做爱，并一起当监护者（如果她们够资格的话）。法律没有什么存在的必要，因为统治者的行动只会完全符合社会的利益（在稍后的一段对话中，柏拉图修正了这项荒谬的说法)。无论如何，监护者会被迫保持诚实。他们不得拥有土地、货品或贵重器皿，和普通士兵一样住在营房里、在军队餐厅里吃饭。是的，他们的权力是绝对的，但他们也过着严谨、廉洁、清苦的生活。然而，在这种对自律的坚持之中，却夹杂着一丝晕陶陶的感官幻想——战争的英雄有权“亲吻”(我想这是委婉的说法)任何人，不管是男是女，作为对他们英勇行为的奖励。

虽然有反讽和戏耍的时刻，但柏拉图是相当认真的。性行为会比照饲养家畜的方式来安排，也就是说，比较优良的品种会被选出来交媾生子，比较差的则不被鼓励这么做，以求制造出更多优良的小孩。由于小孩是国家的资产，并不属于家庭所有，因此统治者比较愚钝的小孩会被降级，而手艺人和农夫最聪明、最强壮的小孩则会被拔擢到监护者的阶级。所有的人都会同意这样大幅度地拆散家庭，因为国家本身就是一个大家庭，是一个单一的有机体，其中无论男女都要为了大我牺牲小我的利益。

我举出《理想国》中这么多教条的部分，因为我惊讶地发现(显然先前我已经忘了)这本书似乎是反民主政治理论的来源，也许还是 20 世纪最恶劣的一些愚行的源头，比方说优生学，还有集体农业，等等。希特勒以及波尔布特也许没有直接引用柏拉图，但他们的确援引了柏拉图散播出来的乌托邦观念，而秉持着这些观念的统治者们，实施起审查制度和宣传教育时不大可能会觉得有什么不对，而将某些阶级的所有人的地位一夕改变，或干脆将他们统统消灭，也没什么困难。对于完美而言，人类向来是障碍。

在中年重读起这些文本，我警醒地想到，观念并不是像十八岁应付考试时所以为的那样无害。我的意思并不是说柏拉图会赞许斯大林。在《理想国》稍后的章节中，他详细地列出了暴君和暴政的习性，并一再强调他的目的是在确保所有人的幸福。但即使柏拉图不必为斯大林负责，他仍然写出了一大堆荒唐的话。他自己就受到了盖吉斯戒指的诱惑：乌托邦正是一种逍遥法外的想法。

等到柏拉图回头来讲正义的问题的时候，它看起来几乎是个笑话了，因为（在我们眼中）这整个创造出来的社会就是不公不正的极致。柏拉图为追求和谐的目标所要求的自我压抑，超过了我们能容忍的程度。在理想的国度里，柏拉图说，正直的人不会偷任何人的财产，他会尽忠职守，而且只做他分内的事，不去夺占别人的工作。因为每个人都有充分的权利待在他的岗位上直到永远，也会满足于他的处境。国家的不同部分会和平共存。

在个人方面也是同样的道理。正如理想的国度中各种才能和职责都各有所归，正义实现了，精神中欲望、心智和性灵力量维持平衡的个人也会做出正直的行为。他的不同力量会行使不同的功能，不会互相侵扰；换言之，这样的一个人不会成为欲念的奴隶，也不会过分理智到被动的地步，等等。在这样的平衡状态中，他会做出正直的行动并从而得到快乐，因为不正直的人总是不稳定或畏惧的，得不到快乐。快乐是追求的目标，是最终的目的。

是，但要怎么达成呢？什么可以让人们放弃欲望和野心？就连柏拉图也一定知道这是不可能的。为了确保所有的人安居其位，柏拉图玩笑似的坚持鼓吹一种童话，一种“伟大的神话”，这神话教导每一个人说，上帝造人的时候是将金子放进统治者的体质里；比较次要的黄铜，放在辅佐者的身上；而普通的铁和青铜，则放在农夫和其他工人身上。每个人都会知道他天生的价值有多少，都会乐于留在他的位置上，于是就不会再有社会性的嫉妒了。

然而，在民主社会中，每个人都假定他身上的金银铜铁比起其他人身上的不多也不少，而其他人闪亮的外衣（车子、房子、度假）的光芒射进他眼中，社会性的嫉妒没完没了；而我深信，嫉妒是造成我们混乱无序的原因之一。但我们该怎么做？竞争和自由行动是民主精神的要素，因此我们的处境可能是难以解决的，甚至是悲剧性的，而我们的混乱也可能是不可避免的：我们永远会因我们体系中最受珍视的东西所造成的后果而痛苦。柏拉图的乌托邦提出了一种我们的理想所不可能接受的和谐，这看似美妙，但实则令人伤心梦碎。

定义其他人的最佳利益

在哥伦比亚，把《理想国》当作一种恶意或不幸的社会教条来读，（我断定）并非聪明的读法。毕竟，大家都知道柏拉图不是什么热爱民主政治的人。这些东西，有英国血统的奥地利哲学家卡尔·波普尔（Karl Popper）在他的《开放社会及其敌人》（*The Open Society and Its Enemies*）中都说过了，这本书是在第二次世界大战之初、法西斯肆虐欧洲的绝望境地之中写成的。不，读《理想国》真正酷的方式是忽略或不要太看重里面大批集权和法西斯的观念，而是要去赞赏柏拉图的才能，在文采斐然的长篇大论中保有一个前后连贯的内在逻辑架构。

好吧，我是很敬佩，而且坐下来一读就是好几个小时，着迷于这文采飞扬的奇思妙想。我是个哲学的读者。但我思忖，对这本精彩又奇怪、相当独裁主义、认定权力阶级必不可少的书，像史蒂芬森这样的左派教师会如何处理？他坐在数学楼外对学生言辞犀利地抨击其监护者阶级时，学生们愤慨地嘀咕着。有些学生假装不知道他的意思，另一些则觉得受到人身攻击，似乎他在指控他们傲慢或不容异己？在接下来回到我们平时的教室的一堂课中，这个话题继续下去。

“呃，我们坐在这里讨论柏拉图，这个校园俯视着世界上最糟糕的都市贫民窟之一，”一个男生激动地说，事实上他就是在第一天的月历问题上反驳过史蒂芬森的那个男生，“哈林区在底下，我们在这上面。这就是身为精英阶层的意思。”

他叫作罗博·利连塔，正在应史蒂芬森的要求做“口头报告”，为我们大家解释柏拉图，史蒂芬森则不时打岔、问问题、补充说明。利连塔是个高个子的瘦排骨，额头上横扫着一片头发，主修物理，二年级，父亲是个教授。他有一种令我觉得蛮吸引人的高傲，不过其他的学生似乎不敢恭维。他说话的时候带着一抹笑，仿佛那些事都是不证自明的。他是监护者那一型的，而他愿意承认。正因为他能承认这一点，他也能看见痛苦之处在哪里。

远处工地的锤声仍然有点吵，全班停了一下。在美国的大学中，文化左派坚持认为，当代文明之类的课程将白种男性学生树立为掌权的统治阶级，让其他人无法自由享受他们自己的权利。柏拉图自然可以代表一个特选出来的、亘古长存的精英观念，但学生们对柏拉图的这一部分都很反感。换言之，读这部作品，让他们了解到精英主义的幻灭不可行，乃至排斥身为监护者的角色。史蒂芬森如此嘲弄学生，我理解到，隐藏的用意在于给他们注入预防优越感诱惑的抗体。所以，学院左派声称学生一股脑儿接收“霸权”话语的说法，我觉得不大可能。

但史蒂芬森自己是怎么想的？此时此刻，这不是重点，至少不是直接的重点。学生们首先要了解的是柏拉图的观点。在课堂上，他扮演解释而非批评的角色；他迫使学生面对文本里的东西，并定义自己和它之间的关系。

当他们不知所措时，他将背景脉络解释给他们听，比如说，柏拉图怎么也不能释怀于伯罗奔尼撒战争（雅典和斯巴达的长期对抗，最后雅典输了）后雅典走下坡，并仇恨治理该城的民主政体。何况雅典还处死了他的老师苏格拉底。“柏拉图，”他说，“对于异质性和民主统治的混乱有种贵族的不屑——坏人升到高位，好人被丢在一边。他要的是一个不会沦为暴民统治的社会，其中身为哲学家的国王主持大局秩序，在这个秩序里的每个人都同意，他们的最佳利益就在于被统治。”

“苏格拉底用取笑的方式引出事实，”史蒂芬森接着说，“其中一个重点在于让每个人都知道他的最大利益何在。如果每个人都被苏格拉底的对话领着看见了自己真正的最佳利益的话，他们就会看见正义，因为苏格拉底用正确的问题，迫使他们舍弃陈旧的偏见。”

一个在此之前都没说话的黑人女生范妮莎突然举起了手：“他或任何人怎么能决定我最佳的利益是什么？”

“苏格拉底的问题，”史蒂芬森说，“会引出你内心最深处的最佳利益念头。”她困惑地摇摇头，史蒂芬森趁此空当定定地看着她，说：“你也许不会知道你的最佳利益是什么，比方说，你可能在热情之下犯错。”

“是啊，”范妮莎说，“但你又怎么知道我不知道我的最佳利益是什么？”

“嗯，总要有人知道事实的真相是什么。”史蒂芬森在椅子里前后摇晃着说。突然间，他看起来像是一艘船的船首，破浪前进。他说的话令我吃惊。事实的真相？难道他竟然还是相信“事物的本质”？对美国的文化左派而言，柏拉图认为事实有种放诸四海皆准的形式，这种想法是无药可救的，犯了“本质主义”或“基础主义”的大罪。根据他们的信条，所谓放诸四海皆准的事实，只不过是统治阶级将事实定义为最符合它本身利益的手段。在真实世界里，每一个团体对事实都有不同的看法，并试着将其加诸别人身上。柏拉图位于西方传统核心的核心，而西方传统的去合法化现在被认为是某些文化左派的必要工作。这是帮助无权力者的方式之一。

史蒂芬森现在双手抓着桌子，破浪而行。“我想你的意思是，既然每个人对什么是对的都有不同的看法，就没有什么是对的了。roight（对）？但你可能是错的。柏拉图从来没有确切指出事实是什么，只说事实是存在的。如果我们用苏格拉底的对话方式，深深地往下挖，借由我的问题和你们的答案，我们抵达了被埋藏的观念，到头来，我们会互相同意。在本质上，你们和我一样。过滤了你的信念中所有的荒谬和矛盾之处后，你就会了解到，你现在的想法并不是你真正的想法。”

这时候，他是采取了书上的观点，以一个老师的身份解释柏拉图。但她听到的不是这些，而只是一个白种男人——事实上，是两个白种男人——在告诉她他可以知道她的最佳利益是什么。于是她重复了她的问题，这次比较愤慨。

关于父母的堂皇神话：将自己的文化传给孩子

做父母的，我想，被套牢在一个普遍的虚构想象里：他们的小孩什么都可以做到，并且什么都知道；还有，他们每个人都可以扼要地表现男人女人的整个文化生活。在民主美国，很少人会傻到大声地这样说。不管其他还牵涉到什么层面，养儿育女是非常物质的活动。衣食住行，求学看病，游玩娱乐——童年的神圣物质生活如此具体！一个忙于养育小孩的父母会意识到，如果不克制自己对小孩的要求就太不人道了。愿上帝保佑他们健康、有个美好的人生，这就够了！ 但在潜意识里，我们的要求是无限的。小孩在某一方面的潜能是不可限量的。每一个小孩都是圣女贞德，都是拿破仑，都是迈克尔·乔丹，都是情场圣手，都是江洋大盗！这就是我们的“堂皇的神话”，是民主国家中所有教育的先决条件。每一个出生的小孩都是全人类的再生。

在美国相信这个神话可能比在其他任何地方都更有必要。在一个媒体决定许多价值观的国家，做父母的可能很容易就被讥嘲得根本对他们的孩子定不下任何标准；小孩从媒体或朋友那里听来的东西几乎都把“文化”和“学习”当成笑话或职责——顶多是一个虔敬沉默的领域。电影里，笨才跟得上时代；老电影里妙语连珠的男女主角被笨蛋、蠢材以及神秘地受到上天眷顾的大白痴取代。对青少年来说，有点知识（除了关于电脑的）很难称得上是件够酷的事。装模作样的人物是美国永远的取笑对象：比如说，在电视情景喜剧里，任何自认特殊的人都会变成笑柄；直到她被嘲笑得承认她和所有人一样都是呆瓜，她才没问题，但非要到那时候不可。在许多美国学校里，一个青少年必须隐藏或自嘲心智方面的兴趣，否则就会遭到讥笑或作弄。许多研究指出，一些黑人学生恫吓、阻止他们的朋友用功念书，否则就是“变成白人”，仿佛成就是种族问题似的。平庸无奇表示正常，因此也表示人性，出类拔萃是对其他人的攻击。这是民主噩梦般的一面，而且这噩梦一年比一年更真实。

一个只打电动游戏、只看电视电影的小孩会快乐吗？如果他一头栽进电脑游戏中，消失在网际空间的交会里，他会快乐吗？是的，他会享有乐趣，但柏拉图所谓的生活在和谐中的那种快乐呢？我虽然热爱电影，但却不觉得有电影和媒体就够了，要不然我也不会回到学校去为这些问题烦心。

随着我儿子麦克斯渐渐长大，他变成了技术意义上的读者。但真正的问题是：他是否会变成光荣意义上的“读者”，广泛阅读各种层面的好东西？他会有以前人所称的“阅读人生”吗？当年，在他七岁的时候，我坐在地板上，被他的塑料动物园所包围，想着：“要是他不在乎我们所爱的东西怎么办？要是他不喜欢我们的照片、我们的音乐和书怎么办？”这些想法多可怕，这些问题多可悲，但不管做父母的对他们的孩子要求有多宽松，都逃不过这种恐惧。我们嘴上说我们要孩子创造他们自己的文化，但当孩子拒绝我们所爱的东西的时候，我们私下的自恋会受到伤害。一个跟我年纪差不多的非裔美国朋友，在他的办公室里听到一个黑人男孩硬说“冰茶（Ice-T）是个比查理·帕克（Charlie Parker）够格的艺术家”，上去一拳打在这个大不敬的人的鼻子上，为此丢掉了饭碗。那个男孩不是他儿子，但这其实是同一回事。

* * *

我思索着范妮莎那个别人告诉她她最佳利益是什么的问题，以及那个跑出核心课程会议的非裔美国学生，逐渐了解到《理想国》的真正主题，以及在这些理想国家和正义的高谈阔论底下的真正执迷是什么。

我十四五岁的时候，看见两个男人在街上吵架。他们站得很近，互相叫骂，脸红脖子粗地愈靠愈近，像棒球队经理和裁判一样地互相推撞。那年头，男人还有戴帽子的习惯，于是当他们争吵的时候，帽檐时而靠在一起，时而分开，然后又靠在一起，就像是两只稀有鸟类在求偶仪式中用鸟喙互啄一样。这景象与其说吓人，倒不如说是滑稽，但它让我闷闷不乐，难过了好几天。究竟为什么人们会不同意彼此呢？他们有着相同的欲念、相同的需要。在世界不同的地方，引发他们情感的东西或者有所不同，但情感本身是一样的。害怕，乐趣，悲伤，兴高采烈……被踩到脚趾头，在莫斯科（当时正值冷战的高峰）和在纽约都一样会痛。而就算信念相异，但每个人，或几乎每个人，都景仰勇气，害怕死亡，爱自己的孩子，欲求美丽的男人或女人或两者皆要，喜欢乐趣而非痛苦，舒适而非肮脏。

柏拉图写《理想国》的时候，雅典正在四分五裂，就像我们这个时代南斯拉夫和苏联的分裂一样。所以柏拉图想要一样能聚合事物的东西。毕竟，好的生活是有迹可寻的。人们为什么会不同呢？答案是，因为他们有不同的利益所在，贫富不均，效忠不同的对象。当人们因不同的利益而分隔开来的时候，他推论说，国家就会分崩离析。要有整体性，这里说的是真正的整体性，是一个发挥功用的有机体，其中所有的部分都运作正常，必须要有某种程度以上的艺术和文化，一个令人们相信是在为他们谋福利的政治制度，以及知道事实的统治者。

但他们是怎么知道的？到了第六卷，柏拉图已经展开了他的知识理论，这是《理想国》全书中最杰出的一部分。他列出了一个心智功能的高低顺序，其中排名最高的是他称为“智力”的东西，也就是对善的形式的认知，“善”在这里定义为赋予知识客体存在的源头。我们是在纯粹形式、纯粹理念的领域中。比方说，世界上有许多不同种类的狗，但我们所认知的不只是那些不同的种类，更是狗类皆有的特性，也就是狗的本质——这是在任何一只狗出生前或死亡后都永远存在的狗的概念。每一只个别的狗都是这个理念的一部分。在桌的概念与许多张供我们在上面吃饭、工作、放东西的不同桌子之间，也存有同样的关系，在车的概念与我们想开的英菲尼迪 Q45 或奥兹莫比尔（Oldsmobile）之间也是一样的道理。

这不无道理。我们认识到了在所有的狗身上都有的某种形式性质。它们都依照犬科的习性活动。它们具备某样东西，少了它就不成其为狗。这部分没有问题。令人难以接受的是柏拉图坚持，只有狗的概念才是真的，而在狗屋里、在我们的前院里的那些特定的狗只不过是表象，换言之，它们是恒久不变的完美原版的不完美拷贝（根据这种尺度，一张狗的画则是拷贝的拷贝）。照柏拉图的看法，只有运用辩证力量的哲学家，才能认识到善以及形式本身。

显然，我们大部分的人都达不到这标准。心智功能排名的下一项，仅次于对善的完全了解的，是“理性”，也就是数学的逻辑。比方说，套用欧几里得的定理：铁证如山的知识。除此之外的一切都是价值低下的，以一条界线划分在第三个领域之内，也就是意见的领域。我们大多数人生活在这一层。我们看见世界上的物体，这些不完美的拷贝，但我们浑然不觉它们只不过是幻影。我们看见美丽的事物，但却看不见美本身。我们也许认为那辆 Q45 或道奇霓虹（Neon）是完美的车，但我们受到了蒙蔽；比起圆滚滚的、令人兴趣缺乏的雪佛兰卡普利斯（Caprice），它们只不过是从车的理念形式中多分到了一些罢了。换句话说，感官印象、质地、官能的欣赏，都没有什么意义。既然我们看到的不是真的东西，观察意见就只有一时一地的价值。柏拉图在他最著名的譬喻中，将我们比拟为被囚禁在山洞里的人。

“接下来，我要你们把对我们身为人之处境的洞见或无知，看成大略如下的样子。想象一个洞穴之类的地下室，有一条与洞同宽的长长入口，通向白昼的光亮。在这房间里，住着一些从小就被囚禁的人，他们的腿和脖子都被紧紧固定住，只能直直往前看，无法转头。在他们身后一段距离，一个比较高的位置上有火在烧，然后在火和囚犯之间有一条路通到上方，路前面竖了一道屏风，就像是木偶戏中的布幕，操纵木偶的人在这边，观众在那边，木偶在其上演出。”

“我懂了。”

“再想象，屏风后面一路上有人拿着各式各样的东西，产生出投影，其中包括了人像和动物造型，木刻、石雕，各种材质的都有。可以想见的，这些人当中有些在讲话，有些没有。”

“奇怪的画面，奇怪的囚犯 。”“这是取材自生活中的，”我回答，“告诉我，你们认为这些囚犯除了火光投射在对面墙壁上的影子，还能看见他们自己或其他人的什么？”

“要是他们终身都不能转动头部，他们哪还能看见其他什么东西？”

“那他们看得到那些人沿路拿着的东西吗？”

“当然看不到。”

“那么，要是他们可以交谈，他们难道不会认定他们看见的那些影子就是真的吗？”

“无可避免地会。”

“要是他们面前的牢墙会反射声音，那只要路上有人开口，你们说他们会不会认为声音来自从他们面前经过的影子？”

“他们一定会这么想的。”

“所以再怎么样，他们都会相信我们所提到的那些东西的影子就是真实的一切。”

“是的，无可避免。”

假设其中一个人被释放了，爬到地面上（一个监护者那一型的人，熟知哲学）。他向上的过程分别穿过幻象、信仰、理性和智力的不同领域，最后终于抵达目睹善的景象，也就是太阳。现在他可以看见世界上的真实物体，看见形式本身。如果他有勇气，就不会留在这些炫目的景象中，而是会再到地底下去，不管他的洞穴人老友如何顽抗反对，都要试着让他们相信他们活在一个幻象的世界里。哲学家之王的英雄之处在于他又回去了，这是地位高贵者的义务。

我觉得好玩的是，虽然柏拉图对可验证的事实万分重视，但在他的形式理论上却完全依靠假设。在《理想国》中，他从来没告诉过我们善是什么，只是说善存在。他和几个像他一样的人看得见善，我们其他人则看不见。你要么懂，要么就不懂。可是所有自封为精英分子的人都是这么说的。认知到“善”——或以我们的话来说，“正确价值观”——的过程是同义反复（tautology），至少用在评定政治领导人的资格时是如此。我们要用哲学的方式教育一些人，让他们能够认知到善；他们会认知或声称认知到善，因此他们够资格领导我们。所有其他的人不但活在幻象的状态里，还会奋力护卫他自己的无知。“究竟是谁在要谁？”琼·克劳馥（Joan Crawford）仪态万方地站起身来时，据说就是这么说的。

我有种挥之不去的原始念头，怀疑这形式的理论和柏拉图的理想主义整个就是一种优雅的骗局。要是没有经过时间和经验考验的实例为证，我们怎么能知道真或善是存在的？要不是借由众多的美的实例，我们怎么能了解美？威利·梅斯（Wille Mays）之所以是个跑垒高手，在于他转过二垒时那特殊的姿势，把左肩低下朝向地面，就像摩托车骑士转过弯道时偏向一侧加速，而非在于他的风格近似某种想象中的完美跑垒形式。泰·柯伯（Ty Cobb）跑垒的方式不同，里奇·亨德森（Rickey Henderson）亦然。

然而科学和数学工作却又是另外一回事了。史蒂芬森在《理想国》的最后一节课当中，强调柏拉图的重要性在于将可展示的证据，即可以被绝对证明的东西，设定为善的最高层次之一。“大写的真实，”他的声音劈波斩浪，让人仿佛看见船首起伏，“在我们整个对科学的概念中，真实向来起着典范的作用。稍后它演变成理性主义。我们可以说真实是通则，使得科学研究能够放诸四海皆准地进行。穿透尘世，超越表象的世界，看见多重现象底下的本质，就是我们的科学方法。火箭推进的原理，在中国和美国都一样。柏拉图开启了对绝对进步的坚持和对通则的建立。”

“但你怎么知道？”一个女学生愤愤地说。学年刚开始的时候这个短发的拉丁美洲女孩一直很安静，她说起英文不带口音：“就算你见到了善，你又怎么知道？我们怎么知道是不是有人曾经见过它？”女人似乎比男人更强烈地排斥柏拉图的理想主义。女人已经厌倦于听男人告诉她们什么是根本的了。

史蒂芬森没有完全回答她的问题，也许是因为这问题没有答案。他只是重新讲起可展示的证据是必需的。“呃，”他说，“柏拉图的贡献在于，强调解决问题的过程中必须运用某一种理论，不管问题的基础是不是经验性的。他说得没错，你知道。意见和知识之间是有区别的。”

形式的理论：在柏拉图的洞穴里

核心课程的价值之一，我想，也许在于它们让我们明白地看见了已知或一知半解的事物的根源所在。到了大学阶段，学生具备了关于事物的大体概念，或许是从媒体文化中朦胧得知的，而这些课程告诉他们，他们是怎么知道他们所知道的事的。比方说，西方传统对于生命中“较高层次”事物的重视，很大一部分是来自柏拉图。一直到近代——就说是一直到近四百年左右吧——教育的重点都是放在来世而非今生，重在不能言传而非已知的事物，重在理念而非实际成就，重在与生俱来的想法而非观察结果，重在形式而非物质，重在自我控制而非自我探索，重在把美德当作存在的情境而非实际活动的习惯。这些对比中的前者的确都各有其价值，但（现在很多人会认为）它们的价值并不是至高无上的。“层次较低”的东西通常比“层次较高”的更具生命力。

我们已不再认定“较高层次”的事物有独特的价值，很多人也已放弃追寻“绝对真理”。我们都在洞穴里，媒体的洞穴，穿梭在再现的形象中，挑选我们所喜欢的。我们可以自由拥抱许多部分的真实，只有在拒绝邪恶之后我们才能拥抱美德——在非基要主义的世界里，我们尤其坚持拥有那种自由。但这么一来，我们已严重地减弱了团结心，不再尊重至高无上的心智权威，而这些是柏拉图认为一个成功国家所需要的。我们没有一套绝对、简单的方式来建立任何想法或意见，所有的方式都半斤八两。要建立“善”的价值，每次都得从头说起。价值是可以建立的，但过程只能是艰苦的、个人的，而不能成为一个范畴。我们并不臣服于唯一的理念，而是每个人有自己的理念，每个团体有自己的理念，每一种族的心灵都有它自己的艺术。

先验的审美经验这个概念全面受到攻击，被广泛认为毫无价值，即使在最好的情况下，也不过是个无聊的强加的东西，而不具有解放的力量；最糟的情况下，则是一种殖民的形式。在核心课程会议中，那个非裔美国女生坚称，哥伦比亚要求她听一点莫扎特是让她重新变成奴隶。有不少黑人学生持同样的论调。她非常气愤。

她让我再度想起媒体洞穴里的麦克斯，从他房里地毯上杂七杂八的东西和媒体中听取指示。麦克斯和他的朋友生活中都充满了讽刺，充满了转瞬即逝的废物，充满了尝试过又丢弃的身份认同。这讽刺中的一部分就表现在他的穿着上：十一岁的他打扮得像个帮派饶舌歌手，四角短裤拉得高高的，穿着松垮垮的灯芯绒长裤，带着拴上链子的皮夹，留长发，戴毛线帽。“有啥事？”朋友打电话来时他会对着听筒喊道。他是媒体的孩子，模仿非裔美国人的街头文化；他和他的朋友都是如此，身为优渥的中产阶级白人的小孩，却高高兴兴地用歌词互相喊话。当然，麦克斯不是抱着开玩笑或恶意出丑的心理做这样的模仿。他是认真地把它当作一种风格。但这种风格不见得是他打算保持的。这种风格今天如此，明天如此，但说不定后天就变了。他爱嘲讽。他身为一个很年轻的白种男性，相应处于比较有权力的境地，不会因为穿别人的衣服而感到被贬低。他有自由选择接受或拒绝某种身份认同，而那个黑人大学女生则认为自己面临的身份问题更严重。但真的是这样吗？浸淫在西方文化里会不会毁灭她、贬低她、改变她的身份认同？我必须多观察、多听、多想这个问题。

我想强迫我的儿子们走出洞穴。在洞穴中，他们可以了解乐趣，但不会懂得柏拉图所指的快乐。他们必须阅读，必须学习，必须拒绝简单的乐趣，换取较复杂的乐趣。他们必须直接接触至少一部分过去的文化，而非让媒体将过去戏耍玩弄得无影无踪。他们必须体验人生，必须被看见，整个过程中都不靠盖吉斯戒指。如果到时候他们想回来，可以回来，但现在他们一定要离开。走出洞穴不是为了变成领导者，而是为了变成人。

第六章　索福克勒斯

> 俄狄浦斯不凡的地方在于，即使事实真相会危及自己，他却仍然追查下去。无知可以毁了你，但知识亦然，这是行动家和知识分子共同的终极局限。

泰勒教授总是脑袋里先有了计划再动手。他教学的方式是让学生填进那个计划中，照他的方法去读那些书。虽然我很喜欢观察他，但经过一两节课之后，我希望也能看到比较轻松的上课法，看到一个不时会让学生自由思考的老师。

夏皮罗教授的文学人文课

经过一个大二学生的指点，我晃进夏皮罗（James Shapiro）的第二堂课，那时他们正要开始上《伊利亚特》。那天夏皮罗已经到教室了，一边把书扔在桌上一边说："好啦，球迷们，谁是新来的？"他是个年轻的英文教授，高个子，金发，随性洒脱，露出的手臂轻松地摆来摆去。他身穿一件领口敞开的紫色短袖衬衫，脚蹬球鞋，手上提着的是运动背包。"巨人队赢，喷气机输！"几天后他宣布。他是谁，教练吗？

在那天的第二堂课上，教练仍在认识每个人，他先是绕着讨论桌转，然后走到靠墙坐在外围的学生之间，问他们是从哪里来的，主修什么。他就像个伙伴似的，提供了一种高中式的温暖气氛。他先让他们放松心情才开始大学课程。他们可真是个大杂烩！（这就是我之前提到过的只有几个白种男性的那一班。）班上只有一个黑人学生，他是来自巴尔的摩的亨利；有黎巴嫩和意大利女生；有一个娇小害羞的新加坡女生，她受的是前殖民者英国的教育，而且很快就看得出来，她读过的英美文学比大多数的美国学生都要多。

“《伊利亚特》！《伊利亚特》！”夏皮罗的声音突然响起，“《伊利亚特》！你们喜不喜欢？”

他们喜不喜欢？他这问题是认真的吗？他们会认真回答吗？我十八岁的时候太退缩、太虔敬了，不会承认自己不喜欢文学人文课的某一本书。他看没有人明确地回答，便说：“你们觉得它有什么奇怪的地方？”然后他们就开口了，一开始有些畏缩，把他们的意见说成疑问句。（“重复的地方太多了？”）他们的确觉得这首诗很奇怪，奇怪又残忍，静止而遥远，还有众神令他们气愤。这些希腊神祇淫荡好色、无法无天，只会吵架、性交，把人间的事情愈弄愈糟。其中一个叫瑞蓓卡的女孩惶恐不已，在艰难地讲到自由意志的问题时扭着手，脸涨得通红。要是众神知道接下来会发生什么事，要是众神忙着安排事情的话，人还有什么自由可言？

嗯，这就是我原本想要的。夏皮罗严肃地点点头，让他们说下去。他坐了下来，不再是一副轻松的吊儿郎当的样子。他弓着背靠在桌面上，看起来突然变得缩小集中。他现在有一股奇异的肃穆，眼神虽然友善但坚定不移。他让学生彼此交战，不总回答他们的问题，自己却问出更多问题。在得不到答案的停顿之中，张力越来越强。

“在战争中，”一个新的声音大声说道，“在战争中，没有对或错，只有胜利。”是那个唯一的黑人学生，亨利。起先在课堂上他没说半个字，但现在他高声喊着，而且喊得很高兴。讨论的方向转到了赫克托耳这个特洛伊的英雄豪杰身上，他爱妻爱子，有时候会感到恐惧，且大致上比阿喀琉斯或其他任何希腊人都显得有人性一点。但亨利在嘲笑赫克托耳（以及，我猜想，嘲笑其他学生的敏感）。“赫克托耳的人性是他的绊脚石。”他说。

愤世嫉俗，但起码这也是一种观点。而且亨利发表意见的时候不像其他某些学生一样把话说成问句。他是在告诉我们些什么。他个子很高，肤色非常黑，穿着黑衣，戴着黑框眼镜，头发顶上推得平平的。他一边说话一边舞动肩膀和手臂，仿佛要把字句推到空中。他很兴奋。阿喀琉斯的不可一世和诗里的暴力让他读得津津有味。我略略皱眉退缩。但为什么他不应该对诗里的暴力感到津津有味？津津有味是应该的——同时也应该惊慌失措。他没有惊慌失措，但至少他接触到了荷马精神的一半。这是个值得观察的学生。

《俄狄浦斯王》：我开始奇怪地咳嗽

几个星期之后，时值 10 月，是纽约最宜人的季节，我们在夏皮罗的课堂上读完了荷马和萨福，现在读的是希腊剧作。首先是埃斯库罗斯让人害怕的三部曲《奥瑞斯提亚》（*Oresteia*），我一直很崇敬这部作品，但并不真正喜欢。接下来是索福克勒斯，然后是欧里庇得斯（Euripides）和阿里斯托芬（Aristophanes）。夏皮罗这个班的教室在汉米顿楼的六楼，在《俄狄浦斯王》

(*Oedipus the King*)这节课开始前，等待夏皮罗的空当里，有些学生打开了大窗子，到石质阳台上仰着脸晒太阳。他们已经接受了我是他们的一分子，至少暂时如此，于是我也出去加入他们的行列。夏皮罗的方式是问他们是怎么想的，这类问题引出了一种开放精神，他们随口聊着课程，说他们睡得不够，还有些人问我最近的电影。

电影？我试过了，但是办不到。我想要谈的是，重读《俄狄浦斯王》时，我从中学到了警示。在这部最著名、最耳熟能详的希腊悲剧里，有某种特别可怕甚至具有威胁性的东西，但我不能这样对那些学生说。他们不会了解我指的是什么。1961 年的我也不会了解，也说不上来。那时候，我怯场了，在课堂上什么也没说。《俄狄浦斯王》是一部恐怖的作品。

王啊，你自己
也已看见我们的城市像一艘遇难的船
摇摇欲坠，几乎无法把船首从
波涛中、从血腥的浪头中抬起。
大地丰饶的植物遭到了灾疫，
田里的牲口遭到了灾疫，
我们的女人遭到了灾疫，无法
生儿育女；一个带着天火、
带着致命疾疠的神来到了我们的城市，
毫不留情地肆虐，让卡德姆斯的
子民日渐凋零，而黑暗的死神
则丰收了呻吟和悲叹。(23~30)

这是底比斯城一个僧侣所说出的人民的心声。他谈到的不只是一场噩梦，而是一场噩梦重演：古老的希腊城市底比斯二十年前就遭受过类似的灾难。那一次，底比斯痛苦地困在斯芬克斯的魔掌下，那“有着尖牙利爪的女子”是一只女人头、狮身、蛇尾的怪兽。斯芬克斯守在城门旁出一道谜题，答不出来的人一律被她吞噬。谜题是：“早上四条腿走路，中午两条腿走路，晚上三条腿走路的是什么？”的确，到底是什么呢？要是我，就会轻而易举地被斯芬克斯吃下去。但俄狄浦斯这个身世不详的异乡人解开了谜底（“是人，因为他幼儿期是爬行，成人后直立走路，年老时拄着拐杖”），怪兽因此跳崖而死，这个异乡人拯救了底比斯。然后俄狄浦斯继承了虚悬的王位。原本的国王拉伊俄斯在之前的一次出游中被神秘杀害，而底比斯人在斯芬克斯的骚扰之下无暇追究这桩罪行。俄狄浦斯遵从某种王室传承的法律，不但即位为王，也娶了拉伊俄斯的遗孀伊俄卡斯忒。总之，他是在奇怪、突兀、神秘的情况下变成一国之君的，接下来的许多年他也政绩斐然。

我们一开始看见的俄狄浦斯是一个位高权重的人物，没兴趣讨好任何人。底比斯新遭受的灾祸必须被阻止。他会采取行动。俄狄浦斯的妻舅克里昂带回了阿波罗的神谕：因为老王拉伊俄斯的凶案未破，所以该城受到诅咒。一旦凶手被驱逐出境或处死，诅咒就会解除。所以现在俄狄浦斯知道该怎么做了。他聪明但傲慢，对自己的权力有种舍我其谁似的自我陶醉，仿佛全城的兴亡由他一人担当似的，俄狄浦斯诅咒那不知名的凶手，要将他驱逐出境。就在俄狄浦斯开始着手追查凶手的时候，在家里阅读的我发现自己开始咳嗽，完全没有原因的大声干咳。我很不耐烦这种声音，就像是你在电梯里听见后面有人试着强忍咳嗽，结果还是压抑不了而咳出声的那种烦人的感觉。

这种焦虑激动有点奇怪。毕竟我以前就读过索福克勒斯的剧本了。我很清楚俄狄浦斯神话的来龙去脉（这是少数我能记得的神话之一），大家都知道俄狄浦斯。但索福克勒斯的剧本是搭建在惧怕之上，经由怀疑之心的激起、平息、再激起，然后毋庸置疑地获得证实，这样的模式不只产生戏剧性的讽刺——即观众知道俄狄浦斯不知道的事——更造成一种生命基本上就是一出讽刺戏的感觉。我们想要避免什么，就会变成那样；我们讨厌什么，自己就会是什么。这部分是我无法告诉十八岁的少男少女们的，我也不认为有谁能解释这一点。有些事情是我们必须毫无准备地去体验的，就像在酷寒的冬天呼吸刺骨的冷空气。

《俄狄浦斯王》的故事来自阿波罗两则互相交织的神谕。很久以前，在拉伊俄斯和伊俄卡斯忒的儿子快出世的时候，神谕坚称这孩子将来会杀死他的父亲。惊慌的拉伊俄斯下令将婴孩丢到山坡树林里去等死。多年之后，被邻近城市（科林斯）之王抚养长大的弃婴俄狄浦斯听说了神谕，得知自己命定要杀父娶母。他也慌了，于是逃离科林斯（他不知道那个国王不是他真正的父亲）。简言之：一个做父亲的听到自己会被儿子杀死，因此抛弃了那个儿子；一个弃婴听到他会杀死父亲、跟母亲上床，因此从他以为是生身父母的人身边逃开。现在俄狄浦斯搞清楚了，一边朝着黑暗的恐惧前进，一边把过去的一段遭遇告诉伊俄卡斯忒。在一个十字路口——

我遇到了
一个使者和一辆里面坐了一个人的马车，
就像你告诉我的一样。在前面开道的人
和那老人都想强迫我

让路。我生起气来，
打了动手推我的车夫。
那老人看到了，觉得有机可乘，
在我经过的时候从马车里攻击我，
用他两头削尖的棒子打中我的头。
但我马上就以牙还牙
用我的手杖从车后打去，
他从车里滚了出来。然后我把他们
全杀了。要是这个人和拉伊俄斯之间
有某些关联，
那么此刻还有谁的处境比我更可怕，
世上还有谁比我更遭到众神所恨，
因为没有任何本地公民或外地人
会欢迎我甚至和我打招呼，
而是会把我赶出门外？并且是我，
正是我这样地诅咒了自己，
我用杀了他的这双手
玷污了他的床。我可不是生来邪恶？
我可不是彻底不洁？（802~823）

然后我把他们全杀了，就这样，把他们全杀了。一股巨大的愤怒，受巨大的意志力差遣。

如今，他怎么办？一个握有权力的男人必须知道。身为总统、公司老板、总工程师或杂志编辑的人都想要知道所有可能进行的阴谋诡计，知道任何可能危及他的事物。俄狄浦斯不凡的地方在于，即使事实真相会危及自己，他却仍然追查下去。无知可以毁了你，但知识亦然，这是行动家和知识分子共同的终极局限。而我坐在那里紧张地咳嗽，尽管我当然记得结局。唱诗队（那些吓坏了的人民）退缩求情，希望能找到些许庇护，伊俄卡斯忒则试着阻止俄狄浦斯继续下去。“我求你，”她对俄狄浦斯说，“不要追查下去，我求你，如果你还顾惜自己的性命的话。”她绝望的言语有种几乎是喜剧性的不幸。她知道。天，她知道得很。但她试着不去正视绝望。稍早她曾经取笑那些预言说：“至于你母亲的枕席，别恐惧，在这之前，在梦里和神谕里皆然，很多男人都和他们的母亲同床共枕。”是啊，这可真让人放心。

夏皮罗教授问了很多问题

这是一部可怕的剧作。但夏皮罗兴高采烈地出现在课堂上：悲剧激发了教练快活的战斗精神。他坐定后，对学生提出了一连串的修辞问题，试着让他们说清自己的焦虑。卡夫卡（Pranz Kafka）说过，他要的文学作品应该像“大灾难”一样影响我们，破开我们内在的“冰冻海面”：夏皮罗正在开凿冰冻的青少年海面。他从这则神话里像童话故事般的情节下手——婴孩被抛弃，捡来的孩子在另一个大城里被当成王子抚养长大。

“有谁的妈妈告诉他说他是捡来的？”夏皮罗愉快地对着全班喊，“有人是在桥下的篮子里被找到的吗？”一个戴着眼镜的安静女孩举起了手。“在皇后区的某处？”她的语调上扬，仿佛这可能是错误的答案似的。

那一瞬间，夏皮罗看起来吃了一惊。他没料到真的会有人回答。但他很快恢复过来，重新发动攻势，好像敲凿冰块。“虽然我不愿意这么说，但你们并非每一个人都是婚生子。你们并非父母真正亲生。然而，我有情报可以让你们找到他们。谁有兴趣追踪下去……”

他们笑了，我想是有一点紧张，然后他倾身压在会议桌上方，连珠炮似的问了他们更多具有威胁性的问题，而逐一死盯着他们。

“要是你发现你是私生子，你会不会就不是你原本以为的那个你了？你会不会宁可和你的双胞胎手足见面，也不和生母见面？（我会不会什么？）杀父有什么可怕的？和母亲上床有什么糟糕的？ 这是我们都有的基本幻想吗？这是所有男人都不自觉地想要的吗？是这样吗？”再转向女生——“你们会不自觉地被让你想起你父亲的男人吸引吗？”

有些学生看来很不悦。他们无法回答这些问题，除非是开玩笑或运用高度的理性。“找到你自己，是一场你要终身经历的挣扎。”说这话的女生叫苏珊，语气相当有尊严，仿佛她要在这一团混乱中重建秩序。这话说得不错，但回答的是不同的一组问题。她所谈到的认清自我，不是俄狄浦斯或其他任何希腊悲剧人物所经历的那种。

他们在抵挡这剧本，我不能怪他们。希腊悲剧是可怕的文学。你恐惧灾祸、混乱、愤怒之中犯下的暴行吗？你以为英雄豪杰的家庭生活是安全的避风港吗？这世界比你想的还糟，而家庭是背叛的温床。

他们召来了当初把拉伊俄斯的儿子带走的那个仆人，然后就由大侦探俄狄浦斯把来龙去脉拼凑出来，他像一头无情的猎犬，嗅出他自己留下的踪迹。那个被丢掉等死的小孩就是他，注定杀死父亲、和母亲上床的人也是他。最后，他冲出去，追着稍早时绝望地逃离的伊俄卡斯忒进入了宫殿；接下来，我们怀着不祥的预感听唱诗队的哀叹，直到那个简单地叫作“使者二”的角色出现，做出他著名的报告：

你们无法知道
发生了何等悲惨的事。你们没有看见那景象。
但我将以我所记得的，
让你们听闻我们不幸王后的结局。
当她跑进屋里的时候她直朝
婚床而去，用双手
撕扯头发，哭喊着早已死去的
拉伊俄斯——你记得吗，拉伊俄斯，
多年前的那个晚上我们有了那个孩子，
他会置你于死地，留下
一个做母亲的和她的儿子生儿育女?
然后她呻吟诅咒这张床，
在上面她和丈夫生下丈夫，和
自己的孩子生下孩子，一个耻辱的双重结合。
之后她是怎么死的我不知道——
因为俄狄浦斯分散了我们的注意力。
他大叫着冲向我们，我们看着
他疯狂地绕室乱走，
不停哀求我们：给我一把剑，我说，
情何以堪，发现妻子不是妻子，这母亲的子宫，
是双重播种的田地，我从中而出
又在其中种下我自己的孩子！当他呓语的时候，
某个神明点醒了他——我们都不在那里。
他发出可怕的低吼，受到无形的

指引，奔向那两扇门——
他扭开中空的门闩，
冲了进去。那里，在那里，他看见他的妻子
悬梁自尽，颈上缠着绳子。
当他看见她，他发出凄厉的叫声
割断了绳结。然后，那可怜的女人
躺在地上，而接下来发生的事
惨不忍睹。他把胸针——
那些用来别住她的长袍的雕花金胸针——
从她身上扯下，高高举起，
戳进他自己的眼珠，厉声
叫着：它们永远不会看见我
犯下或遭受到的罪！
黑暗的眼睛，从今以后只看着
被禁止的容颜，不要认出
那些你渴望的人——他这么诅咒着
用胸针刺了他的眼睛
一遍又一遍。他鲜血涌流的眼珠
染污了他的胡子——不是缓慢渗出的血滴
而是一阵黑色的雨和血淋淋的冰雹淌下。
祸事便如此发生了——不是在一个人身上，
而是夫妇双双遭到不幸。
过去这些日子以来的好运是真实的
好运——但今天哀鸣和毁灭
和死亡和羞辱——所有说得出来的恶事
一件也不缺。

奇怪的是，就算大难当前，索福克勒斯笔下还是追求无情的清晰定义——“在上面她和丈夫生下丈夫，和自己的孩子生下孩子……”的床。就如泰勒教授在他讲到这部剧作时所指出的，索福克勒斯的风格特点在于修辞精准、对比工整，以及习惯于将事物一分为二或合二为一，在文字上反映出角色性格的分裂和纠缠。我在想，不知这种激烈的准确度是否给索福克勒斯和他的观众带来某些慰藉——在大乱之中维持最后的一点控制？或者是知道在这可怕的情境中某样东西到底是什么，给了他们一种乐趣吗？于是我们看到，古典主义并不是一种致力于“宁静”的风格，而是要在不可控制的事物之中创造出艺术。

话说回来，这些希腊人到底是什么样的心理，居然在公众庆典上一大群人坐在一起观赏悲剧？《俄狄浦斯王》等剧作是当时流行的娱乐节目：索福克勒斯不是什么名不见经传、怀才不遇的诗人，他活着的时候就已经得到重视，饱受爱戴，得奖无数，写了超过一百部剧本（大部分都亡佚了）。当时的观众看这些演出必定是很愉悦的，因为要是他们被吓得呆若木鸡，他们根本不会再度光临。他们一定有某种“强心剂”。在我们的时代，震撼人心的威力已经缩减成一时的震惊——就像重拍的《恐怖角》。我们上了震惊的瘾，希腊人则沉迷在英雄主义中。

虽然那个使者讲述的是那么惨绝人寰的事情，但听起来却是那么庄严美丽。是俄狄浦斯的勇气使然。他拔下了别住伊俄卡斯忒长袍的胸针，然后，如果我们稍微夸张一点，我们可以想象他看着他妻子/母亲的胴体，然后戳瞎了自己的眼睛，仿佛是在惩罚他色欲的念头。当他再度出现，双目已盲，唱诗队说他不如死了好，他却坚持说活在真实中反而比较好。“我在这里的所作所为是最好的选择，别反驳我，别再给我建议。”俄狄浦斯的王者之风又回来了，他的言下之意是，寻死是太简单的一种逃避。而我咳了又咳，即使我对俄狄浦斯崇敬不已。

瑞蓓卡试着让一切圆满，而学生抗拒命运

“他并不知道他杀的是他的父亲。”

在夏皮罗讲授《俄狄浦斯王》的第二堂课上，那个一讲话就脸红、紧张得搓手的瑞蓓卡谈到俄狄浦斯时如是说。她是个犹太女孩，家住中西部，信奉自由主义，却顽强地想维持公平，读书有明显的道德立场预设。她的头发梳理得一丝不乱，用一小条红带子紧紧绑在脑后。有时候，她会边听别人说话边突然把发带拆开，低下头把头发往前拢，好像在对某个嫉妒的神俯首鞠躬。然后她会用手指梳拢头发，重新把头发扯紧，再把发带在脑后系好。她是教师心目中的理想学生，至少在夏皮罗心目中如此，因为她对所读的书情绪非常投入。她也许会说一些傻话，但她毫不保留。

现在她努力想让言辞达意，事实上的意思就是，人们不能要俄狄浦斯为他父亲的死负责。对瑞蓓卡、对我听过讨论这剧本的其他班级的学生来说，俄狄浦斯只是阿波罗恶毒计划中的受害者。对他们而言，俄狄浦斯没有自由不去杀父娶母；那两个交织成真的预言，在他们看来，让这部剧作失去了道德的有效性。他们是典型的美国人，习惯听到别人自称是受害者，但很难了解一个人被毁的部分原因竟是他自己太伟大了。

“他弄瞎了自己，”瑞蓓卡继续说，“就再也没机会知道错不在他。”这话说得有意思；她脸涨成猪肝色，有点激动，说得好像俄狄浦斯是在闹别扭。但当时的希腊人不见得认为俄狄浦斯是无辜的，俄狄浦斯自己（至少在这出戏里）也没有要为自己开脱

的意思。对当时的希腊人而言，众神既然选择要让他受苦，就表示他在某种意义上是有罪的：俄狄浦斯是那种注定想要做出什么事，就会做出什么事的人（众神并不像瑞蓓卡所想的那么胡乱挑选）。索福克勒斯也给了他足够的自由：即使他命定要杀死父亲，他还是时时刻刻从心所欲，选择在十字路口杀死了那个暴躁老人和他的随从。多年之后，他也本可以延缓调查行动。听着瑞蓓卡说话，我又想咳嗽了：我喉咙深处有了一种强烈的痒意。

这部剧作离我们很远。现代人的生活，尤其是美国人的生活，有着病态、自怜的一面，充满了“让你感觉好”的治疗、委婉的说法、自我改造的运动、同僚支持团体与妇女运动和男性运动，总是在哭诉自己是受害者，仿佛所有的人都是受害者，仿佛是人生害了你——不管自觉与否，这一切都是算计好了恰恰要避开的那一刻，面对你是谁、你做了什么，还有你应该为什么负责的一刻……这离我们非常远。那些治疗和生活策略把“了解你自己”变成了“赦免你自己”——不，应该是“给你自己打气”，也许再加上哥伦比亚学生一般都来自井然有序的家庭，使得这些学生没有心理准备，不能接受俄狄浦斯对个人责任的激烈坚持。他们是美国的青少年，还不了解这类悲剧是人生的一部分。这不全是你的错，但也非纯属意外。他们把它设定并轻视为“命运”，是该死的神祇在人类身上玩的把戏。他们暗示，在现实人生中，一旦你搞清楚了这个世界是怎么回事，你就可以赢过它。或者即使不这样，你也可以努力成功。在学生想来，美国人的生活虽不完美，但可以靠理性和同情来改善。可是这部剧作却是在理性和同情之外的东西。

他们就像我的儿子麦克斯和汤米一样，都是媒体的小孩，我有种感觉，即对他们来说身份认同是暂时的，一切都可以收回。媒体拐骗他们，让他们不去面对历来所有社会里年轻人都不愿意去面对的事情，那就是你做出的一些选择是不能修改的，身份认同本身就是一种命运。你是这个人而不是那个人。这些学生，他们都有一种命运，每一个人都如此。

但瑞蓓卡的思考方式，也的确指出了特别令人不安的一点。他不知道他做了什么。在她说话的时候，我突然知道我喉咙深处的肌肉为什么会收紧了。

俄狄浦斯尽管独断专行，却并不昏庸暴虐。他也不像俄国的最后一任沙皇尼古拉二世那么麻木不仁，一辈子都以为他受全国人民爱戴，听到布尔什维克党人宣判他死刑时还叫道：“什么，什么？”可怜的沙皇！“我听不懂你的问题。”乔治·布什在1992年总统大选第二场辩论里如此回答那位黑人女性，她问他国家外债是否影响到他个人。俄狄浦斯听得懂他的问题，他每个问题都听懂了。他聪明、强硬，从不食古不化，知道如何解读谜题，有足够的弹性，而一个外来者必须要有弹性，和他的妻子与妻舅克里昂至少在名义上分享权力。这部剧作有种种让人沮丧的原因，其中包括了告诉你，就算你又聪明又强硬，你还是可能杀死你父亲又和你母亲上床。控制宇宙的是非理性的力量，控制人性欲望的也是非理性的力量。聪明人并不比笨人受到更多的保护，可以不做出骇人的事。咳，咳。

成功使人盲目

我对此有着超乎预料的切身之感。贯穿《俄狄浦斯王》的意象是盲目，而非命运。一个成功、有权力的中年男人，先是比喻意义上的盲目，然后真的失明；虽然他有追求真知的驱动力，盲目却将他与真知隔离。就是这一点在我阅读的时候刺激着我的潜意识，感觉到在人们——包括我自己——追求成功和优越的驱动力之中，本身就具有使人变得麻木不仁的危险。在某件事情上成功，本身就意味着你必须阻绝隔断自己某个重要的部分。而这部分可能毁了你。十八岁的人怎么会懂?

有权力的人担心他不知道的事，担心某些信息可能伤害他，却从没醒悟到他的成功已经伤害到他了。我想起我认识的有权力的人:我已去世的母亲、数名杂志编辑、公司总裁、投资银行家、一大堆电影导演、一些有名的评论家和大学教授——是的，特别是教授。在专题讨论座谈上，他们会批评过去文化中对少数族裔及女性的排斥，而他们所使用的艰涩术语正是用来排斥任何思路和他们不同的人的。他们能够看见所有人的权力需求，但就是看不见他们自己的。我几乎没遇见过一个有权力的人是了解他或她自己的，男女在这方面没有差异。他们怎么能什么都看见，而依然故我？因为一个人不能既对自己有完全的认识，又继续身为公众人物、权威、立法者或赞助人。对有权力的人而言，盲目是必需的，他们对抗着一面高举的镜子，仿佛那是魔鬼的化身，因为他们知道对自我的认识可能会毁了他们。“你这样要害死我了！”在我母亲退休之后，每当我不论多委婉地试着告诉她一些她对身边的人造成的影响，她就会哀鸣。在某个意义上，我的确是在杀死她：我是在提醒她，她已经不再有权力，不能不关心她对别人说话的口气了。

俄狄浦斯是个英雄，因为即使是在怀疑事实真相可能会结果他之后，他还是渴望知道。那是天下有野心的人们所做的挣扎中，与生俱来的悲剧命运。我们不但不能掌控自己的生命，连我们想要掌控的驱动力本身都可能害了我们。这是个可怕的想法，足以掐住任何人的喉咙。

第七章　亚里士多德

亚里士多德论述了许多关于认知世界的思想，不管讨论的内容是理论性、科学性的课题，如形而上学、天文学、数学、生物学、植物学、动物学、气象学，还是实用性的课题，如伦理学、政治学、修辞学，以及诗文与戏剧的创作，都有一种适切的热情，足以掌握全世界。

柏拉图的理想主义聪慧而荒谬，让我困惑不已。我也许可以讥嘲它关于形式的理论，但不可否认的是，当中的确有力量存在。当人们赞叹着一棵“完美的树”或“完美的一天”，他们指的不只是“真漂亮！”或“我想要的都顺利达到了”。依据常识，一个人只有在经历过许多美丽的日子之后才可能会有完美的概念，即，有了经验，做过比较，才能知道什么是理想。但想要了解自己为什么从某些东西中得到极大满足的直觉冲动，并不因此就消失。毕竟常识不足以解释我们的心智和现实世界之间的关系，这现实不完全为我们所造，充满了美与力，也充满了极端的邪恶与丑陋。既然相当多的人都同意加里·库珀（Gary Cooper）很英俊、花豹是种美丽的猫科动物，去问如何得出这样一致的意见的也合情合理。美的元素由什么来组织决定，又是什么引起一般人对它的反应？形式的理论和对上帝的渴盼并没有太大的不同。

然而说树或车的理想形式只有一种，是我觉得最难以接受的。也许形式有成千上万，每样事物都有一个形式，每一种花木都是一个特定形式的具体呈现，是它自己的特殊形式，并非仅为对单一的“花”的形式或多或少的仿效。我对这种想法很能认同，一直以来我都不自觉地相信。如果在物质实体和千姿百态的理念之间有对应关系，那么有些人会在欣赏地球上每一样事物个别的完整特性之中得到极大的满足，原因或许就在于此。一样事物就是它自己，一株杜松子就是一株杜松子，而不是一株玫瑰，这是很深刻感人的，也许是我们生命中最感人的情境。这同时也是一项道德的事实，是伦理学的开始，因为有了这样的认知，必定会引出的结论是地球上的每一个人也都是独特的，应该被当作独特的个体来对待。也许我们每一个人在某个地方也都有一副理想形态。

我认为每一样物质实体都有它的完整特性，所以我喜爱电影，因为电影透过摄影的媒介将世界上独立的物体呈现出来，但我讨厌戏剧，因为舞台上所有的东西，布景、道具、服装，看起来都脱离了它原本与其他事物的关联，被放在某种形而上的安排配置中，被加上意义。不是它自己的意义，而是其他人的意义；然而一株杜松子不管是在现实生活还是在电影中，都还是一株杜松子。电影有幸是非象征、非形而上的，从而也是道德的；戏剧中的每一样东西都装载了意义——太多的意义——是野心勃勃、不择手段、不道德的。所以你就知道了：去看电影，才能成为一个更好的人。

亚里士多德对事物分门别类：快乐的哼唱

对柏拉图的理想主义的谴责很快就出现在当代文明课上，来自他的学生亚里士多德。史蒂芬森抓住机会强调这是知识史上重要的一个转折点。亚里士多德出生在希腊北边的马其顿（“不是个真正的希腊人而是个外来者”，史蒂芬森是这样描述他的），在公元前 366 年左右、他约莫十八岁的时候来到雅典，在柏拉图的学院里就读超过十年。这名聪颖的学生显然有着叛逆的思想。在当代文明课程必读的第一本他的著作《尼各马可伦理学》中，亚里士多德思考之后拒斥了善的理想形式，或称最高理念。

> ……即使有一种善是在所有的善里都能预料得到的，或者是可以独立存在的，显然它还是不能为人所达成或得到；但我们现在寻求的是可以得到的东西。然而，也许有人会认为对它有所认识了解是值得的，能够由此得见哪些善是可以得到、达成的；因为，有了这样的一个模式，我们将会更知道哪些善对于我们是好的，知道了之后我们便会得到它们。这样的说法不无道理，但似乎和各种科学的程序相抵触；因为这些学科虽然都以某种善为目标，并寻求补充它不足的地方，却并不处理对唯一至高之善的认识。但若要所有文艺支持者都忽略这么强大的助力，甚至说他们根本不应该去追寻它，是不太可能的。同时也很难想象的是，一个织工或木匠知道了这个“善之本身”之后，对他的技艺会有什么益处，或是一个观看过理念本身的人就可以变成一个更优秀的医生或将军。看起来，医生根本不是用这种方式研究健康，他们钻研的是人的健康，或者也许更确切地说，是某个人的健康，他所治疗的是个人。

从实用的角度说来，善的“概念”是没有用的。但亚里士多德是否有他自己对理念或对善的看法？柏拉图又是否知道他的学生在想什么？答案也许是不：上面引述的那段话并不是亚里士多德身为柏拉图学生的时候写的。那些年间他所写的一系列哲学对话已经散失。《尼各马可伦理学》是在柏拉图死后写成的，当时亚里士多德已经在雅典设立了他自己的学校，“书院”。现在他是老师了：《尼各马可伦理学》和同一时期其他许多著名作品，如《政治学》（*Politics*）、《诗学》（*Poetics*）一样，都是写好的教学笔记，格式完备（虽然有时不失淘气），用标题划分类别，底下再细分不同主题，等等。所以他是个教授，哥伦比亚核心课程书单上三位教授中的一位（另两个是黑格尔和尼采）。

如果说亚里士多德流传至今的作品里少见柏拉图运用寓言和比喻的才华，字里行间却仍有种独特清明的乐音。亚里士多德的论文带着测量技能的乐趣、警醒，让我读起来有种轻松的感觉，不像之前的柏拉图总是好像在开着什么精致复杂的玩笑，是反应不够灵敏、思虑不够微妙的我不怎么能理解的。亚里士多德下笔无意取悦任何人，只专注在他的意思上，读他的东西让我感受到一种在这两门课中都还不曾体验过的快乐。坐在客厅里，儿子们睡了，妻子在一墙之隔的床上阅读，我体会到一股几乎是幸福美满的感觉，让我惊讶。一开始，我以为这只是一阵自我陶醉，部分事实也的确如此——我的天，我居然真的在读新闻报道之外的东西！但事情不仅于此。那感觉是从书的内文本身而来的，一阵快乐的哼唱，并不强大，但很稳定；这种满足感有点接近我们从整理得妥妥帖帖的花园或刚洗好的车子当中得到的满足。

秩序和失序

在我自己的生活中，鲜少为了秩序操心：我也许希望街道上有秩序和礼数，但我自己却保持不了书桌的整齐，通常写两三篇文章用的资料就能成堆。以正常的中产阶级标准来看，我是一团糟，要我种植甚或照顾一个花园更是免谈。但我了解有些人总是要求整齐有序的感觉。地板扫得干干净净,床单铺得四平八稳，给小孩洗过澡、讲过故事、哄睡着了，安静得让人必须弯下身去把耳朵贴近他们的嘴，才能确定他们还在呼吸——那也是某种强烈的快乐。那是心满意足，而心满意足是建立在秩序上的。

亚里士多德提供的是定义和组织的满足，是把事物分类、命名、让它们各得其所的满足。他整理出心理机能的各式变化，种种活动的不同性质，比方说，某一活动的过程与目的之间的不同之处。他建立或规范了许多研究类型的原则，以及每一种研究适合精确到的程度。“每一研究的性质必须依照研究的对象来决定，”史蒂芬森说，“所以需要特别的论述。”这一点现在看起来很明显，在当时却是革命性的。亚里士多德通过发展出许多如何认知世界的论述，从而掌握世界。他是分门别类的天才。他在公元前 4 世纪组织起来作为讲学教材的研究，在一千五百年后的欧洲被复兴发扬的时候声名大噪。在那之后的几个世纪，他的作品仍保有相当程度的权威，不管讨论的内容是理论性、科学性的课题，如形而上学、天文学、数学、生物学、植物学、动物学、气象学，还是实用性的课题，如伦理学、政治学、修辞学，以及诗文与戏剧的创作都如此。他有一种适切的热情：铺平地面，盖起房子，占为己有。他不只是个教授，他是整个西方的大学。

但当我读着亚里士多德对每件事物平静的分类时，我为一个十八岁时从没想过的问题着了魔。秩序真的是可能的吗？在一个照料妥当的花园之外，秩序是可能的吗？在论述中是可能的，但在人生或艺术中呢？我们也许渴望更多的文明秩序，更多的举止得宜和责任心，但现在，享受过阅读亚里士多德的哼唱之后，我开始反抗他怡然自得的心理。亚里士多德不会赞许我的，我是一个现代人，很少满足，总是在寻找对立和不规则的地方，寻找衬托出玫瑰的杂草。

《尼各马可伦理学》与《诗学》

这时候在文学人文课上，我们正在读希腊悲剧和亚里士多德的《诗学》，那是亚里士多德体验过埃斯库罗斯、索福克勒斯、欧里庇得斯等众多剧作家的作品之后写成的美学理论经典。亚里士多德很幸运，他生在一段艺术辉煌时期之后。但尽管《诗学》是一部描述性的理论著作，我还是发现亚里士多德的观念不见得和我们正在读的那些剧作相符。对亚里士多德来说，悲剧英雄既不完美也不邪恶，而是介于这两者之间，一个出身高贵的人物，有认知或判断上的缺陷。这比起柏拉图可是一大进步，柏拉图太害怕观众的认同了，以至于只允许舞台上出现贤能人物——当然，这种禁令要是真的付诸实行，戏剧马上就会一蹶不振。亚里士多德相信，同情心，或认同感，是形式不可或缺的一部分。最有名的是："透过怜悯和恐惧，（悲剧）达到宣泄（catharsis）如此情绪的效果。"

然而真是这样的吗？诸如索福克勒斯的《俄狄浦斯王》及欧里庇得斯的《酒神的女信徒》（*Bacchae*，见第八章）等剧作，其狂野、非理性、令人惊悚的程度似乎远超过他能理解的程度。读完这些剧作，我并没有感到宣泄，而是证实了我最初的焦虑。这些剧作家知道亚里士多德所不知道的事——秩序只是幻影，非理性统治我们的存在。悲剧的人物，即使是像俄狄浦斯那么聪明的人，对生命的危险了解得也很有限。宇宙并非反映俄狄浦斯心灵的镜子。

我开始觉得美德很无聊

于是，即使我读着《尼各马可伦理学》和《诗学》，享受亚里士多德的朴实和效率，以及他那仿佛料理得宜的花园般美妙的快乐哼唱，我还是感觉到秩序经常是由权力所强加的东西，够真实，但不是固有的，不是自然的。我想把亚里士多德从椅子上拉下来，或至少和他对质。他在《尼各马可伦理学》里对我们给出的精明又周全的建议令我感到厌烦，说我们要避免行为走极端，选择“黄金法则”或曰中庸之道，这种贤人的生活方式是用来驯服过度的欲求的。话说得没错，但又怎么样呢？这些关于美德的老生常谈唠唠叨叨，可能是古人关心的事情中最不对现代口味的一项。我甚至读不下西塞罗（Cicero）——那个常发表餐后演说的哲学家。他在稍后的当代文明课中出现，也是抱着美德的竖琴弹个不休。

于是在心满意足的低哼之下，同时又有另一个音调，来自我自己，我怀疑在除过草的花园里，绣球花底下可能埋着一具尸骨，怀疑铺得平整的床单可能沾染着偷情的痕迹，怀疑睡着的孩子们夜里辗转反侧，做的梦把他们带到离安详的床十万八千里远的地方。

我们渴望秩序，我们知道那是不可能的。

史蒂芬森教授的课：亚里士多德是个相对主义者吗？

史蒂芬森通过建立对比的方法全速开讲亚里士多德，。“柏拉图相信所有白色的东西都分享一个‘白’的理念；亚里士多德认为我们对‘白’的认识是从许多白色的东西而来。他几乎是一个经验主义者，但不完全是。他认为，一件东西的优秀与否并非先验理念的问题，而是要看它的功能、它的目的。一张桌子是好的，不在于它分到了一些‘桌性’的理想形式，而是在于它能发挥一张桌子的功用。”

嗯，这的确比较有道理。没有一个绝对的统摄的理念，但我们可以指出华盛顿的正直、林肯强烈的道德感、小罗斯福的灵活乐天、约翰逊在越战之前的说服力、尼克松在强权三角外交关系中的狡猾，这些都是伟大的不同方面，都是身为一国领导者可能的表现。这五个人比其他的总统更能善尽总统的职责。或者说，他们具有在这个工作上大展长才的特质。约翰·福特（John Ford）的电影《搜索者》（*Searchers*）是部伟大的西部片，并不是因为它接近了西部片的理想形式，因为福特稍早的《关山飞渡》（*Stagecoach*）事实上似乎更为“原型”，而是因为对比同类型的其他片子，它将西部片的特质做了更有力的发挥。这不是它之所以伟大的唯一原因，但至少是评价时一个合理的出发点。同样的道理可以说明日产西玛（Maxima）或道奇的霓虹何以比同等级的大部分车子要来得优越。我身为一个后工业时期的中产阶级男人、一个产品的消费者，要的是能发挥优质功能的东西。中产阶级的公民自然而然是服膺亚里士多德理论的。理想主义属于贵族、隐士和恐怖分子。

“那么亚里士多德是个相对主义者吗？”史蒂芬森说，用他英俊的蓝眼睛环视全班，潇洒地笑着。他们有戒心地回看着他。这学期已经进行几个星期了。他们挤在数学楼一间小教室里，慢慢开始进入状态。其中有些人被史蒂芬森乘风破浪式的斩钉截铁吓倒了，其他人则渐渐有胆量发表自己的意见了。他们知道，相对主义一词就代表了现代美国受过教育的阶级被指称的罪恶，至少已故的艾伦·布鲁姆（Allan Bloom）是这样认为的，他那本《美国心灵的封闭》（*Closing of the American Mind*）在 1987 年大为畅销，同时也在校园里掀起轩然大波。

"相对主义，"史蒂芬森说，"可以定义为认为没有超越历史的标准，认为所有的事实都是历史性的事实，认为所有的事实都是观察角度所行使的功用。要了解为什么在某一个社会里的某些东西被视为真的或好的，你必须把种种社会环境因素列入考虑。A 行动可能和 B 行动一样好。这些行为本身不具备天生必然的价值，有的只是被社会分派或建构的价值。另一方面，柏拉图却说有一个绝对的善，你要么看得见，要么看不见。"

柏拉图显然是相对主义者的对立面。用现代术语来说，他是个"本质主义者"。既然亚里士多德对于善的看法和柏拉图大相径庭，那么他是一个相对主义者吗？这议题牵涉的不只是一项哲学论辩，虽然这论辩本身就够有分量的了。对于当代文明这一类课程持批判意见的人坚称，经典书籍调查之所以一直存在，秉持的正是某种相信有"超越时间"之真理的观念——想来这些真理是一批可以萃取出来的假设，自古以来一直是、将来也永远会是真实的。史蒂芬森自己也用他那"牛津高讲台"式的讽刺语调问过："当代文明这堂课本身不就是个柏拉图式的想法吗——这些书飞奔过不同的时代，始终装载着它们的真理……"

在史蒂芬森的班上，有五六个我猜会被布鲁姆认为是相对主义者的学生：他们不会愿意对任何社会下评断，除非是用那个社会本身的标准。但也有很多人是有着坚定的信念的。有一个杰斐逊式的自由主义者，跟民主党有关系，他是一个正在成长的年轻政客，在我们看来，他似乎认为所有的真理都蕴含在当初起草宪法的开国元老和《联邦党人文集》（*The Federalist Papers*）之中；有一个出生在以色列、现居美国的女性，不会为了任何人放弃她的权利观念；一些虔信宗教的学生，包括两个犹太正教的女性，一个是白人，一个是非裔美国人；一个基督教基要主义者的韩裔学生；还有一个来自得州的盎格鲁–撒克逊白种新教徒，也是少数的共和党人之一。这些当然是本质主义者，而艾伦·布鲁姆在严词批判泛滥在学生之间的相对主义之余，要是不了解在美国大学里也到处都是像这些学生一样的人，他就错了。至于史蒂芬森，要是他认为他会把这些男男女女哄离他们的习性，他可能搞错了。

不管怎么说，他自己呢？他身为文化左派的一分子，可相信“真理”？我会仔细地听，让他现出原形。我已经蛮确定的是，不管他是不是文化左派，他并不认为核心课程是一种柏拉图式的理想。否则，他就不会教这门课了。

关于亚里士多德的问题得不到清楚的答案，他继续前进。“问题在于，”史蒂芬森说，“如果我们在谈论所谓的善之事物，我们指的不就是某种在不同情境下都相同的东西吗？我们并没有逃出一个本质、一个形式的问题，不是吗？亚里士多德并不真的是一个相对主义者，对不对？亚里士多德相信任何东西最基本的起因就是它的最终目的，所以最终目的就是最初的开始，是该事物天性中与生俱来的。小孩的‘起因’在于要长大成人，所以他们不能照顾自己。人类的‘起因’或者说目的在于自我驾驭，自给自足，快乐。亚里士多德从内部开始，往上发展。他谈的是‘变成’而非‘存在’。放诸四海皆准的通则并非像柏拉图所主张的是一个抽象的理想或某种先验的东西，它们是事物中固有的东西，但它们就是在那里，至于它们是什么，也毫无疑问。”

所以亚里士多德也不是相对主义者。他只是一种和柏拉图不同的理想主义者——理想铭刻在事物的实质特性中。我之前说过哲学理想主义是在浪费时间，这话说得太笨，太操之过急了。没有理想主义，是不太可能有高等教育的。每个学生理想的命运在于变成最完整的自己。

* * *

一颗橡籽变成一棵橡树，一只毛虫变成一只飞蛾，亚里士多德观察全希腊，看到奴隶（其中很多是战败国的人民）出劳力而女人不钻研哲学，于是得出了一些结论：他断定奴隶是天生不适合做理性思考的，而女孩长成女人，目的在于繁衍后代并照顾家庭。如果奴隶在拖运大理石，女人在抚育小孩，那么这就是他们的天职，也就是他们的天性。要是他们的目的是别的样子，他们也就会是别的样子，因为你再怎么进化也不可能超过你本来就注定会成为的东西（当你发展完全的时候，你的目的就很清楚了）。他愿意承认女人有思考的能力，但她们缺乏做出选择的能力。奴隶根本就没有思考的能力，他们是会动的物体，被用作工具。换句话说，所有存在于可见形式里的东西都是自然的而且带有决定性的。

这一次我不能忽视政治正确的反对意见了，我也不想忽视。

不管怎么看，也不管放在怎么样适切的历史脉络里，亚里士多德都犯了一个灾难性的错误。用现代的说法，亚里士多德忽视了社会性的力量，忽视了包括他自己在内的权力，而每个人的角色正是由这些来熔铸的。他为权力的本质提供了正当化的开脱，从而使权力变得更不自觉，自认为天经地义。亚里士多德的思考模式常见于希腊和罗马的贵族、美国南方的蓄奴者（他们用亚里士多德论点的各种变体来为奴隶制度辩解），以及几乎任何地方的世袭精英阶级。文化左派会说这是历史上常见于白种男性的一种思考习惯。权力以别人的没有权力作为他们没有能力的证明，从而正当化它自己。

《政治学》

史蒂芬森对亚里士多德思想中权力和财产的关联做了相当多的探讨，但我决定更深入研究学院左派。所有激进的改革背后最基本的信念，或许都在于没有人是"天性"使然必定要扮演某种社会角色的，即权力和所有物的划分都是人为的。因此我很好奇，想看看一个激进派会怎么讲亚里士多德。于是我去上了一节蒂格蕾丝·阿特金森（Ti Grace Atkinson）的当代文明课，她是 20 世纪 60 年代末与 70 年代著名的女性主义理论家，是一个女同性恋分离主义者，主张女人应该摆脱父权结构。现年五十余岁的阿特金森正在哥伦比亚攻读哲学博士。"我喜好逻辑，"——这是她的论文主题——"超过任何事物。"她对我这么说。总之，由她来教当代文明这门被许多大学人士视为极保守的课程，的确是很奇怪的。

她身高貌美，个性坚定，拒人千里；她站在课堂上，手上拿着亚里士多德的《政治学》，整段整段引述原文，一点一点详加说明。她在解释，学生在聆听。一开始，她将亚里士多德对私有财产的看法与柏拉图做对比。在柏拉图的理想国中，“你的”和“我的”都会消失。毕竟，“监护者”有的是很大的权力但很少拥有或全无财产。他们住在营房里，在集体食堂吃饭，但并不拥有土地。而另一方面，没有权力的工匠和农夫则被允许拥有财产，从文化左派的观点看来，她说，这种权力和财产的分离是柏拉图思想里最突出也最激进的一点。

另一方面，亚里士多德对财产的看法则是保守派的信念基础：有财产者理应掌权。因为所有物是感情的联系，是具保护力的联系。人们只照顾自己的家庭和土地,非家族成员就吃苦受罪，而公有的东西就任其毁坏。亚里士多德指出，在柏拉图的乌托邦里小孩子会受到忽视。“正是这样。”我想。

“我们的社会已经接受了亚里士多德，”阿特金森说着走过教室前面，一手拿书，一手扶着腰，“我们把我们的所有物看成自己的延伸，如果某样东西不是我们的，我们对它就没有感情。”然后她提到纽约地铁的脏乱。美国人对公共和私人的区分简直是绝对的。在这里，私有的至高无上，而公共的简直任人践踏。

她话中带着坚定的鄙夷，我想她是有道理的。希腊对公众杰出表现的理想在我们看来显然是太古板了。在美国，提到公众杰出表现就会嗅到公共电视、自由主义基金会、法人慈善机构的怪味。但我们对这个议题可能是盲目的,希腊的理想提出了驳斥，令人惭愧。我们对公民的要求不过是名义上的：要他们纳税，也许投投票，当当陪审团，偶尔参加学校的会议。虽然我们对公民只有这么少的要求，或正因为我们的要求太少，我们的投票率是工业国家中最低的。公民共和政体的精神已经死了。但在亚里士多德的城邦概念里，公民轮流当政。所有的公民根本上都是平等的：你统治，也被统治。都是一样的。

亚里士多德的错误：蒂格蕾丝·阿特金森与父权意识形态

但谁可以当公民？谈到这点可就伤感情了，在报端“大家谈”之类版面里对“雅典式民主”的颂扬也通常被遗忘。阿特金森手持翻开的书，直捣问题中心。公民必须是男人，而且是家庭三代都是希腊人的男人。女人没有资格，她们的主要功能是生育男人。出劳力的工人也没有资格，因为人应该专心投入于单一活动，而如果公民的职责是思考公众表现，公民就不该做劳力的工作。在《尼各马可伦理学》中赞扬的美德生活只对少数人开放——那些不需要做劳力工作的人。

“他要激进的民主，”她微笑着说，“但仅限于在极少数人之间，这和当时雅典真正的情形也很接近，尽管在雅典，有些工人也可以是公民。”

她的声音稳如磐石，但其“逻辑”流露出了轻蔑；因为她看到的现实是严苛、疏离、不公的。亚里士多德的逻辑会碰上反逻辑，她的反逻辑，而也许一再的暴露证明了，他犯的错误对她是一种挑战，也是她教当代文明课的动力所在。

“亚里士多德认为柏拉图的致命错误，”她继续说，“在于他想消除私人家庭，消除男人掌控女人及奴隶的权威。他认为人与人之间平等的伙伴关系会导致意见不合，阶级分明则会带来秩序。《政治学》里很大的一部分都是在试图将不平等的关系正当化，从家庭结构开始。”

她转向黑板很快地画了个图表。

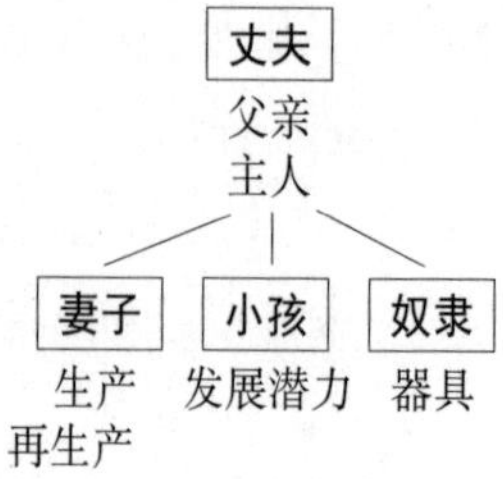

她说，亚里士多德认为父亲在家里是至高无上的，控制妻子、小孩、奴隶，而家庭也为较大的社会架构，比如村落、城邦，提供了建立的模式。她完全没用到“父权”这个词，但她在谈的当然就是这个东西；她将男性霸权的意识形态和其与财产之间的关系追溯到亚里士多德，而且，我认为，她这样做的时候感到了某种严酷的满足。

“不幸的是，”她说，“我们必须面对事实，《政治学》的影响力至今不衰，仍然被用来让一些不平等的关系正当化，例如丈夫和妻子、主人和奴隶。”

所以现代婚姻不过如此，就像主人和奴隶之间的关系一样。她谈着亚里士多德和权力，一动也不动地站在那里，高大、美丽、苍白，腰身很长，戴着红框眼镜，略施脂粉，然后她再度微笑。

“在亚里士多德版本的男女关系里，”她说，“女人基本上是动物——比较像动物而不像人，男人则是头脑。”

她说起话来深思熟虑，言简意赅。她一步步将文本铺陈开来，包括亚里士多德所认为的最佳宪法（君主立宪或贵族立宪），还有他对投票权的分配（偏袒持有土地的阶级）。学生做笔记，只有在课的最后一段问答时间才开口。她不像史蒂芬森一样要学生做报告。她在刚上课的时候点了名，并建议学生先列出大纲再写报告提交。所以，即使她的政治思想激进，看起来她似乎也相信阶级分明会带来秩序。我想，她严谨有序的言谈风格之中那种表格式的清晰，正适合亚里士多德。

* * *

我了解到，在当代文明课和文学人文课里，你有机会接触到“危险”的知识、如今遭人摈弃的观念、阶级和压迫的模式。这是这些课程的部分乐趣所在，尤其是当代文明课，它让你进入权力的古老模式里。这里有一个激进女性主义者带领女人、有色人种以及白种男人的几个小组阅读一份文本，这份文本将不平等的现象正当化为维持民间秩序所必需的规则。

我喜欢这种情况，让激进女性主义者和左翼瑞典人来教核心课程。即使阿特金森夸张了亚里士多德思想持续至今的影响力，她还是把这种思想清晰地传授出来，不丑化扭曲它，而她的愤怒就像是一股电流的刺激。我想和她争辩，向她证明她对现代婚姻的看法是错的。

女性主义者读亚里士多德有一个非常简单的原因：“认识你的敌人”。我在想，文化左派怎么能找这一点的碴儿？有任何学生遭受洗脑或羞辱的危险吗？在史蒂芬森的班上，亚里士多德对女人的看法也被提出来，很明显，班上大部分的女人都同意用历史的角度来解读亚里士多德，读这个 4 世纪希腊地主阶级的想法。她们并不“相信”任何亚里士多德对女人能力的说法，她们在大学里研读他，这件事本身就已经证明他错了。

插曲三

我一直想着在哈特里楼那次批评核心课程的会议中夺门而出的那个黑人学生。我知道，抓着她在压力下说出的几句话不放是不公平的。几年后，她的想法或许会有所不同。像所有的美国人一样，她会找到她自己文化上的路，日复一日为自己想要的东西奋战。

但讲起话来像她那样的学生、知识分子和公众人物为数不少,而不管这种话我听了几次,我还是会感到吃惊。有“白人文化”和“黑人文化”，学校要她听莫扎特却没有同时加进黑人音乐来平衡，就是在强迫她、殖民她、让她感觉低人一等。这全都是权力和政治的事。所谓艺术是放诸四海皆准的古老观念，正在迅速死去。

但我看不出任何真正爱好音乐的人可能这样说话。说任何一种音乐时我无意将古典音乐或我自己的品位供奉起来。爱好音乐、需要音乐的人，感受到的音乐是情绪、感觉，就像一道乐趣的浪潮冲来。爵士乐、摇滚乐或任何音乐都是这样。如果她真的很讨厌莫扎特和贝多芬，那就算了，没什么可争的——只要她给过那音乐一个公平的机会。这才是站得住脚的重点,公平的机会。要是你把某件作品当成是对你的自我认同的强迫或确认、对你自己的剥夺或扩充，那你怎么能给任何艺术一个公平的机会？要是你不让自己感到乐趣，你就不会感觉得到，尤其是在那一项艺术是新的、不熟悉的情况下。那种乐趣会是悄悄而来的，一开始不知不觉，然后稍稍注意到，一点小小的幸福感，然后也许在听过很多之后，一股感觉会涌现，让你颤抖。那种缓慢但最终势不可当的情绪涨潮当然是一种诱惑，对此不认同的人是自以为是的或根本就讨厌艺术。他们把艺术变成了地盘之争，他们贬低了乐趣。

乐趣是关键，是唯一一种不虚假的理解艺术的方式。你跟着一个接一个的乐趣，从一部作品到另一部作品，连成一道喜悦的链条。从贝西 · 斯密特斯到比利 · 哈乐黛再到黛娜 · 华盛顿，从查克 · 贝利到米克 · 杰格再到尼尔 · 扬，从比利 · 乔到斯密特斯飞船到 R. E. M 再到涅槃乐队。或者随便什么（你自己列名单）。如果，在某一道链条的末端，如果我被莫扎特某一首钢琴协奏曲中一段突然降到小调的缓慢乐章感动，而我的心随着某一乐器，比方说单簧管，在一个乐句上怦然跳动，我就会明白，莫扎特对木管乐器的运用真是精彩绝伦。这是因为我是白人，我的祖先是从欧洲来到美国的吗？维也纳爱乐交响乐团在纽约的一场演奏会上，我四周坐了很多亚洲人，他们也都受到感动。

但做这样的争论根本没用。在近二十年来，古典音乐已经处于我们文化的边缘位置；我敢打赌，白人学生不会比少数族裔学生对之更感兴趣。然而，真正让我不能释怀的，是出于意识形态的原因而决定不去体验某样东西。从那个在哈特里楼的学生的话听来，她显然已经对非洲音乐有所了解，对莫扎特和贝多芬可能很陌生，但她要的是更多的非洲音乐，要白人学生去听。这主意不坏，但一门课所能容纳的东西有限，而且这是一门西方古典音乐入门的课程，这种音乐现在想要不被流行音乐横扫一空的话，是很需要大学（一个通往可能的乐趣之处）里的一点推动力的。

应该加在音乐人文课里的不是非洲鼓乐，而是爵士乐，因为爵士乐是美国对艺术的伟大贡献，是一种融合古典力量、复杂度、激情不和谐音的艺术，也是一种大半由美国黑人创造出来的艺术。学生需要听听爵士乐里的古典传统。

要求所有的学生听一点莫扎特或一点阿姆斯特朗、艾灵顿、查理·帕克就是确立一套价值的阶级吗？当然是。这是在说，过去很多人曾从这些音乐里得到莫大的乐趣，这些人有和那个非裔美籍学生相似的心智能力和社会机遇。你自己也许不会有这种感觉，但起码给它一个机会，给乐趣一个机会。这就是所有这类课程真正在说的。但她认为学校应该确认她的自我认同，而非强加一些她并不知道的事物在她身上。她怎么想是重要的，因为她够勇敢，能在一屋子大部分都不同意她的人面前站出来，抗拒大学的官方政策，她比一百个什么都不说、温顺地接受必修课的学生加起来都要有胆量。我做学生的时候，就没有她的勇气。

第八章　埃斯库罗斯与欧里庇得斯

众神暴力色情的行动，特洛伊战争的“历史”——这些就是悲剧的内容，悲剧重组了神圣或传说的材料中的道德意义，并赋予其鲜活的新生命。

泰勒教授解释希腊戏剧的起源

“看……呃，呃。”泰勒教授说。

他正处在讲课模式中，这种状态很少会超过十分钟。“我要对你们说一会儿谎。”他说，意思是他要进入英文老师的说话方式，而不是和学生交谈。他站在汉米顿楼的一间小教室的讲台旁，眯着眼睛看看写在卡片上的笔记，慢慢地用他那掘墓人的男低音开腔。学生微笑：他们喜欢这些小型演说，它们常常往奇特的方向发展。他们每个人都已经对泰勒有固定的应对方式。有些人善于在文本里找出段落，用来阐明某些特定论点，但若要进一步解释的话就迟疑不前。有些男生感情丰富但不善言辞，说起话来断断续续，也有些女生比较有自信，说话比较明确，但思路比较狭窄。泰勒试着把他们拉出成规，有时成功，有时则否。他有一套可亲的小把戏，能吸引很多人：他抓住一个成功的反应（有时候只是一两句话），然后把那个学生说成是那种解读法的专家，再促使他们向自己的专精之外迈进。这都是一种“创造自我”的方式。他控制他们，但目的是善意的，在学生内部一砖一瓦地建立起一个会阅读的自我，然后学生会试着实现他的期望。我想，他们其中有些人可能会比较希望推翻泰勒对他们身份的看法，但他那种友善的小教授态度很有力也很难缠。他继续说：

“在荷马之前是一个口耳相传的文化，一个靠记忆的文化，对吧？但之后，希腊人从他们的贸易伙伴腓尼基人手中接收了这份稿子，然后在公元前 6 世纪，暴君庇西特拉图执政的时候，奉他的命令，一份荷马的文本定稿了，从此变成白纸黑字。所以，你看雅典，和新泽西的普莱斯菲尔德差不多大，也许有公民三万人吧？不对，它比新泽西的普莱斯菲尔德还小，竟然在公元前 5 世纪那里就开始生产哲学和历史了，还有戏剧。希腊诗歌从史诗进入抒情诗，而史诗和抒情诗两者都和城邦有相同的发展。当雅典人想做什么事的时候，他们先举行辩论。当时社会上的交流互动相当惊人。他们在街上谈，在市场里谈，在法庭上谈。戏剧也是辩论的一种形式。”

他抬起头来，眼光四顾，仿佛他期待学生们开始像雅典人一样辩论起来似的。但他们坐在那里听，满怀期待。在这间教室里，有权允许发言的是泰勒，他自己也很知道。

“可能，”他继续，“可能也是庇西特拉图在雅典创立了某种庆典，也就是泛雅典运动会，其他城邦的人都来参加。他需要名声，需要和其他城邦进行商业活动，于是他建了一个剧场，‘狄俄尼索斯剧场’，狄俄尼索斯就是酒神，掌管的是花天酒地和狂欢作乐。然后他们决定说，我们要办一个诗人的 agon，也就是竞赛。我们会选出一出悲剧、一出喜剧、一出牧神剧——这是一种滑稽戏，作为悲剧的调剂。在牧神剧中，人们用阳具互相在头上敲来敲去。

“这三位天才剧作家的作品当中，流传下来的有三十三部，始于埃斯库罗斯完成于公元前 472 年左右的《波斯人》(*Persians*)，终于大约七十年之后的索福克勒斯与欧里庇得斯最后的剧本——索福克勒斯的《菲罗克忒忒斯》(*Philoctetes*) 和欧里庇得斯的《酒神的女信徒》(*Bacchae*)。之后雅典还继续产生剧作，但高峰期只有七十年左右。”

他顿了一下，我想着，嗯，这倒是值得停下来想想的事，当你撞见一出日常表演的舞台剧，或是经过 84 街和百老汇交叉口大型综合电影院的冰冷甜蜜的爆米花摊子时；当你坐在家里发呆，看着某个吵吵嚷嚷的情景喜剧里人物坐在圣费南多谷地一个厨房里时，这点是值得好好思考一下的。舞台上叙事形态的娱乐节目，至少在西方，是从仪式和膜拜中发展出来的。为狄俄尼索斯歌唱舞蹈，可能也是从醉醺醺的狂欢作乐中发展出来的。

希腊文化和耐特·贺尔维兹的梦

泰勒没有提到尼采，但那天晚上我晃到我的书架旁，重读了 那本《悲剧的诞生》(*The Birth of Tragedy*) 中的几段，汗毛直竖。此书在尼采二十五六岁时写成，出版于 1871 年。这位巴塞尔大学的古典语言学的年轻教授，把悲剧的起源追溯到狄俄尼索斯的祭典，在其中“个人完全忘我”，常常表现出“逾越了所有形式之部落法律的淫荡”。这种疯狂要靠阿波罗的手——理性的精神——来驯服，并不知不觉导致戏剧中对唱诗队的运用，发展转变成了规律有序、震撼人心的悲剧艺术。但这疯狂是源头，是原始的东西，是最初的起因。

在古老的汉米顿楼里，剧场快要诞生了。泰勒继续“说谎”。“呃，”他说，“早先，他们用唱歌、用吟诵赞美诗和祈祷文的方式，让牛群回家、太阳升起。然后泰斯庇斯说：‘我们来假装这个唱歌的地方是波斯或斯巴达，然后假装这些唱歌的人是希腊女人。’这是个大发明，真正惊人的发展。你让一个演员代表某个人，然后你看着演员们表演妻子杀丈夫、国王弄瞎自己的眼睛，全都是可怕的传说故事。为什么？”

德洛丝·莫顿，一个非常直率强悍的得州女子，举手发言：“因为这是娱乐，很有趣，很刺激。”

“对啊，”泰勒说，“这想起来真是一个很奇怪的情形。你本来是参与祈祷和仪式的一分子，在戏剧里却变成了观众。演员诞生了，观众也诞生了。这是一个看得见、听得见，但却不会被看见、被听见的人。呃，有很长的一段时间雅典是航海和商业的中心。有的只是瓶瓶罐罐。但当雅典人着手于戏剧和哲学时，他们的城市就变成了文化大都会、世界的中心。他们做了什么？为什么他们的成就能够持续？贺尔维兹，你说你做过关于你父母的那个梦是什么来着？”

耐特·贺尔维兹——那个在泰勒的《伊利亚特》课上分不清楚老鼠和猪的男生，是个安静的年轻人，混有中国和犹太血统；他的圆脸看起来很严肃，戴着眼镜，留短发。泰勒问的是他稍早曾报告过的一个梦，关于他双亲的梦。

“呃……我妈在煮我爸。”“嗯。整个煮吗？”

“不是，那样会放不下，”——教室角落有强忍的笑声逸出，“但我没看见她把他切开。”

“嗯，”泰勒说，“嗯。好。”

关于埃斯库罗斯

众神暴力色情的行动，特洛伊战争的“历史”——这些就是悲剧的内容，悲剧重组了神圣或传说的材料中的道德意义，并赋予其鲜活的新生命。这些故事和神话是所有去剧场的人（也就是所有的人）都理所当然知道的。剧作家不需要解释任何事，他们可以诠释、打断、重塑、颠倒那些明显的意义。

埃斯库罗斯的三部曲中的第一部《奥瑞斯提亚》，为我们开启了悲剧的传统，剧中阿伽门农自特洛伊凯旋，唱诗队的言下之意是，希腊人在那场混战中可能太过分了，对特洛伊城的劫掠不是一种成就而是一种亵渎，而希腊人在克敌制胜的过程中自己腐化了。这场战争是报复的行动，从一开始就沾染了不洁之物（阿伽门农为了平息神怒，将他的女儿伊菲琴尼亚献祭），在胜利的时刻又充满血腥不仁。在荷马作品里虽具悲剧性但不失悲壮的这个传说，现在显得黑暗而堕落。于是，在稍后被认为是西方“核心”的文化之始，主要的精神并非只是赞颂或发扬过去的光荣，而是在修正、批判、深化、暗化。

埃斯库罗斯的《奥瑞斯提亚》建构于两个互有关联的传说之上，一个是特洛伊，另一个是恐怖的阿特柔斯家族。谋杀、通奸、以小孩献祭——继续梦下去吧，耐特·贺尔维兹！一切都要回溯到最先的那桩罪行，那场耻辱的宴会中，阿伽门农的父亲阿特柔斯在盛怒之下杀了他亲兄弟提厄斯忒斯的孩子，煮成肉汤端给他吃。在传说中，有一个小孩逃出了宴会——埃癸斯托斯，多年后就是他在阿伽门农远征特洛伊的时候引诱了阿伽门农的妻子克吕泰涅斯特拉，并篡夺了阿伽门农的王位。在三部曲的第一部里，阿伽门农回到了家，克吕泰涅斯特拉引他走下胜利的战车，走上一条野蛮华美的猩红地毯。血色的道路，就是一条不归路。几分钟之后，克吕泰涅斯特拉和等在一旁的埃癸斯托斯趁他洗澡时撒网将他困住，然后杀死。

埃斯库罗斯让我们看到的不是什么正义复仇的怒吼，而是受到伤害的男人与女人的冲突与痛苦。在三部曲的另两部中，阿伽门农的子女对他们的母亲与她的情人血仇血报，然后愤怒女神，也就是掌管报复的人头鸟身的怪物，又追着这些复仇者不放，直到女神雅典娜终于召集一个雅典人的陪审团来裁决这个案件。阿伽门农的儿子奥瑞斯提亚获得释放，愤怒女神打道回府；城邦胜利了，法律胜利了，黑暗的梦魇逐渐消逝。《奥瑞斯提亚》虽不能用沾沾自喜的角度来读（它太过于血腥了），但却可以理解为一个寓言，记载了从野蛮到文明、从血债血偿到法律、从复仇到正义的演进过程，换言之，从原始的过去，进入5世纪的雅典。

我没表现出来，但我们念完《奥瑞斯提亚》的时候我很高兴。它伟大是伟大，但我并不真的喜欢。在我们读的所有希腊戏剧里，埃斯库罗斯的三部曲最清楚地显示出戏剧形式源自仪式：唱诗队起初阴沉地唱到牺牲献祭，引出了阿伽门农如献祭般地被杀，诸如此类，形成一串规模恢宏又（在我看来）压迫人心的罪行和苦难，用夸饰华丽的手法写成，充满了高度预示。

> 出去，我告诉你，离开这间房子。快点
> 远离，让这下了咒的房间里没有你的存在，
> 否则你可能会感到一条飞蛇迅疾的咬噬
> 从我额前扭绞的金索射出，
> 让你痛苦地吐出黑色的
> 血沫，呕出血管中的凝块。（179~184）

就连颇负盛誉的翻译家里奇蒙·拉第摩也没办法翻译这段话，让这胡言乱语（可能是荷马心脏病发）听起来不只是好笑而已。

动物杀死其幼子，蛇咬自己的母亲……但姑且不论风格上一贯的暴力让我难以产生共鸣，这概念上的暴力多么令人惊迷！尼采或许清除了维多利亚时代自以为高尚的对希腊文化的看法，但即使是现在，老生常谈的报纸社论谈论雅典“奇迹”的说法还是太轻易地一笔带过，回避希腊艺术中非理性而野蛮的力量。有些人渴望用一剂闲适抒情的解药来对抗 20 世纪的混乱，有时候可能忘了真正的奇迹并非“希腊的宁静”而是希腊的无惧。有高度发展的精致文明的希腊人，显然很可能对他们文明的野蛮源头也并不陌生。泰勒和夏皮罗都明白表示，一些驱逐人们对旱灾恐惧的必需仪式，比方说，提供《致得墨忒尔的赞美诗》背景的那些仪式，对这些人还是具有情绪上的重要性，尽管他们发明了民主、建了帕特农神殿，并问出了人何以知其所知的问题。这些已开化的男人女人和自己的潜意识仍有联系。

黑格尔论悲剧：对与对的对抗

既然他们不害怕，他们也就不需要简化事情，所以他们创作出戏剧而非情节剧（melodrama），是对与对的对抗，而非对与错的对抗。我们在阅读索福克勒斯的时候，夏皮罗教授厌倦于亚里士多德淡而无味的理论，叫我们读黑格尔（Georg Wilhelm Friedrich Hegel）的《艺术哲学》（*Philosophy of Fine Art*）中论希腊悲剧的精彩文章。这篇文章，是黑格尔写的东西当中为数不多的大一新生可能了解的。大部分时间，我们在讨论索福克勒斯创作的另外一部我们也在文学人文课读到的剧本《安提戈涅》

(*Antigone*)。索福克勒斯动笔写俄狄浦斯之前，写了一部关于俄狄浦斯之女的精彩剧本。这让人搞不太清楚，所以深呼吸一下：按照时间顺序，《安提戈涅》里的事件发生在《俄狄浦斯王》的事件之后。俄狄浦斯死了，他的妻舅克里昂当政并刚刚平息一场叛乱，安提戈涅的兄弟波里内西斯死于其中。克里昂下令，不许任何人埋葬这个叛徒。但安提戈涅这个头脑清醒得不得了的矛盾的年轻女人（她要埋葬这具尸骨，“犯下悲悯之心的罪”），宁死也不愿意让他曝尸荒野。黑格尔主张，《安提戈涅》这样的剧本精髓在于两个个人之间的冲突，他们代表了互相对立的伦理原则，具有不可抵挡的力量的个人或社会职责。这种冲突必结束于两者之一的死亡，或两者同归于尽，最后在伦理道德的层面上产生新的融合。这是“此对”与“彼对”的对抗。

导师再度从他的反问句开始下手。怎么能不打破结冰的海面！何不把它凿开！安提戈涅冒着生命危险埋葬她的兄弟，而夏皮罗问的是：生命中什么个人关系的结合、什么责任义务是最重要的？“要是房子失火了，”他质问道，“你要救谁，孩子、父母，还是妻子？”

女生们说“孩子”，但亨利说：“我不会进去。”他的言下之意是，一个黑人男性光是想要实现自我就已经必须面对够严重的挣扎了，没有时间再去做这些利他的行为。一些学生听到这里叹起气来，他是在仗势凌人，他们不喜欢这样。但一秒钟之后他改变了心意，说：“我要救我妈。”

“克里昂的选择又如何？”夏皮罗问，“波里内西斯想要推翻政府。要是他赢了，克里昂和其他人就会被打成奴隶。但他输了。波里内西斯成了一具尸体，只能躺在地上腐烂。克里昂的命令如此。克里昂是对的吗？”

克里昂和安提戈涅都是对的。用黑格尔的话来说，克里昂代表了由宙斯保证的国家法律和君主权力，安提戈涅则代表了个人的情义、亲情，以及对大地之神的崇敬，她不愿让人曝尸荒野。他们两人都是对的，他们两人都被毁了。我想，黑格尔对希腊悲剧的分析比亚里士多德要可靠得多，也感人得多。

铅苹果：搞混了希腊神话

让我不喜欢埃斯库罗斯的是那些恐怖的神秘气息、咒文，还有近乎狂热的宏伟气势，这些在索福克勒斯作品中都没有。当我重读《俄狄浦斯王》和《安提戈涅》时，得到的感动和贝多芬、托尔斯泰、威尔第所给我的一样。他们都是伟大的"伦理"艺术家，始终脚踏实地，在他们的艺术作品中承受了极大的困难，接受了苦难，对此他们视之为知识的代价。另一方面，欧里庇得斯则引进了反讽与颠覆——他可能是西方文学中第一个不和谐音的大师。欧里庇得斯从没得过奖。他质疑众神，取笑特洛伊战争，戏仿埃斯库罗斯高昂的文体。在他的故事《伊莱克特拉》（*Electra*）版本里，克吕泰涅斯特拉遭儿女杀害，身为王后之女的伊莱克特拉争强好胜，咄咄逼人，是一个神经过敏的牺牲品。在《伊莱克特拉》之后，我们读了欧里庇得斯末期的一部作品《酒神的女信徒》，这绝对是我所见过最迂回曲折、最矛盾对立、最令人困惑的一部艺术作品。1961 年，文学人文课指定了《巴坎兹》同一剧本不同翻译的版本，但我那时一定是没有读。现在初次读它，我产生了强烈的抵触情绪，而我也知道原因：它直捣我心，无可回避；它找到我安身立命的所在，像地震一般摇撼我的屋宇。

《酒神的女信徒》里被杀的不只是家人，还有观众，在我的脑海里，就是电影观众。就是我自己。也许还有你。

* * *

高中时代，我忘记了潘多拉盒子里装的是什么，我分不清缪斯九女神谁是谁，也不很了解人死后要如何渡过冥河。如果我到了阴间，我可能会去拍拍那只三头狗，而不是去付钱给那个摆渡人。总之，我从来就记不得希腊神话的内容。几十、几百万的美国人购买关于神话的书籍，我只是瞠目旁观。就算读了关于那些神话的诗、看了根据神话改编的歌剧或芭蕾舞剧，我还是记不住。我是个大城市的孩子，认为动物要不就令人宠爱、要不就令人畏惧，渴望在没有城市耀眼灯光的干扰下看星星，最大的快乐就是体验自然本身，比如一场迎面扑来的风暴、脚底下的热沙滩——也因此不相信众神是自然力量的表征。我不要比喻，我要的是阿迪隆达克山上清凉的湖水。

但让我试试看。啊，是了。宙斯强暴了……丽妲，然后她躲在云中逃到了……冥界，在那里生下帕里斯和那喀索斯这对双胞胎，他们俩从她的额头生出来，吃着金苹果，由于他们长得实在太俊美了，以至于西西弗斯，对了！是西西弗斯痴迷地注视着他们，解下了他有魔法的腰带，拒绝摇船横渡冥河，然后在河边被牛虻叮了一口而死。不过后来，在奥菲斯试着赢回珀尔塞福涅的时候，吹出的笛声是如此美妙，西西弗斯又死而复生，变成一头牛。这就是牛头上有角的由来。对，就是这样，现在我搞清楚了。

但我知道，无论我再怎么搞不清楚，从此之后我会至少记得一个神话：我会记得狄俄尼索斯的诞生，因为我会记起欧里庇得斯在他晚期残酷的杰作《酒神的女信徒》里，是如何邪恶地运用这个故事的。传统的文学人文课信条是:“上《俄狄浦斯王》的时候，要教的是那部剧本而不是那个神话。”但《酒神的女信徒》讲的就是神话，狄俄尼索斯的神话，这些剧本全是在以他为守护神的剧院里上演。这个神话对于剧院的道德生活、对于我们与电影电视之间关系的道德本质——我们在柏拉图的洞穴里的一生——所具的意义，是无可计量而狠毒之至的。我边读边找寻着我自己的神话，观众的神话。

他生于狂野。宙斯从奥林匹斯山下凡，让一个凡间女人怀了他的孩子，使得他善妒的妻子赫拉勃然大怒。原本温柔的赫拉命令泰坦巨人把新生儿撕成碎片生吃下去。他们照办了。但宙斯用闪电劈死了泰坦们，把孩子重新组合起来，这个死而复生的小孩就是狄俄尼索斯——宙斯之子，诞生了两次的狄俄尼索斯，他是个半人的神，死过了又再复活，庆祝他神性的仪式可能包括撕裂一只活动物。懂了吗?先是象征性地毁灭及吃掉神（比方说，以一头羊作为象征），接下来是他信徒的重生。听起来有点熟悉吗?仪式的这一部分和基督教有明显的关联，在基督教圣餐(transubstantiation)的仪式中，耶稣的血和肉进入教徒的身体里。在这两个宗教里，这都是一种肯定。

《酒神的女信徒》

但现在让我们来看看欧里庇得斯是怎么处理这种肯定的。在《酒神的女信徒》中，狄俄尼索斯，也就是巴克斯，一开场就以一个留着金色长鬈发的男人形象出现。他地位尚未牢固，只是一个四处攻击、嫉妒心重的年轻的神，在波斯和阿拉伯四处旅行，鼓动男男女女进入他的奥秘中。现在狄俄尼索斯抵达了他的出生地底比斯，后面跟着一大群亚洲女信徒——也就是献身他的教派的女人。底比斯的女人向来讥嘲他的亡母，不相信她怀的是宙斯的孩子，于是他加以报复，让她们发了狂，跑到山上，在那里……在那里……做什么？饮酒？跳舞？采花？和牧羊人交媾？一开始我们不知道。仪式是秘密的。我们只听说参与仪式的人身披鹿皮，高举着瑟赛斯（thyrsus）神杖。它用茴香的茎枝做成，上面饰有常春藤叶，这是许多令人惊愕的性别错移之一，可以代表男性的性器官。女人们高举着男性性器官。我们已经察觉到打乱性别阶级的蛛丝马迹。

狄俄尼索斯对那些不肯相信他的人大为光火，但他不是《旧约》中那种严酷庄重的神；事实上，他比较像个无赖。他报复心重，诡计多端，在底比斯未经考验的国王彭透斯身上，找到了他的最佳对手——其实是他的冤大头。这个年轻的国王本来不在城中，回来是因为听到了奇怪的消息，说所有的女人都不见了，包括他的母亲阿高厄。他大发雷霆，斥责这些“伪装的狂喜”和“猥亵的混乱”。他以为那些女人假装在膜拜，或者她们真的是阿弗洛狄忒的信徒，在山上到处风流。

彭透斯大概十六七岁，比哥伦比亚的大一学生还年轻，还没长胡须，身手矫健，个性倔强，一意孤行，对太早拥有的权力一点准备也没有，这成为他的致命伤。他把其中一些女人锁起来，试图控制一切。在夏皮罗的班上，亨利衡量了他的能力，他给了国王一些强硬的建议。“狄俄尼索斯是一种非理性的、欲望旺盛的游戏，所以别指望那种力量会有什么道理，”亨利说，“定个约，办场宴会，膜拜几天。那神要什么，就给他什么。”

剧本里所有的人也都这么告诉彭透斯。退让一步。具有容忍心的现代读者要他这么做。膜拜这个神，然后管好你自己的事就行了。不要再抗拒。不要再惩罚那些信徒。但彭透斯确信狄俄尼索斯是个骗子。他狂妄无知、自以为是、性情暴戾，明明没有性经验却充满肮脏思想。他害怕与风流女子发生性事。他怕控制不住那些女人，或许还有他自己。

对于在狄俄尼索斯剧场看戏的观众，以及对读者来说，陷阱已经设好。一开始，这出戏看来似乎是种警告：永远不要讥嘲别人所信仰的神！是的，我们告诉自己，这是在警告我们不要笨得去鄙视对宗教的虔诚，不要笨得去对抗神的意旨。缺乏容忍心就会导致暴力。例如彭透斯，他想控制所有的人。但欧里庇得斯只是在跟我们玩而已，充满了恶意和戏仿的扰动，意义不稳定。同时，身为读者的我们也有部分的不稳定：即使这年轻的国王是个自以为是的家伙，但我们和彭透斯一样都很想知道城外山上的树林里到底进行着什么事。我觉得自己好像吞下了钓饵似的不自在地读下去。

彭透斯见到了（以金发的样子出现的）狄俄尼索斯，两个人都厌恶对方。狄俄尼索斯看起来温柔丰满，彭透斯觉得他很女性化，但就在这时候，狄俄尼索斯对年轻国王发动野蛮攻势。“你不知道你力量的限度。你不知道你做的是什么。你不知道你是谁。”

这最后一行当然恶意地回响着《俄狄浦斯王》的韵味，但新加上了性的暗示。这两个男人正剑拔弩张的时候，信差，也是个牧牛人，从乡下来到，报告女人们在山上的活动。于是我们终于听到了。

> 大约在
> 太阳放出光芒温暖大地的那个时刻，
> 我们放牧的牛群才刚开始沿着

山脊的小径向上爬。突然间
我看见三群跳着舞的女人，
一群由奥朵诺依带头，第二群由
你母亲带领，第三群是伊娜。
在那里她们筋疲力尽地熟睡，
一些躺在无花果树枝上，另一些睡在
她们倒下的地方，在橡树落叶间三三两两——
但所有人都循规蹈矩，不是像你想的那样
喝得酩酊大醉，也没有在笛声的诱引下
误入歧途四处游荡，穿梭在树林中
追寻她们的阿弗洛狄忒。
但你的母亲听到
我们的牛群下山，她跳了起来，
大叫一声把她们唤醒。
于是她们便把柔软睡眠的花朵
从眼上抹去，轻盈端正地起身——
真是一幅美景：所有的人动作一致，
不管是年老的女人还是云英未嫁的少女。
首先她们松开头发，披散
在肩上，衣带滑落的人
用扭动的蛇来绑紧她们身上的鹿皮，
蛇还舔着她们的脸颊。新近为人母的
把婴孩留在家里的女人乳房胀满了乳汁，
把瞪羚和小狼抱在怀里
喂奶。然后她们在头发上戴着树叶编成的冠，
常春藤、橡树和开花的泻根。一个女人

用她的瑟赛斯神杖击打岩石，就出现
清凉冒着气泡的泉水。另一个把她的
茴香树枝往地上插，土地就像是
被神点触，流出了一道酒泉。
想要喝牛奶的人用手指
抓抓泥土，白色的牛奶就涌了上来。
纯蜂蜜源源不绝，从她们的手杖喷出。
要是你在场亲眼看见这些奇迹，
你就会跪下来向你现在
所否认的神祈祷。(677 ~ 714)

在奇异的意象上、在唤起异教那几乎令人不舒服的自由和美丽上，我不曾读过比这段惊人的诗句更为有力的文字。译文出自伟大的学者评论家威廉·阿罗斯密特斯（William Arrowsmith）之手，读来仍掷地有声。在这里，对狄俄尼索斯的信奉成为对生命那饱满力量的赞颂。男性和女性的性能量像丰沛的流体交互轮换，这对于那干巴巴的年轻国王来说正如干柴烈火。真是个奇特的宗教！狄俄尼索斯虚荣无情，但他释放了人们的生命力。彭透斯的焦虑是可以理解的，山上的那些奇迹预示了秩序、阶级、性别的崩溃。但，哦，这真是狂野甜蜜！

现在等一下，因为我对你们开了个坏心眼的玩笑（相当符合该剧的精神）。我只引用了信差所说的话的前半段。这牧羊人和他的朋友们为了讨好国王，企图捉住彭透斯的母亲阿高厄，把她带回城里。但阿高厄和其他的女人转而对付他们。

这时我们逃跑，

差点就被女人们撕成碎片。
她们赤手空拳，冲向正在
绿色草地上吃草的牛群。然后
你就可以看到单单一个女人徒手
将一头还在吓得哞叫的小肥牛犊
撕成两半，其他人则将小母牛扯成碎片。
到处散落着肋骨和裂开的蹄子，
无花果树上挂着一块块染血的残骸。
公牛的怒气聚集在角上，
低下头发动攻势，然后跌跌撞撞
摔在地上，被蜂拥而上的女人拉倒，
然后，陛下，在您还来不及眨眼的一瞬间，
就被剥皮去肉。接着，
她们被自己的速度驱使，像鸟群般
飞越阿索普司溪沿岸的平原田野，
那里的土地都快要收成了。
她们如同侵略者横扫海西埃
还有西赛隆山脚下的艾莱琵埃。
她们劫掠毁坏了视线所及的所有东西。
她们把小孩从家中抓出。而当
她们把抢来的东西背起来的时候，不用捆绑，
东西就留在她们背上。不论是铜是铁，
什么也没有掉在黑土地上。火焰跳跃在
她们发间，却没有烧到她们。然后村民们
对这些女人的行为感到愤怒，动起了武器。
在那里，陛下，可真是可怕的景象。

那些男人的矛又尖又利，然而
不见血，这些女人丢出的手杖却会
伤人。然后男人们跑了，
被女人打得落荒而逃！我说，是有神跟她们同在的。
酒神的女信徒然后回到她们出发的地方，
回到神造的那些泉水旁洗手，
蛇则舔去她们脸颊上
沾着的血滴。（733~768）

动物被扯成碎片，前一刻还喷涌蜂蜜的手杖现在撕裂了人的皮肉——就这样，狄俄尼索斯剧场的观众和两千四百名读者，脚下踩着的那块毯子都被粗鲁地拉掉了。我们刚接受了这些仪式，认为它们正是创造性狂喜的奔流，只有彭透斯那种恐慌下流的想象力才会认为这种必需的、势不可当的解放毒害人心，现在却突然面对了这种疯狂的毁灭性，小狼被喂奶，小孩却被偷走。我们才刚恭喜了自己的心胸开阔——永远不要讥嘲别人的宗教！结果就发现这些仪式甚至比彭透斯想象的还要危险。这可真是宗教的肯定！要求对新信仰方式有容忍心的人结果变成了欧里庇得斯嘲笑的对象。而且这笑话才刚开始而已。

* * *

"贺金斯先生，"泰勒教授说，"你为狄俄尼索斯而舞吗？""我不太会跳舞。"贺金斯说。他是个来自加州的橄榄球员，身材壮硕，虎背熊腰，金色短发梳得直竖。早先他坐的时候双腿伸得远远的，但现在他坐得比较规矩，面前放着笔记本，不再像头几个星期那种反戴着帽子的呆样。泰勒引起了他的兴趣，不过今天他脸上那种微笑似乎是在说，这些东西未免怪得有点过头了。

泰勒绕教室一周，问了好几个学生的跳舞习惯。“你们不可能避免为狄俄尼索斯而舞，除非你们想要一辈子都陷在‘卡吕普索’里。”他说。老天，他又冲着他们来了。

“呃，”他突然说，“这只是个小教授在告诉你们，这是文学的伟大杰作之一。现在拿出你们漂亮的头脑来研究研究这个东西。如果你们不讲亚里士多德的那一套，什么‘悲剧性缺憾’或是‘过度理性的傲慢’之类，你们就会发现一些令人兴奋的东西。不用那些，而是一部分一部分来，诠释的圆圈，你不看局部就看不到整体，不看整体就看不到局部。”

于是他着手把剧本分段，学生们也擅长此道，因为他们受过他的训练。他们的确做得到，但《酒神的女信徒》暴力敌意的核心还是会切入他们的对话中。如果说亚里士多德高尚的理论看来毫无用武之地，泰勒的新批评学派结构分析似乎也有点抓不到重点。米勒无法为狄俄尼索斯而舞，因为他觉得自己很笨拙。他是否也害怕一旦他解放了自己高大的身体，它会对他自己甚至对别人做出些什么？

* * *

这出“自我转变与自我献祭”的戏高潮却是毁灭性的、惨不忍睹的一幕。仍然伪装着的狄俄尼索斯让彭透斯相信他可以亲自去看山上的仪式，但他只能穿着女人的衣服去，否则因为他是男人，那些信徒会把他撕成碎片。狄俄尼索斯施展魔法，给彭透斯穿上鹿皮和衣裙，然后给了他一顶金色长鬈发的假发。突然间，欧里庇得斯笔锋一转，邪恶的闹剧开始了：年轻的彭透斯感到迷惑，喜欢上自己扮成女孩的样子，甚至开始细心打理，看看裙摆有没有拉直。他是不是变成了他既恐惧又秘密渴望变成的样子？在夏皮罗的班上，一些学生大为享受这剧本残酷的非理性，另一些则试图用某种道德平衡的标准把它抓住，这两派人马之间展开了一场激辩。“让我受不了的，”瑞蓓卡扭着双手说，“是这里面没有可恨的人。”她还在找冤有头债有主的原则，一个道德上说得通的世界。她要的是一个坏人。在印度出生、中东长大的法里德是个理性主义者，常常看不起美国人的头脑不清，认为他找到了这出戏的意义：“如果去掉所有社会加诸的建构，男人和女人会变得更相像。这是在提倡两性的平等。”

“还是两性的敌对？”夏皮罗问，“毕竟他们是在撕碎对方。”

结局是暴烈无情的。狄俄尼索斯拉低一棵树高处的树枝让国王爬上去，然后背叛了这个无助的男孩，高声揭发他这个偷窥者；女人们口吐白沫，目光狂乱，拉倒了树，把彭透斯撕成碎片。阿高厄喝得大醉，根本不知道自己做了什么，竟把她儿子的头插在手杖上带回城里。

“吃麦片粥的时候，”泰勒告诉我们，眼睛瞥向做过那些混乱的梦的贺尔维兹，“你是在吃进众神。”

这当中心存恶意的精明之处令人惊讶。在祭祀狄俄尼索斯的标准宗教仪式中，由羊或牛代表的神被信徒肢解然后吃下（以纪念狄俄尼索斯当初被泰坦们吃下的方式），而在这里，这个神话用彭透斯来代替神，是一种强烈的错置讽刺。《酒神的女信徒》也有性虐待的暗示：年轻男人首先被阉割，然后被杀死。他的母亲阿高厄，先是对她在山上的勇敢行为感到骄傲（她还没清醒过来），最后终于明白自己做了什么。她被毁了，被狄俄尼索斯丢下，以补偿她的“罪行”。整个王室都被毁了。狄俄尼索斯获得了彻底的胜利，彻底到彭透斯的家族里没有留下一人来记取这个教训。原本这出戏看来像是在警告人不要过分理性、不要鄙夷神或“宗教的肯定”，现在却变成了正好相反，警告人不要对宗教过分狂热，并（也许）抗议众神行事任性武断。彭透斯没错：山上在发生肮脏的事情。

但即使这样解释，看起来还是沉闷。这样的公式无法掌握到《酒神的女信徒》中纯粹怨恨的敌意。想一想：我们需要假日，需要发泄，需要出轨、反转角色的仪式、男扮女女扮男、至少暂时推翻权力的阶级，而在这出戏中人们拥抱了这一切，却被摧毁。你反抗神就会被诅咒，要是你膜拜他太过火了，也一样被诅咒。

这是一部杰作，但它是悲剧还是猥亵？也别以为我没察觉到其中对我这种人的尖锐攻击，别以为我没被这出戏深深伤害到灵魂和虚荣心，因为《酒神的女信徒》显然是一种戏剧经验的寓言，在观者与演出之间独特的新关系。欧里庇得斯好像是在对他的观众说：“你们这些躲在树上、只想袖手旁观的人；你们这些自以为知道得比强大的俄狄浦斯或凶狠的克吕泰涅斯特拉多的人，你们除了是群懦夫还是什么？”观者就像彭透斯一样被拉出藏身之处。这剧本用慰人的想法来引诱他（应该尊敬众神），然后因为他的善意和自以为是来惩罚他（别靠得太近了，你可能会撕碎某个人，或自己被撕碎）。

电影观众与窥淫癖的懦弱（还是勇气？）

比起看舞台剧，看电影当然更是一种在黑暗中窥探的行为。看电视是在卧室或厨房中进行，比起看电影又更安全了。玩电脑游戏的时候，玩的人控制局面，可以直接射击希特勒，还要更为安全。现代生活全是在没有危险的情况下观看。我们在树上，在洞穴里，试图保持安全。了解到这一点，我惊怖交加。我人生中很大一部分都花在不同形式的这类活动上，难怪我没有故事可说，难怪我在自己和媒体之间、自己和再现的影子之间看不见任何距离。

但这全是弱点吗？看电影的时候，我们这些窥视者得益于独自在黑暗中，并不只是因为这样很安全。因为正是由于这样懦弱地退缩到观众中（我们就这样回答欧里庇得斯），艺术才成为可能——对于艺术做出一种新的道德反应也才有可能。我们不直接参与，而是时而认同这个角色，时而认同另一个角色，被戏剧力量的运作所操控，并被迫将事情理出头绪。当个窥视者，责任并不轻松。毕竟，叙事本身就是一种仪式，一种非宗教的仪式：故事“出现”的方式——对某些行动或写实或象征性的再现——具体呈现了社会生活及个人生活中的某些真相或虚假。我们可以收回我们的同情心，或在脑中存有某些可能性，乐于观赏罪犯和失败就像乐于观赏战士、情人和圣徒一样。作为观者，有某种程度的不负责任和道德懦弱，但到头来又并非如此。我们得筛选与衡量，而要是作品中对经验的复杂性有颇为真实的掌握，理清头绪的过程就变得困难重重，须穿越种种不确定、逆转与不幸。我们变成了评论家。不只是我，而是所有的人。

但我想，没有人能真的理清《酒神的女信徒》。当我如释重负地叹口气，跌跌撞撞地走出希腊悲剧时，我这个向来霸权的白种男人也震惊不已。

插曲四

关于学院左派对西方经典以及著名的西方霸权所做的批判，我忍不住有些矛盾的想法。《伊利亚特》和《奥德赛》的意义中都有难以承受而不可挽救的分歧，亚里士多德严厉地纠正柏拉图，索福克勒斯在《俄狄浦斯王》里显示出追求统治或说追求霸权，必然导致一种盲目的状态。剧作家们展现古老暴力神话的黑暗面……学院左派在讲些什么？即使是在早期，这种传统的中心线所带给人的也都是有关义务与认识自我的一个饱经折磨的理想，而非一种君临天下的胜利语码。

哥伦比亚或者任何人的西方经典版本是个单纯在压迫人或“赋予力量”的庞然大物吗？ 还是这些书在学生看来会是一种漏洞百出的不稳定的传统，其中种种作品互相抵触甚至抵触自己——不像是一头吞噬人的野兽，而是一条曲转、扭动、反叠在自己身上、偶尔咬自己尾巴的蛇？而在我们这个媒体文化中读到这些历尽沧桑的书的人们，他们会轻易继承到一系列的特权和偏见吗？还是他们会继承自我批判的心智习惯，既是一种折磨，也是一股力量？

第九章　维吉尔

维吉尔的筹划大胆惊人。他打破时间与空间的界限，采用了古老的神话、古老的预言，以及关于众神的荒诞故事。他混合了传说和历史，或者说，他将传说归入了历史。

哥伦比亚的秋天

月初，哥伦比亚的树叶差不多落尽了。这座位于城区的校园看起来光秃秃的，大量水泥和砖头裸露在外。风从哈德逊河上吹来，沿着宽广的116街蹿上山丘，刮过横越娄氏图书馆和巴特勒图书馆之间那一大片开敞空地的校园步道。河上直吹来的风扑打在我脸上，让我想起了三十年前的寒冷日子，那时候流行穿着单薄（肯尼迪总统就很少穿大衣）。我曾经发着抖在校园里走来走去，只穿着灯芯绒夹克，围一条围巾，最多穿上一件海军大衣。冲回宿舍之后，我会泡杯热茶，双手环握住杯子。现在我穿着诺帝卡（Nautica）的羽绒连帽外套，把自己团团裹住；我穿着羽绒服，告诉自己说肯尼迪穿了秋衣秋裤。冷没什么好处。

要读一首关于失落的长诗，11月的确是一年中最恰当的时候；或者我们该说那是一首隐晦表达失落的长诗——哦，那么难解，如谜一般。维吉尔（Virgil）的《埃涅阿斯纪》（*Aeneid*）是罗马时代的伟大史诗，记录了特洛伊城的陷落和罗马的建立。这是一部矛盾而不轻松的作品，对职责做了辉煌的赞颂，而职责显然是一项最不令人兴奋的美德；同时，它却又哀叹所有为了职责而被牺牲的东西。谁知道要怎么解释《埃涅阿斯纪》？听说哥伦比亚有些人已经钻研了许多年，还是不认为自己了解这首诗。它美丽绝伦、匠心独具，每一行都够清晰，但整体意义却令人捉摸不定。其中充满了感情，至少是充满了眼泪，然而除了一些无可超越的段落，这首诗令人感觉到，它本质上是算计而具有冰冷野心的。从某些角度看来，《埃涅阿斯纪》证明了对于经典的形成与整个核心课程最具敌意的说法并没有错，因为这是一部关于霸权的官方诗篇，一首自觉的霸权之诗。

作为“霸权”作品的《埃涅阿斯纪》

维吉尔写成本诗是在公元前29—前19年之间，多在奥古斯都大帝的统治期间——伟大的奥古斯都，他在恺撒遇刺后以残暴的手段恢复了秩序。如今帝国的版图西起不列颠，东至叙利亚；行政与法律的时代——所谓的罗马和平就要来到。维吉尔是宫廷诗人，他的读者皆是品位高雅、位高权重之士，他为罗马创造出了一个传奇的过去、一个伟大的神话，看似预言、命令、祝福了一个新帝国的诞生。泰勒教授告诉我们，受过教育的罗马人对于荷马作品的熟悉程度不亚于希腊人，所以，尽管维吉尔比荷马晚生了大约750年，他距离荷马的时间就像我们之于阿基坦（Aquitaine）的埃莉诺（Eleanor）一样，他长诗的背景仍设在与荷马笔下的英雄同属的那一个神秘时代。不管怎么看，他都取用了极大量的题材占为己有。站在特洛伊的角度，他叙述了该城遭到掳掠，特洛伊战士埃涅阿斯逃出，然后在意大利建立一个新文明的经过。他是把荷马的两部史诗都放进了他的史诗里，虽然顺序颠倒。

《埃涅阿斯纪》的前半段等于在重讲《奥德赛》的故事，是一首归乡的诗，里面有海上历险（埃涅阿斯抵达的“家”——意大利要到未来才会变成他的，但那仍然是家）。《埃涅阿斯纪》的后半段是维吉尔版本的《伊利亚特》，是一首战争长诗，里面有许多痛苦与杀戮。简言之，荷马作品和特洛伊的传说被纳入罗马的历史，过去虚构的优势华丽转身为现实的荣耀。荷马变身为预言，并赋予罗马这个新权力。

权力会产生一种特别的残忍，那就是漠不关心。在诗的开场，埃涅阿斯逃出了燃烧中的特洛伊城，像奥德修斯一样在海上漂流，历经风暴灾难。他在利比亚漂上岸，把船留在沙滩上往内陆走去，看见一座正在发展的伟大城市很是惊叹。这城市就是迦太基，统治者是也在流亡中（来自泰尔）的狄多女王。这个女人勤奋聪敏，正在兴建城墙、庙宇和一座剧场。狄多欢迎埃涅阿斯这个有君王之风的幸存者，对他几乎是一见钟情。关于这一点，维吉尔讲得很坦白：她是个寡妇，她被激起的感情就像一个情欲休眠已久的女人那样，狂热、执迷，毫不矜持。罗伯特·菲茨杰拉德（Robert Fitzgerald）的译文如下：

在女王这边，那晚她整夜因着
心头热血浇灌的渴望而疼痛，像一个伤口
或是内在的火焰啃噬着她。
那男人的男性气概，他那生之骄傲，

一再向她袭来；他的模样，
他的话语留在她脑海中挥之不去，
她对他的欲望让她片刻难安。（Ⅳ，1~7）

非常不幸，她的热情投注在一个错误的对象身上，因为埃涅阿斯只是暂时停留罢了。早先，当希腊人放火烧特洛伊的时候，特洛伊的伟大英雄赫克托耳出现在埃涅阿斯的睡梦中，促他离开这座燃烧的城市，到别处建立一个新的特洛伊。等到埃涅阿斯抵达利比亚的时候，他已经知道他的使命就是要和幸存的特洛伊人到意大利去，建立一个伟大的种族。“虔诚”而“专注”，维吉尔是这样形容他的。换句话说，他做爱的时候脑子里也总是想着未来。他闭上眼睛，想的是罗马。

维吉尔的筹划大胆惊人。他打破时间与空间的界限，采用了古老的神话、古老的预言，以及关于众神的荒诞故事；他混合了传说和历史，或者说，他将传说归入了历史，使人感到恺撒与恺撒收养的孙子所创造的帝国是受神佑的，是上天注定的。在诗中某段预见帝国未来的景象中，被征服的非洲人和印度人被带到罗马游街。近年来，至少是在学院中，人们对于维吉尔的动机有了些怀疑甚至鄙夷。不论这首诗再怎么伟大，它难道不是一大篇宣传文字，写来迎合维吉尔的主子奥古斯都的吗？用史蒂芬森的话来说，这不是一个纯粹的文本。

可怜的狄多！她全心投入爱情，不知道自己正在被历史操弄。就这样，她一头栽进了灾难之中。

不幸的狄多，焦灼欲狂地
奔遍全城，像一头母鹿

被在克里特森林中狩猎的牧人
远远射出的箭所击中——
出乎意料地被击中，连猎人也看不到
他那飞翔的钢铁牢牢射住了她；
但尽管她穿过灌木丛和空地想逃命，
那致死的箭枝仍插在她身侧。
现在狄多
带埃涅阿斯进入她的众多建筑，
展示她赛多尼亚城的财富，她的墙都兴建完备，
她试着开口，但话到中途便停住。
当白昼将尽，她想要再办宴会
就像之前一样，在她狂野的需要中
再听一次特洛伊战争的惨痛，
再一次紧攀着那说故事之人的字句。
之后，当所有的宾客都已离开，
当微弱的月光渐敛，
当西沉的星星疲倦地入睡，
她独自在空荡的大厅中悲叹，
身体紧贴住他坐过的椅子：
她仍可听见他，虽然人已杳——听见也看见他。
或者她会把阿斯卡尼俄斯抱到膝头，
被他迷住，他和父亲是如此相像，
仿佛凭这样就能带给她的爱
莫大的慰藉。（IV，95~120）

写得绝妙而有新意。荷马写不出这样的东西，也不会想要

这样写。到目前为止，我们在文学人文课读到的作品中，只有萨福带有一些如此细致深入的味道，让人感到身体是一架颤动共振的乐器，痛并快乐着。狄多是个有血有肉的女性角色，聪明，爱憎分明。相形之下，埃涅阿斯是个冷血动物，到头来是个可鄙的人。他没有自我，只有他的使命、他英雄的任务（“虔诚的埃涅阿斯”）；比起充满骄傲和困扰的阿喀琉斯，工于心计的奥德修斯，软弱、自我辩解开脱的阿伽门农，他非常无趣。让人摸不清猜不透的问题是：维吉尔要我们怎样看待埃涅阿斯为了职责而做的刻板苦行？能把狄多写得这么栩栩如生的人，不可能没察觉到埃涅阿斯这么不近人情、这么拒人千里。使命把他笔下的英雄变成了假人。维吉尔是否在暗暗承认他这宏大诗篇工程的空洞？还是他根本就失败了，自己也是这工程的受害者？

这个无名小卒埃涅阿斯到底是谁？他在《伊利亚特》中出现过，戏份不重，曾和阿喀琉斯交手而未死。众神对他的未来另有不明计划：他和阿喀琉斯一样是女神之子，虽然特洛伊在劫难逃，他却会是未来特洛伊人的领袖。维吉尔从荷马没有完整注明的这一点着笔。维吉尔对特洛伊城被攻陷的精彩描述（第二卷），是我读过最伟大的作品之一。埃涅阿斯逃出了燃烧的城市，在火海的混乱中不知怎么丢失了妻子，却没有丢失他背在背上的父亲和手中牵着的幼子。男性的血统传承完好无缺，确保了通往过去和未来的道路。但埃涅阿斯这个角色本身始终无法与他身边惊天动地的事件相媲美。在诗的后半段，他和拉丁人争夺意大利的控制权，发动了一场他根本不可能输的战争（罗马是一定会建立的），然后消失在他的英雄身份中。

夏皮罗的女学生不赞许悲剧人物狄多女王

“他没有魅力。”夏皮罗班上的约瑟夫说。这个面色苍白的男学生家住华盛顿特区，举止有度。约瑟夫还说：“他不冒死亡的险。”这随口说出的话却很深刻，想起来让我大受触动。埃涅阿斯会死，但不会死在维吉尔的诗中。他总是恪守职责，万无一失——我想约瑟夫是这个意思。他不像赫克托耳和阿喀琉斯那样敢于亡命。他也不在爱情中冒死亡之险。夏皮罗班上的其他男生也有类似的负面评语。埃涅阿斯尽忠职守的性格对他们没什么意义，也许还令他们反感，因为那违反了他们自己想要的自由；或者那令他们害怕，因为维吉尔把职责和失去朋友、家庭、爱情联结在一起。

然而，这对女生们来说却是有意义的。令我大为惊讶的是，她们对埃涅阿斯的好感大过于对狄多的好感。在伟大的第四部中，这对情人退进一个洞穴，世界上的活动也为之暂停：城墙没有越来越高；迦太基的建筑工事停止。最后，朱庇特（宙斯的拉丁文名字）派遣使者墨丘利去催促埃涅阿斯。“这男人应该出航了:这才是重点。”原来朱庇特在夏皮罗的班上还有一名使者。“埃涅阿斯有更崇高的目的，”莎莉说，她出生在宾夕法尼亚州一个煤矿城镇，有一头红棕色的头发，长得很漂亮，却对一切事物都采取强硬的立场，“事情就是这样。”

哦，这真是大大嘲讽了一个女人的希望！当狄多发现埃涅阿斯准备溜掉的时候，她大怒而心碎（“我们的爱难道留不住你，我们的誓言难道留不住你？……哦，负心的人！”）；她哀求，她威胁，当她明白埃涅阿斯显然不会为之所动时，她决心自杀。她最后的诅咒令人想起希腊野蛮的过去：她想象当初她可以怎样杀死埃涅阿斯的父亲和他的儿子阿斯卡尼俄斯，把他们煮成提厄斯忒斯式宴会中的菜肴（这冤仇造成了未来罗马和迦太基的对立），并诅咒阿斯卡尼俄斯早死。

……要是那个渎神的人必定
会安全上岸找到栖身之处，
要是朱庇特的旨意要求如此，而这个
死期不远的人会有立足之地，但
当他在战争中受到一个勇敢民族的猛烈围攻，
被迫踏出他的国界
离开了尤罗斯，让他哀求帮助，
让他看到他身边的人
无辜而死，让他接受不公平条件下的
和平，即使这样，也不要让他
享受他的王国或他渴望的生活，
而是早死在战争中

曝尸沙场！……（Ⅳ，851~863）

“我含恨而死，”她说，“但就让我死。
这样，这样，是一种幸福的解脱
进入幽冥。让那个冰冷的特洛伊人，
在遥远的海上，饮进这场大火，
把我死亡的兆头一起带走！”（Ⅳ，915~919）

狄多自刎而死。逃到海上的埃涅阿斯看见神秘的葬礼火焰，感到心神不宁，但仍继续他的旅程。

这当中气势宏大的暴烈感情是无与伦比的，但夏皮罗班上的女生不为所动。至少在公开场合是如此。她们对狄多的不屑和对埃涅阿斯的赞许，是否来自她们自己的职责感？女人必须加把劲，现在她们和男人一样，都准备投入规模很大的事业。或者她们是受到太大感动了，而那种真正被吓到的感觉是我不可能有的？是她们的恐惧，使得其中一些人明确表示对狄多的鄙视吗？在她们发言的时候，我想起她们对另外一个不同寻常的女人也不抱好感，那就是索福克勒斯的安提戈涅，为了埋葬她兄弟（他图谋推翻国王）的尸体而死；一些人不了解她为何为了一个原则而放弃生命。和安提戈涅一样，狄多的行为和感情都太极端，她没有转身的余地。而且狄多是为了爱情。

“呃，”莎莉重新发动攻势，“要是有人自杀，那是他们自己的错。”其他人也持这种论调。为爱而死的女人让她们反感。那是她自己的错。你应该把自己拉出绝望的深渊。“她为什么一定要自杀？”法兰说。她来自中西部，通常会坐在那里很久都不说什么，然后再突然冒出一些话。她现在很气愤。“不是天下的有情人都会在一起的。过去也有人熬过了这种事情。”

夏皮罗咧嘴一笑，摇摇头：“这是我第一次在文学人文课上听不到有人为爱情辩护。”

法兰脸红了，她现在非常生气。她也许不喜欢自己的话在课堂上给人造成的印象（有一两个男生发出轻视的声音）。但不管她是否感到很窘，她仍然是典型的当代孩子。她认为，悲剧只可能是意外发生的。夏皮罗的话也可能触到了她的弱点。她们才十八九岁，也许她们还没有狂热地爱过。这样想有点尴尬，我不想挖得太深：也许她们只是不能想象狄多那样的爱法，爱得那么深沉，爱到不想活下去的地步。如果是这样，那她们之所以生气就比较可以理解，但我还是觉得很吃惊。十八九岁不正应该是浪漫的年纪吗？三十年前，沉浸在 D. H. 劳伦斯（D. H. Lawrence）和劳伦斯 · 杜瑞尔（Lawrence Durrell）作品中的我们，不管是男是女，统统对爱和激情抱着相当严肃的态度。就算我们没有感受过，我们还是相信它，为它所震撼和痴迷。但伟大的狄多让这些年轻女人感觉到的却主要是尴尬。她们认为她很可笑。

总之，这些女生的反应很令人惊讶不解，看起来既是前女性主义又是后女性主义的。说她们是前女性主义，因为她们对安提戈涅的批评似乎显示出，她们认为女人如此公开追求自我的信念是危险的；说她们是后女性主义，因为她们对狄多的鄙视似乎表明爱得那么投入的女人是傻子。她为了一个男人失去自我。上《俄狄浦斯王》时我在夏皮罗班上注意到的现象又出现了：这些学生阅读文学时带着他们基于媒体的讽刺和角色扮演的感觉，觉得所有的事都可以用治疗来调整，因之真正决绝的个性令他们不愉快，也许还令他们恐惧。

文学人文课不是门轻松的课，有些经典作品已经不再能轻而易举地解读。但读了这些书，也许学生们（不论男女）会受到一些刺激，领悟到还有更宏大的生活视野存在，个人力量还有更崇高的原则。毕竟，学生本来就是“错”的。错误是通往知识的道路，夏皮罗一如往常，严肃地点点头，表示接受学生天真的评语，然后用学生自己说过的话来对付学生，逼学生的天真想法和文学作品起冲突，让学生无可避免地遭遇挑战，有时甚或推翻原先的想法。

我认为批判经典的人有些道理

三十年后重读《埃涅阿斯纪》，我已经知道了一些当初不可能知道的事，那就是要写好一样东西有多困难，即便是一篇千字的影评、一篇短文、一封像样的信。所以对维吉尔的技巧赞叹不已。真令人意外啊！一位记者竟然发现古罗马最著名的诗人拥有写作能力！事实上，从罗伯特·菲茨杰拉德的译文中便可清楚看出维吉尔是个完美的作家，描写所有的场景都一样精彩绝伦。无论是战役、风暴，还是恋情、凶禽猛兽，他写得都比别人好。但当我这样告诉自己的时候，我发现我对他的景仰是有限的，甚至带着点不情愿。有些东西不太对劲：这部作品的后半段，第六到第十二卷（就是埃涅阿斯和拉丁人打仗，像《伊利亚特》的那部分），就毫不动人，这很奇怪。既然埃涅阿斯如约瑟夫所言的不可能打败仗，这场战争就显得没有必要，几乎是荒谬的，因此也比《伊利亚特》里的任何东西都要来得粗暴、残忍、令人精疲力竭。其中的战争场面并不无聊，但感觉起来不现实，结局也都安排好了；读了一会儿之后，我已经不关心谁杀了谁、又是为了什么。荷马让你感到战役的痛苦，维吉尔引导你去赞赏他描绘战役痛苦的高妙技巧。

在读这本书所产生的挫折感的阴影中，一些攻击核心课程的意识形态论点显出了几分道理。

维吉尔把《伊利亚特》和《奥德赛》都融入了《埃涅阿斯纪》，把它们安排成为基础，成为典故，成为需要变奏的主题。这种做法是刻意的，几乎有点令人毛骨悚然，是一种占为己有的无情。这背后存在一个政治现实：罗马人已经征服了希腊。在埃涅阿斯漫游的过程中，曾遇见奥德修斯的一个手下，他逃过了独眼巨人那一劫，却变得精神恍惚;他被同伴抛下，独自在爱琴海上漂流，仍然如惊弓之鸟。我想，这是一种古典文学内行人的笑话，就像布莱恩·德帕尔玛（Brian Depalm）“引用”希区柯克（Alfred Hitchcock）电影的有名段落一样，只不过这个古代版中间隔了七百五十年。但即使这很好笑，它还是让人觉得不自在，几乎像是维吉尔在重写荷马，纠正老头子的错误，去除他天赋中比较粗糙的污点，重新利用他。《埃涅阿斯纪》是自觉地在制造神话，而不像荷马浑然天成地具体呈现了神话；它刻意操控灵感幻想，不像荷马在天马行空中自由创作。

《埃涅阿斯纪》正是反对经典作品的人所恨的：它用起源的神话赋予自我权力，把帝国赞颂为天意注定的胜利。毫无疑问，这首诗是如此卖力地确立罗马的中央性，以至于在希腊—特洛伊—罗马这条线之外的民族通通变成了边缘。维吉尔把这一点说得很清楚。当埃涅阿斯到地府去看他的父亲安基塞斯时，安基塞斯把罗马的历史通通铺衍给他听，一直说到恺撒和奥古斯都。维吉尔扯进了权力和王权，他为征服行动辩护。也因此可以料见，奥古斯都时代之后《埃涅阿斯纪》就（套用一位学者的话）“被尊为罗马的开国史诗，也变成帝国独裁统治的意识形态道具”。到了20世纪，对帝国颇为友善的T. S. 艾略特（T. S. Eliot）对这部作品和作者的尊奉更为彻底：“罗马帝国和拉丁文并非等闲的帝国和语言，而是有独特命运、和我们息息相关的帝国和语言；让该帝国和该语言达到自觉并具有表达能力的诗人，是有独特命运的诗人。”如此这般。这下可好！这是变本加厉的霸权：艾略特对仗的句法就像一排铁栏杆，挡住了反对的意见。艾略特认为，维吉尔是所有欧洲文明的唯一经典。读完艾略特，呆板的埃涅阿斯在我脑中成为西方文化的具体代表，面色阴沉但目标明确地朝着未来迈进。他带着他的父亲和儿子，但是把妻子丢在脑后。然而当狄多死去后，埃涅阿斯的史诗几乎也死了。

夏皮罗约略提到《埃涅阿斯纪》的政治解读，但他认为，维吉尔一路都在颠覆对帝国的荣耀礼赞，让人清楚地看到统治者的光荣并不值得这么努力。埃涅阿斯失去了一切：不只是狄多，还有他的朋友、他的快乐、他的慈悲心，也就是我们称为灵魂的东西。这部作品极端隐晦模糊。“你不能说这首诗是拥护帝国主义或反对帝国主义的，”夏皮罗说，“它两者皆是。”而一如既往着眼于架构的泰勒，也强调失落。他把诗拆散，然后对他的弟子们发出许多鼓励的呼声，（“你们做得到的！”）再将之重组；他让学生把《埃涅阿斯纪》解读为一首墙建高又倒下、父子纠葛、得到帝国但却失去所有其他重要事物的长诗。“现在你们可以把它抛掉了，”他用他那仿佛来自墓穴中的沧桑声音总结说，“但你们老了的时候别读这首诗。看，《埃涅阿斯纪》里每一卷都是以某人的死作为结尾。你没有了过去，但还是要继续向前。”

那么这是一首忧郁的史诗了：抑郁的赞颂，混合了虚荣和悲伤，光彩宏伟但却挥之不去。从某些角度看来，同时也是哑口无言。维吉尔对埃涅阿斯所受的苦和他超乎寻常的自我克制与压抑不予置评，至少没有明讲。他下笔坚定不移，那种一心绝无二用的奇异程度有着几乎令人恐惧的力量。到最后，埃涅阿斯一剑逼住了他的敌手图努斯。图努斯自知必死，只要求把自己的尸体还给他父亲，这让人想起《伊利亚特》美丽的结尾，阿喀琉斯同意把赫克托耳的尸体交还给普里阿摩斯。但埃涅阿斯记起了一个在战场上被图努斯杀死的年轻战士，慈悲精神就荡然无存。诗的最后是这样的：

全副武装，凶猛的埃涅阿斯
眼神来回游移，挺身直立，手停在
剑柄上。此时渐渐地
图努斯所说的话让他不再
犹豫不决。然后他瞥见了
图努斯肩上那受诅咒的背剑皮带，
熟悉的钉扣闪着光——这带子
原是年轻的帕勒司所披挂，当图努斯杀伤他
让他死在战场上的时候；现在图努斯
把那敌人的记号戴在肩上——
仍然是敌人。当这景象映入眼帘，
埃涅阿斯大怒，因为他往日悲痛的痕迹
被这人佩戴着当作胜利的标志。他怒火中烧
愤恨不可遏，喊道：
“你戴着从我的人身上扯下来的战利品，
我会让人把你从我手中夺去吗？这伤口会
出自帕勒司：帕勒司以这作为祭品
用你罪恶的血偿还欠他的债。”
大怒中他将剑刺入图努斯的胸口。
然后那具身体在死亡的寒冷中倒下，
随着一声耻辱的呻吟
他的魂魄逃到幽暗的地下。（XⅡ，1277~1298）

埃涅阿斯“大怒”，但这些诗行中弥漫的与其说是愤怒，倒不如说是一种冰冷的哀伤，既是在悲叹图努斯的躯体之死，也是在悲叹埃涅阿斯的精神之死。如此冷血！身为一个现代读者，我要的是通透可解和言之成理，而我从这首诗里得到的却是一种不自在的感觉，好像维吉尔是在对抗他自己的目标，把自己和他为自己订立的任务分隔开。难怪有人读了许多年却还是不了解这首诗。维吉尔自己可能都不了解。

我感到进退维谷，知道不能抛开人们对《埃涅阿斯纪》的批评，写那些只是无知市侩而政治正确的话。诗的后半段明显在艺术上和情感上都有失败之处，而维吉尔的政治目的可能是导致这失败的原因，从政治角度来批判这首诗是可行的。维吉尔“错误”的态度没什么令人不满的，但他的态度伤害了他诗作的艺术价值，这才让人惋惜悲哀。

维吉尔把自己锁进了一个宏伟华丽、为权力做辩护的构想，然后退缩到他的作品里。失落的情绪也延伸到我的阅读上：我失去了《埃涅阿斯纪》的一大部分，尽管我永远也不会反对大学生读它。文学中没有比第二和第四卷更伟大的作品了，而一个勉力去了解何为职责或强大的爱情的学生会学到她 / 他自己是与不是什么；她 / 他会学到勇气和恐惧，通过死亡来完成的自我牺牲，以及因职责而被抑制的自我。

第十章 《旧约》

> 对于俗世的男女来说，不管生命有没有道理，你都得彻底、大胆地去活；然后你面对生命中不可避免的意外和痛苦，既不惊讶也不怨叹。

奇怪的《创世记》

一本这么有约束力、这么不可回避的书，怎么会变得这么陌生，还这么难以接受？它突兀，压迫，恐怖。不是解释性的、全面性的，而是令人困惑、断断续续的。《创世记》是一个民族把他们自己的历史拿来当成权威的、全世界的历史，谈的不只是性灵，还有权力；或者说，谈的是权力弱化成恩赐的个中神秘。权力给予生命然后将之收回，再次给予，然后，虽仍威胁着要熄灭生命，却造成了一种特殊的冲击，一个一再更新、重复的誓约，最根本的神秘之处便在于父亲对儿子，对某些儿子的随意武断的祝福。

在《创世记》的头几页，权力便没有理由、不做辩解地自我确认。权力不会“有道理”。就其意义而言，权力就是那个强迫你遵从而不需要有道理的东西。之后，权力减退成法律和慈悲心，相互约束、相互负责的伦理学出现。伦理学让希伯来人得以生存。但在一开始，权力只关心把自己强加于别人身上：上帝。我读过《创世记》(小时候，大一上文学人文课的时候，长大后也有好几次)，但从来不是细读，现在读起来觉得像是在梦中看见自己居住的城市，有种古怪的挑衅感甚至敌意。每一栋建筑、每一根电线杆、每一座纪念碑都在原地，但却和我所记得的样子不同。我读过《圣经》，但关于《圣经》我却一无所知。我很快领悟到，我的迷惑和惊慌是每一个没有把《圣经》当作生活一部分的现代人都会有的。当丈夫在索多玛被杀之后，罗得的女儿们是否真的跟父亲上了床，叙事者是否又真的认为这是为了延续香火而无可厚非的行动？看来似乎如此。读《创世记》之所以会给人奇怪的感觉，也许是因为我们笨拙地把文本和自己的记忆拼凑起来，或者说，把文本和自己记忆的戏仿拼凑在一起，也就是20世纪晚期堆积在记忆周围的二手信息光环，最后终于取代了记忆本身。比如，我们一生中随处可见对《创世记》的引用，出现在新闻杂志、儿童书籍、电影、题词刻字，甚至出现在除了《圣经》之外的所有地方。年轻的时候，我看过许多“《圣经》大场面”的电影，现在那些东西像一圈圈脂肪般潮湿沉重地缠绕在我对《圣经》的记忆上。处于最为核心地位的这一本书，现在看起来像是在对它的回响做令人惊愕的修正。

上帝造人的时候，为什么一开始先是“照着自己的形象”，然后才过了十一行就“用地上的尘土”再造了他一次？人究竟是反映了上帝的形象，还是捏陶转轮上制造出来的有模有样的容器？他的本质是精神，还是尘土？是的，他是这两者的混合，但比例如何？为什么男人和女人吃了禁果，得到分辨善恶的知识，就要受到羞辱和死亡的惩罚？难道上帝认为在没有知识的情形下，顺从才有价值？他要天真无知者的顺从有什么意思？

我满怀追根究底的好奇心。上帝为什么偏爱亚伯而非该隐，雅各而非以扫，约瑟而非他所有的兄弟？我自己有两个儿子，事实上，我发现兄弟中年纪最小的永远是最烦人的，因为早到一步的长子心中当然会对弟弟们有些不满，怨恨他们闯进了父母和他之间的天堂。他在想，他到底是哪里没做好？上帝对弟弟的祝福几乎是残忍的——或者这象征性地确认了做哥哥的不幸？

这些是出自一个俗世时代的问题，在这个时代里圣书是大学课程的教材。

丽欧拉·科恩做报告：女性主义与正统

“从正统犹太教的观点看来，希伯来《圣经》是独立存在的，是神圣的、教育性的、历史的文本。此外还有基督教的《圣经》，不过那是另一回事。”

夏皮罗班上的丽欧拉·科恩是大二的学生，正在做分析文本的报告，指出问题和可供讨论的部分。在这之前，学生们所做的报告不如史蒂芬森希望的好。学年开始的第一节课，他告诉学生要对那些书做知性的研读甚或批判，就算是负面的批判也好。但可想而知，学生们胆子不大，无意将他们与柏拉图或亚里士多德的关系“问题化”（这是史蒂芬森的话），只是或流畅或断续地把他们所读内容的大纲报告出来而已。然而，丽欧拉却不是在报告大纲，而是在宣讲教义。她是个教徒，一个正统犹太教的犹太人。她个子矮小，面色苍白，浓密的深色鬈发垂在前额，在课堂上一直很安静，常常把脸凑近桌子写笔记。但现在她拿着她的《圣经》和笔记侃侃而谈，清晰无比。她说，《圣经》每一个字都是真的。她自己一辈子都遵守着关于饮食的规定。她的坚定与执着，深深吸引学生们。她是真的相信些什么。

“大洪水是上帝的错误吗？”有人突然淘气地冒出一句。

“不，那是当时犹太人应得的惩罚，”她说，“人类有自由意志。他们选错了就要被惩罚。”

这种爱的心肠真硬。

许多人不同意，这一点也不意外。他们大部分是中产阶级的美国人，也许是温柔之爱的果实；他们犯了错的时候一再有弥补的机会。罗博·利连塔，就是开学那天挑战史蒂芬森关于历法的论点的那个学生，埋怨说《旧约》里的爱太强硬了，有虐待和惩罚的性质。他小时候从没被打过。他做错事的时候，父母会告诉他哪儿是不对的。要是他又犯了，他们会再一次告诉他哪儿是不对的。嗯，没问题，我想，我也是这么被养育成人的，现在也这样教养我的儿子，除了有时我会发脾气吼他们。但利连塔当初的罪能有多大？（我的是随地小便。）他那种安适的美国自由主义论调令我不快。他哪里知道什么是愤怒、饥饿、被排挤？他身上没有该隐的记号。我忍不住了：“你曾拿刀戳过你的兄弟吗？”我打断他的话，向他发问。但他只是对我咧嘴一笑。

班上（二十四个学生中）至少有六个人公开表明自己虔诚的宗教信仰，丽欧拉说这话的时候有好几个人点头微笑，是在现代大学俗世的氛围中奇迹般出现的信仰之语。而且她有勇气：《圣经》，尤其是犹太教律的诠释场域充满了竞争和混乱，犹太女人被大多数正统犹太教的教会排除在这场游戏范围之外，若要冒险进入，责任自负。

丽欧拉使用“希伯来《圣经》”这个词。在哥伦比亚，列在书单上的是它通常的名字——《旧约》。哪一个才对？《旧约》中某些章节的写作日期可能早在公元前 950 年，也就是在荷马之前。

但校方就像绝大多数人一样,将《旧约》安插在《新约》之前,而《新约》当然是在耶稣死后的那个世纪写成的。所以《旧约》是被强行放在错误的时间顺序上,而且这么做并不是全然无心的。基督徒把它看成一部序曲。泰勒教授突然发出了罕见的政治正确的呼吁,说这书不该和《新约》紧接在一起。他认为这是侮辱了绝对可以独立存在的犹太传统。

嗯……我不能同意。好吧,没错,一般来说,自由派美国大学对于非裔美国人和其他少数族裔的观点非常敏感,居然在这个议题上固守着基督教传统而冷落了犹太人,的确是件惊人的事。但这值得大惊小怪吗?我是一个非教徒的犹太人,在这件事上很乐意遵从霸权的习惯用法,因为如果照泰勒的想法把《旧约》放在文学人文课的荷马和当代文明课的柏拉图之前读,这本书会孤悬在这两门课之前。然后学生们要先读希腊和罗马的作品,才能再回到《新约》。不,《旧约》和《新约》是一体的。历史已经把它们放在一起了。学生需要了解,比如说,犹太教和基督教的伦理学之间的差异。在这一点上政治正确的看法根本就没抓到重点,其他地方也一样。

我想,对丽欧拉来说,《新约》根本就无关紧要。重要的只有书中之书——“希伯来《圣经》”。在开始报告时,她说她会补充口述传统里的材料——上帝对摩西说的话,这些话没有写下来,而是代代相传,交织在无数的《圣经》注解里,这已经是虔诚的犹太教徒两千多年来主要的智性活动。

于是,她说,虽然正如《创世记》所说的,上帝确是在六天之中创造了世界,但第一天涵盖了一段长短不定的时间,事实上,未创造出来的大地那没有形体的“空”,在时间概念有意义之前就存在了，所以无法被当作是我们所了解的一“天”。后来她说，口语传统所认可的观点是，上帝造女人并不是事后才想到，然后用亚当的肋骨做的（“那人独居不好，我要为他造一个配偶帮助他”），而是让女人和男人平起平坐的：男人和女人本来是在肋骨处相连的，然后才被分开——上帝将一个生灵分开为二。

在她讲话的时候，我环顾四周，思考当下的意义。犹太教、基督教和伊斯兰教都承认旧约先知是他们的祖先，却都长期为这个桀骜不驯的文本争论不休。突然间，我感到异常快乐。我们只是在数学楼一楼一间毫无特色的教室里上《圣经》的某个班。庞大的娄氏图书馆背后的广场上，有几棵叶子落尽的树。此时，此刻，我们在一起。我们也是此类讨论所形成的无止境的不朽长链的一部分。核心课程是俗世的、非宗教的，但在这一天，它变成了那条无止境的长链的一部分。丽欧拉说着话，史蒂芬森保持沉默，学生发问。他们好像在半空中自己飞行般独立思考。

“把以撒绑起来，”丽欧拉说着抬起眼睛，拂开几绺头发，“为什么？根据口述传统，答案在于像亚伯拉罕那样有着坚定信仰的人已经从上帝那里得知他会成为许多国族的祖先，所以也知道以撒不可能死。这一段应该被解读成上帝在显示亚伯拉罕是多伟大的一个人。”

这说法耐人寻味（也解答了我的一个疑惑），虽然我还是觉得怪怪的。如果你相信《创世记》是上帝的言语，由他的仆人摩西所记载，那么你不太可能会相信上帝是在用讽刺的语气说话，顾彼言此，声东击西，把信息传达给了解的人，却使只看字面意思的人迷惑。上帝干吗要使人迷惑？要是循着这条路线下去，几乎所有的意义都可以被反着“诠释”。

更深入阅读《创世记》之后，我一开始的困惑消减了一些。

比方说，兄弟之间具有杀机的敌意最后是以雅各和以扫的尽释前嫌收场。而约瑟，伟大的约瑟，文学中最辉煌的成功者，像是耶稣的早期版本，糅合了一个极为成功而有信心的经理的性格，他原谅了哥哥们对他的恶行。身为两个儿子父亲的我，读到这里松了一口气。

我是松了一口气，但我也知道不是所有的问题都需要答案。要人们放弃诠释是不可能的，但与其削弱文字的力量，我宁愿保持神秘。钦定版《圣经》的分量和节奏，光是字词的声音和排列组合，就自有意义。对数以百万计的人来说，《圣经》就是这些字词的声音。所有的英美文学也都带着这些声音和附在声音上的意义，而如果人们不肯读《圣经》，或只读毫无音韵、字词比较直白易懂的新译本，这些意义就会消失。在雅各寻求哥哥以扫的原谅的前一晚，他整夜与天使角力对抗，这段情节虽然只有寥寥几行，但这样一场会决定个人和民族的命运的比赛是如此非同小可的事，于是一再被提起，回响在整个犹太历史、犹太文学，甚至现代犹太人的自我当中和上帝的扭打变成了与其他不同的自我、与怀疑、与恐惧的扭打。

我受到感动，虽然并不相信；或者说，我只相信《圣经》是伟大的。随着叙事穿越希伯来人早期的各朝代，上帝虽说仍然威怒交加令人生惧，但他不再是武断的。人是可以有道理的，他受到了这一希望的教育。上帝教人，人教上帝。和天使的对抗会永远继续下去。

但丽欧拉说着说着，教室里的气氛开始改变了。如果说学生们一开始被她深深吸引是因为她立场稳定、胸有成竹、肩负重任，他们现在却开始对她采用口述传统的方式感到生气。她是在去掉《旧约》中很多原始的、非理性的成分。他们认为她是在软化它，好让自己能相信。

她坚持了下去，显然她的任务艰巨，因为她开始用女性主义的论点来诠释上帝对夏娃的惩罚了。“‘你必恋慕你丈夫，你丈夫必管辖你。’这一句，有性的意味，”她说，“解释起来是这样的：这一句的意义在于性的层面。主要的动作是男对女。这不是政治性的宣言，也并非在说个人的天性就是这样。性是由男人采取主动。”

“这一点能分得清楚吗？”史蒂芬森打破了尴尬的沉默，“谈性的优势，可以不谈到其他层面的优势吗？”

“对啊，还有我们是在说男上女下的体位吗？”一个女生说，“因为要不然的话……”

“我们别谈到技术层面去。”史蒂芬森插口道。这场对话开始变得有点奇怪。丽欧拉企图把身为父权源头之一的《旧约》和当代女性主义拼合在一起，大部分的人都会说这简直是不可能的事，就像要把圆形画成方的。我突然领悟到，我们就像是在目睹一场为信仰所做的努力。她一定也有过疑问，最根本的疑问。她怎么可能会没有？她是对是错都不重要。她在努力，这一点很伟大。我的家人和朋友中有多少人是如此努力的？我一个也想不到。

认出我自己

就我自己而言，我从来不曾为了寻求指引或慰藉而读《圣经》，不管是我父母去世时，还是当我最好的朋友之一、电影学者和评论家史蒂芬·哈维（Steven Harvey）年纪轻轻就死于艾滋病的时候，我都没有，虽然史蒂芬死的时候我倒可能诅咒过上帝一两次。除了多年以前上主日学校的时候，我从不曾为了寻求激励或道德训练而读它，而只是像现在一样，从文学欣赏的角度来读。但我当然是而且显然是一个犹太人，我的恐惧和乐趣就像许许多多循规蹈矩的人一样，现在细读《旧约》的前两书，我觉得仿佛在面对自身存在中隐藏的模式。这是一部暴力的、紧张的、衍生的文本，强而有力地带给人权力的概念，使职责的概念不至于沦落消失在野蛮中。这些和影评有什么关系？就我从家族、从纽约的教师与知识分子所吸收到的犹太传统而言，他们坚持的是根本的事物，对的事物。这些男人和女人把持久、严肃的东西和短暂、无价值的东西分开；他们要求书或电影有剧情，要求笑话有重点，要求人生有方向。犹太人事事要求讲重点、不离题的个性可能（也的确）导致缺乏幽默感的自以为是和虚伪，但不会（没有内疚感地）在琐碎小事上浪费时间。对于要求聚焦专注到如此累人程度的个性而言，评论正是合适的职业；不论一个评论家的宗教信仰如何，也许如果他没有一点耶利米的味道的话，写出的东西就不值得久读。

史蒂芬森教授插手

史蒂芬森班上学生的对话变得急躁起来。丽欧拉谈到犹太人的历史以及对《圣经》不同的诠释，而在那些非教徒的学生看来，她是想鱼与熊掌兼得，一方面把《圣经》说成亘古不变，同时却又把它放进历史脉络里，加入许多注释。学生当中知识最丰富、心胸最公正的是诺亚·马兹，他是那种自由派犹太人，愿意了解以巴冲突中巴勒斯坦人的想法，还读了很多这方面的书，他突然冷冷地看着她说：“我还以为正统犹太教不会允许这种相对主义的诠释。”

丽欧拉把脸从文本里抬起来。这两个脸色苍白的犹太人直视对方。“越来越多的人不再和他们的宗教有接触……”丽欧拉的口中冒出了指控的话，长久以来正统犹太教对于没有严守戒律而是入乡随俗的犹太人的愤怒，突然爆发出来。但她没能讲完，因为史蒂芬森突然出马救援了。

“等一下，”他差不多是在大叫，“即使你承认了文本的历史性，你仍然可以坚持它原来的意思如此，而且就只有这个意思。虽然我存在于历史中，但这并不表示文本就是相对主义的。还是可以有一个正确的意义。”

我觉得好像是第一次看到史蒂芬森。虽然大叫大嚷，他真的很公平而且细心周到。丽欧拉说的话他一个字都不相信（稍后，他私下对我承认了这一点）；他相信意义只能在历史语境之中解读，而且我猜他是个无神论者，但他为寻找一个绝对的真理辩护。他说寻找一个绝对真理是正当行为。丽欧拉“错”了，这并不重要。他要教他的学生组织、辩护自己的论点。

“你们问：‘把历史放进来之后，怎么做得出不是相对主义的论证？’”史蒂芬森说，“答案是：要逃开诠释是不可能的。”

谁读过《圣经》？

《圣经》是文学人文课和当代文明课都读到的少数作品之一。夏皮罗在秋季学期后段讲到《圣经》的时候，先从调查学生意见开始。这二十四个男女对《旧约》有多熟悉？许多人都说曾读过一部分，但只有五个人有过广泛的宗教训练（两个正统犹太教犹太人，两个天主教徒，一个浸礼会教徒），而这些人当中只有两位，都是女性正统犹太教犹太人，承认圣经对她们生活中的行为有重要影响。那个浸礼会的非裔美国人亨利，说他读《圣经》是为了它的“社会经济–哲学兴味”，这在我看来的确是颇有兴味。但就其他读过《圣经》的学生而言，那多半是小时候的记忆，既是强制读物又充满奇谈怪趣，是一堆没有任何理由就过分管制他们人生的故事。他们对它是又觉懊恼，又觉好玩。

还有不少人从来没读过。不只是那五个耸耸肩、似乎觉得有趣的亚洲学生，另外还有几个美国人与一个英文发音标准的意大利女生说，他们是上课前一天晚上才第一次打开这本书的。听说有人严肃地把《旧约》当作行为的准则，他们觉得很是惊奇。

这些学生的生活里,《圣经》的影响俯拾皆是,不管是体制上、政治上，还是艺术和文学上，但在他们的人生或教育中从来没有什么事物驱使他们去读一读它。要不是一堂文学课要求他们读《圣经》，他们可能永远不会接触到它，任由它溶解在媒体可笑的回音里。核心课程是在对他们的生命做补救的工作。

夏皮罗很努力地引导他们去了解这些原始故事中的道德意义（有时则是乖谬之处）。我们读了关于上帝的恩典和原谅等曲折的故事。如果《创世记》中有那么多关于荒瘠和富饶的故事，那么希伯来人对信念的坚持可能便是出自强烈的生存决心——把他们的血脉传续下去，以实现上帝许诺给他们的命运。这本书是建立在恐惧之上的。在《出埃及记》中，恐惧使誓约的概念变得颇为吊诡。希伯来人受到上帝的眷顾和保护，他们注定享有应许之地，但这命运是可以逆转的。他们配吗？上帝会因为他们不配而毁灭他们吗？这些问题始终存在于《出埃及记》里。而且希伯来人充满了轻视、怀疑之心，很容易就气馁。人和神之间似乎立了一个对彼此都不确信的誓约。

《出埃及记》与一神论

在米甸，当上帝在一丛燃烧的荆棘中向摩西现身时，他和仆人开了场微型会议。上帝的权威应该如何被认知？身为他代理人和仆人的摩西的权威又该如何被认知？

> 摩西对上帝说，我到以色列人那里，对他们说，你们祖宗的上帝打发我到你们这里来；他们若问我说，他叫什么名字？我要对他们说什么呢？
>
> 上帝对摩西说，我是自有永有的；又说，你要对以色列人这样说，那自有的打发我到你们这里来。(《出埃及记》3：13~14)。

笨蛋！你是不能问上帝的名字的，虽然他的确有一个名字叫 YHWH，或耶和华，他随即（在希伯来文的文本中）就如此自称。钦定版的学者只将耶和华翻译成“主”,但这个词的（字面）意思是“他使存在”。我是自有永有的——这可能是任何语言中最令人敬畏的一句话——是上帝对存在原则的宣示。他就是存在本身。

我一生都活在一神论之中。但在刚读完希腊和罗马作品之后如此直接地面对上帝，让我首度感到它的智慧与情感力量（三十年前我读的时候没有领悟到这一点）。这种意识的转变改变了一切。在《创世记》和《出埃及记》中,没有那些好摆架子、坏心眼、不可靠的希腊众神，有的只是一个令人敬畏的、没有实质面容形体的、绝对的上帝，他就是地球上生命的宗旨，没有他什么都不会存在，生命会结束。我和那些学生一样，都需要对我的生命做补救的工作。

一神论是否仍被视为比异教“进步”？泰勒教授曾顺口提到过，文学人文课是（在 20 世纪 30 年代末）由哥伦比亚的基督教人文主义者设计的，他们认为异教是西方历史中一个能迷惑人的轻率鲁莽的行为，是必须征服和打倒的。哥伦比亚已经没有人再持这种论调了；没有人想被视为“偏袒”犹太–基督教传统。但我答应自己不要闪避那些天真的问题。我知道我怀念希腊时代严肃和轻浮的结合，他们专注于追求理性和美德，却同样爱好乐趣、性、艺术，也没有阻断那令人兴奋又害怕的通往非理性的道路。相反地，一神论不曾带来多少笑声。一种新的庄严和奋斗进入了西方文学，一种伦理学的热情。从活力和光辉的标准来看，一神论非但不是一种进步，反而简化了事物。但这概念里有何等的力量！上帝或许照着自己的形象造了人，但在古希伯来人的观念中，人不可能造出上帝的形象。他必须是被想象的，而非被塑造。通过这种努力，男人和女人觉知理解事物的法则与形态。他们致力于从事有目标的活动，而且他们不孤单；陪伴着他们的是一个理念，这理念将一种特殊的命运加诸他们身上，并带来了黑白分明的是非观，就像一股光芒，它坚定而专注不移的光束不仅照亮了前方，也使它范围之外的区域进入了更深沉的黑暗。

西塞尔 · B. 戴米尔的《十诫》

乐趣是我们的老师，不是渎神而是乐趣。我一定要再看一遍。我怎么能不看呢？我是一个正在阅读《圣经》的影评人，现在我必须重访它最著名的反响之一——1956 年的“《圣经》大场面”电影《十诫》（*The Ten Commandments*），是西塞尔 · B. 戴米尔（Cecil B. DeMille）漫长的江湖郎中生涯里的登峰造极之作。取材于《圣经》故事的电影中有一些警世的甚至刺激的好片子，但这朵庸俗之最的巨花则可爱在它强烈的荒谬之处。我一直都很喜欢它。

一开场，银幕上出现一些字句：观看这部由西塞尔·B. 戴米尔制作导演的电影，就是到三千多年前摩西亲自走过的地方去朝圣。然后，戴米尔本人从一幅布幕后走出，简直像神一样出来面对善男信女，用他洪亮夸张的带着嘶嘶声的口音说："本故'四'展开的时间一共三小时又三十九分'宗'，其间有中场休息。"嗯，我想，这老骗子也有他的可取之处。至少那时候的故事是会展开的，不像如今的 MTV 时代，电影故事片段总是快进，很少展开。

但且让我们安静，上帝要开口了。那里有驴和羊，很多的驴和羊，还有被高耸的山崖围绕的广袤沙漠，然后，在沙漠的尽头，是西奈山，一座总是在喷发的红红的火山——在喷发的上帝，当他说话的时候发出嗡嗡咻咻的低音，好像鼻子里装了一个风洞一样。你的确会为之惊叹，不过是惊叹于戴米尔大胆的愚蠢程度，那也是电影的愚蠢。就如我所记得的，演摩西的查尔顿·赫斯顿（Charlton Heston）呆板得像水泥。但我的天，尤尔·伯连纳（Yul Brynner）演法老王！好色的闪亮光头，颤动的乳头，加上翕张的鼻孔，闷闷的声音，这一切让他显得既崇高又好笑，他的演出是充满肉欲的惺惺作态。但在某一方面他也是诚恳的，就像人们说贝拉·卢格西（Bela Lugosi）演那不快乐的、饥渴的吸血鬼时也是诚恳的。尤尔·伯连纳是出生在俄国的吉卜赛人，是玛琳·黛德丽（Marlene Dietrich）的众多情人之一，他演出了一个强烈自恋的邪恶角色，一个无神之人。安妮·巴克斯特（Anne Baxter）演他的新娘奈费尔提蒂，她鄙视他，一边呻吟着"摩——

西，摩——西……”一边以疯狂自虐的姿态扑向他的仇敌。她是个火热而有心计的女人，想要她自己的应许之地的念头比犹太人还强，摩西不给她好像不怎么绅士。她在这两个男人之间维持了多年的性竞争关系，这两人一个多毛，一个光滑，是的，现在这是两个胸膛的故事了，多毛、肌肉结实的神和光滑、健美、肌肉结实的神。然后多毛的神赢了。摩西前往西奈山的路程走了多远，可以从他胡子的长度和变白的程度看出来。

戴米尔想大小通吃，影射人们对纳粹主义的抵抗；他把摩西变成了耶稣式的人物，犹太奴隶的解脱则象征世界性的“尊严”与“自由”（当然，奴隶制度在古代一直存在，而希伯来人获得自由的时候也拥有他们自己的奴隶）。但是，《十诫》之背离《旧约》的地方，也正让它成为一部滑稽的娱乐电影：色欲，残忍，奸佞的宫廷斗争，阴森的奇迹，还有人工画出来的壮丽景色。法老王的大理石宫殿晶亮得像歌舞片里的舞池一样。这部电影是只金犊（《圣经》中以色列人崇拜的金牛雕像），彻头彻尾的偶像崇拜。它把上帝的神秘变成了人造应景场面，而这正是希伯来人所摒弃的。

那么乐趣教给了我什么？《圣经》的作者们跟柏拉图一样，厌恨应景场面和生硬复制。我们现代人和古代文本里最深的道德要求格格不入。我们一生中有很多时间都花在看应景场面上，并不认为这么做要受到惩罚，就像《酒神的女信徒》里可悲的年轻国王从藏身之处被揪出、被噬食的时候也没想到会那样。这世界充满了影像，要除尽复制品已经太迟。也许我在《圣经》里找到了我存在的隐藏模式，但我在一部背离《圣经》的作品里找到了乐趣。我得想个清楚。我们都得在黑暗中找出我们的道德律。我们得找出观众的道德律。

《约伯记》

乐趣来自许多叙事，甚至来自意旨正与乐趣相反的文本。现在该回到《旧约》去读《约伯记》了，有些时候它被称为第一本小说。然而，在我开始读的时候，我担忧了一阵：学生们会不会又抱怨发生的事情不“公平”？瑞蓓卡会不会要求上帝待人公平？我可不确定我受得了。显然，夏皮罗的学生很难面对悲剧，而虽然约伯的故事有个大团圆的结局，其中却充满了不堪承受的痛苦。但我是怎么了？他们什么都还没说，我就已经准备扭断他们的脖子了。

《约伯记》里，上帝和“魔鬼”（钦定英文版翻译成“撒旦”，但那并不是基督教文本里的撒旦）打了个赌。他赌他虔敬而富有的仆人约伯会始终忠心敬神，不管遭受到什么样的灾祸。在上帝的允许下，撒旦杀光了约伯的牲畜、奴仆、子女；然后让约伯全身长疮、得病；于是这个困愕、自知无辜、至少清白的人，沦落得坐在地上的炉灰中用瓦片刮身体的惨状。也就是说，他回到了创世之初，上帝用尘土造人的时候。

日子缓慢地转过它们徒劳的旅程，像一个总是经过同一点的轮子。

> 我躺卧的时候，便说，我何时起来，黑夜就过去呢？我尽是翻来覆去，直到天亮。我的肉体以虫子和尘土为衣；我的皮肤才收了口，又重新破裂。（7：4~5）
>
> 若说，我的床必安慰我，我的榻必解释我的苦情；你就用梦惊骇我，用异象恐吓我；甚至我宁肯噎死，宁肯死亡，胜似留我这一身的骨头。（7：13~15）

如此无所不在的痛苦令人连是否拥有自己的身体都有疑问。麻风病人一定有着和约伯相同的感受。

> 我若用雪水洗身，用碱洁净我的手；你还要扔我在坑里，我的衣服都憎恶我。（9：30~31）

这最后一句有着自我疏离的极端喜剧性——衣服拒斥穿衣服的人——预示了卡夫卡作品里最丑怪惨痛的时刻。约伯那些有敌意的貌似理性的朋友也是如此，表面上他们是来安慰他，但很快就指控起他来，把约伯的苦难统统归成他自己的责任。上帝不会惩罚无辜的人，他们认定，所以你一定有罪。再说，你自称什么都没做是傲慢的，因为这样你就质疑了上帝的判断。

夏皮罗带着他们一段一段地读，他把这首《圣经》的诗拿来跟希腊悲剧及柏拉图的对话（《约伯记》里很多是对话体）做比较，而班上的学生严肃、专一的程度颇不寻常。“你们得到了这辈子应得的东西吗？”夏皮罗照常问了他们一个事实上不须回答的问题，但他语气激昂，其中有一丝我之前未曾听过的气愤。

约伯的朋友不给他留退路：他受苦就证明了他有罪。他们这样对他，正是“责怪受害者”这种态度最初也最有力的一个例子，其毫不留情的程度显示了所有此类行动之下的心理基础和需要：要是受害者是无辜的，这世界就不再有道理了。朋友责怪约伯，是在保护他们自己，因为他们害怕无意义的灾祸——人们总是如此。约伯的苦难一定得有意义。

虔信宗教的学生们凝重地回答夏皮罗的问题：《约伯记》是对信仰的考验。美丽得令人惊艳的莎莉，打扮是暗红褐色系的，就像时装杂志里面一个脱俗的模特儿，她有着柔软的嘴唇和一头亮丽的红棕色头发，但从来没说出过半点有趣的东西，可能她的头脑有冥顽不灵之处。现在她却说："要是每件事都顺利的话，相信上帝就太简单了。"这话不但聪明，而且一语道破《约伯记》的主旨。接着发言的是约瑟夫，那个家住华盛顿特区的天主教好男孩，衣着保守，非常恭敬，他说："上帝只给你方便是不够的（上帝不可能只给你行方便）。"

我出现小危机，夏皮罗的学生指点我

他们说得好。他们都是在基督教体系下比较勤勉的教区中被养育成人的，对他们而言，信仰不是轻松好玩的事。但我也感到不愉快，因为他们很清楚这故事最后会"圆满解决"，我忍不住怀疑他们真正受了它多少考验。

其他也有些学生回答得颇有条理。而对于他们的认真严肃，我觉得不接地气。他们不太明白约伯失去的是什么。我比他们年长三十岁，我自认为知道。现在我读《约伯记》是经过了很长一段时期之后，这期间虽没有苦难，却有一般人为了活得好所做的挣扎。与约伯的朋友不同，我很容易便可以"认同"他，他遭到摒弃，他的家庭、财物和身体都无缘无故被毁。想象一下，如果你是个中产阶级男人，你也在帐篷外面养了很多骆驼和羊。你像约伯一样循规蹈矩：你有子女，不过不像《圣经》里那么多，因为你不需要他们的劳动力，他们也没有死于幼年的疾病；你也许有两或三或四个小孩，你保护他们，尽一切所能保护他们，而你这一辈子都想找到一份合适的工作，既能满足你的心灵又有钱赚；你投资理财，甚至像个白痴似的买了人寿保险。这一切累人的本分尽责似乎都是必需的，因为现在已经很少有人仅靠写意自在就活得好了。从 20 世纪 60 年代起就是如此。不，你的帐篷群成了一个小堡垒，里面堆了一大堆毯子，外面生着一把烈火，用来吓退在黑暗中漫游的野兽。你必须循规蹈矩，然后你会得到奖赏——这就是现代布尔乔亚的、俗世的信仰，相信体制不会辜负你的辛劳。

当然，就算再精打细算，事情也不会尽如人意。有些人跌倒了，经济体系又把另一些人抛弃。在我自己认识的人当中，我的朋友史蒂芬因为艾滋病英年早逝；同为影评人的凯西 · 贺夫汉（Kathy Huffhines），公路上一棵树倒下来击中她的车，压死了她；一个年轻的医生，他的父母和我的父母是好朋友，他去攀登喜马拉雅山脉，昏迷不醒被送出山来，几天后独自一人在他纽约的公寓里神秘死亡；好几个朋友因为公司裁员而失业，丢掉了原有的好工作。可怕的意外会发生，哪里都没有安全。于是我想：这些学生知道什么？我生气地憎恨他们的年轻、他们的无忧无虑。

夏皮罗带领他们深入书中，进入约伯一页页令人害怕的怀疑念头。在困愕和绝望之后，约伯转向叛逆；他说出了敬畏上帝的人无法轻易说出的话，“坏人常常得以善终，好人常常受苦受难”。他质疑上帝的判断。

夏皮罗讲课时几乎是怒视着学生，而他们发表温和诚敬的意见时，我忽然惊觉到我把这整件事都搞错了。肤浅、小家子气的不是学生，是那个“成熟的读者”，那个“一家之主”——我自己。我坐在教室的一角，低头看着我的笔记，希望没有人会注意到我在脸红。我在这里担心屋顶会垮下来压住我的家庭，事实上我们一切顺利。我们一切都顺利得很，而这本书，尤其是这本书，不应该导致对毁灭的幻想。不应该这样读它。夏皮罗班上虔信宗教的学生没错。《约伯记》真的是关于信仰的；莎莉和约瑟夫也许还不知道信仰可以带给人多大的折磨和要求，但至少他们正朝着对的方向走。我却只是在杞人忧天而已。

就在约伯的朋友坚持那项约定（善有善报，恶有恶报）、约伯说生命似乎已不再公平的时候，上帝终于出现了。此时上帝从旋风中怒声发言，约伯对他的质疑令他大怒。他确立了他的权力，创造的权力。“我立大地根基的时候，你在哪里呢？……那时辰星一同歌唱，神的众子也都欢呼。”约伯或任何人之所以存在，全都是因为上帝。他列举他的宇宙中的奇迹。这是战马：

> 马的大力，是你所赐的吗？他颈项上的鬃，是你给他披上的吗？是你叫他像蝗虫那样跳跃吗？他喷气之威使人惊惶。他在谷中刨地，自食其力；他出去迎接佩戴兵器的人。他嗤笑可怕的事，并不惊惶，也不因刀剑退回。箭袋和发亮的枪在他身上铮铮有声。他发猛烈的怒气，将地吞下；一听角声就不耐站立。角每发声，他说，呵哈……（39：19~25）

而这是鲸：

> 他使深渊开滚如锅，使洋海如锅中膏油。他行的路随后发光，令人想深渊如同白发。在地上没有像他造的那样无所惧怕；凡高大的，他无不藐视，他在骄傲的子民上做王。（41：31~34）

这是恐怖的打击。在《创世记》中，人被安排来统御万物，但现在愤怒的上帝又从头把他的创造物讲了一遍，这次说人（“骄傲的平民”）是微不足道的，只是一种不重要的野兽。约伯大惊

（“因此我厌恶自己，在尘土和炉灰中懊悔”），领受了上帝智慧的深不可测。那个约定被放到一旁。在伦理学和相互负责的漫长进展后，我们又回到了权力的原则——你不可置疑，只能遵从。因为没有上帝，就什么都没有。

学生们是对的。《约伯记》终究是关于信仰的，其次才是关于损失和痛苦的。它讲的是，所有存在的必不可少的原则便是对上帝的非理性奉献，这种信仰的奉献是我或罗博·利连塔和诺亚·马兹等所不能理解的，这些理性的学生曾想驳倒丽欧拉·科恩。约伯必须相信上帝，尽管上帝是不可理解而不公平的。当约伯顺从，他便获救，上帝恢复了他的幸福，给他比以前更多的财富和子女。

夏皮罗解释说，这故事的大团圆结局让许多读者觉得没有说服力、太过薄弱，虽然大部分的学者都认为这是古代某编纂者校对两份以上文本而得的 。但不管这结局在文学上多令人不满意，最终的顺从行为得到这样的结果是有足够道理的。与其说这结局太过于适当，我倒认为它很令人警惕：上帝这次施了恩。如果你仔细地读，就会发现《约伯记》整体上的意思是信仰或许会被奖赏，但善不见得会胜利。这表明对虔信宗教的人来说，信仰鲜少是件容易的事，丽欧拉就显示了这一点，莎莉和约瑟夫以他们安静的方式所说的也正如是。对于俗世的男女来说，和约伯无条件的信念相同的事情，就在于不管生命有没有道理，你都得彻底、大胆地去活；然后你面对生命中不可避免的意外和痛苦，既不惊讶也不怨叹。虽然学生们并不完全了解这一切，我依然对我生他们的气还有我那“哪里都不安全”的大惊小怪感到羞愧。当然哪里都不安全。这正是重点。不管相信与否，你都要足够坚强，带着这个认知活下去。到最后，有力的《约伯记》不是要使人恐惧，而是要激起勇气。

第十一章 《新约》

基督教给西方意识带进了另一种对时间和历史的看法，这种对时间的思索至少对整个文艺复兴时期的神学及文学都造成了莫大的影响，规模之大令人眩惑。基督教的思考模式已经塑造了文学、艺术、体制，和历史紧密交织，无法摆脱。

史蒂芬森把基督教放进历史中

在安德斯·史蒂芬森看来，所有的东西都是论述，甚至宗教信仰亦然。过去人们对何为神圣争执不休，那些相左的意见曾造成数个世纪的仇恨与杀戮，而现在争论已经软化成“对话”。从丽欧拉做《创世记》报告的时候我看出，对话中对史蒂芬森而言最重要的，不在于学生是否有“正确的”观点，而在于他们是否了解到他们的确抱持着一些观点。他要他们醒悟到，他们所表达的东西并非“自然”或“放诸四海皆准”或无可驳斥的。这是文化左派的一个要旨：要了解一个人对真实所形成的看法，甚至包括对上帝的概念，就不能不把其人的视点角度一并列入考量，而没有什么视点角度是理所当然的。史蒂芬森是个历史学家：就连启示都是发生在历史当中。

我们开始讨论《新约》的时候，他说起话来仍如一贯的快活洪亮，这种态度本身就已经是一种评语：圣书的文本依旧是文本，没有什么不同。他解释道，这新的宗教不仅是罗马人统治之下的巴勒斯坦的特殊产物，更是一种对历史的特别理解方式。早期的基督徒认为他们的时代离世界末日不远了。刺激、晦涩、吓人的《启示录》很令史蒂芬森着迷，里面有着世界末日善与恶的争斗，接下来是基督统治的千禧年，然后又是另一个，也是最后的，善与恶的争斗。他不可能无视于这种想法对历史造成的实际影响。如果说早期的基督徒把他们自己看作世界末日前一连串事件中的一部分，那么 17 世纪初，带领清教徒像《出埃及记》一样地迁徙到美国的“末日圣徒”则又重新加强了这种概念，他们把自己指定为一个新和上帝定了约的民族，是一股救赎的势力，要来接收新世界。最后的善恶大对决和千禧年会在这里，在美国上演。

杰克 · 麦克昂做报告

不过，在自愿对《新约》做报告的学生杰克 · 麦克昂身上，可一点也没有世界末日的味道。麦克昂是个严肃的年轻绅士，身材高大，长相粗犷，虽然才大二，看起来已经有了银行总裁或营销总经理的架势。他的青春痘长得乱七八糟，但没关系，那会消失的，到了岁数他就会是个杰出人士了。如果说丽欧拉看来困扰不宁，他则是冷静，甚至安详的。

杰克说明了《圣经》学者的共同意见，简洁扼要得令人赞赏。他解释说，关于耶稣的生平有许多记载，但早期教会神父认为正确的只有四份，也就是被归在马太、马可、路加、约翰名下的那些；大部分学者认为《马可福音》是最早写成的；我们当天所讨论的《马太福音》是在公元 70—85 年写成，读者是耶路撒冷及邻近地区的基督教徒；文本的内容是从三四十年间关于耶稣的口述叙事传统中衍生出来的，学者推断该口述资料另外应该还有一个形诸文字的合集，他们称之为Q，是德文“来源”（Quelle）的简写。使徒马太、马可、路加、约翰也许从过去的资料中提供了福音书片段的内容，但他们并不是原创者。杰克很容易就接受了这一点，但他也说得很清楚，不管学者对《圣经》之成为书的物质过程抱持何等主张，所有的人都一致认为，不管来源为何，这些文本都是神的启示。

史蒂芬森同意，但他不停地回到历史环境这一点上，迫使学生在脑中做剧烈运动，暂时先移开两千年的基督教诠释与基督教霸权。这堂课讲的是社会理论，不是宗教指导，他要学生们用历史的眼光去看耶稣和他的信徒，把他们看作犹太教内部的反抗运动，也是伦理学历史以及人与国家、与时间本身之关系的历史上的一个时期。在被尊奉的四部福音书里，《马太福音》最为完整地铺陈了耶稣的教诲（包括山上宝训），也最接近、最自觉要成为《旧约》的传承。“莫想我要来废掉律法和先知，”耶稣说，“我来不是要废掉，乃是要成全。”耶稣没有想到他是在创立一个新宗教。

曼努尔·艾隆发表基督徒式的言论

有个声音粗哑的学生名叫曼努尔·艾隆，对于史蒂芬森的历史观点很感气愤。他坚称耶稣的教义和犹太教有哲学意义上的重大不同。“不再有人和上帝之间定了约的象征，”他说，“不再行割礼，不再用动物献祭……耶稣看到人们遵守一切教规，内心却很软弱。”

一个这么年轻的男人竟有如此沙哑厚实、几乎可说是盘根错节的声音，令人惊讶。他是波多黎各裔的纽约人，双目失明。他说话的时候闭着眼睛，头稍向后仰，带着微笑，随着如无边浪潮般涌起的字句节奏摇晃。他会打鼓，也玩其他乐器，当他戴着墨镜来上课，边说话边摇晃的时候，我就想起了我年轻时那一代的爵士乐手，他们常常有种以忧虑自傲的表情。

曼努尔是那种不合常规的聪明学生，要么对事情一针见血，要么就离题万里地挥洒出一篇滔滔长论。他可以很浮夸，几乎像是在发布神谕似的，但他也可以讲到很私密的事情，令人震惊。两个月以前，在讲柏拉图的时候，史蒂芬森有一次问学生是否同意苏格拉底的话，说身为一件不义之事的受害者比加害者好。大部分的人都摇头：他们宁愿是加害者，他们不愿成为受害者。但曼努尔用他刺耳的声音说："我不知道。"他来回摇晃着。"一个医生不知道自己在做什么，最终是比较好的。"

没人说话，但我可以感觉到沉默中有种戒心在滋生：他是在讲他的失明。

"动了一场手术……究竟是技术太差还是疏忽，我不知道，但最终我学到了更多的东西。和平。"

沉默继续着，变成了更深的震惊：他的意思是他失明的时候比看得见的时候学到的多。在我们惯于笑谑的文化里，这种话很少有人能轻易地面对。不请自来的肺腑之言，表面上好像没什么道理。无论如何，很少有人会发表这种口气很大的基督徒的宣言，更少有人会是真心说出。曼努尔的宽宏大量（如果是这样的话）让学生们感到困窘。他是人品高尚，拒绝批判一个搞砸了手术的医生？还是只是在炫耀？有一段短暂的静默，然后通常都精神抖擞、斗志高昂的史蒂芬森终于（很轻声地）说"roight（对）"，然后继续上课。但曼努尔的话和其中对我们无形的要求，几个月来一直留在空气里。曼努尔坚持让我们要么接纳他，要么拒绝他。

在《新约》的课堂上，“董事会主席”杰克又说话了。“基督教和犹太教之间的一个不同之处，”他说，“在于上帝把他自己的儿子送到凡间，牺牲他来拯救世人，其中有更多的怜悯之心。”

有些犹太学生不自在地动了动。班上的气氛还是很有礼貌，但我们已经逐渐接近问题的纠结点了。史蒂芬森所谓的“对话”是很有弹性的，他喜欢让学生走到剑拔弩张的地步，但不至于失控。然而不论这些话有多少犹豫和试探的性质，都暗示了那个古老的争论。本来在讨论的是基督教在历史中的位置，然后是基督教的伦理学，现在已经变成了其他的东西。一个近年来住在美国的以色列女学生上钩了，说：“大部分的犹太人不相信耶稣，因为当时有许多弥赛亚都试图带领他们摆脱罗马人的奴役。”

听到这里，曼努尔清了清喉咙，再度发动攻势：“比较有权有势的犹太人都和罗马人一鼻孔出气。”他开口了，然后滔滔不绝地继续下去。他就像一个失眠的人把电话打进深夜的广播节目，说起话来口若悬河、东拉西扯，有各种零零星星的资讯和意见。他并没有在谈文本，他左一句右一句的。但你怎么能叫一个盲人闭嘴（最后，史蒂芬森这么做了）？曼努尔苍白而肉感，留着没长全的胡子，就我所看到的部分而言，他是个基督教马克思主义的人文主义者，拉丁型的。他嘲骂恶行和贫穷问题。

讲完《新约》的几个星期之后，我在他房里和他一起吃三明治。他住在百老汇和阿姆斯特丹大道之间的 112 街上，那里的一些老公寓建筑被哥伦比亚大学改装成宿舍，他就住在其中之一，和大而无当的新哥特式圣约翰大教堂在同一街区。我问他怎么处理阅读的问题。有时候别人会念给他听，他说，不过他接着指向那逼仄的房间另一角，桌子上有一台特殊的扫描仪。他会购买普通的印刷书籍，一页一页面朝下放在扫描仪上；扫描仪会把书页上的内容输进电脑，然后字句就会变成平板的机械语音从电脑的小喇叭中传出来。

然而，《圣经》有特殊的麻烦。当然，大多数的《圣经》都是印成每页两栏，而扫描仪只会横着读，读完左边那栏的一行就跳到右边那栏的同一行，于是出来的字句就会乱七八糟（“我实实在在地告诉你们，我就是修殿节，是……”）。我们共进午餐时，他告诉我他如何寻找到了一本印得跟普通书一样的《圣经》，也就是每页只有横跨的一栏。他打电话到很多家出版社去问，终于发现在时报广场附近有一家出版社出版单栏的《圣经》。他冒着倾盆大雨，从哥伦比亚搭地铁到 42 街，但等他爬上楼梯来到地面之后，他失去了方向感，找不到去那家出版社的路。不知从哪里冒出来一个男子，也是波多黎各人，把他带到出版社去，那里的人听了他的故事之后，感动得把标价五十美元的《圣经》免费送给了他。

曼努尔！我坐在他房里，对他涌起了一股感情。在课堂上他也许令老师头痛，但他身上具有伟大的特质。他拒绝去批判那些伤害了他的人并激发了慷慨的行为。如果说杰克·麦克昂像拥有权力、安详静谧的教会体制，稳坐如山，那么曼努尔就是具有质朴灵魂的早期基督徒，渴求面对面直接经验性灵真理的压力和骚动。

课堂上，丽欧拉现在挺身为法利赛人辩护。对话变得越来越激烈。学生们似乎不知道，1965 年的第二次梵蒂冈会议已经正式地谴责对犹太人的歧视迫害，并赦免了犹太人，犹太人不必为耶稣基督的死负责了。我们的“对话”几乎崩盘成为暴怒。史蒂芬森把宗教放进历史里，也不小心召来了其间所有的历史，于是两千年的怨恨进入了教室，让学生为之争吵。

耶稣，我的耶稣

阅读《马太福音》的时候，我完全没有感到这些古老的激烈争议。至少一开始没有。我感觉到的是耶稣带来的喜悦，一种未曾意料到的提振和兴奋。我 18 岁时读了福音书，然后这些年来不时翻翻《新约》，但我都只注意到伦理学、说教、奇迹，以及耶稣受难的事件本身，即基督教教条的那一面，也可以说是壮观的那一面。我遗漏了耶稣身上的独特力量。我怎么会没看见呢？他所具有的心智活力是文学中无出其右的。身为基督徒（以及许多其他身份）的作家约翰·厄普代克（John Updike）这样形容出现在《马可福音》中的耶稣："一个年轻人，是活力与诗意坚定的化身。"我想这笔调是对的，强调他的年轻、精力、胆识。这个迈向死亡的人所向无敌，他不但触动人心、能言善辩，更机智无比。说"机智"似乎显得不敬，但其实不然，如果你把机智的定义扩充为敏捷而积极的心智的话。机智本身就会攻击谈话对象的成见。以这种眼光来看，有些脍炙人口的句子看起来就不再像栗子那么硬到咬不动了。它们的确是很强硬的坚果，可能会磕断你的牙。

> 那试探人的近前来，对他说，你若是上帝的儿子，可以吩咐这些石头变成食物。耶稣却回答说，经上记着说："人活着，不是单靠食物，乃是靠上帝口里说出的一切话。"（马太，4:3~4）

> 你们听见有话说，“以眼还眼，以牙还牙”。只是我告诉你们，不要与恶人作对；有人打你的右脸，连左脸也转过来由他打。有人想要告你，要拿你的里衣，连外衣也由他拿去。有人强逼你走一里路，你就同他走二里。（马太，5：38~41）

把地面拉起来！把地面卷起来，好让听的人无处可站！耶稣要的不是改革而是转化，是要以一个新的人来取代原有的僵化麻木的人。想想那句著名的话：“你们不要论断人，免得你们被论断。因为你们怎样论断人，也必怎样被论断。你们用什么量器量给人，也必用什么量器量给你们。”这具有摧枯拉朽的力道：虚伪假道学的言行会折回到说者做者身上，意志力自己会反卷弹出，像是某种我行我素的投掷器。

读福音书的一种方法是，从中萃取所有与你的灵魂产生共鸣的东西，让它永远成为你的一部分。于是，我在自私地阅读，照泰勒教授的说法，是借阅读来建立自我，或者到了我的年纪该说是重新建立自我，并发现了我在耶稣身上想要的是什么。这个人的面容出现在月历和海报上，散发着珍珠般的光泽，仿佛内里有微弱的荧光灯照明；计程车司机把塑料的救世主像挂在仪表板上，他的眼睛在好莱坞的老片子里是一道光柱，看一眼就让维克多·迈彻（Victor Mature）屁滚尿流，让查尔顿·赫斯顿目瞪口呆。这个耶稣的真实面貌，是一个伟大的人物，摆平了一个接一个的挑战。现在重读，我不能不推开基督教的俗套之处，不能不碰触到它的核心，而我觉得激动。

“倘若你一只眼叫你跌倒，就把它剜出来丢掉。”耶稣说。不管你怎么把这个特异的句子当成比喻来读，都是同样地刺激。你就是要离开，接受召唤去追随他并且离开，走出你的家，丢下你的妻儿与父母。若要上达天听，你必须弃绝你灵魂中不可忍受的一部分。这不是慈善和接纳的信息，不会带来安抚和慰藉；它给自认为了解美德的人提出了极为激进的要求。即使是把另一颊也送上去挨打，这种现在很多人认为是怪异、软弱甚至自虐的行为也可以看作胜利地阻挠了敌人。你折损了他的敌意，将之变成爱反馈回去。你给了他外套又给他斗篷，超过了他的所欲，让他惊诧，并使他的贪婪显得可耻。但是除了曼努尔之外的学生都宁愿当加害者，而非受害者。

有人会提出很正确的反对意见，说我为了方便而忽视福音书的精神与情感力量——耶稣死而复生的真相，他为人类所做出的无以计量的牺牲，那就是关于一个被鞭打、讥嘲、钉上十字架之人的叙事。也许如此，但当一个非基督徒读到耶稣受难的故事时，让他最受冲击的是耶稣超凡的智慧，他的力量、精明，还有亲切，以及他有时惊人的强硬。另一部分来自高昂的心智精神与健康身体的一股性灵力量。无与伦比的心智活力被必然的死亡所征服，这就是我这个非基督徒对耶稣的看法。

哦，我爱我的耶稣！同时我也畏惧他。我开始了解到，核心课程的阅读可能是艰苦费力的，特别是如果你放下戒心让书本击中你的话，尤其是在中年，因为到了这个年纪，耶稣所做的那一类要求会威胁到你由习惯形成的保护壳。中年人的“成功”建立在他的强项上，要扬长避短，并尽可能地走捷径；他遵从法律的外在形式，不知道自己的灵魂里还存在着什么。我太了解这个人了。虽然我不准备离开我的家人去追随任何人，但我想，把我自己的内在翻出来也许会是个不错的主意。这样至少我可以发现自己的局限，并努力超越。

福音书

欧洲和美国的历史、战争、社会组织、浩瀚的艺术与思想成就有很大一部分受《新约》的影响,在我继续读福音书的时候,刚开始的振奋却变成了不安。

理由很明显。福音书和(成书时间较早的)《使徒行传》是为基督教社群(新近皈依和可能皈依的人)所写。史蒂芬森称这些作品是有史以来最有效率的组织工具。不出几百年,罗马帝国已经信奉基督教。我坐在家里读着这部激动人心、盛气凌人的运动文学,一直有一种不幸的幻想。就算我在耶稣身上找到了新乐趣,我还是一如往常地做起白日梦来,但这次是一些同样的意象一再重复:我被拉进了其他部分的欧洲历史,像卡通影片里心不甘情不愿、手脚乱舞的人物被拽进一条长廊,一路走下去,经过通向四面八方的窗子、门和楼梯。这个手脚乱舞的人物失去控制,滑倒了,四脚朝天地往前滑去,双手高举……

我知道,我的白日梦是被一种感觉激起的,那就是福音书是写来对付我的。不是对付我个人,而是对付我的族群,我的祖先,犹太人。在西方文化最核心的文本里,我是敌人,缺乏人性而不懂谅解。我是"他者"。女性和黑人已抱怨道,西方的经典文本把他们分派到可以被理直气壮地排除的角色里,现在这也成了我的抱怨。以前我一直不觉得哥伦比亚把《旧约》当作《新约》的前奏有什么不好,但现在,虽然我前所未有地爱着耶稣,却被吓得退缩了。

直到公元70年左右,基督徒都认为他们是一个犹太教内部的运动。基督教出现于那种苦涩的家族争吵或断绝关系分裂的痛楚中,并成为一个独立体。为了给可能遭到迫害的教徒以力量与安慰，福音书大约是写于此时，把犹太人，或至少是法利赛人，写成敌人（把罗马人写成敌人，在当时可能是不智之举）。于是在欧洲及美国历史的漫长走廊里，耶稣降生成凡人、死而复活的新故事在写满了体制、战争、规则的众多书里卓尔不群，很快就打败了希腊–罗马的众神体系。在这一条长廊里，犹太人现在是遭到仇视的少数族群，被拽着走下去，偶尔改宗皈依（通常是在死亡的威胁之下），但也遭受折磨，被隔离在一个小区域里，被当作代罪羔羊，受到嫉妒，被当成牛鬼蛇神，惨遭歼灭。他们和基督徒一样，都是西方世界的一部分，但从古到今人们都要犹太人付出代价，因为当初他们把耶稣交给罗马人，不肯承认他就是救世主弥赛亚，而那个身为神子的耶稣对于基督徒的神圣职责，当然正在于他受到“背叛”且被钉上了十字架。

我重读了书里的寓言故事，觉得其中有些令人困惑并充满敌意。

耶稣又在海边教训人：有许多人到他那里聚集，他只得上船坐下；船在海里，众人都靠近海站在岸上。耶稣就用比喻教训他们许多道理；在教训之间，对他们说，你们听啊，有一个撒种的，出去撒种。撒的时候，有落在路旁的，飞鸟来吃尽了。有落在土浅石头地上的，土既不深，发苗最快；日头出来一晒，因为没有根，就枯干了。有落在荆棘里的，荆棘长起来，把他挤住了，就不结实。又有落在好土里的，就发生长大，结实有三十倍的，有六十倍的，有一百倍的。又说，有耳可听的，就应当听。无人的时候，跟随耶稣的人，和十二个门徒，问他这比喻的意思。耶稣对他们说，上帝国的奥秘，只叫你们知道，若是对外人讲，凡事就用比喻；叫他们看是

看见，却不晓得；听是听见，却不明白；恐怕他们回转过来，就得赦免。（马可，4：1~12）

然后耶稣解释了他这个播种人的寓言，告诉听众说：

有耳可听的，就应当听。又说，你们所听的要留心：你们用什么量器量给人，也必用什么量器量给你们，并且要多给你们。因为有的，还要给他；没有的，连他所有的也要夺去。（马可，4：23—25）

换句话说，你懂就是懂，不懂就是不懂。既然很明显，不懂的是犹太人，或至少是法利赛人，那么他们就注定要陷入黑暗——尽管，使徒自己也常常不懂。就连对他们，耶稣都还得解释他的意思。那么到底谁懂？

在我之前，很多读者已经觉得耶稣不太可能希望别人不了解他。毕竟《马可福音》一开始就说他是在"教诲"。那么这到底是怎么回事？耶稣这时候就已经放弃他的犹太同胞了吗？他是否认为法利赛人尤其不是那种能听懂他要说的话的人，所以没有理由跟他们把事情讲清楚？

或者，福音书的作者们修改了耶稣事实上说的话？在《秘密的创世记：叙事诠释》（*The Genesis of Secrecy: The Interpretation of Narrative*）一书中，对于《圣经》各方面多有著述的伟大英国文学评论家法兰克·克莫德（Frank Kermode）说："近一世纪以来，专家皆约略同意，《新约》里的寓言故事内容总是很简单，其中的意义也总是能为所有的听众立即了解，包括外人在内。若有相反的情形（换言之，就像《马可福音》里那一则），专家的解释是，由于很早就有人开始篡改原稿，日积月累便产生了这样的结果。”

从这些专家同意的看法，不难归纳到我自己（也不只是我自己）的猜想，即既然新皈依的基督徒被大批敌视他们的犹太人、罗马人、希腊人包围，为了他们而写的福音书就是要让他们感觉好过一点：“你们这些受迫害的人一定要知道，那些折磨你们的人不了解这个字，他们注定毁灭。”那些寓言故事，至少在福音书作者们的笔下，是故意排外的。它们的真正目的在于使人困惑；要了解它们，你需要的不是逻辑，而是一股信心，是对耶稣的奉献。所以，来自耶稣的挑战原先使我兴奋，现在却显出它的力量是拘束性的。要么你就皈依，要么你就万劫不复。

真正敌意的种子在这里。直到公元 2 世纪，《旧约》才被纳入基督教的正统，成为其序曲，因为当时的基督教神学家说服了自己，相信《旧约》预示了《新约》的出现。也许不会有多少基督徒愿意承认，《新约》（尤其是《马可福音》）当初之所以采取那种形式，可能是为了迎合《旧约》。历史施展了惊人的招式，用它那胜利的、无所谓的大手一挥，收编了早期各文明相对较弱的传统。

突然间，我感到迷茫。难道我是“霸权”的受害者，只是从来没承认过？

我危机又现，泰勒教授将它驱散

12 月了，我正在圣诞树下给儿子们堆礼物。“我就需要这个。”我对自己说。这树太大了，我和大儿子从附近的百老汇把它抬回家时，在西区大道上停下来休息了五六次。这棵枞树放进我们的客厅之后，树梢扫到了天花板，针状叶掉了一地；猫们用爪抓针状叶，啃包装礼物的缎带。礼物盒愈叠愈多，孩子们也越来越兴奋。我是个犹太人，并非教徒，所以用我们家一贯的方式来庆祝圣诞节，而我做准备时，有一股不愉快的压力在脑中堆积。

在年代顺序上，文学人文课的进度远落在当代文明课后面，所以泰勒教授要到1月中旬第二学期开始的时候，才会讲到《新约》。他会处理这些议题吗？就算他处理了，我也确信他那种形式隐喻的分析无法触及我的困扰。

泰勒要讨论新旧约之间的关联。但首先他回到了第一学期的第一天，叫学生拿出四个月前他发的那张写着引述文句的纸。于是我们又重新看到了《创世记》的开场。亚当和夏娃又在伊甸园里，处于完整无憾的状态中，他们想要做的和他们应该做的事之间没有冲突。"你们这一辈子，"他边说边环顾学生，男中音缓缓上扬，"你们这一辈子，别人都在跟你们说，'你为什么就不能像伊甸园里的亚当一样？'"他的意思是，人们向自己和他人要求一种不可能的一致、单纯和专一意志。"但你们有这些分歧，对吧？"他说，"因为亚当和夏娃吃了苹果，然后人就落入了时间，落入了双重性。"然后他发下另一张纸，上面印的是当代美国诗人菲力普·布斯（Philip Booth）的诗《原有的顺序》（*Original Sequence*）。诗的第一句是，"时间是亚当吃的苹果"，结尾则是：

夏娃拿着扭曲的果实中心，果肉；
她听见蛇的低嘶，盲目地
甩动女人的手臂，不曾留心
她新生的愤怒击向何方。
那双重群众的食粮

落下，旧了的棕色果核，在上帝
停下的脚边。他伸手，给时钟上了发条。

“看，”他说，“上帝给时钟上了发条，然后时间就开始了。任何一个诗人都可以告诉你，当你从伊甸园里掉了出来，你就掉进了时间——‘时间是亚当吃的苹果’——也掉进双重性。记得《创世记》的开始吧，光明和黑暗，陆地和海洋。上帝以此对宇宙做漫长的划分。还有善与恶。开学那天我给你们的那张纸上，引了一段《论出版自由》的句子，其中弥尔顿说，善与恶是彼此的一部分。‘对善与恶的知识就像一对双生子紧紧相连，从一枚被尝过的苹果跃入这个世界。也许这就是亚当难逃的劫数,亦即，要明白善恶，必由恶中知道善。’你必须被驱逐出伊甸园才能明白罪是什么。要先有邪恶，然后才会有爱和善良。”

泰勒教文学人文课教了许多年，已经建立了一套使用典故的语言，前后指涉，把所有的书联结在一起，仿佛这门课本身就是一种史诗，有它自己的有机结构，也有它的困难和神秘之处。如果一个学生善于洞察蛛丝马迹的话，就可以看穿。上课的时候他会从一处跳到另一处，因为他脑袋里已经有了这门课的史诗版本。但这一次他的诗能和我沟通吗？我怀疑。

此刻泰勒天马行空，有两个在学年中途转进他的时段来修课的学生表情困惑，几乎是震惊，尤其是那个名叫朱蒂斯·斯特恩戈尔德的，她一向敢于表示意见。她把头歪向一边，安静地直盯着泰勒看。

“呃，”他说，“希腊的众神到处乱搞，就像我们一样。他们跟我们很像。但在《旧约》里，人和上帝之间是有距离的。上帝对约伯说：‘我创造宇宙的时候你不在场，所以你不懂。’耶稣将会跨进那道距离。他既是人也是神，他代表并解释了那距离。”然后他开始对学生提出问题，他们也应付得来，就福音书以及它们与《旧约》的语言关系、比喻关系，架设出一个文学的结构。这番关于时间、关于双重性的谈话让他们反应热烈，他则又施展了他那从帽子里变出兔子的戏法，忽略不对劲的答案，从偏离重点的答案中挑出一个字或一个词，然后据此发展出一些东西，要其他学生对之做出反应。

“《马太福音》一开始的家谱，重点是什么？”他问，“开篇是，‘亚伯拉罕的后裔，大卫的子孙，耶稣基督的家谱。亚伯拉罕生以撒，以撒生雅各’，等等。重点在于追溯出耶稣是大卫王的后代，对吧？但既然他是上帝的儿子，为什么还需要这样？”

这下斯特恩戈尔德活过来了。“耶稣后来怎么会被称作大卫的主？”她问，“大卫的年代比较早啊。这概念跟我在希伯来《圣经》里读到的不一样。我不了解这个上帝的概念，同一事物存在于不同的两个时间点。”

泰勒看起来很高兴。朱蒂斯·斯特恩戈尔德抱着头。“你为什么抱着头？”

“矛盾。”斯特恩戈尔德烦躁地说。

“是的，矛盾让你挠头。呃，斯特恩戈尔德小姐，没有人要你改宗皈依。这不是我们在这里要做的。你可以怀疑上帝这么做过，但你不能怀疑这是在描述你所生存的宇宙。”

她微微一笑。

“好，你们掉进了时间，”泰勒说，“耶稣要说的其实是，‘你们的时间在时钟里；我的时间尚未到来；我去耶路撒冷的时间还没到。’时间有 kairos 和 chronos 之分，也就是指定的时间和编年顺序的时间。上帝把耶稣放进时间。他就是活生生的矛盾，既是神也是人：他是时间的永恒。所以现在是在弄乱时间：失去生命是为了得到生命。耶稣是年代比较早的大卫之主，因为永恒插手干预了编年顺序的时间。”

斯特恩戈尔德还是盯着他看。

“你们成长的方式让你们单向思考，仿佛你们在伊甸园里似的。要做双重思考，你们已经落入双重性里了。耶稣要教导人，但他在做什么？他在给你洗脑，”这时他又看向斯特恩戈尔德，“他是在说你没有眼睛可以看，没有耳朵可以听。他要用跨过生死界线的方式来教导你，而你必须接受。”

斯特恩戈尔德点点头恢复平静，泰勒再度出手。“上帝把永恒放进时间，这下时态全搞砸了。就修辞而言，出现的是矛盾。17 世纪的汤马斯 · 布朗爵士说：‘夏娃怀该隐之前，流产了我。’要知道时间是什么，你必须抬头向上帝看。”

我听着他说话，感到疼痛消逝了。他是在告诉我们基督教给西方意识带进了另一种对时间和历史的看法，这种对时间的思索至少在整个文艺复兴时期的神学及文学上都造成了莫大的影响，规模之大令人眩惑。这是一个霸权运作的范例，斯特恩戈尔德对时间的想法让步给另一种想法，虽然你可以描述、分析、揭露它，但除此之外也不能做什么了。基督教的思考模式已经塑造了文学、艺术、体制，和历史紧密交织，无法摆脱。我也被裹挟其中。

我在想，不知他是否会回到打压希伯来《圣经》的这个老议题，在第二堂课，他陈述了一些学者解读《新约》篇章时所惯用的、典型与反典型的理论。他说，《新约》里的一些篇章是用来对照回应《旧约》的。耶稣奇迹的降生，对应了亚伯拉罕和不孕的撒拉奇迹式地生下的以撒。但如果抱着耶稣必定会降临的观点来天真地读《新约》，早先的事件就像是在预示后来的事件——虽然还加上足够的神秘迷离，让这一切显得诡异，宣告了上帝能够一手掌握所有的生命、所有的历史。可以把大卫读作耶稣的典型，还有在红海上伸展双臂的摩西，虽然他不知道，但他也是在象征耶稣。

我们被抛进基督教世界。“看看《约翰福音》的第一句，”泰勒说，“‘太初有道，道与上帝同在。’这是壮观的开场，以暴力方式改写了《创世记》的开头，令人大惊失色。福音书当时是以希腊文写成，在希腊文里，道是逻各斯，对于那些很可能会读《约翰福音》的受过高等教育的希腊–罗马读者，这是一个威力无比的词。整个希腊的文明，也就是逻各斯，都被放进这个人身上了，‘道成了肉身’。这是一个大幅度的转折，离开了希腊–罗马文明。”

“这个宗教的时代即将来临，”泰勒总结说，“君士坦丁大帝皈依了，罗马帝国变成了神圣罗马帝国。接下来要接管的是南美和北美，要是那里的人不肯皈依，就把他们烧死。要是没有对于时间和历史的新观点，当初他们是无法接管世界的。”

他陈述了基督教胜利的框架，有着双重焦点。他先揭开、后又赞颂那个面具。

奇妙的是，我感到宽慰。我感到我的闷闷不乐迅速减轻了，很快就完全消失了。歧视和迫害犹太人是可耻的灾祸，但若要继续对基督教的成功愤愤不平，我做不到。过了一阵子，我那被张牙舞爪地拽过无尽长廊的白日梦也没了。历史是已发生之事的轮廓，附带着对没发生之事的想象，你无法反抗历史，因为那样做是徒劳而绝望的。历史总是在排除某些人：在大多数的定义下，历史都是对胜利的记载，一股力量或一个团体压倒其他。这并不表示我们就“接受”不义之事，只是我们不能用历史记忆来塑造自己的生命。至少我不能。即使我读过许多，也写了一些有关第二次世界大战中犹太人遭遇浩劫的文章，到奥斯威辛集中营做过一趟骇人的旅行，留心听过派特·罗伯森（Pat Robertson）、派特·布坎南（Pat Buchanan）、路易·法拉坎（Louis Farrakhan）的反犹太言论，我还是不可能真心诚意地说我是反犹太主义的受害者。在美国，在纽约，不可能。我可以，也应该，把自己当成一个犹太人，但不是一个受害者。

现在重要的是生存，是蓬勃发展的能力。经历过这么多年的仇恨和苦痛之后，没有人能说犹太人没有在美国生存下来并蓬勃发展。我很幸运，我告诉自己，幸运，幸运，幸运，我是一个美国的犹太人，受到了这个国家有容忍之心的传统以及它明言不设国教的宪法的保护。

* * *

在俗世课程中上宗教圣典，这一路读下来颇为坎坷颠簸。好像我的心灵被狠狠地扔来甩去，程度远超出我所愿，并且留下一些心理创伤的痕迹。但至少我感觉到了我的身体，我知道它在那里，再也不能说我完全认同我的媒体人身份了。

第十二章　奥古斯丁

> 奥古斯丁有着惊人的现代观念，了解道德生活的矛盾之处，了解随着耻辱而来的愧疚感，也了解罪恶造成的不快乐并不会让人不再犯罪。

不想要的勃起

年轻男人坐在教室里普遍会出现的情形：一阵不想要的骚动，有股要命的拉力顶着紧身的牛仔裤，然后赶快在课桌底下调整姿势……十九岁的时候，这种事情没有什么明显原因就会常常发生，恐怕只有上帝才知道为什么，因为勃起的男人通常并不知道。年纪渐长之后，这种事就较少发生了，而虽然四十八岁的我还算不上老，我也不至于对我那“活力”的展现无动于衷。我也不是一个骄傲的无神论者，会去否定上帝也存在于肉体里的概念，尤其是存在于这个自顾自扬起的器官里，不管你是在乘飞机、在编辑稿件，还是在听音乐会。这显然是一种福气。不然还会是什么？

这是一种诅咒，也许。奥古斯丁，伟大的圣奥古斯丁（Saint Augustine），他除了是个卓越的基督教神学家，还是个文笔非凡的作家，对于意识和欲望做了许多壮烈的记载，我怎么也不可能取笑他——伟大的奥古斯丁总在担心他非自发性的勃起。他感到那是上帝的责怪，是对原罪的惩罚。开学那天泰勒教授提到奥古斯丁对这种事的兴趣，可不是在开玩笑。奥古斯丁一而再、再而三地提及这不听话的器官；在他关于骄傲、罪恶、不从与分裂意志的神学理论里，这变成了其中一个第二位的主题。

平常每当我想回忆起很久以前的事，都会一无所获，思绪飘到电影画面上或者做起白日梦——只想起欲望与琐碎之事。我没有故事可说。但当我坐在文学人文课和当代文明课两堂课上读奥古斯丁时，我人生中的各种零碎片段不请自来，一拥而进。我突然被十到十二岁之间的回忆淹没，那些是对罪恶的记忆，但过了一阵子我便了解到奥古斯丁那么感兴趣的非自发性勃起其实既不是福气也不是诅咒，而只是一种记忆的形式，过去一些福分或罪行的重演。身体是在告诉头脑，过去永远不会彻底消失。

《上帝之城》与《忏悔录》

我们已经到了上古时期的尾声。公元 354 年，奥古斯丁出生在罗马帝国边陲地带的沙加斯特（也就是现在的阿尔及利亚）；410 年西哥特王亚拉里克一世（Alaric）率领哥特人劫掠罗马城的时候，他住在迦太基（现在的突尼斯）附近的希波。413—426 年，奥古斯丁都在写《上帝之城》（*City of God*）这本巨作，整本书从头到尾让人感受到一个惊天动地的事件的震荡，那就是罗马帝国即将分裂。该怪基督教吗？在奥古斯丁出生前二十五年左右，君士坦丁大帝定基督教为帝国的国教；基督教对欧洲的征服已经顺利展开。奥古斯丁皈依较晚，但最后在教会中做到了主教，他写作《上帝之城》，表面上是要对抗认为罗马因为传播这种新信仰而衰落的想法。

但那只是《上帝之城》的起点。这是一部不凡的作品，像许多其他伟大的书一样，努力要把所有的东西联系在一起，要把一切生命变成放射状模式。全书分成二十余节，包含了数以百计有编号的段落（企鹅版的正文几乎有一千一百页），其中的论点螺旋式前进，然后又更大胆、更确定地跃出，一而再、再而三，一波接一波的文字相互拍打冲刷。《上帝之城》是一本名副其实可以永远继续下去的书：它除了前进之外也向旁边、向后面移动，填满所有心智和概念的空间，就像奥古斯丁说上帝填满所有造物的空间一样。奥古斯丁总结古典文化，仔细讨论异教，而且称赞柏拉图；对《旧约》与《新约》做了一番研读；思索造物与时间、文明国家、天堂中上帝的造物的福分，等等。

《上帝之城》这本书既像个迷宫又清楚明晰，奥古斯丁认为，因为上帝对人和历史有着全面的计划。然而（这就是我喜爱奥古斯丁的原因），上帝的计划却也容许那些非理性、不协调、无法解释的东西。三十年前我们只在当代文明课里读了《上帝之城》的短短选段，没有给我留下什么特别印象。但现在大段大段地读着，因为我在迷宫里迷了路，奥古斯丁的手是唯一能领我出去的路。

若仅从哥伦比亚当代文明课的角度来看，《上帝之城》具有巩固公元 5 世纪的核心课程的效果，也就是说，它把希腊和罗马的文化压进基督教历史聚集一切的篷车，既当作一个可用的零件，也投射了篷车未来的旅程进展。史蒂芬森强调奥古斯丁深受柏拉图影响，承继了西方思想的主要脉络之一。奥古斯丁和其他的新柏拉图主义者接收了柏拉图的理想主义，那是一套善的阶级秩序，其中“形式”才是完美的，人世间的物质只是低等的翻版。他重新铸造了柏拉图的理想主义，如今上帝就是那个纯粹之善的无形概念，是那个在我们之外存在的真实现实。“柏拉图的精神和物质，”史蒂芬森说，“在奥古斯丁这里变成了精神和肉体；何者较高、何者较低，都被看作是不可变更的、此时此地的。这世界是上帝计划的外在显现。存有——存在——不是像柏拉图所说的出自对善的参与，而是对上帝的参与。”身体也参与了，但却是不顺从而且乖戾的。这就是令我着迷且如今在记忆中出现的东西，像是褪色的电话簿上的陈旧污迹。

* * *

我的意思并不是说，哥伦比亚之所以一直选读这本书，只是因为它有助于贯穿当代文明课的书单。奥古斯丁是欧洲文明的主要塑造者之一，也因此哥伦比亚选的分量相当重。稍后，在文学人文课的第二学期，我们读了奥古斯丁的《忏悔录》（*Confessions*），一般认为这是西方文学中第一本真正的自传，第一部大规模的内心记录。《忏悔录》的写作始于 397 年，是在奥古斯丁皈依基督教约十一年后（也是在他开始写《上帝之城》之前约十六年），里面叙述了他多灾多难的年轻岁月的不同阶段：他十几岁时的罪恶与荒淫（奥古斯丁也有过很多次自发性的勃起）；早年对摩尼教的信仰（认为善与恶是分离的、势均力敌的力量永恒对抗）；然后，终于如他意料，虽然满怀希望，他还是推迟很久，最后万分恐惧地将自己交给上帝，那时他三十三岁，正是耶稣死时的年纪。显然，奥古斯丁不赶时间；他玩乐得太愉快了，虽然他的享受罩着一层罪恶感和绝望的阴影。这是一个喜爱女色的男人，不是什么躲在小房间里害怕的僧侣。也因此，他的自我挣扎便显得格外可信。他在渴求中辗转反侧，克服了又再跌落，意志经常非行为所能及。而奥古斯丁始终是分裂不一的，这也就是他身上令人兴奋的“现代”性质。即使他皈依了，还是必须对付自有主张的肉体。

亚当与夏娃

原本，在伊甸园中，一切都很好。亚当和夏娃“结伴生活在没有杂质的喜悦中。……没有任何心灵的扰动或身体的不适疼痛来令他们苦恼”。他们想什么时候做爱就什么时候做爱（虽然似乎缺少色欲），想吃什么就吃什么，他们是长生不老的。但骄傲之心让夏娃和亚当先后吃了禁果，违逆上帝。令人惊愕的行动！万事万物都供他们使唤利用，然而，就在服从看起来是这么单纯容易时，他们不服从了。然后他们受到了惩罚，他们的肉体会老去，他们有了羞耻之心，他们会死。因此，乖谬或者说骄傲的罪是人类生命的中心，并造成了世界性的影响。原来人宁可站在自己的土地上，也不要站在上帝的土地上。由于我们都和亚当一起犯罪，我们受到的惩罚是，不仅失去了不死之身，也不再能控制自己。或者，用泰勒在教授《新约》时所说的话来讲，就是我们落入了双重性。

> 事实上，灵魂乐于享受行动乖谬的自由，不屑服侍上帝；于是它也被剥夺了原先身体对它的顺从服侍。……如果它当初继续永久隶属服从上帝的话，也就能保持肉体在各方面对它自己的隶属服从，但它没有保持住。这就导致了肉体开始“情欲和圣灵相争”（《加拉太书》22：5，17），这种冲突从出生起便跟着我们。

……骄傲地取悦了自己的人，上帝的正义也会将他交给自己发落。但这样的结果并非让他对自己有完全的控制，而是让他自我冲突，活在严酷而可怜的奴役中，得不到他如此热烈渴求的自由。……事实上，简而言之，对不服从行为的惩罚，正是不服从……于是，由于当初他不肯去做他所能做的，现在却想做他所不能做的。……既然一个人自己都不服从自己，换言之，就连他的头脑和更低下的肉体都不遵从他的意志，那么他所希望做却不能做的事哪里还列举得完？

那不听话的器官就是这个分裂的不幸后果之一，而另外一个后果（奥古斯丁也没忘记指出）则正好相反，即那器官有时会软绵绵地拒绝欲望的命令。女人竟然一点也不会受到这种惊人的羞辱，这个事实应该让奥古斯丁暂停一下；他应该想到这表示他的分析出了严重的差错。毕竟女人也因原罪而受到了惩罚。但这架构的其他部分则男女皆适用，因为这惩罚还包含（当然）更多的部分——我们所有人生命中都会有的困惑与绝望，永远不能完全照我们想要的去做，因此经常夹在乐趣和职责、幻想和现实、游戏与工作的拉扯中，被割裂开来，我们所有或几乎所有的人皆如此，做学生的无法专心在书上，我想阅读的时候注意力却飘到其他地方……我们不完整，我们不是自己的主人。

我们本质的中心是乖谬

为何头脑和意志如此难以控制、不可预料，奥古斯丁的看法跟任何其他的解释一样有道理。泰勒教授显然觉得它有力、有启发性，是个很好的神话，比方说，就和弗洛伊德（Sigmund

Freud）用精神官能症来解释人们为何不能做他们想要做的事一样。数以百万计的人就是沿着这样的脉络来建构他们的道德生活。核心课程所面向的既是历史性，也是当代：它向学生介绍一些思想架构，这些架构强而有力，可以延续数千年，也产生了许多变体，而每一代用不同的执着欲求来填满这些架构。

乖谬是我们本质的重点。《忏悔录》中有一段著名的情节：

> 我们的葡萄园附近有一棵梨树，结满了既不好看也不好吃的果实。一天深夜，包括我自己在内（当时奥古斯丁十六岁）的一群流氓跑去把果实摇下来带走，因为那天我们在户外一直玩到天黑之后很久，这是我们的恶习。我们取走了非常多的梨子，并不是自己要吃，而只是拿去喂猪。也许我们吃了几个，但我们真正的乐趣来自做了一件被禁止的事。

这又是禁果了，骄傲的罪恶。

> 看进我的心里，哦上帝，就是这颗当初陷在万丈深渊时受你垂怜的心。现在让我的心告诉你当初是什么让我无缘无故就去为非作歹，以及为什么我为非作歹只由于喜欢找麻烦。那时我内在的邪恶是鄙劣可憎的，但我却爱它。我爱我自己的毁灭和我自己的缺失，不是爱那个让我做错事的东西，而是错事本身。那时我的灵魂是恶劣的，脱离了你安全的护佑去自寻毁灭，追求的不是耻辱之中的好处，而是耻辱本身。

“追求的不是耻辱之中的好处，而是耻辱本身。”奥古斯丁写作用的是拉丁文，但即使是译文中的这个句子读起来也有莎士比亚式的节奏。我十九岁的时候,这对我可有意义?我搜肠刮肚,但想不起来在 1961 年时这段梨子的故事是否曾勾起自己的什么回忆。要是我大一时很少有这种念头,无疑是因为我的犯罪事业从来没有真正开始过。

但现在,的确有一件事情浮现了……我记起了一件小事。我和我的表哥坐在一辆停在沙滩上的推土机里。那是大西洋的一处海滩,在长岛不算偏远的地方,我父母有一栋度假小屋。当时我大概十岁,他十一岁,那天又阴又冷(可能是秋天),四下无人。那里在盖一所新的海滩俱乐部,推土机就是那些工人用的。我表哥胆子大得很,一按开关,把推土机挂上挡,然后就把一面也许有六米宽的大玻璃墙砸得粉碎,我竟什么都没说。碎裂声惊天动地,但没有人来抓我们。我后来想告诉我父母,但一直没能开口。那个周末其余的时间我都待在屋里,多半是在前门廊上发抖,但警察始终没来,什么事也没发生。

这最多只能算是一个微型自首。但那个行动,甚至我在里面扮演的被动角色,当然都纯粹来自想要做坏事的欲望;而我当然想跟我表哥一样大胆,就像奥古斯丁所说的,他想和他朋友一样有做坏事的冲动。

一次康涅狄格州糟糕夏令营的情色回忆

但这记忆又带出了另一段,这次是几年之后,发生在我参加夏令营的时候。夏令营在康涅狄格州威勒亚蒂克附近的一个湖旁,经营得很差,糟透了。那些年轻的辅导员来自附近的小镇,是十六七岁的金发肥壮小伙子,就会欺负恐吓小孩。有些小小孩因为想家而尿床,辅导员的惩罚方式是抓起他们,拎着他们的手臂在窗台外荡来荡去直到他们求饶。一个年纪比较大的辅导员是从海军退伍的，缩在一个小房间里反手往木头门上射飞刀，表演给我们看他是怎么在战场上杀死一个朝鲜人的——那把刀是往上（而非往下）插进那个朝鲜人的肚子的。这的确很刺激，但我觉得那朝鲜人很可怜。

吃午餐的时候，苍蝇嗡嗡地绕圈飞着，一起落在桌上没盖的果汁壶里。辅导员晚上似乎从来都不在，那时一个在厨房干活的少年就会和其他十二岁的男生在营区的“育乐室”里鬼混，不时抓住其中一个，拉下他的裤子，在他的光屁股上打一两下。这让其他的小男生觉得很有意思。啪！啪！我们兴奋地站在一旁偷笑，没人觉得这友善地打屁股的人有什么大不了的，也没人告发过他。一天晚上，那个在厨房干活的男生溜进我睡的那间小屋，爬到我床上。他在我全身上下其手，手上有肥皂的味道。我挣扎着不让他摸，突然间，他一语不发地爬起来离开了（后来一个辅导员告诉我说他等在外面以“保护”我）。现在想想，那个在厨房干活的男生不是罪人。奥古斯丁会认为他可以被拯救。

我不太确定一个家住纽约的谨慎的犹太小孩为什么会跑到那个地方去。事实上，我是那里唯一的纽约人；大部分的小孩都是当地人，家住威里曼提附近，而由于我属于“比较乖”的那一类男孩（换言之，我家比其他男生家稍稍有钱），营区的主人邀我到他们家的大房子去做客。他们是一对坏脾气的老夫妇，就住在营区边上。他们让我在花布沙发上坐下，称赞我是个绅士。他们不断倒果汁给我喝，拿切掉面包边的小三明治给我吃。我那时年纪太小，不知道什么是势利眼，但我那天的确很享受我的果汁。

为什么要写下这些出自 1955 年康涅狄格州中北部一个经营得很差的夏令营里不快乐、不清楚的记忆？这些是隐藏的情色生活碎片。因为要是没有这些不请自来的记忆，这些过去经验的肉体证据，十二岁的我就不复存在了。

如今，非自愿的记忆纷纷重现。

在那个营区的最后一年，有一个大家都很讨厌的十岁左右的男生，他姓贺列克，是个爱尖叫的坏蛋。他爸爸是当地一家工厂的老板，生产我们在夏令营吃的冰激凌，这对小孩们来说又是一个讨厌他的理由（可是为什么呢？因为他想吃多少冰激凌就可以吃多少冰激凌？小男生喜欢、不喜欢什么的理由，几乎是完全非理性、随大流的）。

那些十几岁的辅导员也很讨厌贺列克，也就是说他们很喜欢成群结队欺负他，他们决定要惩罚他。在离营区大概 1.6 公里的地方，路旁有栋鬼屋——如假包换的新英格兰鬼屋，屋顶塌陷，墙壁也垮了。那栋屋子被天打雷劈过，辅导员说，一劈再劈。每隔一个星期左右，我们就会一组一组被带到那里，因为营区里可做的事实在太少了。有一次，辅导员问有没有人有胆晚上睡在那栋鬼屋外面？很多人自告奋勇，于是辅导员自导自演地办了场比赛，"优胜者"得以单独睡在那栋屋子外。于是当天晚上，可怜的贺列克裹着睡袋躺在屋外，辅导员和一个学员（就是我），偷偷溜过黑暗的树林，到那个闹鬼的地方去，怪叫怪嚷，乱扔东西，直到那受人鄙视的冰激凌继承人尖声惨叫着跑回营区。第二天早上吃早饭的时候，他头上绑着绷带、脸上沾着"血迹"出现，指控辅导员存心谋杀他。他是装的（血是红药水），但他是真的被吓到了，而我身为不为人知的共犯、唯一参与奇袭的学员，简直乐不可支。

我还记得当时我求辅导员让我在恶作剧里插一脚，但我不知道他们为什么同意。显然我已经和这些压迫我的人混熟了，所以他们才肯让我加入。身为“比较乖”的男生的我，认同身边唯一的权力，我要成为那权力的一部分。乖人做乖事。

重读奥古斯丁让这一幕历历在目。吓唬十岁的威里曼提冰激凌继承人当然也不是什么可以吹嘘的罪行（不过话说回来，奥古斯丁袭击梨树也没什么大不了的），但这是罪恶，在奥古斯丁的定义中这确是罪恶。因为我根本不太认识贺列克，跟他无冤无仇，却想要参与惊吓他的行动，找找乐子。奥古斯丁相信，一个行为的耻辱和肮脏，加上对此行为的禁止，会增加其对人的诱惑力，也会使人们做出这行为时感到更大的乐趣。他有着惊人的现代观念，了解道德生活的矛盾之处，了解随着耻辱而来的愧疚感，也了解罪恶造成的不快乐并不会让人不再犯罪。他了解愧疚感给人刺激快感的一面，也了解这会使人有如置身地狱，因为若没有恩典，若不让耶稣基督进入你的灵魂，你的一生就将永远如此（我们现在指的是成人），走向你永恒的死亡，让你愤懑、得不到救赎、困在乖谬之中。分裂的自我要的是一样东西，但做的却是另一样。即使你受洗成为基督徒，这条路还是不容易，因为上帝不见得总是惩罚邪恶、奖励良善。不，奥古斯丁说事情没那么简单，上帝不会随便让每一个懒惰的投机分子都得到他的恩典。上帝的行事之道是神秘的，而奥古斯丁说这样做正是对极了，因为要是每个拥抱上帝、行事端正的人都很快在地球上得到报偿，那么罪人相信上帝、拥抱善良就会只是为了得到好处。那样就不会有挣扎，不会有信仰。

奥古斯丁是在试着解释生命中所有不协调的成分：邪恶，死亡，恶有善报，善有恶报，并努力按事情原样提出合理的理由。他会了解我们那狠毒得没有必要的行动，并欣赏那行动带来的反效果：贺列克参加营队这么久，第一次变成受欢迎的人物。

那期夏令营剩下的时间里，小孩们都阴郁地念叨着那天晚上贺列克“几乎被杀了”。他们聚在贺列克身旁，他象征了辅导员压迫之下的受害者。而我却被那个秘密绑住，和我所厌恨的辅导员绑在一起。

奥古斯丁了解真实人生的质地；他熟知自私、自大，以及我们认为人性中不可避免的其他恶习，他也了解他称之为不服从的那种东西，那种对自由的渴望强大到可能终其一生无法驯服。他是个有血有肉、生气十足的人。所以我喜欢读他的作品，一如我无法喜欢干巴巴、权威至上的阿奎纳（同样在书单上）。晚于奥古斯丁八百年的阿奎纳把教条规则化了，巩固了中古世纪教会的权力。还有愤怒、冷峻的马丁·路德（Martin Luther），虽然他反抗腐败的罗马教会很令人激动，但我读他的作品也没什么乐趣，还有凡事遵照法律、一丝不苟的约翰·加尔文（John Calvin）也是。

一个犹太人与天主教徒和解

身为一个犹太人，我在成长过程中继承了一些对天主教徒的轻视。他们犯罪、忏悔，然后再犯罪，用死后仍有生命的观念来安慰自己。这扭曲了天主教徒的形象。然而无论如何，犹太长者非常坚持一点：现在就要为所作所为负责。任何重要的事都不能推迟，因为犹太人并不真正相信死后有知。正如以色列总理“以色列之狮”大卫·本–古里安（David Ben-Gurion）所言：“对犹太人来说，在地球上平庸度日就是地狱。”我是凭记忆引用本–古里安的话的，但我确信我没把他话中的意思搞错。这种说法当然是自以为优越到令人无法忍受的地步，但多年来我认为犹太人和其他种族的不同之处就在于此。尽管快乐地平庸度日的犹太人多得是，我也有许多身为天主教徒的朋友认为信仰敬拜绝非简单，而是要付出一生的挣扎，我仍然这么相信。重读奥古斯丁，基督教的核心，我想我或许已经永远除掉了心中的至少一种偏见。奥古斯丁清晰描述的那种分裂意志存在于每个人身上，要挣扎战胜那种分裂，对于有宗教信仰的人来说可能比没有的人还困难。核心课程所读的书或许不能创造信仰，但至少，这些书在我身上创造了对信仰的信心。

第十三章　马基雅维利

马基雅维利坦白得惊人，这当中有他独特而脚踏实地的思考特质，那不只是愤世嫉俗或权力崇拜。马基雅维利称赞的是建立秩序和好政府，而非掌权这件事本身。

年轻学生和老学生

学生没做好功课就来上课的时候，我总是看得出来。他们被点到发言时会支支吾吾的，眼睛眨个不停，最后不清不楚地把问题又丢还给老师。“洛克如何定义……财产？”他们会坐在一角，面无表情，或者低头盯着笔记。至少他们还来上课，我想。我当学生的时候，要是没预习，就干脆逃课。很多学生的手头都很紧，需要钱用，于是他们在学校的图书馆和餐厅打工，甚至到市区去坐银行柜台或当服务生。他们读书，工作，玩乐，来上课，有时会在课堂上打盹。他们既不是懒，也不是觉得无聊，而我也没有这种问题。我仍然分秒必争，一边站着搭地铁一边努力读霍布斯。我别无选择。这两门课程要读的书就像还没剥皮的玉米棒，堆在我的床边、书房里的电脑旁或饭厅的地板上；然后我胸中涌起了一股熟悉的恐惧感，这种怏怏不乐是我长大成人之后就不曾经历过的，但我仍记得多年以前的体验。四十八岁的我，读书进度落后了。

在家里，我会在孩子们去上学之后或是晚上睡了以后读书，若要在儿子们在家而且清醒的时候读书，几乎是不可能的事。有时候他们会到我和妻子共用的小书房里来找我。晚饭之前，电视开着，通常是两台电视，两个人各看各的频道（我们允许他们一天看两小时），于是当我读着约翰·洛克时，书里的字句就会和隔墙传来的声音混在一起，有青少年情景喜剧也有《X 战警》（*X-Men*）。

> 也许未经思考之下这件事会显得很奇怪，但并非真的如此……“查克，那你打算怎么约凯莉去毕业舞会呢？”……也许未经思考之下这件事会显得很奇怪，但并非真的如此，亦即劳力的资产之重要性，应该能够超越……“独眼巨人，狼蛛。野兽，进气垫船里去！我可以闻到他们的味道”……也许未经思考之下……也许未经思考之下……

有时候他们两个，也就是有着苍白高额头、深棕色眼睛的麦克斯和一头蓬松红发的汤马斯，会互相追逐着冲进客厅；他们会跳到椅子后面假装开枪，然后当他们跑到没有掩蔽的地方假装被击中的时候，会摇晃着慢慢倒下，抱着胸口躺在地上。即使他们把我的梦境打散了，我仍不愿（也不能）把他们的梦境打散，于是我便深吸一口气，拿起我的书和笔记本，转移阵地到卧房去。有时候，我会从卧房被赶回书房，再被赶到客厅，然后又回到卧房，甚至到用人房，那是厨房后面一间狭小的房间。在那里，我像个偷情的丈夫一样在一张摆满内衣裤的床上安顿下来。然后，在一堆堆桃色丝织物和发卷中，读上几页的奥古斯丁。我读书的时候家里人有时也会闭上嘴不打扰我，但通常不会。在美国，一个白天在家读书的成年男人或女人是不会被严肃对待的。

在纽约阅读

我多希望能多出一个小时来读书！ 我晚上做梦都会梦见。周末我送两个儿子到他们朋友家去玩的时候，我会找时机到附近的咖啡店坐下，喝不可口的煮过头的咖啡，那会让我的头脑突然一阵清醒。这下子我一切准备就绪了。但几分钟之后，我就会心不在焉，因为店里面放的“轻音乐”广播或脱口秀会和洛克的字句搅在一起，分解我的注意力。美国的所有公共场所都充斥着音乐和讲话声，无论是咖啡店、电梯、商店、商场、大厅，还是中曼哈顿的一些公司总部大楼，那里装模作样地冒出了“中庭”，用玻璃围出了大块空间，里面有淡绿色、像窗帘挂饰的树。雾一般穿梭在树间的，是电子合成的小提琴声。

我喜欢纽约这种现在时的焦躁，这种严肃、恒常的扰动，这种总有什么重要事务在某处进行的感觉。但在这商业大都市里，除了图书馆和中央公园外，根本没有公共空间可以让人读比报纸或格里森姆的小说要花脑筋的东西。要是想逃离这整片的吵闹，就得戴上随身听。

我和学生的压力一样大。我会让我的处境变得多糟糕？我要滑进学生时代的阴影世界里多深？我手忙脚乱，而且并非总能跟上进度。我会一路堕落下去，逃课、影印别人的笔记、临时抱佛脚吗？我从大学毕业已经超过二十五年了，现在又回到了一个狼狈的大二学生的思考模式里，仿佛这些年来在杂志上发表文章的事根本没发生过。还有考试呢，我打算去考试吗？这么做似乎很荒谬。但每个听到我的计划的人都问:“你要去考试吗?”还带着打趣的微笑。他们要看看我打算怎么做。

让史蒂芬森、让泰勒来给我打分数? 我很喜欢他们两个,但我不想让别人给我打分数。这是个两面不讨好的处境。要是我考得比其他学生“好”,我会觉得自己很卑鄙;要是考得比他们差,则会自觉像个白痴。我很享受在教室里度过的时光,不只是因为我在认真地阅读和讨论。我是作为一个专业人士、一个作家而来的,我知道一些事情。但现在大家都叫我坐下来和十几岁的小孩一起写东西。

《君主论》:不可原谅的坦率

读马基雅维利(Niccolo Machiavelli)的时候,我等着看到他那著名的、无与伦比的愤世嫉俗心态爆发得惊天动地,却发现他那本写于1513—1514年的小书《君主论》(*The Prince*)的开头没什么出奇之处:首先是戏仿式的谄媚逢迎,把书题献给洛伦佐·德·美第奇(Lorendo de' Medici),也就是那个洛伦佐·德·美第奇的孙子,马基雅维利需要取悦他权倾一时的家族(马基雅维利是佛罗伦萨的资深外交官,当时已经卸任,写《君主论》的时候住在乡间)。然后是一些关于如何治理殖民地的精明话。但接下来出现的是这个:

> 必须注意的是,要么善待他人,要么把他们彻底毁灭;因为他们会报复小的伤害,但对于巨大伤害却无能为力;所以,我们伤害一个人的时候,务必要伤到我们无须怕他报复的地步。

这可不只是愤世嫉俗。这段话最强烈的特点是很好笑。也很大胆。人不能“报复”加诸他们身上的巨大伤害，因为，正如句子一开始暗指、最后又确认的，他们已经死了。其中的幽默不但来自观念本身，也来自均匀精简的句子组合，这句法有盖棺定论的味道。马基雅维利除了是政治现实主义最恶名昭彰的教师，难道还具有能迷死人的机智吗？“现实主义”是否根本就是机智的？

《君主论》可以称作政治权力的指南：如何得到权力，掌握权力，应对敌人和朋友，征服对你有敌意的人，并保持效忠于对你友善的人，运用雇佣兵和正规军，等等。这是一本彻头彻尾入世的书。在过去的几周中，我们读的是阿奎纳和彼森的作品选段，我一直很想赶快结束经院哲学和整个中世纪。我想要进入现代。当代文明课不是历史课，而是集合了一些重要的哲学与政治作品的课程，中间跳过了许多历史时期，比方说，从奥古斯丁到阿奎纳就跳了将近八百年。尽管我最终还是念了每一本书，但我自己也跳过了一些东西，本书就略过了书单上好几个非常重要的作家，不只是阿奎纳，还有加尔文和路德，他们的作品是宗教改革的中心，以及培根（Francis Bacon）、伽利略（Galileo）、笛卡尔（Rene Descartes），他们创造了现代科学的理性思考。我有我自己专注投入的东西，我急着要满足那些念头。我想了解横扫美国的世风日下，社会上的恐惧、罪行、阶级斗争，穷人被逼进绝境，以及不与穷人为善的政治风气。当代文明课进入了最重要的一个阶段——现代政治理论和政治经济学的重要文本。我想要寻找公民社会、共同身份认同的基本要素。维系一个社会的是什么？罪行、不同种族与利益团体之间的敌对，似乎是在说美国的社会并没有正当性。当初又是什么让美国社会有正当性的？

史蒂芬森教授阐述马基雅维利

到了马基雅维利,我们被推进现代。在马基雅维利的观念中,国家是人凭意志创造出来的东西。史蒂芬森帮我们提供了背景知识。文艺复兴时代的意大利一片混乱，许多大公国与国家相互交战，通常受到外来的力量左右，如法国、意大利、奥地利等；马基雅维利多年代表佛罗伦萨出使教皇辖下之地以及其他国家，现在寻找的是一个统一天下的人。游戏在酝酿：胜利将属于大胆、内行、运筹帷幄且毫不留情的人。马基雅维利对没完没了的诡计没耐性，受不了只有一片好心的人。教皇亚历山大六世的私生子西萨雷 · 博尔吉亚（Cesare Borgia）聪明而又野心勃勃，马基雅维利和他见过几次，比较接近他的理想。

> 他接掌罗马尼亚之前，该省的统治者很弱，宁愿宠坏而非治理他们的臣民，让他们不统一，不团结，因此该省受到抢夺、攻打，以及各种混乱的侵袭。于是，他断定必须给人民一个好的政府，以使他们和平，并遵从他的统治。为了达成这个目的，他派任了残忍而有才能的梅塞 · 瑞米罗 · 奥可，授予他完全的权力。这个人在很短的时间之内，就非常成功地让该地变得井然有序、团结统一，此时公爵（也就是博尔吉亚）认为如此过度的权威并没有益处，也不希望他会变得招人怨恨，便在省中心指派了一个人民的法庭，由每个城市推举代表参加，并由一杰出人士领导。而他也知道过去的严厉统治造成了一些人民的恨意，所以为了使他们尽释前嫌、心悦诚服，他决定显示任何发生过的残忍行为都不是出自他的命令，而是起因于他代理人的严酷性格。一找到机会，他

> 就派人将奥可腰斩，并于某天早上将其陈尸在切塞的广场上示众，旁边放着一块木头和一把染血的刀子。这惨烈的景象既带给人们满足感，又使他们惊异。

是，我敢说一定是的。有同样感觉的还包括读者。我喜欢他直到最后一秒才处决那狠毒却有用的奥可。喜剧效果的时机拿捏得好极了。马基雅维利文笔一流，这可是三十年前我第一次读《君主论》时没有注意到的。读了那么多追求美德的作者、那么多性灵的努力和形而上的奋斗之后，再读到我们这第一份邪恶的文本令我兴奋，因为这本书很接近我们自己所处的世界的心理气氛。谁会掌权？我们会生活在一个什么样的国家？为了保持国家的稳定，我们会放弃多少自由？终于，这里对权威做了描述。马基雅维利一定会厌恨我们当下的混乱、困惑和多愁善感。

马基雅维利坦白得吓人，这当中有他独特而脚踏实地的思考特质，我认为那不只是愤世嫉俗或权力崇拜。注意，在上面的引文中，马基雅维利称赞的是建立秩序和好政府，而非掌权这件事本身。但要维持秩序的话，该做些什么？

> 可以被称为做得好的残忍行为（如果可以把“好”这个字用在恶行上的话），是那种为了巩固个人而执行一次，之后不会持续，而是尽可能改换得对臣民有益处的措施。做得坏的残忍行为，是那种虽然一开始不多，却没有随着时间增加而减少的……于是应该注意的是，征服者在战胜一个国家的时候，必须安排好将所有的残忍行为一次性做完，之后才不会每天都需要再用到这种手段，也不用做什么新改变，人民会因此安心，并由于受惠而心悦诚服。凡是不这样做的人，

> 不管是因为怯懦还是因为采纳了不恰当的建议，他手中永远都需要握着一把刀，永远也不能倚赖他的臣民，因为不断受到新的伤害的臣民已经不能倚赖他了；因为伤害应该一次就全部造成，如此人们体验到伤害的次数比较少，比较不会怀恨。好处则应该一点一点地给，如此人们才更能享受得到。

这段话不是在称赞残忍的行为，而是试图描述政治现实的本质。简单和一致——我们大部分人认为这是政治的道德——对君王来说是不可能的，因为他的行动必然会改变情势，影响到接下来的行动。他不断地创造自己的现实，这就是权力的本质（要是克林顿明白就好了）。为了回应需要，为了适应他自己的行动所造成的改变，他必须掩饰、转换，就算不贤德也要做出贤德的样子。马基雅维利把现实看成是不断更替的，每一步对权力的运用都建立在前一步的基础上。这种看法也造成了他那从容迟缓的、来自正反两面的机智。现实本身就是讽刺的：马基雅维利的文字是种不怀好意的行动，冲着那些拘泥而不知变通的人而来，就像生活是种不怀好意的状况，冲着对那些拘泥而不知变通的人而来一样。

> ……想要保护自己不受谄媚阿谀之言所害，唯一的办法就是让人了解他们说实话不会冒犯你；但当每个人都能对你说实话的时候，你就不再受到尊敬了。

别惩罚对你说实话的人，原本看来无甚新意的忠告，变成了尖酸的讽刺。到头来，小人物是应该阿谀奉承君王的，君王若需要承受令人不快的实话，那必是出自有权人士之口。难怪那么多人恨马基雅维利，他直言不讳得不可原谅。但若要说马基雅维利愤世嫉俗，倒不如说他了解该怎么运用愤世嫉俗的态度。人们不会去做他们应该做的或人家告诉他们要做的事。统治者可以让他们同意，但要动用各种手段，包括狡诈、武力、智慧、选择性的开明，以及无时无刻不对情势精明的衡量。其他的一概是幻影。我看得出来，史蒂芬森很开心。他的蓝眼睛闪着光，讲解时几乎是在喜悦地大喊。“这和中世纪的经院哲学（Scholastic）传统是一个很大的决裂，”他指的是阿奎纳，我们前不久才讨论过他的作品，“经院哲学传统谈的是宇宙性。在神学家的世界里，生命是暂时的。但马基雅维利感兴趣的是此时此地的特定问题。他不是宗教道德剧里的人物，他关心的是事实如何，而非事情应该是如何。对他而言，有关策略、谋术的历史是时间性，而非空间性的。”

马基雅维利不但避免谈到自然法则或生命的理想目的，更少言及后来被称为“本质主义”的那种东西——也就是说，认为上帝在人、国家或目标中种下了与生俱来的特质。人单独活在地球上，能够做，也会去做他们想做的事。现代人实际上是如此相信的，不管他有没有宗教信仰，但是在 16 世纪初这当然是种新观念。他肆无忌惮、不存幻想地拥抱事实，这种做法不仅刺激，更几乎可以说是道德的，因为他坚持面对现实。马基雅维利的言下之意是，若否认生命就是如此，若把所有的人都当作基督教所定义的好人，善良、有爱心、仁慈、不自私、宽容，就是不负责任。

> ……应该要让人对你既畏惧又敬爱，但既然这两者很难同时达到，若必缺其一的话，被畏惧远比被敬爱要安全得多。因为大体上来说，人是忘恩负义、滔滔不绝、欺骗成性的，有危险极力躲避，有利益垂涎三尺；只要你对他们有好处，他

们就对你死心塌地；如我前面所说过的，他们愿意献给你他们的鲜血、财货、生命、子女，只要这种事发生的可能性微乎其微；然而一旦真的要他们这么做，他们就会反叛。如果一个君王只倚赖他们的空口白话，而没有做任何其他准备的话，他就完了；利益可以买到友谊，但这种不是建立在宏伟高尚精神上的友谊并不牢固，危难当前的时候也不会为你鞠躬尽瘁。在受到敬爱的人与受到畏惧的人之间，人们比较不担心惹恼前者；因为维系爱的是一条由义务、责任组成的链子，人既然生性自私，随时都可拉断它以符合自己的目的；但维持畏惧的是人们对惩罚的恐惧，这种心理永远不会失灵。

《论述集》

这真是理性思考与恶毒观点的惊人组合。天，他有着什么样的头脑啊！ 不存幻想的他，被人们误认为是麻木不仁、非道德的。枯燥乏味的人对他大为光火，认为他的书只是写给独裁者的手册。但在我们也读了片段的《论述集》(*The Discourses*)中，马基雅维利仔细思考了罗马历史，谈到了共和主义，甚至还谈到了权力的分立——人民、统治者、参议院——以彼此制衡。显然，正如以撒·伯林（Isaiah Berlin）指出的，马基雅维利根本不是非道德主义者，他的道德观是比较早、异教式的那种，相信大胆、勇气、尽忠职守、严以律己等特质，就像伯里克利和罗马共和国的其他领袖一样。这些特质会带领国家走向光荣。基督教的道德律并没有错，但用在领袖身上是没有用的，甚至可能导致比彻底的残酷统治更大的灾难，如无政府状态或天下大乱。在私人领域中至关紧要的东西，在公共领域中可能是不幸的甚至毁灭性的。

“我们倾向于把马基雅维利简单化，说他只是代表了一种现实主义或权力狂的传统，永远以目的来当作手段的合理化借口，”史蒂芬森说，“但马基雅维利并不是这样的。有时候无情是合理的，有时善良是合理的。这是一种务实的观点，大大有别于认定某些事情是放诸四海皆准的那种道德律——比方说，杀人永远是坏事。但马基雅维利从来没说过为了达到目的，可以不择手段。”

史蒂芬森是在把我们推向当代文明课的下一个政治思想家，托马斯·霍布斯。“马基雅维利既具国际性视野，也有他眼界的局限，”史蒂芬森说，“国家是个奖品，你可以拿在手中。但他对合法性不感兴趣，也没料到接下来二百五十年的天下，会是由绝对君主统治民族国家。”

寻找社会稳定的原则

合法性是当代文明课书单上下一个主要议题。是什么赋予国家正当性？是什么把废除个人绝对自由的措施正当化了？公民社会和政府当初是怎么出现的？马基雅维利没有谈到这些议题是理所当然的，但他的作品中毫无稳定感，令人读来头昏眼花，神经紧张。你永远找不到一个休息点，权力总是供人夺取，然后又从手中溜走的。他从罗马历史中选取的例子，有些是悲剧循环，即权力变成过度或败坏的统治，接着导致暴民政治与失序，然后新的领导者接掌权力，如此周而复始。想寻找平衡的原则是徒劳无功的；反之，你会有种世界充满争斗和不满的感觉。

合法性的议题从四面八方大举入侵教室，在马基雅维利具有惊人现代性的作品中却找不到任何如此的希望。这给人很大的打击，提醒我们说未来可能会被混乱所包围。

插曲五

哥伦比亚所有人文学科以及绝大多数社会科学的新任师资，都要教核心课程的科目至少三年。但不是每个人都心甘情愿地这么做。有时候有人持异议，有人提议修正版本，还有些教授彻底抗拒，把当代文明课讲成是父权对女性的压迫史，或摒弃希腊文化、启蒙运动，把《当代文明》变成一门关于殖民与反殖民主义的课，等等。

我认为到了听听那些异议之声的时候。来自学校内部、对核心课程的反对意见是什么？ 英文及比较文学的助理教授西奥潘·基尔菲泽（Siobhan Kilfeather）在普林斯顿拿到博士，1987年来到哥伦比亚，教过三年的文学人文课，她一直大力反对让这门课维持现状继续下去。我认识一些很喜欢教文学人文课的老师，讲起基尔菲泽都表示惋惜：他们喜欢她，但认为她的想法是错的。现在她即将离开哥伦比亚，到英国的萨塞克斯大学长期任教了，该大学的风气比哥伦比亚更适合激进的文学研究。显然，基尔菲泽与哥伦比亚“路数”不合。

她的办公室位于哲学楼一楼，我在这里见到了她，她是一个友善的年轻女人，语声轻快，争辩的态度和悦却也坚持不懈。一开始，她告诉我她对 18 世纪的爱尔兰女作家很感兴趣；她很生气爱尔兰作家早先被塞进英文文学的经典范畴内，而非被视为只不过是用英文写作的爱尔兰文学。她希望爱尔兰研究成为一个独立的研究范围。她是出生在北爱尔兰的天主教徒，很清楚身为少数族裔是什么滋味。

然而，她对文学人文课的很多反对意见，事实上是针对实际状况而非意识形态而发的。她把焦点放在学生读那些书的困难上。“学生各有所长，”她说，“很多人是念科学的，却要来选这门必修课。这种东西很难快速读完，要迅速吸收《伊利亚特》是困难的事。他们真的全都需要尽全力才能达成目标，而其中有些学生连读现代小说都不容易。我教文学人文课的时候，学生阅读文本有相当的困难，他们没办法找出信息所在并加以消化：来自不同时期的书有何意义，从一种文化讲到另一种文化又有何意义。他们根本吸收不了。”

有些学生读起那些书来的确有困难，我也同意基尔菲泽所说的，很多大一学生没什么阅读的历练。但这门课的伟大之处不也正在于此吗，那些聪明但没有受过训练的人一头栽进这些巨著，挣扎，犯“错”，从老师以及同学身上学到一些东西。他们需要“伸展”，这点基尔菲泽说的和泰勒一样。

我这么说了，但她不以为然，说书单应该删减，范围定在原本便是以英文写成的作品。她认为文学经过翻译会大为失色，这一点我部分同意，因为有时我盯着一页翻译的诗文却什么也读不出来。雅典舞台上的喜剧天才阿里斯托芬，在我读来就一点也不好笑。经过翻译后，他的剧本看来粗糙无光。但我不会一竿子打翻所有的翻译。里奇蒙·拉第摩所译的荷马，以及罗伯特·菲茨杰拉德所译的维吉尔都精彩绝伦，而马基雅维利不管怎么翻译都笔力万钧。她的怨言并没有真正击倒这些课程。

“这是抽离了原来的脉络，没有把作品本土化，”她继续说下去，“在文学中，没有任何论点是在真空中形成的。结果，学生思考的是论点最广泛最不精确的那些层面，粗俗地断章取义。简·奥斯汀的作品变成了家庭式的讽刺式风俗喜剧（comedy of manners）。学生没办法看见奥斯汀与其他较早的英国小说家之间的关联，如亨利·菲尔丁（Henry Fielding）、范妮·伯尼（Fanny Burney）、塞缪尔·理查森（Samuel Richardson）等人。同时，如果读者没有掌握高级的阅读和写作技巧，作品的乐趣就无法传达出来，字句的乐趣也传达不出来。到最后，学生还是又回到了他们自己的意见上，而这些意见却没有方向。他们卡在难以驾驭的文本上。”

我很想对她描述泰勒的教学方式，那其中部分的目的在于让学生不仅有观点，也让他们有处下手，以掌握“难以驾驭”的文本；还有夏皮罗的教法，他把学生的意见汇总在一起，反过来对付他们。基尔菲泽说得也许都没错，但一个好老师能克服这些问题，给学生足够的背景脉络，带着他们领会字句的乐趣，等等。无论如何，讲什么脉络的东西是学院派的斤斤计较，令人恼火。学生需要多少脉络才能享受阅读的乐趣？三百年前，这些书有多少是被“放在脉络里面”读的？这些书刚写出来的时候，人们只是去读而已。所谓脉络是应学院要求、而非文学性要求或读者要求而产生的观念，坚持井然有序地列举作品的源头及所受的影响，等等，这些都是为了控制书籍的展现方式，跟任何人的阅读乐趣都没有关系。多少个世纪以来，人们读这些书也没有用到什么脉络。他们性之所至，为了乐趣或为了需要而读，好书坏书、大书小书都读。

读者！大学教育应该制造的正是这一种人。基尔菲泽犯的正是文化左派的典型错误：她把文学研究（以及她自己的职业兴趣）和阅读本身混为一谈。文学人文课的一个好处就是避免了研究所的程序，研究特定范围的老师指导研究特定范围的学生，把文学职业化，令人沮丧。然后把书本运用在不同的“领域”和“会议”中，如此这般有助事业的一整套官样文章。在核心课程里，不管是好是坏，文学和哲学是留在教这些书、读这些书的人的一般文化中，没有什么冠冕堂皇的东西。基尔菲泽争辩起来咄咄逼人，但她的理想一点也不激进，只是在重新确认文学研究的官僚机制罢了。就连单单一门课脱离控制，都令她不满。

我问她是否反对这课程的构想本身，她轻快的声音中多了一丝嘲弄。

“我上的是一个蛮负盛名的大学（剑桥）。把那份书单在剑桥和牛津的高桌子上传传看！”

她的声音愈提愈高。“所谓的‘典范’，是现代美国的发明，典范并不一直是固定的。认为自己可以列出一张伟大作品的购物清单，然后把它凌驾于其他书之上，这样的念头在我看来像是控制幻想。在牛津和剑桥，这张单子是列不完的，不会有人去量化什么书应该在单子上。这显得很没安全感。这是种美国式的想法。”

嗯，这是踩到了痛脚，虽然她没有明说，但一个牛津、剑桥的学生受到过的中学教育比美国中学生好，因此很可能在上大学之前就已经念过那书单上很多书了。在法国，一个拿到高中毕业文凭的学生必须念过卢梭和伏尔泰（Voltaire）、拉辛（Racine）和莫里哀（Moliere）、雨果（Victor Hugo）和波德莱尔，司汤达（Stendhal）和福楼拜（G. Flaubert）。为什么没有任何“单子”弄脏了那些高高的桌子，这是一个原因：因为不需要。我恐怕美国人是需要这些单子的，尤其是在这 20 世纪末，否则他们可能不去读任何有伟大价值的东西。之后，他们可以丢开单子，爱读什么就读什么。但在年轻的时候，他们的文化里鲜有东西会迫使他们正经阅读。我离开基尔菲泽的办公室时对自己说，我看不出为什么学生过去没读过这些书，可以成为他们现在也不用读这些书的理由。她论点的逻辑似乎是：他们没有受过良好教育，所以，我们也不要给他们良好教育。

第十四章　霍布斯与洛克

霍布斯服膺伽利略的理论，认为天体只要没有受到阻挠，就会一直持续运动，也因此会持续相互碰撞，人类亦然。我们充满侵略性而且贪婪，行为被权力欲望和死亡恐惧所（名副其实地）驱动。

洛克不仅提供了现代西方国家的理论基础，也提供了资本主义的理论基础。前者包括扩展的权利、代议团体、建立在民意上的统治权，后者包括它所有的活力与不平等。

上班途中遇抢

我被抢过一次，是在上班的路上。当时我睡眼惺忪，一时放松了警惕。1982 年、1983 年左右，我还没买电脑，星期天晚上我会熬夜到很晚，用打字机一誊再誊影评的定稿，然后睡一两个小时，再起床去上班交稿。就在这样一个困死了的星期一早上，我正要从 42 街的地铁站走出来，这个地铁站在雷辛顿和公园大道之间，离中央车站很近。通向街道的阶梯最底层站着一个年轻人，游手好闲的样子。他穿着慢跑鞋——我就注意到这么多——站在那里手扶着阶梯中间的栏杆。往回走，我告诉自己。从别的出口出去。但我很累，这个出口又离办公室最近，于是我经过他，拾级而上。在台阶上方通向街道的地方，不是真正在街上，而是在包厘街储蓄银行的巨大石拱门底下，有另一个穿着慢跑鞋的年轻人站在那里等着，于是我想，就是我了。台阶上方的那个小子挡住我，掏枪抵住我胸口。同时，底下的那个已经走上阶梯，到了我背后。四周没有别人。

他们要我的皮夹。我不知道其他的城市是怎样的，但纽约人从小就训练有素，被枪指着的时候会把钱从皮夹里拿出来。直接把现金交给抢匪，这样他们才不会拿到你的信用卡、提款卡，还有驾驶执照。我伸手去掏皮夹，但突然停了下来，站着不动，低头看着那把枪。我不是个勇敢的人，但那时我非常生气。我想不给，或是跑开。我已经忘了碰到武装抢劫应该如何合理地应付，或者我是因为太累了而变得迟钝。他们没权力拿我的钱，没权力。拖延，拖延，也许有人会经过。指着我腹部上方的那把枪看起来好假，看起来比较像玩具枪，而非左轮枪。那把小枪灰扑扑的，一看就是便宜货。这是假的。跑，跑吧！

他们再度向我要皮夹，这次语气恼怒，而我还是一动也不动，没把钱拿出来。不过几秒后，我掏出了皮夹，取出现金，伸手递去。其中一个人一把夺过钱，然后他们就不见了。他们就这么不见了，冲下楼梯，消失在中央车站附近聚集交叉的铁轨、台阶、地铁路线——一共三条错综复杂的路线。而我太累、太厌烦了，没有去追他们，也没有告诉任何人，只是缓缓地走到办公室。就这样？就这样吗？

“我刚被抢了。”我踏进《纽约客》杂志办公室的时候说，而大家都恭喜我，因为我没受伤，皮夹也还在。恭喜，你“得到”了一次成功的抢劫。

没什么事，真的。这很司空见惯。我打电话给交通警察，不过到城里去指认前科犯照片是没有用的，因为我没有直视任何人的脸。那两人瘦瘦高高的，是黑人，很年轻，也许十九岁；他们穿着慢跑鞋，拿着一把看起来像是自制的左轮手枪。我看到的就是那把枪。

我坐在办公室的书桌边，开始大笑，因为我记起了我掏出皮夹之前那第二度停顿时，脑袋里在想些什么。我想的是：我应该跟他们争论，我应该问他们为什么，为什么要为一百美元冒五年牢的风险？

这就是美国开明人士的愚蠢！街上的罪犯拿枪抵着他胸口，他还要跟人家争论！他想说服他们，犯罪对他们不是最有利的事。

我本来已经忘了这回事。那事件既不戏剧化也没有教育性，而如果你住在美国任何一大城市，又老想着这种事的话，你就踏不出家门了。但当我在当代文明课上读霍布斯，那暴躁的难以安抚的托马斯·霍布斯的时候，我记起了这个经验。霍布斯执迷于谈论他认为是人类行为中不变的常数的东西：侵略性及求生存的欲望。地铁出口的那桩武装抢劫案当然是前一种本能的例子，但它是否也在某些方面展现了一种生存本能？当时我想跟那些抢匪讲理，是因为我很吃惊。中产阶级的人越来越惊诧了，总是震惊于怎么会有人做出这么毁灭自我的行动。许多内城区年轻人的行为都是这样的。白人中产阶级的世界里没有人真正了解他们。但现在，我读着霍布斯，希望能去了解。

《利维坦》

霍布斯从最基础之处谈起。首先，由人类持续的自私利己行为，他提出关于人性的看法，也就是一般称为欲望和贪婪的特性。原则上，他对人生有着动力学的观念。在写成他主要的政治理论作品《利维坦》（*Leviathan*）并于1651年出版之前，他的思想已经受到伽利略的影响，他们是17世纪30年代在佛罗伦萨认识的。霍布斯服膺伽利略的理论，认为天体的自然状态并不是静止的，这点和深受亚里士多德影响的中世纪科学信念大相径庭。正好相反，天体只要没有受到阻挠，就会一直持续运动，也因此会持续互相碰撞，人类亦然。我们充满侵略性而且贪婪，行为被权力欲望和死亡恐惧所（名副其实地）驱动。

> 因为古老道德哲学家（也就是柏拉图、亚里士多德、西塞罗等）书中所谓的“终极目标”（finis ultimus）或“极致之善”（summum bonum）都不存在。一个人要是没有欲望，或者感官和想象力都停滞不前，也没办法活下去。欲望不停地前进，从一样物体到另一样，这就是幸福，得到前一样东西，只会让你接着去找后一样。原因在于，人所欲望之物不是仅仅享受一次、一次仅仅一刻而已，而是要永远确保他未来欲望的方向。因此，所有人自愿的行动和意向，都不只是倾向于获取东西，更在于要确保满足的一生。差别之处只在于：一方面，不同的人热烈欲求的东西不同；另一方面，人的知识和意见都不相同，不同的起因便达成想要的不同结果。
>
> 所有人对权力的欲望都无止境。于是首先，我提出全人类共同的倾向，亦即对无限权力的永无宁日的欲望，至死方休。这当中的起因，并不见得是人想要追求比原本已有的更强烈的快乐，也不见得是适量的权力不能令他满足：而是因为若他不得到更多的权力和资源，他就无法确定能否继续保有现在的权力和资源。

在众多描述贪婪的自然成因的理论中，这是我听过的最有说服力的一种：要是你不持续发动攻击，你就保不住原先已有的东西。在霍布斯的系统里，贪婪是由有正当理由的恐慌之心造成的。霍布斯的文风强硬而令人不快，在此，他和弗洛伊德后来提出的“本我”惊人地不谋而合：它永不罢休。我们受到各种欲望的驱使，想要受人称赞、功成名就、既富且贵。君王贵族阶级拥有由出身决定的优越地位，霍布斯将其重要性减到最低，创造了一个新的、资本主义社会的初始意识形态。人大致上是平等的，意思是任何一个人都可以杀死任何一个人，尔虞我诈可以抵消体力和智力上的优势。早先，在有政府之前，我们都是自由平等的，而平等导致的就是攀比相斗之风。

> 因为能力相等，我们都有相等的希望可以达成目的。因此，要是有两个人想要同一样东西，而那却不是两人可以同时享有的，他们就变成敌人；他们的目标主要是保全自己，有时候只是为了高兴，在追求的过程中他们会努力毁掉或征服对方。由此可知，侵略者没什么好畏惧的，除了另一个人的一己之力；如果某人奠立、培养、建造或拥有一个有利的位置，大概就可以预期别人会成群结队有备而来，要夺取、剥夺的，不只是他辛劳的成果，更包括他的生命或自由。之后，这个侵略者同样有受别人侵略的危险。

真是个阴森而不讨人喜欢的作家！但要摆脱他又是多么困难的事！他自有他的调调——令人不快、阴郁、无情。我也渐渐喜欢上了他发表不悦耳的言论时那种一丝不苟的作风，以及他那17 世纪文以载道的沉重步伐。在那两门课中，霍布斯是我们读到的第一位英文作者，我终于能读到用自己母语所写、而非通过译文传达的作品，因而大大地松了一口气，不过依然有霍布斯一直造成的焦虑阴影。

他的悲观论调回答了我们的恐惧：我们是什么，又可能会变成什么样子。他是政治理论的恐怖魔王，是头大而无当的怪兽，他那种悲哀的幻灭几乎是喜剧性的。“我们认为人性就只是这样吗？”史蒂芬森问，“这个让人不快的浑球说对了吗？”史蒂芬森解释道。霍布斯对社会的观念来自英国17世纪40年代的内战。霍布斯是个胆小的人，天性就怕极了混乱，于是逃到法国，在那里写成《利维坦》。他描述的在没有强大有效的公民政府情形下的自然生活状态，可能是政治理论中最为有名的一段文字。

> 战争中，每个人都与别人为敌；战争导致什么后果，那个时期就是什么样子，当时的人除了自己的力量和自己发明出来的用品之外，别无足以依恃的东西。在此种情形下，工业无可发展；因为其成果是不确定的，所以也无法耕作土地；没有航海，无法使用可经海路运进来的货品；没有宽敞的房屋；没有可用来移动或除去沉重物体的工具；没有地理知识；没有时间的记载；没有艺术；没有文学；没有社会；以及最糟的是，永远恐惧死于非命，也总有死于非命的危险；人生因而孤单，贫穷，恶劣，野蛮，而短暂。

从这些铁石心肠的句子中，从那著名而可怕的关键之处“恶劣、野蛮而短暂”中，恐惧像汗水一般奔流而出。在遥远的过去，最初的自然状态不是伊甸园，相反，有的只是匮乏、欠缺、恐惧。根据霍布斯的说法，那种自然状态现今已不存在，除了在内战当中；或者存在于美洲的野蛮人之间；或者，可能拿来形容不同主权国家之间的关系。这自然状态是虚构的，由理论构筑而成，但因为它实在太糟糕了，每个人为了自己的利益都必须阻止其发生。这意味着你必须放弃你的部分自由。不是全部，你不能放弃自卫的权利。但为了拥有和平，你可以放弃毫无限制的自由与侵略的权利，换言之，你因为顾及别人而放弃的自由，正是你希望别人因为顾及你而放弃的那些自由。我不去偷你的东西，因为我不希望你来偷我的。理性地计算自己的利益，合约就是这样签订的。

到了这一步，你放弃了你绝对自由的权利，就是把你的权利转给另一个人——转给统治者，所以必须服从。你甚至必须服从你认为不公平的一些律条，因为犯法就等于对你自己不利，统治者代表了你的权利和自由。既然如同我们已经看到的，人类侵略成性又贪得无厌，只为了保住现在已有的东西，就永远想要扩张自己的势力，于是统治者应该有绝对的惩罚权力，必须把人震慑住：国家内部的和平是建立在恐惧上。这是最高程度的保守派观点。

霍布斯令许多读者（包括我在内）不安的是这一点：霍布斯对自然状态的描述很是模棱两可，令人烦扰。我读的时候，并不觉得作者要我把那当作是对一种异常的、脱轨的情形的描述。不，不管霍布斯怎么说，我都确信他所写的就是一般的人生，只不过加以夸大了。当然，要是我们读霍布斯的时候不这么想，不把他所言当作是我们日常现实的噩梦版，他的论点就不会让我们纠结而挥之不去了。而他确实有这种力量。

史蒂芬森班上最有学者味道的诺亚·马兹，也就是挑战过丽欧拉·科恩正统犹太教解读诠释的那个学生，开始攻击这个作品。“这是极权主义的配方。”他说。

“极权主义？”史蒂芬森装出不可置信的样子，“这种说法真是资产阶级。”

他是在逗诺亚，先下手为强。在他的语言中，“极权主义”

这个词已经被太多盲目反共的诋毁给用滥了。他的意思是："你是个知识分子，不该随随便便地用这个词。"同时，我讨厌他把"资产阶级"当作自然而然的侮辱词。但我没时间表示抗议，课迅速地进行下去。"这是全有或全无的问题，"诺亚苍白地修正用词时脸有点红，"照霍布斯的说法，要不是全盘控制就是完全没有控制。这是二元对立。"

这就是中心问题。霍布斯的观点中缺乏渐进的层面，简直令人发狂。因为恐惧动乱，人民被焦虑的大浪打翻，一路只能随波逐流，被冲到永远放弃自由、听命于统治者的地步。"霍布斯要控制言论自由。"诺亚说，"他反对大学里的自由政治讨论。"而且，如史蒂芬森指出的，霍布斯也不在乎统治英国的是查理一世还是克伦威尔（Oliver Cromwell），只要是彻底的统治就好了。霍布斯似乎没有想到过，生活在极权统治之下可能比生活在自然状态中还要糟 糕。要是统治者是暴君卡利古拉（Caligula）怎么办？

* * *

在史蒂芬森班上，几乎从一开始，我就不时举起手问问题，有时候是提出可供讨论的议题。史蒂芬森宽容甚至是欢迎我的干扰，他把我的发言称作"介入"，听起来好像很正式、有计划的样子，其实我知道并不是。事实比较简单：我没办法安分地当个观察者。坐在一边靠着墙写笔记，我会失去耐心。我想大叫、跳进去、跟史蒂芬森争辩。我发现自己在和学生竞争，真是令我羞愧。史蒂芬森似乎看出我为什么抓耳挠腮，因为有一次他把发言权转到我身上，让我一吐对马基雅维利的看法。

史蒂芬森叫到我的时候，学生们很惊讶，但他们安静、严肃地听我说,有时做出回应。我不是老师,不过我是别的什么——作家什么的——而我可以说一些话。那里站着个“爹地”，他坚定但花招百出，有瑞典的英俊脸孔、很棒的英国式的奋发、满口令人却步的新学术语言、却又温暖慷慨的性格。然后这里还有另一个人，也许是个怪人伯伯吧。

我和一些学生已经熟识起来，尤其是诺亚，他十分优秀，在很多方面的知识都比我丰富，什么都很愿意聊；我也喜欢听曼努尔喃喃地说个没完，像是个没有魔法的巫医。他们是大二学生，比泰勒和夏皮罗班上的大一新生要自信得多。下课之后，我们会一边继续讨论一边慢慢走出数学楼，三三两两沿着娄氏图书馆的侧边而行，然后坐在娄氏图书馆下到校园步道的宽台阶上，这种场景，不管我看娄氏图书馆的圆形建筑有多不顺眼，都让我们的寻常争论多了某种堂皇的味道。我现在是个学生。也许我赶不上阅读进度，但我喜欢这种下课后一边闲聊一边散去的感觉，这和一般的职业生活是多么不同，在那种生活中对话是片言只语的，通常只听得到某人真心话的片段。

讲霍布斯的时候，我忍不住插嘴了。想想华尔街和内城区，我说。在此霍布斯式的论证可能成立。20 世纪 80 年代里根执政时，减弱了对华尔街的管理，总统称赞贪心，告诉人们说贪心在道德上是说得过去的，甚至是件好事，用减税来奖励富人。看，结果产生了过度的掠夺、腐败、内线交易，使资本主义开倒车，回到了最无法无天、你死我活的状态……再谈到内城区，在那里警察越来越少出现，巡逻警察的撤离，结果是减少了畏惧，让孩子更容易学坏犯罪。80 年代中期，对惩罚的恐惧已经减退。暴力开始泛滥。年轻孩子拿着自动武器互相对付。霍布斯所写的不仅能恰当地描述分裂后的南斯拉夫，更适用于近十五年来的华尔街、华盛顿特区与洛杉矶中南区。

学生们反驳我的话，他们认为，除了外在规范力量减少，导致黑市交易和开车枪击的还有别的因素。关于后一部分，我同意他们的观点：我知道纽约等城市在战后的工厂工作机会大量减少，种族歧视阴魂不散，内城区的居民也受不到警察的足够保护。但，我问道，他们难道不能承认霍布斯说的或许有些道理吗？自由除了带来益处，难道不也会导致坏的后果吗？

这种话很不顺耳，没人喜欢听。史蒂芬森班上的讨论通常都很自由，但我从没听过任何人用概括的说法来解释某个社会团体或某些人的行为。他们一点也不愿意提出任何概括性的观点，而是要把每一样东西都彻底当作特定的历史环境造成的单独特殊的案例，这是大学生版本的政治正确。内城区年轻黑人的犯罪率异常高，结果不只是罪行本身影响了社会的安定，对罪行的恐惧也明显影响到人民的生活。但他们不肯指出这些青年行为的共同特点，也不肯认为霍布斯观念中基本而不变的人性是有可能的。

要是学生们懂那套学术界的语言，他们可能会说出类似这样的话：所谓放诸四海皆准的“理性利己私心”是假的。人们不见得会做出对他们自己有利的行动。相反地，已经拥有权力的人构筑出“利己私心”的说法，因为他们要找出一种据说是与生俱来的性格特质，好让他们合理解释获取更多权力的行为。正是无力的状态，使内城区青年之类的人无法形成“利己私心”并做出与其相符合的行动。

不管用不用术语，学生都感到我是在引诱他们对社会现象做出归纳，犯下政治不正确的罪过，于是他们止步不前。只有某些人，他们说，某些本来就很贪婪的人，才会受到吸引去帮大公司巧取豪夺，以此类推，也只有某些本来就很凶恶的青年才会变成毒贩和杀手。

讨论在没有结论中结束，但那堂课过后几天，我记起了十年前那次没有痛苦的遇抢，还有我后来在办公室里是怎么自嘲的，我竟然想和抢匪争论。从某种角度来看，内城区的情形甚至比霍布斯所能想象的还要糟。霍布斯认为人不管多么暴力、多么有侵略性，其动机都是生存的欲望。但在内城区那些拿着枪乱射的年轻人身上，最恐怖也最令人不解的却是，有时候他们的行动看来好像生存与否对他们不重要似的。或者至少没有名誉和复仇重要。恐惧已经被另一个更为有力的东西分解：那里没有多少自尊可用，所以最具侵略性、最无法无天的年轻人就灭他人威风以长自己气焰。他们似乎把尊严当成一场非得即失的比赛。他们的暴力行为危及对手、朋友、教师、老人，还有无辜的路人；他们不是被别的年轻人或警察杀死，就是锒铛入狱。

我承认，一个养尊处优的人去推想在街上长大的人怎么想，是很傲慢的行为。要是当时我勇敢一点，我就会直视那两个抢我钱的人，打量他们。然后我也许会了解到一点什么。但我被那把枪催眠了；我知道当别人拿枪抵着你的时候，别瞪着人家看。我没看到多少东西。抢匪穿着黑色牛仔裤、运动衫、慢跑鞋，我则穿着我上班的标准打扮，西装、风衣、公事包。他们很瘦，我不瘦；他们穷，我不穷。资产阶级和他的敌人。要是真如人所说，被枪指住的时候，一个人自我的形象会显示出来，那我显示出来的就是矛盾、生气、困惑。

街头罪犯去偷去抢，是为了买毒品或者吃穿；他们攻击的绝大多数是附近的居民，而非有钱人。大部分黑人犯罪的受害者都是黑人，所以内城区青年犯罪率高，受害最大的还是非裔美国人。他们没有质量过关的锁，没有私人保安公司，没有钱打包搬家，这样就无法住在市郊工业园区和受到保护的住宅区里——这些也就是焦虑的白人为了防范犯罪所做的。身为白人受害者的我已经算是有点稀有了，因为对那两个人来说，到市区来碰上的居然是我,这种事或许很少发生。但即使大部分罪犯都攻击邻人，和霍布斯所描述的掠夺者行动相似，但仍有不同之处，即以他们生活的方式看来，他们仿佛是认为自己没有未来，仿佛他们的人生没有“故事”可言,只是一连串随机的行动与临时起意的防卫。

我想，文化左派说，所谓放诸四海皆准的“理性利己私心”天性乃是社会构筑而成，这话也许有道理。但有多少道理？到头来，我看不出为何人必须先有了权力，才会形成利己私心。在过去，美国境内许多并无权力的族群，比如说，来自爱尔兰、中国、意大利、瑞典、俄国、海地、韩国和越南的贫穷移民，也已经自创了某些版本的利己私心，并据之行事。求生存的欲望真的有可能是“建构”出来的吗？

不，在我们的后工业时期资本主义民主政体里，有新的现象正在发生。出现的是文化失败——我很不喜欢这种保守派的说法，但没有别的词可用。内城区工作机会的迅速流失，加上多年来对社会福利的依赖，以及已经广泛变成一种生活方式的消费主义,摧毁了创造“理性利己私心”所必需的经济稳定和价值体系。而媒体，包括我的艺术形态——电影，也难辞其咎，尽管不是像珍妮特 · 里诺（Janet Reno）等道德主义者所认为的那样。

比方说，我不认为青年看了电影里的情节或听了饶舌歌的歌词，就会模仿照做（其他消费相同的大众文化的国家，犯罪率却比我们低得多——比如日本，他们收看了我们很多电影和电视节目，也拍出了一些极为血腥暴力的片子）。但媒体为资本主义所做的矛头，广告、电影、电视刺激了人的羡妒之心，确实是在助纣为虐地制造社会不稳。媒体用奖品（许许多多有性吸引力）来刺激青年，却一点也没告诉他们该怎么得到那些奖品。电视、电影、流行音乐都在说“乐趣，乐趣，乐趣”，但年轻人或媒体的四周却没有任何东西在说“工作”。于是麻烦的关键出现了：身为影评人、美国男性的我，相信乐趣是有价值的，即使“低等”的、“浅薄”的乐趣亦然，但媒体充斥的享乐主义风气却显然在残害我们。犯罪的年轻人受到煽动却一无所有，变成了被资本主义愚弄的傻子。他们要那些好东西，成功的人拥有那些好东西。除此之外，成功与地位几乎没有其他的定义。那种渴望分解了正常的利己私心。在内城区，没有父亲的管教或外力的压制，于是无法无天。

我的意思并不是说，犯罪问题是让美国社会越来越没有法律保障的唯一作用力，但它显然对世风日下具有重大影响。罪行让陌生人彼此不信任，让生意关门，让守法的人搬走，让公众的互动缩减，让私人的日常生活承受巨大压力、变得暴躁易怒——罪行使所有人腐化，不只是罪犯而已。我那次遭抢，身体上没有受伤，但我的人生已经中了它的毒，让我在城里行动的时候变得缺少冒险精神，更警戒，更多疑，更封闭在我自己、家人、朋友的圈子里，这些更紧密地包在我生活的堡垒中，而我也把这种不快乐的戒备之心与自我封闭教给了我的孩子。在许多方面，对犯罪的恐惧让我失去了部分的灵魂。也许如果当初我不看着枪，而是抬起头来直视那两个抢匪的眼睛，我就会看到某些我现在所不知的意义、某些信号或情绪，使得整件事不那么可悲，不是那么空洞多余的一种社会活动。但我低头朝下看，不只是因为害怕，也因为不想让那两个年轻人看见我有多鄙视他们。

要是街上的男男女女都不能彼此信任，文明的社会就无法存在——这就是霍布斯虚构的社会契约的底线所在。如果说街头的罪犯拒绝了社会契约听起来很蠢，那是因为根本没有人问过他们（或我们）、要他们接受。但他们确实拒绝了，因为他们失去了生存的冲动。

在霍布斯之前，当代文明课所读过的作品里没有任何东西给我们做好心理准备，以接受对社会现实如此险恶的观点。要是柏拉图和亚里士多德看到美国，他们根本就不会了解一个社会怎么会这么少有共同的经营。《旧约》谈的是报复，《新约》谈的是慈悲，但报复和慈悲都只有用在特例上的时候才能够发挥道德意义，某些少有的、极端的案例，需要特殊的回应。要是在一群人口当中有将近三分之一的人都犯法，那么不管是报复还是慈悲都不会有什么用，既不能遏制犯罪也不能疗伤止痛。罪行多到一定的程度，就制造出它自己的动力，改变道德观，把成功重新定义为逍遥法外，而失败则是犯了罪被抓住。

一个人失去了生存意志，是件很糟糕的事：意思是说那个人的死亡不是太难以接受。我意识到了这种想法所具有的敌意，这种敌意现在十分广泛。在我自己而言，我不想要任何人死，包括那两个拿枪逼住我的人。我只是要我在纽约街头的自由，那些年轻罪犯欠我自由。剩下的问题是：我欠他们什么？很有限。换言之，我不觉得我背叛或辜负了那两个年轻人。我已经扬弃自由派的罪恶感了。肚子上方被枪顶着的时候，我才不在乎那两个年轻人是长久以来不公不义情境的受害者。他们的失败不是我的错。但这并不是说我和他们没有关系，对他们没有责任，或者我对下一代什么也不欠。

《二论政府》

当代文明课是一门从文本出发的课，我们从一部名著跳到下一部名著。但史蒂芬森坚定地将书置于其时代及地理背景中解读。史蒂芬森有一种天赋，能三言两语就描绘出某一历史时期的特质，说起话来自然而愉悦。他除了穿黑夹克和白 T 恤，还常常在脖子上戴个什么，比如宽领巾或围巾（从来不打领带）。有一次在一个公开场合，他驾临演讲厅的时候架子十足，我太太在场，一看便说："他看起来像个瑞典摇滚明星。"在他小小的当代文明课堂上，他畅所欲言，一口抑扬顿挫的英国学院腔。我很感激地听着他这些简短的即席演讲，从 16 世纪农业或武器发展的变迁讲到 18 世纪普鲁士军队的军事技巧。

讲霍布斯的时候，史蒂芬森做了一番铺陈。他说，英国的封建社会不同于欧陆的封建社会。贵族很早就不需再负起作战的职责；反天主教的亨利八世把教会的土地卖给上流阶级，拿这些钱在欧陆从事征战，并因此鼓励了贸易等。一系列的历史意外在英国制造出资本主义的"早期"版本以及一种新的贪婪行为，霍布斯的观念可能就是从中而来，认为人性具有竞争的本质。

现在到了约翰 · 洛克，我们跳进了现代时期。事实上，我们已经深入现代英国与美国的现实，使我一开始觉得洛克有点无聊。他看起来温和、理性、非常接地气，跟霍布斯比起来甚至有点单调乏味、缺乏刺激感。至少一开始是这样。但到了后来你就会因他观念的寻常而松一口气，很高兴脱离了霍布斯带来的那种可怕的焦虑，重新对人类有了希望。最后，你会突然理解洛克的成就是多么庞大。他根本是把自由派资产阶级国家的整套意识形态都设计出来了。

对我而言，问题在于，现在他能触及我们的恐惧吗？关于我们的混乱，关于为了几百块冒着坐牢或生命危险的小伙子，他能告诉我们些什么吗？

洛克是学医的，在哲学和心理学上都很有建树。我们读了他主要政治文本的全文（写得很扎实，但不长），也就是《二论政府》（*The Second Treatise of Government*）。这部理论作品可能是他在 1679—1682 年与另一份较早的论文一起写成的，有非常实用性的目的。他加入了一群密谋者，想设法迫使查理二世放弃传位给他那天主教徒弟弟詹姆士的计划：无疑，洛克想为罢黜国王提供一个理论基础。密谋失败了，詹姆士即位，洛克逃到荷兰去待了一阵子。但詹姆士二世在 1688—1689 年的光荣革命中被废，之后洛克便回国出版了他的小书，结果此书可说恰为刚发生的革命提供了正当化的理由。洛克反对君权神授的概念，赞成有限度的政府权力；他建立了权利的理论基础——不只是政治权，还有财产权。在《二论政府》中，一百年后出现于《独立宣言》的观念（比如人民有权拒绝武断的征税）俯拾皆是。洛克是托马斯·杰斐逊（Thomas Jefferson）的宗师。

我们又回到了自然状态，这理论的游戏围栏中充满了土地、人、货物的积木（组合元素），但这次的成员没那么凶暴好战。只有一些人会威胁到其他人的财产或生命。大部分的人都有理性，而理性会告诉我们，既然大家都在同一条船上，我们应该互相保护，以保护自己。如霍布斯构筑的理论所言，人放弃了他们绝对自由的权利，组成公民政府，但这次有极大的不同点，因为他们想组什么样的政府就组什么样的政府，而且想什么时候改换政府就什么时候改换。在洛克的系统里，极权主义是没有正当理由的。怎么会有呢？ 要是你把自由给了统治者，他却来偷你的财产或夺取你的生命，这就又回到自然状态中了。那么当初又何必要离开那个状态？ 无聊的洛克！好洛克！甚至，“明智的洛克”——这种非常降尊纡贵的说法出自卢梭之口。但这个无聊的理论把主要的事情都说得对极了，而且到了20世纪90年代，看起来仍是大获全胜。洛克不仅提供了现代西方国家的理论基础，有着扩展的权利、代议团体、建立在民意上的统治权，他也提供了资本主义的理论基础，包括它所有的活力与不平等。

在自然状态中，人不但拥有自己的身体，也拥有自己的劳动。他们还拥有什么？任何他们投注劳动的东西。

> 在橡树底下捡橡实或从树林里摘苹果吃的人，当然就把这些果实据为己有了。没人能否认这些食物是他的。那么我要问，这些食物从什么时候开始变成他的了，在他消化的时候，在他吃的时候，在他煮的时候，在他把食物带回家的时候，还是在他采集的时候？很显然，要是一开始的采摘行动没把果实变成他的，那么果实就永远不会是他的了。他的劳动让这些果实和其他的有所区分：在万物的大自然之母所做的事情之外又加进了一些东西，所以那些果实变成了他的私有权力。可有人会说，他没权力把这些橡实或苹果据为己有，因为他未征得全人类的同意？要是需要这样的同意，人早就饿死了，尽管上帝给了他丰富的物产。根据契约，我们看到的是普通共同的事物，但从普通共同的事物中取出一部分、使之脱离原本自然的状态，这就是财产的开始；否则普通共同的事物便没有用处。不管取出的是哪一部分，都不需要所有人的明言同意。因此我的马咬下的草，我仆人切割的泥炭块，我在任何与别人公有的地方挖到的矿脉，都能变成我的财产，无

须任何人首肯。我用我的劳动把这些东西移出原本共同的状态，这就确立了我的财产权。（pp. 19~20）

这很浅显直接，除了在最后的那个转折之处，洛克口中把物质变成财产的除了自己的劳动，一下子变成还包括他的仆人，以及和他一起挖出矿脉的人的劳动。所以变成他财产的东西并不仅限于他吃得下、用得了的范围。钱或某种交易媒介的发明改变了这场游戏的玩法。人们可以买下自己用不完的东西，可以把会坏掉的食物换成不会坏的现金。他们也可以买下没有土地的人的劳动，而这些劳动和财产混合之后，也变成了主人的劳动。总之，洛克接受了财产的不平等，认为那是人离开自然状态时不可避免会发生的事。

这招相当厉害。资本主义具有不平等的财物积聚和由此导致的贫富极端的差距，在理论上却已受到了正当性的祝福：积聚大量的财产是一项自然的权利。最后这样的观念深植在美国的法律里，人们说美国的法律十有八九都是关于所有权的。对卢梭的信徒、马克思主义者或任何其他种类的激进的平等主义者而言，这是政治理论发展中灾难性的一刻；对资本主义者而言，这是不折不扣的光荣革命。

内城区的文化失败；抢匪欠了我什么；我欠他们什么

但洛克漏掉了一些东西，我再一次想着那次在楼梯上遇到的事情。根据洛克的说法，那两个抢我钱的人违反了利己私心的规则，因为他们把我和他们放在一种战争的状态里。利己私心应该能保护我们双方，但在那个场合中失败了，而除了理性的计算和权利，洛克几乎并未提出任何其他维系社会的方式。在 20 世纪 90 年代的美国，不管我们把“权利”看成是自己在社群之中定位上多么重要的一点，只有权利都是不够的：已经没有人关心该社群的权利了，所谓我们都在同一条船上的感觉已经崩解。

这个国家欠那些内城区的年轻人的是一个鼓励工作的环境，这也就是我欠他们的。亚里士多德和柏拉图关于完全参与公民事务的观念，在这个执迷于个人主义神话、私人时间、私人乐趣、私人成功的国家显然毫无用武之地。工作是我们的公民事务，工作是资产阶级民主政体中社会契约的基础。福利改革，黑人资本主义，在邻近区域中投资、购物、发展银行业，如果我们有这份心，就可以重新使工作变得神圣。这是解决高犯罪率唯一的长远之道。

史蒂芬森教授阐述洛克，令我感动

“洛克要将所有权正当化，”史蒂芬森高声说道，“有可以使用的土地，再加上使用该土地的意愿，就授予了权利。这种观念延伸下去，就导致了帝国主义，以及美国印第安人流离失所。安德鲁 · 杰克逊（Andrew Jackson）用的就是洛克式的论调：印第安人没权力拥有他们的土地，因为他们不能使土地高产。奥西多 · 罗斯福（Theodore Roosevelt）也这样说。但我们则有权拥有。”

他提高声调，谈到了以色列占领巴勒斯坦人未垦殖的土地的问题，并为该行动的合理性进行辩解。但没人愿意跟随他走上那一条极具争论性的道路，于是这看法便不了了之。

“我敢说，”曼努尔说，“从洛克的观点来说，美国原住民的确曾经从事生产，而且还让那些欧洲人看到了土地可以怎么用。”

所以！安德鲁·杰克逊把印第安人赶出他们地盘的论证，掩盖的是夺取大量土地的行为。而这些论证是从洛克的观点衍生而来的。我等着史蒂芬森指出，洛克老年时也投资奴隶买卖，这种行为看来和他的观点自相矛盾，他认为人对自己的劳动有不可分离的权利。洛克岂不是个伪君子吗？但史蒂芬森又一次使我惊讶了。他选择了直达结论的平坦大道。

“政府维持秩序，保护财产——政府维护你的权利。这种想法非常有用，《独立宣言》和宪法都曾明言确认。若想确保权力不流于武断随意，一种方法是分散权威。要是政府夺取了你的权利，你可以反抗，这种反抗不是反抗，而是要恢复遭到侵占的自然权利，”他提高了声音，“‘我们身为体面英国人的权利受到了侵犯。’这是当时殖民地的革命人士所说的话。他们是在恢复他们不可分离的权利。人永远不能凌驾或自外于宪法的架构之上，要是有人踩过了这条界线，我们有权推翻他。”

他滔滔不绝地说下去，赞扬宪法民主政体，这时我深受感动，几乎热泪盈眶。我知道这么情绪化是很荒谬的，但我喜欢一个左派瑞典人把我自己国家的体系阐述给我听。“这是非常激进的论点。”他突然说，然后终于停下来。“激进”一词令人意外，但他说得对，不管我们对这论点有多熟悉，世界上大部分的人都还没有接受。很多学院左派的人声称美国宪法的自由是假的，但史蒂芬森和他们相反，知道民主的观念永远是激进的。

“阿门。”我对自己说。这是第一学期的尾声。当代文明课的前半段结束了。

第十五章　考试

夏皮罗班上一群学生紧张不安地四下里站着，等着进教室。这是 12 月的第二周，风很大，天气很糟。几分钟前我走过校园的时候，一阵风不知怎么钻进我的连帽厚外套，于是我感到了忧郁的寒冷，那种要考试的学生所感到的悲惨且阴暗的冬日的沮丧。

夏皮罗的学生很惊讶看到我。瑞蓓卡大笑，约瑟夫微笑，亨利则奇怪地看着我，仿佛我是个疯子。然后有两个人恐惧地说："可是你的分数会高！"

"我没有要拿分数。"

"你是来旁观的？"一个女生很厌恶地说，仿佛发现了一种新型的恶习。

"不，我是来考试的。"

文学人文课的考试

我抗拒这个念头很久了。但课一上完（有一个星期的温书假），我就开始觉得也许去考考试会蛮好玩的。就去那里考文学人文课。至于史蒂芬森，他是个精彩卓越的家伙，但学期中上当代文明课的时候我们之间有些轻微的政治拔河，虽然一点也没有不愉快——我想，我这样一个古板的自由派、偶尔又是新保守主义者的人，让他感到很有趣——但我不准备写考卷给他改。无论如何，第一学期文学人文课的书比当代文明课的书要令我兴奋。我要看看我记得多少。书我全读了，留在脑中的应该足够让我回答问题。他们总是会给人机会的，不是吗？

然而，考试前几天，我的心脏开始狂跳。要是我不知道答案呢？我该怎么办？难道微笑，对大家点点头，然后走出去，或者在考卷上写几个温文有礼的句子，其余地方留白？还有，考卷到底长什么样？他们还在用那种左边印有直尺刻度的蓝色小册子吗？

我翻了翻笔记，把《酒神的女信徒》又读了一遍，把柏拉图作品的片段又读了一遍……我的天，我是在临时抱佛脚，而这样几天下来，我的紧张并没有消失。我要考试了。我的胃有种奇怪的紧缩感，脖子右侧的肌肉纠结成一团，每当我转头向左，右肩就沿着脖子一路结结实实地痛到右耳后。问题越来越严重了。这问题很荒谬，但还是严重。我放下其他的工作，不再去看电影，把上课做的笔记又读了一遍。我是不是应该开始阅读讨论那些作品的评论文章？

* * *

我们鱼贯而入教室，不是我们平常在汉米顿楼上课的那间，而是在国际事务楼的一间教室，天花板很低，有两张大会议桌。

夏皮罗心情很好，给大家准备了饼干和橙汁，然后发下考题和两本蓝册子。一样的蓝册子，还有一样的老问题：

> 语言的主题——作为“有羽翼的字词”，只是华丽的修辞或意义不固定的文字符号，在我们这学期读到的作品中频频出现……
>
> 这学期我们读到的作品中，有许多苦难的角色，受苦的方式、原因、目的都不相同。想想这些角色从苦难中得到了什么（以及他们的反应如何）。

哦，我的天，我早该知道的。要命的大学考试！“选出三部你这学期读过的作品，讨论其中的‘缺乏自我认识’这一主题，着重于其相同与不同的处理方式……”是的，比较相同和相异之处。我清楚地记得，这是大学生活中不可或缺的一部分。我没法考这个试。我会给他们有羽翼的字词，三种受苦方式，还有缺乏自我认识，然后他们可以去死了！

我满身大汗，心脏好像要从嘴里跳出来，于是我抬起头看看夏皮罗的学生进行得如何。但他们看起来一点麻烦也没有。不，这些学生，这些孩子，他们在冷静地读着试题。这是他们所熟知的仪式。亨利伸展着肌肉，左右转动脖子，仿佛是棒球队的强打要上场击球了；左撇子苏珊头靠着会议桌，蓝册子摆在左边，几乎被胳臂圈住，冷静地开始作答，迅速而自信地写了一行又一行，手几乎碰到脸颊。

人长大是为了避免一些事，其中一项就是考试。一旦你超过二十五岁，你就学会了扬长避短。事实上，每个成人都抄近路、都装模作样，你从经验中学到了该专注什么、该抛开什么、什么时候该歇手、什么时候又该全力以赴。但现在我失去了这种优势，我只好在蓝本子上答题。

我把试题读了又读，绝望地涂写着答案重点。在我坐的这一角，夏皮罗在桌上放了一盒 Hydrox 饼干，我很快吃掉了将近三分之一。过了差不多十五分钟，我开始写道："在《埃涅阿斯纪》的第四卷里，埃涅阿斯造访幽冥世界，遇到了狄多的魂影，她……"尽管我觉得这些书很重要，不应该这样写它们，好像它们是关在监狱里的犯人，偶尔被放出来散散步似的，但我还是想考好。生锈的、古老的考试机器发出一声可怕的呻吟，开始运转。

然后我正在写字的手动弹不得了，大拇指的关节剧痛起来。我握笔握得太用力了，那是一支七毛九分钱的 BIC 圆珠笔，笔油流得不顺畅，写出来的字母线条又细、颜色又浅。我用另一只手移开笔，这只手却还是伸展不开，僵硬地绷着。看起来简直像只爪子。我习惯了用电脑写东西，用笔简直是酷刑。令我安慰的是，学生都在专心答题，没人注意到我的不幸遭遇。夏皮罗本来走了出去，现在带着好几盒葡萄柚汁回到教室里来。

我知道了什么是精神崩溃

考试是成人典型的焦虑梦境，而由我的亲身经验，这种事真正发生的时候可能比梦里还糟。三小时的考试结束后，我从哥伦比亚坐计程车到巴洛可去跟我太太与一个朋友碰面，巴洛可是一家我们很喜欢的意大利餐厅，在下曼哈顿的特里贝卡。我很快喝掉了一杯双份威士忌，还有几乎一整瓶白酒。回到家之后，我还在发抖，不得不吞下一颗 β-肾上腺素阻断剂、一颗 Xanax 镇静剂和两颗 Nyquil 镇静剂。

我睡下了，但只睡了不长时间。早上五点，我在床上突然直直坐起，弹起身的动作非常迅速，不得不伸手上举，好像是为了防止脑袋撞到天花板。凯西在我身旁熟睡着，孩子们在他们的房里睡着。我走进客厅，在那里可以听到西区大道上偶尔驶过的车声。我去了书房，坐在电脑旁工作了约一小时。但没有用。我的心跳沉重无比。哇，我对自己说，活到这么大，发现什么是精神崩溃可真好。我在客厅里跑来跑去，一圈又一圈，最后累得气喘吁吁,紧张感也稍有缓解。我在沙发上躺下,这是我阅读的殿堂。

西方男人认识自我

考试的目的不只在于给学生打分数，更在于贯穿起整门课程。它要的是一致性、连贯性，这事实上就意味着所有文学人文课或当代文明课的考试都尽了“霸权论述”的一份职责。学院左派的修正主义者也给学生考试，这些考试强制执行他们的，和传统论述相反的论述。

老天爷，那“缺乏自我认识”的三种形式，或诸如此类的东西。那受苦的三种形式是什么来着？什么东西的三种形式？为什么每种东西都成“三”出现？学院左派又为什么不攻击考试这件事？ 也许他们真的攻击过。考试是在强加于学生一种阳具中心的支配意识，通过霸权的蓝色本子强加于学生一种男性的竞争特质…… 其唯一的功用在于强加……强加……我的下腹传来一阵温暖（这是睡着的唯一方式），还有形式，理想形式，理想的男人与女人，他们打量着彼此，绕着圈子，然后脱下衣物合而为一……西方男人胜利了。他从缺乏自我认识变成了具备自我认识。

寒假

有那么几天的时间，我没有阅读的欲望。就让那些书堆在那里吧，就让它们堆在餐厅一角的桌子上、堆在办公室里、堆在我床边。我用家里的琐事让自己继续忙忙碌碌，照顾孩子们，并和凯西多次长谈。我在沙发上就位，但手上既没有书也没有笔记本，甚至连灯也没开，只是听着西区大道上的车子驶过 12 月和 1 月的融雪形成的泥泞。楼下，地下室里，锅炉运转起来，发出低微的嗡嗡声（我们住在二楼），然后停止。纽约这些老公寓建于 1926 年，有其神秘之处。热气经由管子传来，带来猛烈疯狂的呻吟和敲击砰砰声，然后一股脑地涌进房间，又闷又热，甚至想干脆拆掉暖气算了。然后我想起了四十五年前暖气太足的教室，有倾斜桌面和黑色金属桌脚的橡木课桌，和高高的窗户，上面木头窗框上积着雪，东一道西一条的。我能在沙发上枯坐一个小时，什么也不做，只是听着西区大道的声音，试着在脑袋里用暖气传出的砰砰声谱出音乐，直到儿子们来找我，把我拉进卧室里，然后我们在床上摔跤。大儿子麦克斯会从高高的黄铜床架上跳到我的身侧或背上，而那种痛并不是痛，只是温暖的压力；然后我们滚成一团，腿和手臂跟脖子缠在一起，膝盖和手肘顶着肚子，我被七手八脚地拉下去，又像船破浪而出重新升起，再一直被压到最底下，这时我知道我右颈一直紧绷到肩膀的肌肉已经放松了。

当代文明课有些书要读、要赶上进度，还该做一番全盘的思索。我明白了自己不能什么都写。因为“经典”太多了，好书也太多。要是没有极高的兴趣、没有喜爱、没有信心，我就没有权利说话。因此我放弃修昔底德和阿里斯托芬，还有阿奎纳、路德、加尔文，甚至笛卡尔，即使他是那么激动人心，那么重要。这样的课程让人在没有准备、也没什么能力的情况下被弹射到耸立的巨大山峰上，有时候你还没爬到一半甚至连抓都没抓稳就滑了下来——基尔菲泽教授在这一点上说得有些道理——但下个星期又有另外的山峰要爬，有时候你得爬了又爬。基尔菲泽没说到这一点。

我感到快乐，兴趣盎然。那整个学期我都极为快乐，虽然我手忙脚乱，拼命要专心读书，有时会感到狼狈或骇然。在学期里的每一天，我都忙于推挤我生活的框架，努力在每分钟里多装进些东西。我又开始读书了，经过几天的休息之后我想要得更多，即使是更多的困难，愈多愈好。虽然我没有在寻找自我，但却边读边发现自我，书本引我睁开了眼睛，在以前只不过是一团混沌、空洞的地方，我看到了一些转变的迹象。

第二学期

第十六章　但丁

《地狱》这部伟大的基督教史诗是部令人惊骇的作品，条理极为清晰，主题既崇高又丑怪，残忍场面使人惊慌，打破了一般道德和文学的范畴。

朱蒂斯·斯特恩戈尔德抱怨但丁心怀怨恨

朱蒂斯·斯特恩戈尔德，就是泰勒班上那个抱着头面对《新约》中矛盾之处的学生，又义愤填膺了。

“但丁到底是哪里来的？”她问。

她偏着头，带着一抹浅笑，好像享受自己肆无忌惮的这一刻。她长着一头深色头发，眼睛很大，讲话时盯着你看的样子几乎让人有点胆怯。她是个很直率的人。“他为什么抓着这些人不放？他有什么资格设计出这些酷刑？”

她讲的是《地狱》(*Inferno*)，这是但丁《神曲》(*Divine Comedy*)的第一部，也是新学期文学人文课读的第三部作品（前面的是《新约》和奥古斯丁）。她讲话的时候，我深深叹了一口气。作为一部令人惊骇的作品，这部伟大的基督教史诗条理极为清晰，主题既崇高又丑怪，残忍场面使人惊慌，它打破了一般道德和文学的范畴。但丁在《地狱》中创造了地狱的地形学，每一种罪都有不同层次的痛苦和受难，而且他惩罚的不只是历史和神话人物，还包括了与他同时代的人。

“这些是佛罗伦萨的真人。”泰勒说。

“他是在报复他恨的那些人，”她说，“还把一切放进宗教的背景中，让这本书看起来像是宗教作品。他是在掩盖他的恨意。”

某种程度上我同意她的话。《地狱》使我惊诧。所有的人都很惊诧，惊诧于书里骇人、猥亵且肮脏恶臭的视野，其中憎恶通常是最主要的一种知觉，而受苦则是欲望的中心景观。那些罪人或色欲熏心、或贪得无厌、或背信弃义，都永远不得翻身。永远，你得提醒自己这一点。在这段取自地狱第八圈的文字中，盗贼被蛇缠身撕扯，起火燃烧，然后又恢复原形，就像火鸟一样。但他们从灰烬中重生之后，不过是要受更多的苦罢了。

在这残酷而令人沮丧的蛇群当中，
有赤身裸体的人在跑，他们吓坏了，
没有一丝半点的希望。
他们的手被蛇绑在身后；这些蛇
贯穿他们的鼠蹊，
头尾在另一边打结。
然后——看哪！——一条蛇猛力向
站在我们这岸的一人扑去，从他
脖子与肩膀相接的地方戳了过去。
还来不及写下一笔一画的
电光石火间，那灵魂就起火燃烧
倒在地上，完全变成灰烬；
而当他支离破碎地躺在地上，

他的灰烬自己组合起来
转眼又变回原形；
就像伟大的智者所说，
火鸟每逢五百年
便死而重生一样；
它一生从不吃草谷，
只摄食几滴香料或豆蔻；
它的裹尸布是甘松和没药。
又像是不知为何跌倒的人——
不知是魔鬼的手把他拉倒在地
还是被其他人类的障碍束缚——
他，当他站起来的时候，茫然四顾，
困惑于他方才遭受到的
沉重痛苦，叹着气四下张望；
这罪人爬起来时便是这样呆瞪着眼。
哦，多么严厉，上帝的力量
报复时降下如此打击！（第二十四篇，91~120）

刺穿鼠蹊部的蛇当然是种难以言喻的侵害，象征了永久的羞辱和囚禁。这么多的苦难和猥亵的折磨！但丁和这一切有什么关系？学生们很震惊，因为看见在“初始之爱”的名义下却出现这么多恐怖的景象。有些学生不管多努力，在《地狱》中都找不到爱。但丁是个伟大的宗教作家，却侵犯了他们所有的虔敬之心。我虽然感到不自在，这次却觉得他们是对的。

我就像但丁笔下的某些罪人，确切说是教会分裂论者，想法分裂成两半。在刚回到学校来上这一年课的时候，我向自己许下诺言，我赞颂事物的原则和动机就是出于自己的乐趣，不盲从偶像，不喜欢就不会敬仰。没有喜悦的鉴赏是学术的诅咒，我不会对之屈服。我要坚持自己的信念：乐趣是通往知识之路。这表示，要是我不喜欢某样东西，没有从它那里有所得的话，我就会大方说出来。但乐趣是需要培养的：仅有乐趣可能是不够的，这也是我第一次想到乐趣是可能会由无知形成的。对于阅读但丁而言，我的乐趣或许太嫌狭隘。在文学人文课中，你不进则退，或者，用泰勒教授的话来说，要是你没有尽力去读不符预期的作品，你就是退步了。你没有看到作品的独特之处，只看到它和你的预期有多么不同。事实上，你是在读你自己。哦！那喀索斯！书变成了映照你倒影的水池，我知道我有掉进去的危险。

在中世纪，意大利大部分的严肃作品都是用拉丁文写成的，然而但丁却做了激进的改变，使用方言，也就是佛罗伦萨地方的意大利文。这部诗作正如许多革命性的艺术作品一样，做出了剧烈的转变，朝向下方——下到方言、身体、普遍的情绪和普遍的人生。这种转变创造了一种全新的文学，也许还创造了一种新的生活方式。对 T. S. 艾略特、W. H. 奥登，以及艾德蒙 · 威尔森在普林斯顿的老师克里斯迪安 · 高斯（Christian Gauss）而言，对千千万万的读者和学者而言，《神曲》是基督教时代的核心文学作品。

《地狱》

十八岁的时候，我认为《地狱》是在表达中世纪炽热激烈的信仰。我告诉自己，即使要读，我也不需要和 14 世纪的佛罗伦萨人有同样的想法。这部诗作全篇笼罩在恐惧和希望之下，但丁自己也夹在对罪恶的惊恐和对惩罚的沉迷当中。我记得当时我很欣赏但丁那种阴郁惧怕的心境，甚至爱读那些残酷而好笑的段落，它们那么精确而细致地描述了丑怪和变形的事物。我把这诗当成一种比喻来读，它和我没什么关系。1961 年，文学人文课的学生读的是散文体译本，从来没在课堂上正视《地狱》之为一部伟大诗作的地位。

但现在我知道当时我弄错了。我大一时读这部作品的方式不够郑重，太过自满。因为你不能只把它当成比喻、寓言或道德剧来读，而是首先要把它看作一首诗，用文学方法来处理不可名状之物。它创造出一套庞大的情境，同时也反映尘世的生活。但丁笔下的地狱由一圈一圈的同心圆构成，像挖进地心的漏斗。漏斗上方的地表处，就是耶路撒冷，耶稣基督在此丧命；漏斗最底端的第九圈位于地心，是撒旦的领土。愈往下走，罪就愈重，惩罚也愈重，每一种恶习和错误都有一种刑罚，最后终于到了眼泪都会结冰的冰窟。在地狱底层，长着三个头的恶魔咬啮着背叛了恺撒大帝的布鲁图斯（Brutus）与卡西乌斯（Cassius），还有背叛了基督的犹大。《地狱》不但展开了但丁的宇宙及地理 / 玄学设计图（后面还有另两部巨幅长诗），也铺陈了一张伦理价值的图表。色欲，偷盗，背叛。坏，更坏，最坏。痛楚，折磨，苦难。

十八岁的我所没有注意到的是，但丁在这幅想象的景色中塞进了许多中世纪生活的拥挤和污秽：街上的下水道，泥泞的路面，各种臭味和瘴气，生病的人、残疾的人一瘸一拐地走来走去。读者也可以感觉到当时酷厉肃杀的情境：酷刑、地牢、阴谋、骗局、丑闻。这部天才诗作不仅含义复杂，更令人想起刻板印象中阴森可怕的中世纪。我们可以感到诅咒的威力，感到对秘密契约以及积恨深仇的恐惧。

这部作品有着惊人的成就，在写实或幻想方面皆然。但我愈读便愈反感，愈气愤。书的主角是但丁自己，或说是诗化虚构版的但丁。《地狱》的一开始，但丁这个角色三十五岁，在“阴影幢幢的森林”中迷了路。他正面临着我们所谓的中年危机，他的灵魂有危险。为了拯救他自己，他必须走这一遭，亲眼看见罪恶的具体后果。带他游历地狱的不是别人，正是古代最伟大的诗人维吉尔（中世纪的意大利人只是间接地知道荷马与他的作品）。维吉尔领着但丁遍游恶习的台地与高原，但他自己永远不能离开地狱，因为那是他的住处（他和其他高贵的异教人物一起住在地狱的第一圈）。接下来但丁的向导是贝雅特丽齐，真实生活中的但丁在八岁的时候曾和这个小女孩见过一面，贝雅特丽齐比他小八个月左右，死时年仅二十五岁。但丁早就把贝雅特丽齐当作他的缪斯，她将带领但丁游历《神曲》下一部中的炼狱，然后再到天堂。而到了最后，但丁会见到幸福的美景。但丁把他的作品称作喜剧（Commedia），因为历程是从黑暗走向光明、从万劫不复走向救赎。

这当中的傲慢程度相当惊人。奥德修斯和埃涅阿斯在冒险的过程中，都到阴间做过令人毛骨悚然的旅行，见到了亡故的同胞，听取他们对未来的预言。但这两个人是战场上的英雄，对死亡并不陌生。诗人但丁把他自己变成了书中到阴间旅行的英雄，还带入不少佛罗伦萨的历史与政治。但丁是在怨恨的放逐之中写成这首诗的。1302 年，在佛罗伦萨永无休止的权力斗争中，但丁站到了错误的一边。此前他被派到罗马去见教皇，就在他离开佛罗伦萨期间遭到放逐，之后并被判处死刑。他再也没有回到佛罗伦萨，而是在各个意大利宫廷之间游荡，写作《神曲》及其他作品。于是在这本书崇高的规划中，落进了一些私人的愤怒，几乎有种算账的味道。斯特恩戈尔德抱怨的就是这一点。

然而斯特恩戈尔德可能没读出来的是，但丁对公共道德有多么执迷。如果我们提醒自己，佛罗伦萨是个脆弱的中世纪城市，常常受到包围攻击，那么诗中罗列的价值观读起来可谓意义深远。但丁在他笔下的地狱里放进了胆怯的懦夫——我们所谓的不肯“投身”于某事的人，依照他的评断，浪费自己的资产是比杀人还低下的罪。大致上说来，私人的、跟欲望有关的罪没有侵犯上帝或自己来得严重；违犯群体利益的罪更重，政治上的背叛罪大恶极。简言之，惩罚的判定依群体的福祉而定。把秘密告诉不该告诉的人、挑拨离间或打开城门让敌人长驱直入的恶棍，会给所有的人造成灾难。

斯特恩戈尔德没读懂这种公民的热情，她只看见惩罚，但我不能怪她。虚构的但丁在维吉尔的陪伴下游历了一圈又一圈，看着罪人在黏液、大便或火焰中挣扎扭动，全身陷在其中，或是倒栽在里面。他们被蚊虫叮咬，被飓风打击，被魔鬼用马鞭抽，被鬼怪和狗撕扯；受到残害，被开肠破肚，被迫手脚并用地爬行，头被扭到后面，眼泪流进屁股中间的缝。倒不是说但丁这个角色不为所动。他所看到的景象令他伤心、令他惧怕，一度还曾昏倒。然而这些受苦的景象之所以存在，是为了他的精神教育和修身养性。

还有读者的修身养性。但从别人的苦难中取乐呢，这该怎么评价？ 14 世纪不见得有很多人会认为这种情绪是罪恶的。但我们的确这样认为。朱蒂斯 · 斯特恩戈尔德抱怨的是执迷于这种经验的道德可疑性，而看过电影的我们，对执迷都多少有点了解（说句公道话，但丁可能也知道：有一次，维吉尔不得不警告但丁这个人物不要太感兴趣了）。执迷可能会变成一种不负责任的权力状态：观赏暴力景象，以此为乐。我们这些看电影的人说，艺术中的暴力只有在呈现手法具有美感、力量或道德严肃性的情形下才是正当的，否则，我们的乐趣就是在进行残酷的剥削。稍早，我谈过“观者的道德”，一个例子是对非正当的暴力感到厌恶。虽然《地狱》达到了所有艺术中暴力应有的标准，书中的狂热仍然使读者难以面对，甚至受到伤害。

斯特恩戈尔德说出那句话的时候，泰勒竟无言以对，这实在罕见。他透过眼镜盯着她。“呃，”他僵硬地说，“你的脑袋不是外星人的，下论断之前必须要先试着去了解。要不然，就把书放下，毁掉它。”

这是天外飞来的一击。没人想为毁掉一本自己不喜欢的书负责。我当然赞成学生继续读《地狱》，即使只是为了去了解——姑且不论文学上的伟大成就与影响力的问题——一个伟大的西方头脑中的狂热盲信是什么样子。课堂上，泰勒着眼于细节，寻找但丁想象模式的蛛丝马迹，我们分析了几个段落，发现其中包含了大量惊人的深义。学生不情愿地开始回应，其中至少有些人转而认同这首诗是一部虽然复杂之至、却也首尾呼应的作品。

我无法起身

我坐在教室后面，看着泰勒运用各种片段建立起了一个统一的结构。但我几乎毫无反应。我不愿起身，无法攀爬到超过字面反应的高度。我不能像十八岁时那样说：“它和我没什么关系。”然后就把《地狱》当成一种阴郁而丑怪的娱乐，或者是成就惊人的结构，或者是一首关于身体的诗。站在一个疏离的位置上鉴赏苦难，这样做有损我的人格。对于恐怖片中各式各样的暴行和肢解，青少年也许可以欣然接受，然后隔天就一笑置之，但这里的暴行和肢解却是在有系统地进行。是的，这就是此书中暴力的问题所在：它太精确、太彻底了；你要是不相信它，就只能完全排斥这首诗。在这套精细的系统中，意义有符号和寓言的不同层面（但丁自己坚持有历史、寓言、道德和神秘等四个层面），但在字面的（也就是“历史的”）层面上所存在的伦理假设令人很难忽视，也很难把那些假设纯粹当成诗中形式所需的元素，只要你不把形式主义变得愚蠢的话。我绝对不可能认为泰勒痴呆，但他忽略了一些议题，就像在讨论《奥德赛》时他避开了屠杀那些追求者及侍女的问题一样。我挑剔的正是这一点。虽然最后我接纳了他对《奥德赛》的观点，但这次我置身其外了。但丁当然期望读者认真看待他的伦理体系，这一体系相当特殊，但仍保持了自身的一致，那就是用狂野而胁迫的暴力想象推动他个人对教会信条的诠释。

泰勒附带提到，浪漫主义者和维多利亚时代的人都不赞许但丁，因为他们相信的是慈悲，而非判断。我读着当代文明课的文本，看不出若是没有判断，公民或宗教的秩序要怎么存在。我觉得可厌的是永恒判断的观念。我心头沉重，隐约有种我可能没抓到重点的感觉，但还是同意斯特恩戈尔德和其他对此书望而却步的学生的意见。

夏皮罗教授的学生把人放进地狱，但没读出这首诗的身体层面

夏皮罗班上的学生想法类似。认为文学应该要公平的瑞蓓卡双手抓着头发，问道：“一个教人要宽恕的宗教，怎么能把人打下地狱永不超生？”克丽斯汀·黄是个新加坡女孩，读过的书很

多，讲话安静但斩钉截铁。她现在说道："地狱里有清真寺。但丁在攻击土耳其人。我一点儿也不认为他写的是宗教文字。"她还没提到连穆罕默德本人都在第二十八篇中出现了，他身为"教会分裂论者"，被一刀划开"从下巴一直到肛门；他的肠子垂在双腿之间，看得见他的生殖器，还有我们称之为粪便的一大团污秽之物"。穆罕默德、他的侄子阿里，以及其他教会分裂论者的伤口才刚刚愈合，马上就又被切开。

夏皮罗的学生坚持认为，但丁在衡量罪恶的同时，自己也犯了残酷之罪；这个制定法律的人自己就无法无天，行事毫无节制，不像他们这些学生心存容忍，而容忍之心是禁止你去恨别人的。他们认为心胸开阔与尊重他人比天赋更有价值，对宗教的观念也很天真：宗教就是道德的，具有与人生其他方面分离的伦理先验性。夏皮罗的学生里，只有来自马里兰州的浸礼会教徒亨利在宗教里放进了一些强硬的成分。他说，当好斗的耶稣叫听众丢下一切跟随他的时候，就暗示了落在后面的人会遭到惩罚。

许多学生用"容忍"来掩饰他们所不了解的东西。他们是美国人，人们教导他们尊重所有的传统，所以他们把基督教当作种种宗教中的一个，你可以接受或不接受，你可以选择。这在当前可能是事实，在这个宪法保障宗教自由的国家里可能也是正确的态度，但在中古世纪的欧洲，基督教可以说就是一切，既是善也是恶，既是恨也是爱，既是学习也是娱乐；它包罗万象，与生活融为一体，人们透过基督教来看待一切。在信仰的时代，几乎没有选择这种问题。《地狱》的情节始于1300年4月7日的耶稣受难节，即基督被钉上十字架的这一天，而终于复活节，即耶稣复活的这一天。但丁秉持基督教的宇宙论；他站在过去和现在之间，看向一个启示录般的未来。学生们政治正确的世界性宗教观终于惹恼了夏皮罗:“各位，所有的人都是基督徒。这不是一篇讲道词，而是教皇、政治、宗教统统捆在一起。这是在基督教的架构中，写给基督教读者看的基督教诗篇。”

他们欲言又止，他们躲了起来。比方说，身为现代人的他们接受性，接受身体，但这种接受只是理论上的。他们离那个时代太远，当时可以既因教条而恨肉体，又毫无保留地活在肉体里，彻底接受生理层面的需要。夏皮罗对他们穷追不舍，坚持说《地狱》是一部关于生理存在的伟大作品。“身体变成不干净的东西。”他说着，抬起头来，语声粗嘎，“他们和不应该的对象、同性别的人性交。有非法的性行为，太多的性行为。他们暴力，他们排便，他们吃，拿种种东西往脸上抹。身体变成了一个奇怪的容器，东西从里面跑出来。”

学生脸色凝重，但“教练”兴高采烈地继续施压。“身体能感觉到痛苦——被肢解、受冻、上手铐脚镣的痛苦。乐趣从何而来？身体被看成罪恶的地图，而不是乐趣的地图。”

这个惩罚的系统既令人厌恶又绝顶聪明。但丁最特别的身体刑罚叫作 contra-passo，字面的意义是“反惩罚”。什么样的罪有什么样的惩罚，但 contra-passo 的设计更进一步，是深入一击，到了惩罚本身变成那项原罪的地步。这一过程始于活着的时候。你一旦犯了罪，就开始执迷不悟，而执迷会改变你的形貌。原罪会出现在你的脸和手脚上，这种观念既表达了原始的恐惧，也洞悉到扭曲的心理会影响身体的外表。到了地狱，这一过程进展到最后一步：罪人变成了他的原罪，他的人格在死亡中完成。人死后变成自己，而活着的诗人但丁面对每个死人，看见他不受外物掩蔽的本质。教会分离论者被切成两半；贪婪的、囤积财物的人被迫用他们的胸口来推动重物走半圆形，并对彼此大吼大叫；所谓的同性恋（鸡奸）者，依此评断标准是被逐出教会并受到诅咒的人，三个三个地连在一起。

> 我们一站稳，他们就又开始
> 他们那古老的哀号；到了我们旁边，
> 他们便组成一个圈子，三个人连在一起。
> 就像赤裸的、涂了油的角斗士，
> 在击打和伤口开始降临之前，
> 每个人都研究最适合他的下手处
> 如此轮转着，每个人都保持脸
> 对着我，于是他们的脖子向着与
> 双脚相反的方向不停地滚动。（第十六篇，19~27）

同性恋者被固定在无子嗣的徒然状态中，名副其实是在空转着圈子。这一段有种特别的、冻结的苦痛，由无休无止的重复而生的苦痛。罪恶让你一再在原地打转。

这令人目瞪口呆，但对于年轻人而言可能难以接受。这种肉体的极端感受，但丁的许多读者知道也体验过的煎熬，以及在生活中罪恶感十足却又过足瘾的乐趣（那种意大利式偷欢），跟这些学生受到麻醉的世界离得太远了，以至于他们躲避开来。夏皮罗是在敲打一扇关着的门。他尝试了一个实验，看看他能不能把门撞开。

“我要你们创造自己的地狱圈圈，”他说，“用你们自己对但丁笔下惩罚的看法。”他突然把这个难题丢给他们，好让他们没时间审查自己的无意识。一阵短暂的沉默之后，有人举起手来。

苏珊（来者不善，难以安抚）：我会把绝对主义者扔进地狱里，就是那些认为自己永远正确的人，到处伤害别人……

亨利：但如果他们真的正确呢？

苏珊（不理会亨利）：……把他们扔到第八和第九圈之间。他们的惩罚是必须把他们毁掉的人的生命重组起来；他们必须拔下自己的手脚，接到他们伤害过的人身上。

莎莉（来自宾夕法尼亚州的女生，对社会犯罪问题持强硬态度）：抛弃孩子的人，第八圈的最后一层。他们的地狱是被愧疚逼疯，像他们的孩子一样活在孤独封闭里。

亨利：这只是肉体层面的惩罚。对于没有把持住自己本质的人来说，地狱就是没有善。地狱就是想象他们当初要是了解真正的自我的话，可以变得多么好。

我发现这非常有趣，学生们的人格和个性都展现在其中。比方说，亨利常常宣称他个人愿意面对并战胜那些威胁到他的自我的事物（他最喜欢的作家是尼采）。克服他物、克服自我是亨利最爱的神话，除了他努力要变成的那个样子，他不愿面对任何版本的自己。

夏皮罗也觉得有意思，但有点不耐烦了。"你们在抗拒这文本，"他宣布，"抗拒它的生理性。"他略带怒意地看着他们。

法里德（在阿布达比长大的印度人，理性主义者）：自以为是和无知者，把他们扔到第六圈，让他们都为改变对方的想法而冲别人嚷嚷。

亚历克斯（新来的学生；很瘦，苍白，知识分子型，戴着眼镜）：在公共场合嚼口香糖的人，他们犯了不能自制的罪。他们的惩罚是在地狱里拼命大笑，笑得过火。既然活着的时候滥用下巴，死了以后也是如此。

卢卡斯（南方来的先生；说话无精打采，一副百无聊赖的样子）：烦人的人，来做客一待就一整晚，或者在街上讲话讲个不停的人，把他们扔在异教徒旁边，他们的惩罚是没有眼皮，所以不能睡觉。

约瑟夫（家住华盛顿的有礼男生）：拒绝知识的人，他们的眼睛会痒，他们会把眼球抓出来。

瑞蓓卡：我不相信有地狱。我会把纳粹分子和希特勒扔进一个大房间，和浩劫中遇害及幸存的犹太人一起。他们得听那些犹太人受了什么苦。把他们扔到地狱底层。他们不只背叛了人民，更背叛了全人类。

夏皮罗摇着头，回身看向我，转了转眼珠。学生们很有才华，但想的东西都太过崇高了。除了苏珊、亚历克斯、卢卡斯——而后两者只是在戏仿——没人能进入《地狱》那毫无顾忌、报复性的肉体生命中。他们相信的是伦理学，不是罪恶，于是他们建立出政治正确的地狱，里面最严重的罪行就是不容异己和无知。克丽斯汀·黄说要把但丁自己放到冥顽不灵者和种族歧视者的那一圈去，和一个跟他完全不像的怪兽绑在一起。他们大部分都把生理刑罚转变成心理刑罚，对残酷抱着戒备的态度，以至于没抓到重点。比方说，瑞蓓卡似乎没了解到有些纳粹分子已经“听过他们受害者的苦难”，而那声音也没让他们有什么不安。

夏皮罗追着学生们不放，一直在讲这首诗真正的本质，引导学生放下误解，了解作品。有些学生终于搞清楚了。但在这个练习结束时，我在心里呻吟起来。我觉得很沮丧，因为虽然我看到了这些学生和斯特恩戈尔德读《地狱》的方式有许多局限，但是自己也别无他法。

我们听到一些但丁的意大利文，所有人都为之屏息

不过我也得到了一点舒缓和乐趣。夏皮罗班上的一个学生弗朗西丝卡，有着丰润嫣红的嘴唇和一头蓬乱的头发，英文说得好极了，几乎没有外国腔，我本来都没怎么注意到她是意大利人。

“教练”在讲授但丁的最后一节课上，要她读《地狱》的开场。当她念着第一篇的前三十句时，整个教室安静了下来。我想请读者大声念出这些诗行，即使你和我一样，一点儿意大利文也不懂。

Nel mezzo deI Cammin di nostra vita
mi ritrovai per una selva oscura,
Ché la diritta Via era Smarrrita.
Ahi quanto a dir qual era è cosa dura
esta selva selvaggia e aspra e forte
che nel pensier rinova la paura！
Tant' è amara che poco è più morte；
ma per trattar del ben ch' i' vi trovai,
dirò de I' altre cose ch' i' v' ho scorte.
lo non so ben ridir Com' i' v' intrai,
tant' era pien di sonno a quel punto
che la verace via abbandonai...

所以现在你听到了，或者是听到了类似的东西——无论如何，你听到了一些东西。弗朗西丝卡念的时候没有特别加重音节或强调语气。她念得低沉稳定，比她平常讲话的声音还低缓，但那声响听来很诡异：像是中提琴演奏出的令人入迷的旋律，音乐

自行从安静的低调扬起。不，这不可能是真的，这一刻太完美了。但这是真的，学生一片静默，她读的时候垂着眼睛看向书页，红润的脸越来越焕发，而但丁笔下的意大利文，正如埋藏在这语言中的音乐，顺畅地流进了教室。

泰勒和夏皮罗教我们读史诗的时候，注意结构和意义、象征的能量和戏剧性的分量。他们和大部分文学人文课的老师一样，很少谈论格律，也几乎从来没讲到过诗的声音。我们读的是译本，所以谈声音有什么意义？就文学人文课的目标而言，入门的学生读这些艰难费力的作品时，不需要哀叹他们可能错过了什么，翻译造成的某些损失被视为理所当然。然而但丁诗句之声的力量是如此之强，我觉得我在读的根本不是那首诗。亚伦·曼德包姆（Allen Mandelbaum）的英文翻译传达出了这首诗的力道——刑罚的地理性和感官性的特质——然而使但丁成为许多人心中“世界性”作家的那种甜美、那种对生命的爱则没有传达出来。但丁意大利原文的美丽，必定是那份爱的最强音。

* * *

我自己也迷失在阴影幢幢的树林里。我无法理解，身为一个读者，我无法以任何一种方式去相信对永恒的诅咒（而缺少绝对信仰的相信本来应该呈现为很多种方式），所以我无法像泰勒要求我们做到的那样，“以它本身的条件”去读这首诗。我和许多学生一样，被困在我的条件里，也就是每个人的条件，陈腐、正确、后启蒙运动的伦理学，从那个角度看来，中世纪关于永恒诅咒的观点是狂热而危险的迷信体系。

我告诉自己，但丁不只复制了真实世界的恐怖情景，他还自行创造了许多恐怖。是的，这部作品是幻想与再现，但我无法摆脱但丁竟然认同酷刑的念头。在某一方面，他是相信酷刑的，他为酷刑提供了正当化的理由。在现实人生中，施展酷刑者的控制欲受到死亡的限制，受害者会死。这里的刑罚则永远继续下去。为了“圣职或官位的买卖”——也就是贪污（在但丁未出庭的情况下，他被判的正是此罪），一个人可以被永远折磨下去。想象一下！一个涉嫌违规停车骗局的纽约政客，被永远埋在粪便里！

要是上帝会这么做，他一定缺乏幽默感。

我没有适合读这首诗的感情。那些感情是和当初产生它们的那些信仰相连的。我无法理解。我读但丁失败了，而且是最直接的一种失败：我不喜欢。而且我已经太老了，没办法再告诉自己说，读不喜欢的东西对我有好处。

第十七章　薄伽丘

薄伽丘称赞叛逆的享乐主义，这种享乐主义是我们已经错失的；他坚持性主要是与乐趣而非权力相关，颠覆了我们最郑重的信仰。

凡·佐伦教授叫学生放轻松

玛莉娜·凡·佐伦（Marina Van Zuylen）教授坐在一张深棕色的学院小书桌旁——其实是张普通桌子，看着面前一群群的学生。“你们在读《圣经》和奥古斯丁时提出了一个很好的问题，”她说，“就是‘要是我们不该享受上天赐予的东西，那么人生在世究竟为了什么？’。这个问题已经有答案了。现在我们有一本薄伽丘所写的书，整整一千三百页讲的都是好好享受。这下子我能在你们脸上看到微笑了吗？”

或许学生们没有在微笑，但我绝对微笑了。也许该说是咧嘴嬉笑。听玛莉娜·凡·佐伦说话很难不笑。她三十出头，身材苗条，深色皮肤，穿着紫绿相间的衬衫、深色裙子、深色丝袜。她讲起话来有点法国腔，却又不太重，那种淡淡的外国口音令人困惑。她不是美裔法籍就是法裔美籍，我不确定究竟是哪一个（从她的姓氏来判断，还有些荷兰、佛兰芒或比利时的背景）。她已经在哥伦比亚的法文系任教两年，非常喜欢上文学人文课。她对欧洲的文学如数家珍，态度坦诚随和、不拘小节、非常直接。

“近来你们一个个都变成了小奥古斯丁，”她说，“你们都非常道德。但你们还保有叛逆的权利。你们说，‘要是我们有身体和这些器官却不能用，那它们长出来是干什么的？’”

嗯，也该是时候了。核心课程中至今一直欠缺的是性。除了萨福狡黠迷人的挑逗、希腊悲剧里夫妇间饱受折磨的结合、《埃涅阿斯纪》里几个不凡的段落（然而整体说来，这本书描述狄多的悲伤远多于她的乐趣，至于埃涅阿斯看起来更是几乎没有享乐的能力），还有但丁笔下极少数地狱罪人充满渴望的回顾——除了这些，少有性爱，起码少有直接的、切身的性爱。性爱是生命的力量，让人建立城市、完成英雄事迹，性爱象征宇宙的创造能量，是无所不在的，但这个肉欲的小魔鬼主要呈现为不可信赖的诸神身上一种危险冲动，或者是对基督教救赎的一大威胁。我们读过圣保罗激愤的书信，他对肉体的厌憎强烈地影响了奥古斯丁和但丁，在他们的书中处处可见。肉体必须被驯服、被压制，因为肉体是危险的，是人世间的地狱，可能导致人永受诅咒、不得翻身。

我们也很少见到喜悦。悲剧，史诗，历史，哲学，除了希腊剧作家阿里斯托芬的喜剧，核心课程所读的东西都严肃沉重，我想学生很容易因此认为，伟大的东西只能是严肃沉重的。阿里斯托芬把身体变成了会爆开的气球，但我在想，把身体看作情愿冒险和享乐工具的作家不知在哪里？

美国人性格中迥然不同的两面

倒不是说这些书严肃沉重的内容令学生却步。这些学生是美国人，来自一个将艺术与娱乐截然分开的文化，这种文化鼓励它的成员发展出双重意识，其中一半受虔敬之心驱使，另一半则是讥嘲和讽刺。这些学生也是大一新生，可能正努力适应大学生活，他们或许没有敢于发笑的自信心。毕竟，我们这些文学人文课的学生要的东西也包括那种正经的态度。上这门课的乐趣与虚荣，部分正来自那些书的厚重。我们看到自己在读正经的书。那么，许多学生还不了解正经和有趣并非互不相容的东西，也就不是什么出乎意料的事了。开始讨论薄伽丘时，有些学生持有轻视的态度。凡·佐伦班上没有，但在另一班上我甚至听到几个男学生说薄伽丘的情色故事是“垃圾”。一个喜剧兼性爱作家！薄伽丘对他们的严肃庄重简直是双重打击。有几个男生特别严厉，看起来像是拒绝贷款的银行家，一个聪明的男生用到了“荒淫”这个词。

* * *

让正经和有趣的事物兼容，或许是人文教育一个不那么明显的目的。几十年前，设立文学人文课的人在奥古斯丁和但丁之后排了一组作品，专门是关于喜剧与“身体”的。1961 年我第一次上这门课时，我们读过赤裸裸描写肉欲和屎尿的拉伯雷，他那本又厚又重的《巨人传》(*Gargantua and Pantagruel*) 肆无忌惮地充斥着生理欲望。但由于 1986 年开始招收女生，拉伯雷就和其他一些作家一起被排除在书单之外。《巨人传》令一些人不快，而且这本书充满了文艺复兴时代的特定知识，很难懂也很难教。拉伯雷被除名，既是为了政治正确的理由，也有实际上的原因，取而代之的则是薄伽丘。他对我来说是陌生的，而且我的情绪还在因为读了但丁的不快而受到影响，于是开始读薄伽丘时没抱多大指望。他不过是文学人文课书单上比较“次要”的一个作家，我想。

文学人文课要我们读《十日谈》（*The Decameron*）的一些选段，这本书是薄伽丘在16世纪30年代写成的，由一百个故事组成，其中大部分有关情色。薄伽丘用来作为故事架构的正是腹股沟淋巴结鼠疫（bubonic plague）。为了逃避这种疾病的肆虐，一小群贵族青年男女离开佛罗伦萨到乡下去，互相说“带色儿”的故事来取乐，生活起居则丝毫不逾矩。他们不是假正经的伪君子，他们可能就是鲜活的人。这种愉快的心态主导着故事的进行，和令人惊恐的背景形成了对比。薄伽丘在遍地死亡中肯定了生命的原始能量。

我对薄伽丘的错误印象，以为他是个淫秽的无聊人士

文学人文课指定我们读第二篇第七章，其中我读到的第四个故事是关于一个苏丹的女儿，她有九个丈夫。苏丹的女儿！我眼前出现了“一千零一夜”式的庸俗场景，黑色的胡子搔着赤裸的奶子和多肉的屁股——淫荡但非常无聊的东西。啊，是，苏丹的女儿。我不是听过这个故事吗？对了，可能是在《花花公子》里，20世纪50年代中期薄伽丘出现在它的“淫秽经典”部分。我从夏令营的一个辅导员床下偷了那本杂志（当时我十三四岁），可能读到了一两个薄伽丘的故事，夹在珍·曼丝菲德重重地躺在草地上的跨页照片和威廉·道格拉斯一篇关于公民自由的耸动文章之间，对，在赫夫没完没了的“哲学”和一页页多余的高格调废话（恋爱，食物，服饰，爵士乐）之中，薄伽丘就出现在那里，

只不过改写成较短的篇幅，配上卡通插图。现在我发现，编辑所做的缩减抹杀了薄伽丘流畅的文风，但当时我并不知道。我只知道他很“猥亵”,而《花花公子》认为他是经典。因为“猥亵”“淫秽”“色欲”“放荡”这些词被早期的《花花公子》用得津津有味，让低级色情读物愈发薄弱幼稚，这给我留下的印象是薄伽丘有点烦人，就像是酒吧里多嘴的老头，编故事给朋友取乐。

于是我们的文化让一个伟大有力的作家变成陈词滥调，至少在一个懒惰读者的脑海中是如此。《三艳嬉春》（*Boccaccio'70*，1962）这部片子加深了我早期对薄伽丘的偏见，那部电影里充满了对书中故事自作聪明的现代诠释，令人生厌，执导者包括费里尼（Federico Fellini）、德·西卡（Vittorio De Sica）等意大利导演。然后帕索里尼（Pier Paolo Pasolini）那部可观但绝不好笑的片子《十日谈》（*Decameron*，1970）又使我的印象变本加厉。但给那野心勃勃的帕索里尼说句公道话，我的确记得一个饱含情色的意象：一对性感诱人的少年少女赤身裸体睡在阳台上，那个美丽得像天使的女孩手里握着她情人粗壮的性器官。记忆中这只伸出的手，应该早就让我觉察到原著里的真正内容是什么。不料结果却是，我和那些学生一样，都被蒙蔽在错误的观念之中。

才读了没几页的薄伽丘，我就极为惊讶地发到自己有种强烈的如释重负的感觉。用玛莉娜·凡·佐伦的话来说，感觉开始唤醒了久未使用的四肢百骸。我很快就活了过来。

薄伽丘是个欢乐的作家，也是个讽刺作家。他相信某些事情在读者看来应该是再明显不过的，于是他用自尊自重的保留笔法来处理，仿佛那是个秘密。他所相信的事情（那女孩伸出的那只手）既然在20世纪90年代令一些读者讨厌，六百年前必定也使许多读者讨厌，即女人是热切的，对性的热切和男人相同。不是指所有的女人，宅在家里织毛线的女人还是有的。但那些勇敢的女人和男人一样，下定决心和自己选择的伴侣为所欲为。

当然，女人并非总有自由随心所欲，于是薄伽丘在他严肃有礼的引言里提供了一些实际的指导。女人受到丈夫、兄弟、父母的管制，没办法到处乱跑，所以必须巧妙地安排她们的生活。在书中许多故事里,都是女人主动设计以求尽欢。她们掩饰自己、假扮伪装：夜里和不顶用的丈夫并肩躺在床上，脚指头上拴着细线垂到窗外，好让情人通知她们来幽会；把男人藏在箱子里、柜子里，或者和他们在山洞里、花园里、阳台上私会。她们创造出虚构和幻象，给性爱配上言语。这些女人在现实和话语中都是虚构的高手。她们受到限制，但计谋巧思层出不穷，堪称是奥德修斯真正的继承人。她们创造了自己的故事，有时候也讲出她们自己的故事。薄伽丘的故事并非全部都是这种性质，虽然书中好色的男人也不少，但大体而言，他笔下的性取决于意志和欲望，而非诱惑。那些女人是正面的主角。薄伽丘写的其实是寓言，目的是激发读者行使自己的自由。

《十日谈》：苏丹的女儿

就连那个在我们看来是被动接受命运的苏丹的女儿，也享有某种自由。这里没有任何无赖或风骚的意味；故事发生迅速，平铺直叙，又极为无厘头搞笑。巴比伦的苏丹把他美丽的女儿阿拉缇叶嫁给阿尔加夫的国王。但公主越过地中海去见未来丈夫的途中遇到暴风雨，船沉了，她漂流到马约卡岛的岸上，所幸有一个当地的贵族男子在海滩上救了她。那人听不懂也不会说她的语言，但把她安置在自己的城堡里。一天晚上，他在宴会上喝醉了，上了她的床。一开始公主拒而不从，但后来她也喜欢和他做爱了。

然而好景不长，那贵族英俊的弟弟被阿拉缇叶的美貌迷住，于是杀了自己的哥哥，将她占为己有，带她远走高飞。薄伽丘把这件事写成公主遭到的另一桩“灾祸”（船难是第一桩），不过她再一次在床上得到了安慰。就这样，贵族一个接一个爱上阿拉缇叶，一个接一个杀死她的前任“丈夫”，把她带走。这出喜剧简直没有廉耻。故事中的男人违反所有道德与礼仪的戒律，掠夺自己的兄弟、朋友、主人、领导者；他们欲火焚身，到了为之杀人的地步，然后又因为杀了人而兴奋得马上就和他们掠夺的战利品做爱。这些行动之后跟着就是战争和混乱。这个故事颂扬了性爱征服和毁灭的力量。

叙述这一切令人非议、无法无天的行为时，作者并没有加以批判，也没有显得震惊，只是下笔利落地照顾到了阴谋的细节部分，仿佛谋杀、绑架都只是技术问题而已。

> 他下定决心要迅速采取行动，不顾一切理性和公平竞争的顾虑，只专注在狡诈上。一天，为了推动他邪恶的计谋，他和亲王的亲信之一，叫作西乌里阿其的，达成了协定，把他所有的马匹和行李都打点好，方便随时离开。夜里，他带着一个同伴，两人都全副武装，前面提到的那个西乌里阿其一言不发地让他们进入亲王的卧室。这天晚上天气很热，虽然那女人睡着了，亲王还是一丝不挂地站在面海的窗前，吹着海风。公爵事先已经告诉同伴该如何行事，这时他悄悄地穿过房间来到窗前，拿出匕首刺进亲王的背部，力道大得刺穿了亲王的身体，然后很快抱住亲王，一把推到窗外去。

在 G. H. 麦克威廉（G. H. McWilliam）的翻译之下，薄伽丘的文字和那把匕首一样迅速。这故事变成了一个情色的童话故事，有一层黑暗的、恶作剧的讽刺。这些精通技术的男人炫耀他们美丽的“妻子”，把她当成自己的财产，这份财产也很快就被夺走了。她就像是特洛伊的海伦，但没有人能永远拥有她，她就像青春正盛的伊丽莎白 · 泰勒（Elizabeth Taylor），活得比她所有的情人都久，她的天真和乐趣也都毫发无损。在这个故事中，是男人遭受了侵害——被其他的男人侵害。阿拉缇叶做何感想？这就是薄伽丘的第二个讽刺玩笑。他保持自己置身事外的立场，丝毫不提供“心理”层面的信息，只巧妙地讲述阿拉缇叶的“灾祸”和“不幸”，掩盖了她和情人们一样都不在乎正当与否的这个明显事实。我们猜想，阿拉缇叶和那些欲火焚身的男人在床上很愉快，她的乐趣就替她复了仇并拯救了她，同时她也受到了喜剧性的崇敬。过了这么多年四处为家的奇怪生活之后，她回到父亲的领土，编了个荒谬的故事，说她和修女住在一起以保持贞洁，于是终于正式结了婚，以“处女”的身份嫁给那个可怜而有耐性的阿尔加夫国王。故事的结局是这样的：

> 于是，虽然有八个男人分别和她做过几千几百次的爱，她仍以处女的身份上了他的床，并让他相信事实的确如此。之后她身为皇后，过了许多年的快活日子。俗话说得好：“一张被吻过的嘴不会失去新鲜劲儿，因为它像月亮一样总能亏而复盈。”

我从指定要读的故事当中选出了这一个，正因为它最容易受到现代思想的轻视。这不是个一再被强暴的故事吗？毕竟没有人问过阿拉缇叶同不同意。难道薄伽丘不该像那可怜的、不再流行的天才拉伯雷一样，被踢出可以接受的经典作品之外吗？

但薄伽丘无意把这个故事写成对强暴的记载。从他许多其他的故事中我们可以看出，对男人有所不满的女人会采取行动：她们从阳台上爬下来，假扮伪装，另结新欢，被指控通奸时还挺身而出在法庭上为自己辩护。有时候她们也会拒绝情人。以此类推，要是阿拉缇叶不高兴的话，她也会有所行动。这个“灾祸”的故事之所以这么好笑，正是由于阿拉缇叶尽在不言中的乐趣。读这个故事的时候，我们不应该以自己关于性和权力的观念先入为主，而是要在中古世纪基督教社会的背景之下来读，当时出身良好的女人是不应该享受性的。

上面引用的那句出现在故事尾声的“俗话”，甚至可能是直截了当地驳斥了但丁：女人的性体验是不会写在脸上的，罪恶不会永远在你身上留下记号。薄伽丘出生在佛罗伦萨城外时但丁仍在世，薄伽丘非常敬爱他。薄伽丘很像文艺复兴时期人文主义者的原型，他创作了大量的拉丁文作品以及“心理”小说的早期版本，但也写出第一篇伟大的《神曲》评论文字，否定了但丁以诗宣讲的那种惩罚性的中古世纪基督教宿命论。在薄伽丘的故事里，身体并非遭到性的背叛；肉体和精神也不是对立的，像基督教文学所说的那样。性的表现和性格的优点而非弱点有关：上帝要你在世间满足自己一切欲望，贞洁禁欲只是浪费。薄伽丘不像教会那样把女人二分为处女和娼妓，反而称道无往不利的肉欲女人。

我找到了一份令人非议的文本，其令人非议之处并未消失，只是改变了形态。六百五十年前写的东西昂然而起，在我们脆弱的地方咬了一口。《十日谈》之所以一再被禁，直至维多利亚时代之后，真正的原因或许并非所谓的这本书充满不敬之心、颂扬通奸，而在于薄伽丘强调女人对性的热切。难道不是如此吗？会不断赞颂女人性能力这么强的伟大男性作家，可能只有薄伽丘一个。这是否也解释了为什么某些上文学人文课的男生抱怨这本书是“垃圾”“荒淫”，读后非常不满？男人常常被一种念头纠缠，那就是女人的潜能有如无底洞，所以女人是不可驾驭的。核心课程里读的书可以让你原形毕露。但是没关系。教育本来就不会让十九岁的人感到舒服，你必须知道你怕的是什么。自我是形成在欲望和恐惧之上的。它的形成包括了你所拥有的，也包括了你所欠缺的。

薄伽丘是个解放者！我打电话给所有认识的人：他们一定要读读这些故事。他们一定得知道这个原本默默无闻的天才薄伽丘！我们的时代充满了性暴力、疾病，以及（在某些女性主义文学中）男人的丑恶嘴脸，还有男人对女人判断力的恐惧。在这样糟糕的年头，薄伽丘的兴高采烈几乎是革命性的。在某些女性主义作品中，对贞洁的欣赏又重生了，成为一再出现的次要论调之一：离开男人，你就削减了父权的力量。当然，主要的论调是性行为乃是某时某地、某一阶级某一性别的“社会建构”。在父权结构中，男人掌控女人。女人只有次要的、有限的自由。因此现在我们会说，薄伽丘的观点缺乏对权力真正运作方式的认知，比如说金钱导致性的特权，还有强暴及虐待等行为。我们也可能说，他写出了男人的性幻想，认定女人唾手可得，亢奋地渴望男人。

但这些故事读起来并不是男性欲望的投射，而是在称赞一种叛逆的享乐主义，这种享乐主义是我们已经错失的。薄伽丘坚持性主要是与乐趣而非权力相关，颠覆了我们最郑重的信仰。在他笔下的故事中，性可以推倒最牢不可破的社会藩篱。出身良好的女人和男仆、小厮做爱，然后在充满占有欲的丈夫面前振振有词。薄伽丘并不傻:他笔下的女人都做好了表面功夫。但在公共、社会的层面之下，贵族地位和财富比不上健康、年轻的身体来得自然高贵。大自然坚持的是“性趣”的协调相配。这是对两性关系的古老标准（换言之，地中海式的）看法，在这种游戏里皆大欢喜，唯一的输家是那些不肯玩的人。我们又回到了好久好久以前我们被驱逐出的那个乐园。

所以薄伽丘是我的大发现。我边读着他边想，他不是什么费里尼“淫秽”的早期版本，而是不着痕迹、才华横溢，在精神上比较接近莫扎特和阿斯泰尔。他优雅而具有爆发力，他的优美文句有分量但迅捷流畅，像是丝缎底下阿斯泰尔装着钢铁弹簧装置。他和莫扎特及阿斯泰尔一样都乐在创造艺术之中，而他的快乐又和他珍爱的那项秘密知识——或者说神话也行——息息相关，那就是性的进行方式。书中的故事带着自由的兴奋，一整年以来我头一次感到头晕目眩，仿佛做了什么坏事却逍遥法外。

薄伽丘带来解放和威胁

凡 · 佐伦问班上的学生:“这些故事是在洗白罪恶还是在使智谋合理合法？”他们答对了（是后者）。在一开始的大惊小怪之后，他们活跃起来。他们好像胸有成竹，侃侃而谈，说薄伽丘是对奥古斯丁的回应，听了凡 · 佐伦以下的话也点头称是:“《十日谈》讲的是现在的胜利——胜利归于最善用现在处境的人。在薄伽丘的书中，动机不重要。重要的是你怎么活。”但他们一本正经，跟大部分的学生一样，对性保持沉默。凡 · 佐伦稍稍改变了立场，要他们回想《十日谈》第四天的引言，因为有人指控薄伽丘谈女人谈得太多而且太夸大，于是他说了一个故事，关于一个被虔诚的父亲在山洞里养大的小伙子。这个年轻隐士十八岁的时候出得洞来，看见一些刚参加完喜宴的美女，惊叹不已。然后薄伽丘对女读者说：

> 那么，我难道应该被这些人骂，被这些人痛击、糟蹋，只因为我喜欢你们、努力要取悦你们，只因为上天给了我一副可以用来爱你们的身体，只因为我的灵魂从小就奉献给你们，为着你们眼中闪耀的光芒、自你们唇间发出的甜美声音，以及被你们温柔同情的叹息点燃的火焰？连一个隐士的学徒，一个什么也不懂、比较像野生动物而不像人的年轻小伙子，都喜欢你们超过任何他看过的东西，那么很显然的，那些以种种理由批评我的人对天然感情的强度和乐趣毫无所知，他们既不爱你们，也不想被你们所爱，这种人根本不值得跟他们计较。

这当中当然有些多愁善感的骑士、机会主义者、永远的候选人、职业情人。但这里还有些其他的东西，就像薄伽丘所有的作品一样，向女人的深可爱慕之处致敬。玛莉娜 · 凡 · 佐伦念出这段话，他们加以讨论，并谈及薄伽丘具有解放力量的幽默感。但后来有人对奥古斯丁做出负面的评价，凡 · 佐伦便随口说了一句不想让人太容易了解的话：“奥古斯丁是个伟大的作家，对我的人生有重大影响。”这话吓了我好大一跳，不过她随即加以解释。她在法国有一段时间是受教于修女，对许多事情的看法都出于奥古斯丁的思想。而在她解释的时候，一时之间，她看起来既像是薄伽丘故事里的那些女人，又像是那个走出洞穴、对生命的感官美感做出回应的年轻人。她曾受教于法国修女，但她为文学中的乐趣说话，而且积极地要把这种观念传给她班上认真的大一新生。原来她既是法国人，也是美国人。她的母亲在一时冲动之下飞到美国来生下她,然后把她带回法国。她读的是天主教学校，接着上巴黎大学的文理学院，然后再到哈佛念书。从那时候起，凡·佐伦就一直是美国的学生和老师。她教文学人文课有很多理由，其中之一是要以欧洲的人本主义来实现这神圣的目的——让学生正大光明地享受文学中的乐趣。

文学人文课是一种对感性的训练，因此其中一部分书无可避免地会触及学生个性中尚未发展的一些层面。我必须对他们少苛求一点。我们的文化让他们无所适从，因为艺术被边缘化，和娱乐截然分开，只能关在寂寞的小小一隅。但如果他们够幸运，他们的“错误”得到改正或至少受到挑战之后，会让他们得以了解甚至开启一个更宽广的天地。如果他们够幸运，他们会得到人文教育。

第十八章　休谟与康德

休谟认为人性有共通的特质，人们对共通的情绪会有同样的反应，不管社会中的道德契约被违犯了多少次，它仍然是存在的。

理性在许多不同的人身上都能自由地以相同方式运作。康德通过理性的自由运用，建立道德的先验知识——先于观察和经验。

道德相对主义与道德绝对主义：查理·金的问题

有一个哥伦比亚传说耳熟能详：某次，哲学系的教授（现在已经是荣誉教授）悉尼·摩根贝瑟（Sidney Morgenbesser）在地铁站吸烟。一个交通警察过来，要求摩根贝瑟教授熄灭烟斗。“要是每个人都吸烟的话怎么办？”警察责备道。“你以为你是谁？康德吗？”教授不高兴地问。结果警察把“康德”（Kant）误解成了脏话 cunt，当场将摩根贝瑟教授押到管区派出所去了。

不管那个交通警察自己知不知道，他是在运用康德（Immanuel Kant）的训论，判定任何行动是否合于道德凭借的是“无上命令”，也就是要求个人把一己的行动当作全人类的代表。依照这个标准，要是每个人都吸烟的话，地铁站就会乌烟瘴气，又臭又脏。

当代文明课讲到的年代已经远远超过文学人文课了，来到了 18 世纪，我们开始阅读艰涩困难的书籍。每当看完电影试映回家，我会帮忙哄儿子们睡觉，讲讲武士和盔甲、男孩和小狗、超音速的飞行员等故事，把掌上游戏机或电脑游戏的图案赶出他们的脑袋，然后我会在累得昏迷不醒之前尽可能多读一些哲学和文学。从两星期以前开始，当代文明课的重点转向棘手的伦理学问题，转向大卫·休谟（David Hume）和康德的作品，于是我想起了摩根贝瑟教授和那位讲理的警察。“无上命令”这一类的东西，是在试图找出一套伦理学的规范。这套规范的付之阙如，令史蒂芬森班上的学生很烦扰。

上休谟的第一节课时，一个叫查理·金的大二学生发火了。当时史蒂芬森正在解释启蒙时代思想的种种层面，而查理很厌恶那种叫作自然神论（deism）的哲学/神学态度。在18世纪的启蒙运动中，有些人相信上帝已经不再插手日常事务，也就是说，上帝完成创世之后，就退隐江湖了。他至高无上，又遥不可及。这个学派的人不怕寂寞。美国的开国元老中有许多人——包括富兰克林，可能也有杰斐逊——都抱持这种观点。但查理认为自然神论让道德前途一片黑暗。

“他们去掉了整个先验的标准，”查理·金说，“所以怎么可能会有绝对的道德呢？”

他认为，自然神论放弃“先验的标准”，也就是上帝主动的言语及参与，会导致相对主义，这个词在他的用法里表示的是完全没有道德标准的一种情况。他是个满腔热血的年轻人，高额头，尖下巴，表情严肃，突然笑起来的时候有种很羞涩的表情，让他完全变了一个人。他的父母在韩国结婚，之后搬来纽约，现在是皇后区法拉盛地段繁荣的韩国社区的一分子。查理是非常虔诚的长老会教徒。“我和这个叫作耶稣基督的男人在交流，”有一次吃午饭时他告诉我，“我每天都和他交流。”然后那种迷人的微笑就出现了。他去过肯尼亚，并且打定主意要再到那里或其他地方去传教、教书。

学生必须态度认真，因为这样他们就有机会讨论一些最根本的问题，世故的成人一般都忽视这些问题，或将其转化成纯粹工具性、实用性的问题。当代文明课的目的之一就在于提供这样的机会：这门课迫使你专注思考那个老问题，就是怎样过一个良好的人生。查理所受的道德训示直接来自福音书，虽然其他许多非教徒的学生不太可能也是如此，但他们也和他一样受到这个问题的困扰：没有了这么一套绝对或先验的规范，我们要怎么样才不会跌入相对主义的谷底，把所有的伦理学观点都看作是平等的，大家都可以争夺“对”的一席之地——也许只是看你有没有足够的权力？两周以来，我们就这些议题进行辩论，在其中穿插休谟和康德。

我以前提过，史蒂芬森班上几乎没有学生有落入相对主义的危险。在那间教室里，他们坚信（甚至还有人是绝对坚信）的事情不少，也具有强烈的道德感。但我也听说过有另外一类的大学生，这些哥伦比亚学生很能容忍异己，简直就像是已故的亚伦·布鲁姆编出来的，他那本严厉谴责相对主义的《美国心灵的封闭》在 20 世纪 80 年代末掀起了轩然大波。对于那种认为美德就是对所有文化、所有观点持开放态度的学生，布鲁姆深表痛心。他认为这样的性格不会使美国人的心智更开放，反而会更封闭，放弃追寻一种正当良好的人生（读西方哲学、政治理论、文学则可以帮你做到这一点），也不愿严肃对待美国的原则（如《独立宣言》和宪法所代表的那些），并且会使人不辨是非、愚昧无知，最终导致人心涣散。

比方说，我听说当代文明课另一个班的学生拒绝对其他文化做出任何批判，要是布鲁姆听到了一定会沮丧地抱住头。当时谈到了献祭仪式——阿兹特克人杀死年轻处女献祭，班上的一个女生说：“要是某种文化遵行献祭仪式，那么在那种文化里，以活人献祭就是可以的。”没错，如果你照字面意思解释的话：“在那种文化里是可以的。”但她并不是处在阿兹特克文化里，而是离得远远的。她难道不能说献祭仪式是错的吗？不,她说不出口。

哥伦比亚校园里的相对主义：科威特人是否应该殴打菲佣

那个班的老师向学生提出科威特国内菲律宾籍女佣的问题。在海湾战争之后，一些菲佣逃到菲律宾驻科威特大使馆去寻求保护，因为她们遭到雇主殴打。打菲佣这件事在道德上，是可以接受的吗？毕竟，在科威特，打仆人是可以的，不是吗？是的，是可以，那个学生说，但在这种案例里，那些菲律宾女人仍具有本国文化赋予她们的权利，所以科威特人不该殴打她们。班上其他的学生也同意这个观点。

好吧，那个当代文明课的老师说。她深吸了一口气，不过还是撑着。“那么那些被打的科威特女人又怎么样呢？”但这下子学生们迟疑了。他们无法做出批判，我觉得这又可悲又好笑，因为在女人的立场上，她们很可能都有着女性主义的天性和信念（男人也有可能），然而由于不肯对另一个文化加诸道德标准，他们的天性和信念便被压倒了。他们也无法简单地说一句“在哪里打人都是不对的”，因为这种讲法会提高“西方人文主义”的地位，把这种他们现在认为仅限于一地的构想，变成放诸四海皆准的原则，而他们拒绝这么做。

因为拒绝这么做，这些学生便落进了一个陷阱。由于凌虐人民而受到西方国家批评的萨达姆和其他独裁者，也都抱怨“西方人文主义”的骄傲自大。似乎西方是企图把自己充满谬误的偏见强加在别人身上，这些人慧眼独具，知道必须存在酷刑，必须压制言论自由。骄傲自大的西方！第三世界的独裁者在合乎自身目的的时候，可以说出一套媲美美国政治正确的论述语言。这些不愿意冒险做出批判的学生，等于愚蠢地和狡诈的独裁主义者站到了同一阵线，而这些学生认为理所当然的种种自由，那些人会毫不考虑地加以限制。

在大学校园里，伊斯兰教政权纵容的种种暴行尤其是一个棘手的话题。罗伯特·修斯（Robert Hughes）在他反政治正确的巨著《抱怨的文化》（*Culture of Complaint*，1993）中指出“（学术界）较为政治正确的人，会觉得不管一个伊斯兰教国家做了什么，批评它都是不对的。”这里谈到的是伊朗对鲁西迪下了追杀令，因为他 1988 年出版的小说《撒旦诗篇》里有一些对伊斯兰教不敬的段落，而当时学术界的反应却是奇怪的缄默。修斯写道：

> 在美国国内，这类人知道要是你用“女孩”而非“女人”来称呼年轻女性，那就是犯了性别歧视的滔天大罪。然而如果事情发生在德黑兰，那就没有多大问题，尽可让一批思想落后、自以为是的神权主义者去坚持女人要用黑布遮脸，去砍掉小偷的手，去让大家在电视上看见罪犯的眼睛被弄瞎，并且以谋杀小说家作为国家政策。我们在西方做的事叫作压迫，他们在中东做的事是“他们的文化”。

那么，我们要如何避开这种非道德的“容忍”，才不至于到最后背叛了我们所有的信念？查理是个好学生，史蒂芬森显然很喜欢他，也喜欢和他争论。他就坐在史蒂芬森的右手边，说话声音不大。此时史蒂芬森稍微侧过身子，调弱了他平常大叫大嚷的嗓门，说：“没有绝对的标准，并不代表就没有标准。”

大卫·休谟与一种建立在社会实用性之上的伦理学

重点在于“绝对”。的确，若是没有上帝或哲学家称之为“形而上的真理”的东西，绝对的标准是不可能的——必须要有某种你可以把握的明确事物，一种不论在任何地方都不会改变的真理，让你可以依循着它来排列生命中各种欲望和需要的优先顺序。比如基督教的上帝或伊斯兰教的真主，或者是柏拉图的形式。史蒂芬森说，一个人要是不相信上帝或柏拉图的话，就无从得知这类真理。但即使你说这样的真理无从得知或者并不存在，伦理学的议题也不会到此为止。于是史蒂芬森开始讲授我们手边的文本。哲学家大卫·休谟早在二百五十年前就想过这些问题了。

> 当一个人把另一个人称作仇人、竞争者、死对头、敌方，我们便了解他在讲的是一种自私利己的语言，是在表达他自己独有的、从他的特定情况和处境中产生的感受。但当他给任何人加上了恶毒、可恨或卑鄙这样的形容词，他使用的就是另一种语言，并预期听他说话的人都会同意他所表达出的感受。因此，这时他必须脱离他私人的、特定的处境，必须选择一个他和别人共通的观点：他必须动用某种人世间的通则，触及一条全人类都会起共鸣的琴弦。因此，要是他想表达出这个人的性情有危害社会的倾向，他就是选择了这一种

观点，触及了每一个人都或多或少同意的人类的原则。虽然人心会受到当下的各种因素困扰，但永远不会对公共利益丝毫不加顾念，也不会完全不受人格和态度的影响。虽然一般不认为这种对人类的感情会像虚荣心或野心那么强烈，但由于这是所有人共通的特点，它可以单独成为道德操守或任何普遍的奖惩系统的基础。每个人的野心不同，同样的事物也不会令两个人都满意，但一个人的人性也就是每一个人的人性，而所有人心中的这股热情也会被同样的东西触及。

休谟在《道德原则的探索》（*An Enquiry Concerning the Principles of Morals*）中如是写道。这本书篇幅很短，我利用深夜的时间一点一点把它读完了。休谟以自己的方式回应了查理对那种虚无的恐惧。休谟 1711 年生于苏格兰，或许可称是哲学怀疑论者中最伟大的一位。他是个无神论者，质疑每一种绝对，甚至科学上的绝对法则。他想要为道德操守找出一个基准，但这基准并非根植于上帝或“理性”，而是从社会生活本身当中来。史蒂芬森为了帮我们建立概念，说道：“休谟不想再把道德和宗教放在同一个脉络里来谈。他认为，不能把道德操守的立足点放在先验的理想里。我们不是这样变得道德的。与之相反，我们想让道德自然化。”

休谟认为，我们没有先验的标准也能行事合乎道德，因为我们需要活在社会里。只对个人有好处的东西——也就是满足自私冲动的东西——都只是个别、特定的，因此无法作为道德普遍性的基础。但当我们说到普遍的美德和恶习，这些事物的用处或害处是很明显的，所以我们谈及了大家共通的价值观。正面和负面的效能是可以普遍化的。某些行为（比如诚实、勇敢、仁慈、友善）是有用或可爱的，我们赞同这些行为。另一些行为（比如欺骗、恶毒、通奸）是没有用或令人不快的，我们反对这些行为。由此产生了一种以用途为基础的伦理学，这种社会共识的道德不是出自理性，而是出自感受。因为理性无法证明任何事情。“这并不与理性相抵触，”休谟最著名的一句话是这么说的，“我宁可全世界毁灭，也不希望我的手指刮伤。”

在纸张边缘就快割伤你的手指时，你根本不在乎世界上其他的人是否会死光。再怎么样都比你被割伤好。休谟坚持，伦理学不是理性或逻辑的问题，而是经验问题。我们行事的动机在于趋吉避凶，我们的经验引导我们形成道德原则。终极的正当理由是不可能有的，但在任何社会里都有某些常态、某些重复之处（某些事情是有用的，或者会让我们快乐），要是仔细观察，我们便可以衍生出一系列行为的普遍准则。对政治犯和罪犯施以酷刑，是否是有用或可爱的事？对统治者和警察来说也许有用，但对其他任何人来说都不是。

休谟似乎急于驳倒霍布斯对人性所下的尖酸评价。他称赞人有同情心、有休戚与共的感受，称赞社会性本身。他的作品读起来令人愉快，让人感到他是个有吸引力、生性快乐、喜欢享受的人，强健、机智、有眼光。称赞对他来说是件自然而然的事。

> 我们可以看到，在称赞任何有人性的、乐善好施的人时，有一点是绝对会被强调的，那就是他的行为和义举给社会带来了快乐与满足。我们可以说，他的父母会更加珍爱他，不只因为他是他们亲生的儿子，更因为他非常顾家、孝顺。他的子女从来不觉得他是个威权式的父亲，因为他只把权威用在对他们有益的地方。对他而言，善心和友谊使爱更加巩固

> 密切。他为人亲切守礼，友谊的手伸向心中有爱、志趣相投的人。他向仆人和依赖他生活的人提供了稳固的资源；他们不再惧怕命运的力量，除了通过他而传出的。他让饥饿的人有食物，赤身露体的人有衣服，无知懒惰的人习得技能与勤奋。他就像是一个小型的太阳，提供庇佑，鼓舞、激励、扶持身边的人。

可曾有人如此开诚布公、满怀好感地宣告过父权制大家长的美德？我读着休谟，觉得书中不但回响着家族宗主的回声，更有酒店客栈里的称兄道弟，旅途上、城市中粗朴的乐趣，就像是18世纪中期小说里所写的那种充满活力的公共社交圈，比如亨利·菲尔丁的《汤姆·琼斯》(*Tom Jones*)。他的语调是男性的、世俗的、享乐主义的、保守的。好人们遵照某种方式行事，在一天过去后聚在一起喝几杯，不再理会什么上帝、自我牺牲之类的胡说八道。出家苦行是荒谬的。我们是社会性的动物，享有别人和自己身上的美德。因为“人性中有一种社会性的同情”。休谟说，就算是腐败和自私的人，也不会不赞同对社会有用的行动，不会随随便便做出暴力行为、制造混乱……

读休谟读到这里，我开始觉得沮丧了。文化左派或许会说休谟的“社会性的同情”本来就是一派胡言，只因为休谟对那些被排除在该圈子之外的人浑然不知，才可能相信这种幻象。要享受休谟式丰富的社会性，你当然得有钱、有闲。中下阶层的人有这资格吗？大概没有。

虽说承认这样的批判有几分道理，但令我更沮丧的是另外的东西，那就是休谟对社会行为的认知和今日许多人对社会行为的认知之间的鸿沟。看起来，他似乎对变态或自毁的行为少有经验或了解。他这广阔欢欣的怀抱里没有任何黑暗的恐惧、恶意、幸灾乐祸的心理。他把善意当作理所当然的事,其程度令人吃惊。休谟当然知道有利己私心的存在，但在他笔下，最合乎共同利益的是善意。美德是对社会有用的。

他不太可能预见到像我们这样喜欢冷嘲热讽的、高度消费主义的社会，众人把极端自私尊为一种美德，公共职责常常被当成笑话或是浪费时间，而团体归属感几乎荡然无存。就算我们不取笑热心公益的观念，也很少被它感动。除非这种观念以军职的形态出现，否则我们不会信任它；我们认为它可能是不诚实、追求私利的行为。毕竟，政治只是一种职业而已。“这里面有我什么好处？”这个问题，表示了人类共通的严肃性。“我怎么样可以帮助团体？”这个问题,是小孩子和少数善良或圣洁的人问的。要是大人问出这种问题，很可能表示这个人生性奸诈，用高调来隐藏自己真正想要的东西。因为在市场经济里，你只要追求自己的利益，就是帮了团体最大的忙。有生产力的个人只要运用他们的技术赚钱、消费、养家糊口，就是帮了团体的忙。

我并不赞成这种态度，只是将之抄录下来。我们的社会世界和休谟的不同。核心课程里的一些书（柏拉图、亚里士多德、洛克、休谟）让我们看出我们已经堕落得离积极活跃的公民理想有多远。生活在社会里的事实也许仍然能够产生道德规则，就像休谟说的一样，但能够产生的还有贪婪、麻木不仁、退缩，以及普遍化的恶意与自怜交替出现的状态。在我们的时代，休谟所称的那种“人性中社会性的同情”（比如和街上、店里、左邻右舍的其他公民有种休戚相关的感觉）已经被漠不关心和惧怕所占据而大幅缩减，甚至消失。取而代之的是偏执的妄想，或者同情本身变得扭曲,让人对媒体制造出来的“个人”故事既恶心又着迷。

感同身受的移情作用已经淡化为对受害者的欣赏。

然而，虽然有这些沮丧的想法，我还是相信休谟提出了位于绝对主义和相对主义两种极端之间一个可行的中庸之道。道德标准会改变，这件事本身不会使他惊讶。既然我们的道德原则不是从理性而是从道德感中来，不同的社会就会有不同的道德。但这并不意味着什么标准也没有。美国社会同情心衰退，使得要寻找道德规范难，要维持这些规范更难；但这并不是说道德规范不复存在了。在我们的时代，真正的道德召唤可能需要让各个不同的族群——黑人、拉丁美洲裔、亚裔、白人，相信普遍的标准与他们息息相关。

史蒂芬森在解释休谟的思想，但查理一语不发，低头皱眉，显然对这种零敲碎打的解决方式并不满意，其他的学生亦然，他们要的是行为和判断的一致性。这里没有相对主义者。无论是传教士查理或基督教马克思主义者曼努尔，还是正统犹太教徒丽欧拉·科恩或是理性主义兼不可知论者诺亚，他们都要一个斩钉截铁的判断。不只是查理一个人不满意休谟，他这样的哲学家对学生来说不够戏剧化；休谟的通情达理看起来简直根本不像是哲学。在这个时候，学生要的是更坚定的东西。他们要伦理学。

康德的伦理学理论：反倾向而行

接下来，在康德的思想中，他们也学习了。

……除非我们要否认道德这一观念中所有的真实性，并扬弃将其运用在任何客体上的可能性，否则我们就无法不承认法规的意义是如此重大，不但能约束人，也包括所有具有

> 理性的生灵；我们必须承认法规是绝对必须真确的，毫无例外，而非仅仅视情况而定。因为若一样东西只有在某些人为情况下才可能是真确的，我们怎么能对之赋予无限的尊敬？若我们意志决定的法规仅是实证性的，并非完全源自先验、纯粹但实际的理性，那么它又怎么能确立成为任何理性生灵——包括我们自己——的意志决定的法规？

还有：

> 这些（衍生自纯粹实际理性的）基础原则的来源必须全然是先验的，这样才具有发号施令的权威；其中完全不包含人性的倾向，只有法规的至高无上性必须受到尊重。否则，这些法规将使人落入自我鄙视、厌弃的境地。

我的天，这些句子底下埋着何等的苦痛！他是何等厌恶混乱、纷杂，何等痛恨人生只受到环境、热情，或任何除了理性之外的东西操控！康德的坚持令人生畏。能够给我们道德法则的只有哲学，而非观察。我们可以说康德写他那本小书《道德形而上学基础》（*Foundations of the Metaphysics of Morals*，1785），一部分原因就是要回答像查理提出的这种问题。他想要建立一个绝对的、但却不依赖上帝之言的道德哲学。既然是绝对的，就必须去除来自社会生活的一切视情况而定的、有条件的东西（也去除了生命，有些人会说）。因为要是不摆脱社会模式、个人的强项或弱点以及特别的环境，这规范就无法在所有的地方、所有的情形下都一样真实，就无法成为一种道德的法规。反之，它会受制于一连串只是假设性的“必要性”，在如此这般的状况下，或对如此这般的人，为了达到如此这般的目的，会是如此。让一个人富裕快乐的事物不见得会让另一个人也富裕快乐。一旦那个特定目的达到了，那一条戒律就消失了。这样不行，因为我们要的是永久的戒律。

所以康德的目标和我们现在称为相对主义的东西正好相反，而为了达成这个目标，休谟那种把道德建立在社会生活及感受之上的做法是万万不可的。感受会变，人与人也在“许多方面有所不同”，如史蒂芬森所言，“但他们都有理性”。当然，照休谟所坚持的说法，理性什么也证明不了。“理性，”史蒂芬森继续说，“在许多不同的人身上都能自由地以相同方式运作。康德通过理性的自由运用，建立道德的先验知识——先于观察和经验。”

史蒂芬森很兴奋，几乎是眉飞色舞。他喜爱这种艰涩的德国式困难，他把这种陌生的语言像必需的药品一样开给美国学生。“康德的重要性非同小可，”他说，“他处理认识论的整个方式。主体性的本质。任何具有 X 特性的东西，其为 X 的可能性条件为何？如果有这么一种叫作道德的东西，它看起来必定是这样。其条件是什么，而非它是什么？但如果它存在，就一定是这样，那么赋予其能力，使之可能的是什么？对某样东西的谈论，如何才是可能的？是什么概念让我们能谈论某样东西？”

于是，康德比较感兴趣的不是伦理学的内容（他接受传统的道德规范），而是我们谈论伦理学的方法。是什么允许我们的道德观念具有法规的力量？一条戒律必须采取何种形式才会变成道德？

“他和休谟完全相反，”史蒂芬森说，“他主要的攻击目标是怀疑论和反基础主义（anti-foundationalism）。休谟的观念是，既然这是世俗的世界，我们就大可不必期望有保证了，因为除了我们自己没有任何东西可以依靠。康德认为这是胡说。我们可以谈论确切的知识或道德。”

这可能吗？没发疯吗？纯粹从理性和意志中衍生出一种伦理学；建立起一套行动的准则，在设计的过程中不考虑每一个行动的人所感到的压力，好比说消化不良，情绪起伏，以及犹豫、怠惰、漠不关心造成的扭曲性影响？不考虑那些没有被采取的行动、没有被实行的冲动所造成的突兀的背景？究竟值不值得这么做？就算达成了，你又要拿它怎么办呢？嗯，也许这么做是值得的。康德要求哲学达到教会的训教与常识所不能及的境界。我难道不愿意不计代价，只求学生们不被萨达姆有关西方人文主义的强词夺理绊手绊脚，说，“在哪里都不该打人”？

康德要求的纯粹度无可比拟。他说，只要我们照自己的性格倾向行事，我们就不是完全自由的。我们只是做我们想做的事。只有在意志忽视倾向、反倾向而行、不希冀回报或快乐的时候，才是真正地自由运作，并能发挥理性的最大功用。一个天生善良的好心人或许值得称赞，但不值得尊崇。

> 但假设那个与全人类为友的人，头脑被自己的悲伤所蒙蔽，使得他对别人的同情荡然无存，虽然他仍有能力帮助其他不幸的人，但那些人的需要却不能感动他，因为他忙着关注自己的需要。现在，如果他并非由于性格的倾向使然，却要把自己从那种死气沉沉的麻木不仁中拉出来，不是因为倾向而仅是出于职责做了这件事——那么他的行动便首度有了真正的道德价值。此外，如果一个人天生缺乏同情心，而且这个人虽然诚实，但或许由于他特别坚忍、有耐性，甚至要求别人也应该有这些特质，那么，他在个性上对其他人的苦

> 难就会反应冷淡、漠不关心——这样一个人也绝不会是大自然最恶劣的产物——比起天性善良所能得到的价值，难道他不会发现自己的内在有着赋予他更高价值的泉源吗？即使大自然没有给他慈善的天性，这一点的真实性仍是毫无疑问，因为正是这一点带出了性格的价值，在道德上无与伦比地崇高：他的善行不是出自倾向，而是出自职责。

我想，这番对行善高级痛苦的描绘有某种堂皇的色彩。但这段话有它疯癫的、喜剧性的一面，那种极度剧烈的哀怜。这看起来几乎像是，对康德而言享受和自动自发会玷污美德，而悲惨的心境和凭意志力做出的正当行为则使之神圣。伟大高贵的傻瓜！我想到英格玛·柏格曼（Ingmar Bergman）的《冬日之光》（*Winter Light*）中那个颓丧的牧师，被他的职责绑在一间空洞的教堂里，灵魂半死不活。柏格曼并无意把这个人刻画成一个全然令人敬仰的角色。在现代，我们认为真实性的价值远比康德所认为的高，而在他看到高贵品质的地方我们看到的是道德的虚荣心。康德认为，如果行使理性的意志是我们唯一的自由之处，那么重要的就是意图。只有当一个行动是产生自“好的意志”的时候，它才具有道德价值；而这一道德价值和该行动的成功与否、有何后果，都没有任何关系。如果一个行动本身是好的，那么不管实际上的成效多大，它都是好的。

但我无法接受这一点，大部分的学生也不能。

读康德：卡车上山

我不太诚实。到目前为止，我引用了我所能了解的康德的句子。但这本小书里有很多地方是像这样的：

> 关于意志，所有的人都认为自己是自由的。于是所有对行动的判断都在于它们本来应该被做成、却没有被做成的样子。但这种自由不是也不能是一个实证性的概念，因为它的真实性不变，即使经验显示出的是相反于自由的假设所导致的必然要求的情形。但在另一方面，所有发生的事也同样需要受到自然法则无情的限定，这种自然的需要亦非实证性的概念，因为它暗示了需要的概念，而因此也是一种先验知识的概念。但这种关于一个自然系统的概念是由经验所确认的，因而它不可避免地是预设的，如果经验——这是对于受宇宙性法则所串联的客体的知识——的可能性存在的话。因此，自由只是理性的一种纯粹概念，本身客体的现实是可疑的，而自然则是一种了解的概念，用经验的例子呈现（也必然呈现）它的现实。

想象一下这一段的德文原文。

我想如果我很努力的话，可以弄清楚这是什么意思，但我又有点不情愿。重复再重复，一个术语，亦步亦趋按部就班然后是趁人不备突如其来地介绍一个新概念……我听哥伦比亚里有人说过，读康德的时候要倒着读，读到你能够了解那些术语了，然后再带着你了解到的东西从头读一遍。读两遍，你才能读懂一遍。“康德出身于学究气的德国传统，”史蒂芬森说，“他用的术语可不像英美传统那么明晰。”呃，这是很有外交手腕的说法。

我能读下去康德，但只在晚上家里比较安静的时候，也只在我身体没有不适的时候。这本书不是给你在咖啡店或地铁站里啃的。就连耳朵后面一点点的痒都会让我分心。我抓个痒，康德就不见了，成了白纸上死板的黑字，这下我就得把那一段从头读起。活在当代媒体里的人的注意力要受到上百个花招的吸引、掌握、控制、最后释放，对这样一个人而言，康德中立的文体过于平淡，让人读不下去。读他的东西，就像是在看一张复杂的建筑设计图，其中房间和房间之间的走廊都没画出来。要读懂康德的最困难之处，是你的逻辑能力几乎得和他一样强才行。

我坐在家里，费尽九牛二虎之力才集中的注意力就像是卡车在爬坡。我挂上挡之后，慢慢、慢慢地往上爬，一边留意着康德的思考过程，他的思绪其间偶有停顿，但最终仍是连续不断的。他在我前面的坡上，我得挂着挡，抓住文中的意义，紧紧跟随。但他有时又会掉头折返，或者左拐右弯，或者消失在一些未经定义的词语中——或者，更常发生的情况是，我一时分了心——然后我就又不了解了。我跌回原处，无论怎么挣扎都无法前进。我感到跟不上，于是我得往回滚，回到较早的某个地方、某个比较低的坡度重新开始向上爬。如此读来，我的速度是一小时六七页。我像学生那样研读康德，和他的文本进行激烈的肉搏战，筋疲力尽，而且还不见得都会成功。

但奇怪的是，我乐在其中。那种麻烦困难的文体，那种别扭、古怪、愚钝的顽固，还有那种毫无音律的四平八稳，一旦熟悉了会令你很有满足感，也许是因为你要花上比平常大的力气才能理解。在20世纪90年代读康德，所需的意图纯粹性正是他要求道德行事者具有的。康德的写作既糟糕，又伟大，这就是奥妙所在。

无上命令

我们怎样才能提出一套具有约束力的道德规范，或者说一系列在每个人身上都管用的戒律？如果一条道德的戒律或“公理”（maxim）要对每个人都具真实性，或至少对所有讲理的人都具真实性，那么你就必须用自由运作、理性思考的意志，来建立一条必然会对每个人都管用的公理。你的行动“只遵照那一条公理，借由该公理你同时可以令其成为一道宇宙性的法则”。

借由无上命令，你知道（这是康德举的例子）说话不算话是错的。因为要是每个人都说话不算话，一切的承诺就都毫无价值了，你无法确定别人会相信你关于将来的承诺。就连靠虚假承诺骗过别人这种事也都行不通了，因为如果要虚假承诺被人相信，你得令其他人相信承诺才行。但同时，你又不能使制造不实承诺与可信承诺的这种意志变成普世的，因此应该运用无上命令让你知道做出虚假承诺是错的。通奸是错的，因为要是每个人都这么做，家庭就会破裂，最终社会也会分崩离析。乱丢垃圾。要是每个人都乱丢垃圾，我们就会生活在一片垃圾的海洋中。你不应该殴打你权力下层的人，因为这样你自己就会被你权力上层的人殴打。

显然，故事中那个责备悉尼·摩根贝瑟的警察很了解无上命令。但无上命令能否成立呢？在课堂上，查理认为能。第二学期新加入的学生之一亚伯·克恩对康德做了一番详细而激昂的说明报告，但到最后只有他和查理·金还在为无上命令辩护。或许这些学生想要寻找一个一致的行为标准，但大部分人都不能接受康德的公式。突然间，教室里大家不满起来。那个知识广博、总是愿意深入了解一个议题的种种不同层面的诺亚，很讨厌康德剥夺生活中所有事情的独特性，只为了成全他的理论。至于其他人，想到建立一个不变的、“宇宙性的”法则就退缩不前，即使那只是哲学上的戒律。许多人认为把行动与其后果分开是荒谬的。因为他们信奉美国多样性和务实主义，无法接受康德。

最感到不屑的是曼努尔·艾隆。他用他那沙哑的声音说，这整个观念都是荒唐的。他做了以前有人做过的事——试着设计出一个例子，使某一公理陷入自相矛盾的境地。“如果你提出并证实你有权利杀死一个拿刀抵着你脖子的罪犯，”他说，“你也就提出并证实了那个罪犯也有权为求保命而杀死你。”

刚开始的时候我觉得这话说得很聪明。然后我理解到，没有理由能证明你有权杀死那个罪犯。你要建立的无上命令是，你有权为捍卫宝贵生命而行动。依自卫的权利，你有权逃开那个罪犯，而非杀死他（除非他要动手杀死你）。而运用无上命令，你认定他的生命也是宝贵的。对那些在雷辛顿大道附近、42街的地铁站出口拿枪抵着我胸口的人，我没有想要他们死。我只想要他们离我远远的。

但那些小伙子呢？他们的公理是什么？有些内城区的年轻人运用虚无主义版本的无上命令：我的行动乃是根据你的生命没有意义这一点。倘若使用康德的公式并将之变成宇宙性的法则，如果一个年轻人无端开枪杀人，便使别人得以根据他的生命也没意义这一点来对待他。结果是，如康德可以预料到的，所有人的生命都越来越无意义。这种欲望变得普遍化：帮派为了争小小的地盘而火并，觉得自己徒有虚名的年轻人自以为受到侮辱、自以为别人对他稍有不尊重，就相互厮杀，并波及无辜的路人。

我在脑中反复思索这一点的时候，曼努尔继续攻击康德。“这是我第一次觉得一份文本没有良心、该受谴责。这是学院人物的理论，”他边说边对史蒂芬森微笑，“他从来不需要讨论现实世界的问题，而说穿了，正确的选择只有一个。你有权做或不做那个选择。但正确的选择就只有一个。这是极权主义。”嗯，他说对了一点。康德将常识和传统的伦理当作理所当然的东西接受下来。正确的选择只有一个，而康德的伦理学的重点，正在于给那些常识的伦理信念加进一些逻辑的力量。但约定俗成、遵守传统并非就是曼努尔所称的极权主义，离那种全面歼灭性的强力胁迫还有好长一段距离（事实上，纳粹视康德为敌，烧了他的书）。康德最著名的公理是把每个人当作目的而非手段来对待，这便概括并控制了所有其他的公理。他最大的心愿是生活在一个“目的的领域”，在那里每个人都彼此尊重，彼此视为自由的道德行事者。康德支持法国大革命与美国独立，痛恨对权威的盲目服从；他要把道德选择集中在个人的、自主运作的意志上，不受欲望的束缚。每个男人女人都是自己的道德权威！如此运作的意志充满了光辉。

但曼努尔说到眼光偏狭的问题，显然有些道理。康德终身未婚，住在东普鲁士的寇尼斯堡，从来没离开过那个小城八公里之外。他写第一部重要作品《纯粹理性批判》（*Critique of Pure Reason*）的时候五十七岁，写《道德形而上学基础》时六十一岁。他对道德生活的概念难道不会有点狭隘、受限、压抑，也许不知民间疾苦吗？难道这世界不该更关心一个行动的成功与否、而非纯粹与否吗？

我同意学生们的话。我们土生土长的务实主义传统抬头了。想一想：纳粹占领欧洲时，瑞典外交官劳尔·瓦伦堡（Raoul Wallenberg）和几个丹麦人救了一些被判死刑的犹太人，该行动也许是出自康德式的职责感。但意大利人民也救了一些犹太人，也许是因为嫌恶德国人的命令；还有，全世界现在知道的，那个苏台德地区（Sudeten）的德国天主教徒奥斯卡·辛德勒（Oskar Schindler）也救了一些，动机是贪婪——至少一开始的时候是因为贪婪，后来也许是因为有了感情。在道德上，这些行动同样英勇，其重要性超过它们之间的差异。他们都冒着生命危险，违抗纳粹党卫队的命令，的确，这些人当中动机最纯粹的瓦伦堡享有外交豁免权，因此冒的险可能最小。收容她的家庭收取金钱报偿，但他们也冒着被纳粹党卫队杀害的生命危险。若我们要衡量这些行动的道德价值，以危险性当作衡量的标准当然比意图的纯粹性来得有力。

哥伦比亚的核心课程本身，以及一般的人生经验，都对无上命令做出了强力的批判。毕竟，最困难的道德问题并非在职责和倾向之间选择前者，而是在不同的职责之间做出选择。黑格尔说希腊悲剧的中心是什么来着？让人看见对与对的对抗：该服从国家还是该服从众神之命埋葬哥哥，这是安提戈涅痛苦的两难选择。在这样的情况下，道德的范畴变得危碍难行。我们应该说实话，但我十六岁的时候对父亲实话实说，说我看不起他，这话狠狠地侮辱并伤害了他，令他大怒。我应该用比说实话更高的必要性来约束自己，而不要用实情对任何人造成不必要的残酷伤害。

我感觉史蒂芬森班上的学生深为不满。他们要坚定的判断，同时也要弹性。他们拒绝简化人生以便让事情变得比较容易处理。他们恨那种拒绝批判殴打仆人的科威特人的相对主义，但这种伦理学丝毫不考虑任何特定男女的社会环境，他们也不能接受。我也不开心。我们的迷乱、混淆是无法轻易用道德判断来检验的。不开心的我，回想起了史蒂芬森说过的关于休谟的话。

“在哲学史上，休谟早先被看作康德的序曲，”他说，“因为康德对休谟关于道德和感受的理论反应非常激烈。但休谟的作品在典范中的地位有所改变。现在大家重新对他感兴趣，把他看作实用主义和杜威式务实主义的先驱。他也影响了美国哲学家理查德·罗迪（Richard Rorty）以及追随他的人。”

他再次转向查理。“一旦进入了怀疑论的观点，一旦对道德标准采取历史性的解释，那么，是的，是有可能导致相对主义，甚至虚无主义。在上帝、科学甚至理智中都没有绝对的标准。但休谟重新提出了找寻一个社群的共同标准问题。我们必须看看我们赞许的是什么、不赞许的是什么。个人的经验会随着时间而增长。你会学习，假以时日，各种例子的累积会让你的行事符合某些脉络。我们不能只从个人的角度对行动下判断。”

因此他为经验、记忆、种族累积的道德智慧以及判断说了话。而他又说了一遍：“如果你不是绝对主义者，也不见得就是相对主义者。如果你拒绝了那整套二分法，处境就完全不同了。休谟的构想是要为道德建立视情况而定的基础。我们没有本质，但我们对不同的需求与欲望有反应。人类的生活有一种形式。”

人类的生活有一种形式。这是非常平实的一句陈述，但事实上，我们却可以远溯到文明社会存在之前的情况，找出那种形式，并发现一套基本规范的雏形。换言之，我们都会吃、睡、排尿、排便，而大部分的人也都会性交，在我们共通的生理结构中有相当相似的性质。因此即使价值观是我们所“建构”的，某些“超历史”的标准——也就是这些标准并不依靠历史衍生出来的善恶观——仍可能继续存在于所有或几乎所有的地方。生命中某些重要的原则所具有的价值必然不只是相对性的。比如说，每一个社会都钦佩和尊敬有勇气的人。

回到休谟：电影的存在，证明相对主义是假的

休谟举人们在剧院里的反应为例，证明人性有共通的特质：每个人看戏的时候都在同样的时刻发笑与哭泣。我把这一点延伸到电影上：电影和电影观众的存在，是相对主义的反证。要是我们不预期观众喜欢看到好人成功、讨厌看到坏人作恶，看到善人安全无事会松一口气、看到恶人身亡会心满意足的话，电影就不可能成为一种大众传媒。如果没有观者的道德性，戏剧和电影都不可能存在。西尔维斯特 · 史泰龙（Sylvester Stallone）不管在曼谷还是在匹兹堡都一样被当成英雄（他在任何一地都被当作英雄是件憾事，不过这不是重点）。如果不同的观众看到令人喜爱的角色遭遇危险的时候会感到难过，这种难过的感觉不只出自设身处地的想象，更由于人们对人生观有共通的看法。就连罪犯也会为一个小孩的死而哭泣。这罪犯之所以哭是因为他自己的私利并不牵涉在内，休谟是第一个承认这一点的人；我们还可以说，这罪犯的眼泪并不表示他就不会杀小孩子。但这眼泪告诉我们杀小孩子是错的。影评人必须是个休谟主义者。如果我相信观众的存在，相信人们对共通的情绪会有同样的反应，我就必须相信，不管社会中的道德契约被违犯了多少次，它仍然是存在的，不只是洛克式的契约或自私自利，而是人同此心、心同此理。同样，在我们这个时代最崇高的政治召唤，是要引导出人同此心、心同此理，不管是白人、黑人、拉丁美洲裔，还是亚裔。休谟式的人生有一种形式，也许这不足以召唤我们团结在一起，但这比一无所有要好得多了。史蒂芬森不符合我或任何人所以为的那种激进学者的刻板印象。他带领我们阅读康德和休谟，同时拒斥相对主义和刻板僵化的思想。

插曲六

在对于经典课程的种种怨言中，最耳熟能详的就是说这些课程很肤浅。这种说法有一点道理，不过我认为与其说“肤浅”，不如说课程“对那些书的处理很简短”。一个优秀的老师可以使四个小时的课非常丰富。但随着学年的进展，我确信，就算当代文明课上阅读那些文本的速度太快，就算有些老师没有针对每一个作者提供足够的背景知识，或者对每一文本在该作者的作品中加以定位，等等，有两件事情是当代文明课不马虎的：对读与说的处理。某些形式的知性活动、某些习惯和联想、认真阅读的挣扎、上百个小时的课堂讨论，必然会在学生身上留下痕迹，即使文本的特定内容会……空余回忆？形成偏见？被彻底遗忘？

当然，批评经典课程的人不仅仅是指控它们肤浅而已。在一个多族裔、多文化的国家里，竟然还存在这样一份被“已故白种男人”霸占的书单，是件侮辱人的事。但和来自许多不同族裔背景的学生相处过之后，我在想，难道对这种出自意识形态的攻击就没有常识性的答案吗？毕竟大部分黑人、亚裔和拉丁美洲裔的学生是在这里长大的，而非在蒙巴萨、吉隆坡或蒙得维的亚。大部分的学生也都会在这里生活，而非在乌兰巴托。他们大部分是美国公民。难道一个非裔美籍的学生，就不能学到柏拉图、亚里士多德、笛卡尔的论证方式，然后用这样的心智习惯去分析她/他在攻读法律或商业时所碰到的问题吗？

值得做的事情很多，有用的教育也有很多种，这些“经典”并非通往天堂的唯一途径。但要少数族裔的学生去了解当初形成美国社会的种种意识形态，难道会伤害到他们吗？学会占支配性地位的心智权力如何构筑所谓的公民社会、权利、自我、苦难、知识、乐趣，对这些学生怎可能有什么害处？如果这真的是“霸权话语”，那么何不学习它，运用它，并将它改头换面？毕竟这些书籍并非独立存在，和它们混在一起的还有许多其他的书籍与态度，以及不同影响力和压力的复杂互动。学生们如何对待自己的心智与灵魂、上什么课、如何建构他们身为非裔或亚裔美国人的自我认同，这些都会在欲望、影响、人格、压力的相互冲激中产生。这些课程并未把某种认同强加在他们身上。如果学生真的起而反叛西方的传统，他们不会是第一批在它的教育之下学会批评这一传统的人。美国的重要黑人知识分子在吸收非裔美籍文化和非洲文化的同时，同样也吸收了西方的经典。马尔科姆·X（Malcolm X）在狱中什么都读，从尼采、叔本华（Arthur Schopenhauer）、孔子思想；所有的学院左派也都受过西方经典的训练，而这“霸权论述”的灌输显然没阻止他们成为反对人士——事实上，说不定正是因为这种灌输，他们才走向对立面。单是这项事实，或许就应该告诉了我们关于西方传统最重要的一点：不管你选择去推哪一扇门，它几乎都会为你开启。

第十九章　蒙田

蒙田甚至比薄伽丘更彻底地接受身体的各种活动，像是发冷发烧、消化不良和腹泻，还有贪吃、贪睡、贪色，让你对自己的这具皮囊感觉自在。

泰勒教授告诉我们，事关我们的人生

"这一整门课、一整门课，都攸关你们的人生，尤其是此时此刻。"

哦，我的天，泰勒教授又逞起威风来了，用不存在和荣誉来威胁学生。时值 2 月底，强风吹袭着陈旧的汉米顿楼高层模糊不清的窗玻璃。在楼下和楼的右侧，巴特勒图书馆前面干枯的草地上，有几个身着运动衫、头戴毛线帽的勇士无视寒冷，一边来回传着橄榄球一边叫嚷。其他的学生从他们身旁走过，在风中低着头，瑟缩着。天气很冷，非常冷，但天空是难得的清朗明亮，我不知道为什么泰勒跟我们说我们的人生会任人抢夺，我们的人生啊。他是什么意思？

核心课程读到的所有作家中，我们这个星期正在读的米歇尔 · 蒙田（Michel de Montaigne）或许是最不显眼（至少第一眼看来是如此）、最不正式、最可亲、最有血有肉、最令人安心的一个。泰勒爱极了他，常常自顾自地笑起来，像念咒语一样地重复着这类（仿蒙田式的）句子："边走边小便已经够糟了，跑的时候更不该大便。"虽然在当代文明课上我们正警醒地思索着伦理学的问题，薄伽丘那解放灵魂的小说仍然令我晕乎乎的，而蒙田甚至比薄伽丘更彻底地接受身体的各种活动，像是发冷发烧、消化不良和腹泻，还有贪吃、贪睡、贪色。奥古斯丁对肉体骄傲的反叛所感到的那种痛苦终于得到了平息，身体被完整地表达出来。蒙田让你对自己的这具皮囊感觉自在。读他的作品怎么会是攸关人生的大事？

泰勒的职业性通俗剧表演可能会让蒙田发笑。蒙田出身贵族，曾任公职，1571 年退休回到他在波尔多的领地去读书写作，那时他三十八岁。多年以来（包括在职时），他边读书边做笔记，抄录古典文学中的段落，然后再加上他自己的观察和反思。他写了又重写、反复再版的这本《随笔集》(*Essays*)，即使时至今日，看来仍然充满了创意。一千二百年前，奥古斯丁写下了他的性灵自传；身为天主教徒、但生性世俗而世故的蒙田，所做的事情可能更大胆：他完整地记录自己的生理与心理习惯，在他身上的每一条肢体、每一个器官当中令人吃惊地追寻他的灵魂，从来没放松过他个人对生死观这个问题的掌握。书页中满是哲学、神学、礼仪、法律和其他许多东西，但他主要的动力始终是自传性的。他高傲地声称自己谦卑。"我过着卑微而没面子的生活。"他的《论悔罪》(*Of Repentance*)一文著名的开场白是这样的："这没关系。普通人的生活，和比较富裕的生活，一样都能包含所有道德的哲学。每个人都要经历全人类的所有人生阶段。"他是说真的吗？或者他认为所有的人都显示在一个特定的人身上，那就是米歇尔·蒙田？这可不谦卑。我们也不想要谦卑。蒙田把自我带进了文学之中。“至少我有一点是遵守规则的：在关于自己所知道、所了解的主题上，没有人比我更善加处理我所选择的主题，在这一点上，我是全世界最博学的人。”早在沃尔特·惠特曼（Walt Whitman）之前，蒙田就给自己做了一份耀眼的长长记录：

> 虽然我受到的教育是尽可能争取自由和适应性，但事实上，由于小心谨慎，以及在成熟的过程中我流连于某些东西（我已经过了受教育的年龄，所以除了年纪的教训不做他想），不知不觉中我对某些事情的习惯已经根深蒂固，要是不按照习惯的话我会认为是过分了。我无法轻易在白天睡觉，或者在正餐之间吃东西，或吃早餐，或晚饭后不到三小时就上床，或在非睡觉前的时间制造小孩，或让人罚站，或忍受自己满身是汗，或只用水或葡萄酒来解渴，或长时间不戴帽子，或晚饭后理发。我要是没戴手套，就会像没穿衬衫一样不舒服，还有吃完饭和早上起床后要洗澡，睡的床要有顶篷和帷帐，这些对我来说都是真正需要的，缺了就不舒服。我吃饭可以没有桌布，但要是没有德国式的干净餐巾，就会吃得很不舒服；我比德国人或意大利人都更会弄脏餐巾，也很少用汤匙或叉子……（《论经验》）

这里没什么会威胁生命的东西，虽然他的语调似乎是奇迹式的完美。你会觉得蒙田是个好人（对于哥伦比亚选读的大部分典范作家，我可以不假思索这么说）。在他列出的习惯清单中洋溢的不是戒慎恐惧，当然也没有羞愧，而是最为高贵的决心。泰勒告诉我们蒙田深受严重的胆结石病困扰，但他早期的克己和冷静到后来演变成一种越来越自信而欢愉的享乐主义。也就是说，他早期关注的是痛苦和如何从容赴死（这也是他崇敬的罗马作家笔下一个重要的主题），到了中年则越来越能接受生命，尤其是生命中的乐趣。但那种冷静自制的调子始终没有完全消失，即使在《论经验》（*Of Experience*）一文当中亦然，这是他五十九岁去世前写的最后一篇文章。

> 就连怀疑和询问都会打击我们的想象力、改变我们，对于这项事实我们该怎么说呢？那些突然之间屈服于这些倾向的人，给自己带来彻底的毁灭。我为好几位绅士感到遗憾，他们虽然还年轻力壮，但由于接受了医生的愚蠢意见，已经把自己变成了囚犯。就算忍受感冒，也比放弃社交生活、永远不能享受这种极为普遍的活动来得好。这种烦人的科学对一天当中最宜人的时刻加以责难。让我们充分利用我们所拥有的一切。大部分的人只要坚持，就能使自己更强健，就能改善自己的体质，就像恺撒鄙视并对抗他的癫痫。对于最佳的规则，我们应该遵守，但不要变成它的奴隶，除非对于某些规则来说束缚与奴役是有用处的。
>
> 国王和哲学家都会上厕所，贵妇也一样。

我没办法写蒙田；我写蒙田

这的确非比寻常，但我读的时候，很确定它并未攸关我的人生。

我听着泰勒讲课，知道自己面临一个危机，虽然是很小的危机：我很喜欢蒙田，但却没办法写他。原因可能很奇怪。他是核心课程读到的作家之中，头一个令我感到亲近的。我说这话的时候并非不了解我们之间的差距：蒙田要是面对面碰上一个现代的中产阶级，很可能会把自己关在他庄园的藏书塔楼里。但当他说他苦恼于自己的无知、记性差、注意力不够集中时，我觉得同病相怜。蒙田说他有时看书只是在翻书，我也是。他最有名的问题是："我知道什么？"自然，不管从什么标准来看，蒙田出身古典文学，身为哲学家、军人、律师，曾当过两任波尔多市市长，并和许多伟人过从甚密，一点儿都不能说是无知的。他的意思是他缺乏专业知识，而当然，我们可以推知他讽刺的结论是，他也不想要这类专业知识，并且自觉比那些有专业知识的人优越。从他的文章中常常可以看出，他对学究之流抱持着反抗的态度，这点令我喜爱，同时我知道我像他一样，拥有的是专门知识之外的另一样东西——判断力，而我感到这种能力是我唯一可能的救赎。蒙田仅靠阅读、看看四周的事物、观察自己，就写成了一本书。他是业余者的守护神，是非天才中的天才……但讲下去实在太别扭了。闭上嘴，偷他的东西吧。

嗯，再讲一件事就好：我没办法写他，因为他是一个整体。他的各方面是融合在一起的，身体和心灵、理念和意象、物质和知觉、道德戒律和导致该戒律的具体环境因素——总而言之，他可能是有史以来散文作家中人格最完整的一个。他和他的人生紧密相连，令人赞叹。不管是在思索哲学或神学的议题，还是坐在马桶上或是挖耳朵，他都是同一个人、同一个作家，要把他扯开真的会像是谋杀他（并不是说这种罪没人犯过，或不能被犯下。做过这种事的人很多，有时候做得非常好。但我做不到）。只要看看蒙田，就会觉得学院左派提出的关于霸权的抗议显得很荒谬。蒙田所讨厌的便是一种文学霸权，一种学究式哲学的专制。

在蒙田的时代，独断的教条主义已经开始消退了，但他比怀疑论走得更远。蒙田是文艺复兴时代晚期伟大的人文主义者之一，他漠视知识和精神的权威，但这份漠视转而建立了他的权威。给这种东西或那种东西提供学究式的证明，对此他不感兴趣，他感兴趣的是心智活动、是思想的运作，他还把这种运作过程直接写进了文章中。

蒙田与多重自我：泰勒教授揭示为何事关我们的人生

然而，我还是不知道泰勒为何说什么生死攸关。在荷马、维吉尔、康德这些大树之间，蒙田是株欣欣向荣但不太突出的开花灌木。难道泰勒掌握着什么只为他独家奥秘，才会说这种话来震慑学生吗？他转而谈起比喻手法和语调，这些向来是他关心的重点。蒙田在他早期一篇非常短的文章《论安逸》（*Of Ldleness*）的开头说，头脑是需要忙碌的：他谈到“我们”的所见所思，然后泛指所有人的头脑，说“要是头脑没有受到某个确切主题的束缚和控制，就会毫无秩序，在模糊的想象原野上脱缰乱跑”。

一开始，这一概念和措辞看起来很平常：马需要上缰绳，才会变成有用的家畜；头脑则需要受到种种主题的规范。这话讲得就像一个正当作家的智慧之语。结果，过了才不到半页，蒙田便又写道（他很喜欢在一段中间引用古典文学的句子）：

> 不久前，当我退休回家的时候，一心只想把我所剩不多的时间用来休息以及独处，其他什么都不管。当时看来，我所能帮自己头脑的最大的忙，似乎就是让它完全闲下来、自行安顿好，而我希望已经变得比较有分量、比较成熟的它，现

> 在可以比较容易地做到这一点。但我发现——闲散的时光总是会让人思绪纷纷——相反地，它就像一匹脱缰野马，给自己找来百倍于常的麻烦，接连产生出那么多各式各样的奇思怪想，结果思考这些念头的无用和怪异之处变成了一种乐趣，我开始把这些念头写下来，希望让我的头脑自知惭愧。

这是怎么回事？那匹才刚拴好的马，一下子又挣脱了。“蒙田不是用比喻来给文章增加文采的，”泰勒说，“他是用比喻在思考。你们看，他开始写的是‘我们’，然后变成‘我’。从阿奎纳那样有秩序的概念开始，又是束缚又是控制，最后变成蒙田在他自己的想象中信马由缰地穿越。蒙田讲话会自相矛盾，他就像是惠特曼或 D. H. 劳伦斯的多重自我之一。这些作家就像你们一样。你们一直很珍视自己是独立个体的这种感觉。哥伦比亚大学威胁不到你们。也许有人接球会比贺金斯接得还稳，”——他相当残忍地看着那个加州来的大个子，就是上学期不肯为酒神而舞的那个四肢粗壮、留着平头的橄榄球员——“但贺金斯还是有他独特的个体性。”

我对这里思绪的衔接有点困惑，学生们看起来似乎也一副困惑的样子，因为泰勒退回到丛林里，重整攻势，又把游击队派出来了。他给我们的是新亚里士多德式的对人的定义，这样的观念在蒙田以前的基督教时期很盛行。“灵魂是身体的形式。形式才是你身上真实的部分。哲学家波伊提乌（Anicius Manlius Severinus Boethius）说存在着一种物质、一种本质、一个单一的中心自我、一个理性的灵魂，由上帝担保，那是一个核心，”泰勒看着面前这几个形式，“这种定义的问题在于，它无法描述任何在时间之中移动的事物。这是个静止的位置：人在所有的地方都一样。”

然后泰勒念了蒙田《论悔罪》一文的开头几段。

其他人形成了人；我叙述着关于人的事情，并描写出特定的一个，他很糟糕，要是我能重新把他塑造一遍的话，我真的会把他做得跟现状截然不同。但现在这工作已经完成了。现在，我所描绘出来的这幅图画，线条虽会改变、有所不同，但不会画斜、画歪。这世界就是永恒地在运转。世上的所有东西都不停地在动——土地、高加索山上的石块、埃及的金字塔——既和其他的东西一起动，也自己在动。稳定状态本身只是一种比较和缓无力的动作。

我无法使我的主题保持不动。它跌跌绊绊、歪歪斜斜地前行，像是天生喝醉了一样。我接受如此动态之下的它，在我注意到它的那一刻它是什么样子，我就接受什么样子。我描绘的不是存在，我描绘的是经过。不是从一个年代到另一个年代，或者如人所说的，从一个七年到另一个七年，而是从今天到明天、从这一分钟到下一分钟的那种经过。我的历史需要适应当下的时刻。我可能很快就会改变，不只是随机改变、意外改变，也是出于自己的意思。这里记录了会改会变的事件，还有并不坚决乃至互相抵触的观念：我可能自己有所不同了，或者是在不同的状况下、不同的层面上处理那些主题。于是，总而言之，我的确可能不时说出自相矛盾的话；但就如德马德斯（Demades）所言，我不会抵触事实。要是我的头脑能找到一个坚定的立场，我就不会做文章了，我会做决定；但头脑总是个学徒，在做试验。

“这样的描述在时间中移动，”泰勒说，“它不是一种定义，而是一种过程。蒙田所提出的自我感并非建立在存在的基础上，这是史无前例的。唉，蒙田之前的所有哲学家，像奥古斯丁等，他们关注的都是存在；上帝是那个大的存在。但蒙田要的是描述动态当中的存在。‘我不描写存在，’他说的是，‘我描写的是转变。’把这个和但丁做比较，但丁的作品里每一个人都有一个本质的天性。看，人不是静态的，人没有固定的天性。所以在《论悔罪》这篇小文章中，蒙田从‘我们’移到了‘我’。”

这下拨云见日了。所以哥伦比亚威胁不了的个体特性就是，从每个学生的多重自我中所涌现的“我”的独特性。那个橄榄球员贺金斯开始在课堂上贡献他的意见。有种东西在他内心波动。他不是跳舞，但他确实在行动。他说话迟疑不决、断断续续，但他在努力了。泰勒对他的兴趣使他感到振奋。种种不同的自我正在展现出来，而从这些自我中，会出现一个为酒神而舞的贺金斯。

多重自我！书上写得明明白白。法国学童十一岁开始读蒙田，在那个年纪读来，他的作品可能完全合情合理。但你年纪愈大，蒙田看起来就愈复杂、愈神秘，每一个句子都清晰迷人，但整体看来却晦涩得不得了。他不会宣布计划，然后付诸实行。他不为他的主题建立骨架。他在联想和比喻之间穿梭，通过最物质、最世俗的东西发展复杂的哲学观念。读他的作品既令人精神一振，也几乎有些害怕。（思想的）铁路护轨在哪里？你觉得自己可能会跌离轨道、迷失方向。

他不断修订、改写这些文章，并容许不同的层次并肩共存在书中（“我增加，但不更正”）。读最后的版本，就好像目光能穿透不同地层。不只如此，那些地层还在移动。他不断变换说法，自相矛盾，转移你注意力。读完他一篇文章几个星期之后，我就记不清楚他说了什么——文章的意义有许多都在于他的语调，而那语调已经消失。要整理出他那伟大头脑里的常规当然可以，但只有长篇累牍地分析才能奏效。他就像《圣经》一样，充满待挖掘的意义。不，他是一群游鱼，讽刺之处银光一闪就消失在远方。比方说，他看起来像是在批评自己，事实上却是在驳斥轻视他的人。这是《论悔罪》的另一段：

> 在此容我对我常说的话提出抱歉，即我很少悔罪，我的良心很安——不是天使也不是马的良心，而是人的良心；还一定要加上这句话，不是为了虚应故事，而是全心全意完全顺从：我以一个无知的探问者的身份发言，把决定权彻底交给共同的、有权威的信念。我不教化，只是陈述。

可以想见，所谓天使或马的良心是简单而清楚的。人的良心则不能如此，所以拒绝一般宗教意义上的悔罪，也就是否认或唾弃自己，用现代的话来说，那会是一种虚伪的行为（蒙田本能地掌握住了我们称之为“真实性”的东西）。比起背诵传统的道德教训，“陈述”这种行动的力量大得多。蒙田的表现一方面像接受普遍的宗教信仰，一方面又像破坏它。任何人都不可能太快理解他的文字，因为都会大感困惑。

现在我看出泰勒一开始为什么故作惊人之语了。蒙田讨厌死记强背；他抱怨自己记性不好，但相信自己的判断力。对泰勒而言，文学人文课就是要你学习阅读、学习判断。在文学人文课中，学生们要费力地去读一些伟大的文学作品，每一本书都会把他们带往不同的方向。这门课不是某一门特定的知识，像什么真理血清一样注射到学生身上，也不是要给人披挂上什么“西方价值观”的甲胄。它是要人努力去了解一些困难遥远的文本，强迫你“试穿”不同的自我，不管你愿不愿意；到最后，独特个性便会从每个学生的众多自我当中脱颖而出。所以读蒙田会是一件攸关学生人生的大事，因为蒙田正是爱德华·泰勒教授所相信的那种转变的绝佳代表。

凡·佐伦教授不再担心流于虚荣

“我的虚荣危机。”玛莉娜·凡·佐伦微笑着对她班上的学生说，语调轻快，“昨天我遭遇了虚荣危机。前天我做了一场公开演讲，听众出席非常踊跃，大家都来了，然后昨天我活力四射，自鸣得意得像只孔雀。结果我产生了严重的罪恶感。情况糟透了！我简直想鞭打自己！不过最后我说，‘放松。我们都是自大的，我们都虚荣。’蒙田救了我。蒙田认为，执迷于避免虚荣，本身就是一种虚荣。”

她讲着自己的左思右想、七上八下，听起来很滑稽，班上的学生听着她的情绪起伏，也跟她一起笑。她身上兼具圣女贞德和法国女学生的气质，既有勇气又有书卷气，但也对自己很严苛，很易动怒。她讲到蒙田的时候喜不自胜，因为蒙田承认每一件事，不管是高尚还是低下，包括虚荣心，也包括自我怀疑和自我批评。凡·佐伦班上有两个信仰宗教的学生，一个是仿佛再世的女基督徒，很聪明；另一个则是正统犹太教的犹太人，被蒙田弄得很紧张。他们无法表达某种他们无法命名的概念，也许是找不到权威，是那种阶级分明的价值观，使人置身于那个阶层的概念里。但凡·佐伦和她班上很多学生的心情都很好，学生读蒙田比读薄伽丘来得放松，我也觉得很快乐，因为在凡·佐伦说话的时候，我了解到蒙田说出了某种我一直能感受到但无法言说的感觉。

精神即肉体，肉体即精神

人的天性没有高低之分，而是一体的：每一个精神上的行动都和身体有关，每一个身体上的行动都是由精神形成的。二元论是荒谬的。在我帮儿子擦屁股的时候，我和上帝无比接近，独坐阅读薄伽丘或卢梭是一个身体上的行动。我是在读新闻性读物之外的东西，这让我觉得比较高兴，所以我的脉搏放慢了；我既感到放松，同时又感到紧张，但这种紧张是不同的，是努力要了解、要全部吸收。我的身体做出了反应。生理和心理的活动永远不是分开的。没有什么“太花脑筋”或“太费体力”的东西，有的只是不同程度的勇气、优雅、聪明和机智。

从伟大的蒙田向外推，我要说他的“转变”的概念不只是我的理想，更是全美国的理想。我们永远是流动的。美国人说：我的人生还没到来，都还摆在我的前方。美国人永不会“成熟”，永不会长大。他说，我在爬坡，我还不完整，我还没完成，我会扩展，我会改变。虽然没有蒙田的天才，他也和蒙田一样总是在修改，给自己加上一层又一层的新版本。

我是 20 世纪 50 年代和 60 年代初的产物，在成长的过程中，人家教我相信我哪里都去得了、什么都做得成、什么都可以读。世界充满了机会，任我一显身手。美元可以带我到欧洲去。现在机会只对有钱人开放；而且无论如何，中年的我知道我不会什么地方都去、什么都读、什么都看得到。然而，我仍然保持那股要涅槃重生的美国式本能。我回到学校，因为这是我蜕变成长的方式，部分意味着我要寻找自己迷失的那部分灵魂，因为身为媒体人的生活模糊了我自己与周遭环境之间的分野，令我惊慌。我知道，只有通过最艰苦辛劳的努力才能找回我自己，慢慢地，一次读一句蒙田。

第二十章　卢梭

卢梭用自己的人类学推论方法，建立了我们是如何从快乐原始人进展到被驯化的惨状的全阶段：人类朝文明发展，看似不断进步，事实上却是不断倒退，越来越野蛮。社会是病态的，个人的心灵要适应社会，因此也得了病。

我向罗纳德·里根丢番茄

我向罗纳德·里根（Ronald Reagan）丢过一个番茄。我当时向里根丢番茄是受到了让–雅克·卢梭（Jean-Jacques Rousseau）的影响。当时我也许不承认这股影响的存在，但事实确是如此。那是1969年，我在斯坦福念研究生，时值该校短暂的激进主义蓬勃时期，有两年的时间我是“学生推动民主社会”（SDS）团体的一分子。里根于1966年当选加州州长，那时他决定州内不同凡响的大学体系应该多收点学费；SDS的反应是，由于少数族裔学生通常不如白人有钱，那么增加学费的计划是个种族歧视的阴谋。我们斯坦福的SDS动员起来，去支援我们的伯克利兄弟们，他们正打算到加州首府萨克拉门托去当面向州长抗议。我不太确定当时我为什么也去了；那段日子我最关心的政治议题是越战，我恨透了越战，为此花了很多时间示威抗议。在开往萨克拉门托的巴士上我孤僻地坐在一旁，读着那份革命文本——亨利·詹姆斯的《仕女图》(*Portrait of a Lady*)。我是个跟政治沾上边的唯美主义者，与詹姆斯心有灵犀。我们下车的时候，有人发给我们蔬菜水果。那是美国历史上一个挥霍浪费的时期。学那个迟疑的革命党人兼拿破仑支持者（最后变成了复辟派）塔利朗的说法：只有那些在国防业垮掉之前住在加州的人，才知道什么是真正甜美的生活。加州是丰饶之乡，阳光耀眼，还有水果和蔬菜可以拿来对着政客扔。而那里，远远站在路障后面、站在州政府大楼的台阶上的，就是州长。我举起手臂，番茄丢出去像飞弹高高地在空中划出一条弧线，然后……

宝典课程的本质

“卢梭！”史蒂芬森轰地说出那种发音错误怪异的英式法文。“卢梭不是那种典型的启蒙时代人物。启蒙时代的许多思想家都相信：进步是可以通过心智而达成的，理智可以制造出一个社会，进步是可能的。但在我们读到的第一份卢梭作品《论不平等之起源》(*Discourse on the Origin of Inequality*)中，没有任何进步是呈线性发展的概念。”

学生们的头朝着会议桌伏下去，他们把头发从脸上拨开，塞到耳后，笔记本“哗啦”一声翻开了。在当代文明课上，我们正进入现代时期，教室里有一点儿兴奋的味道。然后略微迟到的曼努尔戴着墨镜跌跌撞撞走进来，接着坐下。他马上就开始做笔记，手指敲打着一台无声的点字电脑，脸转向一侧，身体微微摇晃。这时他突然冒出一句相当牛头不对马嘴的话：“我不知道为什么我变得这么马克思主义。”

史蒂芬森有点惊讶，转向他说：“今天你是个基督教的先知，曼努尔，明天你又变成马克思主义者了。”

嗯，正是，我想着。这就是当代文明这类综览课程的美妙之处。你读到一个具有说服力的论证，然后就满脑子都是它；你变得附着在那份文本上，随它一起膨胀，在一星期的时间之中，那无懈可击的世界观把你撑大。你是理性主义者、经验论者加怀疑论者、黑格尔主义者、马克思主义者。你接受一个又一个认同，有一段时间可以幸福地不为结果负罪。没人会因为你持错误的意见或假装热衷而把你烧死。活在一个不把观念看作是生死攸关之事的时代，有个优点就是你可以容纳许多种不同的观念，保留一些，丢掉另一些，把剩下的混合起来。在早期的这么一段“杂交”之后，要是你聪明、自律，会获得心智的经验，并有能力吸收更多东西。到学年结束时，你不自觉地保留了最贴合你心灵的那个版本的自己，不再“杂交”。

卢梭了解角色扮演和“试穿”不同自我的感受；他自己一生就采取这样智力惊人的策略。卢梭开启了极具现代性的激进主义以及（在我心目中）极具现代性的多愁善感。我第一次读他是三十年前——20 世纪 60 年代晚期，当时我比较冷静地拜倒在他的魔力下，之后却一直抗拒他，仅仅由于我住在纽约，身为人夫、人父、一家之主——身为一个中产阶级的男人。这次我读他的时候比较激动了，但却强烈地不信任他；我憎恨他，就像我会憎恨任何智力高超、决心搅乱我人生的人。他仍然使我焦虑，任何适应环境、表面上志得意满的公民身上倔强、不满的一面，都会与他的乖僻有所共鸣。

卢梭坚称，我们已经把自己从曾经享有的乐园中赶了出来，罚自己躺在自己造成的监狱里。首先，乐园里的人：

于这个生灵的天生体质之外，除去一切经过很长一段过程才能获致的超自然禀赋以及人为功能，整体上而言，他是最具天赋优势的；我看见他在橡树底下饱餐一顿，到最近的小溪喝水解渴，在那棵提供他食物的橡树下睡去，所有的需要都得到了满足。

大地自然富饶，满布刀斧从未伤及的无边森林，每一种动物都可随处找到大量的食物以及栖身之处。人类混迹在动物当中，观察并模仿它们的技能，因此习得了种种野兽的本能。同时他的优势在于他不像其他动物只具有自己的本能，人虽然没有专属于他的本能，却袭用了其他动物的。于是，他吃各种不同动物所吃的不同食物，过得一样很好，比任何一种动物都容易生存。

到目前为止，讲得都够简单明了。但卢梭接着又说：

大自然对待他们的方式，正如同斯巴达对待公民的子女的方式；使那些天生体质好的人变得强健有力，而其他的就任其死去，这点和我们的社会是不同的。在我们的社会里，国家让子女变成父母的负担，等于在小孩没出生之前就把他们不分青红皂白都杀了。

当然，那最后一句话是故意说得过分而扭曲的。严重的大型恶作剧正在酝酿。《论不平等之起源》写于1755年，是为了参加一项学术论文比赛。在上面这段节选自该文的段落中，卢梭嘲笑了霍布斯的说法，霍布斯坚称人在自然状态下性情邪恶。我们又回到了当代文明课里最重大的主题之一：人本质上到底是什么？人究竟有没有天性？因此，他们应该如何在文明社会中生活？文明社会是表达了还是违反了他们的天性？

《论不平等之起源》

卢梭反对的不只是霍布斯的看法，更是一般共同的看法；他坚持人在自然状态下是快乐的，换言之是不自觉的，因此也是无知无邪的。人很幸福，没想过自然是需要人去征服或“欣赏”的。他只是生活在自然之中，身为自然的一部分；饿了就打猎，累了就睡觉，有欲望的时候就性交，只要有性交对象，不管是谁，美丑不是问题；还没有人注意到美、对美做出反应。家族关系微乎其微，人通常根本认不出自己的小孩（在这里，女性主义的抗议看来完全有必要：通常当卢梭说“人”的时候，意思明显指的是男人。不论是在自然状态下还是在社会里，女人有可能会认不出她们的小孩吗？要在这里一提的是，卢梭把他自己的五个小孩通通送进了孤儿院。从字面上和法律上的意义来说，他都不“认”他们）。

这个心满意足的人死去时，他的技艺、希望、知识和计划也就跟着一起消失了。这没有关系。也许有时他会觉得冷、觉得饿，但他不可能觉得悲惨，因为他没有足够的意识可以让他觉得悲惨。说他天生具有恶意和掠夺性是荒谬的，因为他没有侵略的必要，他靠大地的物产就可以存活了。他的道德生活由两种感受组成，一是自保、维生的欲望；一是看到任何受苦的生灵会有怜悯的情绪。

曼努尔说他自己变成马克思主义者的话毕竟没什么好奇怪的。他是越过卢梭跳到马克思那里去了，但这很自然，因为马克思在寻找一个理想社会的形象，以便拿来对照工业资本主义的肮脏卑劣时，就从卢梭那里得到极大的启发。

马克思的部分愤怒也可以在卢梭的作品里看到。当卢梭循着人的“进步”过程，抵达文明的时候，他怒不可遏地写道：

> 生活方式极端不平等，有些人闲适安逸得离谱，有些人却劳累得死去活来，要刺激和满足我们的食欲和性欲易如反掌，有钱人吃的食物过度精致，把他们喂养得便秘、消化不良，穷人吃的食物很差，通常根本没得吃，所以有得吃的时候他们就会贪婪地拼命往肚子里塞；夜夜笙歌，各式各样的放纵，一切激情的无节制爆发，艰难困苦，心灵耗竭空虚。每一个阶层都感受到的无数痛苦和不幸，没完没了地折磨我们的灵魂——这是致命的证据，证明我们大部分的疾病都是自作自受，要是我们保留了自然为我们订立的那种简单、一致、独居的生活方式，我们几乎可以避免这所有的疾病。如果自然给了我们健康的命运，那么我要斗胆直言，反思自省是违反自然的，沉思默想的人是种堕落的动物。

“读你的作品，”伏尔泰在写给卢梭的信中说，“让人很想茹毛饮血。”这可不是友善的玩笑话。卢梭触怒了很多人。他是个日内瓦钟表匠的儿子，知识大部分是自学得来，自学成为哲学家、经济学家、社会学家、音乐家，以及作家；他瑞士、法国两头跑，因为他哪里都住不惯，他的敌人和朋友一样多。他那种玩笑式的傲慢调调——之后成为法国知识分子的特征——惹恼了许多人，包括约翰逊（Samuel Johnson），根据苏格兰作家鲍斯威尔（James Boswell）的说法，约翰逊觉得卢梭邪恶又做作，写一些流行的胡言乱语，以求吸引别人的注意。卢梭文中对社会强烈而激进的不信任，几乎是以戏谑好笑的口气开始的。

> 第一个用篱笆围起一块地，然后想到要说“这是我的”，而且还找到了头脑够简单的人愿意相信他，这人是文明社会的真正创始者。人类可以躲过多少罪恶、战争、杀戮，多少不幸和可怕的事，只要当初有人拔起那些木桩或填平那条沟壑，对其他的人大喊，“小心不要听这个骗子的话，要是你们忘记大地的果实属于所有人，而谁也不拥有大地的话，你们就完了。”

看起来，霍布斯彻底弄错了一点。霍布斯看着1650年的英国人，注意到许多人都贪得无厌，争强好胜，于是把这些性质投射回历史之初，说这是人的天性本质。卢梭说，正好相反，霍布斯以为那是人的自然形式，其实那是财产体制所造成的。

“财产先出现，”史蒂芬森说，“然后才有竞争。这是个革命性的观念。”

这个观点具有革命性，因为表示人的本质已经被社会性的力量所改变。如同史蒂芬森坚持的看法，霍布斯所称的自然状态其实是一种“建构”，这是学院左派爱用的词。男人和女人不一定要是这个样子，上帝没有把我们造成这样，“自然法则”没有把我们弄成这样，是财产和社会体制把我们变成这样。整套激进主义的社会批判，一直到现今的正统文化左派，开启了这个惊人的观点。

卢梭也让洛克的理论站不住脚了。洛克认为人类是一种社会性的动物，合作是一种自然而互惠的行动，依附是不可避免的，而财产的多寡不均等是很早就存在的事，有些人控制了土地和生产资源，其他人有的却只是他们的劳力。对洛克而言，私有财产是文明社会的基础。对卢梭而言，这是疾病发作的开始，也带来了后人称之为异化的那种东西。卢梭处在18世纪的法国，当时贵族体制已近尾声，是个既光荣灿烂又充满不幸的时代。他环顾四周，必然有一种强烈的感觉挥之不去——这一切都是错误的。他用他自己的人类学推论方法，建立了我们是如何从快乐原始人进展到被驯化的惨状的全阶段。《论不平等之起源》是道德化的发展寓言：人类朝文明发展，看似不断进步，事实上却是不断倒退，越来越野蛮。社会是病态的，个人的心灵要适应社会，因此也得了病。卢梭文中有些段落看来现代得惊人。他了解我们情绪中的一个倾向；或者该说，那情绪属于每一个叛逆青少年，每一个精疲力竭、受够了拍马屁和办公室中霸道行为的小职员，每一个出席鸡尾酒会的女人，四下张望，都不敢相信每个人都那么徒劳地假装彼此喜欢。这构成了当代大条件下的反感。

> 那么，看，我们所有的官能都发展出来，记忆和想象力在进行中，自大自恋之心被激起，理性变得活跃，头脑几乎达到了可能的完美极限。看，所有的自然特性都发动起来，每个人的阶级和命运都被建立，不只是建立在他的财产、他服务别人或伤害别人的力量上，也建立于头脑、美貌、体力、技术、功绩、才能之上。同时，由于只有这些特性值得一顾，很快地，具备或假装具备这些特性便成为必需；一个人事实上是这样，但看起来是那样，这是必要、有利的。真正的个性和伪装的样子成了完全不同的两回事，在这两者的分野上出现了夸大虚饰、狡猾诈骗等一长串接连而来的恶行。然而

若从另一个角度来看，原先一样自由独立的人，因为一大堆新的需要而服从大自然，尤其是服从其他人，就算他变成了这些人的主人，在某种意义上却是变成他们的奴隶；如果他富，他需要其他人的服侍；如果他穷，他需要其他人的帮助；就连家境小康的人也无法摆脱他人而活。因此，他必须不断努力，让他们对他的命运感兴趣，让他们觉得为了他的命运而工作是有利的，不管是实际上如此还是表面上看来如此。这使他运用心计欺骗一些人，对待另一些人则蛮横严苛，而且要是那些人不怕他，或者他认为帮助他们对他自己没有好处的时候，他就会虐待他们。到最后，人受到野心的驱使，一心要提高他们相对的财富，不见得是真有这个需要，而是想压过别人；在这种刺激下，每个人都起了互相伤害的卑鄙之心，这种秘密的嫉妒心非常危险，因为它常常戴上善意的面具，以便出手袭击时能有更大的胜算。一言以蔽之，一边是竞争和对抗，另一边是利益的互相冲突，还总是隐藏着那种把自己的利益建立在他人的损失上的欲望——这一切的邪恶都是财产的直接效应，以及初期不平等状态之不可分离的后果。

我不知道要怎么赢过这段话的辩才与力量。读的时候，你几乎找不到力气来反驳他。不管你是在社会的顶层、中间，还是底层，社会都是个陷阱，你永远逃不开妥协、虚伪、对别人的憎恶，以及虚荣心。“我们建构这些社会机制是为了它们的用途和好处，”史蒂芬森说，“而最后它们却控制了我们。文明是个铁笼子，是个沼泽。”

但上完课之后，我在想：如果文明是个铁笼子，那为什么还要受教育呢？因为这样敲铁栏杆会敲得比较响吗？看来似乎如此。卢梭是我们在当代文明课中读到的第一个“出色”的作者，第一个带着自觉的技巧写作的人（卢梭努力达到出色的境地；马基雅维利不必刻意就很出色）。我们进入了现代，面对相关的文学与道德议题，比如真诚、责任、角色扮演，以及讽刺。卢梭真的相信这一套吗？或者他只是在嘲笑那些自以为生活在极乐世界的法国贵族和中产阶级？他是否想要回归某种原始的状态？他不想。意识就和生命本身一样，怎么也不该扬弃。除了带着意识活下去、看到的东西越来越多，别无选择。这是现代情境的本质所在。

20 世纪 60 年代的北加州：那些番茄之地

这是古怪的一节课。选择卢梭作为题材的那个学生报告得不怎么样，于是史蒂芬森从中介入，高高兴兴地详加解释。他班上平常很健谈的学生们呆呆地坐在那里抄笔记，连诺亚和曼努尔都没说什么。这该怎么解释？这些学生是否还没经历他们自己的叛逆期？我自己十九、二十岁的时候，除了和朋友来往密切，看不出为什么我需要任何社交生活。想到社交生活就令我气馁而沮丧。我待在 112 街的大学部公寓，屁股深深陷在椅子里，确信那是不可能的。我干吗要把自己介绍给别人？我从商的概率很小，婚姻看起来更是遥遥无期，只有烂人才会对地位感到焦虑。儿女？我无法想象。任何自省都不可避免地引出相同的认知：成人的生活全是谎话连篇。

20 世纪 60 年代的很多大学生都是这么想，尤其是在越战愈演愈烈的情况下，但 20 世纪 90 年代的学生已经没有这么异化（或这么傻）了。在我观察过史蒂芬森的学生学习虚构的情景之后，我了解到，他们之所以没有反应，可能是出自一个很简单的原因，那就是美国人的期望已经改变了。1965 年，我有本钱当个胆小鬼，但现在的他们没有。这些学生当中，也许很多人的哥哥、姐姐、朋友已经在找工作时频频碰壁。大家都在谈“向下移动”这种消沉的话题。经济正在快速改变：许多种类的工作正成批消失。就连受过高等教育的人也难幸免，他们的工作岗位、他们的职责，消失在企业界的一阵裁员风中。一个根本拒绝社会这个概念的 18 世纪作家，在他们看来也许是在玩着烦人而恶意的游戏，嘲弄着这些正越来越焦虑地要设法进入社会、找到工作的学生。

卢梭在哥伦比亚的大二学生身上惨遭滑铁卢，但我们本来就不再生活在浪漫的年代。1965 年，我从哥伦比亚毕业，一年之后也念完了哥伦比亚大学的新闻研究生，然后我到了北加州，那里有着对卢梭观念的笨拙模仿，使加州生活更丰富多彩。搞公社，培育有机食品，生产家庭手工艺品——这些可能全部衍生自卢梭对社会的憎恨，对简单性和有机论的崇拜，以及对整体和谐的渴望。不过，卢梭这个伟大而高傲的知识分子对于迷幻药和非理性、语焉不详的风气会有什么看法，倒是不难想象。在 20 世纪 60 年代，除非真的非常非常穷，否则大学生是不屑于担心工作和前途的。你应该做的是开垦你的灵魂、拓展你自己、创造你自己，宛如社会和职场不存在。对一些人来说，这一番自我探索既令人兴奋又非同小可——我没有非难的意思——但那时我们很少有人知道或愿意承认，我们之所以可以毫不在乎工作，全因为国家的经济蓬勃发展，还有，在地方上来说，加州也富裕得不得了。我们全都一心要增强意识，但我们又对某些事情毫无意识。父母提供充足的财力支援，我们很多人都住得起伯克利、帕罗阿多、圣塔克鲁兹等地不错的公寓或分租一栋房子，还行有余力，可以买一部达特桑或福斯的金龟车。迟迟不找工作不会遇到什么阻力，甚至还是种美德：这叫作“读研究生”。我们就像卢梭笔下捡坚果吃的人，靠大地的物产而活，也就是说靠父母和奖学金而活。我们不完全是寄生虫，我们是在很严肃地无所事事。而那时真是无所事事的美妙时机。摇滚音乐会常常是免费的，性也到处都有，不管你想不想要。有一次，在帕罗阿多和一个女人共度一夜之后，第二天早上我坐在她的厨房里，她室友的房门突然打开了。她的室友坐在地上，一丝不挂，金发披肩；她的男朋友体格健壮，打开门之后坐到她旁边，也没穿衣服。“怎么了？”我一边咽下烤面包片一边小声问我朋友。“他们想表示对我们不见外。”她说。

现在想来，这种念头好像满可爱的，我后悔当初只专心在吃面包片。令我觉得怪异的是，当时我朋友本来提议来一场小型性爱狂欢。这就是20世纪60年代的调调。20世纪60年代非常适合高尚的道德剧，但也充满了根本没必要的道德立场；既适合发现自我，也适合虔敬地浪费时间。在我看来，这种不从事生产性劳动的态度是空洞的，因为我根本没有认同公社的意识，对刻苦朴素的生活也兴趣缺乏。我喜欢书本、唱片、餐厅、旅行。我需要赚钱维生。

但至少我是照我自己的方式在游荡的，我阅读、拍短片、看经典电影，不沾那种吸毒的文化。20世纪60年代把吸毒当成一件天大的好事，其实只是美国人什么事都要体验的这种旧酒论调装在消极而先验的新瓶里罢了，这严重地扭曲了卢梭式的抗拒。我在帕罗阿多或是到马林郡去找朋友的时候，听别人说他们用迷幻药的非凡体验时常常一语不发，噘着嘴坐在一旁。他们态度庄重，不管是抽大麻还是服用迷幻药的人说法都一样，谈论着（对我而言）毫无阅读价值的《伯克利芒刺》。这份迷幻药小报每周出刊，紫、黄、绿等装帧颜色难看死了，内容是一团胡言乱语的陈词滥调。对于那一代的人而言，它简直是地下版的法典。

我爱极了加州，不敢相信我居然幸运到住在了那里（我花了好几年的时间，才克服了看见天天有阳光时模糊感到的那种东部人的愧疚），但我拿着我的《纽约书评》到斯坦福的咖啡馆去消磨两个小时的午餐时光，告诉自己，一个人性灵上的成长是必须奋战得来的，一次只得到一点点的。这不是用化学药品可以得到的东西。我参加派对的时候，会径直走向冷清的吧台，只见其他酒友垂头丧气地把威士忌倒在塑料杯里喝。我们慢慢喝醉时，都同意迷幻药是一种颓废的错误。

我身为一个从没吸过毒的人，几乎变得恶名昭彰，不过我的确“吸”过一次，在我需要写文件申请到斯坦福去念博士的那个晚上。我的一个室友邀请了一些朋友来吃晚饭，他们是学校剧团的演员，迟到了很久，所以我饿得抓过他们手中的甜点盒吃了三块饼干。这是 1969 年的北加州，但我实在太外行了，不晓得人家都在烘烤饼干的时候加什么作料。没过多久，我就迷失在很不舒服的感觉里，那噩梦一部分是我自己造成的，因为我躺在床上极力想抗拒大麻的效力。嘿，我抗拒得可厉害了！我还有申请文件得写。我没办法放松，然后乱七八糟的东西浮上表面：我一塌糊涂，我谁也不爱，也没有谁爱我……

几小时后，一个室友把我从床上拉起来，强迫我跟他坐到客厅里去。电视上有一个男人在跳舞、在大笑，手臂高高举起。那是安东尼·奎因（Anthony Quinn），在《希腊人左巴》（*Zorba the Greek*）里演出吵闹的地中海农夫那一套。看着这个无赖扬着头、抖着大屁股，不但自己很爽，并且要挑战任何觉得他可笑甚至只是跟他感觉不同的人，我终于开始放松了。我放开怀抱，然后马上就觉得飘飘欲仙。那种感觉蛮愉快的，虽然我没有看见什么幻象，可能是因为没读过《伯克利芒刺》的关系。面对安东尼·奎因那种大摇大摆、夸张离谱的演法，我可能是世上少数以其本来层面去接受的人，把那当作自我解放的呼唤。先是一群演员害了我，然后另一个演员又救了我，我相信我一定就是在那天晚上变成了影评人。

“在文明当中，我们失去了作为人的真实性。”这时史蒂芬森在整理卢梭的各个主题，学生安静地坐着，我又飘出了教室……这回是飘到斯坦福召开的一个广电界巨头会议中。会议室里都是西屋广播公司、哥伦比亚广播公司（CBS），还有国家广播公司(NBC)的高级主管。虽然通常在公众场合我一句话也讲不出，但此时我站了起来，激动地骂他们是一群伪君子，太阳穴都猛跳。他们是冷血无情的大公司傀儡，是虚伪的假人。我们学生不想变成他们那个样子，我只在实话实说。那是非常20世纪60年代的一段话，得到的也是非常20世纪60年代的反应：当天坐在听众席里的CBS电视公司总裁表示要给我一份工作，让我到他们的纽约总部去做事。

我几乎大感尴尬。一份工作？有工作没什么，但当学生才真了不起。我当时身为SDS的一员，投身于学生生活的种种活动，不会去为当时世界上最大的广电企业工作。我庄重地谢过他，拒绝了。

这就是我的卢梭式性经验、我的卢梭式吸毒经验，还有我的卢梭式演讲。我模棱两可地活在20世纪60年代，既接受又拒绝那时代奇异的特质。我恨社会这个概念，但只是理论上。我等待着我的人生发生，我还没准备好。国内发生了许多重大的事件，尤其是在1968年的春夏，美国看来几乎要解体了——而身为学生的我们，生活中古怪地混合了灾难和狂欢、极端的严肃和极端的琐碎。我们在不同层面间切换的速度很快我们知道那是年轻人的大好时光，毫不在乎其他人。

战争在进行，我像成千上万的人一样，花了很多时间游行示威或静坐抗议美国的政策。我从来没有过任何自己能起多大影响的幻想，主要是想为自己弄清楚一些事情。思考越战的问题、阅读越战的消息、看纪录片、听演讲、示威抗议、静坐，这一切占据了役龄大学生生活很大一部分，其程度是现在难以想象的。越战真的是无所不在、挥之不去的一个议题：我们就寝的时候想着它，早上起床的时候想着它，打电话告诉朋友自己最新的看法。现在的保守派愤怒地撰文表示，20 世纪 60 年代末和 20 世纪 70 年代初美国的反战运动带来许多毁灭性的影响，他们似乎不明白，那运动对我们当中的很多人而言并非不停地在奚落、喊口号、游行，而是一段深思苦学的时期。我认为，为了终止越战所做的努力是我一生中最伟大的知性经验之一。

卢梭的精神在激进的学生运动中随处可见，而当史蒂芬森说“卢梭质疑我们此时此地所有的东西”时，我想到了那段 20 世纪 60 年代的日子，当时人们要的不再只是改革，而是对社会摧枯拉朽的激进改变。当时的“此时此地”，也就是工商化美国可鄙的常态，必须去除。它正在毁坏我们的灵魂。我们是这么告诉自己的。大学校园里，在其他方面头脑清醒也不异想天开的人轻快地谈着“革命”，仿佛他们和革命亲近地生活在一起，仿佛资本主义的垮台指日可待。在斯坦福，一个梅尔维尔专家带着霰弹枪去参加一场反战会议。那一切全是胡闹吗？不，当然不是。左派学生中，有些特殊的人认真地做着改革工作，把穷人组织起来，为民权运动努力。但我们大部分的人都只是在自鸣得意。

“这些安排并非永久性的，只是暂时的，而非自然的，”史蒂芬森解释着卢梭，“这个体制没有正当性。它是靠暴力维持的，所以使用暴力推翻它也无可厚非。”

这在18世纪中期的法国，是个激动人心而必然的概念，但在20世纪60年代的美国，却是个激动人心而无望的概念。SDS在20世纪60年代早期创始之初动机纯洁，但后来沉迷于暴力推翻政府的妄想。1969年和1970年，组织中有一部分人转向制造炸弹、抢劫银行，到了1970年我便脱离了“运动”。我只是想要终止一场战争，我不是社会革命分子，我是个左派的民主党人，强烈渴望和平与宁静。

番茄着地了。和当天被丢出去的其他食物一样，那只番茄落地的地方离里根州长还足足有30米的距离。他站在州政府大楼的台阶上坚定地发言，俯视着那一群可悲的“激进分子”，就像他在《法网》（1953）中（手持霰弹枪）俯视一群暴徒一样，那是他无比平庸的演艺生涯里所拍过的50来部无比平庸的影片中的最后几部之一。那是我的卢梭式暴力行为。那只番茄与其说是炸弹，倒不如说更像是个回力棒，击中了我和其他像我一样的人，多年之后，里根当选总统，部分原因在于他对萨克拉门托那类场面处理得非常好。他说话的声音镇定、平稳、有权威，我记得1969年的时候我在想，“这混蛋真有一套。”到头来，你学到了左翼革命首要的一课：永远不要朝比你了解当时情况戏剧效果的人丢水果。

《社会契约论》

课堂上，我们回到了卢梭最著名的文本《社会契约论》（*Social Contract*），报纸上常常引用法国大革命那些年。这是一部煽动性强、自相矛盾但几乎无法理解的作品，非常适合选摘引用（“人生来自由，而无论何处他却都受到束缚”），但整体读来令人气馁，最终没有太大用处。卢梭重提那个熟悉的问题，即权威与文明社会的关系。多少的权威是必要的，个人又该享受多少自由？霍布斯的答案是将绝对权力集中在统治者身上，洛克则坚持有限度的统治权以及个人的种种权利。卢梭将这个问题定义为：“寻找一种联结的形式，以共同的力量来守卫并保护个人以及每个伙伴的所有物，而每个人一方面和所有的人协力联手，一方面却又只需服从他自己，保持和以前一样的自由。”（p. 92）

这可不容易。显然，他的意思是个人将他们的权利交付给“共同的意志”，而根据文本看来，这共同的意志要不就是所有人之间一种神秘主义的联结，要不就是一个公众集会，聚集了受过教育、讲道理的公民——像是一种理想化的日内瓦，里面的人受过卢梭思想原则的教育。他指的不是下议院那种代议机构。事实上，卢梭对英国的议会制度很是不屑。“英国人认为他们是个自由的民族，他们大错特错了，他们只有在选举议会成员时才是自由的，一旦议员选出来，他们就变成奴隶，什么也不是。”（p. 144）他要的是一个精神共和国，人民团结在一起，通过法律表达他们的意志，而非属于绅士政客，更非职业政客。

但困难之处在于：契约一开始是自愿的，最后却变成强迫的。正如霍布斯和洛克的理论，人们同意建立一个文明的社会。一旦这一点在社会契约中表明，共同的意志就变成了统治的主权，“任何拒绝服从共同意志的人，全体会迫其服从；这意思就是别人会强迫他自由……”只有这样，离开了幸福的自然状态的人才能仍然过得好，因为在形成、服从共同意志的过程中，他重新得到了已失去的整体和谐。他能够同时既是君主又是臣民。他失去了自然的自由，得到了文明的自由；不再拥有一切，却得到了对某些东西的所有权。

这是亚里士多德关于积极公民的旧观念，再加上一些自发的、热情的成分。我们会大量参与公民事务，分享权力：我们会制定法律，也必须遵守法律，不管我们想不想。我想，卢梭提出的理论，也许可以用来形容经过辩论后的村庄或公社会议，或者一艘在汪洋中挣扎的救生艇这一类情形。也许，在革命早期不断的会议和做出决定、采取行动的狂热急速中，共同意志这样的东西可能会出现。或者它也可能出现在一个小型的、同质性高的社会里，此处的社群由同等的人组成，自我统治，实现了卢梭对和谐的渴望。罗斯·佩罗（Ross Perot）妄想以电视转播举行全国各市镇的会议，并进行立即投票，对代议制度抱持的敌意和卢梭如出一辙。持怀疑观点的人称之为“电视法西斯”。佩罗和卢梭一样，要的是爱国主义、意志、兴奋，对团体抱着一种近乎宗教性的热忱，而非许多私人利益的枯燥决议。但那些私人利益的枯燥决议却正是美国第四任总统詹姆斯·麦迪逊（James Madison）认为维持一个国家所必需的东西。麦迪逊的想法制造了宪法，卢梭的想法制造了……嗯，这是个争议性的问题。有人会说制造了革命独裁主义。

“问题在于，”史蒂芬森总结道，“一旦你建立一个共同的意志，这意志又是没有限度的，你就有可能会创造出一种极权主义的制度。”

* * *

我错过了1968年哥伦比亚校园里的那些静坐、公社，还有那次警察突袭，但1969年春天，我到斯坦福一个航空学实验室去静坐抗议,那里正在进行飞弹导航系统的机密研究。不难想见,那实验室正在制造的武器可能被用于越战。我们这些抗议者不但有道德立场，还有法律上的论点：进行机密研究明显地违犯了学校的法规。当时我觉得我们是对的，现在我仍然这么认为。

我们坐在那里，挡住了实验室入口，迫使实验室关闭，最后学校里其他几个部分也关闭了。我们自己建立了一个新的大学，争论、演讲、散发请愿传单，不断进行，日复一日。那就是“共同意志”在运作。然而，虽然我相信那次抗议是有价值的，过了一阵子之后我却失去了斗志。没完没了的会议和演讲开始令我头脑枯竭，然后精神贫乏。听过几小时关于对抗的陈词滥调之后，我会感到一股难以形容的极度焦躁。到了晚上，垂头丧气的我会回家读亨利·詹姆斯或者惠特曼，只为了把那些糟糕的字眼赶出我脑袋；或者我会溜到校园的一角，去看一个影痴英文老师放的20世纪30年代或40年代的好莱坞片，看着那些戴着高帽的男人和穿着丝质长裙的女人手拿鸡尾酒进出白人专属的俱乐部，我就会感到无比的快乐。我受够了共同意志。我要私人的意志，艺术家的意志，听者、读者或观者的意志，我自己的意志。无论如何，关闭大学会有什么意义呢？还有什么地方可以让我们如此自由？弗莱德·阿斯泰尔把我从20世纪60年代的胡闹中救了出来。

中产阶级的不满

一种普遍的说法是，卢梭开辟了两条攻击坐拥财产的暴发户的伟大路线，谴责资产阶级为剥削者（这条批评路线通往马克思主义）以及市侩（这条路线通往19和20世纪的波希米亚精神）。做一个资产阶级，就是疏离了你真正的自己。但到了20

世纪 60 年代末，我就已经知道我注定要当一个中产阶级，纽约式的。从来不曾真的有过其他的可能性。

然而，卢梭仍然是强而有力、扰动人心的，他永远都会如此。洛克综合了财产权、法律权利，还有受宪法限制的统治权，但这些对卢梭是不够的。太温驯、太平淡、太寂静无声了。他要一些精神上的东西，要血，要一股跟宗教一样强大的力量。他的挑战让人不得安宁。在资产阶级的生活中，你赶走危险，获得平安，你搭起帐篷，帐篷里装满锅盆和毯子，把所有的绵羊和山羊聚集在帐篷外——那是约伯被夺走的所有财货。但努力想安全、想避免约伯的命运，带来了焦虑。不时会有一种失落感，甚至孤绝感，悄悄袭来。就这样了吗？没有其他的东西了吗？你嘲笑这样的问题，因为还有人在挨饿、一无所有。但问题仍然存在。生活在社会契约之中有其匮乏和无聊之处，有人因此完全离弃社会，拥抱暴力，而暴力对我而言不是一项可供选择的东西。但我仍然在想：那种伟大的东西、先验的时刻在哪里？那种闲适的、视野里总是开着花的山丘，那种更宽广更自由的生活的美好，在哪里？我是否有机会知道我是何时错过它的？

第二十一章　莎士比亚

《李尔王》把人带回代与代之间逃不掉的为了争夺权力所做的挣扎。它告诉你人生中生子与死亡的基本关系可能变得令人无法忍受。莎士比亚从这个令人羞耻、困窘的题材出发，在大地上剖出一道大口子。

我母亲的晚年

我母亲的死正如她向来的行事风格，干脆果断又急如星火。那时我刚和我太太带着两个儿子去了一趟加州，拜访我妻舅，回纽约的那天晚上我打电话给我母亲，这是我每次旅行回来的例行公事。当时是 1991 年的 2 月，她七十五岁。没人接电话，我马上知道她出了事，心里隐隐的预感在说，她走了。虽然几天前我从洛杉矶打电话给她的时候她还好好的，但我就是知道。她的家人旅行回来的时候她却不在家，这是不可能也无法想象的事。有时候，她似乎就是为了团聚的时刻而活的；这些团聚的时刻每天或几乎每天发生，当我照例打电话给她的时候。有时候我打电话给她时她似乎很惊讶，好像我一直在躲她似的。要是我真的好几天没打电话，她不再惊讶而是开始悲伤：生了个不记得娘的儿子，这就是她的命；我们之间出现了一条裂缝，但现在她会如释重负地把缝隙补合。

两个纽约警员轻声叽咕着跟在我后面进了她的公寓。我感到灾难真正发生时的那种不可置信感，这居然不是电影或做梦，而是实实在在地展开了，一桩意外、一场打斗，或地上的一具尸体。我母亲裸身躺在浴缸里，莲蓬头开着。她的脸色发黑，嘴唇紧抿。我摸摸她还有没有脉搏，然后关掉莲蓬头，水是冷的。浴缸后面有一点血迹——可能是从她嘴里流出来的。莲蓬头的水为什么是冷的？她是在淋浴的时候发病然后倒下：可能是中风，或者脑栓塞，某个动脉瘤。我知道不是心脏病：她的心脏像托尔斯泰一样强。她是不是还来不及调整莲蓬头的水就倒下了？纽约大型现代公寓里的热水不可能会流光的。嗯，或许可能。我离开浴室，走进客厅，在沙发上坐下。

医生来了，一个海地男人，做了纽约的公务员。个子不高，话还挺多。那两个警员却像天使一样，保持沉默，不时往我这边看，用带着泪光的眼神安慰我——他们也有母亲。但医生话很多，甚至还搓着手鞠了个躬。我微弱地察觉到这一刻已经改变，不再埋藏着那种"这不可能发生但是正在发生"的味道。现实正在接手，闹剧正在接手。医生和其中一名警员努力把尸体搬出浴缸，放在浴室的地上。然后医生搓着手又聒噪了一阵。没有他杀嫌疑，他会申请验尸。她是前一天死的，可能已经死亡二十四小时了。我闭上眼睛，倒回沙发上。

《李尔王》

当我们在第二学期的文学人文课上读到《李尔王》(*King Lear*)时，我母亲去世刚刚一年多。我发现，我对这部剧本有一种奇特的、意外的私密之感。我母亲死前大约四年，有一次生了病,性情变得格外不可理喻,那时我一天到晚想着《李尔王》。“她就是李尔王。”每当我难以忍受地打完电话或探完病回来，都会生气地对我太太这么说，每说一次，这笑话的新意就减弱一点。她同时也是我母亲艾达·丹比（Ida Denby），她不快乐到了极点，也迫切想让我知道这一点：她活生生不让人好过，令我也令她自己焦虑。

对《李尔王》感同身受的不只是我。这一回，媒体里和我们脑袋里砰砰作响的回音与事实相距不远。每个人都知道这部响当当的作品，至少也听说过，这部寓言里的老人又倔又不讲理，年轻人怀恨在心又忘恩负义。但如果你近来没读过《李尔王》，你不会知道这部剧本是如何融合了温柔和恶意，曲折动人。我带着近似恐惧的感受准备好重读这部剧本。它内容宏大、具有压迫感和威胁性；虽然邪恶、暴力，同时也是高贵的，是一部不容你闪避的伟大作品。当然，要是它没有道出一些与我们切身相关的东西，便可能有看来过分夸大、不近情理的危险，像是一个荒唐的寓言，充满了矫揉造作的情感和过于苦涩的诗句。

重读的时候，剧本里的很多故事细节和某些对话，很快从回忆中出现，带着谴责的力量。打从一开始，我就为第一场戏的暴躁力量所扰动——那种强硬和苦涩，那种灾难以一种黑色幽默的方式在进行的感觉。李尔是个强硬的老混蛋,聪明但没有远见，他让出了王权，却不肯放弃他国王的地位和服饰。我们不知道他为什么这么做。他除了做出解除自己王权的傻事，并没有任何老迈昏庸的迹象。稍后他描述自己“从头到脚都是君王”，事实的确如此。他为何逊位是个谜，这个谜又被虚荣和怒火变得更加复杂。

但这并未完全掌握住《李尔王》的奇异之处。再看一眼。推动剧情的是一个父亲对爱的过度要求。对爱的要求。还有什么比这更平淡老套的吗？在第一场之前，李尔已经决定了要把王国最大部分赐给他最疼爱的小女儿考狄利娅。但之后，他为了想要更有把握，便问他的三个女儿有多爱他，并且承诺会据此做出赏赐。这是一种试验，要求别人表演自己的感情多么让人尴尬。考狄利娅很感不齿，骄傲地拒绝像她姊姊们那样做出热情洋溢的声明（“不会把心里的话用言语表达出来”），李尔大怒之下，当场和她断绝父女关系。

> 李尔：年纪这样小，却这样没有良心吗？
>
> 考狄利娅：父亲，我年纪虽然小，我的心却是忠实的。
>
> 李尔：好，那么让你的忠实做你的嫁奁吧。凭着太阳神圣的光辉，凭着黑夜的神秘，凭着主宰人类生死的星球的运行，我发誓从现在起，永远和你断绝一切父女之情和血缘亲属的关系，把你当作一个路人看待。啖食自己儿女的生番，比起你，我旧日的女儿来，也不会更令我憎恨。（第一幕第一场）

这出戏由愚行和灾难开始，然后一路向下。那两个甜言蜜语的女儿高纳里尔和里根一平分了王国，就马上背叛了她们的父亲，一步步夺去了他的荣衔、礼遇、舒适，以及容身之所。高纳里尔和里根的行为没有什么苦衷，不可原谅。她们把父亲赶上了绝路。但她们的赶尽杀绝和考狄利娅所保持的骄傲的沉默一样，都可以看作是在反抗那令人羞辱的对爱的要求。

这是一种我们大部分人都不好意思谈论的情感。但这个时期的莎士比亚是最具灾难性力量的，而一旦家庭之爱破碎，一切都完了。一切。国家四分五裂，物质世界本身更是天翻地覆，万物卷入相互竞争的风暴。文明被野蛮取而代之，人没有容身之所给予庇护，只能暴露在残酷的大自然中，人与人之间也不再有同情心，只剩下弱肉强食的杀机。作品意象变得凶猛野蛮：狼、蛇、鼠这些向来居于人类世界之下的动物，一切有牙能咬、有口能食的动物，都愤怒地攻击人类。李尔丧失了国王威严，丧失了理智，脱去了国王服饰；这是一个狂暴得难以置信的过程，一切崩塌、无家可归、衣不蔽体，直到李尔王和寥寥几个仍对他忠心的臣子流落在一场暴风雨中，他才第一次感到穷苦和不幸的人所受的苦。

> 衣不蔽体的不幸的人们，无论你们在什么地方，都得忍受着这样无情的暴风雨的袭击，你们的头上没有片瓦遮身，你们的腹中饥肠雷动，你们的衣服千疮百孔，怎么抵挡得了这样的气候呢？啊！我一向太没有想到这种事情了。安享荣华的人们啊，睁开你们的眼睛来，到外面来体味一下穷人所忍受的苦，分一些你们享用不了的福泽给他们，让上天知道你们不是全无心肝的人吧！（第三幕第四场）

没有房子、没有衣服，没有文明、没有法律、失去尊重的人什么也不是，而现在懊悔又痛苦的李尔，需要亲身感觉这种一无所有。

> 你这样赤身裸体，受风雨的吹淋，还是死了的好。难道人不过是这样一个东西吗？想一想他吧。你也不向蚕身上借一根丝，也不向野兽身上借一张皮，也不向羊身上借一片毛，也不向麝猫身上借一块香料。啊！我们这三个人都已经失掉了本来的面目，只有你才保全着天赋的原形；人类在蒙昧的时代，不过是像你这样的一个寒碜的赤裸的两脚动物。脱下来，

脱下来，你们这些身外之物！来，松开你的纽扣。（扯去衣服）（第三幕第四场）

李尔面对他自己的错误，经过自我蹂躏，终于对自己有了新的认知。善的力量重新集聚结合，李尔和考狄利娅及老友葛罗斯特言归于好。葛罗斯特因为看错了他的家人，也和李尔一样经历了背叛与重生的痛苦考验。在某种程度上，救赎是可能的，就快达成，但邪恶的势力早已坐大，变本加厉，援助又来得太晚。李尔和考狄利娅最终还是死去了。

《李尔王》骤看陈腐、乏味，但却一口气逼近彻底毁灭的边缘，这样关于苦难和知识的神话可以跟《俄狄浦斯王》匹敌，充满了丰富的黑暗意象，而剧中人做出的傻事几乎到了疯狂的程度，就算读第三次、第四次，看起来仍然同样惊人。剧中有强烈的苦难，但同时也有一种无比的欢乐。总的来说，《李尔王》带给人的乐趣和痛苦，比文学人文课和当代文明课所读到的任何其他作品都多。

* * *

几年前，我担心着我母亲的时候，总是想着这部剧本：现在重读《李尔王》，我却总是想着她。这部剧本写的是强悍的前基督教时期贵族，而非美国的犹太母亲。但艾达 · 丹比是我生命中的李尔王。

我母亲状况很糟的时候真的很吓人，令我茫然不知所措。过去，她一直是个强而有力甚至不服输的人物，我从来就不需要担心她。担心她？这种念头是无法想象的（我担心的是我自己）。她出生于第一次世界大战中，在经济大萧条时期，她跟其他一些女人一样，没受过良好的教育或职业训练，当然更没有一套女权和女人能力的理论，就这么走出家门开创了自己的事业。她变成生意人是出于需要也是出于本能，多年之后，20 世纪 60 年代和 20 世纪 70 年代的现代女性主义意识兴起，令她大惑不解。她看不出有这种需要；谈论“父权”和“女人受到的压迫”只令她觉得好笑。事实上，我认为她不觉得有谁阻止得了她。当初她想要赚钱——不，她是必须赚钱。所以，她和她的两个姊妹一样辍学开始工作（她的四个兄弟继续念书，最后上了大学）。那时她十四岁。到了她二十出头的时候，她已经搭乘“毛里塔尼亚”号到欧洲去，在巴黎为美国的百货公司采购运动衣。她家住纽约的华盛顿山丘街，当时不过是不善言辞的矮个子犹太女孩。没人教她，但她自己振作起来（这是她喜欢讲的一句话），不知怎么地建立起了一股无坚不摧的自信心，同时以坚定不移的态度隐藏了她的教育不足，巧妙应对了她工作、家庭、旅行、衣物、餐桌等一切所需事宜。一直到最后，她的人生在我眼中都是大为成功的。

同时，在我看来，她从来没有意识到自己对其他人的影响，当她装腔作势蒙混过关或者说谎时也不自觉。我母亲可能是有史以来最天真的以自我为中心的人。换言之，她是个快乐的女人。她也是个女中豪杰。我很小的时候就知道。

出了家门，她的所作所为让我吃惊。我十三四岁的时候，常穿着质料甚佳的灰色法兰绒长裤和蓝外套，一副完美的绅士模样，陪着她到宾夕法尼亚州或长岛的成衣工厂去，然后她会一路直闯进老板的办公室，坐在那人的办公桌边缘，跷起二郎腿，大胆暴露（她的腿很漂亮），说出类似这样的话：“你到底什么时候才会把那批他妈的女上衣送来给我？”这是 1956 年左右的事，当时没多少女主管是这么讲话的。当然，她是在炫耀她的儿子。

我微微颤抖着想，她可不像个电影明星吗！芭芭拉·斯坦威克（Barbara Stanwyck）！她反应敏捷，坦率自然，难以招架。她戏弄与她共事的男人，做一些他们连试都不敢试的事情，还能安然无事。就我所见，他们都喜欢她，这个女性主义时期之前的20世纪三四十年代的“上班女郎”，会和他们一起在第七大道的商品展示室里大吼大叫交换意见，电影背景总是衬着机器运转的声音。

她也会对女售货员不客气。跟她一起逛街是件可怕的事，有时候她专横的态度令我感到羞耻。20世纪40年代她在麦奎瑞百货做过事，这家早已不存在的百货公司当时位于34街靠近第五大道的地方。根据家族传说，她是麦奎瑞的第一个犹太员工，因此她对女售货员的那一套很了解。要是有售货员不肯去找某样东西或不接受退货，她会对那女生凶到令对方崩溃为止，而我会非常难受。“星期六我在双日百货看见你，”八年级的时候我班上一个女同学对我说，“你和你妈在一起。你在哭。”

但我仍然觉得自己幸运。我父亲对我母亲惊叹不已、为她痴狂，他也很幸运，因为我母亲很顾家、很好相处。她对待我们的方式很精明：她想掌握一切，然后又会迅速克制自己。家庭和做生意不一样，她知道这一点，于是她变得比较宽容。无论如何，她和我父亲在一起很快乐。我父亲从事人工珠宝制造业，业务熟练，工作压力不大，安静、优雅、有绅士风范，穿着打扮像弗莱德·阿斯泰尔，不是个斗士型的人。我母亲爱他、宠我，我是独子，是她的王子……现在我家客厅里放着一张她的照片，她躺在病床上，用手臂支着头，完整地化了妆：口红、眉笔、丽姐·海华丝式的头发，一应俱全。她看起来还算美丽。这还是躺在病床上啊！显然她找了一个摄影师到医院里来，证明艾达·丹比已经自己振作起来了。这张照片，我相信，是在我出生后几天拍的。她的表情又有胜利的喜悦，又有点不耐烦。

王子没有怨言。每当我听到关于犹太母亲的笑话，或是读到小说《波特诺依的怨言》(*Portnoy's Complaint*)时，我会觉得自己可能是笑柄，但我知道不是。我逃脱了。那不是我。也不是她。我母亲的活泼精神让怕她的人不至于感到困窘或生气。我母亲还不错。

直到我父亲去世。他病了好些年，因心绞痛而身体衰弱，我母亲纯粹靠着她的意志力让他活下去，在需要的时候提振他的心情、照料他，甚至退休了一段时间和他住到乡下去。他的死非常突然，那是在 1980 年。当时我和他在 34 街一家银行的保险库里看文件，一阵疼痛给了他警告。"不好，"他说，"咱们继续办事吧。"然后他继续看文件。但过了一会儿，他身体向前一倒，一个字也没说就失去了意识。我还没反应过来，他已溘然长逝。我叫了一辆救护车，之后一直懵然无措，直到一个不晓得我是病人家属的护理人员摸摸我父亲的脉搏说："这人死了。"

我的父母都在纽约市猝死，如果我能以一个活下来的人、一个独子的自私态度发言的话，我要说这两次对我来说都是既容易又难以承受，因为没有时间交换片语只字。在那时候，我经常把我温和的父亲视为理所当然；我们两人都活在一个女强人的影子下，在某种程度上我一直希望他和我母亲一样强。我把他看成一个依附着我母亲的人、一个我母亲关爱照顾的人；我没理解当她的终身伴侣是多不简单的工作。但在我母亲死后，我很清楚地看出来了。我父亲吸收了她的很多能量，取她的侵略性加以中和。"你可以让她累垮，"有一次他叹着气对我透露，"但你永远没办法让她停下来。"但我也不认为他希望我母亲停下来。

我父亲死时，我母亲六十四五岁，崩溃得一塌糊涂。而且越来越糟。几年后，她咕哝着什么税的事，却突然令人不解地停下来，仿佛变成一个仍然全副武装却没仗可打的战士。突然之间，她的身份降为一个美国寡妇，她的控制欲和她的怒气都没有了用武之地。她气冲冲地管理她在纽约的公寓和在长岛的房子，除此之外几乎什么也不做。对她来说什么都不够好。她什么男人也不见，连吃顿晚饭都不肯，并且拒绝结交新朋友的机会，尽管她已经吓走了很多老朋友。她总是很烦躁，连有三十年交情的友谊都会说断就断。只有她做生意时的那几个忠实的年轻女助手，还令她感兴趣。

我想这其实不难理解。她失去了丈夫、儿子（他结了婚）、事业，被消减了三方面的权力。我母亲花钱一向大方，生活奢侈，有时慷慨得过了头，现在却不再掌握账户支出和旅行预算了；她无法邀请别人到她的房子或公寓去做客，因为她没有精神招呼他们，而要是到别人家去做客，她又会不耐烦、嫌东嫌西。要是一整天的计划不是以她为中心，她就沮丧不安。

我听她说话，跟她一起受苦，开始感到困窘。她呼风唤雨了半个世纪，现在却似乎找不到她自己。我提过各种建议，想介绍她去做这做那，但我的提议她一概不听，有时候我的同情心会耗尽。她要不要到纽约的 YMHA（所谓的大 Y，即犹太青年会，是全市经营得最好的文化机构之一）去听演讲，或参加其他退休人士的活动？她气得要命。去跟家庭主妇一起闲聊？她这个见多识广的人怎么可能这么做呢？

“你这样会害死我！”

“因为我建议你去 YMHA？”

“你会害死我。”

好吧，那她要不要到佛罗里达去探望她的兄弟姊妹呢？不要，那里没事可做，除了老头子老太婆没人可以说话。她才不要下到那里去。她会死在佛罗里达。的确，有一次我用话激她去看她的小妹和妹夫，她回来的时候指控他们想杀了她。

“我该怎么办？”我问我太太。

“问你母亲去。”

很好笑，但我母亲正是在用她的方式指示我该怎么做。我应该要爱她，而这份爱必须是毫无不安、毫无保留、投入而盲目的。

这时候，我母亲有生以来头一次因为十四岁辍学而深受伤害。她没什么兴趣画画或养花蔚草，在这么多年的成就之后她又太骄傲了，不肯接受教导。读小说，她没耐性，读历史之类的东西她又缺乏资讯和好奇心，于是她读女明星、贵妇、舞男的传记，并且去看了很多电影。这下我终于帮得上忙了，但片子永远不够、不对，她不断向我抱怨，就像小型暴风雨降临在我头上。商人和牙医欺骗她，每个人都说谎。多年来，我对她一直是小心翼翼，虽然我爱她，但我一直小心翼翼，现在她每件事都要别人帮她做好。她要别人照顾她，但又不肯接受照顾。她永远也不会考虑去看精神科医师，我设法安排的她和精神科社工唯一一次见面，变成了一场具有喜剧效果的灾难。她就像强大的俄狄浦斯，会把你拿到她面前的所有镜子都打得粉碎。于是，别人不愿理她，她眼里也没别人，只想没完没了地诉苦，令我有时也不愿和她讲心里话。

夏皮罗的课：不快乐的结局

夏皮罗的开场白就是强调莎士比亚持久不衰的重要性。“他的作品在我们的文化概念中具有核心地位。”他说。过去人们常常以为，要是控制了莎士比亚，就控制了文化。对文本和诠释的学术争议曾变成激烈的政治议题。

“西方文化。”亨利说。

“好吧，英美，西方——好吧，”夏皮罗说，“但有一件很美妙的事情是，莎士比亚曾被殖民主义的受害者所引用。在《暴风雨》(*Tempest*)中，卡力班那个食人者用学来的语言诅咒他的主人。”

“卡力班还是在西方文化的束缚之下。”亨利说。

我叹气：那种讨论又要开始了。但夏皮罗对这种事情显然毫无惧意，把话锋转向别处。他只是想要道出莎士比亚在英美文学里的杰出地位，以及重要性，特别是《李尔王》，它几乎可以说是扼要摘述了到目前为止的文学人文课。这部剧本的内容相当丰富。莎士比亚之前的剧作家和诗人塑造了李尔和他女儿们的故事，或者加以引用。对莎士比亚而言，这故事最直接的来源是他最常取材的古老纪事之一（这故事在那里是喜剧收场）。夏皮罗指出了剧情具有童话故事特质的地方。国王有三个女儿，两个坏，一个好，就像“灰姑娘”一样。李尔的大臣葛罗斯特是另一个笨老人，有两个儿子，一个好（爱德伽），一个坏（私生子爱德蒙），就像该隐和亚伯的故事。《李尔王》中有许多《旧约》的痕迹，尤其是约伯的遭遇，而李尔自己明显跟俄狄浦斯有相似之处——盲目作为隐喻和真实事件主导了这部剧本，其程度肯定与《俄狄浦斯王》不相上下。莎士比亚可能不知道《俄狄浦斯王》，但《李尔王》里确曾提及阿特柔斯家族神话里那可怕的宴会，其中一代与另一代的争斗在此剧里回响，还回应了但丁笔下的厌憎与苦难。蒙田对自然、习俗，以及这两者之间关系的执迷，在这里也看得见（蒙田作品的译本出现于1603年，在莎士比亚动笔写《李尔王》的两年之前)，而要是能暂时跳到当代文明课一下子的话，可以说葛罗斯特邪恶的私生子爱德蒙绝对是马基雅维利主义的一个例子，展现出纯属自私算计的恶的一面。哥伦比亚没有人会说“世界性的经典”这一类的话，世界主义在这所大学里是被反对的，但《李尔王》是我们接触得到的作品中，最近乎总结大成的一部作品了。而我重读这剧本，觉得它也基本上对人生做了总结。

我很明白这部剧本为什么几乎令我害怕，看到夏皮罗费了九牛二虎之力才能让他班上的一些大一学生做出不只是敷衍了事的反应，我也不惊讶。一部关于父母与子女之间要命关系的剧本足以让任何人胆怯——尤其是青少年，因为他们刚从父母的支配之下逃出来，但感情上可能还没脱离父母的掌控。这些学生无法描述那种状况；他们身处其中。他们当中很多人认为这剧本太暴力了，而且不太可信。男生的反应特别无情；有几个人排斥《李尔王》，对考狄利娅很鄙视，或者抱着犬儒的态度(“要是我，就会对李尔说‘我爱你’，”卢卡斯说，他是一个南方男孩，一副懒懒的世故模样，“为了分到三分之一的王国，我会这么说。”)，再不然就认为它不过是不同力量之间的争斗，这些力量同样各有优点，但利益正好发生冲突，这有点存心反对的因素在里面。我想，学生的反抗是不想用他们认为情绪化的态度来读一部经典作品。那些坏人的行动彻底地否认了社会约束，莎士比亚肯定有这个意思，但亨利却看不出来；高纳里尔和里根等人只是在进行权力斗争罢了。

但不少学生对这剧本却很有反应，这一次，女生的情绪很投入，有些人甚至不愿面对那著名的悲惨结局，考狄利娅死了，然后历尽沧桑的李尔也死了。“应该在他们和好的地方就落幕，”

克丽斯汀 · 黄说，“否则就太没天理了。”夏皮罗很高兴：克丽斯汀的反应有悠久的历史。1681 年，剧作家内厄姆·泰德(Nahum Tate) 正是因为深有同感而改动了这出戏的结局。他的《李尔王》有大团圆的结局，占据了从 17 世纪末到 19 世纪初的舞台。连约翰逊博士都认为莎士比亚的结局几乎令人无法承受（不过在他编辑的莎剧版本中还是保留了莎士比亚的原作）。在泰德修改的剧本里，故事的结局似乎符合天理，尤其是因果报应：李尔得回了他的王国，然后退位，考狄利娅则嫁给葛罗斯特的好儿子爱德伽。夏皮罗念了一段泰德夸张的文字：“我的爱德伽，哦！”“真与善到头终会成功。”大家都笑了。夏皮罗马上抓住学生的笑做文章。既然他们足够强韧，看得出泰德的写法很俗，那么他就要带他们深入这出戏的悲剧情绪中。他毫不容情地向他们开火，一如既往。“你们要文学在你们的人生中占据什么样的地位？”他质问，“你们会怎样抗拒这出戏呢？”结果他耍了他们，因为连在莎士比亚的原作中都有快乐结局的（蹩脚）可能性。考狄利娅被缢死了，李尔抱着她无生命的身体进场，把一根羽毛放在她唇边。

> 这一根羽毛在动；她没有死！要是她还有活命，那么我的一切悲哀都可以消释了。（第五幕第三场）
>
> 我的可怜的傻瓜给他们缢死了！不，不，没有命了！为什么一条狗、一匹马、一只耗子，都有它们的生命，你却没有一丝呼吸？你是永不回来的了，永不，永不，永不，永不，永不！请你替我解开这个纽扣；谢谢你。先生，你看见吗？瞧着她，瞧，她的嘴唇，瞧那边，瞧那边！（死）（第五幕第三场）

李尔是否搞迷糊了？他是否快乐地死去了，因为以为考狄利娅还活着？（他这里所说的傻瓜是指考狄利娅，不是那个弄臣。)有些学生这么认为。或者李尔是在开最后一个苦涩的玩笑？（我想是后者。）夏皮罗穷追不舍："你们还是不能面对这里面的悲剧重量？你们非要让李尔糊涂地死去不可？你们岂不是跟内厄姆·泰德一样无法正视这个悲剧？"

他击溃了他们无力的否认，深信他们无法面对这部剧本惨淡的言外之意。

他引了剧中最著名的句子之一，"天神掌握着我们的命运，正像顽童捉到飞虫一样，为了戏弄的缘故而把我们杀害"，然后把他们带到虚无主义的边缘："也许根本什么都没有，我们只是在想象神明对我们做出赏罚。"本来是在讨论这部戏的结局，现在变成了讨论世界上是否有任何道德义务。讲到这里时，亨利发火了。他说，义务是由权力所制定的。赢家才有资格书写历史，定义善恶。

他说，身为一个黑人，他看不出有其他的解释。

但夏皮罗不想让讨论结束在这样的论调上。在这里，谈论文化议题是避重就轻。"莎士比亚并未把某种哲学强加在我们身上。历史是由赢家和输家一起写的。"在这么多的苦难之后，《李尔王》有一种灼人的透彻。

一部依赖一些不可能承认的情绪的剧本

然而，我想着我母亲，觉得这部剧本——还有学生对它的抗拒——也和某些非常明显的东西有关，这些东西明显到大家都不愿意去谈：当时间的摧残反转了父母与子女之间习惯的关系时所带来的痛苦。我母亲的情况越来越糟之后，她的短期记忆也渐渐不行了（这是她七十岁左右时的事），她会忘记赴约，忘记人家的住址，还有几次甚至穿着睡袍和拖鞋就跑进城里去了。一个曾欺负过许多人（虽然不包括我）的女人现在变得很惨，我有一两次发现，我在别人身上注意到的那种感觉也出现在我自己身上，就是对她缺陷的严重程度偷偷感到吃惊。每当她赴晚宴迟到时，人们的眼睛里就闪动着惊惧和兴奋。她在哪里：街上？搭计程车迷失在某处？她最后会出现，把她的迟到怪到别人头上，然后每个人都松了一口气，但仍急着要听其中的细节（她的骄傲在此帮了她，她始终什么也不承认）。

那些她快乐地赚来并享受过的衣服、珠宝、裘皮、家具，不过是中上阶层一层又一层的盔甲；她曾经那么热衷、那么在行地在纽约下馆子、看戏。但这些都不能保护她。她的情形越来越危险了，而我仿佛被麻痹了。我反应不过来。突然之间，她好像变得爱赤身露体，而我不知道该怎么给她穿衣服。她自己从家里跑出来，蓦然来到我家公寓，只好和我们同住一阵子，或睡在客厅里，或者在公寓里游荡，脸色灰败，形容枯槁。只有我当时七岁的大儿子麦克斯能缓解她的悲哀，她很宠麦克斯。

过了一阵子，她回家了，因为她想住在自己的公寓里。我们先后雇了几个女佣去和她住在一起，照顾她，那些人都受过训练，能应付“难缠”的老人。但她受不了有人看着她，所以每过几星期就指控那些人无能或想偷她东西，把她们一个一个全炒了鱿鱼。她好像彻底疯了。她是不是得了阿尔茨海默病？这问题变得无可避免。我们带她去看一个著名的神经科医生，那人问了她一些诸如“美国总统是谁？”的问题。他就和许多医生一样，对他认为是老迈的现象感到非常厌憎。他什么忙也帮不上，在检查过程中毫不掩饰他的不屑。

我差不多准备把我母亲送到养老院去了，那会是我们所有人的挫败，简直等同于高纳里尔和里根把李尔在风暴中扫地出门行为的现代版。但我太太凯西不准备这么做。那个神经科医师目中无人的态度太令她愤怒了，她坚持带我母亲去看另一个医生——他年轻，但对老年人的病症有所了解——结果从我母亲踏进这位医师的办公室的那一刻开始，乌云就开始散去了。他很快诊断出我母亲血液中含钙量太高，之前的医生将这情况错误地归因于佩吉特病（Paget's Disease），而这种情况有时会使人神智失常。不到几个星期，他们就发现她的甲状腺旁长了一个良性瘤，于是开刀切除了那个腺体。手术后的那天我到医院去看我母亲，她虽然还感到疼痛，但我注意到她讲话已经比多年前都要有逻辑了。那些护士动作太慢，但她们没有要谋害她。不，她们只是无法照顾到每个人。我太太救了我母亲的命。

艾达·丹比很快恢复了神智，回到了她的公寓，从此觉得比较安宁，几乎可以说享受了她最后几年的人生。她的状况比较好，好多了，但她还是对她的处境很生气，向我要求超出我能力范围的爱。当初得病的确使她的问题恶化，但她的基本个性和处境仍然是一样的。她的个性是强有力的，好像虽然放开了缰绳，却仍然想控制一个马队。

过去因为她而觉得自己懒惰、失败的人，现在全抓着她的问题不放，在她动过手术之后仍然拒绝相信她的情形有所改进。就连她大有好转之后，我还是无法说服他们任何一个人打电话给她。“您该明白您是一个衰弱的老人，一切只好将就点儿。”这是里根对李尔说的话，当时这年老、不再当政的国王抱怨他的使者被枷了起来。这句话残忍恶毒。但这也是基本可以理解的，因为有权力的人老了之后，常常执迷地要求别人对他们忠心、表现出充分的尊敬，而忽略了他们的子女和朋友多么需要维持自己的自尊。

和里根及高纳里尔不同，我没有对我母亲造成太大的伤害。虽然我用独子照顾母亲的那种有点距离但稳定的方式来照顾她，但我常常十分愤怒。无所谓，当时我告诉自己。长大的儿子要承担的就是职责。你的感受如何不是重点。你有义务,必须要履行。她从来没辜负过我，我也不能辜负她。但她死的时候，我的眼泪里既有悲伤，也有解脱。

现在我了解到,《李尔王》剧中压倒性的力量，来自我们不愿承认的一些情绪。我们当中无数的人执迷于权力、工作、金钱、爱情、性、艺术，而同时生命中最根本也最深奥的两项任务——抚养子女和埋葬父母始终拉扯着我们，却不受重视，有时甚至被忽视。毕竟，工作上的成功有架构可循；一旦你克服了早期的紧张和阻力，你就驾轻就熟，可以不时停下来检视你的成果。但没有任何规则或指导方针、训练或专业技术，能真正帮助你照顾孩子或年老的父母。

《李尔王》把人带回代与代之间逃不掉的为了争夺权力所做的挣扎。它告诉你人生中生子与死亡的基本关系可能变得令人无法忍受。也许这一点，再加上没有天理的结局，就是约翰逊博士觉得难以承受的地方。因为李尔绝非唯一向子女要求太多爱的为人父母者。我不也想要我的儿子接受我读的书、我的文化、我的品位，因为这种要求爱的方式和任何其他的方式一样没完没了。谁又曾希望自己的父母死去，就像高纳里尔、里根、爱德蒙一样？这真是一部惊人的艺术作品：莎士比亚从这个令人羞耻、困窘的题材出发，在大地上剖出一道大口子。

泰勒教授差点哭了

泰勒在给紧锣密鼓的十个小时、五节课的莎士比亚课收尾。早先他带着全班详尽地分析了《理查二世》（*Richard* Ⅱ）其中几场的情节进展，那是莎士比亚早期的历史悲剧，主角是一个遭到背叛与罢黜的国王。“你们终于抵达英文这种语言了，”他告诉他们，“而这种语言不好对付。”他从几个困难的比喻着手，扩展到整部剧本，学生也很在行地跟随着他的引导；他要求得很多（“拜托，再给我更多，更多。”），当学生达成要求的时候，他加以称赞（“这个班非常能干，你们已经做出了一些学者做不到的事。继续加油。”）。他的学术领域是英国文艺复兴、莎士比亚、玄学派诗人，还有弥尔顿，有些时候他会说得太艰深，班上的学生会一愣一愣地讲不出话来，不过他重新给他们信心，然后他们又继续努力。成果非常详尽、毫不笼统、分析详尽：他已经训练大一学生，希望他们学到研究生程度的精读法。

讲到《李尔王》时，他一开始也是采用同样的方式，分析比喻和结构，细数剧中大量的否定——那许多的“不”和“无物”。但突然之间他说：“没有人能挑战这部剧本。这是有史以来全世界最伟大的一部作品，我不知道该拿它怎么办才好。在这种情形下，也没有别人知道该拿它怎么办。”

他从来没讲过任何丝毫类似的话，而当天陪我去上课的妻子用奇怪的眼神看着我，仿佛在说：“这人到底是谁？”因为那个冷面机智、平常镇定沉着、说话拐弯抹角的泰勒，现在快哭了。他很快就回到上学期我们讨论《奥德赛》时他所建立起的一个概念：表面或名义上的认识，和深入或实质上的认识之间的差别。奥德修斯的儿子忒勒玛科斯从来没见过他失踪已久的父亲，于是从伊萨卡出航去打听奥德修斯的消息；此时他父亲正从卡吕普索处脱身。这两人在伊萨卡见了面，开始一连串困难的相认场面，最后在奥德修斯和佩涅洛佩的相认场面中达到高峰，他们先在卧室外、然后在床上相认，起初不悦的相会之后成为欢乐。

同样，《李尔王》也谈到了深入的认识——这经验中有乐趣也有痛苦。“这出戏一开始就很惨，然后情况越来越糟，”泰勒用他的男中音咕哝着，“这里有的是推迟、拖延，直到最终高潮的认知时刻到来。”我们详读了剧末的几场，心力交瘁的李尔和他如今双目已盲的老友葛罗斯特见面，不久后考狄利娅也出现。泰勒采取哈佛哲学家、评论家斯坦利·卡维尔（Stanley Cavell）的路线，把焦点放在葛罗斯特和李尔之间一段悲切的对话。葛罗斯特说：“啊！让我吻一吻那只手！”而李尔回答：“让我先把它揩干净；它上面有一股热烘烘的人气。”

“对不起，这段内容让我很激动，”泰勒断断续续地说，低头看了一会儿，“李尔觉得羞耻。羞耻是最强烈的情绪之一。”他顿了一顿，然后怒视着班上的一些男生。现在他快大吼起来。“你青春痘长得满头满脸；你手淫的时候被女朋友撞见。这是羞耻！”男生们抬起头来，深感震惊但保持沉默。“羞耻，最基本的情绪。李尔希望被爱。李尔说：‘告诉我，你们中间哪一个人最爱我？’但有什么是他不肯给的？为了得到爱，你不只要被看见，更要被看穿。你得让别人看见你善良的念头，也看见你凶残的冲动。李尔在认出葛罗斯特和考狄利娅的过程中，必须经历一些事情。”

泰勒引述了李尔令人惊愕的那段话，多年身为国家元首的他，现在却质疑权威的法律基础。

你这可恶的教吏，停住你残忍的手！为什么你要鞭打那

> 个妓女？向你自己的背上着力抽下去吧；你自己心里和她犯奸淫，却因为她跟人家犯奸淫而鞭打她。那放高利贷的家伙却把那骗子判了死刑。褴褛的衣衫遮不住小小的过失；披上锦袍裘服，便可以隐匿一切。（第四幕第六场）

"看，"泰勒说，"李尔认出了他自己。你认出自己身上的恶念，却因此惩罚其他人。你想要和那个妓女做爱，但你没那么做，反而惩罚她。弗洛伊德式的东西。这出戏讲的是羞耻、爱和认识。"

我四周的学生坐着，眼睛里没有泪水。"我知道你们大部分人认为自己不会认不出爱，"泰勒说，"但在最深的层面上，认识总要付出昂贵的代价。我们都想要爱，但为了得到爱，我们愿意熬过多少事情？我们会冒被看穿的风险吗？为了要被认出、被爱，你必须要超越羞愧这一关，你必须要到达佩涅洛佩和奥德修斯相认的那一点。而要到达那一点，是要经历痛苦的。此后，李尔、葛罗斯特、肯特、考狄利娅那些好人们知道了事实，然后死去。"因此莎士比亚所写的结局是必须而不可避免的。

"这是一篇关于人生的不可思议的寓言，"泰勒说，"这里谈的是真正重要的东西。爱和羞耻，以及坦诚相见。"

葬礼

在我母亲的葬礼上，圣歌队的那个领唱者唱得非常好，好得涤清了差点使我窒息的愧悔和矛盾。在我母亲的年轻朋友致辞之后，我做好了准备，要说些话。"从一开始到上个星期，她都是力量，是我的权威、我的宝剑和盾牌。"这当然是事实。然后我讲了她的故事，就像我在这里讲的一样，但我没提到她晚年令人沮丧惊惶的那段日子。

当李尔失去了一切，怕自己会发疯，他那爱他的弄臣继续服侍他，对他讲一些不难解开的谜题：他用似乎真实的疯狂来映照李尔的疯狂，对李尔的行动和状态做出痴癫但完全忠实的评判。同样地，葛罗斯特的好儿子爱德伽，假扮成一个吵吵嚷嚷、以为全世界都联合起来害他的呆子，用“可怜的汤姆”的身份对他那受到蒙蔽的父亲和李尔说话。这假装的疯狂在莎士比亚的诗句里有种几乎令人无法承受的动人力量，因为其后有着深切的爱意和善意：弄臣和爱德伽希望刺激这两个受苦的老人恢复健全的神智，而充满恨意的高纳里尔和里根则以冰冷无比的理性语调对李尔说话，用理性来验证他痛苦做出的要求。李尔住在她们其中之一的家里时，要保留多少个骑士？

> 李尔：(向高纳里尔) 我愿意跟你去；你的五十个人还比她的二十五个人多上一倍，你的孝心也比她大一倍。
>
> 高纳里尔：父亲，我们家里难道没有两倍这么多的仆人可以侍候您？依我说，不但用不着二十五个人，就是十个五个也是多余的。
>
> 里根：依我看来，一个也不需要。
>
> 李尔：啊！不要跟我说什么需要不需要；最卑贱的乞丐，也有他不值钱的身外之物；人生除了天然的需要以外，要是没有其他的享受，那和畜类的生活有什么分别。你是一位夫人；你穿着这样华丽的衣服，如果你的目的只是为了保持温暖，那就根本不合你的需要，因为这种盛装艳饰并不能使你温暖。(第二幕第四场)

重读时，这些著名的句子令我心痛，因为我总是想跟我母亲讲理，想把她真正的困难和想象出来的困难区分开来。每当她独自到乡下去过周末时，电线就会断落在房顶上；草坪出现大洞；水管爆裂；蚂蚁大举入侵厨房。灾难重重，这个客观的物质世界嘲弄着她的今非昔比。她周日晚上回来的时候，电话交谈会变成一份损害报告。但其中有多少是真的？我太太和我跟她在一起的时候从没发生过这些事。因此我会努力搞清楚，想让她搞清楚。

我那些合逻辑、有耐心的问题是真的在帮她的忙吗？但愿当时我能发挥想象力，任何有用的想象力，演出一道爱的疗法，就像弄臣和爱德伽的疗法！现在重读《李尔王》，我看见一些高纳里尔和里根式的顽强冷硬打进了我令人恼怒的母子关系中。我以拒绝和她一起疯狂的方式报复她那持久的力量。我怎么会没领悟到，她要的是情感上的保证，而非现实？

我母亲生病的时候不太明白她到底怎么了，之后根本不承认她生过病。她甚至不肯承认那个年轻的医生挽救了她的心智健康。在经历了几次失败的尝试后，我再也没提起过这件事。我母亲不知道她有潜意识。她有着彻底完整的自我，那种强度既高贵也令人发怒，是一种前弗洛伊德式的人格。那是她力量的部分来源，也是她之所以能快乐的部分原因。我们在一起的日子里，我一直拼命要让她认识她自己，但她不肯当我的学生。

第二十二章　黑格尔

黑格尔认为，能自由运用理性的个人，行动选择遵照良心而非服从权威。既然一个人依照良心行事，便不会再与国家的立场有所冲突，迫使历史前进的矛盾便会就此结束。历史便会就此结束。

黑格尔的《历史哲学》导论，最困难的文本

好了，动手吧。一头栽进去，就像个大二学生一样。没有扶手，没有救生圈，没有小筏。就这么读吧。读黑格尔。

> 关于历史，哲学带来的唯一想法就是简单的理性想法——认为世界受理性管辖，因此世界历史的过程也是理性的。这个信念与洞见是关于历史的前提，虽然在哲学本身里面它不是个前提。
>
> 哲学的反省思索显示，理性是实质也是无限力量；理性本身是所有自然与精神生活的无限物质，也是无限形式，而理性自身的实践则是其内容（在这里我们可以暂且使用“理性”一词，而不去更仔细地检验其与“上帝”的关系与关联）。

哦，好。那最后一句可真大有帮助。

> 于是理性是（我们历史世界的）实质，因为所有的现实都由此并于此存在与维系。理性是无限力量，因为它并非无力得只能抵达理想的、应该的事物，只能留在现实之外——谁知道那是哪里——作为少数人脑袋里的一个奇思异想。理性是无限内容，是构成所有本质和真实的东西，交由它自身的活动来形成。因为，它不像有限的活动，不需要受到外在的物质或特定的方式这些条件的限制，才能得到滋养和其活动的客体。它维持自身的生命，本身便是其运作的材料。

这当然。

> 理性是自身的前提与绝对目标，同时也是世界历史里驱动那个目标的东西。把它从内在源头带出来,成为外在的显现,不只是在自然的宇宙,更是在精神的宇宙中。这个理念是真实、永恒，就是力量——它将自身揭示在世界上，除了理念本身以及其荣耀与伟大，没有任何东西揭示在世界上。这，就如我们所说的，已经在哲学中显示出来，在此作为前提，就如已经被证实。

“已经被证实”，也许，但还没有被了解。是的，理性存在于世界上，而非只存在于少数几个康德式的道德家的脑袋里。但理性怎么会是“无限内容”？现实的内容？战争、疫病、灾难的现实？要是如此，理性中一定包含了非理性。一间满是小孩的托儿所里的理性又如何？非常严肃的男人女人也许会说，生命的“无限内容”不是理性而是无政府状态。理性又怎么维持它自己的“生命”、制造它自己？理性听起来像是一只闷在茧里的蚕宝宝。总而言之，这段话初次读来像是费解的谜团加泥团。

三十年前，我们只读了《历史哲学》(*The Philosophy of History*)导论中的一些段落，但现在当代文明课指定我们读整整八百页的全文，这是公认的黑格尔比较“容易”的作品。对谁容易啊？我比读康德的时候读得还慢。我慢慢地爬着，不是因为它读来枯燥无聊，而是比之前当代文明课的其他作品更让我想读。我们已经离开了伦理学。现在我们执迷的是历史：历史本身是黑格尔书中的主角，也是我们课堂讨论的主角，我想读的心再热切不过了。但黑格尔的文字困难得令人痛苦不堪，我又晕头转向地回到了我与康德奋斗的那段悲惨日子。要读这奇异、循环的文字，我需要改掉很多习惯，简直快变成另外一个人。要克服的不只是懒惰、注意力不集中、缺乏纪律；不，我必须放弃我最大的恶习和乐趣，那就是做白日梦，放弃那一切温暖、沉迷的愉悦，因为你只要一从黑格尔旁边溜走，就会完全失去头绪，必须重新来过，就像一个小孩在背字母表，犯了错就得从头背起。

我简直不敢相信。我往前读，往后读，再往前读，有时候同一段读了三遍，就像一寸寸抓着绳子爬进黑暗中，我觉得自己好像瞎了。我身上的记者成分，因为受过简单明了快速的训练，所以对这本书很反感：这太荒谬了，我一点儿进展都没有。让这本书下地狱去吧。

乔治·威廉·弗里德里希·黑格尔是个学者，曾在多所大学任教，包括柏林大学。他死后(死于1831年)，他的同僚整理了他的授课笔记和学生抄录的笔记，编纂了《历史哲学》和其他好几本书。无疑，他是空前绝后的德国最伟大的教授，那种天才加疯子式的德国教授，我最受不了的时候会坐在家里用马克斯兄弟电影里的片段来安慰自己，他们那最佳德国配角西·卢曼（原名西格飞，阿尔邦·卢曼，生于汉堡）是个留着胡子的大个子，扮演歇斯底里的歌剧院院长或维也纳来的大牌外科医生，总是想方设法破坏三兄弟的计划。他们整他、打败他、把他赶走，哈珀在他背后跑来跑去，叭叭地按响他满是裂缝的常礼服里的喇叭……

美国人的讽刺欲真是本性难移。文中模棱两可、令人沮丧的过分强调与应景场面令我吃惊；重复令我发狂，那些句子伸展出去又折回到自己身上，像太妃糖一样（“罗马本身是罗马历史中基础的客体，导引罗马历史学家思考所有事件。但那是由于这些事件是从此一客体而来，只有在跟它发生关联的时候才有意义，因为它们的内容在它当中。”p. 59）。我习惯的思考方式是，一种东西或一股力量冲击另一种，加以损伤、改变、替代——这是记者看世界的自然方式，但这里力量的动向总是回到它们自己身上，令我大惑不解。

我深呼吸，深呼吸了很多下。我整装重发，更加专注，更加快速；我强迫自己一直读下去，直到熟悉它的节奏——它那有节奏的摆架子法，过了一阵子，虽然我还是了解得不多，但我抑制住了嘲笑的冲动，开始感到黑格尔讲课的声音自然响起，腔调中体现沉重但几乎是狂想式的热烈。字句的重复更增加了那种咒语式的味道，西区大道上车子来来往往，我开始在深夜里大声朗读，甚至在客厅里自言自语长篇大论。

即使最微不足道的句子，比如黑格尔（在别处）随口提到的“除非是对一个自觉的意识，否则没有任何东西可以揭示出它自身的真相及其世界性的本质”都让人浮想联翩。因为这最根本地描述了现代的自我观：一个人若要学习，不只必须有意识，更需意识到自己在思考——这观念忧郁得惊人，我想。这几乎引发了一种惊恐的感觉：没有退路了；我们有历史，我们知道我们身在历史中，知道我们自己在思考和行动。自然自发的了解是不可能或无意义的。比如说，现代大学中的书单便反映了这样的假定：过去的一些元素组成了现代的意识，人们要将这些元素淬取出来。哥伦比亚的社会理论课叫作当代文明，虽说读的大部分都是很久以前所写的文本。一个有意识的现代人随身背负着历史，那些历史阶段也是他个人发展的不同方面。

过了一阵子，我学会了读黑格尔。那种注意力前后往复的移动不再那么令人生气了，我读懂了一些内容，然后回到之前我看不懂的某一段。现在既然已经读懂了那点或至少相信我读懂了，我便觉得自己是一个在异国旅行的人学会了当地的语言，或者像一个小僧侣意外被赋予了信念和明智。我永远不会成为一个自然或杰出的黑格尔读者，我缺乏适合的个性和训练。但至少我正在读黑格尔。我的职业和生活方式使我的注意力变得分散，让我脑海里不分昼夜都飞舞着不请自来的电影画面，但我现在却在读这部怪异、笨重的文本，这令我松了一口气，几乎要给自己一个拥抱了。我不再动弹不得：爬山的人热爱他可以征服的岩石，那会令他绷紧每一块肌肉。那是一整年来最快乐的时刻。

历史上的理性

上面引述的那段黑格尔几乎接近语无伦次，但其中每一句又都是成熟的话，就连那些一开始看来令人困惑的地方亦然。

那么重新开始。

我们无法再用以前的看法，把人的心智和身体、理性和感情截然划分。我们需要一种对人的新的观念，以及一种新的逻辑。

意识中包含着一个动态的整体：人是主体也是客体，是自我也是他者，两者紧紧相扣、不停争斗，因为每一元素都包含了与其对立的元素，此二元素冲击、相融，制造出了一个综合两者的新元素——此时争斗又开始了，因为这个新的综合体发展出了它的对立体，以此类推。历史不是盲目或无形的，也不只是种种力量、成功、失败和后果的集合。在历史中，精神（也就是人类的集体意识）或者说理性通过对立事物的争斗而实现它自身。这整个世界，不只是宗教或灵魂，都是精神层面的问题，这种对难以言喻的事物的坚持，又让人回到了柏拉图的“形式”，一开始我很不喜欢。史蒂芬森的解释是：“理性无所不在，它不是一种和身体相对的东西，这一点和康德的理论不同；不，人是理性的媒介，理性具体呈现在人和所有的物质上。”

在看来随机、混乱甚至艰涩难懂的内容里，有着前后连贯的逐步进展，把所有的东西整合成形，变为单一的世界性的历史。世界历史是在朝着一个既有的目的移动着。当然，我们以前在当代文明课就听过类似的说法了。基督教也强调历史有宏大的计划，终结于最后审判日和全人类的复活。但黑格尔认为耶稣在历史里出现得较晚，在黑格尔的体系里他是很重要的一部分，但不是意义所在。

黑格尔承认，一段一段地看，历史可能显得像是“屠宰的刀俎”。但理性是“狡黠”的；它会藏起来，有时甚至藏在灾难中。历史努力的目标是使自由扩展的范围越来越大。他的名言是：“世界的历史只是自由之意识的进展。”所以这一世界性的历史的本质并非只是萌芽的自由经验，而是对此经验的意识（没有了这意识，经验是不可能的），而只有通过一系列不断旋绕向上的辩证交替，这一意识才能绵延许多世纪。历史中的进展过程是怎么运作的？又是什么把一路发生的种种灾难正当化了，是什么把“屠宰的刀俎”变成了纺车的转轮？这部分我还不了解，但现在重读前面引述的那一段，看起来就似乎有一点道理了。

我挣脱媒体沼泽

现在我比较镇静了，稳定地阅读着，知道自己终于开始挣脱了。之前一直困扰着我的是，分不清楚哪些是伍迪·艾伦（Woody Allen）、哪些是我自己的幻想，或者米歇尔·菲佛（Michelle Pfeiffer）到底有没有在那里眨着眼睛说话，或者我是在扫射纳粹还只是坐在我家客厅里；我一直确信我的头脑已经被入侵、被接管了，上演着无休无止的电影，让我无法专心，因为我已经放弃了专心的乐趣，沉迷于幻想的乐趣；我苦于自己迷失在媒体里，那是再现之沼泽的一部分，所以我只不过是又一个没有身份、没有我自己的影像和文字的制造者和消费者——这一切都开始退去。我领悟到，这一整年来它都在退去，现在我自己真的感觉到了，并看见了一条界线。读康德和黑格尔的人不会淹没在浮躁的电子媒体里，至少阅读时不是。

欧洲是唯一的历史之河吗？

读黑格尔谈论历史的文字（那篇导论只是一部很长的作品的开头而已）让人感觉视野非常宽广开阔，仿佛看见不同时代延伸绵长，有如君临天下、有如展翅翱翔。这种情绪可能来自努力用功之后意外的自我奖赏，但也来自黑格尔言论中的实质——这对西方人来说是危险的、容易使人得意忘形的，因为历史有一条主线、一列快车，你要么在上面，要么不在上面。

在古老东方的世界（即中国、印度、埃及、波斯），人们尚不知精神——全人类的精神——是自由的。因为他们不知道这一点，他们不自由。他们只知道一个人是自由的（即皇帝、法老或国王）；但正因如此，这样的自由只是武断的、野蛮的，只是受到麻醉的热情；甚或只是一种软弱、驯服的热情，本身就是自然的一个意外，因此相当武断。这一个人因此只是个独裁者，而非自由人。

对自由的意识首先出现在希腊，由于希腊人有了这种意识，他们是自由的。但他们和罗马人只知道有些人是自由的，而非全人类皆自由。就连柏拉图和亚里士多德也不知道这一点。因此，希腊人不仅有奴隶——希腊人的生活和美好的自由与其有密切关系——他们的自由本身一部分仅是偶然，绽放得短暂而受限，一部分则是奴役了人性和人道。

日耳曼各民族（即西欧各民族，尤其是充满了日耳曼部族如法兰克人、撒克逊人等的国家）通过基督教，首先觉知到每一个人只要身为人就是自由的，精神自由是我们最人性的本质。这种觉知首先出现于宗教，也就是精神最内部的一个区域。但要把这个原则也引进世俗的现实中：这就是更进一步的任务了，需要长时间的努力和文明才能实现。比方说，基督教为人接受之后，奴隶制度并未立刻终止，自由并未突然盛行于基督教国家，政府和宪法也未建立在理性的基础或自由的原则上。

将自由的原则运用在世俗的现实上，散播这个原则，使之渗透在世界的情势中，这个漫长的过程就是历史本身。

这下我们有麻烦了。自由意识的慢慢扩展说得很好，但显然是只有欧洲才真正算数。黑格尔所做的论断傲慢得令我透不过气来：只有欧洲（延伸出去，还有它的继子——美国）在历史中移动。世界性的历史是西方的历史。除了那些“世界历史的民族”和“世界历史的个人”（恺撒大帝、耶稣、拿破仑，等等），很大一部分人不属于正在前进的自由意识，他们生活在落后中。黑格尔说，在东方，个人的独特性被磨碎了，意识受到压制。中国和印度是“静态”的社会，只能一再重复。在某个关键层面上，亚洲的道德哲学不如西方的重要。

> 自从奉行基督教道德规范的欧洲人首度认识到中国的道德规范和孔子的文章，他们就对中国的道德大加赞扬、欣赏有加。同样，印度的宗教和诗（较高尚的那种）也备受推崇，尤其是印度的哲学宣称并要求人放弃、牺牲感官享受。但必须要说的是，这两个国家都完全缺乏对个人自由观念的意识。对中国人而言，他们的道德法则就像自然法则一样，明白地作为外在肯定的命令、必需的权利与责任，或互相对待的礼节规则。缺少的是自由的元素，只有通过它，理性的实质决断才会变成个人的道德信念。对他们而言，道德是归国家管辖的，由政府官员和法庭来处理。他们关于这一主题的作品（不是法律书籍，而是着眼于主观的意志和意向）读起来像斯多噶学派的道德文章：他们提出一系列为了达成快乐的目标而必须遵守的诫命，好让个人可以任意决定要不要遵守；同时，跟斯多噶学派的道德作品一样，里面也有代表抽象主体的人物、智者，集中国道德义理之大成。至于印度的学说教人扬弃感官、欲望和世俗的利益，其方向和目的并非肯定性的

> 伦理自由，而是否定了意识——因为在心智甚至身体上他们都毫无生气。

这是西方的傲慢在说话，也是“霸权”在说话，毫无愧色，勇往直前。要获得自由这一成就，与和平、服从或扬弃都没什么关系。在西方，只有通过意识的斗争，才能获得自由。不论这本书有什么其他影响，它都提供了变本加厉的欧洲中心主义，源自哲学体系和伦理热情——这正是近年来学院左派要重新归类为偏见的东西，只是对着自夸自耀的镜子在演练自己的价值观。我觉得不安，等到读完这一段之后，我知道为什么了：黑格尔的偏见也是我的偏见。而且不只是我自己的，我敢说很多美国人和欧洲人都是这么想的。至少有一些人从旁观者的角度来看，东方的文化简化了人类尊严这个议题。最重要的是服从遵守法律，效忠于种姓制度、社会、家庭、团体、公司——这是有尊严的人生的基本要求。你学习什么是必要的，然后就去做。同意是必需的，意识不是，或至少不是必不可少的。

在这件事上我保持政治不正确的态度，虽然我知道这种想法潜在的危险会导致侵略、产生控制其他文化的欲望，或导致种族主义。但我不是帝国主义者，而黑格尔在谈的是文化差异而非种族差异。对西方理想抱有正当的骄傲，本身不是一种帝国主义或种族主义。显然，黑格尔抓到了一个重点：文化之间的差异基本上来自深层的宗教观念。就连横扫世界的资本主义也无法消除东方和西方之间的距离。就像大家现在说的，新加坡和中国这些国家是在现代化，而非西化。彻头彻尾资本主义的新加坡，对我们最珍视的一些理想抱着深沉（且自觉）的敌意，包括言论和行为自由、个人主义、女权、陪审团制度，等等。亚洲人痛恨美国的混乱，他们对我们即使付出失序的代价，也要坚持自由和自我，道德光荣无动于衷。天知道这个理想越来越难维护了。

史蒂芬森坚称，黑格尔在许多方面都有极大的影响。现代哲学论述有很大一部分看来都是源自他的作品。史蒂芬森再一次如鱼得水。他的热忱深具挑战性和感染性。他大叫大嚷，精神百倍，带领我们穿越浓密的抽象语句。他看起来几乎是急于要用这狂热、复杂、醉人的德国理想主义，来使美国式的天真、美国式的老实木讷的务实态度发扬光大。学生们也很快乐。困难的文本引出了他们的力量，让他们踊跃发言；讨论大都不涉及争议性的地方以及时事，而集中在弄清楚黑格尔说了什么。学生跟得上黑格尔逻辑向内盘旋缠绕的转折，掌握得跟这一年中其他的文本主题一样好。

我们马上与康德的激进自由观念做了对比：康德的概念是意志的延伸，让我们从自然与偶发可能中释放出来，而道德是理性意志的产物，和让我们舒服、有用或成功的东西没什么关联。“对黑格尔而言，康德的道德概念是空的。”史蒂芬森说，“这个空的职责概念会一直受到内容的反抗。一旦把内容放进行为形式里，就有了历史。事情逐步发生，你不能把人和生命的其他部分分开。”

为了新的阅读成功而高兴的我，觉得他所说的非同小可。一旦把内容放进行为形式里，就有了历史。单单这句话也许就可以定义当代文明课的性质。根据黑格尔的看法，历史有不同的时期，每一个时期的特性在于其精神本质。当代文明课的书单列出了一些伟大的文本，代表了希腊世界、罗马世界、文艺复兴时期等的精神，全部以线性进展排列。我不曾听过哥伦比亚有任何人如此描述这一门课。启蒙时代的伟大理想、进步，近年来有了负面的意义。在大学中（不过外面则不然），进步在理论上是死了，拜历史所赐。尤其是没有人想被 20 世纪变成呆子，既然在某些方面这是最糟的一个世纪。但这门课的组织方式比话语或理论都有力。把文本依时间顺序渐次排列，其中显然有着历史进步的概念——也许甚至还有黑格尔的概念——那个关于自由的先进意识。

辩证法

历史的移动是辩证性的，史蒂芬森概要说明了这个过程。“主体，”史蒂芬森回到意识的斗争上，说，“是自然的一部分，同时又不是。我们的内在与自然有和谐性，但理性斗争反抗这一点。有张力与斗争存在。万事万物都处在斗争或冲突的位置上。主体试图了解的时候，伴随而来的必然是距离：主体在进行自我实现，这同时牵涉到认同和差异，在实现我们自己的同时也否定我们自己。”

在实现我们自己的同时也否定我们自己，听起来有种英雄式的味道。西方的极致。自我的极致永远和自己斗争扭打，奥德修斯最终回到家乡，却只是要再度离去，以完成他的冒险，每个决定都带来新的斗争和另一个意识的任务。黑格尔的辩证法是动态的、关系性的思考。选取那个内在主体性的东西，即你的本质，然后把你自己变成客体性的。你制造出你自己，而新的现实是你主体本质的客体化（原谅我，我被传染了）。你与你自己相疏离，然后要克服这一疏离。“我们向前走一步，”史蒂芬森继续说，“就有新的矛盾；我们到达了精神与其自身相同的一个层次，这是自我觉知的一刻，然后又有了新的差距，依此类推。”

于是，历史是观念，或说本质，与物质现实之间的差距。但精神总是努力去整合自己，去恢复与它相对立的东西。当那差距被拉近消除、精神意识到它自己时，就产生了一种综合，一种价值、政治组织、宗教实践、艺术等的结晶（在特定时期中精神的实现）——而这，由于其凯旋的力量、其胜利的单面性，引起了内在的矛盾，导致新的差距，如此周而复始。但黑格尔是不能被概括总结的，他必须要被体验。你必须游在无边的大海中。再跳进去吧。就这么继续下去不要停止。就这么读黑格尔。这里是重要的一段，谈的是一连串辩证的交替导致罗马时期转换成为基督教时期。

> 罗马世界已不再是雅典城邦那样由个人组成的世界。在这里，没有欢乐和欣喜，只有艰苦的工作。团体共同的利益和个人的利益是分离的，虽然个人在为共同利益工作的过程中得到了一种抽象的、形式上的普遍性。个人隶属于普遍的目的之下，他们必须屈服于这一目的。但他们得到的回报是一种普遍版本的他们自身：人的地位。他们变成了法律上的人，有私人的地位。
>
> 就像个人被融合到人的抽象概念里，作为“个人”的独立国家也将经历这种命运：也就是说，罗马这个国家作为代表，会压碎那些国家的具体形式，将它们融合到更大的团体中。罗马融合了这些不同的文化，变成了所有神祇及所有精神性的殿堂——虽然这些神祇与其精神特质并未保持原来的活力。
>
> 这一世界的发展有两个重要的方面。一方面，它本身含有显著的、言明的反命题（antithesis），建立在反思之上，或说建立在抽象的普遍性本身之上；换言之，罗马世界在自身当中显示出了那个反命题的斗争（即普遍性与个人性之间的

斗争)。这一切的必然结果是，一种武断的个人性最终占了上风，压过了抽象的普遍性。罗马变成了彻底偶发、完全俗世的权力，属于唯一霸主——皇帝。原本国家的共同利益(抽象的、普遍的)和抽象的人之间存在对立。但之后，随着历史的推演，人格的元素变得最为强而有力；社群于是开始分裂，回到它的构成分子，只因为有外力的控制才维系在一起。然后君主统治的主体力量出现了，仿佛正是应这一任务的要求而生。因为抽象的法律性无法在个人身上享有具体的真实性，个人的生命也并非真的以服从法律为中心而组织；既然抽象的法律性变成了权力，那么这权力只会是武断的，成为单一移动者、单一统治者的偶发主体性。然后个人主体为了弥补他失去的自由，以发展私人权利作为慰藉。这是那种反命题纯粹俗世的和解之道。

此外还有一种精神性的和解之道(也就是罗马世界发展中的另一面)。由于外在政治世界分崩离析，只靠着外力维系，人们便开始感到独裁所带来的痛苦。精神被赶到最内在的深处，离弃了这个失去神祇的世界。于是精神向自身寻找它需要的和解之道。此时它的内省生活开始了，一种完善具体的内省，同时又具有一种并不植根于外在经验的实体性。因此，在灵魂的内省中，出现了那种精神性的和解之道，个人的人格被净化、美化成为普遍性，或变成它本身暗含普遍性的主体性——转变成神圣的人格。现在那仅为世俗的世界更加受到精神世界的对抗；这世界里的人了解他们主体性里的自己，也知道那种内省正是他们的本质，真正精神的世界。

如此，我们进入了世界历史的第四(阶段)，也就是中世纪的日耳曼世界……

好吧。现在再读一遍。

呃，这是很难，但没那么难。罗马的公民由于身为帝国的一部分，得到了一种形式上的普遍性（正），但这里存在着矛盾：他们放弃了自由的一个层面；他们臣服——许多个人的生命受到单一“普遍性”生命的界范（反）。然而，公民也得到了一些回报，那就是法律地位，大家长现在享有将产业传给儿子的权利。他首次得到了法律上的个人地位（合）。建立在历史中的是公私分离（正），这又带来了新的矛盾（反），因为罗马国家的普遍性这一概念逐渐转移成为皇帝一人的独裁，个人则退缩到私人权利当中：换言之，帝国中本来在法律上所建立的私人权利领域，为精神上的出路提供了基础，发展出一种纯粹自省的精神性现实，也就是基督教（合）。

稍后黑格尔会说，中世纪的天主教会沉浸在俗世权力中，带来了新的矛盾，由新教徒的宗教改革加以解决。发展出一种新的个人内省：人建立了与上帝之间的私人关系。辩证法继续着，无止境地盘旋而上，哈利路亚！

但我仍然烦恼于暴力与灾难的议题，以及其在所谓理性的大步迈进中占了什么样的地位。精神在历史中前行，有一种道德性不容置疑的力量：黑格尔是在赞扬一个特定的历史命运，而且这命运是道德性的。但有些事件触犯了据称精神在表达的那些道德原则，黑格尔又做何解释？“理性的狡黠”能解释——这常常是提供借口的意思——多少灾难？这不只是一个学术性问题，因为许多令人发指的暴行都是假借稍后版本的“历史”和“不可避免性”之名而犯下的。理性手上沾有的血迹，可能多到怎么洗都洗不干净。

犹太人大屠杀

课堂上，曼努尔提到了犹太人大屠杀，讲得那么津津有味，令一些学生感到不舒服。“犹太人大屠杀，”他用刺耳的声音说，“是‘幸运的堕落’。它驱使了以色列建国。当时犹太人除了在他们自己的土地上，没有人会接受他们待在其他的地方。欧洲人并未感受到认识犹太文化的实际需要。”

“然后犹太人就从这种受到排斥的处境当中创造了文化。”诺亚相当暴躁地说，眼睛在镜片后面阴郁地闪动。

“你可以做出黑格尔式的论证，”史蒂芬森感觉到一场不必要的争吵就要发生，赶快插进来说，“你可以做出黑格尔式的论证，用辩证法来解读犹太人大屠杀。黑格尔也许会说，当我们回顾的时候，那些看起来恐怖的事件之所以发生，是因为它们必须发生——它们推动历史前进。但这并不是将犹太人大屠杀予以正当化的理由。”

他的澄清只带来更多的争执。几个学生说出了他们的沮丧，我则对自己咬牙切齿地说，我缺乏天才，无法用辩证法将犹太人大屠杀解读成以色列建国的刺激动力。这几乎是在支持一种简单粗暴的黑格尔读法，用他来正当化所有已经发生的事情，说那些全是不可避免而必需的。如果犹太人大屠杀，不管怎么解释，就是理性朝向自由大步迈进的一个例子，那么理性就是妖怪。20世纪充满了回归原始的种族部落屠杀、狂热的宗教冲突、卷土重来的种族排他主义，理性的迈进在这个时代的确是举步维艰。要是理性通过这一切毁灭性的事件来呈现它自己，那么它还真不是普通的狡黠。

黑格尔所谓的自由到底是什么意思？那就是，我们听到了的，自由运用理性的个人，行动选择遵照良心而非服从权威。用黑格尔的话来说，这样的个人在欧洲是新教徒宗教改革的产物，因为宗教改革将人与上帝的关系，以及一般真理与道德的问题，变成了个人的事情。这样的人在现代的民族国家中尤其多，像法国大革命与拿破仑战争之后的普鲁士这样的国家，那两个事件扫除了封建特权与迷信，并建立了一套行政官僚的理性制度。在这样的国家，自由以及对自由的认知扩展到每一个公民的身上，每个人都认识到彼此是自由的。而既然个人依照良心行事，便不会再与国家的立场有所冲突（比方说，他在罗马或中世纪的法国则有可能如此），迫使历史前进的矛盾便会就此结束。历史便会就此结束。

大体说来，这一点相当令人气馁、沮丧，因为很多人都不会愿意提名 1815 年控制言论而且缺乏代议团体的普鲁士为我们自由的理想典范。的确，如果普鲁士是黑格尔的理想，那么尽管他对东方的道德观不满，他也很可能赞许大家长式的、权威主义的新加坡——赞许的程度远超过现代的美国，此处的自由有时接近混乱，享乐主义被商业化，性格分裂为讥笑和伪善。

继黑格尔之后，在一百五十多年的时间里，人们争论着历史的意义究竟是什么：马克思主义者宣称历史是阶级斗争与不可避免的无产阶级革命；资本主义者宣称它是市场与资产阶级民主政体的自由；基要主义者也有他们的说法。未来是任人争夺的，控制了历史的“意义”的人以为他们因此也就控制了未来。但也许理性的狡黠会逃过所有的人，而那些试图控制历史的人最后得到的只有讽刺与挫败。

“主奴关系与界范”：我回到地铁台阶上

不论山顶上的视野有多奇怪、多暧昧，我为自己爬上了山顶而感到快乐。但正当我享受着我身为读者的小小成功、也享受着黑格尔给西方对于意识的概念所赋予的尊严时，我跌了一跤。史蒂芬森要我们掌握那著名的、困难得无以复加的、长达九页的段落，名为“主奴关系与界范”（Lordship and Bondage），出自黑格尔早期的作品《精神现象学》（*Phenomenology of Mind*，1807）。在黑格尔的辩证法中，意识永远在自相矛盾、自我改正。我和这篇纠结成一团的文字搏斗着，甚至还看懂了一部分，但我自己的个性中有一些大相径庭的地方毫不客气地凸显出来。因此现在，我发现我又回到了地铁台阶的顶端，虽然我全没有再回到那里的意思。和两个抢匪的那番遭遇有了新的意义。

我们可以把“主奴关系与界范”读成黑格尔版本的人类在自然状态中的互动。那是霍布斯和洛克大加诠释的古老哲学想象，这一次加上了辩证的转折。在黑格尔的版本里，没有一种隐含的契约创造出新的文明社会，而是展开了一种自我与他者之间的原始戏剧。两个人彼此碰上，变得自觉（黑格尔的“自觉”意思和美国人所说的羞愧或腼腆或不自然，正好相反，是骄傲的自觉。那两个人意识到了自己作为行事者的身份）。当一个人意识到对方，并意识到对方对自己的意识，真正的自我意识于焉存在。两人都得到了对方的承认。

> 每人都看到对方的行为和自己是一样的；每人都完成自己对他人的要求，因此其所作所为也只是由于对方做出了相同的事。只由一方所做出的动作是没有用的，因为将发生的

事只可能由两者一同导致……他们认出自己是在互相认知。

接下来是一种爆炸，一种黑格尔式的爆发，其中可能发生两件事：这两人可能要置对方于死地；或一人可能会拒绝冒生命危险，此时他就变成了另一人的“奴仆”——并非真的奴隶，而是地位比他低下（就像佃农之于地主、步兵之于指挥官、仆人之于主人）。弗朗西斯·福山（Francis Fukuyama）在他 1992 年的《历史的终结与最后的人》（*The End of History and the Last Man*，史蒂芬森建议我们读这本书）中，不厌其烦地详尽讨论了这种互动。福山受到 20 世纪黑格尔评注者亚历山大·科耶夫（Alexandre Kojève）精神现象学著作的强烈影响，对于这一原始冲突的诠释是，通过斗争取得承认的欲望，也就是对声望的欲望，是人类行为的主要动机之一。科耶夫精神现象学所谓的声望，指的是和柏拉图所称的“具有精神性”一样的东西，或者是现代人所说的“骄傲”或对“尊严”的要求。这样的力量在工作中、政治中以及各种竞争性的行为中运作。这是一种高贵的要求。

于是在这方面，黑格尔让霍布斯和洛克站不住脚了。创造社会的不是自保的欲望，而是正好相反的东西，即对那项本能的拒绝。骄傲的人忽视他保命的天生本能，因此确立了他的自由。他逃避本能、逃避那种只求活命的正常欲望，变得比另一个人地位高，一种社会界范也因此形成。

我在地铁台阶上的那番遭遇现在有了不同的形式。我没有看那两个年轻人的眼睛，名副其实地拒绝“认出”他们。如我早先所说，原因既是鄙夷也是恐惧：你不会直盯着拿枪顶住你的人看。但我的拒绝也表示我不愿意加入争夺“声望”的战役。我的行为是为了自保，遵守了黑格尔认为比较低下的那种本能，也就是只求生存的欲望。我不会为了钱或为了认知去冒生命危险。概括地说，那两个年轻人“赢了”那场遭遇，我放弃了我的钱。但我没有变成他们的“奴仆”或任何相近的东西。对资产阶级的人而言，声望，照黑格尔的话来说是对尊严的认知，而碰上一个拿着枪的人并没有危及你的声望。简言之，怯懦之为道德议题，在这番对立中几乎不存在。几乎，但并非完全。

在那两个年轻人方面，他们不只是要我的钱，更是把他们自己强加于我。他们很生气，我现在依然记得，对我的迟疑很生气，在那反叛的一刻我停顿了一下，没有交出皮夹。我没有马上把钱交给他们，显示出对他们缺乏尊敬（曾有人因此被杀）。然而，他们赢了那场遭逢，不过却输了争夺声望的战役。如果一开始没输，那么就是最后输了：我不寻求声望，因为我可以从别处得到它；而他们的声望一旦得到就无法持久——或者说那只是暂时的，直到别人把它夺走为止。我们的社会位置十分不平等，于是他们只能以强迫我仅仅依照保命的本能行事的方式，暂时得到一点声望。

我不需要冒生命危险，但他们冒了生命危险。我有可能掏出一把枪，就像博纳 · 戈兹（Bernhard Goetz）那样做，他在 1984 年枪杀了地铁里四个向他挑衅的男孩。他们抢完我的钱跑开时，也可能被警察开枪射中。他们犯罪，就是冒了生命危险。

在黑格尔的想象中，那两个在正午时刻相遇的人没有过去；也就是说，他们是以对等的身份相遇。那两个面对我的人的祖先可能真的是奴隶。虽然我们不能忘记这一点，这项事实本身却并未改变那段遭遇的本质。我和他们之间的差异是阶级性的。如果那两个年轻人拦住的是一个穿着西装要去上班的黑人，其状况的动力仍然相同。

我一边读着“主奴关系与界范”一边想着这一点，感到尴尬而难过，不是像那种内疚的自由派一样相信或容许自己相信，只因为他是白人、占了优势，他就是在压迫黑人。这是一派胡言。不，我觉得不自在是因为我不需要冒着失去任何东西的危险，但他们需要。他们不知道有其他的方式可以带给他们声望。

当我了解到这一点时，对他们的鄙夷之心便消失了。取而代之的是对他们处境的绝望。从来就有人偷、有人抢，但以前曾有人为了这么少的东西冒失去那么多的危险吗？消费主义将对尊重的要求贬得微不足道，把一种高贵的本能扭曲成了愚行。

在紧随原始对抗之后的黑格尔式辩证法中，变成“主人”的赢家无法骄傲地享受他的奴仆的尊重。但我身为名义上的“赢家”，要的不是尊重，只要他们离我远一点。在另一方面，黑格尔式的奴仆也通过工作要求别人尊重或者说认识他。“工作……是被控制住的欲望，能延缓时光飞逝。”黑格尔写道。在工作中，原始对抗的输家“再度发现”自己。但工作对于不少内城青年而言是一种失落的美德，对拦路抢劫的青年当然更是如此。于是资产阶级和下层罪犯双方都失去了他们辩证的回报。我因为自己没有勇气而感到羞愧，他们则把鄙视工作当作取得认同的方式，没有别的路可走。

至少在美国，辩证法被解开展平了，相对的事物无法抓住它们的对立面。辩证法搁浅了。

第二十三章　简·奥斯汀

在简·奥斯汀笔下，婚姻已经变成了新唯物主义社会的中心仪式，也是个人价值的中心考验，就如在《傲慢与偏见》中测试每个人知觉和认识的能力，而知觉和认识又受到无数不可捉摸的、错误的、虚荣的行为的影响。

我在课堂上讲个不停

时值初春，哥伦比亚大学校园里稀疏的草木开始萌发新芽，而从我这个中年男人的身体当中也冒出了一个大一新生，就像恐怖片里的什么异形怪物一样。我越来越常举起手，用史蒂芬森喜欢的说法是“介入”（他甚至说到“你最有趣的一次介入”云云），夏皮罗则是说“提出有趣的论点”。有时候我坐在那里毛躁不安。我想要跟所有的人说休谟的东西很棒，说《李尔王》有着强大的力量。我装满了新信息，没办法安静下来。叫我！我的手举起来了！那些真正的学生已经对我的参与习以为常，教师们也是，不过他们的疑虑不难想象。

然而，在泰勒的班上我闭口不言。在每次为时两个小时的课当中，泰勒都有备而来、胸有成竹，我则着迷地看着他的进攻和撤退，使用谨慎、亲切但主控全局的策略从一处移动到另一处。我不想打断他。无论如何，就算想我也没办法。他静静地、缓缓地说着话——在他格言式的问题之间他会稍做停顿，像鲍伯·纽哈特（Bob Newhart）细细品尝着空气——他是个教书魔鬼，你必须接受他的方式，不然就得全盘拒绝他。现在他进入了征战的后期。课程讲到了简·奥斯汀，他借助学生提出的许多东西，铺陈出《傲慢与偏见》（*Pride and Prejudice*）的整体结构，但接下来他就要学生一个一个扮演老师的角色。他仍站在全班面前，看着学生部队进驻接手，女生们显然尤其喜欢这本书，很乐意也有能力借此发挥。我的天，这真的发生了。他让他们做到了。费莉西雅·帕克来自华盛顿特区，在大学预科中受过充分训练，她的头脑就像她的衣着、发型和书包一样有条不紊。她念出书中几段内文，向班上同学提出问题，然后把得到的答案归结成一个模式。泰勒始终全神贯注地观察着，然后说："我不知道你听了会不会吓到，帕克，不过你讲课的时候全班同学都在抄笔记。"

当初，去年秋天的时候，他是怎么跟他们说的？为了读这些书，他们会成长，他们会创造出一个自我，到了最后，他们会不再需要他。

"斯特恩戈尔德，好好利用吴。把她'榨干'。"他激励道，而斯特恩戈尔德也依言"榨干"了吴小姐。吴对贝内特先生的道德约束发表了流畅（而且确切）的意见，那是简·奥斯汀笔下最具欺骗性、最为惊人的人物之一。当斯特恩戈尔德和吴讲完之后，泰勒不谈书的内容，而是将简·奥斯汀稳稳地放在西方思想的历史中，一直回溯到《创世记》和开学的第一堂课。他脑中对这整门课有一个有机的计划，其中简·奥斯汀扮演着很重要的角色，学生互相教导的第一天也很重要。

我听泰勒讲课的时候，觉得自己像个大一新生。但听别人的时候……我只是想当个学生吗？我话讲得太多，已经不只是想当个学生了；在某方面，我是在跟那些教师竞争。我在家坐着读书的时候，幻想的内容从电影转变成跟学生说话。一整年我都继续写我的影评，但我的心思放在了别的地方。读简·奥斯汀之前的那个星期，我的专栏是这样开场的，“《本能》(*Basic Instinct*)是一部新的惊悚片，会利用性与谋杀的内容，让床头板和爱马仕(Hermes)的丝巾大为畅销。一个金发女子把情人的手绑在床上，叉开腿坐在……”

啊，电影，上帝祝福那些电影！它们是如此天真，还相信震惊的效用。《本能》的影评我是用手指而非用心一个字一个字写的。我一旦吸收了这片子特殊的诱因（“在他达到高潮时，她杀了他。用一把冰锥。”），就尽可能具有职业水准地处理它，然后回到我真实生活中的读者身份。我永远不会“越过”电影，我不想这么做。但我脑袋里想的都是书，有时候我会有点失控。我四处游荡，听听别的老师上的课（在他们的允许之下），结果有一次在一个年轻女研究生教的班上我举手说了一些东西，一两句话吧，换来的是学生们对我怒目以视。当天晚上那个教师打电话到我家，用有点怯怯的声音说：“请不要再来了，学生们不喜欢这样。他们觉得你扰乱了他们和我之间的关系。”我很生气地咬紧牙关。她说得没错。

夏皮罗很能察觉别人的需要，起了怜悯之心。“你何不来教一会儿课？”他说。他会在讲简·奥斯汀的第一节课开始时给我一点时间。我必须去做，我必须体会那是什么样的感觉。会难到哪里去呢？

一个家境富裕的单身男人必然缺一个妻子，这是众所周知的真理。不管这样一个男人新搬进来的时候，邻居对他的

> 感觉或观点知道得多么少，这一真理都会牢牢印在附近人家的心里，以至于他会被看作是这家或那家女儿理所当然的财产。(《傲慢与偏见》开端)

这段开场白可能是英国小说史上最有名的，充满了一种熟悉、简短、干脆的味道。我松了一口气，深深坐进沙发里。经过漫长的旅程之后，我们回到了家，享受习惯的乐趣。这并不是说我们应该错误地小看简·奥斯汀。不管奥斯汀读起来有多熟悉，她都不是任何人的宠物。几乎每个读者都会发现，第一句既是笑话也是个陷阱。《傲慢与偏见》的大部分内容正好与此句唱反调。有所“缺”的不是有钱男人而是普通的良家女子，就像贝内特家的五姐妹一样，父亲的产业都给了别人，她们缺的就是没结婚的有钱年轻人。开场的句子说的不是一项“众所周知”的真理，而是特别为唯利是图的贝内特太太一人所知的真理，她粗俗拙劣地推销她的诸位女儿，因而成了本书主要的笑点人物（也是秘密的女主角——但我们要到很晚才会知道这一点）。

我们不能完全信任叙事者；她有所保留，故意误导，加以阻挠，对容易受骗的读者玩花招。你得回到开场的句子，过了很久之后再读第三遍，然后才会发现，其实这句话采用的是一种迂回的方式，说了真正的实话。

关于《堂吉诃德》与《浮士德》的一点意见

我们回到了英文，这种丰富多彩的语言产生了如此错综复杂的奇迹；我感到如释重负，因为那些外国绅士已经给了我不少苦头。比如我的但丁历险就相当不幸，因为我对意大利文一无所知，对文本的了解是教条式的而非诗意的；然后我卡在平庸的此时此地，那种普通的现代人文主义要你不用因为一个人收了贿赂或跟长得好看的邻居睡了一觉，就谴责他要永远被埋在粪土里。接着我满肚子不痛快地读完了塞万提斯（Cervantes）的巨著《堂吉诃德》（*Don Quixote*）的指定选段，心想这是有史以来写得最温柔的一本书，但那些选段永远不能显示出故事与主题的模式、让人读得出这本书是（如全世界的人所坚持的）一部伟大的文学作品。哥伦比亚指定学生读这本书，因为它写的是在肮脏险恶的现实世界里对骑士理想做出的巨大喜剧性考验，这是西方文化的中心神话之一。但零零碎碎地阅读让人蛮不愉快的，甚至觉得有点无聊。好啦，这下我说出来了。

至于歌德的《浮士德》（*Faust*）（第一部），我知道标准的看法是此书对德国文学的重要性一如《哈姆雷特》与《李尔王》之于英国文学；我也熟悉奥登的评语，说歌德在此书里展现了"对各种诗风的惊人掌握能力，无论是粗糙的、隽永的、抒情的还是崇高的"。但隔了三十年之后我重读（译本），结果……老天爷，"宝典"真是压迫人！经典真是无聊！嘈杂、累赘、愚蠢、傲慢、令人生厌……我非常讨厌这本书，即使我显然和浮士德有着同样的野心、不满及渴望，而且要是撒旦向我提出条件的话，我也会毫不迟疑地做成交易。浮士德对于他的知识感到嫌恶，"如果仅求娱乐，他已经太老，但要全无欲望，他又太年轻"，于是和恶魔梅菲斯特打了个赌。他并没有像许多人所想的"出卖他的灵魂"，而是勇敢地讨价还价，欲望更多、胃口更大、体验的能力更强、更有权力，要是到了某一刻他竟感到心满意足了的话，他就将永远失去灵魂。

若我对任何一刻说：
哦，停留吧！你是如此美丽！
那时你便可以将我绑上锁链，
那时我将微笑着接受毁灭！
那时便敲响了我的丧钟，
那时你就不再需要服侍我。
时钟停止，指针掉落，
我的时间就此终止！（1699~1706）

这就是西方英雄风范的琴弦，从《奥德赛》到19世纪一再弹奏回响。但我无法享受歌德的诗，只能品读这本书中的观念、野心、修辞、苦痛，以及它作为一个伟大西方神话的价值。嗯，我是读到了不少东西，不是吗？也许。但到了这个年纪，对于我并不真心喜爱的伟大作品，我的反应只能是虚拟的。我到死都不会真正“了解”歌德的《浮士德》(第一部)。我确定读了它两次已经是仁至义尽了。

所以这又是两桩挫败，又是两部无法从中得到乐趣的作品，也是基尔菲泽教授的另两次胜利。她对这种综览式课程抱持着敌意的态度,因为它大部分使用伟大作品的译作。她说得并非全错。

简·奥斯汀，最受欢迎的伟大作家

当初在1961年，文学人文课的书单并未包括任何女性作家，但我私下以及在其他课程中读过《傲慢与偏见》两次,也许三次，也一再重读简·奥斯汀的其他小说。我和许许多多的其他人一样，都是奥斯汀迷。简·奥斯汀是列在最有希望的候选人名单上的。

她和莎士比亚、勃朗特姐妹、狄更斯、惠特曼、托尔斯泰、马克·吐温（Mark Twain）、托洛普（Anthony Trollope）、乔治·艾略特（George Eliot 也许）、伊狄丝·沃顿（Edith Warton）、普鲁斯特、卡夫卡、托马斯·曼（Thomas Mann）、斯科特·菲茨杰拉德、海明威、伍尔夫、纳博科夫（Vladimir Nabokov），还有加西亚·马尔克斯（Gabriel Garcia Marquez）一样，是少数在美国大学课程以外还会被广泛阅读的伟大作家之一。人们读她，她已经挣脱了那些“非指意元素”以及“拼贴（bricolage）的神话史诗价值”等“可爱”的学术关注。她不像可怜的亨利·詹姆斯需要被“重新分析”，詹姆斯在性方面的暧昧、迟疑、摒弃之处使他现在成为学术钻研的大好对象（詹姆斯是美国文学中写男女恋情最伟大的，甚至有人会说是独一无二的作家，现在却被重新分析成一个“酷儿”）。简·奥斯汀摆脱了学术界占有欲强且喧宾夺主的文学理论，保持和读者之间的活跃关系；就我所能记得的范围，她也是许多爱书人最喜欢的作家。我自己认识的人里面，就有人是以别人最喜欢简·奥斯汀的哪一部小说来划分他是哪一种人，还有人给女儿取名为“奥斯汀”或“爱玛”或“伊丽莎白”。

我读《傲慢与偏见》时毫无停顿，一气呵成。我在吃饭时读、在街上读、深夜在家里读、在地铁上像读格里森姆的小说一样地读，而且没有半个电影画面跑出来打断这连续的乐趣。简·奥斯汀写的是浪漫喜剧，在她的书中不管是全世界、命运、上帝、危险还是机缘，都不能阻止她选中的男女终成眷属。虽然有许多迟疑和事故，他们还是会像桥的两半一样合在一起。读者本能地知道这些书的结局就会是这样，所以，不论简·奥斯汀还给了他们什么，他们最重视的就是男女结合所带来的满足感。我确定夏皮罗的学生也会重视这一点，喜欢奥斯汀。我们在文学人文课经历了那么多古代的文学形式，如史诗、悲剧、哲学对话等等，现在抵达了资产阶级的时代以及杰出的资产阶级艺术形式，那就是小说，也是全体学生都熟悉的一种形式。简·奥斯汀有许多出人意表之处，但至少在表面上，她的作品很好读。我现在坐立不安地期待着我的教书客串演出，届时我将会努力导引他们的热情。

重读《傲慢与偏见》

夏洛特·卢卡斯是书中次要人物之一，是一个长相平凡、家无恒产的年轻女人，她急着要嫁，于是接受了那个卑躬屈膝的神职人员柯林斯先生的求婚。接下来的问题是他们该等多久才举行婚礼。简·奥斯汀告诉我们：“（柯林斯先生的）愚蠢得天独厚，必然会确保他的恋爱过程中不出现任何足以使女人乐意继续下去的迷人之处；而卢卡斯小姐之所以接受他，完全是由于想要定下来，此一愿望是纯粹而毫无私情的，也不在乎定下来的速度有多快。”

这笑话有其辛辣之处，而且不止一个。夏洛特是为了安定而非为了爱情结婚，动机很难算得上“纯粹”。但从另一个角度来看，她确是如此。她要的只是定下来，她的贪心和非嫁不可的决心丝毫不受个人情感的影响。传统的浪漫想法认为，人们结婚总是为了爱情，简·奥斯汀的机智则检验了这种说法。只有一部分人结婚是为了爱。这本书区分出了不同种类的婚姻，甚至不同种类的爱情，而虽然整体气氛非常活泼愉快，这些不同之处却是直到最后审判日也不会稍有减退的。

对我那一代主修文学的学生而言，精致、微妙却又坦诚地毫不留情的简·奥斯汀带来一种非常强烈持久的要求。大家普遍的(未说出口的)看法是,要是你真的了解了简·奥斯汀在《爱玛》或《傲慢与偏见》中的反讽,你就彻底变了个人。你会开始了解虚荣心是如何口是心非地影响到你的种种假定,聪明人又是如何比笨人更加受到人生的捉弄。那个富有野心的小神职人员柯林斯先生真的是受到愚蠢的“独厚”;他很麻木,因此得以成功。读简·奥斯汀的时候,你在道德上不再抱着天真的想法,也放弃了信心,换来的是另外的东西——复杂性,也许。双重性丰富,却也危及每一股力量、每一个知觉:人生不是像表面看起来的那样。不,那个著名的反讽坚持说人生是不可靠的;存心良善不见得会有好结果。简·奥斯汀是文学对康德的回答。

这个专写婚姻故事的作家显然对形式上的观念没兴趣,她的头脑和世上其他任何一个小说家一样有趣。在简·奥斯汀的作品中,配对游戏触及了薄伽丘忽略的层面——不只是身体与身体的结合,更是脾气秉性、财产与品味的结合。如果说在奥斯汀笔下的英国,婚姻已经变成了新唯物主义社会的中心仪式,那么它同时也是个人价值的中心考验,就如在《傲慢与偏见》中测试每个人知觉和认识的能力,而知觉和认识又受到无数不可捉摸的、错误的、虚荣的行为的影响。

这些年轻人的机会在我们看来是多么有限!他们在舞会里、晚宴上、客厅的余兴节目中碰面,还有散步的时候,这些穿过草原和花园的跋涉具有非同小可的重要性,就像做一趟心灵之旅一样危险。“这是一种恋爱舞蹈,”泰勒说,“彬彬有礼,极度机智和优雅。”彬彬有礼是没错,但就算战士面对的压力也不过如此。这些男女必须言辞敏捷,观察周到,然后琢磨一番;他们再度观察,然后前前后后左思右想;他们会犯下极端错误,而要是他们有这个意志力和判断力，他们会改正。这些改正行为的强弱会带来天差地别的影响。我认识到，《傲慢与偏见》是非常适合学生的小说，因为它提出了社会生活的本质就是要不停地学习。《傲慢与偏见》和文学人文课里的任何一本书一样，都是属于大一新生的。

虽然伊丽莎白·贝内特犯了不少错误，最好的学生仍非她莫属。她口若悬河，好揶揄人，有着难以抗拒的魅力，吸引了那个永远目中无人的达西先生的注意。达西处在乡下社会的顶峰，伊丽莎白缺的金钱、地产、关系他都有。伊丽莎白只能依靠自己的美貌和活泼来面对他。她一开始很鄙视达西，想象自己武装起来拒他于千里之外，但事实上她每一个鲁莽的言行（浪漫喜剧的基本前提）都强有力地吸引住了达西。

> “贝内特小姐，你难道不乐意把握这个机会来跳一支利尔舞吗？”
>
> 她微笑着，但没有回答。他又问了一次，对于她的沉默有点感到意外。
>
> “哦！”她说，“我刚才已经听见你说的话了；但我无法立刻决定要如何回答。我知道，你希望我说‘是的’，这样你便可以好好地耻笑一番我的品味；但我向来喜欢破坏这样的阴谋，不让人称心如意地鄙夷别人。因此我决定告诉你，我一点也不想跳利尔舞——现在你若敢的话，就尽量耻笑我吧。”
>
> “我的确不敢。”
>
> 伊丽莎白本来预期会让他相当难堪，因此他的风度令她颇为惊讶；但她的态度混合了甜美与淘气，使她很难真的让人感到难堪；达西从来没如此为一个女人着迷过。他真心相信，要不是伊丽莎白的社会地位比他低下，他就有些危险了。

达西终于求婚的时候，竟提到伊丽莎白社会地位较低，这话就是直白的侮辱，气得伊丽莎白不但拒绝了达西，还说他没有绅士风范。她的拒绝本身以及她断然的态度具有不寻常的自由，在两性关系中宣布了独立,声震世界。这也带来了不寻常的结果。她告诉达西说他违反了他自己的行为规范，这在达西的世界里是很严重的事。他受到了刺激，写了一封自剖的长信，显示出他真正的性格——严厉但敏感且负责，而伊丽莎白想了很多，明白她错看了他。

> "我的行为真是卑劣！"她叫道。"我还一向以自己的眼光为傲！我还一向看重自己的能力！我经常对我姐妹的慷慨坦诚感到不屑，以毫无用处或该受责备的不信任来满足我的虚荣心。这个发现真是令人羞辱！但这羞辱又是多么公平！就算我身陷爱河，也不会盲目得这么一塌糊涂。但我的愚行是虚荣心，不是爱……直到现在，我才认识了自己。"

就连圣·奥古斯丁也没写过比这更激烈的自我谴责的句子。直到现在，我才认识了自己。为企鹅版《傲慢与偏见》写序的托尼·坦纳（Tony Tanner）是英国评论家，任教于剑桥，甚至援引了《俄狄浦斯王》和《李尔王》，说这两出关于欺瞒和认识自我的强有力戏剧是《傲慢与偏见》的前导者。我很激动：坦纳在无意之间把简·奥斯汀变成了文学人文课合理的总结。很少离开她的亲戚圈，只去过几趟伦敦，终身未婚，很可能也清心寡欲，向来受到喜爱、拥有大批读者的简·奥斯汀，现在站在西方典范的中心。

我教夏皮罗教授的班，一头栽了进去

夏皮罗用他惯常的方式开始上课，他问学生们喜不喜欢这本书。他在教室里绕了一圈，很快就发现女生喜欢这本书，男生则否。

亚历克斯（那个要把在公共场合嚼口香糖的人送进地狱的就是他）：我没有参与感，对里面的人物都不感兴趣。我一点也不在乎伊丽莎白是不是会嫁给达西。

汉密尔顿（正经，通常和蔼可亲）：我没办法专注在这本书的主题上，它讲的都是这些英国的有钱人和他们的小问题。

朗吉（印度裔，但却是典型的美国青少年）：我想不通这本书为什么会在这门课里。

他们嗤之以鼻，冷冰冰地充满不屑。达西本人也不会比他们更瞧不起人。这种芝麻绿豆似的女孩玩意儿是在浪费他们的时间。

平常在这样的状况下，夏皮罗会用学生自己的反应来对付他们，把他们的抗拒改造成一种投入的模式。他会开学生玩笑，挑战他们,通常他们也会改变想法。但这次他只讲解了一下简·奥斯汀时代英国的社会结构，说明工商业的兴起带来了新的赚钱方式和新的挑战，而那些拥有土地的阶级希望能保有他们的地位，等等。然后他离开座位，把课交给了我。

我坐在那张会议长桌的尽头，“教练”就在我右边，学生坐在桌旁还有墙边。他们好奇地看着我，有几个人微笑。这是某种实验，他们愿意忍耐一会儿。

我开始的时候很生气。每个人都有权利不喜欢一本书，可是！那些男生一定得搞清楚。他们都得搞清楚，伊丽莎白·贝内特是那么勇敢地面对社会地位比她优越的人的贬低，在舞会上、晚餐后在客厅的钢琴旁自顾自地谈笑，她和奥德修斯一样有勇气，一样足智多谋。大胆而聪明的伊丽莎白·贝内特是我们的斗士，也是他们的斗士。她犯下了可怕的错误，但这也是她之所以伟大的一部分原因。我稍做停顿，看了看我的笔记，脑袋里闪过的念头是，这些男生必须要喜欢这本书、喜欢伊丽莎白，否则他们永远不会成长、超越他们生命中的这个阶段，他们会永远麻木不仁。

“最近我和我太太一起去参加一个晚宴，”我开口道，“我们回家之后，闲坐着聊当天晚上的事。我们分析那些客人，分析我们自己，想想我们说过了什么、本来又可以说些什么。我们所有的人都在找寻一个不卑不亢的得体态度。既不咄咄逼人，妄自尊大，也不畏畏缩缩，妄自菲薄，不过分自谦也不过分傲慢。对一些人来说，这样的自觉可能很折磨人。但在现代世界里，你生活中的一举一动都不可能没有它。”

学生们看起来很意外，这是个奇怪的开场白。但他们的微笑消失了，然后过了一会儿，当我说到那个不祥的词“黑格尔”时，他们打开笔记本写了起来。他们在抄笔记。我感到脖子后面有一股微弱但确实的痒意，感觉很爽，有点像专业摄影师给你照相时的那种乐趣。原来有权力的感觉就是这样！这种感觉一般来说是我所不熟悉的。我为《纽约客》杂志写稿，他们有着广大的读者群，但我不是面对面和读者说话的。读者坐在通勤火车上或是倚坐在床上，是某种理想的形象，但也神秘冷漠而且一言不发。现在我看见了我所说的话产生的效果，让人直起身来或懒散地坐下去，手中拨弄着什么东西，害羞或大胆地注视我。有两个女生在微笑，男生看起来也感兴趣。我是在念一段话给他们听的时候提到了黑格尔，那段话出自莱昂纳尔·特里林的手笔，他是伟大的哥伦比亚教授与评论家，在此地受到神祇一般的尊崇。他1954年写的那篇论述简·奥斯汀的文章收在《相反的自我》(*The Opposing Self*)中，我前一天晚上才从书架中抽出了这本书。原先我不确定是不是要念这段话，但生气之后，我知道必须要念。

> 是简·奥斯汀首先描写了特属于现代人的个性，以及产生这种个性的文化。她以前所未有的方式呈现出道德生活，让人首次感到它是这么复杂、困难而累人。黑格尔说“精神性的世俗化”是现代时期的一个主要特点，而简·奥斯汀是第一个告诉我们这牵涉到哪些东西的人。在她之前没有小说家把社会、普遍文化在道德生活中扮演的角色描写出来过，这当中产生的“诚恳”和“粗俗”的概念意义为何是以前的人所不能了解的，对我们而言也很微妙、难以定义，而且强大到没有人能逃得过。是她首先察觉到控制我们道德处境的那种恐惧、那种无处不在而众口铄金的评判，我们每个人都会对之做出反应，觉得必须显现出我们世俗性精神的纯粹，而这种精神的黑暗可疑之处比宗教性精神的还要多、还要隐晦。我们觉得必须以自己的生活和风格来回答这个疑问，并确定不管在行动本身还是在装饰点缀上，它们都能证明我们是属于世俗精神中的佼佼者。

这段话混合了略带喜剧味道的警戒，让一些学生醒了过来。女生开始发言。她们绕过了特里林说的话(我一把它念出来，就知道这有点超过十九岁学生的理解范围)，但表达了对伊丽莎白的景仰。她们看见了她在社交举止中的勇敢；她们很能同情书中年轻女性行动所受到的限制，当时女人要是不结婚就很难得到尊重，要么只能当个女家庭教师或老处女。让我颇感宽慰的是，通常对所有事情都采取强硬态度的莎莉，没说过安提戈涅或狄多一句好话，一副小镇美女气势汹汹的自信，从来没人跟她唱过反调（至少在我想象中是这样），这个莎莉现在很是赞赏伊丽莎白·贝内特为了明白事情真相而做的挣扎。

对这些女生来说婚姻不是件鸡毛蒜皮的小事，对男生应该也不是，不过男生对之避而不谈，就像躲避脚下的一条蛇一样。我猜想，他们的“恐惧”不在于跟着精神世俗化而来的自觉。我想，他们怕的是可能很快就会逼近眼前的那个社会化世界，在那里女人和婚姻是中心，他们自己的自由受到限制。但我不能这么说，这样太过分了。于是男生们取笑着简·奥斯汀笔下人物正经八百的说话方式，借以避难。

“有些读者必须发挥超常的想象力，”泰勒在他讲奥斯汀的时候说，“他们必须把自己抛到一个不同于现实的社会里，那里没有丝袜、没有吊袜带、没有药丸、没有电视。这些人晚上闲坐着谈话、阅读。”于是我也试着把他们抛出去一点。我说，简·奥斯汀笔下社会的繁文缛节，一方面来自正在改变但仍然强而有力的阶级体系，另一方面来自“社交生活是一种表演”这个理想。虽然人们强调风度和优雅——或正是因为如此——说出来的话却充满了阻碍和反驳，比任何美国人可能听说的都要残忍。粗鲁自有其规范性的功用，可以让人们不至于得意忘形。所谓的风度通常是没有风度。

笔记记录得更多了。我很享受这种情况。可能太过享受了，因为我讲个没完。我不断地解释，有时候学生有反应，有时候没有，于是我开始感到紧张，背上开始有点冒冷汗。我转向简·奥斯汀的反讽习惯，要他们分析开场白的句子。那个第二学期加入这一班的瘦男生亚历克斯振作起来。他早先说他没有“参与感”，不过现在他愿意玩了。至少玩一阵子。解读这些句子看起来像是个逻辑问题，这点吸引了他。他分析、整理出开头那些句子所引发的不同预期心理以及惊讶。很好，亚历克斯。老师很高兴。几个男生不情愿地发了言。

女生们讲的话都言之有物，我也让男生不再那么死气沉沉的了，但讨论中还是会有沉默的时候，而有些学生看起来紧张、受挫。我没有像泰勒一样让他们互相对抗，也不像夏皮罗一样温和地逗弄他们，引他们说出答案。要是我没有得到我想要的答案，我就会自己说出来，如此过了一阵子之后，只听到我的声音回响在教室四壁中。夏皮罗稍微动了动，我眼前的这些脸孔变得模糊。但他们一定要听，我栽进我的笔记里一路讲下去。

“你们看，事实上贝内特太太不是书里的坏人。你得把开头的那几句读上三次。到最后，你会发现贝内特太太努力推动婚姻，是一种生命动力。那些有钱的年轻人了解到他们的确缺了个妻子。要是说这本书里有坏人的话，那就是贝内特先生。”

有几个男生早先说他们欣赏贝内特先生，这个有妻有女的退休老男人的幽默起初看来是代表了简·奥斯汀的观点。但事实并非如此。简·奥斯汀的讽刺是针对自以为了解讽刺的读者的。事实上，贝内特先生是个空壳子：他只是会讽刺、会挖苦，这是讽刺的最低层次。“简·奥斯汀永远不是像你所想的那样舒服好读。”我说。

不，不是。我的喉咙很干，我累坏了。我不用转向夏皮罗就可以感觉到他的直视目光。他就像是个交响乐团的指挥，看着年轻的替补用力过猛地推动那些演奏者。他宣布休息十分钟。

夏皮罗教授批评我在他班上的教法

我们在走廊上碰头。

“观察你的过程很有趣，”他说道，浅褐色的眼睛大睁，“你知道你做错了什么吗？”

“我把船的方向转得太过度了。”

我们同意我把船的方向转得太过度了。我们同意这是一种好听的说法。“你必须用提问的方式来向他们要答案，”夏皮罗说，“那样他们就会发展出想法，觉得那是自己的意见。但如果你就这么把答案给他们，他们是不会接受的。”他太好心了，没有说出他一定在想的事情：我犯了所有刚开始教书的老师的错误，因为怕失去控制，太急着得出答案。

“你要让他们有点尴尬。让他们紧张。利用他们的困惑，带领他们进入作品的模糊隐晦之处。”

让他们紧张，而非吓到他们。我是个评论家，我想要得到正确的东西，做出决定性的陈述，我要他们听。然而，除非学生是自己到达那里，否则就比较像是错误而非正确的东西。我缺少耐心，耐心不只是一种礼貌而已，它是研讨式教学的根本形式。设计哥伦比亚的核心课程，不是为了供奉讲课教授的权威（这是哈佛的做法），而是要在讨论中达成了解，不管过程有多笨拙、多么难以把握。

直到现在，我才认识了自己。……我的愚行是虚荣心，不是爱！嗯，是啊，这就是了。我试图给学生灌输东西，而非教导他们。我记得我的声音在教室里回响，像个推销汽车的业务员。我为什么看不出哪里出了错呢？简·奥斯汀对我这一代读者的影响，不下于文学人文课里的任何其他作家。三十年前，特里林和许多其他的奥斯汀迷教我们怎么读她、怎么读我们自己。我没有小看简·奥斯汀，但此刻和夏皮罗站在走廊里，我知道我把我对她的了解误以为是理所当然的。

我那一代，还有现在的简·奥斯汀

现在这番道理又得重新说起，从无到有——为乐趣与喜剧辩护，说社会生活对于人的感受力的教育，以及反讽是最复杂的乐趣。在《傲慢与偏见》中，挣扎着认识自己的过程本身就含有反讽。你看起来的样子并不是你真正的样子。伊丽莎白·贝内特意识到她看错了达西，但她有很长一段时间没有意识到她有多么想要爱他。她用揶揄使他摆脱了傲慢和僵硬的态度，但渐渐地，她自己的语调也越来越柔和、愈有爱意，最后她终于承认了自己的动机。这本书从浪漫喜剧的进攻撤退，发展出一种更为严肃的和解。他们的自知使得他们接受了对方。但讽刺并不是轻易得来的，尤其是这种复杂的讽刺，它让你知道你是怎么耍了自己。我们也永远不能把讽刺看成理所当然。所以它才如此珍贵，而缺了它又会那么容易造成破坏。

学生们很有礼貌，但我的客串教学彻底失败了。我在走廊上和夏皮罗交谈，有一刻深感沮丧。

但也只是一刻而已。我跟着夏皮罗走回教室，知道我的羞辱感会很快退去。学习，然后继续前进！因为还有工作要做。严肃的工作：创造新一代的读者。夏皮罗把焦点放到阅读的问题上：书中的人物如何读信、写信，如何“品读”彼此的个性。女生反应热烈，慢慢地男生也加入了。但非常慢。显然，对这些媒体时代的学生而言，这本书困难和陌生的程度不下于《伊利亚特》。

但这正是他们应该读这本书的原因。他们和简·奥斯汀的世界之间有距离，以及这本书里有他们所需要的东西——自觉和自我创造带来如影随形的、无止境的考验。而这就是最好的理由，能解释它为何好不容易在核心课程中赢来一席之地。

第二十四章　穆勒

> 穆勒认为，那些已经快讲烂了的自由观念其实并不普及：在世界史上，排斥异己甚至迫害异己是常态，自由才是例外。

两个“不被鼓励”的作者

我们全速冲进现代，到达了西方思想的两大巨头卡尔·马克思（Karl Marx）与约翰·斯图亚特·穆勒（John Stuart Mill）。在大学之内，马克思思想肯定是鲜活的，史蒂芬森不仅要学生读马克思，还要读列宁、葛兰西（Antonio Gramsci）等经典作品。穆勒的情形则大不相同，穆勒影响了英美民主思想是毫无疑问的。他和洛克、亚当·斯密（Adam Smith）、美国开国元老、普通法以及美国最高法院一样，都对现代开明国家的特性起了重大的塑造作用。但史蒂芬森把穆勒排除在外，正是因为大家对穆勒耳熟能详。他说，现代美国人实践或自认实践了穆勒提倡的观念，所以他宁可我们去了解那些跟我们所作所为相反的观念。史蒂芬森的意思是，穆勒“并不有趣”。他要我们读穆勒的《论自由》（*On Liberty*），但又说我们不会在课堂上讨论。

我开始怀疑。经典怎么可能就这么死去？

穆勒的“陈词滥调”若照字面意思来理解，事实上具有激进的精神

我开始读《论自由》之前，自以为了解史蒂芬森觉得穆勒无聊的原因。约翰·斯图亚特·穆勒是标准的维多利亚时代自由主义者，大力颂扬言论、良心、行为的自由，也是早期热烈拥护女性主义的人，简直好得不得了。他高贵到几乎愚蠢的地步（他和一个有夫之妇维持了长期的柏拉图式友谊，造成维多利亚时代中期一桩非常奇特的丑闻），而且再怎么说，他都是如今仍具重要性的伟大作家中最不性感的一个。我一开始读穆勒那本出色的小册子，就很清楚地发现他真的是个伟大的作家——因此虽然我本来觉得能理解为何史蒂芬森决定不讨论穆勒。但等到我读到那密密麻麻的 113 页小册子的一半时，这种理解已经荡然无存。那本小册子是非常丰富的文本。我在里面找到许多东西，包括哥伦比亚核心课程，或任何阅读经典文本的现代课程的重点所在。此书中，穆勒本身热情的美德具体地呈现了它的内在精神和能量。

我原本以为会读到陈词滥调，碰上的却是扎实、有力的论证，强烈的激进精神。穆勒一心要说的就是，那些已经快讲烂了的自由观念其实并不普及：在世界史上，排斥异己甚至迫害异己是常态，自由才是例外。在穆勒（于 1859 年）写《论自由》之前七十年左右，有权力的人还会因为讨厌或恐惧某些人的想法而把他们处死，至少在欧洲是如此。“异端邪说”这种罪名由来已久，直到最近才消亡。但在欧洲和美国之外的地方它仍然活得好好的，当然在 20 世纪 90 年代也是如此，许多社会依旧把言论、宗教、行为的自由看作是洪水猛兽，并有人因此被逮捕、审判、起诉。比方说美国的盟友之一沙特阿拉伯。我们又为什么要允许

人们在我们的国家里公开称道其他政治制度和宗教？这样的信仰是错误的，也是腐败的，所以会对我们造成危险。我们的国力要靠团结一致。我们不需要为了遵从什么愚蠢的西方虚伪“自由”观而自掘坟墓。

这倒不是说民主国家就完全不会出现这种思考模式。正如穆勒一再说的，在维多利亚时代的英国（在美国也是如此），国家和教会主导的迫害已经被舆论的迫害取代。民主政体的自由当中，有着一种强行胁迫、人云亦云的精神；很多人如果有能力的话，都会叫其他公民闭嘴。亚伦·布鲁姆也许觉得相对主义已经横扫美国，但事实上大部分人都认为他们自己的意见是不证自明的正确。就像穆勒所说的，大部分人都愿意把这些意见想成是放诸四海皆准的，很少认识到他们大部分想法都是来自四周强而有力的体制建构——家庭、教会、社会，或者是来自难以言说的势力，如偏见、迷信、嫉妒，还有最重要的，自私自利。穆勒说得很清楚：自我辩解，以及连带而来的盲目，是人类以自我为中心的天性中与生俱来的。没有任何人毫无芥蒂地支持真正的自由。

那么为何不压制别人的意见呢？穆勒给了两个理由。压制任何一种言论或意见，就意味着我们是绝对正确、恒定不变的。毕竟，穆勒说，压制早期基督教徒（包括和我们一样有良心、有荣誉感的人），比方说，罗马皇帝中最为人着想的马可·奥勒利乌斯（Marcus Aurelius），而基督教最后却胜利了。我们也需要有不赞同的声音，需要被挑战，否则我们的理论就会干涸，变成仅仅是“接收的观念”，但是没有热情、明辨或力量来支持的观念。以下就是“每个人”所相信的东西，出自无聊的穆勒之手：

> 只从自己这一面看事情的人，知道得很少。他可能有很

> 好的理由，也许从不曾有人驳倒过他。但如果他同样无法驳倒相反那一面的理由，如果他连那些理由是什么都不知道，他就没有根据偏好这两种意见中的任何一个。理性的立场是暂时不做判断，如果他不能接受这一点，那么他要么就被权威牵着鼻子走，要么就跟世界上大多数人一样，选择他最为倾向的那一面。如果对手的论点是他从自己的老师那里听来的，以他们的方法陈述，伴随着他们的反驳，这也是不够的。这样对那些论点不公平，也无法使他真正理解它们。他必须听到真正相信那些论点、诚心竭力为其辩护的人是怎么说的。他必须知道那些论点最有可行性、说服力的地方在哪里；要对该主题获得正确的观点，必须面对并排除极大的困难，他必须要彻底感受到这种困难，否则他将永远无法真正得到足以对抗并除去此一困难的事实。所谓受过教育的人，一百个里有九十九个都处在这样的状况中，包括那些能流畅地为自己的意见辩护的人。（p. 35）

《论自由》不是一本推荐自由的宜人小册子，而是无情地抨击人云亦云、怯懦胆小的论著。这关系到整个社会的健康，关系到勇气、精神、人生。“清醒地说句老实话：不论人们对真正或假设的高超智慧表示或给予多少尊敬，全世界的大致趋向是让平庸者在人类中位高权重。”穆勒不会仅满足于意见的活跃流通——永久的海德公园演讲角或国家公共电台。他要的是一个厌恶平庸及胆怯、鼓励与众不同（甚至奇行怪癖）及自动自发的社会；这样的社会将是令人快活、生气蓬勃、日新月异的。真正的良心和意见的自由所需要的不只是保护自由言论的法律，更需要精神上的革命。

穆勒认为基本上的意见分歧对心智健康是必要的，但我们有多少人能忍受？我身为一个影评人，知道不论演员、导演、编剧怎么说，他们并不真的想听批评的话，他们要的是多多的赞美。具有高度技能和教育水准的人通常最不能忍受基本的意见分歧，因为他们在他们的信念中已经投资了一大笔自我，所以不希望它被动摇。他们不可避免地对相反的观点采取轻视态度，甚至颠倒黑白，以假乱真。那些观点使他们发笑。就算你觉得穆勒认为事实是可知的这种想法很傻，他坚持要对立冲突的态度也很惊人。在上面所引述的那些文字中，他阐明原则的热情几乎是宗教信仰般的，是一种崇高、渴望、迫切的理想主义——这是维多利亚时代奋斗精神在道德上英雄的一面。穆勒知道他是在反人类欲望的天性而行，无时无刻都是如此。

在美国，基督教右派伪装神圣，贬低与他们唱反调的观点，文化左派则急于把所有人的意见都归结成权力的表达，这两者都无意把他们自身最基础的前提拿出来辩论。对那些自认是救世主、信念牢不可破的人而言，穆勒的观念必然很令人光火。他要求我们接受不确定的状态。他伟大的现代门徒以撒·伯林可能会说，穆勒要我们接受生命既非静止也不容易了解这一观念。没有任何单一的观念——不管是宗教的、经济的，还是政治的——能组织一切，诠释一切，统筹一切。我们注定要面对变化和复杂性，只有理性和辩论才能产生知识，甚至进步。

真是不性感，不刺激。但除此之外有的是什么？我之所以不同意史蒂芬森的原因变得很清楚。读穆勒是很重要的，不只因为他说出了我们许多人所相信的开放社会里的自由，更因为穆勒的论点从根本上涵盖了我们之所以相信任何事的伦理条件。

穆勒与"宝典"

在我读完穆勒捍卫言论自由的文字时，突然想到：穆勒就是核心课程。换言之，他形成了哥伦比亚或任何自由派的阅读"宝典"的理论基础。这些书体现的不是永不消逝的真理，当然也不是千篇一律的观点，而是一个自我质疑的激进传统。在这个传统中，一本书挑战另一本，甚至自身，从荷马一直到现代的文本——薄伽丘重塑《神曲》为俗世故事，蒙田自相矛盾，马克思重新阐释黑格尔，等等。这些书不是要教授一套稳定的知识甚至一致的"价值"，而是要让学生培养出批判的能力，并以此作为他们终身的认知习惯。

马克思和穆勒是永远的激进派。如果此刻他们看来不如其他文本有趣或必要，那是因为他们像一根肉中刺戳到了我们的自大，而有些人，不管是左还是右，总想把他们给拔出来。

第二十五章　尼采

“上帝已死”——上帝已不再位居西方意识的中心，启蒙运动之后的基督教也不再能掌握想象力，不朽和绝对法则已经消失了。价值是人创造出来的，不是什么与生俱来或可以找到的东西，不是什么在那遥远的地方的东西。

春天在娄氏图书馆台阶上悄悄绽开

就像许多其他的城市人一样，我从来就搞不太清楚花草灌木的名字，所以每年初春，我在某个春寒料峭的下午搭公车穿过中央公园时，我会惊讶而入迷地看着怯生生的色彩出现在公园里那一片片长了花蕾但仍是棕褐色的土地上。水仙花？风信子？这些名字就像希腊罗马神祇的名字一样无法留在我的脑袋里。20世纪50年代长大的犹太男孩没有什么接触大自然的机会。树？只要它别倒在你的头上就行了，至于究竟是哪一种树，没人知道，也没人在乎。但现在我在乎，而不知道这些东西的名字，就像在电视上看到一部老电影却忘记导演是谁一样令人发狂。在哥伦比亚，嫩黄粉红的繁花突然开放了，颜色先是比较浅淡，然后变得明亮鲜艳，它们从校园中央的棕红色砖造建筑物前冒出，然后沿着娄氏图书馆的灰色四壁生长，柔化了石块的线条，说不定也柔化了思考的线条。在哥伦比亚大学校园，美要经过奋战才能存活下来，看起来简直是恩典。

大学时代，我从来没注意过这罕见的美景。我确信，阅读和思考是在任何地方都可以做的事，比如在阿姆斯特丹大道或百老汇的哥伦比亚宿舍中，尽管那里又破又挤；在巴特勒图书馆的期刊室，虽然旁边的小房间里满是烟味，有很多张大皮椅，还有用书本围出的“私人”角落；在深夜地铁站的昏黄灯光下，即使快车在中间的轨道上呼啸来去。二十岁的时候，你不需要美景。你忽略美，把美当成奢侈品；比起美，你比较信任肮脏。但现在我需要美，我确信哥特式的尖塔、宽阔的学院厅堂、开放的草坪和树林能让学习变得更容易。我对乡间学校的魅人美景感到一股强烈的渴望。剑桥？杜克？我的老天爷，难道我四十八岁之龄竟然有了去上普林斯顿的欲望？学习是需要环境的，我告诉自己，就像歌剧演唱家需要城堡壁垒或祭祀神庙的布景一样。

在哥大校园的初春，玩橄榄球和飞盘的人越来越多，还有许多其他的大学部学生，像是刚从海里爬出来的生物一样，脸色苍白地坐在娄氏图书馆宽宽的台阶上晒太阳，太阳则低低地挂在娄氏图书馆之南的巴特勒图书馆上方。我爬上台阶，要到数学楼去上当代文明课，就得走过穿着黑色牛仔裤、T 恤、皮夹克的女生身旁，那里还有穿得像阿兵哥一样的男生，有些留着长发，或者下巴略蓄了胡须。大学生一族是既不开朗却又有礼貌的。他们虽然骄傲含蓄，但要是有人正经表示对他们感兴趣的话，他们就会变得相当急切（你只要带一个人去吃顿午饭，他就会什么都告诉你）。我心中模糊升起了一股父亲的情绪：让他们多吃点，让他们多睡点，脸上多点血色吧。

《论道德的谱系》：本能如何被伦理学取代

那是快乐的一个星期。在穆勒之后紧接着读尼采，让我快活得不得了：有好几次我几乎要放声笑出来，因为我实在太享受这种阅读了，觉得毫无拘束而且心态阳光。至少此时此刻，我放下了尊重和关怀的重担。对美国的自由派人士（还有一些保守人士）来说，每一个人都必须受到尊重，每一个人的怨言和麻烦都必须被严肃看待，每一种目标、每一个团体、每一种问题和失败都必须得到重视、了解、同情、宽容。这项工作无所不包、令人筋疲力尽，不可避免地让人产生厌恶之感。20 世纪 90 年代，自由派信仰的政府解决贫穷、犯罪、不平等问题的能力，正在快速土崩瓦解，迹象之一就是你心里有个小小的声音不断地在发牢骚：不是每个人都值得同情的。有些人是自己把生活弄得一团糟的。但要是你把这种想法说出来，就是自寻死路。如果说伪善是恶习对美德进献的贡品，那么政治正确就是美德对恶习进献的贡品。至少我在我那新的尼采式反抗情绪中是这样想的。尼采狠狠地修理了自由派的尽忠职守。当代文明课指定我们读《论道德的谱系》（*On the Genealogy of Morals*），该书写于 1887 年，是尼采神智失常之前写的最后几本书之一，以滑稽而仇大恨深的态度攻击平等主义、民主政体、现代资产阶级文明、犹太教、基督教，攻击大部分西方人称为人道而必要的一切。这本书是蔑视和绝望的剧烈爆发，其中的聪明才智使人生畏，内容则不折不扣地离经叛道。如果你厌倦了电影、MTV 上常见的所谓震撼画面，或者近年来纽约前卫派人士闹剧式的激动，那么这本桀骜不驯、恶行重大的书可是货真价实。

原来，弱者已经练成了一种完美伎俩——一方面提升自己，一方面让强者觉得内疚。这种伎俩叫作道德，是由犹太人和早期的基督教徒发明的，当时他们反叛对抗那些古老的异教战士精英，如希腊人、罗马人、波斯人、埃及人，等等。以下出自论证方酣、憎恶至极又令人捧腹的尼采：

> 我们已经可以猜测到，这种宗教的评估方式可以非常轻易地从骑士—贵族一派旁枝逸出，然后发展成与其分庭抗礼；尤其若是神职阶级和战士阶级互相看不顺眼、不愿妥协的话，这种情形更可能发生。骑士—贵族的价值判断，其先决条件是强健有力的体格，蓬勃、丰沛，甚至泛滥的健康，还有各种保持健康强壮的手段：战争，冒险，狩猎，舞蹈，战争游戏，以及所有活力充沛、自由自在、令人喜悦的活动。至于宗教——崇高的评估方式，我们已经看到，其先决条件则是其他的东西：谈到战争的话对它就很不利了！神职者是最邪恶的敌人，这点大家都知道——但这是为什么？因为他们是最无能的。由于他们无能，恨意在他们心中长成了一只巨大的怪兽，变成最具精神性和毒性的一种恨意。世界历史上真正伟大的恨者向来都是神职人员；最有天分的恨者亦然——跟神职人员的报复精神比起来，其他的精神根本算不了什么。要是没有无能之人引进的精神，整个人类历史就会变成一种太愚笨的东西——让我们马上举出最值得注意的一个例子。世上所有为了反抗“高贵人士”“有权力者”“主人”“统治者”而做出的事，比起犹太人为反抗他们而做出的事根本毫不起眼；犹太人是充满宗教性格的民族，在反抗他们的敌人和征服者时，一定要彻底改造敌人的价值观才肯罢休，也就是说，要达成最精神性的报复。因为对一个充满宗教性格、体现了最深刻

> 压抑的宗教报复心的民族而言，只有这么做才合适。犹太人以令人敬畏的一致性，大胆反转了贵族的价值算式（善 = 贵族 = 有权力 = 美丽 = 快乐 = 受上帝所爱），并带着最深不可测的恨意（无能之人的恨意）紧咬着这种反转不放，说："只有不幸的人才是好人；只有贫穷、无能、低下的人才是好人；只有受苦的、被剥夺的、生病的、丑陋的人才虔诚，才受到上帝的眷顾，被眷顾的只有他们——至于你们这些有权力的贵族则相反，你们永远永远是邪恶、残忍、充满色欲、贪得无厌、目中无神的；你们将永远永远不受眷顾、被诅咒、被惩罚！"……我们知道继承这种犹太改造价值标准的是谁（换言之，就是基督教徒）……犹太人通过这种最根本的宣战方式，开了影响力难以估计的重大先例，而在这一点的相关之处，我重申我以前在别处提出过的命题——即犹太人开始了道德中的奴隶反叛——这反叛背后有着两千年的历史，我们如今却不再看得见它，因为它——已经胜利了。

我会回头来谈这段话，但我们先赶快澄清一件事情：尼采对19世纪70年代及80年代的德国大民族主义和反犹太主义者只有鄙视；虽然纳粹擅自挪用了他的文字，我们在读这样的段落时必须留意，尼采攻击的是所有现代正义和平等的观念，这只是其中的一部分。尼采恶搞的对象不只是犹太人（而且他的态度也相当暧昧——这段话可以解读成是在致敬）。我们通读了《论道德的谱系》全书，发现它的主题之一就是大骂任何试图缓解人类所受苦难的人居心叵测。它攻击的是怜悯之心。尼采承认犹太–基督教的遗产让人变得比较有趣（"要是没有无能之人引进的精神，整个人类历史就会变成一种太愚笨的东西"）。人有了深度，有了灵魂。但与此同时他则失去了健康、活力和快乐。他被罪恶感打倒了。

在我听来，尼采的撒旦式笑声有时有些勉强、做作，就像大都会歌剧院里假扮的梅菲斯特在歌唱。但他肯定是最伟大的非韵文作家之一;他真的是一个惊人的作家,充满恶意、暴戾、狂想,残酷地洞察所有人与事的心理层面，想反对他会是一项危险的任务。他想靠恶意的悲观主义或者乐趣让读者不再伪善；他反对稳定、合群的头脑，说出了很多人都曾想过、但斥为残忍或不愉快的东西。你读他的时候会觉得鄙视得很过瘾，即使你认为他写的东西里有一半都太好笑，不可能是真的。文中充满了重复和斜体的字词、破折号、括号、感叹语，风格是口沫横飞式的；这是没有耐心的风格，大大咧咧地允许了自身的过分之处。尽管有时候他大放厥词，像是半夜你在收音机上模糊听到的某个受过太多教育的疯子，但他绝对是自柏拉图以来我们所读到的最具颠覆性、最机智的哲学家。他的激切足以摧毁康德或黑格尔之流精心建立的系统。读过尼采之后，所有其他的作家都显得过于拘谨小心。

大学是如何吸收同化了这个极度危险的人？因为，毫无疑问的，尼采对学院左派有着强大的影响。史蒂芬森在第一节讲尼采的课上，引用了普林斯顿（现在则已到了哈佛）哲学家康奈尔·韦司特（Cornel West）的话，等于是在说尼采对后现代思想的影响无人能及——这相当好笑，因为五十年前尼采还被骂成大反动派、纳粹专属的哲学家。史蒂芬森说，人们在战后把尼采的作品从纳粹的魔掌中挖出，加以清理，使之复活，并故意忽略其令人反感的那些部分。这一招不错，但尼采会怎么想？现代语言协会（MLA）是大学语言教师所组成的职业协会，也是学院左派正统的堡垒，而美国的学院人士将尼采充满激情的语言变成了 MLA 的既定观念，对此他又会怎么想？赞颂“超人”的尼采成了学院左派的守护神？这当中某个地方很荒谬。

心理阳光：尼采将人从自由主义的惊慌中解放出来

《论道德的谱系》是当代文明课向现代主义以及激进的不确定性迈进的最大一步（1961 年时我们只读了这本书的选段）。在一开场的问题后面，凝聚着强烈的躁动不安。“人在何种情况下设定了这些善和恶的价值批判？这些批判本身又具有什么价值？它们是阻碍了还是促进了人类的繁荣？它们是否为不幸、贫瘠、生活堕落的迹象？还是说，相反，它们显示出了充足、力量、生命意志、勇气、确定性、未来？”尼采受过语言学的训练，因此他检视了好几种语言中表达“善”的字词的语源学意义，发现早期的“善”和地位崇高之贵族的自我陶醉有关。

> ……人们在错误的地方寻找并建立了“善”的观念：“善”的判断并非源自那些看到善的人！反之，源头在于那些“好人”本身，也就是那些显贵、有权、地位和品格都很高的人，他们觉得并确认他们自己和自己的行动是好的，也就是说，是一流的，和所有低俗的、下流的、普通而平庸的东西成为对比。出于这种距离的感伤，他们夺得权力，创造出价值，并为价值编出名字……

因此，最初的分别是好和坏，而非善和恶，产生好的感觉的是一股泛滥的活力，这种活力有时候会做出残忍的、报复的行动，有时候则会展现出慷慨、欢乐、虔诚，无论如何，这些都是非刻意的行动，出于本能。和道德一点关系也没有。

这一点相当让人耳目一新。至少，尼采为我和许多其他学生澄清了荷马作品里一些令我们迷惑、困扰的东西。在《伊利亚特》中，一个出身低的人物提厄斯忒斯在议会中发言，批评领导希腊联军的阿伽门农，讲的话跟其他人没有什么差别，但他苦口婆心的结果却是奥德修斯结结实实地赏了他几记耳光，别人也嘲笑他。那是坏事——出身低的人胆敢在议会中发言。同时，希腊贵族们忙着打仗，忙着宴饮、作乐，认为他们自己是正当的，鲜有感觉到我们称之为怜悯的东西，更是从来没有我们称为罪恶感的感觉（希腊战士的负面情绪是羞耻，因为自己没有成功而羞耻）。那些内疚的情绪在荷马作品中付之阙如，倾向于证实尼采的语源学假设：那时候没有那些字词，也没有那些情绪。现在我再清楚不过地认识到，在《奥德赛》最后，当奥德修斯杀死所有追求他妻子的人时令我感到沮丧，但这种反应却是荷马绝不可能预期他的听众会有的。他想要他们感觉到的是奥德修斯的正义怒火所带来的乐趣——复仇的满足。

“上层阶级把他们的美感观念价值化了，”曼努尔·艾隆在课堂上斩钉截铁地说，“普通的人则忙着求生存，没时间创造出他们的语言。”讲得很是简明扼要。终有一次，新学院派的“价值化”（valorize）听起来几乎是对的：制造语言的人也就创造了价值。对尼采而言，异教的战士虽然以残忍的行为来取乐，却是顶天立地的人。尼采带着一点闹剧式的情感，称他这优越而不自觉的征服者为“金发野兽”，德文是 blonde Bestie。在这个征服者被打败之后，一切都每况愈下。

好个故事！神职人员（尼采是概括地指一种类型的人）维持他们的无能，憎恨统治阶级，投身在英雄式的自我否定之中。

他们对自己而非对别人做出残忍的行为（拒绝食物、感官之乐、以及奢侈品），这种意志的行动令穷人、弱者、受苦的人深为感动。然后为了巩固对这些群众的掌握，神职阶级中的苦行理想主义者便创造出了一个新的体系，其中不是区分好和坏，而是区分善与恶，把受苦的人划归为善，有权的强者则是恶。“伦理学”取代了本能的自然活力。借由这套戏法（尼采称之为“所有价值的价值转换”），非自愿的、心怀怨恨的弱点形式就变成了基督教的美德。臣服变成了“顺从”，懦弱变成了“耐心”，缺乏报复的能力变成了“宽恕”，生时的痛苦变成了死后的“永恒喜乐”。

犹太–基督教传统不过如此。耶稣不过如此！事实上，这篇文章中的坏人与其说是拿撒勒的耶稣——他没有表现“憎恨”，就连被钉上十字架时也是一样——不如说是扫罗那个坏心的织毯工，也就是后来皈依的保罗（后来更是变成了横扫千军的圣保罗），他的口才及怒火足以催眠众人，而他对身体的厌恶让他成为“苦行理想主义者”的最佳人选。神职型的人责怪穷人和弱者，告诉他们说他们是罪人，是他们造成了自己的苦难，但他也提供救赎，改变憎恨的方向。

> 这造假的人在此不但伪造了美德的印记，就连美德那看起来金光闪闪的戒指也伪造了，技巧尤其值得佩服。这些衰弱的、病得无可救药的人垄断了美德，这点毫无疑问。“只有我们才是善良公正的，”他们说，“只有我们才是 homines bonae voluntatis（存心良善的人）。”他们在我们之间走动，就像是活生生的责备，就像是在警告我们——仿佛健康、良好体格、力量、骄傲，以及有力的感觉本身必然是邪恶的东西，你有一天必然要为之付出代价，而且还是惨痛的代价：他们

是多么准备有素地要迫使你付出代价，他们是多么渴望当刽子手。

尼采说，“权力的意志”是世界性的。尽管方式或有不同，但每个人都感觉得到，弱者和强者都如此。

他这段话不正是描述了当代美国的某些政治领袖！这不正是描述了某些学院人士、女性主义者，以及新闻记者！这一形容完全符合基督教右派反堕胎运动的成员，那些人满口爱和神圣，事实上却做出谩骂仇恨的事！我陶醉在尼采的真知灼见中。谁不会陶醉呢？这个国家充满了恨者，他们大叫“正义！”，真正的意思却是“我和我的团体要权力”。

借由阅读，我了解到我对电影的爱仍然活着

我读完那本书，疯癫了几天，抓到人就讲尼采。夜深了，我还在电话上跟人家详细解释；写信也谈尼采，我停不下来。我比先前“发现”欧里庇得斯、马基雅维利、薄伽丘的时候还要兴奋。到了这个时候，我对“经典”的口味已经很清楚了：吸引我的是能量、游戏、活力、速度、乖张，而透过这些吸引我的东西。我间接地感觉到，不管现在文学多么急切地召唤着我，我对电影的爱不可能已经死去，也永远不会死，因为那些正是电影中我最享受的特质。然而不同之处在于：在看过难得的精彩影片，比如说斯柯塞斯的《好家伙》(*Goodfellas*)、伊斯特伍德的《杀无赦》(*Unforgiven*)、塔伦蒂诺的《低俗小说》(*Pulp Fiction*)之后，我会让自己迅速忙起来；我会坐下来写作，让那部电影带给我的兴奋引发出影评，就像一种大量消耗体力的运动，或是一系列需

要解决的实际问题。那部电影点起的火焰会熊熊燃烧，然后影评写完了，火焰也就渐渐消失。我对新的、大胆的艺术作品尽完了责任。我会在梦里继续看见它，但我的生活不会因之改变。电影最多能给人提供非常复杂的多种乐趣，但不会改变你的生活。尼采却可以。

我开始享受这一整年来我那种混合恐慌焦虑的痛并快乐的感觉——那种颠覆三观的不安，还有找准自我定位的努力。这样绕着圈，我会找到一个中心，我的中心，即使这是一个号称“自我去中心”的时代。

尼采认为猜疑自给自足和力量的感觉是错误的。他在生活中要的是蓬勃发展、自由运作、有创造力的人，具备一种自己能做主的感觉。尼采的作品讲的全是个人的力量：他支持个人的力量。我之所以兴奋，是否也因为我碰上了政治性的问题，而尼采提供了一条刺激的出路？这无疑是一部分理由。就像许多其他的人一样，我正经历一场类似危机的感觉，不信任感将我的自由派信仰慢慢冲刷掉了。我们面临许多巨大的问题，政府却似乎无力解决大部分的问题。同时，这个国家充满了“受害者”，有些是真的，有些是想象出来的，全都在赤裸裸地争取权益。突然之间，所有的人似乎都在模仿黑人国家主义者最可疑的意识形态实践，或者是像最自吹自擂的美国犹太人，我的兄弟们，只要一有人对他们稍做批评，他们就会祭出犹太人浩劫这个法宝。美国有太多人在找手铐脚镣，要套在自己自由的四肢上。

尼采鼓励人们称颂个人的意志，而非怨叹集体的命运。有好些天，我为尼采的轻视所鼓舞，像林鲍一样大放厥词，愿意去忽视美国结构上越来越明显不平等、中产阶级实际工资毫无增加、种族主义余毒等问题，等等；我忽视这一切，刻薄地告诉自己说，人之所以宣称自己或自己所属的团体是受害者，是为了避免真正失败的危险，于是他们事先确认自己的挫败，然后拿失败去向成功的人做出要求。为什么这么做？当然是为了让成功者有罪恶感。让有权力的人感到羞愧，放弃权力。但为什么不自己去获取权力？我确信不管处境有多恶劣，有能力取得权力的人都能够想办法成就其事业，至于其他的那些“受害者”就应该统统不予理会。罪恶感不会带来任何建设性的政策。在这个国家里不会，更何况有决心的人总是能踢开几扇门。

一些学生想在尼采的轻视之下挽救基督教

在哥伦比亚大学，新生的花蕾填补了光秃的水泥景色，打破了暗淡单调的规律。史蒂芬森开始讨论尼采的时候，表示在几乎没给我们任何脉络准备的情况下介绍这么一本具有爆炸性的作品，是件遗憾的事。这本书就像所有其他的书一样，就这么被丢给我们。然而，虽然我很热切地要停下来读尼采的所有作品，然后再回去读他在德国哲学界的先驱叔本华，但我仍然觉得这样粗暴地剥夺脉络、这样书生气地读书，也有其可取之处。太多的准备可能会冷却你的经验，让它变成例行公事。

课堂上，那个眉头皱起来很严肃、态度温和的韩国男孩查理·金，也就是那个想当传教士的学生，感到很忧烦，原因不难了解。

“尼采的说法是真的吗？ 犹太—基督教的特质是这样的吗？”史蒂芬森问。查理回答：“他曲解了基督教的伦理学……”但接不下去。我知道他还有话要讲，但他还讲不出来。尼采就像是踢了你的肚子一脚。

“犹太–基督教传统是反生命的吗？”史蒂芬森问。他的语气比较柔和，不像平常那么激烈。尼采主张克己自制是病态，简直就是一种攻击生命的犯罪行为。

有人叹气，有人摇头，有人微笑。“犹太宗教和文化中有肯定生命的一面，”亚伯·克恩终于说，“但每种宗教也都有苦行的一面。”这表示他默认了尼采对克己自制语带讥笑的描述。

“是的，”查理说，“但苦行的重点难道不是并不否定生命，而是要达到一种更高的生命形式吗？”他的问句在犹豫中结束。但接着有人来帮他的忙。一个性格鲜明的印度裔男孩（他来自宾夕法尼亚州）在第二学期加入了这一班，我盯着他看了好几个星期，试图回忆我在哪里见过他，而在他开口的此时——我想起来了，他的名字叫迪内许。他是上学期在哈特里楼和那个黑人女学生争执核心课程的人，问她既然那么恨西方经典的话为什么不去上别的学校。那次他的态度很强硬。但现在，也许是对势单力孤的人有种同舟共济之感，他为苦行辩护。“苦行不只是坐在那里思索而已，”他说，“更是超脱生活中的琐碎细节。”

嗯，超脱正是尼采害怕的事情之一（欧洲人对佛教思想的兴趣使他很厌恶），但我想，这些学生已经在他的轻视上踢出了几个洞。此时查理找到了他的声音，舒展了他清秀的眉头，缓了过来。

“耶稣说：‘跟随我。’跟随耶稣的方式变成了你整个生命的基础，”他稍做停顿，“尼采曲解了受苦的目的。受苦所影响的东西——那是真实的生命，不是否定。你创造出一个新的、更有力的生命。”

他一如往常，说得很慢，但很有力量：主动的信仰是力量的肯定，而非弱者的慰藉。查理通过了伟大的无神论者马克思和尼采的考验。一个有宗教信仰的学生在没有多少同伴的情形下前行，在世俗大学里比许多非宗教的人看起来都要勇敢，这是这一年中的第三或第四次。

真理的尽头

尼采对文明社会的起源提出了另一种说法。在他的版本里，残忍以酷刑和惩罚的形式出现，强迫人记住并予以拒绝：残忍迫使意图和组织持久存在，让文明社会成为可能。这种观点尤其摒除了霍布斯和洛克关于契约构成文明社会基础的想象。没有契约，只有压倒性的势力，让弱小、没有组织的游牧民族聚在一起，成为社会。在《论道德的谱系》也找不到太多支持康德或黑格尔的地方，前者认为有一项由理性推动的绝对道德法则，后者则坚持历史的主线是一个延续的过程，其中精神曲折不已地实践自身，最终成为自由（才怪）。再往回推，这本书里也找不到亚里士多德对于情绪秩序的坚持，以及他热爱中庸之道、认为那才是通往美好人生的途径等看法。

我是在出考题吗？不，只是指出核心课程的书单上有许多作品修正甚至推翻了前面的作品。如果这是霸权，它同时也自我抵触，并且比大部分的文化创造都要更不牢固。尼采和约翰·斯图亚特·穆勒？他们几乎没有一点意见相同之处。尼采也许影响了学院左派，但在那些理论家看来，尼采和穆勒同时又是那神秘铁蹄大军的成员，属于白种男人的霸权传统，是那个论述的一部分。但我不知道：要从哪个遥远的观点来看，穆勒和尼采才不会是南辕北辙、迥然不同？除了性别、种族和阶级的不同之外，对他们而言还有什么不同之处是真正重要的？学院左派挂在嘴上的文化霸权和逻各斯中心主义（logocentrism）这套说法，难道不是一种说辞，目的是想要控制甚至超越这一份广博的、充满尖锐对立思想的遗产？

只要专注一点研读尼采，你就会激动、气愤、浑身是伤。查理或许通过考验活了下来，但我不确定自己是否也如此，即使我感到那么幸福。头昏的感觉既可以让你兴奋，也可以让你想吐。马克思认为，即将到来的社会主义乌托邦会终结阶级斗争，甚至终结异化状态，而尼采比马克思还要激进许多。尼采让你有种兴奋而害怕的感觉，好像正在高速冲向某样事物的边缘——他称之为“深渊”。这种疯狂而费力的冲刺一再发生，充满一种独为现代所有的节奏，那是躁动的绝望、愤怒及勇气。“上帝已死”是尼采最有名的一句话（虽然第一个说这句话的并不是他），意思是上帝已不再位居西方意识的中心，启蒙运动之后的基督教也不再能掌握想象力，不朽和绝对法则已经消失了。价值是人创造出来的，不是什么与生俱来或可以找到的东西，不是什么在那遥远的地方的东西。这种想法把我们放在一个要完全负责的处境之中，有排山倒海的机会可以创造或者失去自己。

尼采在《论道德的谱系》的最后一部分中明白指出，放弃上帝也就是放弃了真理——不是经验性的、可观察的、可度量的真理，比方说密闭容器里蒸汽所造成的压力为多少，而是形而上的、绝对的真理，一套世界性的准则。《论道德的谱系》里有一段话对今日的学术界意义重大，在这段话中尼采戏弄了那个可能是从笛卡尔衍生而来的观念——一个独自在真空中运作的头脑可以获得真理。

但正因为我们寻求知识，且让我们别不知感激那些对惯

> 常观点和评价的彻底反转，这显然是我们的精神长期以淘气、徒然的态度自找的麻烦：以这个不同的角度来看一看，想要以不同的角度来看，对心智未来的“客观性”是相当大的训练和准备——所谓客观性并非“不带私心的观想”（这是荒谬的胡言乱语），而是要有能力控制并处理自己的赞成与反对意见，以便学会如何运用各种不同的观点和情绪诠释来求取知识。从今以后，我亲爱的哲学家们，让我们小心防范那古老而危险的虚构观念，它假定了一个“纯粹、无意志、无痛苦、无时间性的认识主体”；让我们防范“纯粹理性”“绝对精神性”“知识在其自身”这样矛盾的概念：这些概念总是要求我们思想一只完全不能思想的眼睛，一只不往任何特定方向看的眼睛，其中没有主动的、诠释的力量，但这些力量却是唯一能使看变成看见某物的；这些概念总是向眼睛要求荒谬的、胡说八道的东西。看的观点只有一个，“认识”的观点只有一个；关于一件事情，我们愈是让更多的感觉表达出来，就愈是有更多的眼睛、不同的眼睛可以用来观察，对这件事情的“概念”和我们自己的“客观性”也就会更完整。

只有在许多眼睛的观察报告之下，认识才可能达成，这个观念受到学院左派的热情拥抱。已故的米歇尔·福柯（Michel Foucault）是尼采的现代传人之一，近 20 年来对美国学术界的影响非同小可，在他的作品中真理几乎无法独立发挥任何功能。与权力运作毫无关联的真理或认识是无法想象的。某些知识系统，比方说，心理学对犯罪或性行为的所有说法——容许我们处置身体，方式是把人关进牢里，或是指出他们“精神分裂”“同性恋”，等等。如此的“话语实践”是权力的种种形式，而被用在其中的“真理”，其功能在于控制，甚至支配。所以真理并非无辜或中立的：话语通过它特别的语言制造价值并做出批判，强化了自身，任何处在话语焦点之外的东西，和话语中发挥功能的真理无法轻易融合的反常之处、都成为边缘或不存在的。行为被“真理”强迫或者忽视。

福柯的美国信徒把他的观念往更明显的政治方向推去，仿佛话语本身就构成而非发现了那些“真理”。真是个恶毒又似是而非的说法！于是，一个福柯派的人也许会说，如果我们要谈性和人格，性也许是固定的，但性别（指的是男性和女性的气质与角色）是“社会建构”的东西，建构者包括现有的性语言、经济、阶级，等等。性别中没有任何与生俱来的、自然的、本质的东西。所谓的性别特征全是建构出来的。

在美国学术界的某些地方，近年来许多关于本质的讨论都“阵亡”了。一度曾经可以当成真理的东西，现在一定要受到三位一体的决定因素——阶级、种族、性别的评定，并将语言当作一种控制性的话语来分析。白种男人统治阶级所拥有的“真理”尤其受到怀疑。这种观点（现在我们离尼采有好长一段路了）已经被延伸到文学本身，在新版的政治化文学研究中，文学并非被当成独立的审美经验，而是反映了社会情境以及语言的特定控制模子，文学是存在于这一语言中的。根据中立的观点，所有的文学都需要“历史化”——被放在历史中来看。根据极端的观点，文学则是权力罪行的“共犯”，文学语言把这些罪行遮蔽了，作者和读者都看不见。因此马克·吐温虽然表面上批判美国那浮夸腐败的“镀金年代”，但分析了他的语言和底下埋藏的态度之后，会发现原来他和镀金年代那些没心肝的工业大亨是一丘之貉。现在需要“质问”文学，以找出这样的共犯关系。

这是非常复杂的问题，我的意思也不是说尼采应该为这一切负责。他影响力的传播先是借助哲学家海德格尔（Martin Heidegger），之后再借助福柯和德里达（Jacques Derrida）。可以说，在目前学院政治化的文学研究里，他是许多潮流当中的一股。当然，最主要的潮流还是来自女人、非裔美国人，以及其他 一直被排除在权力以外的人所感到的不满，他们现在进入大学了，老师和学生都有。这些新加入学院的人迫使我们问出了诸如此类的问题：我们的经典是否有偏见？比如说，女性主义便将法国理论的元素与其本身的反抗能量相结合，现在一些女性主义者以某些言说模式——父权的模式——的角度来分析西方经典，这些模式使女人变成沉默或边缘的一群。这些批评家细审过去，察觉到女性作者是如何为了挣脱而奋战。有些拒绝使用父权的语言；另一些则试图调整那些规则以为己用，却因此受到蔑视。简言之，女人要么是被迫讲主人的语言，要么是讲自己的语言却被当成微不足道。因此我们评断文学价值的基准本身就被包含在男性支配的话语当中。依此论点，“标准”对女人来说是一场有人作弊的游戏。

这些说法都是很有用、很有启发性的分析工具，但这工具也可能变成一种恫吓。如今在大学中，阅读常常被阅读的政治所取代。近 20 年来，在某些地方经典简直是任人宰割。现在谁会说哈丽特 · 比彻 · 斯陀（Harriet Beecher Stowe）的《汤姆叔叔的小屋》（*Uncle Tom's Cabin*）或苏珊 · 华纳（Susan B. Warner）的《广大世界》（*Wide, Wide World*）比不上霍桑（Nathaniel Hawthorne）的《红字》（*Scarlet Letter*）？ 将华纳或斯陀的小说评断为次等作品的基准——说这些书过于情绪化、像通俗剧一样、有政治宣传意味，等等，现在本身在政治上就受到讥讽了，不是吗？要是男性评论家说霍桑“重要”而华纳“次要”，难道他们不就是在用没完没了的循环论证加强控制力吗？所有判断一本书伟大与否的传统基准——形式复杂、道德观念掷地有声，等等，都可能是政治化或自私自利的；一般所谓的经典就是在其本身时代已经结束之后仍不过时的作品，这种说法也可能混淆视听。毕竟，被当作经典的书可能吸引一代又一代的相同利益的(男性、白人)读者群。简言之，没有任何定义经典作品的基准是纯粹“文学”的。

我拒斥这种论点，意思并不是说经典是不可改变的。文学是人的东西，不是一条理想化的轨道，每一代的文学学者都会为评断加入新的价值观、“发现”之前被忽略的作家，比方说，T. S. 艾略特称赞约翰·邓恩（John Donne）以及其他的玄学派诗人，贬低雪莱(Percy Bysshe Shelley)。在艾略特之后，经典又有改变；也许在每一个充满活力的文学世代中，都盛行打倒偶像之风。我反对的不是新的价值观，而是一竿子打翻所有先前评断的企图，以及不只针对过去学者、更针对文学本身的不可避免的攻击。在学院左派中，幸存的文学作品经常被认为是带着某种罪疚。无害的、天经地义的事物是不存在的（任何变成强势话语一部分的东西都必然满足了有权力者的某些需要）。在最严苛的情况下，这是在对艺术本身进行道德攻击。

“激进”学院人士的会议

尼采坚称真理是观点问题，从此造成了一阵旋风。现在我一边想着这些东西，一边记起了第一学期初，10月的时候，我所参加的一场会议。来自其他大学的一些学者来到哥大，聚集在谢莫宏楼也就是自然科学大楼的大演讲厅里。大学世界里多的就是这样的会议。从20世纪80年代末一直到20世纪90年代初，都有大麻烦在酝酿着：英文系、比较文学系、历史系受到围攻。大量的书籍、文章、杂志封面故事，以及公共人物的言谈，都炮轰或至少质疑学院左派对西方经典和西方历史所采取的新方法、新态度。批评的人不只是右派，也有左派和中间人士，于是现在大学里的社群开始反击了。这些教授突然被唤醒了，看见了自己的弱点，抱怨别人对他们讲解错误或者大惊小怪，并且背后另有政治意图。

以会议而言，哥伦比亚的那一场不过是小意思，完全比不上现代语言协会的盛大年会，或者众多关于“文学与性别”“文学与种族”之各种方面的学术会议。这场会议不过是有野心的研究生拉来了一小撮人。会议中有一场演讲是我想要与之争辩的（稍后），但大部分当时说的话等到本书出版时都不会再有什么重要性。在此我不详述他们对西方经典的标准的攻击，你也已经可以自行想象了。然而，让我惊异的是他们发言时那种冷漠厌恶的语调。我沉默地坐在那里抄笔记，想道：“他们不爱文学。不爱文学。”

但是，也有一刻我是感到同情的，为我的敌意感到羞耻。那些发言的教授中有些是在大型公立大学中任教的，他们有许多少数民族的学生都辍学了。身为老师的他们，所面临的两难处境是很痛苦而且可能无法解决的。他们能做什么？那些学生受到的中小学教育很差，并不具备大学教育基础。一旦上了大学，他们通常因为缺钱而去打工，待在校园里的时间也就变少；其中有些人也许缺少长时间安静念书的习惯，而这种习惯在中产阶级和中上阶层家庭里则比较容易养成。我想，这些老师愿意与之前没有机会受高等教育的人沟通，这份心是非常高贵的。

身为记者的我没有做过什么可以比得上他们的事，我也因此毫无保留地钦佩他们。

但之后我的同情就消失了。发言的人并未公开点明他们面临的问题，却攻击大学的课程和架构。如果学生觉得无聊，因而辍学，那么一定是课程或书本有问题。他们把一系列极为复杂而根深蒂固的社会问题，比如美国社会的不平等、贫穷和种族问题，变成了对西方经典的攻击。

我在橡木板的椅子上动来动去，试图找出一个比较舒服的坐姿，确信我叹气的声音大到足以让所有人警觉到有一个间谍混在他们当中。但没人注意到，也没人说什么。这些人是怎么了？他们观点激进，却疲于应付；他们缺乏熊熊燃烧的信念；他们讲述着文化左派的既定真理，带着一股没有出路的冰冷愤怒。打倒偶像变成了陈腐的正统。研究生的发言不错，但不值一记，因为只是照章引用当下的神祇，包括福柯、拉康（Jacques Lacan）、杜克大学英文教授斯坦利 · 费什（Stanley Fish）的话。学生们说出的话内容激进但语调逢迎。以本人而言，这些学生胆子小得跟老鼠一样。他们一看见任何有名的教授就机灵地悄悄迎上前去，大点其头表示同意。革命分子？激进派？这是求职大会。这些拥抱“理论”的研究生是大学里的投机分子、内线玩家，顺应当前人文学科里的强势文化，主要为女性主义的、新马克思主义的、多文化的、新历史主义的、反经典的，等等。求职的压力推动了迫切的人云亦云。

我同情他们，但我不钦佩他们，而我也知道要求真正激进精神的穆勒看到他们会很丧气。反学术派的学者卡米尔 · 帕格利亚（Camille Paglia）在她许多慨叹的文字里都蔑视地描写过这些人，而且描写得很好。研究生是大学世界的公民，而现在我看出，他们对课程所做出的激进批判，有很大一部分显然只不过是要争夺地盘、引人注意，还有在什么地方弄到一份工作。所以何必生气呢？他们只有在大学里才能发挥效力。我生气是因为他们不爱文学，而教我们的孩子英文、历史、哲学、社会学、人类学，还有科学的却正是这些人。我的儿子们竟然会上这些灵魂枯竭的神职人员的课。

另外一件事是：他们的语调。校园里的文化左派就算从尼采那里接收到了权威，也只是很遥远的；就算他是他们的守护神、不神圣的上帝，也只可能是通过许多层的转折、思索和改变。尼采不是多元文化论者，但就如韦司特所言，他自有他的影响力。"真理取决于观点"这一观念在朝许多方向发展，每一个方向都具有颠覆性。但陷阱在于：学院左派中最愚蠢的一群，正是尼采充满着恶毒的恨意所描述的那种苦行僧式的人（"他们在我们之间走动，就像是活生生的责备，就像是在警告我们……"）。

他们以正义之名剥削憎恨，把他们的愤怒对准强者。"憎恨学派"，评论家哈罗德·布鲁姆（Harold Bloom）是这样称呼他们的，很明显他是一边想着尼采，一边把这些理论和文化研究的方法态度归纳在一起的。

那么你要问，那些最要命、最人云亦云的左派学者憎恨的"强者"是谁？去过哥伦比亚的那个小会议之后，我很清楚地看出"强者"不只是有权力的白种男人，更是文学本身。学院左派创造出了权力和受害者的道德化寓言：人们受到伤害，因为他们上的课没有直接代表他们。黑人和女人的力量被削弱，因为他们读了荷马、柏拉图、莎士比亚、黑格尔和弗洛伊德，却没有同时也读黑人和女性作家的作品。这种说法有优点吗？人们真的受到了伤害吗？这是个好问题，值得探讨，但不管是否值得赞赏，这些观念已经成功地让大学感染了愧疚和羞耻感。于是尼采式的伦理喜剧完成了：尼采的一些后继者已经变成了他所鄙视的那种人。这就是我在找的那个“笑话”。

恢复同情心

等到史蒂芬森第二堂讲尼采的时候，我晕陶陶的状态已经逐渐结束了。《论道德的谱系》对权力、文化、道德做了突出的分析，但这是一种非人类的观点，几天之后对这一点我就很清楚了。为什么少数具备高贵精神的人的自由和强健就应该比多数人所受到的持续压迫来得重要呢？尼采是在揶揄 19 世纪的实用主义，以及它那老掉牙的谋求“最多数人的最大福利”的希望。但他用以取而代之的是一种具有审美本质的人生观。那些有权力的古老贵族战士、那些金发野兽或现代的拿破仑们，他们凶狠、冷漠、大胆，像艺术品一样——精神的雕塑，雄伟而纯粹。尼采愿意拿我们的肉去献给他们。但这种对本能的理想化，因为有被虐而荒唐的成分在，几乎成了有力量的色情了。也许尼采毕竟还是个法西斯。

我们有些人也许能够同意他对保罗式基督教的批判，但却不能放弃正义的理想，以及尽可能减少人们受苦的目标。蓄意的残忍是不可原谅的，就像田纳西 · 威廉斯（Tennessee Williams）在《欲望号街车》（*A Streetcar Named Desire*）中所说的一样。这种准则跟演艺业的关系可能比跟哲学的关系更密切，但我喜欢它的简单和同情心。这是看起来有道理的道德规范的一个出发点——也许是唯一的出发点。而我现在想起来了，就连在《伊利亚特》中也有微弱的同情之光。在诗的结尾，特洛伊之王、赫克托耳之父普里阿摩斯晚上来见阿喀琉斯，跪倒在他脚边，吻他的手，想把儿子的尸体讨回去安葬。这位老人让阿喀琉斯想起自己的父亲，为他所受的痛苦而动容，而拉第摩把阿喀琉斯的感觉翻译成“怜悯”。

> 他们的悲声在屋中回响。然后
> 伟大的阿喀琉斯身心都受尽
> 哀痛和激情的满足，于是
> 他从椅子上站起来，拉着老人的手，让他
> 站起来，因为怜悯他灰白的须发……（XXIV，512~516）

田纳西·威廉斯的话可以扩展如下：容许可预防的残忍行为发生是不可原谅的。1996 年，共和党正提议把许多没有明显维生能力的人（五年之后）剔除在社会福利补助名单之外，似乎是希望这些人会突然啪地一拍脑袋然后说：“现在我必须要从事生产，变成一个银行职员！”或者“现在我必须在麦当劳工作十年，然后变成经理！”没有职训计划帮他们培养技能，没有政府或私人的计划来教他们怎么当银行职员，何况也没有银行会雇用他们，因为银行正在大幅萎缩，一家家地关闭了内城区的分行。不需特别训练的劳动工作机会正在迅速减少。但共和党的幻想（或者说得更犬儒一点，共和党的谎言）是这样的：穷人会被逼得开始从事经济生产。人们终究会发现这种幻想是个残酷的骗局，是拖延终结社会福利计划这一议题的新手段，然后人们会厌恨它。所有现代民主国家都是建立在防止残酷行为的前提下，不管它们的努力有多少问题。自由派的理想主义在体制上也许失败

了，但它所面临的巨大问题也不见得能用保守派的“现实主义”处理多少。等到保守派的解决方法也失败之后，人们会试其他的手段。

美国人仍然可以给予受害者必要的同情，而不向自认为受害者的要求投降，也不否认自己的真实感受、把自己变成畏缩的伪善者。查理·金说得对。怜悯也可以是一种力量的形式，而且不仅仅是报复性的力量。在索马里、卢旺达、波斯尼亚的救援人员并不像尼采所描述的那些苦行理想主义者，他们一点也不符合尼采咒骂的内容。他们看来是强壮而且头脑清醒的人，对自己不能帮那些无辜受苦的人更多忙而感到气愤。

不管苦行理想主义者在大学里有多少，在别的地方这样的人多半已经消失，而战士的规范则存留在我们对运动员的崇拜和工人阶级文化的阳刚态度之中，在“二战”后惊人的转变中，这种文化已经变成整个社会的大众文化。文化上，美国只能被称为新异教式的，充满享乐主义的狂欢视听氛围，献身于流行音乐、舒适生活，以及美貌与感官健康的理想。流行，电影，MTV，当地的健身房——我们就是金发野兽。

我叹了口气，放开手。我不再头昏眼花，那种满不在乎的兴高采烈结束了。我从尼采身上学到了很多，然后我拒斥了他。

又是相对主义

“尼采是否前后不一致？”史蒂芬森问，他正在上紧发条，又开始加劲。“哲学家海德格尔 1920 年间所做的诠释十分有力。要是尼采摆脱了真理，形而上学的真理，那他怎么能称权力意志为永恒循环（eternal recurrence）？要是真理取决于观点，那么他说一切都是权力意志的问题，这种论证又是以什么之名做出的？这是什么样的主张？”

“他把欧洲的准则世界化了，”曼努尔说，“权力意志是一种欧洲的观点：一个人在权力中实现自我，就是成为人。但他不认为非洲人有权力意志。”曼努尔的对头诺亚发话了：“在殖民主义进入非洲之前，非洲就有奴隶。为什么权力意志不能是非洲的？”

“他说了什么大卫·休谟没说过的话吗？”史蒂芬森没接这句话，继续说下去，“休谟说道德是约定俗成而非超越历史的。对吧？休谟提出了准则的社会学，建立在我们赞同和不赞同的事情之上。没有单一的真理，没有单一的一套标准。”

史蒂芬森又回来踩相对主义的议题这一只痛脚。据亚伦·布鲁姆及其他人的说法，尼采开了相对主义之先河。“我们现在的政治，”史蒂芬森说，“是尼采式的：我有我的，你有你的。18世纪对政治的理想是，一群具有理性意志的人聚在一起做决策，那种想法现在已经解体了。那种理想已经死了。尼采指明了不同之处，这点使他成为现代的知识分子。”

但史蒂芬森坚持说相对主义这个议题是假的。他提高了声音，话说得比平常还要大声，语调有些愤愤不平。

“即使保持尼采式的观点，”安德斯·史蒂芬森说，“仍然可以谈好与坏的问题。所谓不是绝对主义者就是相对主义者，或者不是相对主义者就是绝对主义者的观念，你们还是彻底放弃吧。你尽可以爱怎么历史化就怎么历史化，却仍对某件事是善是恶采取立场。正因为你不能在理论上以绝对的方式这么做，你仍然可以假定一个世界性的准则。”

他停了一下，以确定我们都听懂了。然后他加强语气说：“如果准则只存在于个人与个人之间，就不可能有社会。你可以假定世界性的准则。比方说，一个国家不应该被侵略或被彻底摧毁。当然，在每个不同的例子当中你必须把历史语境因素列入考虑。但若认为你不能做出判断，这就错得离谱了。纳粹把种族屠杀变成准则。我们会说我们不能判断吗？”

他以前就这么说过，但从未说得如此强而有力，让我感到轻松了好多好多。我已经在政治层面上重建了一半的自己：我不会认真看待自称受害者的虚假要求，但真实的要求仍然具有十万火急的迫切性。现在我也认识到人们不能真的用尼采来允许一种浅薄的相对主义。我和尼采以及学院左派一样，不相信有形而上的真理。用术语来说，我不是“基要主义者”。也就是说，我不相信价值存在于人类的实践之外。相反地，价值存在于我们所给予的任何形式中。但是，你仍然可以做判断——在现实人生里，也延伸到文学里。我们不需要什么基本观念，一种“先验”或“世界性”的文学价值观念，才能说简·奥斯汀是个伟大的作家，值得研究，而爱丽丝·沃克（Alice Walker）则不然。反之，若是要为乐趣辩护的话，你必须从头讲起。我讲简·奥斯汀时就发现了，最复杂的乐趣是需要为每一代都重新制造的。

学术左派的成员否定这一点，将其斥为某种反动的塑造行为，也就让自己也几乎站不住脚，因为这摧毁了我们之所以有大学、有书单的根本原则。所谓的书单，必然排除了绝大多数在那之前写出的作品——否则书单只会是一团大乱。代表人民是民主政治的理想，抨击经典的学院左派把它搬到文学的领域来是不妥当的。他们放弃了历史，放弃了自己的判断，居然让市场原则来左右课程。他们的起点很高尚，好像尊重每个人的文化都是平等的，但却有漠视一切的危险。

我们上尼采的第二堂课结束了，我走出数学楼。我的右边是校园的宗教活动中心厄尔楼，楼前开放着鲜艳美丽的杜鹃花和风信子，或者随便什么名字。我对遥想中的普林斯顿的渴望已经过去了，此刻我走下娄氏图书馆的台阶，穿过底下摆设起来的小型中东市集。台阶下摆起了摊子，用长桌子和不起眼的架子陈列出他们的货品，有衣服、首饰以及伊斯兰和黑人国家主义的读物。扩音器里传来摇滚乐，学生们闭着眼睛仰着脸坐在阳光下。哥伦比亚校园正在全心全力地绽放它的美丽。

插曲七

在上一章中，我说哥伦比亚那场小型会议里有一个人的演讲是我要认真对待的。演讲人是凯瑟琳·史蒂普森（Catharine Stimpson），当时她担任路特格（Rutgers）大学研究所的教务长，也是MLA的前任会长（现在则是麦克阿瑟基金会奖学金计划——又称为“天才”奖学金的负责人）。史蒂普森是个对学院政治经验丰富的官僚，也是个亲切和蔼、有同情心的女人，她呼吁要有比传统核心课程“更受欢迎的叙事”，意思是新的核心课程要能代表每一个种族团体（“一种包括少数族裔的广阔叙事”）。后来我在哥伦比亚听过史蒂普森的另一场演讲，内容十分类似。显然，“更受欢迎的叙事”是她所固守的一个观念。在此我引用她之前写过的关于这一主题的文章，以正确表达出她的立场。

> “核心课程”的梦想，本质上就是排他的，程度经常强到具有毁灭性。今日有些最具力量、最能疗伤止痛的作品，都是20世纪前期的核心课程所看轻、边缘化或忽视之文本的还原。这些文本的作者包括美国及其他地方的有色人种，迎合大众、带给人乐趣的人，如《疯狂猫》（*Krazy Kat*）漫画的作者乔治·赫里曼（George Herriman），以及各种族、阶级、身世的女人。爱丽丝·沃克读过卓拉·妮尔·贺斯顿（Zora Neale Hurston），并重写了伍尔夫。还原这些文本，在一个更为民主、更平易近人的教室里，不断努力让非传统的学生得到他们自己的传统。（《改编》（*Change*），1988年3~4月，p. 28）

据我理解，史蒂普森的看法是这样的：进入哥伦比亚等大学的学生，要面对某些被标明为经典的书籍。尤其是，如果这些文本是被汇集在“宝典”课程中，就围绕着一层神圣的气氛，这些书被神圣化了。在这种情形下，想想一个女学生或非裔美籍学生可能会有什么情绪。如果她发现这书单并未直接代表她自己，她可能会觉得受到伤害，甚至受到羞辱。毕竟，她说不定是全家第一个上大学的人，她可能处在一个脆弱的位置上。为了要给这样“非传统”的学生一种归属感，何不让书单更多元化呢？何不在经典作品之外，同时纳入直接代表了这些学生的经验的书呢？

一点最新资讯：在那些仍然设有类似文学人文和当代文明课程的大学中，许多都纳入了女作家的作品，还有些纳入了黑人作家的作品。所以，在一定程度上，像史蒂普森这样的批评已经为人聆听并做出行动了。

但且让我们把这一点放在一边，来讨论她的论证的情绪核心。的确，有些学生如她所想象的感觉到痛心；我听过哥伦比亚的黑人学生表达他们的愤怒（见插曲一和插曲二），因为核心课程中没有黑人作家的作品。然而，许多学生并未感到这种愤怒；有一些非裔美籍学生告诉我说，相反，要是文学人文课或当代文明课的书单上出现了比方说一两个黑人作家，他们会觉得好像是别人在对他们施恩一样。他们说那样只是在做“表面文章”；他们（我想是很恰当地）认为那样不过是企图安抚他们，他们和许多女性都接受了由历史塑造而形成的书单。

几千年来，任何想要投入文学、哲学、艺术的伟大工程的女性都受到阻碍和挫折，她们的作品受到忽视、丢弃，不被传抄或印行。黑人的书写文学文化来得比白人迟，部分是因为国家的发展过程不公平，部分是因为没人教当初被带到美国的奴隶读书识字，而他们若是想自学，就会受到惩罚。然而，奴隶和曾为奴隶的人也写出过一些极为优秀的叙事。以弗雷德里克·道格拉斯或者后殖民时代重要的非洲作家如尼日利亚小说家、评论家契努瓦·阿契贝为例，我们能否说他们和柏拉图、康德、尼采一样适合列入这门课程？道格拉斯是个伟大的作家，但他和黑格尔的伟大之处不同。他不像当代文明课里讲到的作家那样，普遍对西方产生过重大的影响。在大学里读他，有其他的方式（在美国文学、非裔美国文学、历史等课程中）比在当代文明课上读他来得有道理。

换言之，缺少黑人作家以及女性作家作品，正强烈地表明了过去他们所受到的压迫。但史蒂普森忽略了这一点。她的评语（她的立场很能代表许多人的意见）所表达的观念是，大学教育应该让人更喜欢自己。感到他们自己文化资产的价值和力量，会让他们更喜欢自己。当一门核心课程的课代表了他们，他们就更能确立自己的认同和信心。

我承认，我的第一个反应是想大笑。什么喜欢自己，什么“还原”，这是什么胡言乱语？不需要引用尼采，也可以看出这种病房式的文化观点态度有些软弱黏腻的地方，其中受了伤的书本和颓唐的学生接受学者的疗伤止痛，好一幅沮丧的景象。卖弄这些关怀，跟艺术和精神到底有什么关系？任何一个强健的人难道不会谴责它的平庸吗？如果有些学生真的需要这种过分斯文的对待，就应该让他们的需要决定其他人该读什么吗？在学业和工作上达到高标准，难道不会让你真心喜欢自己吗？张德培之所以优秀，是因为他小时候有人拿了一份中国五大网球高手的名单给他吗？人生不是这样运作的。

我的第二个念头比较清醒一点。我受到朋友的刺激，了解到我没有权利嘲笑文学的治疗功用。毕竟，泰勒在开学的第一天说到了“建立自我”；泰勒显然是要让学生坚强起来面对人生旅程。他的意思是，文学人文课的书是独特的，学生会在这些作品中找到自己、塑造自己。而夏皮罗攻击学生的沉默和恐惧，显然也是在进行一种比较强硬的治疗，寻求让他们形成新的品位与敏感度。至于我自己，我是在寻求乐趣，但也是在寻找我的人生，而我也的确找回了一些记忆、性格和欲望，本来我以为它们已经失落在中年的词不达意和媒体的杂乱无章当中了。读《李尔王》让我看见了在我母亲晚年时我对她矛盾复杂的感情，以及我对待她的方式有哪些长处和短处。难道我看不出来，这些书让我有直接的反应是因为它们所代表的传统为我所熟悉并接受吗？

嗯，答案既是，也否。我并不寻求史蒂普森所指的那种狭义种族认同的代表性。无论如何，如果我们照字面来理解身份认同的观念的话，书单上唯一直接代表我的只有《旧约》。而再怎么说，《旧约》都是最遥远、最“他者”的读物之一。是的，我是男性，但这个范围太大，没有任何真正的代表性意义。我只从男性作家身上学到东西吗？我拒绝这种观念。我有“男性”的反应，但也有“女性”的反应。我有许多的自我，就像蒙田可能会说的一样。我读简·奥斯汀的时候得到的自我认识和读歌德、读塞万提斯的时候得到的一样多，也许更多。可能我从伍尔夫身上也会学到很多。至于荷马、欧里庇得斯、柏拉图、奥古斯丁、康德、黑格尔，我从他们身上学到东西是因为他们跟我截然不同。这些不同之处比我们都是男性这一点相同之处要大得多了。我必须努力才能读懂他们，就像学生们得自己努力才能读懂课程里几乎所有的书。这才是真正的治疗——费力扩充自己，以便吸收一个比你自己伟大得多、智力高超得多的人的思想；而这项任务是困难的，不论是对白种男性还是黑人、对男人还是女人。这种扩展而非自我确认，是人文教育的真正目的。女性和少数族裔的学生需要不停地自我扩展，需要努力用功，有时候他们可能会扩展得暂时变了形。但他们生活中的其他一切，包括他们所读的其他书、他们的朋友、他们的性灵信仰，很快会来修复这些拉伤的肌肉，然后他们会成长。如此何来伤害？大学生没有这么脆弱。

种族和性别代表性的议题范围太狭隘，无法提供任何严肃的教育意义。这种观念是误从民主政治中借来的，因为在民主政治之下，人民的不同物质利益和权利都需要在立法机构里得到代表。国会和书单是不同的两码事。在学校里，即使学生没得到“代表”，他们还是可以享受一些书，并从中学习。他们可以和那些书争斗。一个非裔美籍的大四学生在临毕业前告诉我：“要是文学人文课里的书没有一本能打动你，那你一定是石头做的。”他和我一样，最感动于《李尔王》。对夏皮罗班上的亨利而言，最令他感动的是尼采。对另一个我交谈过的非裔美籍学生而言，是马克思。他们各有偏好，但无论如何，他们都是不折不扣的非裔美国人。

第二十六章　波伏瓦

波伏瓦并非仅仅将女人写成了受害者，还认为男人也同样为性的辩证思维所塑造。宽广的经验，开阔的心胸，没有怨恨或特别的申辩——《第二性》这本书背后，有着宽宏大度的人生观。

“收回那一夜”与能说“行”也能说“不行”的权利

一群学生站在那里，紧张地来回跺脚，互相瞄来瞄去。我们在哥伦比亚的姊妹校巴纳德门口等那些女生，这是117街和百老汇的交叉口，对街就是哥伦比亚校园。女生们在那边，在哥伦比亚的建筑后面，可能还隔了一两个街区。绕着那块四方形的地带走来走去，我们可以听到她们游行的声音。一种奇怪、凶狠的声音，在百老汇上空持续高频回荡。咿…… 咿……咿！咿……咿……咿！下着蒙蒙细雨，巴士和速度很快的计程车在路上开过时发出沙沙的声响，但那声音穿透了街上的噪音。那些呼喊和尖叫到底是什么？咿……咿！听起来像是电子反馈（electronic feedback）。夏皮罗班上的朗吉也在那里，他是个有印度血统的英俊小伙子，我们彼此沉着脸点点头；他的女友也参加了游行，他在那里等她。

女生们——她们是哥伦比亚和巴纳德学院的学生，从116

街上的哥伦比亚校门走了出来，穿过百老汇，向北朝巴纳德行去。那声音变得比较清楚了。有些女生在尖叫，舌头都能快速抖动，让人想起非洲或是阿富汗，当那些伊斯兰游击队离开村庄去和苏联坦克对抗的时候；另外还有很多人在吹哨子。尖叫加上哨声！这种组合真令人丧胆。我想，这种声音的反人类特质，只可能是蓄意的。女人也可能是陌生、敌意的，就像嘎嘎碎裂的电子在讨厌的愤怒中撞击。反馈！女人也可能和男人一样没人性。真正的意思是这样的，不是吗？男人应该被吓到的，这是他们自己令人不悦之处的压缩版本。

游行者拥进巴纳德的校门，在巴纳德楼右转，停在里曼楼前面潮湿的草地上。朗吉找到了他的女友，他们一起走去；其他的男人跟着女友，或只是朋友，一起到了草地上。时间是 3 月底，每年一度的“收回那一夜”在美国许多校园里都会举行。当晚活动的第一部分是绕着哥伦比亚游行（男人不许加入），此时已经结束。现在是十一点左右，第二部分开始了。里曼楼外的石质平台上立着一只麦克风，女生们排队发言。

“不要去男生兄弟会。我被扭倒在地上。我势单力孤，被压倒了，毫无希望。我什么也不能做。真不敢相信我居然去了三次……”

“我父母（译者注：原文如此）强暴我。我父母一再强暴我。我学生时代一直被男生和男人强暴……”

“五年了，现在我才说得出口。当时我是高二生，我过得很快乐；我是个处女，我很快乐。我遇见了一个乔治敦来的男生，他很可爱。不是所有乔治敦的男生都是好人。他叫作约翰。要是这个人出来选国会议员，不要支持他！他很可爱，我和他一起去参加舞会，然后他给我喝伏特加——后来我才知道他给我喝了这么多，自己喝的却很少。我昏过去了，但我记得的最后一件事是我在说‘不’……”

雨停了，我坐在雨衣上，在后面，靠近这群人的外围（大约有五六百个学生），在笔记本上尽可能记下最多的故事。不论这些言谈还有什么其他的意义——事实上也有很多其他的意义——对我来说都好像是个病态的玩笑。我不是要学生说出他们的故事吗？我们讨论《奥德赛》的时候我不就是这么希望的吗，要学生讲出一个能宣示她自己是谁的故事，就像忒勒玛科斯离家时所讲的故事一样？我不过是要一种稳固的身份感，而非这种美国式的讽刺和试探性。嗯，这些故事正在告诉我这些女人是谁，而我却感到懊恼沮丧，因为这些说故事的人都是受害者。“收回那一夜”的女人所宣示的身份只有这一种。

我是抱着好奇的心理去的，除了想看看这活动是什么样子外没有其他的想法。但在我聆听之际（之后的几周中这种反应甚至更强烈）这些故事和我们一整年读到的核心课程书籍互相召唤着，那声音不是很清楚，但却很喧闹，让我无法忽视。

在我们的社会中，性生活是灵魂的世俗外衣之一。自然，那些女生所说的故事很大一部分与凌辱有关，但也和灵魂有关，和应该怎么处理痛苦、怎么面对人生有关。你要如何建立自我，建立一个公众的自我？这些女人悲痛、愤怒，她们就像《埃涅阿斯纪》或《李尔王》或《傲慢与偏见》里的男女一样有着她们的经历。你要如何处理困难甚至悲剧？这些故事，以及说这些故事的行动本身，和通识教育的目的、和核心课程的目的都息息相关。里曼楼前面的女生很多是巴纳德而非哥伦比亚的学生，因此没上过核心课程，但我傻傻地希望有什么方法能让她们听到那些书所说的话，有什么方法能让那些书进入空气中，改变她们。

核心课程与此有着扎实的关系。要是没有女性主义运动，“收回那一夜”是不可能发生的，而女性主义中最值得注意的一些文本本身就已经变成了“宝典”的一部分。我们在文学人文课上读萨福和伍尔夫，在当代文明课上读克莉斯汀·彼森的《女性之城》(*Book of Ladies*)、玛丽·沃尔斯通克莱夫特(Mary Wollstonecraft)的《女权之辩》(*Vindication of the Rights of Woman*)选段、西蒙·波伏瓦(Simone de Beauvoir)的《第二性》(*The Second Sex*),以及美国法律教授凯瑟琳·麦金农(Catharine A. MacKinnon)的一篇文章。我希望这些文本能给西方经典里关于女人的一些沉默之处提供答案，它们也的确做到了。但“收回那一夜”的几个星期后，在我们开始读波伏瓦的时候，我一直在想，一个当初要带给女人完整自我的运动，在各种展现方法之中，怎么会产生像“收回那一夜”这样的活动。

在哥伦比亚–巴纳德的校园里真正发生过多少宗强暴案？报案的只有一些。当然，女人不太容易控告她们认识的男人，因 此数量的问题可能永远不会有精确的答案。无论如何，那个晚上 并非哥伦比亚独有的经验。女人永远处在被围攻的状态下，这就是重点。而那些故事讲了好久、好久，一直到清晨还在继续。女生一个接着一个说，有些人显然是连续两年或三年描述她们的经历了。她们是一群见证人在做告白，一群“幸存者”。许多人在麦克风前哭了出来，依靠听众一再鼓励才能把故事讲完。“不是我们的错！ 不是我们的错！”观众吟诵着，还有加油及安慰的喊声。

一个男人听这些故事，就像一个女人无意间听到男人在讲战场经验一样。这些叙事令人震撼，但也是陌生的、有时还是扭曲的。在监狱以外的地方，男人鲜少被强暴。我身为受到保护的这一性别的成员，看到至少是对这些女人而言，强暴这件事最令人痛苦之处不在于被强迫并遭受违反她们意愿的侵犯，虽然这本身也是很可怕的经历。最令人痛苦的是被背叛。当晚在场的有些女生说她们是在公园里，或在海滩上被陌生人攻击。但许多案件却是被朋友或家人攻击的。小时候有叔叔虐待她们，或者她们先前信任的男人，比方说，暑期打工的同事在晚上某个地方攻击她们，在野外，在中央公园，在兄弟会的舞会上。那些男人表面伪善地接受了这些女人的友谊和信任，但在暗地里他们歪曲了女人的意思，然后以暴力和性攻击的形式抛回到这些女人的身上。这些女人被强暴了。那些人背叛了她们的信任，让她们怀疑：她们出于友谊的行为是否在某些方面鼓励了攻击行动？于是她们的愤怒上又添加了悲痛和罪恶感。

但不止这样。那天晚上我听到不同种类的恶劣遭遇。有些故事讲的不全是强暴。有大约三分之一的故事的模式是这样的："我和一个男生约会。他看起来是个很好的人，我们到他的房间（或我的房间）里，喝了几杯酒，听音乐。我们接吻，东摸西摸，一起躺在床上，但然后我说'不'，他还是继续，我说'不'，然后他强暴了我。现在我充满了愤怒和罪恶感，我再也不信任任何人了。"

一年之后我第二次去参加"收回那一夜"，听到了约会强暴这类校园故事的许多不同版本。我的反应和"变节"的女性主义者卡米尔·帕格利亚及凯蒂·罗伊夫（Katie Roiphe）在其书中所描述的一样：怀疑和讥笑，气愤，最后是绝望。

如所有女性主义者所言，说"不"的权利是不容争议的。"不"就是"不"，不是"几分钟之后再试一次"。但我不懂为什么女人不该负起一部分责任，掌握、控制住那个晚上的许多阶段，一直到“不”的那一点。

女性主义的最中心就是责任和自由。这是女人教我的。对我这一代的四五十岁的女人而言，她们说“不”的权利已经变成不容争议、确凿无误的了，但她们也为了说“行”的权利而奋战过。她们为了比较自由的性生活而挣扎过：她们要有权选择和拒绝她们的伴侣，她们要能和某人上床而不需要受到父母、朋友的蔑视。她们的革命只成功了一部分：有时候，男人趁机滥用女人说“行”的权利，使得她们感到被利用了。但女人终结了（我们曾经以为是永久终结了）将女性区分为非处女即娼妓的古老二分法。说“行”和说“不”的这两种权利，现在同等重要，而且绝对互补。将接受和拒绝、吸引力和漠不关心交织在一起，就构成了女人爱情生活中“性”格的长处——也就是她的品味、她活生生的个性、她的神秘所在。除了极端保守主义者，不是每个人都这么相信的吗？但在“收回那一夜”中，我没有听到任何一个女人说，即使男人背叛了她，也不会损害她享受乐趣甚至享受爱情的权利。

我空等着有人发出这样认识自我、肯定自我的自豪语调。我等着那些约会被强暴的“幸存者”说：“让对我做出这种事的那个混蛋在地狱里烂掉吧。我要对抗他的邪恶活下去。我不容许他的力量发挥在我身上。因为他什么也不是，我最重要。”要是那些女人这样说，我会欢欣鼓舞。但很多人说的却是类似这样的话：“我的感情生活已经被毁了。我永远都感到羞耻。我受了伤害。我无法接近任何人。”

我从女人对强暴的恐惧联想到自己对街头罪行的恐惧

强暴这一可怕不堪的事实已经被耸人听闻、自吹自擂的强暴文化取代，成了一整套令人生厌的系统，包括了游行、聚会、读书会，让人不得不回忆和细述那个事件，任人添油加醋、容许它控制自己的人生。她们放弃了自由和责任，把自己重建成支离破碎的“幸存者”。“收回那一夜”的目的不在于改变男人的行为，而在于女人以一群受到损伤的个人的身份寻求彼此的团结一致。受到损伤是加入的条件。这容易使人更想把自己看作受到损伤的。要是一个女人说：“那对我来说是恶心的一夜，是一个令人厌恶的经历，但它并没有毁掉我的人生。”她是不会受到欢迎的。我也没听到任何人这样说。依照这种想法，所有的女人都是被强暴族群的成员，所有的女人都受到了损伤。一年之后，校园里的一个组织叫作“强暴危机中心联盟”的，开始谈到所谓的“可能的幸存者”。

我认识一些我这个年龄的女人，她们曾经在不想发生性行为的时候被强迫或被说服去做了。多年以后，当她们谈到这些事件时，除了表达愤怒，同时也显现了轻蔑。这些“幸存者”才真正生存了下来。她们心中有愤怒，但她们不受愤怒的操纵。她们重新确认、组织了自我。现在这些女人不愿意把自己当成永远的受害者，所以她们不需要“收回那一夜”。她们对这个活动很鄙视。

但当我激起了相当的怒气之后，我意识到我是……盲目的。我自己也很害怕街头罪行，不是吗？没错，我很少谈到它，从来没参加过关于这一问题的公开讨论，而且一直到重读霍布斯和洛克时，我才记起了被抢的那件事。但对罪行的恐惧已经洗劫了我的潜意识，改变了我的自由。那些女人所说的东西也与此类似：对她们而言强暴的威胁永远存在。从她们还是小女孩的时候起，她们的生活中就充满了父母的警告，哪些地方不能去、哪些时候不能去；她们的生活中充满了别人太过友善的眼神和手势，充满了嘲弄、暗示、邀请，总是恐惧某个男人会误解了什么，并因之采取行动。“收回那一夜”对抗的不只是强暴，还有施加于女人身上的暴力。有些参加的学生也可能和我一样讨厌那种气氛，但她们可能是为了一个简单的观念来表达她们的团结：女人应该生活在一个不使她们恐惧的社会里。

女大学生的生活真的遭到威胁了吗？也许她们是夸张了，但我对罪行的恐惧也是“主观”的。一旦你内化了一种理性或半理性的恐惧，它就会啃噬你的灵魂。你变得比较不自由，你不敢去经历事物。

公开告白与西方经典

但你必须反击。索福克勒斯和莎士比亚在我的脑海中骚动着（虽然可能不会有别人也这么想）。毕竟，教育的目的不只是传授知识和思考方式，更要锻炼人格，也就是说，到头来要让你能够处理困难甚或灾难性的经验。不是要接受那经验，而是要处理它，不要被它打败。哥伦比亚要求所有的大学部学生读《俄狄浦斯王》《安提戈涅》《约伯记》《李尔王》这些极端的作品，一部分原因便是为了要让他们知道人类能力的极限。读这些书的时候，你看到也感受到了超乎寻常的坚忍和骄傲；你知道要是没有这些特质，就不会有英勇或有灵性的人生。西方一些最伟大的作品至少提供了这么多的务实智慧：要是恐惧赢走了你的自由，你必须反击。发怒，甚至报复（是的！尼采说），但不要自怜，不要软弱。

这不是说我们读到什么就直接依样画葫芦做出什么行动。但那些书提出了一种可能性；它们可以检视你有没有过分自夸，它们坚持唯有力量才能真正带来安慰。

于是，我脑袋里想着这些书，对我所听到的东西抱着一半同情、一半不同情的态度：同情恐惧的经历，但不同情向恐惧屈服。因为在“收回那一夜”中有某些混淆和挫败的意味。如罗伊夫和帕格利亚所言，有些女人是在根本否认她们的性欲自我；她们让时光倒流回 20 世纪 50 年代或更早以前，当时男人永远是没有感觉、充满色欲的禽兽，而女人则是娇弱的花朵；她们是在拥抱过去伪善年代那些令人尴尬的胡说八道，当时谎言主宰了性态度，不认为女人应该为她们自己的欲望负责，甚至不愿意承认她们有任何欲望。有些讲约会强暴故事的女生听起来像是刚从爸爸的膝头滑下来那么幼稚，她们害怕的不只是强暴，还有性的危险与刺激——对她们自己的欲望和男人的欲望一样恐惧。她们很困惑，这是人之常情，而非女性专有的特质。

我们活在一个媒体社会里，午后的电视节目会例行提供羞辱作为娱乐。在“收回那一夜”最糟糕的时刻，是暴露狂在表演给窥视狂看，然后一同用怜悯和自怜彼此消灭。当然，很多参加“收回那一夜”的女性会说我没抓到重点：这个活动是公开性的——那些告白、那些悲苦、那些安慰和伸出的手，正是为了让它成为一个疗伤止痛的经验。直到痛苦和悲伤被拿出来与人分享之前，这些感觉不会消失。这些女人一起表达愤怒，由此洗去恐惧。但谁知道那一晚是否达到了这种效果？谁知道这样公开的承认是达到了宣泄的效果，还是仅仅更加确立了受害者的身份认同？有人曾经因为参加了“奥普拉秀”就被治愈吗？为什么有些女人要回来做第二或第三次的“告白”？也许她们上了瘾。

这些并不是被殴打多年、警察又对之不闻不问的软弱女人。她们多半是中产阶级的女人，是商场或其他职场的事业女强人。

但她们听起来比我听过的任何女人都要害怕。游行中那种女妖式的敌意叫喊，让我感到很不舒服，但这也是它的重点所在，现在被一整片无法抚平的悲痛所取代，我想这当中有更多东西是我无法轻易了解的。在表面之下还有深层问题，这不只是关于强暴而已。

但在如我自己一样的男人试着了解的同时，我们或许也有责任回答这个问题：对于校园内的强暴问题，该做些什么？对我而言，答案是很直接的：应该起诉强暴犯，控以刑事罪名。看到一个学生被逮捕、做笔录、被传讯，以及可能被定罪判刑，这会比十个“收回那一夜”的集会更有效地警告男人。至于“收回那一夜”，我看得出，其目的完全不是在于改变男人的行为，而是要把性关系政治化，把建立女性团结当成终极目标。

我们无法把强暴想成一种正面的经历，但它也不应该是唯一的经历。生命中的其他部分在召唤——如果不是在当晚，便是在接下来的几个星期中。我恳求那些“宝典”，至少是在我的脑海中恳求它们愈合那些伤口。我在课堂的讨论当中想，不知男女学生想向彼此要的是什么。这种公开的厌恶，这种痛楚除了分离主义、种族沙文主义，以及不断滋长并正当化了的愤怒，女人还能从中建立起什么？对男人，甚至是无辜的男人而言，这除了使他们产生戒心、罪恶感与憎恨，还能带来什么？是不是两性之间所有的关系都要在强暴的诅咒之下进行？我感到惊异，有时觉得自己像某个自由派的单身伯伯。调情和罗曼史呢？性呢？难道没有人肯称赞一下色欲吗？

几星期后，我们文学人文和当代文明课的进度都讲到了现代女性主义的文本。读这些作者的作品时，我不但急于发觉她们身为作家的特质，也渴望能找到一些线索，就像稍早读彼森和沃尔斯通克莱夫特的时候一样。女性主义的范围极为广泛，我知道我的聆听和阅读不可避免地会从我的狭窄观点出发，也就是一个困惑的异性恋中年白种男性的观点。但我必须知道，有没有可能，突然之间，最脆弱的女人和最无情的男人结成了一个致命的组合，威胁毁掉永恒的性之对话？

西蒙·波伏瓦：作为他者的女人

当代文明课接近尾声，我们进入了 20 世纪，所谓过去已不再是一系列清晰可辨的历史时期。反之，近现代看起来像是一系列互相争战的主题和诠释（课表将这门课的最后一部分称为“现代及其不满”）。之前，每一班读的书是一样的；现在个别的老师享有很大的自由，可以自行选择读物。从定义宽泛的两组书籍“20 世纪的科学与革命”及“融合的模糊之处：阶级、种族、性别”当中，他们只需要选出三本左右。经典作品首度和仅仅是具有一定影响力甚至只是流行的作品平起平坐。史蒂芬森要我们对激进主义的传统有所了解，因此选择了列宁和葛兰西。种族方面他也选择了康奈尔·韦司特和马尔科姆·艾克斯；在暴力方面，他选的是法兰兹·法农（Frantz Fanon）以及汉娜·阿伦特（Hannah Arendt），前者鼓吹第三世界革命，反对者众，现在读起来有点尴尬，后者则对极权主义、革命与暴力有高明的分析，也肯定不是激进主义者。主要的女性主义文本，他选了西蒙·波伏瓦的《第二性》。这本厚重的书我们只需要读两部分，即导论与精彩的第九章《梦境，恐惧，偶像》。

《第二性》1949 年在法国发行，1953 年在美国发行，出于某些原因我从没仔细看过它的内容。在 20 世纪 60 年代我听说了这本书，当时我满脑袋都是越战，想道：“哦，是了。女性议题。”当时女性议题对我不重要，我认为波伏瓦的作品有点无聊而且褪了色。稍后，20世纪70年代初，美国和英国的女性主义者如凯特·米利特（Kate Millett）及杰梅·格里尔（Germaine Greer）出版了她们的名著《性政治》（*Sexual Politics*）与《女太监》（*The Female Eunuch*），我断定她们已经“超越”了波伏瓦，于是我读了她们的书（米利特纯是磨人的理论，格里尔则好笑而灵活），但仍然忽略波伏瓦。这个时候我已经很讨厌想到波伏瓦了。她先入为主对美国缺乏好感；她是她长期的情人兼朋友让–保罗·萨特（Jean-Paul Sartre）身旁的配角，不过是接收了萨特哲学观的皮毛（我读到的美国书评谈到波伏瓦那厚厚的自传时这么说，于是我也这么想，事实上她自己在自传里讲的也差不多如此）。一个倡导女性解放的人却四十多年都黏着世上最有名的男性知识分子，这岂不是有点古怪？她的名声得来的岂不是有点不明不白、令人厌恶？

我写下这些胡言乱语（波伏瓦自己也令其中的一部分变本加厉），只是为了指出漠不关心、不求甚解、闲言闲语、纯粹恶意可能会损及一部现当代之作品的名誉，也可能会让懒惰的读者不去读它。哥伦比亚列入经典的文本中，有些可能当初也被类似的妒忌和敌意所包围。无论如何，最晚到了20世纪90年代初，《第二性》已经甩开了那些诋毁，包括很多来自女性主义者的诋毁。

史蒂芬森轰然开讲，称这本书是“本世纪最重要的女性主义文本”；同时，仿佛是在回答将波伏瓦贬为“投机的跟班”的陈旧看法，他警告我们不要“犯下常见的错误，把《第二性》仅仅当作萨特早期存在主义哲学的延伸”。事实上，他说，西蒙·波伏瓦在哲学上的成就可能比萨特还大。至少，她的《第二性》里已经有了后来才出现在萨特晚期作品《辩证理性批判》(*Critique of Dialectical Reason*)中的东西。“早期，”他说，“萨特的看法是我们永远有选择的自由，即使是在最极端的情形下。就连施酷刑的人也无法完全摧毁我们选择的能力。萨特把我们自己与‘他者’之间的对应和平等当作前提。但波伏瓦说，不，在一些情形下我的人性尊严虽然可能没有被毁掉，却受到了压制。其中一个无法谈自由的例子就是身为女人。”

西蒙·波伏瓦以哲学语言提出，女人在现实中居于次要地位，而虽然她的分析现在已经为我们所熟悉(部分原因是许多作者袭用了她的观念，有些连出处都没注明)，那些字句还是足以使我们惊讶。这本书写成已经将近五十年了。她说，在我们的文化中，身为男人是处于中心地位的。现实根本就是由男性特质所定义，男性实际是“兼跨”男女两边的。于是人性反应其实是男性的：

> 在抽象讨论进行到一半的时候，听到一个男人说：“你这样想只因为你是女人。”是件很讨厌的事，但我知道我的唯一辩护之词便是回答：“我这样想因为这是事实。”由此把我的主体自我移除到论证范围之外。要这样回答是不可能的：“而你那样想只因为你是男人。”因为身为男人并不被理解成一件殊异的事。男人身为男人是对的，错的是女人。于是，就像对古人而言存在着绝对的笔直，可以用来定义倾斜的东西，现在也存在着一种绝对的人类形态，即男性。女人有卵巢，有子宫，这些殊异之处把她囚禁在自身的主体性中，用她自己的特质限制了她。人们常说女人是用她的腺体思考的。男人巧妙地忽略了他们自己的身体也有腺体，如睾丸，而且这些腺体会分泌荷尔蒙。男人认为他的身体与世界有直接而正常的

联系，相信他能客观地了解世界，却把女人的身体看成一种障碍、一种监牢，被它所特有的一切所拖累。

史蒂芬森要我们读波伏瓦，一部分原因是她吸收了西方哲学的历史，建立了她自己版本的黑格尔思想。如果，在这种情形下，人类的反应是男性的，那么男人便是主体、是绝对，而女人则是“他者”。但结果是很奇特的。

……依循黑格尔的思想，我们在意识本身之内可以找到对任何其他意识的根本敌意；主体只能架设在有相反对立之物的情况下——他将自己建立成本质、基础，对立于非本质非基础的他者、客体。

但那另一个意识、另一个自我，也建立起对应的主张。一个本国人到国外去旅行，发现他被邻国的当地人称为“外国人”，感到很震惊。事实上，部落、国家、阶级之间的战争、庆典、贸易、条约，以及竞赛，都倾向于去除他者这一概念的绝对意味，而显示出它的相对性；不管个人和团体愿不愿意，他们都被迫了解到他们的关系是对应的。那么，为什么这种对应性没有在两性之间建立起来，性别之分变成唯一的本质、基础，否认两者之间有任何的对应关系，将后者定义为纯粹的他者？为什么女人不怀疑对抗男人的主权？没有主体会欣然自愿地变成客体，变成非本质、非基础；不是因为他者将自己定义成他者，本者（the One）才建立起来的。他者之所以成为他者，是由于本者将自己定义成本者。但如果他者无法得回本者的地位，他就必须任人摆布，接受这种陌生而怪异的观点。女人之受人支配，原因便在于此吗？

这本书旨在回答这个不凡的问题，就像圣奥古斯丁的《上帝之城》一样，变成一部经过深思的长篇巨著，热烈地概述总结现有的证据，包括了来自（在学术的学科界线变得僵硬起来之前）人类学、生物学、医学、历史、哲学与文学的证据。《第二性》涉猎极广，这本书读来既令人欣喜又耗费心神。尽管史蒂芬森只指派了一些选段给我们念，我却几乎已被排山倒海而来的种种事实、诠释、理论、理论的驳论、理论的重述给压垮。我在这本书里面读它，就像我们在《圣经》里面读《圣经》一样，品尝着故事、历史、预言、叹息。西蒙·波伏瓦要告诉我们一切。

女性主义的胜利

《第二性》有着强烈而稳固的知性风味，行文的态度比许多后来的女性主义书籍都更和悦自由。米利特、格里尔，以及其他的人现在都退到背景里去了——这话也许说来残酷，但却是不争的事实。波伏瓦比模仿她的后继者聪明，视野也更为全面，而她的聪明之处，部分是在于她创造出了一幅男人和女人都能认为真实的生活图像。她并非仅仅将女人写成受害者。她写到被父权体系定义的人生，写到在这样一个体系下一起生活的男人和女人。男人也同样为性的辩证思维所塑造；他们不只对女人这么做，也对自己这么做。宽广的经验，开阔的心胸，没有怨恨或特别的申辩——《第二性》这本书背后，有着宽宏大度的人生观。

还有另外一样东西，也许不具有什么可敬的知性，但却是不可避免的一种情感。在我这个影痴的脑海里，波伏瓦的批评闪耀着浪漫的光彩，那种愤怒以及温暖的同情心在气质上很接近让娜·莫罗（Jeanne Moreau）与达妮埃尔·达妮耶（Danielle

Darrieux）等法国电影巨星。20 世纪 30 年代到 60 年代初的法国电影，有着成熟而性感的女主角，混合了灵性与艺术、热烈的修辞、浪漫的开放精神。这些电影来自一种比我们古老的文化，这种文化的美妙之处是绝对无法用“精致”“成熟”这种贫乏的词来形容的。西蒙·波伏瓦属于那种文化。她不像那些继她而起、受她影响的美国激进女性主义者那样采取毫无变化的拒斥态度，而是避免突兀的、概要式的恨意。她坚持，不论女人的存在承受了多少不公平的待遇，生命仍然是一项共通的事业。

在篇幅很长的《梦境，恐惧，偶像》这一章中，波伏瓦描述男人用各种方法“建构”女性身份以为他们所用，男性煞费苦心的愚行在她笔下简直染上了丰富的诗意。（直到最近为止）男人大致控制了再现体系；波伏瓦说，既然女人并未把她们自己的行为变成神话，这些男性的假想、梦境与恐惧就是男人控制女人之手段的一部分。这明显是件不公平的事。但它也带来多少精彩的想象！多少幻想、多少诡异的恐惧和赞扬！女人是女巫，是撒旦的诱惑工具，是吸走男人元神的吸血鬼，是自然界的灾祸，她们的经血使蔬菜枯萎并带来瘟疫。然后这是“正面”的这一面！一样疯狂！女人是处女，是绝对的纯洁，是大地之母，是财物。我们在当代文明课里读到的《第二性》有种异国风味的迷人之处。没有什么是西蒙·波伏瓦不熟悉的：资产阶级的婚床和餐桌，妓院，后宫，处女的教堂，这些全都重重负载了象征性的意义，全都由男人创造出来（有时候有女性共犯），作为意义的限定。女人从来没有任何一种固定的意义，因为她是男人内心各种渴望的总和。在波伏瓦的笔下，自古以来男性幻想的丰富创意变得令人惊叹，但仍然是荒谬而邪恶的。

在她对父权的叙述中有一种深刻的隐晦之处，这是让我觉得着迷而动人的。有些男人囚禁女人的方式在她的描写之下增加了一点优雅与舒适，有些女人的反应则增加了庄严的味道。

> 在这个世界上，男人护卫法律、理性、需要；女人则知道男人之为男人，以及男人相信什么是需要的，这些原先都是出于偶然；因此她唇角带着一抹神秘的反讽，但同时也有着柔软慷慨的心。她治愈男人的伤口，哺育新生儿，为死者做葬礼的准备；她知道男人身上一切能攻击他的骄傲、羞辱他的自我抑制的东西。她在他面前俯首，在精神之前贬低肉体，但却也站在精神接近肉体的边界，如同我已说过的一样，柔化男人构筑之物的坚硬角度，赋予它们始料未及的豪华及优雅。女人之所以能在男人身上施展力量，是因为她能婉转地让他们看见自身真正的处境而谦逊起来；这是个秘密，来自她带着爱意、悲伤、反讽，而又不存幻想的智慧。在女人身上，即使轻率、多变、无知也都是美德，因为这些特质是发展在男人所选择居住但又不愿感到受限的那个世界之侧、之外的。她与固定的意义以及为了实用目的而造的工具相呼应，维持了自然天成的事物的神秘；她扬起一阵诗意的风，吹过了城市街头、农田上空。

这当中很多都已经是后世实现的“明日黄花”了。女人经过奋战，已经获得了一定程度的经济独立。以波伏瓦的话来说，女人（至少是在进步工业国家中比较成功的那些阶级）现在既是主体也是客体，既是“本者”也是“他者”，同时扮演工人与伴侣、职业妇女与母亲。她那些神奇有魔力的功能已经解除，不再需要把她当作祭祀品。至少对一些女人而言，解放、力量、自我已是唾手可得。我在曼哈顿上西区的健身俱乐部里环顾四周，看见正在举重的 90 公斤男人温顺地听从 56 公斤重的女性教练的纠正。我知道我举的这个例子很狭隘：这不过只是个收费过高的雅皮士健身房。但在那里，两性之间的社会角色关系在仅仅十五年前仍不可能发生。

在很大程度上，就体力而言女人已经不再依靠男人了，这让男人和女人都松了一口气。在西方的资产阶级民主国家里，许多陈旧的观念已经瓦解，权力的平衡也已开始转移。在最幸运的状况下，男人和女人在彼此的关系中呈现出一种史无前例的谦卑与宽大，正在让平等的观念发挥效用。不论任何时候遇到多大的阻力，也不论还有多少女人仍然伤痕累累、担惊受怕，女性解放运动都是 20 世纪唯一成功的革命，这点即使是反对这一运动的人也知道。当代文明课和文学人文课容许已故白种女人进入书单，从而在经典的高墙之内建立起了一个反霸权的论述，也就是间接地承认了这项事实。

在 20 世纪 40 年代的法国，女人的地位已经开始改变了，波伏瓦预告说，这种改变可能是痛苦的。早期存在主义思想中有一些元素是她没有拒绝的，这些元素始终跃然于字里行间，清澈响亮。

> ……困于停滞不前的生活而无法自拔的人常常被说成是快乐的，其托词是快乐乃建立于安顿休息之上。我们拒绝这种观念，因为我们抱持的是存在主义伦理学的观点。每个主体都通过行动或投射，来扮演其主体的角色，这些行动或投射是超越的一种形式；只有不停地朝着其他各种自由的方向努力，他才能达到自由。此刻的存在是向一个不确定的开放未来延伸，除此之外没有什么能把此刻存在的理由正当化。

> 每当超越落回到固有论（即任何人“本质上”永远是什么什么的观念）和停滞当中，存在就堕落成为“en-soi”（也就是臣服于既有状况，活得像牲畜一样）自由则堕落为受限与偶然的东西。要是这种堕落是主体所同意的，他便犯了道德上的错误；要是这种堕落是别人加诸他身上的，便会造成挫折和压迫。这两种情形都是绝对的邪恶。任何有心要为自己的存在提出足够的理由的个人，都感到他的存在与一种未被定义的需要相关，需要超越他自己，需要进行他自由选择的投射。

我知道，有些女性主义者抱怨说，波伏瓦关于“投射”和“超越”的观念本身就反映了男性的成就高低标准，还有人认为她看轻了母职的创造性与必要性。当然，波伏瓦自己也在建立神话。英雄式的自我超越也许不是所有女人都想要的；对男人来说这也肯定不是一种共同的经验，因为许多人在办公室、工厂或工地都做着一再重复、令人麻痹的工作。拿我自己来说吧，四十八岁的我生活中有妻子、有两个孩子，还有许多责任，我不确定若要超越我人生中的既有“状况”是否可能不背叛别人。资产阶级生活的高贵之处，正是在设限的“状况”中找寻小小的自由，然后将其渐渐扩大。要是你运气好而且能坚持到底，便有可能改变你自己。就把这称为点滴的超越好了。但西蒙·波伏瓦的存在主义伦理学令我激动、令所有的人激动。她召唤女人进入英雄式的存在，尤其是年轻的未婚女人。这意味着那些女人的人生会变得比较艰难困苦。

在她的导论尾声，有一个显然是全书中很具道德重要性的句子，其中波伏瓦断言：“我对个人命运所感到的兴趣，不是在于快乐与否，而是在于自由与否。”够简单扼要。但对于美国人而言，这句话却很令人却步。在这个国家里，我们愿意相信自由会带来快乐，而看到这两个词被放到对立的位置上，还明显地表示出，若要更多自由就可能有更多的困难和痛苦——这是颇令人震惊的。我读西蒙·波伏瓦的时候想到，参加“收回那一夜”的女生是美国历史上最有力量的女大学生，她们或许已逐渐发现自由不见得会带来快乐。领悟到这项事实，可能也造成了她们的一部分痛苦。

班上对波伏瓦作品的选段反应良好，但在史蒂芬森很快地对我们阐述了一番波伏瓦的中心思想之后，对话开始变得有些暴躁。难以安抚的曼努尔气势汹汹地开口。

“在这里，”他说，“我要再次采取激进保守派的立场（男生和女生都发出叹息）。大部分的女性主义者根本不知道要是她们真的有了权力，社会会变成什么样子。女人要同工同酬，要控制生育权。但这些只是权力的部分利益而已。我不认为女人想要杀人的权力或剥削别人的权力。长久以来，男人建立了一个矛盾的观念，就是权力不是什么好东西，可是总得有人有权力。但女人不要那种权力。”

这一年来，学生们原本对曼努尔相当礼遇，因为他们不愿和一个盲人争论。但现在就不是这样了。许多人生气地举起手来。第二学期有两个亚裔美籍学生加入这一班，美玲是其中之一。她通常不太说话，但现在怒视着曼努尔。“你的话实在太离谱了，”她说，“权利是思想的自由，不是杀人的权力。”这话说得很好，但并没回答曼努尔所说的话。

坐在她旁边的朋友凯伦是韩国裔，带着一副祖母式的眼镜，看起来很古板，但个性很友善。她在别人开口之前迅速地插进来。“你是在给权力下定义。你读了那么一堆男性的文本，现在你要女人和你对权力下同样的定义，然后你就会说你很害怕。”

“好吧，”曼努尔边说边一如既往地当老好人，“男人现在支配女人是由于恐惧。他们开垦田地，以免被女人吞了。”

这比喻混杂得太厉害了。但现在我想起了讲马克思的时候，他说女人有朝一日会聚集在一起获取政治权力。他似乎是在奚落女人，叫她们要么忍受现况，要么乖乖闭嘴，要么取得权力并接受权力的后果，要么就别再谈它了。曼努尔的话也引发了那个老问题，即女人要什么又是什么。换言之，女人是否有某种与生俱来的天性——这里谈到的是她们不愿意施展权力最凶狠的一面——或者那种天性是被她们在男性支配的社会中的政治地位所定义的？两性之间有性格上的差异吗？这个老问题始终挥之不去。

有所谓的女人特质吗？回顾彼森与沃尔斯通克莱夫特

我回顾了一下稍早读到的作品。去年秋末，我们读了克莉斯汀·彼森的《女性之城》，这本奇怪的作品算不上真正的经典，而是类似复活的文本。此书以平易近人著称，作者的文笔非常流畅，常常被称作第一个“职业女作家”。彼森 1365 年生于威尼斯，教育程度非比寻常地高，她有幸学习了但丁与薄伽丘之后的丰富的文学文化。她的法籍丈夫死后没留下什么财产，只有三个幼儿，于是她开始以写作为生，作品广泛涉及多种主题。她在古典和当代文学中读到许多对女人个性的中伤，《女性之城》便是回应这些中伤之言的尝试。彼森博学多闻，引用神话和历史创造出了一种反典范，赞扬女人的尊严和谨慎——描述模范行为和高贵人格的典范。她为女人受教育请命，但对争取平等没什么兴趣。用现代术语来说，彼森是个“本质主义者”，她认为女人的本质在于服侍男人，在于用美德和贞节纠正她们的缺失。这让任何现代读者都会不耐地咕哝。

史蒂芬森对彼森的评语很宽大，但她很快就扫了我的兴，课堂上的讨论也卡在某些咬文嚼字的奇怪的点上。比方说，彼森以神话为源来建立女人的个性是否正确？我想，我们的讨论变得有点偏斜，因为彼森的文字里有些古怪和拘谨的东西，她那种中世纪晚期受过教育的女性的端庄有礼离我们实在有点远了。少了那些贞洁、谦逊、美德的庄重裙摆碍手碍脚，难道女人就算不上“高贵”了吗？对中世纪的女人而言，权力可能取决于她看来是否贞洁，就连薄伽丘也会同意这一点。但我必须承认看不出这个主题有什么有趣的地方，在权力和贞洁的关系里找不到什么迷人之处，即使这种论调在女性主义里一直延续到“收回那一夜”。彼森让我们都感到不太满意。这是比较接近我们的现代口味的语调：

> 我希望说服女人努力去获取心智和身体上的力量，并让她们相信温言软语、多愁善感、心思纤细、品位精致，几乎就等同于软弱无力，而只适于接受怜悯、接受被称为怜悯之“姊妹”的那种爱的人，很快就会变成被轻视的对象。

这就是 1792 年的玛丽 · 沃尔斯通克莱夫特。第二学期初，在卢梭、休谟、康德之后，我们读了沃尔斯通克莱夫特言辞聪明而不客气的《女权之辩》选段。她被广泛认为是第一个现代女性主义者，是激进的平权主义者、记者、政治哲学家威廉 · 高德温（William Godwin）之妻、玛丽 · 雪莱之母。她痛骂贵族特权和资产阶级婚姻，指出这些社会安排鼓励女人培养虚伪的女性优雅、矫情和软弱。沃尔斯通克莱夫特抨击女人身上一切“柔软”而工于心计的东西；她预言了未来中产阶级的女人，她们是职业妇女，用她们的智慧和冲劲开创前途，拒绝讲些胡言乱语来取悦男人。她自己的文笔有力、苛刻、毫不模糊，常有机智之语，但不够风趣。

她写道，女人受到了暗中的破坏。因为如果女人是上帝创造的，她们就有理性；因此，她们和男人一样有着灵魂。若我们教育女人只是要她们取悦于人，就是把她们变成了无足轻重的可怜生物，只能接受隐藏在称赞之下的轻视。同时，我们也让她们面临了一种灾难性的双重背叛。首先，她们无法受教育，失去了发展她们心智的机会；其次，既然她们全心投入对美貌的经营，随着时光流逝便会逐渐失去丈夫的爱，因为丈夫对他们头脑空空的太太无话可说，于是转而去追求比较年轻的女人。婚姻应该始于热情而终于友谊，后者是一种层次更高、更持久的存在状态。

大一上过文学人文课的学生，很知道沃尔斯通克莱夫特反抗的是什么。简·奥斯汀的任何一本小说，尤其是《傲慢与偏见》，都很清楚地呈现出1800年左右英国女人的选择多么有限。要么结婚，要么就做个可敬的、微不足道的女家庭教师，再不然就是迅速堕落成清洁妇、工厂女工、娼妓。

虽然沃尔斯通克莱夫特的很多话我都同意，但她对感官与乐趣的鄙视让我觉得有点丧气。她把性说成是女人唯一的权力，其腐败的力量事实上把女人变成了妓女——她们享受一个小时的胜利，但除此之外别无他物。她似乎没有看出来，或没有预见到，女人可以同时具有性欲以及成熟的心智（她自己肯定是这样生活的）。所以在此可以部分预见到“收回那一夜”中那种对性的愤怒，认为那是夺去了女人权力的一种势力。

“根据沃尔斯通克莱夫特的说法，男人和女人之间所缺少的，”史蒂芬森说，“是明智的、理性的关系。但她建构这一论证的方式使她将性欲特质边缘化了。”他是在试着让学生看见沃尔斯通克莱夫特观点的有力之处和古怪之处。但美玲毫不同意。“要是你在男人身上运用性的力量，”她说，“那你就不是在依靠你的理性力量。”

嗯，这话对个人诚实可能是一大打击，但史蒂芬森不肯放手。“性吸引力和理性真的是不能共存的东西吗？”他提高声音问道，“权力难道不是任一特定关系中的一项功能，而是一把你可以用的榔头？这本书攻击男女之间的浪漫爱情，今日的女性主义思想里仍然有这样的成分存在——认为爱情生活对女人而言是陷阱。”

这是不可避免的男性观点，我当然同意他的话。对我而言，在沃尔斯通克莱夫特作品中所碰到的愤怒是我很难了解的。她和但丁一样像“他者”。自然，我同意她对女人生活所做的叙述都是事实；她把女人所面对的陷阱讲得那么清楚尖刻，让人想要同意她的话，即使只是为了享受和她站在同一边的乐趣和安全。但我无法赞同她提出的解决之道。我想撑下去，但我对她的苛求感到反感，几乎让我无法欣赏她怒意沸腾的理性作品。她铲除关于女人的陈词滥调的杂草时，可能也砍掉了一些活生生的根。

至于卢梭所言、之后也有好几个作家所呼应的，（女孩）自然——也就是从出生开始、跟所受教育没有关系——喜欢玩洋娃娃、爱打扮、爱讲话，这种说法已经幼稚得不值得去严肃反驳了。如果一个女孩被迫要一连坐上几个小时听软弱的保姆闲扯，或者在她母亲梳妆的时候随侍在侧，那么她会想加入谈话实在是很自然的事；而她之模仿她的母亲或阿姨，

> 像她们以打扮她为乐一样打扮她无生命的洋娃娃，也无疑是最自然的结果——可怜无辜的宝贝！
>
> 因此，女人对衣着明显的喜爱便有了很简单的解答，而不需认为那是因为她们想取悦她们所依赖的另一性。简言之，认为女孩甚至在不当的教育煽动她的想象力、把这一想法过早地制造出来之前，就天生会搔首弄姿，并有自然本能的欲望要繁衍后代，这种荒谬的观念实在太不哲学，一个睿智如卢梭的观察者应该不会采取这种观念，要不是他习于将特立独行的欲望置于理性之上、将他所偏爱的吊诡置于事实之上的话。

用比较浅白的话来说，就是：未成熟的女孩，本来没有取悦男人的欲望，后来才被错误教育和培养得认为取悦男人是她们一生的工作。但我想起了一些我认识的小女孩，她们的母亲是强势的女性主义者，但这些小女孩却想取悦于人。即使才四岁，在电视上照顾小孩的妈咪与热情的金发女郎这些形象影响到她们之前，她们已经比小男孩要迷人得多了。

这里有些东西不对劲，但学生完全同意沃尔斯通克莱夫特的话。一个接一个，有男也有女，他们坚持性别的特征全是社会“建构”出来的。凯伦和梅瑞迪丝（那个南非女生）都说她们没玩过洋娃娃；亚伯勇敢地站出来说他玩过（意思是“但我还是长大成为男人”）。“要是女孩退缩到洋娃娃的天地，”凯伦说，“那是因为她们感到她们处在一个男性的世界里。”这话说得很有意思，虽然我希望我能介绍一些我认识的家庭给她，其中做母亲的写书，或者做律师，或者每天经手成千上百万元的证券，然而她们的女儿仍然打扮得漂漂亮亮地玩洋娃娃。

凯伦说，女孩拿到的是芭比娃娃，所以她们喜欢芭比；而男孩拿到的、人们期望他们玩的是玩具枪，所以他们就玩玩具枪，长大后也就变成了好战者、橄榄球迷、保时捷迷等。

没错，我心想，但如果小孩拿到不喜欢的玩具，她会把它丢在一旁。在父母以及社会的手开始搅和之前，人类的黏土本身已经有了人的某些形状。我聆听了一阵子，但我控制不住自己。我是全班唯一有小孩的人。

“抱歉，我无意倚老卖老，但我听不下去了。”我开口。

恼怒的笑容出现。他们知道我的确有意倚老卖老。然后我说出许多为人父母者所知道的事情，包括好些当妈妈的女性主义者（我和许多为人母的女性主义者谈过这一点）——那就是小男孩和小女孩的个性差异可能非常大。就像那些经手证券的母亲看到她们女儿玩洋娃娃、爱打扮而大吃一惊，我看到我儿子喜爱美国大兵玩具和战争片也大吃了一惊。他们四岁的时候天天在家里跑来跑去，能拿到什么就拿什么来打人、戳人。他们托儿所班上几乎没有女生会这样。如果说这样的行为只是调教的结果，那我们就束手无策了，因为我太太和我并无意要调教儿子们去打人、去喜欢战争玩具。事实上正相反：应该说我们在反调教，虽然我也得承认当我们发现他们有多喜欢玩具枪和剑的时候，我们就让步了，不再抗拒，转而采用常见的父母伎俩，把塑料剑打制成犁头。我们想把他们对玩具士兵和战争的兴趣转变成对历史的兴趣。汉尼拔和他的大象，恺撒渡越卢比孔河。几年后，当他们玩腻了在屋里跑来跑去打人的时候，至少还剩下一些对亚历山大大帝和拿破仑的知识。于是就成了：我们“建构”了他们对战争的兴趣。但事实上我们没有。我们只是试着疏导一种原来就有的性向。

我说话时听见了一些愤慨的声响，是学生在恼怒地摆弄他们的笔记本和笔。大学生已经广泛接受两性具有完全一样的性格特质这一观念；事实上，在一所世俗的大学里，这是学生所抱持的最接近神圣教条的一个信念。他们微笑着，但有点激动地告诉我说我错了；我意识到我闯入了政治正确得不太过分的路上。学生们不愿支持人与人有所不同的观念，因为他们认为所有的区别都会有轻蔑的意味。所以他们讨厌对性别、种族、阶级做出任何概括性的说法，因为他们认为这种说法的重点在于压低比较没有权力的一方。他们在大街小巷、在电台节目里听到的都是含有轻蔑意味的区别；过去这些含有轻蔑意味的区别压迫了人们，因此所有的区别都含有轻蔑的意味。这是正确性的反逻辑。如果你说女人和男人不同，那么你的意思一定是女人不如男人。他们还没想到“不同”指的可能就只是“不同”而已。这些学生希望自己真的能容异己、没有偏见，而他们其中很多人也的确是如此，但他们生活在一个过度敏感的社会里，容易跌进陷阱，把乏味和谨慎误以为是容人之心。

凯瑟琳·麦金农：性之作为权力

我醒悟到我一直在找一个负罪的文本——空气里的什么东西，某个建议，某种语调，某种对现实的感知，它可能部分导致了我在“收回那一夜”所见到的痛苦挫败气氛。我并不是说一定要读了什么书才会对强暴感到愤怒。但当晚那种格外悲痛的语调，那种走到尽头的绝望，那种无望感……我承认，我这样的找寻是一种狭隘的面对女性主义文本的方式，毕竟女性主义文本还有很多其他的内容。但如果我不顺着偏执的逻辑走下去，我就没有希望了解那种似乎伤害了许多人的情绪。西蒙·波伏瓦写了一本伟大的书，什么错也没有（除了可能太过冗长）。她骄傲、自信、叛逆。彼森和沃尔斯通克莱夫特也都如我所愿，有效地回答了哥伦比亚版本的经典中、早期文本里的沉默与荒谬之处：亚里士多德说女人心智能力较差的胡言乱语、《旧约》里的父权臆测、基督教作者的性恐慌等。我对彼森和沃尔斯通克莱夫特反情欲的态度并不欣赏，但谁也不能指责她们一把鼻涕一把眼泪地坚持自己是受害者。

然而，史蒂芬森还指派了另一份读物，那是一篇1989年的文章，名为《性欲特质、色情与方式：父权下的乐趣》（*Sexuality, Pornography, and Method: Pleasure Under Patriarchy*），作者是极力反对色情刊物的法学教授凯瑟琳·麦金农。史蒂芬森选择麦金农的文章，因为他想让我们了解一下近期激进女性主义者在性欲特质方面持什么样的立场。我们从受到赞许的、经过时间考验的经典，来到了当下的一篇学术文字。

> 女性主义的性欲特质理论将性欲特质处理成男性力量的社会建构：由男人定义，强加在女人身上，组成了性别的意义。这样的观点将女性主义专注在女人对男人的屈服上，认为性——也就是支配和顺从的性欲特质——是该过程中关系重大、在某个层面上甚至称得上决定性的基本条件。（p. 209）
>
> 情欲化的支配性，定义了（性欲特质的）必要的阳刚特质，而情欲化的顺从则定义了其阴柔的部分。……男性权力的社会形式即是男人这一性别在性方面所要的东西，以社会定义的权力本身为中心。阳刚就是有权力，阴柔则没有。

这种水泥机械式的文体让我相当吃惊，不过我们继续看下去吧。如麦金农自己指出的，她所推进的观念比先前的女性主义理论家都要激进许多，先前一般都认定女人和男人身上具备的性欲特质都是常数，是一种生理的驱动力和需要，在父权体制之下受到压抑或扭曲。按照这种旧观念，既然性欲特质是一项既有的前提，那么若其在女人身上程度减弱或根本没有的话，即“冷感”，那么就等于是在指控这女人本身或者她生活于其中的社会有所欠缺。但是，麦金农问道，谁能说女人的性驱动力是一项既有的前提？谁能说“性本身（不管它是什么）是好的，是自然、健康、正面、适当、愉快、有益身心、微妙敏感、自动自发，而且是应该加以认可和表达的”？

麦金农认为，没有所谓的女性性欲特质——在文化之外或之下并不存在一股生物的、本能的力量（达尔文和弗洛伊德到此为止）。相反，女人的欲望是由男人所建构的，作为“脚本”里的一个成分，演出男性社会力量层面之一的场景。女性性欲特质是强加在女人身上的一种东西，这一点受到世界性的认可，在男性权力的社会世界里，其隐藏的目的始终是奖励女人将自己提供给男人。说女人能在性方面“表达”自己，或者能协商自己的自由（如 20 世纪 60 年代性革命当中的女人所希望做到的），是荒谬的。你怎么能和压迫你的人“协商”？女人和男人不是平等的，她们不能协商。事实上，这些性自由的言论全都是在蒙蔽女人，让她们将自己贡献出来，成为受害者。

那么，女人感觉到或者说宣称感觉到的到底是什么？女人会在顺从中感到乐趣，因为男人正是以将顺从情欲化的方式来建构她们的性欲特质。但要是女人并非在顺从中而是在其他东西中感到乐趣呢？嗯，那是不可能的。女人在平等中是感觉不到乐趣的，因为那对她们而言不存在。简言之：如果女人感觉到任何东西，那都是别人告诉她去感觉的。“跟性高潮争论是争不过的。”我的一个朋友以前常说。但显然这下可以争得过了，你可以试着说服性高潮说它是不正确的。

由学者来告诉女人说她们的性欲特质是什么，这种事情由来已久。古典神话的创造者、基督教作家、薄伽丘、文艺复兴时代的诗人都这么做过,而现代心理学家还在这么做。小鸟这么做，蜜蜂这么做，大家都这么做。但麦金农可能是第一个说女人的性欲特质什么也不是、纯属虚构的人。我想，她也一样会斩钉截铁地对一只母狮子说，它应该吃青菜而非瞪羚。

反对的论证俯拾皆是。有需要写出来吗？也许不，但我还是姑且一记：要是所有的女人都受到同样的权力体系的制约，那么麦金农要如何解释女人在性方面各种大相径庭的性格、品位和得到满足的方式？要是一个女人和某个男人在一起觉得不爽，于是另外选择了一个比较好的，又怎么说？她和第二个男人在一起的时候感受到乐趣，真的是因为她更顺从他吗？这种问题很愚蠢也很侮辱人。要是你认真一点点看待麦金农，你就必然会认定所有感受到乐趣的女人，其方式都一定会毁掉她们身为人的尊严。

要判断一份文本是否无法经过时间考验，其中一个迹象可能在于它看来只是和自身的偏执概念有关，和其他任何事情都没有联结。此处的例子，则是一个僵化的理论，排除了经验、矛盾、变化（也就是一切让西蒙 · 波伏瓦的文字如此丰富的东西）。让我迅速指出麦金农所忽视的几样东西：女人所宣称过的多种不同的性乐趣；波伏瓦所提出的女人有时在男人身上施展的力量；我们生活四周许许多多性格看来一点也不顺从的女人。阶级和种族在麦金农的分析中都毫无分量。19 世纪巴黎的上层资产阶级贵妇；有着一堆孝顺儿女的农妇；现代身为律师、医生、教授、证券经理的成功职业妇女——她们统统被欺骗、被蒙蔽了。但何必继续下去呢？我已经抵达了经典的一刻。西蒙·波伏瓦足以让麦金农噤声，就像伍尔夫让20世纪30年代那些做作的通俗小说家哑口无言一样。

就连坚持我们应该听听相左观点的穆勒，到这个时候也会累了。让我们做个结束：在麦金农版本的男女关系中，色情和强暴不只是变态的或偶然的元素而已。相反地，这两者是异性恋典范的中心。色情是恶棍的学校，让男人学习虐待女人；强暴则是普遍性关系的实践。“强力就是性，而非只是被性欲化；强力是欲望的动力，而非只是在欲望受挫时对欲望之客体所做出的反应。”这个理论的下一步很明显。如果强暴是异性恋的典范，那么性交本身就是强暴，或很接近强暴。性交难道不像强暴一样有插入的动作吗？麦金农说了这么多，从没笨到说性交就是强暴。但听完“强暴和性交的生理动作和所使用的强力之间，并没有任何不同之处，唯一的权威性区分在于法律，其标准出自男人对该行动做何诠释”这种话，还能有什么其他的结论？

对女人而言，在麦金农这特异的爱之隧道当中无路可逃。寻求性乐趣的女人必须也同时接受她之不再为人。

我已经找到了我要找的有罪的文本。“收回那一夜”那种彻底的悲惨，（有时候）似乎将性和强暴混为一谈，充满惨淡和执迷的气氛，将强暴扩展成一个恐惧的宇宙，将女人描绘成无助的输家，只有禁欲才能挽回她们的荣誉，那天晚上的意识形态很接近麦金农的作品。并不是说我相信“收回那一夜”的五百多名学生都读过麦金农。我并不是在宣称她们直接受到麦金农的影响，虽说可能有一些例外。但对人类性欲特质的这种灾难式的看法的确存在于当晚的空气中，还可能以二手或三手的方式强而有力地解释某些人灾难性的恋情或厌恶的经验。一种极端的观点占了上风，至少是对少数人而言。

要逃出麦金农的监狱，唯一的出路就是贞洁。麦金农在文章的结尾引用了蒂格蕾丝·阿特金森早期的一篇文章，就是那个20世纪90年代在哥伦比亚念博士的蒂格蕾丝·阿特金森，我去上了一堂她的当代文明课，听听激进女性主义者怎么讲父权的亚里士多德。1974年，阿特金森写道："如果被迫在自由和性之间选择其一，我不认为任何无愧其名的女性主义者会选择性。她永远会选择自由。"

但为什么会是这两个选择？有多少女人，即使在1974年，需要"在自由和性之间选择其一"？为什么女人不能两者兼得？除了在极端的个别案例中（比方说长期被丈夫虐待的女人等），这两者真的互相对立吗？把人生缩减到只剩下这两个互斥的可能性，有什么意义？

显然，伟大的文学无法拯救任何人不受目光短浅得如此可悲的观点所害。我以为西方经典能够拯救那些学生，这种想法是天真而错误的。我很清楚伟大的书籍对我们灵魂的影响是长期渐进的，往往和经验混合在一起，被记忆、欲望和其他伟大或平凡的书改变。未来的某一天，"自由和性之间二选一的抉择"会淡入荒谬之中。但眼前，这观念发挥了一阵子恶意的效力。

性之情感的衰退

"大部分的女人都与她们自己的身体相疏离。"凯伦在我们讲麦金农的课堂上说。她相貌端正，留着黑色长发，戴祖母式的眼镜，声音响亮。

“这是什么意思？”史蒂芬森问。

“很多女人其实都缺少看待我们身体的健康方式。结果是女人用她们的身体当工具。你自己把自己工具化了。”

“但是用什么方式？”

“人家教你说性是好的，说你会在性方面表达你自己，然后你到哥大来被强暴了，而且不是被黑暗小巷里的强暴犯，而是你认识的男生某某。所以你就想：是我当初给了他错误的信息吗？我是否应该享受那个过程？骚扰强迫你把自己的身体看成一个客体。哥伦比亚校门的警卫对你喊：‘嘿，宝贝！’于是你开始把自己想成一个客体。你的身体变成了一个问题。你是否要一辈子都对此感到愤怒……”

她停了下来，我想她已经很清楚地回答了这个问题。

“你自己的某一个形象，”史蒂芬森说，“被拿走了，被别人的形象取而代之。”她点头同意。但我们还来不及讨论如何让那个形象被一个新的、不异化的形象所取代，课堂上的气氛就又变得暴躁起来。亚伯对凯伦说：“如果因为某个运动叫你去罢工，你就去罢工，那你就不是在为自己行动——你就又失去了你的身体。”他语调中带着不快和恼怒，让我想起我们讲到波伏瓦时，来自宾夕法尼亚州的那个印度裔男生迪内许突然发火了。“这实在很自以为是，”他用他那种激烈的、不连贯的方式说，“女性主义者把她们的观点强加在我们身上，说女人是什么、你的现实又是什么，这实在太自以为是了。这个运动里有一种权威主义的味道。你要创造出这个角色、那个角色。活在一个‘角色’里本身就是一种臣服。”

这是悲剧还是喜剧？男生们感觉到女生在退场或威胁要退场，于是想用争论把她们引回场中。关于女性主义的讨论是一整年来最为尴尬棘手的。“如果你只把性看成插入，你就错失了性包容的一面。”亚伯朝着凯伦的方向说道，有点不开心。没有人接话。

我怀疑男生们感觉被一竿子打翻地指控，忽略了他们个人的特质和他们显然不想当浑球的意愿。一整年以来，班上的男女生都互相尊重。除了曼努尔说的一些话可能是例外，男生的发言都没有对女生降尊纡贵的味道，就连曼努尔也比较偏向于挑衅而非侮辱。没有男生说过（像波伏瓦讲的）：“你这么想是因为你是女人。”学生们常常意见不合，但他们不会以性别来侮辱对方，他们并未将彼此囚禁在性别神话里。但他们之间也没有多么热络。除了其中少数人来上当代文明课之前就是朋友，他们都很像某个特别严格的生化实验室里的同事：有礼、警戒、疏远。他们看起来对彼此并不太感兴趣，他们没有吸引对方。这是没有性的一班。

我环顾四周的男生，想到十九、二十岁时候的我是个滔滔不绝的女人崇拜者，只会说、说、说个不停，像只困惑的飞蛾受到灯泡的吸引，但也很感激挡路的灯罩。我看到的这些大学男生可能比我当初自信，但我想，可能也有一些他们想要收回的夜晚，而且不见得都是因为他们太过分了。谁知道他们对自己有多确定？

我撞上了文化上顿悟的一刻。我确定。当亨利·詹姆斯于19世纪80年代写出《波士顿人》（*The Bostonians*）那本伟大的小说时，在那个新英格兰女性主义者兴起的年代，他说他发现了一种“性之情感的衰退”，我觉得我也发现了类似的东西（我指的是异性恋的性。就我所知，班上有一些或很多学生是同性恋者）。这些学生看起来平静、与性无涉。艾滋病增加了危险，但这不可能是唯一的解释。两性之间的相处表面上开始变得冷淡粗糙；两性处在一种僵局中，至少目前如此。

在女性主义获得胜利之后，性角色太不稳定了，使得大家都觉得不对劲。男学生知道女人讨厌专横的、把一切视为理所当然的男人；但他们也知道女人讨厌做事优柔寡断的男人。要么太有侵略性，要么太被动；要不就是“强暴犯”，要不就是软脚虾——男人进退两难。除非那个男人长得够帅，或有足够的魅力可以超越这种情况，否则他只有很小的挥洒空间来调情、说话、求爱，让自己看来是个够格的情人。男人做这也不是，做那也不是。女生们说起话来则好像她们要是在性方面活跃，或甚至感“性”趣，就一定要害怕被背叛。她们不愿意在男人的陪伴下进到纽约市区，但那是一个危险的地方。她们当中很多人来自郊区或小城市，在那里她们比较安全。“收回那一夜”的悲痛可能不只出自对强暴的恐惧，还有对大都市的恐惧。

“在美国，女人受到的注视事实上比较少，”史蒂芬森说，仿佛在回答先前凯伦所说的男人在街头骚扰女人的问题，“比方说，美国跟意大利比起来就比较少。纽约男女之间互动的方式是去情欲化的。为了保护自己，你不能直视对方，肢体语言也受到限制。在意大利和法国，时时刻刻都有张力，都有许多游戏。眼神、调情，这全都是游戏，没有什么大不了的。在纽约你不能这么做，因为有危险。在这里，拉丁裔的人可能会这么做，但在白人和黑人之间，就有危险。”

“麦金农保守得不可思议，”他继续说道，因为惊异而提高了声音，“我在这文本里只看到压抑。她的文体，她的句子——咔嚓、咔嚓！”他用手掌的一侧往桌上砍去，像是屠夫在砧板上剁东西一样，“从阶级之分开始，最后达到这个完全去情欲化的防御地步。”

但美玲觉得这太过分了:“我们说过康德保守吗? 大家一讲起麦金农都会抓狂，但我不认为需要这样。我们对康德就没有这样。”

嗯，关于康德的部分她说得没错，讲到课堂上的事也有些道理。这两小时的课刚开始的时候，我应史蒂芬森的要求分析了麦金农对色情的观点，结果演变成对麦金农的全盘攻击。美玲认为我们两个人是在联手对付麦金农，事实上也的确如此，虽然我们不是事先筹划好的。

我听着学生发言，很确定激进女性主义的语言已经把所有人谈性的语言都染了色；最起码，它帮助毁掉了古老的罗曼史语言。在课堂上,学生们谈着性的“角色”,谈着“权力”和“互动”。在两堂关于女性主义以及两性关系的课里，我想我连一次“爱”都没听到。文学和权力有关，性和权力有关，而且这种语言是很阴险的，因为一旦你把人生和艺术谈成权力，再用别的话来谈就会显得缺少色彩或者天真无知。这给人一种印象，似乎对许多学生而言权力是性感的,但性却不性感。我再次感到自己有点愚笨，像是个开明的伯伯在鼓励迟疑的年轻人到树林里去玩。真是一群古板的人！现在年轻人的问题就是他们到处乱搞，唯恐天下不乱。

今日女大学生所承受的种种压力

我对现今的情形做了一个猜测，在这里写出来，试着诠释一个可能在五到十年后会过去的文化时刻。

近十五年以来，年轻女大学生承受的压力变得非常大。正如波伏瓦在20世纪40年代中期所预见的，女性运动的成功却也使她们的人生变得比较艰难。在她们毕业的时候，人们期望她们在商圈里、职场上、艺术界中有大好的前途；人们期望她们刚强、有纪律、有野心、工作努力，但同时也比男人善良；敢想敢干但也慈爱温柔；面对异性既能保持清醒，又能擅长调情；是职业妇女但也是一家之主；解除了大地之母和女巫的神话，但又被纳入“完整的女人”的神话；人们期望她们同时具有这一切。男人也面对压力，而且一直如此，但他们所面对的压力没有这么互相矛盾。而有史以来第一次，女人无处可躲了。完全无处可躲。这很令人害怕。很少会有大学生像我这样说，但我想她们在读大学的时候，已经感受到许多这类的压力了。对于一些人而言，她们的恐惧和困难集中在强暴上；许多女孩子因而退缩，不与男人建立关系。男人这种麻烦是她们大可不需要的。至少暂时如此。

但到了这堂课的尾声，我正感觉凄凉、感觉似乎我自己青春的一部分已经消失的时候，我最喜欢的学生诺亚开了口。

“我们是逃不开权力的，”他说，“但权力并非固定。权力可以被协商、交换、修改、反转。在性的方面，权力并非固定。”

嗯，正是。这就是后女性主义的典范，如果有这种东西存在的话。这就是 20 世纪唯一成功的革命所带来的果实。古老稳定的性角色的瓦解，对男人和女人都是件好事。女人不需要假装缺少勇气和坚强，男人也不需要假装他们什么时候都勇敢又坚强。这本身就是一大改变了。两性现在可以抛开彼此的神话，他们可以玩。然而，麦金农似乎陷在她自己的执拗当中。除了性虐待和受虐狂的圈子，谁现在还用“顺从”（submission）这个词？麦金农对人生的观点是暴力、骇人、片面的，比大部分的色情刊物都要肮脏。男女平权的革命正在发生，至少在这些学生们将会进入的那个世界里如此，而麦金农的脑袋却还在色情国度里。

重新创造私人领域

我听着这些学生谈论权力，心里有一个最简单的希望。在我们这个着了媒体的魔的社会里，羞耻心已经被克服，耻辱则成为公共财产，人们不再谈论爱和情欲，而是谈论权力。隐私这个老观念需要重生、需要重新被尊奉。新的一代需要重新尊奉隐私，否则爱情生活就会死亡。我们必须把自己内心的奥普拉和莎莉·洁西关起来，让自己的灵魂和朋友、文学或上帝沟通。我们必须把自己交付在感情的私人剧场里，让男人女人搭建出欲望里真实的部分，而不是让整个社会和权力的论述把他们挤下床去。简单？天真？但这是办得到的，不是吗？为了得到自由，年轻男女必须试着关上门，从头创造他们自己的神话。在权力关系更迭的年代，性和爱开启了新的可能性，他们必须把权力论述放到一边去，让权力自然随意地流向任何地方。

“收回那一夜”不只是在攻击强暴，同时变成一种攻击快乐可能性的隐喻，这简直是灾难。三观得重建。在新创造的私人领域里，权力会兴盛发达——诺亚说得没错，我们是逃不开它的——但它会来回转移，变成游戏式的、探索性的、自然而然的。我是泰山，你是珍。但明天晚上：你是泰山，我是珍。让权力随意流动。情欲需要被释放。西方经典告诉了我们许多事，其中之一就是，到了收回那个夜晚的时候了。

第二十七章　康拉德

《黑暗之心》里描写的不只是非洲丛林里的恐怖奇观，而是一切，包括布鲁塞尔这个城市以及马洛对每个白种人的看法，都是以讽刺的笔法写出，有如一场噩梦，是背井离乡、流离失所的经历。

我们已接近学期尾声，文学仍处于悬而未决的状态。该是思索的时候了。

《黑暗之心》的自由派读法：文明与野蛮

“这里有谁是来自野蛮民族的？”“教练”对班上的学生喊道。“我们都来自非洲。”班上唯一的非裔美籍学生亨利平静地说，他指的是许多考古学家都推测人类生命起源于非洲撒哈拉地区这回事。换言之，民族之间没有高低之分。我们都是“野蛮人”。夏皮罗笑了。我想，他原本想得到的答案不全是这样，但这是个好答案。然后他又开口了。“你们自然吗？”他对着离他最近静静坐在桌尾的一个女生咆哮，“你们受到了什么限制？那些铆钉是什么？你们为什么要在这里接受文明，上文学人文课？”

在一学年文学人文课的尾声，作品的情绪变得激动、沉重、山雨欲来。简言之，我们在读康拉德（Joseph Conrad）。文学人文课到最后给个别教师一个星期的自由选择。有些教师选了陀思妥耶夫斯基、托马斯·曼、纪德或博尔赫斯的作品。喜欢麻烦的夏皮罗教授则选了康拉德。他那些反问句里所用的字词：野蛮、文明、限制、铆钉，都引自康拉德的《黑暗之心》（*Heart of Darkness*），一部关于殖民者劫掠行为的中篇小说杰作，而学生都被这部作品震慑住了。康拉德的小书已经将近一百岁了，一代又一代的读者对它都很熟悉，这部杰作同时也是高中的经典教材，而其中使人讶异、惊骇的力量丝毫未减。在许多地方，要讨论现代主义、帝国主义、西方的伪善面具、“文明”的暧昧之处，这本书都是起点。它极其复杂，多年来人们对它的象征、神话、心理分析意义做出了各种诠释。T. S. 艾略特在他的诗《空心人》（*The Hollow Men*）前引用了一段《黑暗之心》的内文；海明威和福克纳（William Faulkner）都深为此书所震撼，奥逊·威尔斯（Orson Welles）和弗朗西斯·福特·科波拉（Francis Ford Coppola）亦然，前者曾想要将之改编并拍成电影，后者则以之为本，拍出了描写越战中美国人绝望的史诗级电影作品《现代启示录》（*Apocalypse Now*）。

然而近年来，康拉德以及《黑暗之心》，在学院中被质疑的乌云笼罩。用学院一族的奇特语言来说，这本书已经变成了一个“争论场所”。毕竟，康拉德笔下呈现的是 19 世纪欧洲人的观点，把非洲人看作原始人。他攻击比利时的帝国主义，但同时又称赞英国的帝国主义。1975 年，享有盛名的尼日利亚小说家兼短文作家契努瓦·阿契贝抨击《黑暗之心》，呼吁将它从西方经典之列除名。近来，哥伦比亚大学最有名的尚在世的批评家与文学学者爱德华·萨义德也对此书提出了具有敌意及破坏力的问题。萨义德汇整了这些内容，与许多其他的文章一起收录在他 1993 年的《文化与帝国主义》(*Culture and Imperialism*)中。萨义德当然无意破除经典，但他对这本书发动了攻击。要是康拉德的名誉受到了些许损伤，那么对于学院左派一再指责的西方经典文本的“霸权话语”(hegemonic discourse)，很难想象还有比这更为成功的挑战了。

夏皮罗的学生变成读者

《黑暗之心》在1898年12月至1899年1月这两个月间写成，内容既是关于一趟旅程的记叙，也是某种病态的神话故事。康拉德笔下的叙事者兼他的另一个自我——马洛，是19世纪90年代的商船水手，他受雇于一家巧取豪夺的比利时贸易公司，溯刚果河而上，任务是找回该公司得力的代表兼象牙商柯兹先生，因为柯兹神秘地失去了联络。伟大的柯兹先生！在非洲，每个人都谈他的小道消息，对他又羡又妒，而且鲜少有人不憎恶他。柯兹是欧洲文明的精华，有着足以为人效法的光明和同情心，身为新闻记者、艺术家、人文主义者，现在却到了河的上游之处，有时深入丛林之中为所欲为。他手持来复枪，把自己变成了降临在非洲人身上的神明或恶魔。关于柯兹到底做些什么，康拉德的描述是出名的含糊，但如果你说他“杀了一些人，和另一些人性交，偷走所有的象牙”，我相信你不会错得太离谱。在柯兹身上，殖民主义号称具备的善意开出了罪行的丑恶花朵。马洛的旅程从欧洲到非洲，再沿河上行到柯兹的内地驻站，揭露了殖民“使命”的肮脏和灾难；在马洛的脑海中，这也是一趟回到创世之初的旅程，富饶的大自然无拘无束地统治万物；同时在比喻的层面上，这旅程更是向下穿过层层的自我，到达被压抑的不法欲望，不再受到社会生活的掩盖或消音。马洛和柯兹在死亡的门前不期而遇。

重新阅读的过程经常令人震惊，因为你在其中会碰上早年的自我，现在已经面目全非。我发现，我一开始对那名扬四海的文风感到有些不适，这点是以前没发生过的——壮观、惊人而（别无他词可形容）活力四射的激奋之感，来自康拉德煞费苦心学习驾驭的英文。康拉德出生于沙皇治下的波兰，虽然幼年生活环境中有人说英语（他父亲曾翻译莎士比亚的作品），但英文是他的第三语言，因此他的文字不时会流露出他第二语言法文的特质，倾向于高度知性的通俗剧式情绪以及顺耳押韵的抽象词句（“厌憎之事的迷人之处”）。哦，坚决无情，难以言喻，无法形容！康拉德的形容词恶名昭彰。深具影响力的英国评论家里维斯（F. R. Leavis）虽然喜爱康拉德，但也会揶揄“那是一股无法平息的力量的沉寂笼罩在一个难以测知的意图之上”这样的句子。里维斯认为，这句子听起来太过于雄辩滔滔，雕琢过度、激情泛滥，读来颇觉怪异。萨义德时代杰出的文体戏仿家麦克斯 · 毕尔波姆（Max Beerbohm）写过一篇精彩的康拉德式文字：“沉默，热带之夜那充满低语而不宁的沉默，笼罩在被太阳晒透了的小屋上，小屋在愤世嫉俗的星光下蒸腾出水汽……小屋里，一个肥胖苍白的白人身形被蚊帐所覆盖，蚊帐本身跟其他的一切一样有如幻影，只有更甚。”

里维斯抱怨的是风格。然而近年来，康拉德文字的特质本身变成了他不受政治赞许的一个原因。对康拉德抱持敌意的人，如今把他偶尔出现的抽象词句当成创造满足私欲的神话的例子，语言和其声称要再现的现实脱了节。

要是独立出来看，这些句子当然很可笑，但你只会在里维斯或近期的契努瓦 · 阿契贝的评论中单独读到它们。我一口气往下读了二十页后就不再感到不适，而是沉迷于康拉德的魔咒之中；接下来，就连他最沉重堆砌出来的句子也都意义各有所指，总结了前面许多特定的事物。马洛叙述道：

> 上溯那条河就像是往回走到世界最早的初始，大地之上草木杂乱，巨树为王。一条空的河流，一片广大的沉默，一片无法穿透的森林。空气温暖，浓厚，沉重，缓慢。耀眼的阳光中没有喜悦。荒芜的水道长长地延伸出去，流向遮阴的幽暗远方。银白色的河岸上，河马和鳄鱼并排晒着太阳。河面逐渐开展，流过一群长满树木的小岛。你在那条河上迷失，就像你会在沙漠里迷失一样，试图找寻水道的时候总是撞上浅滩，直到你觉得自己着了魔，隔绝于一切你曾经知道的事物之外——在某处——遥远的地方——也许是在另一辈子。有时候你的过去会回到脑海，就像有些时候尽管你没空闲想还是会记起过去；但它回来的时候仿佛是一个扰动吵闹的梦，在这个植物和河水和沉默的奇怪世界里，在无法抵挡的现实当中，被惊奇地回忆起来。而这种生命的沉寂与宁静丝毫不相似。那是一股无法平息之力量的沉寂笼罩在一个难以测知的意图之上……

在一个层面上，这文字现在看起来跟电影很接近：它陶醉在感官刺激中，所描写的行动极端，暴力丑怪（不管呈现的手法有多间接），谜题颤抖、预感和惊吓的辞藻丰沛。但在其他的层面上，《黑暗之心》则是现代主义最为提振知性的一面，调子是如此现代、如此疏离，这也是我年轻的时候没注意到的：无限的骄傲，无限的鄙夷，一种几乎满溢而出的反抗情绪，以及几近恶意的冷面幽默。

>……我不会假装说那条汽船一直都浮着。有好几次它得稍做跋涉，旁边还有二十个食人族的成员在推着，水花四溅。我们在途中从这批人中招揽了一些当船员。各司其职的好人——好食人族。他们是可以共事的人，我对他们心存感激。而且，毕竟，他们没有在我们面前彼此吞食：他们带了河马肉当口粮，肉腐烂后让荒野的神秘变成一股直冲鼻孔的臭味。呼！我到现在都还闻得到。经理上了船，还有三四个朝圣者（即白种商人）带着他们的人——都到齐了。有时候我们会抵达某个靠近河岸的驻站，紧抓着未知的裙摆，然后白人们便从东倒西歪的棚屋里冲出来，手舞足蹈满心欢喜地惊讶和欢迎，他们看起来很奇怪，好像是被什么咒语控制拘留在那里。“象牙”这个词会在空中萦绕一阵——然后我们继续进入沉默之中，沿着空荡的河湾，绕过寂静的荒野，穿过弯曲的河道，两旁夹岸的高高树墙回响着船尾外轮空洞的拍打声……

远在家乡的国人继续用基督教慈善和“改进”的语言来包装殖民的“使命”，他们看不见这些“朝圣者”已经变成残忍的掠夺者。那些吃河马肉的食人族能够自制，欧洲人则不然。夏皮罗一开始嘲讽的俏皮话就是这个意思：“野蛮”是我们所有人与生俱来的，包括最“文明”的人，因为根据康拉德的说法，我们只是活在短暂的插曲里，介于无数个世纪的黑暗与即将到来的黑暗之间。只有铆钉能提供安全和稳定感，这些是修复马洛那艘破烂汽船所急需的——铆钉、船本身、水手精神与职责，在道德无政府状态的时期维系住生命。马洛最后见到了柯兹，蔑视他放弃自己，同时又带着令人屏息的模棱两可的态度，钦佩他一路直沉到灵魂最深处，在那里，在死亡的那一刻，找到了他自己人生的评价。这可能是继莎士比亚的作品之后最有名的死亡场景：

> 我从来没看过类似他五官表情所发生的那种变化，也不希望再看见。哦，我不是受到感动。我是被迷住了。仿佛一层面纱被撕开了。我在那象牙般的脸上看到阴郁的骄傲，看到无情的权力，看到怯懦的恐惧——一种强烈而无望的孤绝。在那全知的极致之刻，他是否重温了每一个欲望、试探和投降的细节？他似乎看见某个影像、某种景象而低声叫了出来——他叫了两声，那声音不过只是呼出的一口气：
>
> “可怕！可怕！……”

柯兹那句维多利亚时代的惊呼（“可怕！” The horror!）到底是什么意思，这个问题长久以来一直受到争论和时不时的嘲笑。但他所指的必然包括他之长期沉溺于“厌憎之事”——他的所作所为、他的自我放逐、他的内心崩溃。夏皮罗开场的问题设立了对这部中篇小说的一种自由派读法——质疑柯兹所代表的西方文明，这些年轻的学生也是这一文明的代表。但近来，《黑暗之心》的艺术价值，以及将其看作对西方文明与自我的严肃批判的自由派读法，都受到了评论家的质疑，这些评论家认为审美主义和自由派人文主义是相互搭配的一组错觉——一个不自觉的压迫体，旨在说服无权力的人承认他们的处境是正常的。根据这种想法，《黑暗之心》是一部有罪的文本。它暴露并谴责帝国主义的劫掠，但本身也是该劫掠行为的共犯。

亚历克斯与亨利争斗，大家都感到忧虑

夏皮罗问学生认为他为什么选了这本书，结果话还没说完就有很多只手举了起来。

“你选这本书是因为整个核心课程都具体呈现在柯兹身上，”先前回答了夏皮罗关于“野蛮民族”问题的亨利说，“我们具体体现了那些知识，而这本书问我们在空虚的地方有什么感觉——我们是淹死了，还是带着更强的自我感走出来？”

嗯，这话说得佶屈聱牙，不过我知道亨利的出发点在哪里。他把这本书当成是对这门课和对他自己的考验。对亨利而言，康拉德有很大的个人意义。他在哥大大二这一年变成了尼采的热烈信徒，而尽管康拉德宣称他恨尼采，这确是一部尼采式的文本。亨利生命的意义，他的个人神话，要求他挑战、搏斗、战胜自我、超越自我。他个子高壮，剪了个平头，声音浑厚沙哑。在这堂课之后几个月，他在身上弄了一个他所参与的哥伦比亚黑人兄弟会的标志，不是刺青而是烙印，这一行动带着灼人的讽刺，是优等民族的成员所不屑的。不论柯兹有多么可怕，他对亨利而言都是个范本，就像他对康拉德的叙事者查理·马洛而言也是范本一样。

克丽斯汀·黄是来自新加坡的华裔大一学生，受过丰富的英国文学教育，也把这本书看作对西方文明的考验。但和亨利不同的是，她讨厌那个深渊。柯兹已受到诱惑，预示着崩溃解体。“我们能应付我们所寻找的知识吗？”她问，“还是我们会跟柯兹一起说：‘可怕’？”对她来说，柯兹临终时的情感爆发承认了知识的失败。

其他许多学生也发表了类似的意见。突然间，在课程的尾声，学生们都相当愿意把他们这一年的西方经典教育看作是有疑义

的。他们对“宝典”的阅读，只有在同时被质疑的情况下才能被确立。夏皮罗的反问无疑导引了他们的反应，但他们反应的强度仍然令我惊讶。

“这本书是一种考验，”约瑟夫说，那个温和有礼的约瑟夫，进一步拓展了克丽斯汀的想法，“这本书的存在能救赎男性霸权这一脉的文化吗？能救赎在这个传统之中的教育吗？”我相信约瑟夫要问的也是，“这样一本书的存在可以救赎帝国主义的罪行吗？”至少，这是我要问的问题。

夏皮罗的学生们一整年来都没有这么大胆、自由过，随着课程的进行，他们不断解读这个文本里面的意义，有些学生手持这本平装的小书，就像牧师对信徒宣讲一样。夏皮罗曾一再努力尝试让他们大声把文章念出来，对字句带一点感情，但绝大多数的时候他们的声音都单调平板，好像在念什么技术说明书似的。但现在他们自然地大声念了出来，声音高昂、激动，甚至回荡着。他们正在变成读者。

“对这门课而言，这有点像是在总结，对不对？”夏皮罗说，“我们从航向特洛伊的旅程开始……”

“这和所有那些我们读过的地狱之旅有相像之处。”亚历克斯说。我们上简·奥斯汀的时候他先是不屑一顾，而后说了些颇有见地的话；亚历克斯引用了《伊利亚特》和《埃涅阿斯纪》中穿越冥界的旅程，并提及了但丁。康拉德在写最精彩的场景之一的时候显然想到了但丁。马洛抵达了该贸易公司的中央驻站，看见的是断垣残壁、毁损的机器和生锈的钉子，并在树下碰到了几十个筋疲力尽、被丢下来等死的非洲工人。“我仿佛是踏进了某个冥界的晦暗圈子里。”他说。

他们正慢慢地死去——这显而易见。他们不是敌人，不是罪犯，现在已经不是这个世界的人了，只是疾病和饥饿的黑色影子，困惑地躺在绿森森的黝暗中。他们从海岸边的各个隐蔽之处被契约完全合法地带来，迷失在水土不服的环境里，吃的是不习惯的食物，生了病，干不了活，然后被允许爬开休息。这些垂死的人形像空气一样飘忽——也几乎像空气一样轻。我渐渐地分辨出树下发亮的眼睛。这堆黑色的骨头侧身靠树平躺着，眼皮慢慢抬起来，凹陷的眼睛向上看着我，又大又空洞，眼球深处有一种盲目的白色光芒在闪动、在慢慢地熄灭。这人看起来很年轻——还是个男孩——但你知道这些人是看不准的。我口袋里有我拿的瑞典人的船上的饼干，除了给他一片我也无能为力。他的手指慢慢地合拢握住饼干，除此再无其他的动作和眼神。他脖子上绑着一条白色毛纱——为什么？他从哪儿弄来的。这是一个标志、一个装饰品、一个符咒，还是一个和解的动作？这东西附带着任何意义吗？在他黑色的脖子上，这条来自海外的白色毛纱看起来让人惊愕。

在那棵树附近有另两堆尖锐的棱角缩起腿坐着。其中一个下巴靠在膝盖上，用一种可怕得令人无法忍受的样子呆瞪着眼。他的鬼影兄弟垂着头，似乎累得软瘫在地；其他人在周遭四散成各种扭曲的尸体，像是大屠杀或瘟疫的图画……

虽然最后一句话把这一群死人和古代及中世纪的灾难联结起来，但如许多读者已经指出的，这里有一种前所未有的恐怖之感，是地球上新出现的后来被称为种族屠杀的灭顶之灾。强迫刚果人劳动的欧洲人当中，至少有一部分是热衷于“压抑野蛮习俗”的“自由派”，这是康拉德笔下最苦涩的讽刺之一。他们带进刚果的也许不是有计划的屠杀，但仍然是屠杀，和蓄意造成的结果没有什么不同，而一些学生指着这一段，感到羞愧。西方人做出了这种事。我们在地球上创造了地狱。写于19世纪末的《黑暗之心》在整个20世纪里有着不幸的回音。马洛所受到的震惊，那些饱受摧残、令人骇异的人形，预示了1945年同盟国军队解放集中营时的感受。“这本书能救赎西方吗？”这个问题的答案只能是暂时的，因为没有一本书能为任何一个文化这么做。但如果有些罪行是不可救赎的，坦白承认罪行也许能稍稍减轻罪恶。康拉德便写出了这样的一份承诺。

这是自由派读法的核心，夏皮罗的学生很愿意地对此做出严肃而热烈的反应。然后，突然之间，课堂陷入了尖酸苦涩的争执之中。夏皮罗和学生谈论柯兹和西方道德自我判断的方式令亚历克斯不满，他认为那都是油腔滑调。他无法用启示录式的眼光来看这本书。柯兹是个罪犯，是个孤立存在的人物，不代表西方或任何其他的东西。“为什么这是对西方的批判？”他质问，“没有任何文化会赞扬像柯兹这样的人。没有任何文化会饶恕他的所作所为。”大家群起抗议，甚至有人笑他。“好吧，”他稍做让步了，说，“这可以被读成对西方的批判，但并不只是针对西方。”

我坐在教室的一角，仔细地看了看他。他紧绷得跟一面鼓似的，冷漠，有一点自大。柯兹和他一点关系也没有，这是他不容置疑的态度。他有点隔膜，有所保留。但我知道这个学生。

我知道他。我只在课堂上看过他，而且只有第二学期，但他身上有某种熟悉的东西令我讨厌，即使我说不上来那到底是什么。他为什么这么紧张？其他的学生并没有说自己要为帝国主义负责，也没有沉浸在罪恶感之中。他们只是承认自己参与了一个“进步”的文明，这个文明可能会失去其道德的方向，崩塌成罪恶深渊。他们认为这是可能的。

亨利靠在椅背上，他坐在墙边，位于坐在桌边的亚历克斯之后，坚持存在主义式的读法。“柯兹这个人物代表了每一个人，”他说，“他进入了灵魂深处，在父母、宗教、社会的层面之下。”

亚历克斯不同意。他们两人的对话没有交集，各自提出不同的观点角度，但他们声音里的针锋相对显示出一种不仅仅是意见不合的敌意。有一阵尴尬的停顿，有些学生不安地动了动身子。我以前从来没看过这两个人吵架，他们所讲的话也没有愤怒的理由，但当他们各自重复自己的立场的时候，教室里突然充满了愤怒。夏皮罗想息事宁人，其他的学生则惊异而忧虑地面面相觑。亚历克斯和亨利的争论与种族无关，但种族问题毫无疑问地笼罩其上。亨利另起一条路线，提到康拉德把非洲人描写成野蛮原始的人，反映了当时欧洲人的看法。他开始提出和阿契贝类似的论点（阿契贝抱持敌意的文章收录在《黑暗之心》的诺顿评论版里——有些学生买了这本书，虽然这不是指定必买的）。但之后亨利一句话讲到一半就停了下来，突然间放弃了他的立场。在我们上《李尔王》和这一年间的其他课上，他都摆明了是以一个黑人男性的身份提出论证。但此时此刻他不感兴趣。现在有更紧迫的事情凌驾在他身上，不是种族的议题，而是存在的议题，他急需的身份认同不只是一个非裔美国人，更是一个四面楚歌的人。“善和恶都是约定俗成的，”他说，“在压力之下就会崩溃。”这对所有的人来说都是真的。

“这本书谈的也是善与恶之间的差异，”亚历克斯反驳，“每个人都批判柯兹。”但这不是事实。马洛批判柯兹，康拉德批判柯兹，但在布鲁塞尔，人们为柯兹哀悼，把他当作启蒙的使徒。我更仔细地看了看。亚历克斯像是大家耳熟能详的那种“邪恶的儿子”，在逾越节庆祝仪式中对其他人说：“为什么你们认为这很重要？”他否认自己和一个具有慑人意义的事件有所关联。是的，我太知道他了。他有张苍白、瘦削的脸，骨感的鼻子上戴了副眼镜，缺少血肉之感，带着一种无性别的傲慢。他很聪明，也很年轻。在夏皮罗班上的所有学生当中，他和我十八九岁的时候最相像。他远比当时的我有自信、有口才，但我仍然能够看出这一点。我也吓了一跳。虽然我不太承认，但一整年以来我一直在寻找20 世纪 60 年代那个大学生的痕迹，苍白、敏感、细瘦、有野心，但胆怯。我找到的痕迹很少，可能在这个角落那个角落的一个影子、一个记号，但除此之外就什么也没有了。我没有预料到这个幻影会变成一个能说能走的鬼魂。

亨利坐在那里，包在绿色的高领毛衣、深色眼镜和棒球帽里，我看不出他的表情。他和亚历克斯争吵当中的愤怒，是否部分来自黑人与犹太人之间长期的争执、来自那纠缠纽约知识界和政治界多年的憎恨？我不确定，但夏皮罗不开心。他的反问句或许讲得有点过头了，激起的火花可能变成一场大火，于是他迅速转移了讨论的方向，要学生解释康拉德使用“黑暗”一词的意思。马洛的故事是在英国讲的（在停泊于泰晤士河口的一艘游河的双桅帆船上）——康拉德说，英国也是地球上黑暗的地方之一。

老师和学生以中立的态度解释了一会儿文本。一整年来，夏皮罗都忽而分析书的架构和语言、忽而以反问攻击学生自以为是的观念。但对于这部文本他要的不是正经八百的分析，于是他回头来讲比利时利奥波德二世（Leopold Ⅱ）——他实行了殖民非洲最令人发指的一些暴行。他始终称之为高贵而自我牺牲的那项目标，其中西方甚至西方大学都是共犯。

“除了那项‘高贵目标’，你们还可能怎么被文明开化，”夏皮罗说，“你们都是那项高贵目标的产品。哥伦比亚的校训从拉丁文翻译过来就是，‘于汝之光中吾等得见光芒’。那个光就是应该穿透黑暗之心的光，不是吗？”

“但启蒙只有透过黑暗才能实现。”亨利说。亚历克斯再度愤怒地表示反对，亨利则提高声音做出挑战性的回应：“亚历克斯，要是你不想想黑暗中有些什么，就是没抓到这本书的重点。康拉德要你做的是看进空虚之中，找出个结论。”亚历克斯勃然大怒，有那么可怕的一刻，我以为他们真的要动手打起来了。

班上的女生在他们这段对话中大都一言不发，受到了惊吓，后来很生气地抱怨说：“男生就是这样，自以为这样爱出风头就很有男子气概。非要比比看谁是最厉害的知识分子。”没错，但这事也和种族有关。虽然夏皮罗恢复了秩序，但有什么东西已经破掉了，这堂课开始得那么好，每个人都很投入地阐释这本书，现在铆钉却散开了。

阿契贝所指控的种族主义

《黑暗之心》是一本腐败堕落的书吗？契努瓦·阿契贝谴责若干段落有种族歧视的意味，其中包括这一段：

> 我们游荡在史前的地球上，这个地球带着未知星球的样貌。我们可以把自己想象成开天辟地以来的第一批人，继承了一笔受诅咒的财产，要降服这笔遗产必须以深刻的苦楚和极度的辛劳作为代价。但在我们挣扎着转过一个弯处时，会突然瞥见灯芯草做的墙、尖尖的草搭屋顶，听见一阵叫喊，看到黑色的手脚挥舞，在悬垂不动的浓密枝叶下看到一堆手在

> 拍、脚在踏、身体在摇晃、眼睛在转动。汽船吃力地缓缓前进,沿边是一排狂乱而令人费解的黑人。史前的人在诅咒我们、向我们祈祷、欢迎我们——谁分得出来?我们隔离在四周环境之外,无法了解;我们如同鬼魂一样滑过,感到讶异并暗自惊愕,就像正常人面对疯人院里一阵激动的爆发。我们无法了解,因为我们太远了,而我们无法记得,因为我们是在世界之初的夜晚旅行,那些时光已经消失了,几乎完全没留下迹象,也全无记忆。
>
> 大地看来似乎不属于这个尘世。我们看见一头被征服的怪物拴在镣铐里也见怪不怪,但在那里,在那里你看见的是自由的怪物。那些事物不属于这个尘世,而那些人……不是说他们不像人。嗯,你知道这才是最糟糕的,疑心他们其实也是人。这种想法会慢慢出现。他们吼叫、跳跃、打转,做出狰狞的鬼脸,但让你激动的正是想到他们也是人——就像你一样——想到你和这狂野激烈的喧闹有着遥远的亲戚关系。丑陋。是的,这够丑陋的,但如果你是个真正的男人,你会向自己承认,你内在对那可怕而坦白的嘈杂也有微妙的一丝反应,朦胧地疑心那其中有着你——离世界之初那些夜晚如此遥远的你——能够了解的意义……

阿契贝相信《黑暗之心》代表了欧洲人的习惯,把非洲"当成是欧洲的挫折,一个否定之地……与之比较起来,欧洲本身的优雅精神彰显于焉。"康拉德着了迷似的描写非洲人的黑皮肤,真正的目的在于要安抚欧洲人的优越感:"《黑暗之心》将非洲的形象投射为'另一世界',是欧洲的对立面,因此也是文明的对立面,人类自夸的智力和精致终究都被兽性的胜利所嘲弄。"对于一群死人的场景和其他类似的场面，阿契贝蔑视其中的“假慈悲”，认为那只是装饰而已，这本书“以最为恶俗的方式展示了偏见和侮辱，这些偏见和侮辱在过去使得部分人类承受了难以言喻的痛苦和暴行，如今在许多地方也仍然以许多方式经受着苦难。这篇小说让黑人的基本人性都被怀疑”。

契努瓦·阿契贝至少写过一本极好的小说，名为《事物崩解》(*Things Fall Apart*，1958)，这本书我十分喜爱，从中获益很大。但他这篇写康拉德的文章，本来是 1975 年于马萨诸塞大学演讲的稿子，修改后收在 1987 年诺顿第三版的《黑暗之心》里，在阿契贝 1988 年的随笔文集《希望与阻碍》(*Hopes and Impediments*) 中也有收录，但其中充满了语言暴力，让我退避三舍。在阿契贝眼中，这本书并非在呈现那个时代或者是演绎一个虚构的情境、同时精确地描写了白人对未知的恐惧，而是在诋毁所有的非洲人，纯粹是种族攻击。就阿契贝看来，非洲人已经努力挣扎脱离了殖民话语的监狱，但是读康拉德就等于重新回到那个监狱里去:《黑暗之心》这本书里占上风的永远是欧洲人。康拉德是个种族歧视者，事情就是这样。

我想要争辩说，大部分和我一起刚读完这本书的学生——美国精英分子——都把《黑暗之心》看成是西方可耻行为的再现，而非肯定了西方的“优雅精神”。我要坚持的是,《黑暗之心》里的一切，不只是非洲丛林里的恐怖奇观，而是一切，包括布鲁塞尔这个城市以及马洛对每个白种人的看法，都是以讽刺的笔法写出，有如一场噩梦，是背井离乡、流离失所的经历。

是的，康拉德把河岸上那些比手画脚的非洲人描述成狂暴而无法理解的“他者”。但想一下小说里的情境！马洛刚从欧洲来，被丛林层层包围，驾驶一艘小汽船上溯那条大河，航向未知的命运——也许是死亡。他是冒险故事里的人物，困惑于奇异的事物。阿契贝似乎是希望他和非洲人攀谈，或至少仔细地观察他们，并从而了解到他们也是人，也有灵魂、有自己的命运、有精神上的挣扎、有自我的胜利和灾难。因为他们肯定和马洛、柯兹一样有这些东西。但这篇幅简短的叙事当中充满了源源不断的物质与哲学动力，康拉德的目的在于暴露出欧洲人“毫无怜悯之心的愚行”，是否能用它来描述非洲人的自我？阿契贝要的是另一篇小说、另一个主角、另一种意识。事实上，马洛虽把非洲部落的人看作野蛮而无法理解的，却也感到和他们之间有类似之处。他没有认出自己和他们之间有什么道德上的不同之处。感到挫折混乱的是欧洲人。

但有什么用呢？虽然阿契贝是小说家而非学者，近年来各种学术背景下仍然出现许多经典作品批判，与他的说法类似。像《共同的语言》（*Lingua Franca*）这样（报道大学里的潮流）的刊物常常充满了大学出版社的广告，征求诸如文学与种族、文学与性别、文学与帝国、文学的社会背景、“大众”类型文学之类的书籍。不管这些学者在课堂上做了些什么，他们在课堂之外是想要以政治化的文学观来扬名立万。里维斯评定文学伟大与否的标准“道德严肃性”已经被“文化研究”或“后殖民研究”学院人士的道德挑衅取代，他们紧咬着作者或环绕在作者身边的任何权力形式不放。《黑暗之心》的确可以被读成写种族歧视的作品，只要读者愤怒到忽视该书的小说策略，忽视它显而易见的痛苦，忽视康拉德在 19 世纪 90 年代对种族的意识和我们对种族的意识之间有多少差别。只要读者无情到能把书中对生命的再现抽离出意义之外，是可以把它读成种族歧视的。哲学家理查 · 罗逖近来抱怨道：“文化研究的教授教学生拨开令人屏息的诗，去寻找

‘文化生产的条件’。”这种读法会使阅读失去部分魔力。老方法是为了乐趣而读小说，现在却被说成是天真的、有可能是反动的，这是服从政治的价值观，而此一价值观正是以叙事的乐趣来掩饰的。在某些地方，阅读的乐趣本身已经变成了一种政治错误，就像在奥威尔（George Orwell）的《1984》之中的性一样。

萨义德教授与帝国主义文化

爱德华·萨义德教授和康拉德一样，也是自学成才的一个复杂人物。萨义德是巴勒斯坦基督教徒（他家人是新教徒），1935年生于黎巴嫩，在耶路撒冷和开罗长大成人，这样的根源和乡土已经是一种非比寻常的混合。之后萨义德的事业在美国大放异彩，终于建立起极致的流亡文学人的地位，虽在西方生活和工作，却作为一个批评西方的阿拉伯评论家，捍卫巴勒斯坦人的理想；他对西方文学如数家珍，也积极为非西方的文学说话。

在许多方面，他都令人敬仰。他试着联结不同的文化；他憎恨胸襟狭窄、地域观念，以及国家或种族的沙文主义。他一方面不断地批评西方，另一方面也摒弃头脑简单的第三世界国家主义（也许不如一些人所希望的激烈或全面，但至少他这么做了）；他鄙视狭隘的那些“没有脑筋”的文学观。近年来，萨义德严厉责备他的一些追随者把他对西方文学所做的道德和政治批判夸大到离谱的地步。他也一再表示反对将西方经典“夷平”。我从没听过他演说或讲课（他进入哥伦比亚的时候我正好即将大学毕业），但现在我常在校园里看到他。他相貌英俊，有着一头茂密的头发和深色的眼睛，看来很有内涵，不管跟谁交谈都很亲切地聆听对方。

在观点相左的众多学院评论者中，萨义德或许是最伟大也拥有最多读者的一个。他最著名的作品是那本成就不凡的《东方主义》（*Orientalism*，1978），该书以活力十足的分析论证了西方惯于将伊斯兰教的东方建构成一个“富有异国风味”的形象，以便于控制伊斯兰教的东方。《文化与帝国主义》是该书的续集，萨义德另外的目的是评价 19 世纪和 20 世纪的伟大欧洲作家，以及许多研究这些作家的评论家与学者。米歇尔 · 福柯对他写作的模式影响甚大。萨义德念念不忘的观念是，（文学性、新闻性、学术性）论述的权力是一套文化的态度，为帝国主义的机制和信念提供了基石和支持，尤其是，他说，西方到今天仍然认为欧洲和美国人是有权力统治殖民地的民族，以及这些民族在第三世界的继承人。

这是真的吗？美国人真的想支配或统治第三世界的任何人吗？我不认为他们想（美国人标准的反应会是“太麻烦了，不值得”），不过还是言归正传。萨义德写道，大部分富有想象力的 19 世纪作家都没有醒悟到，他们的艺术作品、他们的精神信仰以及殖民主义的肮脏手段之间存有关联。如奥斯汀、英国诗人丁尼生（Alfred Tennyson）、文学家汤马斯 · 卡莱尔（Thomas Carlyle）、小说家萨克雷（William M. Thackeray）、狄更斯、福楼拜这些作家，要么是对当时英法统治的殖民地民族抱着种族歧视的观念，要么是因为帝国的物质利益而默许这些行为。他们认为帝国是理所当然的，他们的角色可以在这个空间里游荡，他们和邪恶勾结。在他们的作品中，我们随处可以看见那受到统治的世界的痕迹，毫无遮掩。奥斯汀的《曼斯菲尔德庄园》（*Mansfield Park*）里，安提瓜岛上一个蔗糖庄园的利润让一个地主之家（伯特兰家）能够过着英式的优渥生活；狄更斯的《远大前程》（*Great*

Expectations）的中心人物（那个罪犯麦格维奇）在澳大利亚的“白色殖民地”发了财，秘密地送钱给书中年轻的主人翁比普，让他成为“伦敦绅士”。萨义德说，若不分析在其背后给予支持的相关的帝国现实，就无法完全了解这些小说。

但在这两部小说里，金钱的来源有多重要？奥斯汀只提过几次安提瓜的庄园，萨义德也承认，奥斯汀显然对伯特兰家的钱究竟从哪里来不感兴趣。在书中安排蔗糖庄园是为了当作收入来源，也可以把汤马斯·伯特兰爵士暂时弄离舞台，好让年轻人趁他不在的时候胡闹一下。要是麦格维奇的钱不是在澳大利亚赚的，而是在比方说苏格兰非法垄断大麦或麦麸市场弄来的，这又会对《远大前程》的中心主题与象征意义产生多大的影响？麦格维奇仍然会是一个声名狼藉的罪犯，比普要么得把他当作恶棍而拒绝他，要么得把他当作真正的心灵上的父亲而接受他。这些小说在文学层面上，真的受到所谓的帝国主义关联的很大影响吗？还是萨义德在建立律师式的论点，不是因为这些论点有必要，而仅是因为可以建立这些论点？

萨义德承认，简·奥斯汀没有理由对汤马斯·伯特兰爵士的安提瓜庄园中的奴隶发表意见，但他说，这并不表示我们也应该对之不感兴趣。好，但如果是这样的话，爱德华·萨义德怎么不写关于安提瓜奴隶的文章呢？他抓着简·奥斯汀不放，不就是因为奥斯汀是一个以敏锐与感性著称的作家，而他想要使我们震惊吗？“《曼斯菲尔德庄园》，”他断言，“将加勒比海生活的痛苦浓缩，成为仅仅五六句轻描淡写提及安提瓜的话。”所以你就可以看出来简·奥斯汀的感性到底是什么样的。事实上，萨义德把她说得好像在铺路似的：“（《曼斯菲尔德庄园》）不着痕迹但稳定地开展了家庭里的帝国主义文化描写，要是没有这种文化，英国后来占取领地的行动就不可能发生。”

该书 1993 年出版的时候，这样的言论在英美的报章杂志上引起了一小阵反弹。但我想，萨义德选择简 · 奥斯汀并非无心。的确，你会渐渐疑心《曼斯菲尔德庄园》之所以有用，正因为它是这么一个不寻常的例子。因为要是简·奥斯汀在这部关于婚姻、性、财产以及角色扮演的小说里和帝国主义的形成有着密不可分的关系，那么所有的东西都脱不了关系了，包括所有的音乐厅表演、茶室餐点，还有插花摆饰。西方的文化无知必须被带到法庭上来审视。

到头来，萨义德的论文难道不是一个庞大的循环论证，断言帝国主义的确受到一个架构的支持，此架构产生了……帝国主义？照萨义德的标准，少有作家能逃过严词苛责。普鲁斯特？他对法国剥削北非原住民劳工之事漠不关心（还有他卧室墙上镶边的软木是从哪里来的？摩洛哥？印度？连普鲁斯特美学沉思的基本材料都是帝国支配的一部分）。亨利 · 詹姆斯？他没有探讨 19 世纪末的工业资本主义以及海外的领土扩张，他笔下那么多富裕的美国角色的闲暇、文雅的话语，以及精神上的痛苦，都是由此造成的。詹姆斯著名的精致风格和老罗斯福好斗的侵略主义一样，都是美国帝国主义的产物。依此类推。用这种方式可以损害任何作家的名誉，但重点在哪里？任何作家要生存，多少都必须和权力有某些关联。

当萨义德讲到《黑暗之心》时（他很喜爱这本书），他坚称康拉德和马洛及柯兹一样，都持有帝国主宰的观点，因此无法想象除了帝国还有任何其他的可能性；换言之，康拉德只能把非洲人想象成受欧洲人所统治的。这算公允。《黑暗之心》中的确有一些相互矛盾、模棱两可的言辞，看来似乎是在称赞英国的（相对于比利时和德国的）海外统治。但和书中排山倒海的其他部分相较之下，这些言辞又有多大意义？

读者记得的是帝国主义的肮脏之处，而萨义德说《黑暗之心》这部作品是“‘瓜分非洲’行为的有机的一部分”，从此向西方人保证他们有权统治第三世界，这种说法有误导的作用。要是我们在讨论中要包含此书所造成的历史影响这一问题，相反地，难道我们不应该问成千上万的欧美读者读完《黑暗之心》之后，是否不会对殖民主义感到恶心？萨义德太急于找出《黑暗之心》里暗藏的权力结构，以至于低估了文字本身就已经在表面呈现出来的力量。这是他的总结：

> 柯兹和马洛都认知到黑暗，前者是在临死之时，后者则是在回想柯兹遗言的意义之时。他们（当然还有康拉德）超越了同时代的人，认识到他们称为“黑暗”的东西自有其自主性，可以重新入侵并取回帝国主义占有的东西。但马洛和柯兹也是他们那个时代的人，无法踏出下一步，认知到他们所见的、去除其力量并贬低其价值的非欧洲的“黑暗”，事实上是一个非欧洲的世界在抗拒帝国主义，以求有朝一日重获主权及独立，而不是要重新建立黑暗，如康拉德那种简化的讲法。康拉德的悲剧性局限在于，虽然他清楚地看出在一个层面上帝国主义是纯粹的占领支配与夺取土地，却无法得出结论说帝国主义必须终结，以使“当地人”能自由地生活，不受欧洲人的支配。康拉德是他那个时代的人，尽管对奴役当地人的帝国主义做出严厉的批判，却无法允许那些当地人享有自由。

我把这段一读再读，愈读愈觉得难以置信。康拉德捕捉到了帝国主义的精神，掌握到了一个民族被大肆屠杀、强迫劳动的情境，这些还不够；不，他的“悲剧性局限”是他没有能“允许那些当地人享有自由”。萨义德指的无疑是某个片段——一个小小的表示、一种言外之意、几个字，暗示未来他们会得到解放。但若说这样会改进《黑暗之心》，还是令我觉得怪异，而且让我脑海里充满了好莱坞烂片的景象：浓密黑暗的丛林中，雾气渐渐散去，远处可见一道彩虹；柯兹戴着一条象牙项链，指着丛林，向一个看来令人敬畏的非洲酋长说道：“有一天我们会离开的。你的族人会得到自由……”

我的老天爷，自由的景象？在那一群死人之后出现？这样的景象不是等于最恶心的滥情吗？不管萨义德的措辞多么谨慎，他难道不是暗藏着敌意，开出一道毁了康拉德艺术成就的处方吗？康拉德没有做萨义德想要他做的事，而是说英国也是地球上黑暗的地方之一。全书从头到尾，他坚持每个人心里都有黑暗。

阿契贝也有类似的滥情。他说，康拉德太执迷于描写非洲人的野蛮，忽视了就在刚果北部，非洲人正在创造伟大的艺术作品——他们制造的面具等艺术品，没过几年（1905 年）就令弗拉曼克（Maurice de Vlaminck）、德兰（Andre Derain）、毕加索、马蒂斯等画家深感震惊，并刺激欧洲艺术发展出了新方向（如立体主义等）。“这番话的重点，”阿契贝写道，“是表示康拉德笔下的刚果人民的画像看来严重不足……”

但没有任何意识的行动是绝对完整的。康拉德并无意将《黑暗之心》呈现为“刚果人民的画像”，就像阿契贝以尼日利亚村庄为背景的《事物崩解》也无意面面俱到地描写英国大地主形象。康拉德和他所师承的詹姆斯一样，倾心于一种无情的形式观。《黑暗之心》虽然短，只有三万五千字左右，却是个尖锐反讽的救难故事，包含着对“文明”与野蛮之间的牵连所做的哲学沉思。康拉德非常简练，省略了很多东西。简练也是契努瓦·阿契贝的艺术风格中一个突出的特点；他和康拉德都不必对非洲文明的每一个方向做出盖棺论定的判断。

阿契贝要把这本书逐出西方经典之列。“问题在于，一本赞颂去人性化、非人遭遇的小说，能否被称为伟大的艺术作品，”他写道，“我的答案是：不，不能。”当然，萨义德绝不会建议把康拉德剔出书单之外。但这仍让人忍不住怀疑，责怪作家没能写到的东西难道不是一种怪异、冥顽不灵甚至充满恶意的解读吗？萨义德和阿契贝的抱怨是非常典型的：在文化左派的阵营里，文学现在激起的是躁动不安。文学是排他的，只能关于一件而非另一件事，代表一种而非另一种观点，“赋予权力”给一个阶级或种族而非另一个阶级或种族。文学缺乏完美的正义，无法让所有的声音都被听到、度量、平衡。欧洲文学是有罪的，因为它和权力有关联，和历史上的“赢家”有关联。简·奥斯汀有罪，因为她没有提到帝国主义；康拉德有罪，因为他有提到帝国主义。他们在本质上、分类上就是有罪的。到头来，这类怨言变成了：康拉德缺少我们今日对种族和帝国权力的意识。可怜、愚笨的康拉德！他被困在他那个时代的意识里，除了写他的书什么也不能做。

我为什么这么生气？一篇讨厌的文章、一本讨厌的书并不代表西方文明就完了，而自由派的人文主义者尤其应该要聆听各种跟自己意见相反的观点。但阿契贝和萨义德（和一些泛政治化的其他评论家）不只是提出对某一作品的不同诠释，而是更接近于攻击文学本身的道德合法性。当然，如果文学正处于全盛时期，我们或许能够不理会这种怪异的“读法”；我们或许能够把这种针对艺术作品的怒气当作一种暂时的学术潮流、一种会议室的挑衅，很快就会消逝。但在这个时代，文学已经几乎要消失在网络空间里，或者根本就要被来者不拒的流行文化推到一边去，因此，大学扮演了很重要的角色。不论是好是坏，文学的未来都属于教授们；而近年来，学术左派的部分人士急于重建过去闻所未闻的声音，因此开始贬低那些过去有所听闻的声音。

应该把康拉德丢出西方经典之外吗

“我没有办法了解你的痛苦，”亨利在下一堂课说，泛指所有的人，但或许也特指亚历克斯，“你也没有办法了解我的痛苦。我们唯一的共通之处在于我们能够瞥见那种可怕之物。”

这种话从这么年轻的男孩子口中说出有些自命不凡，但他提出了支持性的论点，他从亚历克斯后面的座位上站起来，开始正式报告他对《黑暗之心》的感想。他讲到某处时激动地大喊着，从亚历克斯身旁擦身而过，“小心，亚历克斯”，他把几个硬币往空中扔，先是接住，然后让它们掉在桌上，钱币落下的时候发出噼里啪啦的声音，滚得到处都是。大家都吓了一跳。“蛮荒就是这样子，”他说，“它打散我们本想控制住的东西。柯兹走进去，看见了混乱。”

这人有编演情节剧的天分。“混乱”是另一个康拉德式的词，我打了个冷战，我们的前一节课几乎瓦解。然而今天夏皮罗重建了秩序，以一段严肃的讲话开始上课。他弯腰俯在长长的会议桌上，声音低沉地说：“那天我不得不感到一点绝望。”他警告学生不要彼此大吼大叫。他说话的速度很慢，谈到他对于讲这么一本挑战西方社会本质的书也感到矛盾。“教文学人文这种课是很困难的事，因为外界都认为它所代表的社会价值观是规范性的，甚至是保守的——要找到你自己是很困难的事。你读康拉德的时候，是要说‘我要踏出、脱离这个文化’呢，还是要说‘我是否要以某种方法跟它互动，以便能认出这个文化自己对自己说的谎和自相矛盾之处’？”

夏皮罗说下去，就这样慢慢地恢复了他课堂的架构，让这本书在一年来的课程里适得其所，在这所从山坡上俯视哈林区的精英大学里也安然无恙。

帝国主义，现代主义，以及经典

那么乐趣学到了什么，又怎么样被修正、延伸或回绝？现在我回顾那场小小的文化战争，终于明白不管我多么不喜欢阿契贝和萨义德的角度，他们对叙事乐趣的恐惧、对正确态度的要求，都帮我了解了那天课堂上到底是怎么一回事。就像亚历克斯奋力要保持西方文明不受柯兹的罪行所污染，我起初也想要让《黑暗之心》不受政治性分析的影响。事实上，我不认为任何敌意的政治性攻击能真的伤及康拉德这本意味深长、无限丰富的中篇小说。但课堂上那场争辩改变了我。要是坚持说这本书不是嵌入这世界的一部分——就像早期的学院评论家一样，天真地把它当作一个充满象征的花园，或当作是对圣杯、对父亲、对这个那个的追寻，本身就减损了康拉德的成就。假装伟大的文学里没有政治成分也是同样愚蠢。

所以让乐趣对学院左派让步到这里吧：不管个别的例子有多错误、多极端，学院左派仍让读者警觉到了在语言和观点下可能隐藏的假设、认知。比方说，阿契贝和萨义德就刺激了我，让我看出夏皮罗处理《黑暗之心》的方式也是非常政治的。在此我要立刻补充说，夏皮罗的“自由派”读法的最大价值，在于不需要依赖简化的方式去控制那本书的意义。就连那堂课在夏皮罗的问题挑动之下闹僵了，也不是出于“康拉德是种族歧视者、帝国主义者”这种老套的想法。相反,一个非裔美籍学生读了这本书，在文学中寻找的并不是加害者与受害者，而是自我实现。至于白种和亚洲的学生，除了某个例外，都是以不同的方式试着质疑自己，而非控诉文本。他们的反应符合一所伟大的大学中的自由派共识，即自我批评的行动本身就是西方教育的一个最高目标，以及一种成就。这是善意的政治，但仍然是政治。核心课程并非终于霸权，而是终于对霸权的批评。

但在承认阿契贝和萨义德有权做政治性的解读之后，我要说他们的方向弄错了。康拉德既在帝国主义里、又在帝国主义外，既在种族意识里又在种族意识外的不确定地位，不应该被看作他的弱点，而应该是他的优点。这个作家自己也做过帝国的职员，1890 年在一家比利时公司工作，自己也溯游过刚果河。他在殖民扩张的架构之下生活过。不然，他能写出像《黑暗之心》这样的东西来吗？他能那么强而有力地捕捉住殖民者野心的奇异、空洞、琐碎之处，捕捉住他们的任性、贪婪、心胸狭窄、谎言和逃避吗？康拉德的模糊地位正是他的光辉所在。这是最后一个伟大的维多利亚时代的人物，坚持责任和秩序，同时又打着一场累人的战争，对抗不确定和怀疑，因此他小说中所有的事实都被装在嘲弄的幻象中，把一个本可简单明白的有关道德教条的冒险故事变成了一场令人激动不已的战役，夹在冷静的责任感和放纵的邪恶共犯地位之间。康拉德笔下的船长马洛憎恶像个怪物的柯兹，但在柯兹死后仍感到一股强烈的忠诚，要将柯兹堕入罪行的过程中所发现的东西保持完整。

> 我和死亡扭打过。那是最不刺激的竞赛，发生在看不见摸不着的灰暗之中，脚下什么也没有，四周什么也没有，没有观众，没有喧哗声，没有荣耀，没有对胜利的强烈欲望，没有对挫败的强烈恐惧，在一层略带怀疑论的薄弱气氛里，不怎么相信你自己的权力，更不相信你对手的权力。如果终极的智慧就是这个样子，那么生命就是一个比我们某些人所以为的更大的谜。我已濒临发表声明的最后机会了，而我羞耻地发现我可能没有任何话可说。这就是我肯定柯兹是个非凡的人的原因。他有话可说。他说了出来……他总结了——他做出了判断。“可怕！”他是个非凡的人。毕竟，这表达了某种相信；其中有坦率，有信念，在低语中有一种颤动的反叛声调，有被瞥见的事实的恐怖面容——欲望和恨的奇怪掺杂……那是一种肯定，一种道德胜利，其代价是无数的挫败、可厌的惧怕、可厌的满足。但那是一种胜利。所以我始终对柯兹保持忠诚，直到最后……

“可怕”的正是康拉德身为艺术家、身为人所背负的重担——暴烈的对立攫住了他。T. S. 艾略特等人认识到《黑暗之心》是一种新的艺术，这种艺术把那个时代迥异的经验，极度的暴力和极度的精神渴望，集合在越来越复杂的美学形式中。现代主义的伟大成就在于结合了不调和的事物与形而上的事物。如此看来，康拉德要是没有参与在帝国主义之中，他的作品就不可能会有那种令人却步的错综复杂。学生们似乎了解这一点。他们反应的强度，甚至他们大声念出来的方式，显示出他们知道《黑暗之心》

很特别，是一部既令人兴奋同时又有颠覆性的艺术作品。阿契贝和萨义德急于指控，似乎忘了我们的文化当初是为什么对康拉德如此着迷。他们两人都被困于对立两端，但正是他们心甘情愿的。

即使康拉德有“错”，他也永远不会被剔出书单。阿契贝和萨义德痛心疾首地呼吁反对，反而确认了康拉德在现代的中心重要性，以及他可以给一门西方文学课程做出独特结论的可能性。

恢复友好，夏皮罗教授做出评断

在第二堂课的尾声，亨利长篇大论地谈到柯兹向死亡前进，以及马洛享有的“特权”，得以“看见此自我遭逢彼自我”。亚历克斯没有说话，也许感到困窘不安。我对他的敌意减轻了。我从来不怎么喜欢年轻时代的自己，但我会努力不因为我自己以前的样子而怪他。亚历克斯抗拒了班上的共识，这需要一些勇气，或者固执。如果说亨利是一个阅读的英雄，亚历克斯也可能是一个英雄，虽然种类不同。要是他以为他和“黑暗”没有关系，他还有很长的时间，会发现事情并非如此。祝他好运！ 在这个班上，自由派的人文主义力抗挑战而存续了下来，尽管这经历让我们都有点受到惊吓。如同夏皮罗所说的，在这年头要找到你自己是件困难的事。

“我不想说这部作品叫人绝望，”在开始上课的时候他曾说，“或者说我们无法应付邪恶。在某些方面，我们生活的这个世界不像康拉德的那个世界那么黑暗；在某些方面，却又比它更黑暗。我们眼前的不是滑向世界末日的单行道。我们自己现在有能力去认出我们的社会，甚至补救、改变我们的社会，而文学则反映、体现、实际上也是推动改变的一员。”

学生们如释重负。他们要和解与和平。看来，他们其中的一个人像马洛一样，抵达了旅程的终点。“我们对着蛮荒尖叫，”亨利高昂地结束他的报告，“然后蛮荒也向我们尖叫。有张力存在，而在那张力的一点上，我们找到了自我。”

第二十八章　伍尔夫

伍尔夫对男性小说的过分刚强深表痛惜，呼吁要混合男性与女性的特质，才能提供精神土壤来培育小说。她要的是超越性别门户之见的面面俱到和带着同情心的观察力。

春天打破了哥大校园水泥和石头的灰色景致，汉米顿楼高高的窗子开着。鸟鸣声穿透了纽约的嘈杂。我们在读弗吉尼亚·伍尔夫，这是最后一份指定的文本（夏皮罗在伍尔夫之后挑了康拉德作为最后一周自由选读的内容）。我1961年上文学人文课时，这位《到灯塔去》（*To the Lighthouse*）及《达洛维夫人》（*Mrs. Dalloway*）的作者并不在书单上。但近年来，在一阵迟来的改革之后（部分的刺激来自哥大开始招收女生），教职员在书单上增加了伍尔夫，去掉了陀思妥耶夫斯基的《罪与罚》（*Crime and Punishment*）。在一份对于大师名作的武断选取当中，这样的替换没什么好大惊小怪的——假装对这些变化无动于衷也没有意义。哥伦比亚核心课程的品位有了相当大的转移：陀思妥耶夫斯基当然会继续流传下去，但文学作品增加了，感受亦有增加。

忆起失去的东西：我克服了对伍尔夫的厌恶

我第一次读伍尔夫是大三的时候，在上过文学人文课的两年之后，一门“英国小说”的概论课上，当时莽莽撞撞地读完《到灯塔去》，没什么感觉。现在回想起来只有一片朦胧，优雅、高贵、美丽得不得了，但无形无状，甚至杂乱无章。从那时起我基本上就没再碰过伍尔夫，因为我认为不值得花那个心力去读她。她天分惊人，可以随心所欲地运用语言。她那些谈文学的随笔从容文雅。但她太过于……女性化了。她写作时总是处在神经极度敏锐的状况，而且笔下永远离不开心情和感受的各种状态。我坚决地告诉自己，小说的内容绝对不能仅限于此。持这种意见的人不只我一个，虽然这样描述伍尔夫并不正确，但却足以让人不去读她。弗吉尼亚·伍尔夫，现代主义高傲却脆弱的女王；伦敦一群美学家与生活优渥的知识分子圈的中心人物；她是天才，但也奇怪又疯狂；这女人有着优越、得宜、轻视美国的名声——身为一个有社会影响力的作家，伍尔夫令我汗毛直竖。她的唯美主义似乎和势利脱不了关系，带着某种模糊的维多利亚时代凋萎的病态。她让我自觉像一个九岁小男孩。

但现在我读着《到灯塔去》，震慑于伍尔夫的文字。这些句子温柔、急迫、深切内省，我没有办法不读读停停，重读一遍，让那些字词和节奏渗入我心。在这学年的一开始，我记不得荷马，找不到自己，坐在家里的读者与吞噬一切的媒体之间的界线消失了，我在空洞的记忆中跌跌撞撞；到如今，我渐渐地恢复了一些东西，拥有的记忆多得不知道该怎么办。奇怪的是，一个以前对我而言毫无意义的作家，却带来了最丰沛的一道洪流。

比方说，有一种经验是每个人都有过的，却是转瞬即逝，难以捉摸，又难以言传的。但伍尔夫却能一再捕捉住它。那经验不是一项行动，也不是任何可以形成逸事或历史的东西，而是一刻的觉知，刹那间澄清了许久以来便存在的关系和特质。你坐或站在某处，试着了解情况。你感到一种骚动，不是真的声音，而是一种意义的预感越来越强。这可能发生在室内，当你和朋友或家人坐在晚餐桌旁，水果和蛋糕都吃得差不多了，餐巾扔在桌上，大家的对话变成分散的小组式交谈；或者在深夜，屋里一片安静，只有猫儿们并肩站在客厅的地毯上，留心周遭的动静，动也不动，像一对瓷雕；或者是当一个孩子睡不着，抱着书、玩具、绒毛动物玩偶躺在沙发上，终于入睡了，嘴巴张着，还稍微流了些口水。但通常那都发生在户外，当你走过原野，或者走过潮来潮往的沙滩，看着海水涌上又退去、沙子的颜色变深又变浅。人生就应该是这样的。你感到充实。

这种感觉可能是从童年幸福的记忆衍生出来的，一种不只是充实而且是丰富的幼时经历，其中所有的成分——空气、树木、动物、人，都相得益彰，所有的关系都恰如其分。这种感受是非个人的、不自私的，像宗教性的天人合一。不是我大到足以容纳这一切，而是这广袤无垠的一切正在我眼前发生。

然后你可能会嘲弄自己的感觉，认为那不过是种幻想或自我称赞。尤其如果你是男人，你就会说：“这感觉是很好，不过又怎样？”然后你就把它给忘了。

我读着这个我确信自己向来都很讨厌的作家，突然找到了通往那些预感的路，还有通常没意识到的其他感受与事件。随着这些东西回到脑海，我读伍尔夫的乐趣越来越大，像一只海星在海底边吃边前进，边得到更多力气。读伍尔夫让我更懂得怎么读伍尔夫，也更懂得怎么读自己。另外，在她的笔法和风格中还有其他的东西，现在看来以一种深刻的方式传达出力量和满足——虽然一开始我说不上来那究竟是什么。

我早先对她的误读不只是个人层面上的失败，现在我知道，那也是文化层面上的失败。但已经有了惊人的改变。伍尔夫的文字美丽、独特、高贵，但常常被认为是次要、做作、令人难以忍受的。她是一个女性主义者，却躲藏在女性特质之中。现在看来，其伟大之处毫无疑问，而且对文学人文这样一门西方经典的概论课程来说，是个光辉灿烂的终点。在那本书里可以听见整个西方文学传统呼吸的声音。还有另外那项令人困惑的特性，即，伍尔夫书中有些东西暗示了阅读和记忆的本质。

* * *

1927 年初版的《到灯塔去》，事实上对青少年来说是一本很难喜欢上的书。“书里的人物都模糊成一团，”我听到玛莉娜 · 凡 · 佐伦班上的一个学生说，“我读的时候都不确定读到的是谁。”第一次读的时候这本书很难理解，好像没有情节，全是精神而无实体，它那坚持到底的精致几乎令人窒息。

那“故事”起初看起来真是微不足道。第一次世界大战之前几年的一个夏末，一个有名的哲学教授拉姆齐和他的妻子、八个子女、朋友、仆人住在拉姆齐家位于英国斯凯岛的夏季度假屋，那房子虽然老旧，但却宽大舒适。拉姆齐太太在念书给幼子詹姆斯听之后，坐在向晚的窗边编织，看着港湾那一边的灯塔，她丈夫则满腹心事，一面背诵（常常高声念出来）丁尼生的《轻骑兵袭击》（*Charge of the Light Brigade*），一面在草地上走来走去。拉姆齐太太不知怎么想到退缩进她的自我里面，想到安宁，可能还想到死。这一小时过得不太容易。早先，六岁的詹姆斯说想要去看灯塔，但灯塔远在港湾的那一端，要乘着没有遮蔽的船在波涛汹涌的北方海域上航行好一段才能到。拉姆齐太太说，如果第二天天气好的话，他们就去。“但是，”做父亲的在客厅窗前停住，“天气不会好的。”

> 要是那里恰好有一把斧头可用，或者是火钳，或者是任何可以在父亲胸口戳出一个洞把他杀死的武器，詹姆斯一定会抓起来用。仅仅是拉姆齐先生的存在就足以在他的子女胸中激起如此极端的情绪；现在他站在那里，瘦削得像把刀，单薄得像刀刃，带着讽刺的微笑，不只是因为他乐于打破儿子的幻想、讥笑他那在所有方面都比他好上一万倍的妻子（詹姆斯是这样认为），更因为他对自己准确的判断有着秘密的自负。他说的话是真的，总是真的。他是讲不出假话的；永远不会拿事实来乱搞；永远不会更动半个令人不悦的字词来让任何凡夫俗子高兴或方便，尤其不可能为了他的子女这么做，他们来自他的胯间，应该从小就明白人生是艰难的；明白事实是不能妥协的；明白要去到传说中希望熄灭、脆弱的小帆船在黑暗中倾覆的那个地方（想到这里拉姆齐先生直起背来，眯着蓝色的小眼睛看向地平线），这趟旅程特别需要勇气、真实，以及忍受的力量。（p. 4）

拉姆齐先生的幻想受到相当讽刺的打击（他的“小眼睛”总是在眺望地平线，寻找某片险恶的海面或冰原，说真话的人会在那里英勇地死去）。拉姆齐夫妇为了第二天的天气吵得很不愉快，之后拉姆齐先生默默为他的无礼道歉，并且又默默求取一些同情，求取对他的虚荣和以自我为中心的一点安抚。拉姆齐太太很乐意给他这种抚慰。她与丈夫和好之后，像命运女神一样坐在窗边编织，然后她就有了那种我描述为充足或充盈的印象。

> 怎么会有哪位主上创造了这个世界？她问。她脑中一直紧抓着一个事实——理性、秩序、正义是不存在的：只有苦难、死亡、穷人。这世界什么样低下的背叛行为都做得出来，她知道这一点。快乐不会持久，她知道这一点。她坚定沉着地织着，微微噘起嘴唇，习惯性的严肃让她脸上的线条变得非常冷硬沉着。于是当她丈夫经过的时候，虽然他正窃笑着想到哲学家休谟因为变得太胖而陷在湿地里，但，在他经过时，仍不能不注意到她美貌之下严肃的内心。这让他很难过，她的疏远使他痛苦，而在他经过时，他觉得自己不能保护她，于是等他走到树篱旁就感到悲伤。他无法做任何事来帮助她。他必须站在一旁看她。事实上，可怕的真相是，他让她更不好过。他不耐烦——他很暴躁。他为了灯塔的事发脾气。他看着树篱，看着它的繁复和黑暗。
>
> 拉姆齐太太一直觉得，借着捕捉住一点细碎的东西、某个声音、某个景象，可以帮自己从孤独中迟疑走出。她侧耳倾听，但一切都很沉静；蟋蟀不叫了，孩子们在洗澡，有的只是海浪声。她停止编织，让手中那只红棕色的长袜悬垂了一会儿。她又看见那光了。她的质疑中带着点反讽，因为当一个人真的醒来，其关系就变了。她看着那道稳定的光，是那么无情、冷酷，那么像她又那么不像她，向她示意、呼唤（她晚上醒来时看见那光横过他们的床，铺洒在地板上）。但不管她怎么想，她着迷地看着它，像被催眠了一样，似乎它那银

色的手指抚摸着她脑中某个封起来的容器，那容器一旦爆裂，会涌出欣喜将她淹没。她感到了快乐，细腻的、强烈的快乐，而当白昼的日光消退，汹涌的海浪染上了一层比较明亮的银色，海不再是蓝色的，纯柠檬黄的浪潮卷起，扬升、拍打在海滩上，她眼中绽出狂喜，纯粹欣喜的浪潮迅即冲过她的脑海。她感到，足够了！足够了！

我的抗拒永远崩塌了。到最后，那已经不再是什么挣扎。壮观不是任何凡夫俗子都可以尝试的，但伍尔夫成功了。首先是苦难和没有秩序的世界，纠缠黑暗的树篱，以及，这回不带讽刺地写出的拉姆齐先生的孤独感，他害怕他的妻子是单独一人，而他无法接触到她：然后转回到拉姆齐太太的意识，试着抓住某样抓得住的小东西，一个声音，一项家居日常活动；最后是那光，肯定了生命的充盈；重复、短促的语言聚集了张力，最后终于缓解、拉长，一路直奔伟大的高潮。这确是足够了。

不管这个段落另外还有什么意义，对于文学人文课的读者而言这也是伟大的一刻。因为这段落既实践又挑战了西方的传统，当我记起伍尔夫之前的那些书，记起学生们在那巨大的媒体沼泽中挣扎，努力去解读、去认识，我感到一阵激动。在窗前编织的拉姆齐太太遥遥呼应《奥德赛》中的佩涅洛佩（拉姆齐先生则是无法超越他哲学旅程中的某一点的奥德修斯）；但更重要的是，拉姆齐太太带着如此高昂的欣喜经历了我们可以称之为反浮士德式的冲动。在歌德笔下的这个传说中，如果浮士德什么时候竟然对飞逝的那一刻说：“哦，停留吧！你是如此美丽！”他便输了和梅菲斯特所打的赌，必须被拖下地狱。于是他追求更多生命、更多知识、更多的权力和乐趣，我们已经看到，这就是西方的原型冲动，是一种不断进取的野心。拉姆齐太太在做事情，生育子女，安排婚嫁，让餐桌上的交谈持续融洽，使各种经验和谐、一致、有秩序。拉姆齐太太把东西织在一起，想要打败“她的老对头，生命”，也就是时间，并让所有的东西保持原位。但她做不到，她只能“暂时止住困惑”。这本书问的是，这样足够吗?

拉姆齐太太独处的时刻像伟大的咏叹调，响亮地唱出抗议与赞扬。这篇文字是如此杰出，丰润、精心，但又开阔而不羁，使我现在很不明白年轻时为何那么讨厌它，就像一个策马奔越草原的人不明白以前为什么怕骑马一样。

那乐趣的链条又变得更长、更坚固了。

轮到泰勒教授的学生教书

在泰勒教授这一年的最后一节课，他第一天承诺的事情成真了：学生的进步让他变得落后。至少有一段时间是如此。泰勒从《傲慢与偏见》开始让学生来讲课，现在仍然持续着。他脑袋里对这门课建立了有机的史诗架构，一年来他都在强迫学生来填充，而他们也填进了诗节。但现在学生们准备好了，可以自由发挥。经过事先安排，带全班讨论《到灯塔去》的是两个大二学生——修伯是个脸色红润的困惑年轻人，是哥伦比亚一个教授的儿子，一年来都结结巴巴，很少开口，但他的感受或许比他的发言要多；卡特则高挑沉着，在这一年中愈长愈壮。这两个男生并肩站在讲台边，泰勒则坐在一旁，带着淡淡的微笑，看这两位老师和全班学生来回进行讨论。“一开始拉姆齐太太坐在哪里？”他们问，“为什么窗子很重要？”

这两个老师冷静准确得令人惊讶；虽然时值学期末，有些学生没读完那本书（他们忙着写报告），但他们仍然兴致勃勃地加入讨论。最主要的发言者是两个女生：有着务实态度但想法清晰、坚定的玛乔莉·范德，以及来自华盛顿的费莉西雅·帕克，她留着一头直直的金色长发，之前读的是大学预备学校，或许是班上最熟悉文学的学生。范德和帕克直来直去地回答那些直接的问题，女生的回应主导一阵子，然后男生的问题主导一阵子，他们四个人看起来像是在凝固的时间中进行费力的仪式性对话。

所以他们这么做了，至少他们之中的一些人是如此，自己跑着、读着、分析着，像泰勒喜欢说的那样“把东西组合起来”，攻击那个诠释的圆圈；换句话说，他们铺叙出结构，以便赏析个别的细节，同时也填进个别的细节，以便了解整体的结构。经过泰勒的教导，他们避开了“主题”的沼泽以及“人物”那带有偏见的水域（这种高中的老套无可避免地会把人带到意识形态的争论中）而专注于结构性、象征性的建筑材料。到最后，主题和人物会浮现出来（怎么可能不会？），但却是稳稳地架在书里的材料上，而非被现在那些大摇大摆的种族、阶级、性别老一套，或者是更老一些的“心理”老一套强加上去的。根据泰勒这种方式的精神逻辑，学生们也会把他们自己组合在一起，以对文学做出的有架构的反应为核心，形成自我。为了读这些复杂的书，他们会发展自我、创造出自我。

证据就在眼前。他们展开了身为读者的历程。在讨论中，两个老师和两个学生再加上其他两三个人，贯串《到灯塔去》的是莉莉·布里斯科的情节发展，她是拉姆齐夫妇的朋友，是个单身的艺术家，在开始的时候坐在草坪上，没能完成她后印象派的风景画。拉姆齐太太先是退却一旁，在窗边有着死亡的预感，然后才有惊叹人生充实的情节。多年后，拉姆齐太太死了，当家中剩下的成员在海上终于向灯塔航去的时候，莉莉重新试着画那幅画，在对拉姆齐太太记忆的刺激下，她终于将画作完成。学生们说，拉姆齐太太透过窗子的视野变成了莉莉画布上的景象。最后也有迹象显示，莉莉可能稍做让步，对骄傲、失魂落魄的拉姆齐先生表示一点同情，他现在老了，更加可悲、匮乏。可以说，莉莉·布里斯科吸收了拉姆齐太太所教导的东西，并超越她而独立。

他们展开了历程，他们做得很好。两个老师问确切的问题，得到确切的答案。泰勒微笑着，听他们讨论伍尔夫惊人地颠倒了标准的性意象以及其意义是什么。费莉西雅·帕克念出了书中早先的一段精彩文字，其中拉姆齐先生站在拉姆齐太太和詹姆斯面前，默默要求同情。

> 拉姆齐太太本来垮垮地坐着，一手挽着儿子，现在支起自己，半转过来，看来似乎是用力地扬起身子，立刻在空气中笔直灌进一股能量，泼洒出一根支柱，看起来生动而有活力，好像她所有的能量都融为一股力量，燃烧着、发着光（虽然她安静地坐着，又拿起了她的长袜），而在这美好的丰富、这生命的泉源和喷洒之中，男性的致命贫瘠沉落进去，像黄铜的壶口，空虚而赤裸。他要得到同情。他是个失败者，他说。拉姆齐太太的织针闪动了一下。拉姆齐先生眼睛一直不离她的脸，又说了一次他是个失败者。她高声回答他。“查尔斯·谭斯理（崇拜拉姆齐先生的门徒）……”她说。但他必须得到更多。他要的是同情，首先要人肯定他的天才，然后要被容纳进生活的圈子里，受到温暖的安抚，让他的感官恢复知觉，让他的贫瘠恢复生机，让屋中所有的房间都充满了生命……

然后，帕克似乎不能避免对人物个性发表一些评论，尽管这么做违反了她善良的天性，于是她说："拉姆齐感到没有价值。他有巨大的失败感，觉得没有了她，他什么也不是。"

泰勒分析《到灯塔去》的结构

帕克对拉姆齐先生的评语依然不是定论，两个男生看向泰勒，点点头。大家鼓掌，泰勒走回教室前，恭喜那两个老师和全班出色的表现。但现在他必须结束这一年，替我们收口，把我们带到现代，这是他脑袋里架构出这门课的最后一个要素。

"呃，"他说，"在两个重要的方面，伍尔夫超越了我们读到的上一个小说家简·奥斯汀。《傲慢与偏见》的故事是由一个无所不在的叙事者讲出来的，但这里没有无所不在的角度。亨利·詹姆斯说过，在小说里是要把东西呈现出来，而不是要把它陈述出来，伍尔夫就是以这种方式，在不同的意识中心之间移动。她是在呈现意识，从一个人身上移到另一个人身上。同时，她借助象征将故事向前推演。制造一个象征，就是把社会生活中一个普通的元素拿出来，然后经由一再重复给予它超过社会性的意义。艺术家玩弄着你的预期心理。"他走到黑板前写下一些开头字母，就像他 9 月那时候所做的一样。

A B C D E F

A B A B A B

他看着全班，然后就像第一天那样转回去严肃地思索着那些字母，仿佛他是第一次看见它们似的。"ABCDEF，"他慢慢地用他那男中音的舒缓腔调说，“这是你们的文化包袱，你们读这本书的时候背着的包袱。你知道灯塔是什么，你知道窗子是什么，你对婚姻有一些看法。然后艺术家开始反复地用这些元素——ABABAB，把你所知道的东西给改头换面了。”

他带领我们找出重复的象征主题：望得见灯塔的窗户；拉姆齐先生像刀一样的身体切进窗户；莉莉·布里斯科未完成的画（那幅画看起来像一扇窗子）等，然后他回到黑板旁又开始画了。

“一个灯塔，只有一只眼睛。唔，耐特·贺尔维兹在哪里？”耐特·贺尔维兹就是分不清泰勒画的是猫还是猪的那个小伙子，梦见过他母亲把他父亲剁了煮汤，那个梦错乱，却恰当地给希腊悲剧里血肉横飞的混乱做了注解。贺尔维兹的梦里有情色的象征。但贺尔维兹不在。

“拉姆齐太太望着窗外的灯塔，”泰勒继续说，“而在晚宴那一场，大家都聚在一起，她也送出一阵一阵的安慰与同情；就像伍尔夫说的，她‘暂时止住困惑’，灯塔所做的也是这样。”

几分钟之后，贺尔维兹仿佛应召而来似的走进了教室，停下脚步，惊慌地瞪着黑板上的“灯塔”，让所有的人笑成一团。

秩序恢复之后，泰勒说：“从二分对立的东西开始下手，然后超越它们。”

伍尔夫建立了男与女的某些分别，然后又打破这些分别，把阳刚和阴柔的性质混在一起——拉姆齐太太这个维多利亚时代的家庭主妇是丰沛喷洒的生命泉源，而拉姆齐先生这把“弯刀”虽然有多达八个小孩，却“贫瘠”而“空虚”。泰勒继续说下去，我理解了我们正在做什么——他借着分析这本小说的隐喻和象征结构，把人物性格甚至性别问题带进讨论之中。

泰勒和班上的学生越来越有条理了，我越来越兴奋。《到灯塔去》“杂乱无章”？正相反，它极度清明。一开始，伍尔夫似乎是以联想的方式移动，把一个人物的思想和另一个连在一起，所以造成了一种模糊的最初印象，像是无边无际的一朵云，但如果你用力地看，用不同的方式来慢慢地、有耐心地读，那些钢筋和梁柱是相当清楚的。泰勒建立起结构，那结构带着所有的流畅、诗意、感觉进入学生的脑海，然后会秘密地再次扩展。所有伟大的书都会这样，即使读者不知不觉，或者也许已经忘记，认不出来，但，我现在逐渐相信，它们总是在发挥效力的。

记忆和文学的这码子事是项奥秘。这么多年来我一直确信伍尔夫对我毫无意义。但也许事情并非如此，也许她一直在那里，散发出某种向上或向下飘荡的东西，她所铺下的基础一直在那里，等着我（至少）再读她一遍。现在我被她抓住了，有几个星期的时间，我将注意力转向别处，然后在学期结束之后第三次读《到灯塔去》，那种快乐的境界超过一整年以来的任何时刻。

真是件大事！影评人在四十八岁的时候发现了弗吉尼亚·伍尔夫！我爱上了所有其他的人都已经爱上的东西，那就是伍尔夫用最简单的家常时刻便足以提供意识的所有折磨和狂喜。毕竟在现代时期，我们知道最糟糕的事：没有任何共通的人性、世界性的观点容纳我们所有人的意识。我们全都困在我们自己的认知世界里，困于偏颇的局部。就算虚荣的拉姆齐先生也知道树篱里那种黑暗的力量；在那一刻，他对孤立状态的察知超越了虚荣心。

恐惧，敬佩，自大，厌恶，费力要下决心认定某人是好还是坏、是讨喜还是可憎，这一整个感受和判断的世界都从意识中源源而来。我们的观点必须是以自我为中心的。

然而，虽然被孤立，还是有小小的线条向外延伸。在那么多的思索和衡量之后，拉姆齐太太在晚宴上说："是，大家都能分到足够的。"她就说了这种话而已！但她棒极了。仅仅靠着她的存在，靠着她脑中漂浮的思想的力量，她克服了以自我为中心；她把每个人带出来，融合在一起。至少暂时如此。不管她脑海中的感受和印象多么零碎、多么一闪即逝，那些感受和印象都会迅速地和另一个人所想的东西碰在一起，在同意或争斗中结合。在弗吉尼亚·伍尔夫的手中，这本小说的心理气氛变得浓厚而戏剧化。

思考死亡

我还是会像学年开始的时候那样，读着读着就停下来出了神，但我已经不再因此而生自己的气。我心神不宁，任由思绪漫游而毫无愧色，但我不是幻想着财富或权力或性爱，也没有晃进媒体的影像中。我漫游到了以前一直遗忘的领域，那些地方是直到阅读伍尔夫才开启了记忆之锁的。我现在记得，我小时候常常在大家都离开之后独自走进某个平常拥挤吵闹的地方，如家里的饭厅、营地的休闲室，等等。我想，那时我是想知道，当工作和乐趣的嘈杂消逝、什么都没有在进行的时候是什么样子的。我会坐在地板上，盯着角落里某些零零碎碎的毛球，或者椅子脚磨损褪色的地方看。地板上洒着星星点点的白漆，好像蚂蚁摆好盘子准备吃晚餐；椅子很正式地面对面排放着，有如舞台布幕放下后的布景家具；然后我越来越感到忧郁，想听见一点声响，残余的回音。

孩子常常感到非常悲伤，虽然他们不知道为什么。一点小事就会触动他们，有一阵子怎么也安慰不了，而他们的困惑感更使得哀愁加深。他们几乎是感到了一种悲伤的刺激，仿佛某人一定会抛弃他们。我想，那时我漫无目的地走来走去，坐在空房间里一动也不动，是在表达孩子气的哀愁。我想知道缺席是一种什么样的感觉。缺席只是生命的一种变化，还是一种死亡？当房间空了下来，所有的人就好像都不存在了。我是在努力倾听他们死后的声音。至少我现在是这样想的。

亨利·詹姆斯在世的最后一年里，他中风倒下的时候觉得听见了一个不是他自己的声音在说："所以它终于来了，这著名的东西。"詹姆斯的死亡之声既好笑又具有深刻的勇气。有很长一段时间我忘了自己曾对空房间那么执迷，长大后的我也无法去想那个"著名的东西"。每当我去想死亡，我的思绪就撞上一堵墙；我不像心理学家和脱口秀主持人要我们做的那样"接受"死亡。但当我读到伍尔夫无可比拟的笔下写出的拉姆齐家空房子里的生老病死，便记起了小时候我对人去楼空景象的专注。在《到灯塔去》的第二节"时光流逝"中，伍尔夫建构了一种形而上的恐怖片。这场演出很恐怖，可怕的程度和荷马那支在战士心脏里抖动的矛不相上下。

拉姆齐家人不在，到伦敦去了，起初这弃置的房子是"无辜"的；灰尘满布的沉默中，只有"落在屋顶的鸟叫，田野上的嗡嗡低鸣，一条狗的吠声，一个人的叫喊"。然后房子开始有了裂痕、开始衰颓：战争侵入了，在房子里，"夏季稍后出现了不祥的声响，像是仔细衡量后才下手敲击的榔头，打在毛毡上声音变得比较闷，一再带来的震动让饰布更松散、茶杯裂得更厉害。柜子里的某个玻璃杯不时发出叮叮的响声，仿佛某个痛苦的巨人尖叫得那么大声，使得立在柜子里的酒杯也跟着振动”。

气氛变得险恶，甚至有世界末日的味道。我们记起了在这一节的序幕中，拉姆齐家人还在这房子里，作为客人之一的诗人奥古司特·卡麦克躺在床上读维吉尔。他吹熄了蜡烛；现在，文学人文课的读者回想那一刻，会记起维吉尔在《地狱》当中带领但丁游历地狱。这是一个线索吗？在空屋里发生的事情起初看起来像是没有维吉尔做向导的冥界。蜡烛熄灭了。屋外战祸蔓延，屋内回音处处，除了困惑的小说家，没有人在场赋予这些事情意义。在《旧约》中，上帝用它造出的鲸使约伯恐惧，人和鲸比起来根本微不足道。但现在伍尔夫写道：

> 夜复一夜，夏去冬来，风暴的肆虐，好天气那种箭在弦上的静止，自顾自地进行着，不加干涉。从空屋上层的房间里聆听（如果有人在那里听的话），只可能听见庞大的混乱带着闪电翻腾激荡，强风和浪涛像形状模糊的巨鲸一样在戏耍，脑中没有任何理性的光芒，玩着愚蠢的游戏，攀上彼此的背脊，在黑暗（因为夜晚和白天、月和年都无形无状地一起流过）中奔窜俯冲，仿佛宇宙独自在粗暴混乱与放肆欲望中毫无目的地打斗扑跌。

于是上帝说“凡高大的，他无不蔑视”的那种动物，现在带着无意义的暴力在海里横冲直撞，“脑中没有任何理性的光芒”。拉姆齐家的房子被时间和上帝的漠然包围，所有的欧洲文明似乎都在其中，龟裂、腐朽、倾倒颓圮（“梁椽裸露出来；老鼠搬走这个那个，在壁板后面啃咬”）。到这里，我们开始理解到这整本书就是一首捕捉过去的悲歌，忆起死在第一次世界大战之中的生命；伍尔夫的每一个人物在脑中思索一切，也捕捉了西方的道德历史。

没有想到死亡的我在银行保险库里想摇醒死去的父亲，而多年之后当我把手伸进浴缸去探母亲的脉搏的时候，必有一死的肉身触感穿透了我。哀愁万分的孩子没有弄错：最后他是会被抛下。评论家哈罗德·布鲁姆在他 1994 年的《西方正典》（*The Western Canon*）一书中说，伟大的文学唯一能为我们做的，除了提供乐趣就是让我们能相对释怀地接受死亡。这对我来说太过崇高了：我不认为文学只能为我们做到这一点，文学可为我们做的事很多。再说，我们又为什么一定需要“接受”死亡？我们需要的是知道它存在。布鲁姆说的是这个意思吗？若是如此，那么我同意他的话。现在我确知死亡存在了。重读荷马、索福克勒斯，《圣经》《李尔王》，以及伍尔夫，让我清楚认识到了这点，因为它唤回了我小时候那种晦暗担忧的记忆，解冻了我对父母的感觉，强迫我关心我传给孩子的是什么。在知道死亡存在的同时，我们也知道有些经历是会存活下去的。文学便是存活，是艺术家在知道死亡存在之后送给别人的礼物。莉莉·布里斯科吸收了拉姆齐太太精神，我们则吸收了她们两人的。

因此我读伍尔夫读得很慢，任由我的思绪漫游，在联想和记忆和判断和欲望的树藤之间摆荡来去。思绪的猿猴！对许多人来说，伍尔夫抒情、含糊得令人厌烦。我现在知道所谓含糊是不实的传言，但我也能明白为何有人对伍尔夫不耐烦，因为你要么就“深刻地”读她，要么就根本什么也没读到。坚持要有“故事”的人会觉得厌烦然后放弃。最终，我们读文学是为了乐趣，也为了知道死亡是存在的，这同时也表示知道该怎么活。思想占生活中很大的一部分，而伍尔夫使思想变得戏剧化。在读《伊利亚特》的时候，我很生气我的“注意力不集中”，而这一点也许就如我原先所想的，是因为电影和电视的影像在我脑海里像走马灯似的转，让我静不下来，但现在我知道不安定也有用处，于是我断断续续地读伍尔夫，挖掘着记忆，找到了我的人生。

* * *

“在这本小说中，”泰勒说，“浪漫的意象变成了象征。人超越了日常的社会现实，出现的是一幅婚姻的象征图画。拉姆齐先生只要一样东西：完全的崇敬，确定他的著述会存续下去。拉姆齐太太给了他。这是一桩圆满的婚姻，但总有人要付出。”

教室里一阵骚动。斯特恩戈尔德不喜欢为了婚姻圆满就有人“必须付出”这种说法（我也不喜欢，而且不相信）。但泰勒开始在总结这门课、总结这一年了，他继续前进。“找找那些转折点，象征性的转折点，”他说，“你就会找到意义。”我们一起找到了其中一个意义，那就是在接近结尾的时候，拉姆齐家的孩子，包括已经是青少年的詹姆斯（早先被他父亲泼冷水的那个）与他姐姐坎米尔，和拉姆齐先生一同坐在船上，终于向灯塔航去，他们两个深锁在对父亲的愤怒之中，暗地里激烈地争辩要不要给拉姆齐先生他想要的同情。坎米尔在考虑原谅父亲，看向弟弟，看见“詹姆斯这个执法者，膝上摊放着永恒智慧的碑版”。那时候，詹姆斯不肯原谅，但最后他让了步。“我们从《旧约》的正义转移到了坚持慈悲的《新约》。”泰勒说。拉姆齐先生不肯对任何人说假话，即使会伤别人的感情也是一样，他的坚定不妥协就像《旧约》；能够原谅的拉姆齐太太则有《新约》的精神。但在支配《到灯塔去》全书的许多变化和逆转当中，拉姆齐先生自己会接受莉莉·布里斯科的慈悲。

斯特恩戈尔德很生气。“为什么他们应该给他同情？”她说。她生气的时候都是这样，昂首挺胸、怒目而视。这是个难缠的客人。先前斯特恩戈尔德顽强地拒绝了《新约》对时间的观念，也认为但丁对他佛罗伦萨同胞的报复有欠公正。斯特恩戈尔德要正义，她不会放弃《旧约》。她也不会同意女人需要对男人屈服。

影响我品味的男性评论家，以及他们对伍尔夫的恨意

性别问题进来了，本来就该如此。任何对伍尔夫的讨论都必然会涉及男女之间的议题，以及女性主义意识与实践的问题。泰勒处理这类东西有他自己的方法，我了解也敬佩他的方式，但我知道可说的还有很多。比方说，泰勒没提到一个大一学生不太可能知道的尴尬事实：20 世纪最负声誉的男性文学批评家中，许多人都忽略或小看了伍尔夫。泰勒显然同意她应该享有如今的经典地位，但要是没有近三十多年来兴起的女性主义批评，她几乎是不可能列入经典之列的。我年轻时一读再读的文学批评家们对我的品味有很大影响，也让我知道了批评家应该是怎么样的，但他们连一篇关于伍尔夫的文章都没写过。里维斯没写过——他讨厌伦敦上层阶级的文学圈子“布鲁姆斯伯里”，成员包括伍尔夫、莱顿·斯特拉奇（Lytton Strachey）等人，尊奉劳工阶级的 D. H. 劳伦斯为他的现代小说之师；里维斯提及伍尔夫只是为了指出她的恶劣影响。艾德蒙·威尔森也没写过——他在 1931 年树立现代经典的作品《艾索的城堡》（*Axel's Castle*）中称赞

葛楚德·斯泰因（Gertrude Stein），后来又为文谈论简·奥斯汀、伊迪丝·沃顿、艾德娜·圣文森·米雷（Edna St. Vincent Millay）、埃莱亚诺·怀利（Elinor Wylie）、黛恩·鲍威尔（Dawn Powell）、哈丽特·比彻·斯陀，以及美国内战时期写日记的女士们，但仅仅偶尔提到伍尔夫一两句。最伟大的"纽约知识分子"、在哥伦比亚地位崇高的特里林也没写过；特里林心目中的现代英国作家是乔伊斯（James Joyce）、劳伦斯、E. M. 福斯特（E. M. Foster），以及奥威尔。纽约知识分子中其他一些重要文学评论家如阿弗瑞·卡赞（Alfred Kazin）或者欧文·萧也没写过，后者著有一篇关于伊迪丝·沃顿的有力文章，但写到伍尔夫的时候，却只是为了反驳她对一个次要作家阿诺·贝内特的攻击。还有约翰·厄普代克，他什么人都写文章评论过了，但提到伍尔夫只有三言两语。

唯一的例外，至少是这些对我深具影响的男人当中的唯一例外，是思想坚若磐石的评论家菲利浦·拉福（Philip Rahv），他在 1942 年写过一篇持负面意见的短文，之后收录在他的各种选集里，你可以在《关于文学与政治的随笔，1932—1972》（*Essays on Literature and Politics*, 1932—1972）这本书里找到。拉福断定伍尔夫是二流的作家：她对英国文学传统的掌握是"片面的，而且方式或许太过女性化，并非把它当作一个完整的秩序，而是最先、最首要考虑到感觉"；她对现实的观念"表达了她出身阶级的所有假设，那个她适应得再良好不过的上层阶级英国文化"（事实上，伍尔夫是中上阶层）。拉福也同意威廉·特洛伊（William Troy）1937 年的一篇文章，这个评论家现在已经被遗忘了，但那篇文章则是反伍尔夫者每言必引的标准范本。特洛伊说，伍尔夫的人物缺少"对现实的……那种主动冲击"，而那是生活中或书中的经验所应该有的。“因此，由于伍尔夫女士笔下的人物对经验如此自我设限，他们只能在感受的简单层面上运作。”

这些评语早已枯萎落地。我引用这些话，只因为这些话现在看起来是这么不留余地、轻率鲁莽，简直就是彻底的偏见；也因为我感到羞愧，三十年前读到这些话的时候竟没看出哪里出了错。

这些评论家是普遍跟女人过不去吗？不，他们很喜欢简·奥斯汀或乔治·艾略特，或两者都喜欢，有些也很喜欢艾米莉·狄金森和伊迪丝·沃顿。但伍尔夫的文字不符合他们生机论的文学观。她的笔下没有战争、金融、商业、冒险，没有城市中产阶级的优渥生活和城市的穷人，也没有贵族的愚蠢行为和高贵之处，没有宗教的极端，没有性爱和犯罪的激情。伍尔夫留在内在，因此男性评论家认为她过于精致，甚至令人厌烦。在他们眼中，激赏伍尔夫必然像是一种令人尴尬的二流美学热情，就像热烈欣赏插花或写得很工整美观的一封信似的。

然而，近年来，观点已经有了相当大的改变，经典作品也地位不稳了，甚至出现裂痕，爆炸开来。因为伍尔夫的世故和实际远超过早期诽谤或小看她的男性评者所以为（他们没有一人曾告诉过我说她的文字也可以很暴力）。有大量经验浓缩在角色塑造和事物描述当中，使得外在那伟大的世界就在那里，虽然不是直接写到，但却一点一滴渗进了代表人物的态度和思想中。在《到灯塔去》中，也存在着很大一部分西方道德和文学的历史，就算说人物意识之间的争斗不像荷马和莎士比亚的作品里有着那么粗暴的活力，伍尔夫仍自有她独特的重要性。人物脑海中流动的思绪，虽然和家居时刻有着关联，却延伸到永恒的问题上：现实是什么？生命的目的是什么？男人和女人要如何在一起生活？有哪些事情是女人看到、感觉到，但男人一点也不晓得的？

在我大学毕业之后的这些年间，伍尔夫的名声已经从现代主义英国文学的经典之列（“乔伊斯、劳伦斯、艾略特与伍尔夫”）提升到了永恒的经典之列。到了 20 世纪 80 年代，本来在精品书店里占了一小层书架的伍尔夫作品选，已经扩张成为一头庞然大物，包含九本长短篇小说、六卷书信、五卷日记、所有的文学报道和文章、早期的期刊，最近的数目大约在五十卷，另外还有许多研究和传记、无数文学季刊的特刊，已经可以称得上是一项工业、一个出版的金矿，有时候甚至是个笑话。任何人只要和伍尔夫扯得上关系，或者只要有个关于她的荒谬理论，也都站了出来，呼唤关注。

这是一项著名的胜利，而为了感激居功厥伟的女性主义评论家，我想忽略大学里有些女人在利用和滥用伍尔夫的影响，把艺术家最私人的部分宣称为公共财产，把她的全部作品解读为对父权家庭的攻击，或是说她童年遭到同母异父兄弟乔治·达克沃斯（George Duckworth）的性虐待，因此她的作品全部与其有关，等等。我努力忘记美国的受害者意识和分离主义的幻想，这些都被归在伍尔夫头上，但其方式无论是与她身为作家的本质还是与她身为社会人的生活都迥异不同。伍尔夫绝对是个女性主义者，尽管她自己不喜欢这个词。但若要把她广袤多变的作品削减成只剩下一些现今女性主义的议程，把她光彩四射的比喻排列组合成大学里地盘之争所使用的蠢笨武器，那就是在剥削、征用、中伤她。要是伍尔夫能接触到现在提倡她的一些学术人士，英国文学上将会爆发史无前例的轻蔑之词。任何读她读得够仔细的人都能证明这一点。

所以我没法完全忘记美国学院人士对她做了什么。在称赞那著名的胜利之余，要小心！之前经典的判断是盲目、疏忽、消息错误的，在那自以为是的判断上终于出现了一道裂缝。但裂缝有多大？判断的标准和判断此一行动本身是否也被妥协了？或者是经典的一些观念的局限被暴露出来，因此以前对于这个伟大而独特的作家的评价也显出是虚妄的？我恰好能向伍尔夫本身寻求引导。她谈论过许多这类问题，而现在一些政治化的读者正在张牙舞爪地保护地盘，听了她所说的话不可能会高兴的。

女性主义与伍尔夫的地位提高，进入经典之列

1929 年，《到灯塔去》出版的两年之后，伍尔夫完成了明确倡导女性主义的《一间自己的房间》；夏皮罗教授班上的学生在以康拉德结束这一年之前，读了这本书。这是一本小书，但整个经典的议题和经典与社会不公之间的关系都包含在其中。

伍尔夫没有上大学（她的兄弟们当然有）。她受的教育来自家里所聘的私人家教，同时她也大量阅读她父亲莱斯理 · 史蒂芬（Lesile Stephen）的藏书，史蒂芬是个具有相当分量的评论家和哲学家。1928 年，剑桥的女子学院请她就女性与小说的主题做几场演讲。这些演说内容经过扩充改写，最后出版的便是《一间自己的房间》，以喜剧小说的形式来倡议女性主义，小说的内容是发表关于女人的演讲。一开始，伍尔夫似乎有点迷失，文雅而不知所措地晃荡着，仿佛在找寻一只不见了的手套。哦，天啊，这题目很难讲。她该说什么好呢？女性与文学？真是烦人。她没办法就这么做一场演讲。她怎么也不可能“达成结论”。她必须用迂回的方式接近事实，必须以虚构的方式来接近。她编出了一个叫作玛丽 · 培顿的人物（她向我们保证名字不重要）来代替她自己，这个人物研读、思考，像个女第欧根尼（Diogenes）在大

英博物馆里搜寻着关于女性与写作的真理。

这都是在开玩笑，但其中隐藏着一根刺。这种假装的无助是个幌子，要惹得男人对女人的头脑感到不耐。伍尔夫也揶揄了学院论述的冥顽不灵；这本书是反学院的傲慢的最佳范例，不管是在今天还是在 1929 年。

伍尔夫的论证必定先基于虚构，而虚构则仰赖生活中的材料——玛丽走过剑桥的真实草地（虽然人家规定不准踩踏草地），想进入剑桥的图书馆（她被拦下来了）、伦敦的街道，等等。伍尔夫将一切立足于食物、金钱，以及伦敦的煤炭滑槽之上，四处游荡着，似乎凑巧碰上了女人经济受控制、男人渴望主宰，以及有天分的女人如何受挫失败这些问题。伍尔夫走着走着找到了手套，把它戴上，夹叙夹议地铺陈出温柔迷人但力道惊人的英国女性文学创作史；她列举作家生活中的物质需要——有一些钱，有一间自己的房间——并提出女性小说家的理想特质。至少对中产阶级的女性而言，女性主义的议题都在这里了，但她用的方式是那么轻盈、随意又锐不可当。

也许对一些读者来说是太轻盈了。夏皮罗班上的讨论进行到了愤怒这个议题。值得注意的是，伍尔夫谈到愤怒的时候，笔锋一转，将其称为对文学的威胁，认为它会伤害文学的平衡状态，让作家无法专注于她正在创造的虚构世界。那些女学生，其中有些参加了“收回那一夜”，则难以接受这个意见。但夏皮罗班上最诚恳的学生之一苏珊，却想在愤怒和伍尔夫对愤怒的抨击之间求取两全，她说：“过去女人不被允许拥有愤怒、表达愤怒。而现在，如果你在生活中表达出那种愤怒，就不用在文学中表 达。”这话说得很有趣，我想伍尔夫会喜欢的。伍尔夫并不反对“生活中的”愤怒。她反对的是文学中的愤怒变得明显、教条——恰成对比的是，她自己很明显也感到愤怒，但她用平顺如丝的讽刺雕琢出来，精准而具有杀伤力。

作为女性主义文本的《一间自己的房间》

学生们能否了解愤怒是必需的，但光有愤怒是永远都不够的吗？瑞蓓卡之前曾被索福克勒斯的悲剧所烦扰，扭着手要求文学要公平，现在则说："要一个受过压迫的人不去恨是很难的。"这时我很惊讶地发现自己感到一阵忧伤，因为我无法看到十年之后的她会是什么样子。瑞蓓卡在大一这一年结束之前，已经把对正义的要求从文学转到政治上去，这当然是正确的方向。她会是一个可敬的人权斗士。她是否也会是一个可敬的读者？还是她会继续保持拘泥、封闭，焦躁地在文学里寻找可以贴在额头上的真理？夏皮罗喜欢她，因为他可以在她身上下功夫。其他人会试着理解她吗？还是她会理解她自己？她并不乏味，她是极少数自然天成的平庸的人之一。她一直都会很有趣。但我不会看到她或其他任何人接下去的发展，突然之间我感到很凄凉。

女生们反应活络，但男生们却暴躁地较起真来。来自阿布达比、很讲逻辑的法里德宣称他"没学到任何新的东西"，这在我听来相当不可能。还有看起来像个没血没肉的苦行僧的亚历克斯，他下一周即将和亨利生气地大吵一架——而且极为烦人地让我想起十九岁时的自己——这时用他干巴巴的声音宣布说，《一间自己的房间》"内容不调和，自我沉迷，充满了烦人的想法，对这本书本身的议题有误导作用"。大家受到震惊，沉默下来。原来，他不喜欢伍尔夫在同一个论点里混合女人受压迫的问题以及其在文学上产生的结果，他认为她应该把不同的主题分开。他不喜欢不直接、轻率无常、东西混在一起或者在表面之下搅动。

刺找到了被戳的人。伍尔夫知道永远会有古板的亚历克斯来读她的书。要是她听到了他的话，可能会说他需要一个女人的头脑来丰富他说一不二的天性，拓宽并软化他所做的严苛划分、他非此即彼的脾气。

“她抱怨男人欲壑难填，”他说，“她把这种难以满足的欲望说成坏事，但这种难以满足的欲望创造了英国优雅的大学，带来了这一道文学的洪流。”

说得好，但这并无冲突之处。伍尔夫讽刺地指出，文学的成就有一部分是来自男人的征服欲。先前的女人掌握的是养儿育女而非橡胶贸易，现在的女人没有牛津、剑桥的壮丽学院，只有几间相当寒酸的新学校；她们向来鲜少得到男人所一直享有的高水准教育。伍尔夫把论点放到最基本的层面，借由叙述男性学院里豪华午宴和女性学院里粗陋晚餐的故事来建立对比，从一顿饭的豪华联想到男人学习、旅行、写作的自由，而另一顿饭的粗陋则连接到女人处处受限的生活。在《一间自己的房间》这部艺术品中，论点和比喻、喜剧、逸事混合得天衣无缝，论点的政治脉络和具体呈现该论点的美学表达都到了密不可分的地步。我们其中许多人着了迷，根本没感觉到有政治脉络。伍尔夫对男性小说的过分刚强深表痛惜，呼吁要混合男性与女性的特质——双性的头脑，而莎士比亚是最好的代表，这样才能提供精神土壤来培育小说。她要的是超越性别门户之见的面面俱到和带着同情心的观察力。到“演讲”结束时，我们已对主题有了完整的观点。读者说：“这里有一个女人在写作。她现在所做的正是她所呼吁的事情。”

判断的议题：“最大的解脱”

这个把一切都植根于金钱和食物的作家，要是看到当代学术理论话语怎么能不大动肝火？那个话语完全排除了她为女人建立起的理想。跟着伍尔夫的脚步走，因为我们来到事情的中心了。第一步：就像在《到灯塔去》当中一样，伍尔夫在《一间自己的房间》里抱怨道，男人征服一切的欲望，持续向女人要求支持和崇敬以及自我压抑。男人虽然横行霸道，或许也有他们的用处，却是有眼无珠、缺少情趣，他们逼得女人发狂大怒。但伍尔夫虚构的“玛丽·培顿”（也就是伍尔夫自己）运气很好；玛丽·培顿的姨妈给她留下了一年五百英镑的遗产。这让她有自由去做一些非比寻常的事。

> 我不需要恨任何男人，他伤害不了我。我不需要讨好任何男人，他什么也给不了我。于是不知不觉中，我发现自己对人类当中的那一半有了新的态度。责怪任何阶级或性别的人是荒谬的。有一大堆人永远不能对他们所做的事负责任。他们是被不受他们控制的本能所驱使。那些大家长、那些教授，他们也有没完没了的困难和可怕的不利之处要对抗。在某一个层面上，他们所受的教育和我所受的教育一样有缺失，将他们的缺点发扬光大。没错，他们有钱、有权，但付出的代价却是必须在胸中养着一只老鹰、一只秃鹫，永远在抓心挠肝——占有的本能、攫取的强烈念头，让他们永远欲求别人的田地和财货；让他们想要划分疆界、树立旗帜；战舰和毒气；付出他们自己和他们孩子的性命。走过海军大将拱门（我已经走到了这个遗迹之处）或任何其他供奉着胜利纪念品和

> 大炮的大道，想一想那里赞扬的是什么样的光荣。或者在春日的阳光下看着股票经纪人和伟大的律师走进屋里去大赚其钱，但事实上一年五百镑就足以让人在阳光底下生活了。我想,这些本能养起来一定是不愉快的。它们是生活条件的产物，也是缺乏文明的产物，我一边看着剑桥公爵的雕像一边这么想，尤其是看着他高耸的帽子上的羽毛，以往向来很少这样专注地看。在我理解到这些不利之处的时候，恐惧和憎恨或多或少便缓和下来，变成怜悯和容忍；然后过了一两年，怜悯和容忍也消失了，出现的是最大的解脱，那就是能自由地思索事物本身。比方说，那栋建筑，我喜不喜欢？那幅画美不美？依我看来，那本书是好是坏？我姨妈的遗产确实为我揭去了天空的面纱，用开阔的天空视野取代了某个绅士高大压迫的身形，那是弥尔顿建议我要永恒崇拜的。

现在是第二步。看看接近结尾的那段话：最大的解脱……就是能自由地思索事物本身。换言之，看见事物本来的样子，没有愤怒或意识形态，没有对男人的恐惧，甚至不用提起男人。尤其要这样去看、去评断艺术品，伍尔夫在这本小书里花了很多篇幅这么做。

但这“自由地思索事物本身”不正是学院左派称之为虚幻而不可能的自由吗？似乎没有东西的本身能被看到或思想。他们告诉我们，所有的判断、所有的知觉，都受到你的身份认同的制约，比方说，被种族、性别或阶级所制约，被客观性的幻象和主观性的陷阱所制约，尤其是被堆积的语言模式所制约，那必然控制了你大部分的思维，而且尽管它看似无辜，却代表了长久以来的权力塑造。

这些都很有启发性，但面对伍尔夫思索事物本身的无与伦比的力量，这些都必须臣服。这样的欲望和做法有一个名字叫“公平无私”，表示这个状况下你没有个人的得失、没有金钱或意识形态上的利益是取决于某一项诉求的结果。伍尔夫相信这不但是可能的，更是必需的。在《一间自己的房间》里，她思索了许多书，尤其是女人所写的书；换言之，她很坚定地评断这些书，没有去想作者所受的苦难也许可以作为文字缺陷的借口。她认为是女人所受的压抑产生了那些糟糕的文字。这些女人因为愤怒而迷失；应该着力虚构情境的时候，她们却在发表演说。

因此历史存在，压抑发挥效力，扭曲了人。这些作者有力量、有天分，但她们并没有成功。伍尔夫笔触极为温柔地写到温契尔斯夫人以及疯癫的纽卡索公爵夫人玛格丽特。这位玛格丽特“疯癫而充满狂想”，虽然曾有极高天赋，却遭人嘲笑受尽白眼，直到她把自己锁在家里闭门不出；也写到我们熟悉的夏洛蒂·勃朗特（Charlotte Bronte），她力道十足的小说《简·爱》（*Jane Eyre*）和《维莱特》（*Villette*）含有“一种受到压迫而造成的尖刻，一种受到掩埋的苦难在热情后面闷烧，这种积怨使得这些书虽然精彩，却带着痛苦的痉挛”。这些女人都没有去“思索事物本身”的自由。

伍尔夫以无男性化的方式阅读、评断、建立标准。简·奥斯汀、艾米莉·勃朗特（Emily Bronte），还有乔治·艾略特是伟大的作家；其他的人虽然也写得很好，肯定也很值得一读，但却有其局限，通常是受到她们的愤怒所限。

于是，在这对解放的要求当中，在这热切为女人发言的波涛汹涌之中，伍尔夫不只肯定了传统经典的地位，更明言立场坚定的文学评断是绝对需要的。我想不出还有什么知性的诚实能表达得比这更为激动人心。

伍尔夫说女人需要金钱、空间与自由，现在我们称之为“赋予力量”（empowerment）。大学里的学者和评论家已经对先前受到忽视的作家进行了赋予力量的行动——女性作家、黑人作家、殖民地作家，或作品属于“低等”文学类型的作家。他们读了这些作家。他们从图书馆和积满灰尘的阁楼挖掘出了许多作品，包括奴隶的叙事文字、日记、非洲或加勒比海殖民地人民的小说和诗。他们研究了 18 世纪爱尔兰或美国女性的小说，以及通俗类型，如西部小说、哥特式浪漫小说、侦探小说等。他们编纂了新的选集，收录了被遗忘的作品或者比方说重要女性作家的次要作品，因为那些作品刻画了女人生命中受到蔑视的问题或经验。这些正是学者所应该做的。

但下一步，也就是伍尔夫所展现出来令人屏息的知性诚实——衡量、判断、定位、说出作家所受到的压迫，不只可能增强也可能伤害到其作品的力量——这却常常被学者–评论家忽视。相反地，我们听到他们常常反转了“标准”，摒弃了文化的“古老叙事”，整个地抛开了判断，仿佛那是一种有人作弊的游戏。

我对伍尔夫迟来的“发现”是由于女性主义学者迫使经典书目扩充了范围，对此我很感激。经典书目并不是永远都固定、无法动摇的。经典会不时地打开大门开放的。当然，数以百计的比较次要的作家的作品仍然十分值得阅读。但我仍然深信对伟大有一套定义的标准是必要的，不管这样的判断可能伤害到多少先前没有权力的人。伟大的文学就像阳光：我们从中得到无尽的乐趣，我们从中得到力量。在哥伦比亚书单这样武断的选择中所出现的书，不是由阶级利益所操纵的，而是累积了多少世纪以来成千上万读者的明辨，正像伍尔夫在这本小书里所做的一样。攻击经典的评论家把他们自己的事业发展和文学史混淆了，让人对判断整个抱持愤世嫉俗的态度，最后可能毁了文学，因为如果他们最虚无的假定能站得住脚，文学只会剩下指控这项或那项不公之事、争夺这块或那块地盘、宣称这样或那样东西是权力塑造。在某一种程度上，这已经发生了。

而目的又何在？难道有人真心相信，只要我们忽略伟大的书，而去读写得很差的或二三流的书，美国的社会就会有正义吗？（读伟大的书也办不到这一点，但至少这样我们不会搞不清楚自己在做什么。）伍尔夫要求女人拥有权利和权力，甚至推翻父权，因为她认为此一体制会不可避免地导致法西斯主义和战争。但她并未寻求推翻文学标准，而是肯定了文学标准。现在，经过起初的抗拒之后，人文学者对什么是伟大文学的古老观念已经变宽了，接受了伍尔夫。这观念还会再度变宽，去接受其他的作家，包括近来大学内学者在鼓吹的一些作家。但若不依照过去的伟大作品设立批评标准，若不设立审美标准，只要求越来越复杂的乐趣标准，学界人士只是在玩欺诈，而且他们心里一定也知道这一点。要是没有事业发展的动机，人们是不会去读无聊的作品的。乐趣永远不会说谎，虽然乐趣是需要培养的，复杂的乐趣更需要最伟大的培养：教育。

* * *

玛莉娜·凡·佐伦教授——她让大学生知道从文学中获取乐趣是可以的，她在最后几节课里激动地谈着伍尔夫。她有深色皮肤和美丽的深色眼睛，声音既有学校老师的架势又活力四射，当她跟男生女生讲话的时候，让他们感觉她很亲切。

“我们这门课从阿喀琉斯的盾牌开始，”她说，“你们记得阿喀琉斯的盾牌吗？”这次我记得了，我记得当阿喀琉斯回到战场上的时候，工艺之神兼火神赫菲斯托斯为他打造了新的盔甲，还有一面光辉灿烂的盾牌，“在盾牌上面他发挥技术巧艺描绘了许多事物”，包括星辰和地球、一个既和平又正在交战的城市，还有农业、牲畜，以及舞蹈庆祝的场景。“战争，和平，生命，死亡，”凡·佐伦说，“荷马整首史诗里的现实浓缩到了一小块空间里。这里引发了一种认识——这首史诗再度以艺术品的形式重现了。”

然而，她说，在《到灯塔去》中没有这种单一的可辨认的现实，只有莉莉·布里斯科画布上一道道的光影和实质。某种稍纵即逝的东西。“在现代，我们无法把生命想成一首可以对其做出清楚判断的史诗。如果你要找客观性、找历史，在伍尔夫的作品里是找不到的。你找到的是其他的东西。”

她指出书的最后一节中的一个段落，写到仍然在世的拉姆齐家人朝着灯塔而去，画画的莉莉坐在草地上看他们，想到拉姆齐太太能“解决事情”，把人们聚在一起；她创造出的时刻能停驻在脑海中，“几乎像艺术品一样地影响人”。

> “像艺术品一样。”她重复了一遍，眼光从画布转到客厅的台阶，再转回来。她必须休息一下。她休息着，心不在焉地从这样东西看到那样东西，那个在灵魂的天空里恒常徘徊的老问题便来到她头上，停住，阴影笼罩了她。那个广袤、笼统的问题总是善于在她放松本来紧绷的感官知觉的时候巨细靡遗地现身，就像现在。生命的意义是什么？就这样——

> 一个简单的问题；这问题通常随着年纪增长更加迫切。伟大的揭示从来不曾出现。也许伟大的揭示根本就不会出现。出现的是小小的日常奇迹、启发，像黑暗中意外点燃的火柴；这里就有一个，这个，那个，还有另外一个；她自己和查尔斯·谭斯理（之前两人吵过架）和长驱直入的浪潮；拉姆齐太太把他们带到一起；拉姆齐太太说，“生命在此静止”；拉姆齐太太让刹那变得永恒（就像莉莉自己在另一个领域当中也想把刹那变成永恒）——这有着揭示的意味。在混乱之中有着形状，这种永远的流动和经历（她看着云朵来去、叶子摇动）打进了感受之中。生命在此静止，拉姆齐太太说。“拉姆齐太太！拉姆齐太太！”她重复。她完全得益于拉姆齐太太。

“拉姆齐太太能够创造精彩时刻，”凡·佐伦说，把学生拉得更近，“于是当拉姆齐太太死去，你的一部分也死去了。但通过艺术可以重新唤回生命。你的一部分就像死去的祖父母一样永远失去了，但那是可以重新唤回的。在艺术中，可以重新唤回它。”

于是问题有了答案。拉姆齐太太小小的精彩时刻存活了下来。这就够了。

为什么要读文学？我把这一年像电影一样在脑海里放映一遍

我跟伍尔夫一样，无法“达成结论”，因为西方经典并非只有单一的意义。没有一条单独意义的脉络，没有“永恒的真理”，至少不是威廉·贝内特和林恩·切尼认为他们察觉到的那种。西方经典彼此之间在交战，有的只是阅读的经验，以及此经验带来的许多震惊、安慰与小小的事实。我回想我自己的经验，在这漫长、忙碌、抱着沙发度过的一年当中，我专注、倾听、思绪漫游。我要试着把这一年在我脑海里放映一遍，仿佛这是一部我需要描述及批评的电影。我从感觉杂乱无章开始，觉得我偏离了正途，进入没有界限、没有定义的媒体迷雾中，觉得除了看过一万部电影，在我身上什么也不曾发生过。于是，我重新开始读荷马，因为不记得他而惊慌，他的暴力、那支插在跳动的心脏上颤动的矛使我震撼，他的冷酷无情使我震惊，荷马既赋予战争和死亡一种有血有肉的壮观，又让人感到悲伤而放松，感到他离我们很远很远；我记得学生们让我觉得厌烦，因为他们念出书中文字的时候没有声调可言，因为他们没有故事可说，而我也生我自己的气，因为我也没有故事可说，没有故事可以告诉下一代。我想到柏拉图，想到那些监护者所受的严格受限的教育，想到与此形成鲜明对比的，则是我们希望现代人文教育让孩子经验所有东西，给他们善的知识，也给他们恶的知识，还想到我担心能把自己的文化的哪一部分传给我的儿子们。

夏皮罗班上的瑞蓓卡曾扭着双手，因为俄狄浦斯的遭遇不公平、文学不公平；她还不懂命运并不只是像众神的游戏一样武断地强加在你身上的东西，而是面对生命中非理性、无法说明理解的事情时你自己的本质和性格，因此像俄狄浦斯那样的成功甚或较之渺小许多的自我成功，也会让你盲目，切断你的自知之明。我的际遇是做一个观者，做一个影评人，因此《酒神的女信徒》对我脱离现实人生做出惩罚，在那出戏中年轻的国王想要观看山丘上的狂欢，却被拉出藏身之处撕成碎片，而我反击，为观者说话，因为观者自己也必须在黑暗中经历挣扎，去知道、了解、选择、研究。

读《旧约》时，权力和上帝使我惊迷困惑，约伯的困境使我着慌，想象天会塌在我和我家人的头上。但那些虔诚的学生把我从恐惧和软弱中救了出来，他们正确地看出《约伯记》是在召唤勇气而非自怜。我爱上了耶稣，我的耶稣，不管他还有什么其他的意义，他是文学中最聪明的男人，机智万分，但我生起气来，因为我不了解那些寓言故事，而且知道由于我是犹太人，我本来就不应该了解；于是我幻想着自己拼命挣扎着被拉过一条长长的走廊，那是历史和犹太人所受压迫的走廊，然后泰勒对《新约》的时间观念所做的阐释拯救了我，那个观念已经胜利地重整了西方的秩序，而犹太人是西方重要的一部分。我也了解到，如果你有办法过好自己的生活，去反抗历史就是疯狂的行为。

圣保罗引进了对身体的恐惧，奥古斯丁则告诉我们说我们是分裂的，真正的我们和我们想成为的东西并不一致，精神希望去爱上帝，但不受控制的肉体却自顾自地开启欲望；因为当初我们不服从，于是受到的惩罚便是肉体也反叛我们，而但丁在他设计得相当精彩的 contrapasso（即刑罚适合其所犯的罪）中极为残忍地惩罚了这种分裂，于是我和学生一起反抗，拒绝去了解他，尽管夏皮罗班上的弗朗西丝卡用沉稳的声音在课堂上念但丁的时候我受到相当大的触动。这种分裂首先由薄伽丘来愈合，他相信性冲动本身并不低下，而且更能促成行动和叙事；接着是玛莉娜·凡·佐伦教授，她赞成文学的乐趣；然后是蒙田，在他笔下身体是好的，身体是生命，身体里的一切都没有高低之分，而我想要去偷伟大的蒙田的东西。

一直以来，我为了美国公民秩序的恶化而忧心，导致此一现象的原因包括犯罪、资本主义（我信服这个系统）诱发的贪婪的特质、媒体（我也身为其中一分子）对文化所做的攻击，以及自由主义无法解决的长期的灾难，如贫穷和下层阶级问题；霍布斯加深了我的恐惧，让我记起了在42街靠近雷辛顿的地铁出口处，两个抢匪曾在楼梯顶端拿着左轮枪顶住我胸口。洛克提供了现代自由国家中权利的基础观念，但除了这些权利和共通的私心，并未提出别的东西来维系国家。洛克迫使我去想我欠了那些抢匪什么（一个鼓励工作的社会）以及他们欠了我什么（我的自由），然后我想了又想，现代的资产阶级其实并不怎么算是公民，不是卢梭想要的那种公民，大革命之前的法国精神腐败使他厌恶，于是他要求人们热切、自然并完整地参与到集体意志中。

我把自己暴露在大于、强于我的生命，同时也映照出我的生命的东西之前，于是那些书唤回了我已经遗忘或害怕面对的东西，也因此我知道我以奥古斯丁所说的我们全都犯罪的那种方式犯了罪，知道在我那精神错乱而需要亲情的母亲的晚年，我没有好好服侍她，不像弄臣对李尔王服侍得那么好；因为她需要的不是讲理，而是爱。我把注意力放在她需求的道德意义而非个人需要上，忽略了我身为务实的美国人的本能，这些本能也让我拒绝了康德从理性自由运作和纯粹意志中得出的法则，因为那种道德运作起来并无实际的成效。我相信的是休谟的观念，即道德有着社会标准，史蒂芬森教授也一再解释这绝不是相对主义，而是适用于所有社会的一种行为准则的起点。康德的文字像是一张建筑草图，却没有画上房间之间的通道，让我又跌回学年之初我无法专心阅读时的痛苦之中，我变得像一辆开上山的卡车，常常滑下来，在比较低的地方重新开始爬坡。读黑格尔的时候，我努力改变自己的习惯，放弃讽刺和白日梦，最后终于听到了黑格尔充满狂想和热情的讲课声，他的观念让我很激动，因为他告诉我历史是有意义的、显性的，在扩展自由之中有西方的道德命运。年轻的马克思纠正对黑格尔的误解，他知道工业时代的人被异化了，但不是异化在精神之外，而是异化在他自己的劳动之外，而我知道马克思预言的事情虽然没有发生，他却说中了我们国家里的一些事情，年轻人应该读他的作品。穆勒脑中存着马克思的观念，英勇地说我们有责任去面对与我们意见完全相反的观点——比方说像尼采的观点，尼采对犹太–基督教的道德传统很不屑，也轻视怜悯，让我头晕目眩，不理会我们社会中所有自称受害者的人。但我脱离了那种心态。

我接近了一个转折点，在课堂上说的话越来越多，甚至和老师竞争起来。夏皮罗教授感觉到了我的需要，或者是狡黠地设计陷害了我，总之他让我教简·奥斯汀，而由于简在我自己的文学教育中占有非常重要的地位，我就认定她对夏皮罗班上的大一学生也很重要。但我却想把自己的观点强加于人，在失败之余，我发现了真正的讽刺；当我和夏皮罗一起走回教室的时候，我知道要建立对乐趣的理解必须从头开始，尤其是复杂的乐趣。但我仍然发觉欲望开始显现，意识到我年轻时的脾气秉性，在我继续阅读的时候，几乎是不知不觉偷偷溜进了现在的自我当中，让自己以一个评论者的身份脱离中立，对学院左派感到愤怒，因为他们把对社会上不平等的愤怒和他们的事业前途变成了对西方经典的攻击，似乎艺术应该为美国社会的问题负责。夜里的尖声大叫和述说挫败故事的女人让我吃惊，我觉得我看到了大学生的“性之情感”在衰退，于是我去读女性主义文本，看看我能学到什么。我读到了美妙的波伏瓦和满口指控的麦金农，渴望重新创造感情的私人剧场，然后如释重负地在伍尔夫当中找到了。

“我会想念你们的，”泰勒在课的最后说，留给学生他最喜欢的指令，“凡事要三思。”

这就是“古老的叙事”。就是“霸权话语”。老天爷，霸权话语！

一系列的挑战、反转、颠覆。你就像在游乐园里玩耍的小孩一样被甩来荡去。如果这是霸权，那我不会推荐心脏不够强的人来尝试。这对我来说是一种个人的强烈启示，对我的自满加以电击，但事实上，到最后我变得更强大了。不是像批评经典的人所说的那种社会性的赋予力量，而是在个人的层面上变得更强大。我跟随着乐趣的脚步，恢复了记忆，恢复了很大一部分自我。因为你若以个人的冒险方式去经历文学的西方传统，它会质疑一切，也肯定一切，会蜕皮，会更新。到最后，就像泰勒所说的，你会得到一些东西，你会找到自我。

自我？当代学院派已经把自我判定为一种神话，就像客观性、无私、真理，甚至理性一样。根据后现代主义的理论，自我被当代生活弄得七零八落，融入了冲突的视角，由语言独力建构而成。关于进步、革命，以及救赎的宏大叙事已经瓦解，自我没有立足之地。在我开始读荷马的时候并不知道这些术语，但我可能也感觉到了一些这样的凄凉。

但这一年结束之后，我不再感到凄凉。自我也许是一个神话，但它就像上帝和客观性一样，是我们生活中不能没有的神话。我们必须像它存在一样来采取行动。努力追求自我的行动使我们变得高贵；而就如索尔·贝娄所言，要是没有了它，杀人对我们来说会变得更加轻易。

当我在脑海里放映完了这一年的冒险，我终于了解伍尔夫的文字究竟为什么一直在我心头萦绕不去：她把心智的运作和教育的运作当成是平行的东西来呈现。当你无法保留住任何具有极端意识的时刻——就像我无法保持住我童年在空房间中对死亡的探索，或我大一时读到的《伊利亚特》，那个时刻便会漂到底层去，像一个被埋住的典故，像一种标准的检查，像土壤中的养分。之后它会浮现，或者其他的东西会从它当中浮现。在伍尔夫的文字里，它在咏叹调似的长长段落中浮现（一般习称的“意识流”这个名字似乎不够戏剧化），许多愤怒、温暖、吸引、反感的时刻都活了过来，借由联想融合在一起，放在浓厚的精神空气中，进行激烈而无声的对话，勾起人的种种情绪。伍尔夫将注意、遗忘、整理、取出的习惯戏剧化了。她写到特殊的时刻，也写到存留下来的东西——她的感受，那种质地丰富的心智敏捷使人伟大。

教育也是这样。青少年时代读的东西，我们会忘记；书中特定的材料和我们当下所关心的事物无关，于是像沉淀物一样沉落。存留下来的不是那些书为我们所提供的某种准备，不是正式的知识，而是我们早先努力去读去了解时所留下来的痕迹，可以称之为品味、脾气、判断，什么都可以。“很奇特的是，”纳博科夫写道，“我们无法‘读’一本书，我们只能重读。”纳博科夫的话说得没错（也说得很聪明），只要我们永远不忘记是那沉淀的初次阅读让重读有可能发生。也因此，班上有人没“搞懂”《俄狄浦斯王》或《安提戈涅》或但丁，或我二十岁的时候没搞懂伍尔夫，这都没关系。重要的是我读过了她，然后，在那条乐趣的链条的更远处，我起身来重新读了一遍伍尔夫。

尾声

在学校里待了一年之后，我知道左派和右派的文化理论家大部分都在胡言乱语。这两个团体都简化、丑化了西方传统。他们忽视了其中难缠的地方和书本的困难；他们忽视了大部分被剥夺了权利的真正的学生们。不管是白人、黑人、亚裔或拉丁裔，美国学生上大学之际很少有阅读的习惯，也就是说，他们绝大多数人的历史知识只是浮光掠影。说除了统治阶级精英或白种男人，所有的人都受到经典西方文本的主导而难以言表自身文化，这种学院左派的说法是荒谬的。对于据称是白种人的知识传统，白人学生不会比黑人或拉丁裔学生多知道多少。他们没读过那些书，真正读到的时候他们很有反应，但不是像学院左派所认为的那种反应。因为美国大学生生活里只有一个“霸权话语”，那就是大众传播。这道影像和声音的洪流让人只关注当下，除当下以外的所有时刻看起来都陈旧无聊、无精打采甚至死气沉沉，大部分的高中根本无从与之竞争。

我在 1969 年开始写影评的时候，可以假设我的读者对传统的精致文化有一定的尊敬（也许是未经深究的尊敬），与这一文化相对，切身贴近的流行文化则既能够吓人一跳，又带着解放的力量，迎头痛击了怯懦的、课堂式的虔敬，以及自满心理。我自己之所以会开始写影评，就是为60年代末70年代初一些电影佳作的大胆精神所吸引，同时也是因为影评写作并无强烈的学术传统。但现在我唯一能假定的事就是，已经没剩下多少传统文化可以攻击了。情况已经逆转：电影式微了；流行文化变成了人云亦云、自满自得的场域，而传统的精致文化因为奇特、困难，让学生觉得很怪异，甚至会震惊。

因此，批评经典和核心课程的学院左派人士犯了个相当喜剧性的错误，他们急于赋予权力给少数族裔学生及女性；他们要让白种男性学生认知到“他者”——那些据称在经典之下噤声的声音。但现在强迫学生去面对他者的，正是阅读经典这样的经验。当他们读到荷马笔下无情的战士和视死为荣誉的女人如安提戈涅与狄多，不只白种男性，而是所有的学生都面对了他者。当他们读到柏拉图所坚持的那种教育，其中抽离了所有对邪恶或软弱的呈现，他们便面对了他者；而当他们读到亚里士多德的理想，认为公民的职责在于参与政府，他们也面对了他者。但丁笔下酷刑的切身逼真可能会让学生们惊骇，薄伽丘书中女人的性主动也可能会让他们有另一种不同的惊骇。这些书的风格、态度、思想虽都已离我们远去，但已经固化在我们的语言、体制、理想和习惯当中，成了我们的一部分。

* * *

在哥伦比亚大学，人文主义者在20世纪30年代末设立了文学人文课，急于在一个移民人口越来越多的国家里保存白种男性基督教欧洲的文化。我想，这些人可能符合文化左派所谓的霸权主义者的标准。但历史改变了文学人文课（以及当代文明课）。第二次世界大战后，教这门课程的是浸淫于现代主义经典作品（康拉德、叶芝、艾略特、乔伊斯、伍尔夫、卡夫卡）中的知识分子，对极权主义以及战争带来的灾难记忆犹新。这些老师将一种特别的意识带进他们的工作：他们用现代主义的方式教现代主义之前的经典作品，强调内部不和谐与冲突的成分、更黑暗的讽刺，以及书与书之间相左的观点。他们看到了对社群的威胁，看到了毁灭人类社会的离心力。现在教这些书的方式（这一点在大部分的大学里应该都是如此）确保我们不会在其中只找到单一、一致的意义。现在重读西方经典，我不惊讶于我对它们的喜爱，但却惊讶于它们的本质。与其说这些书是一支征讨的军队，倒不如说它们是一群无法驯服的野兽，互相打斗，也和读者打斗。学生读了这些书，便是接受了强健的伦理教育，接受了提振人心的心智习惯，其中包括怀疑论和自我批评。也许他们也会受到推动，去主张和相信一些事物，但他们不会被推动去接受某一种特定的教条，唯一的例外也许是西方教育是一种很有用的经验这一观念，因为它同时打开了很多扇门。简言之，原先企图对西方所做的“霸权”赞颂，变成了对西方持续的质疑（同时也有赞颂）。

凡事要三思！泰勒教授说。我想对左派人士说，在 20 世纪 90 年代读经典作品不太可能让人变成沙文主义者或帝国主义者。左派应该停止对精英主义做出错误的陈述，停止把文学的高下之分和社会阶级混淆在一起。这两者之间的纠缠必须解开。如同已故的欧文 · 萧喜欢说的：相信某些书和某些传统比另一些更有价值，并不是认同美国社会里的不平等。文学上的判断可能代表了阶级偏见，但如果说它只代表阶级偏见，那么就太天真或太不诚实了。否认美感经验的力量，或者否认不偏不倚的判断是有可能的人，可能自有他们愤世嫉俗或投机的理由。

至于对右派人士，我想说，不管伟大的作品在塑造国家公民的道德人格方面多么具有教育意义，人们在初次接触这些书的时候，更可能会在其中找到独特而属于个人的意义。首先是个人的思索，形成自我。一个好老师会开启学生通过最复杂的乐趣来认识自我、通过对社会之建立原则的基本分析来认识社会的过程，这个过程是一辈子的事。我同意威廉·贝内特等传统主义者做如下表述：要在一个现在深为恐惧和不信任所苦的共和国里重新发展道德和社群，这个令人却步的任务若由受过西方传统教育的男女来尝试，可能比较有成功的机会。这些或任何同样具有代表性的书，最为有力地告诉我们人可以怎样活。它们戏剧化地呈现了我们当中任何一人所能爱、所能承受的苦难、所能接受的知识的最大限度。它们对文明生活的可能性提供了最直接的再现，也显现出文明生活解体后会有什么灾难。学生们阅读、讨论这些书，便是开始了重新获得的过程。他们扫去了媒体带来的二手资讯迷雾。

这是一个费力而痛苦的经验。我一边按着自己的脉搏，一边看着学生们挣扎、失败，然后成功，我得到了一个令我自己惊讶的结论：核心课程震动了那么多学生的思维习性，违反了那么多当代的信条，挑战了那么多种形式的懒惰，以至于它们不但一点也不保守，反而是大学部课程里最激进的科目。

* * *

有关核心课程存废的问题仍然存在。许多非裔美籍学生喜欢核心课程,或至少不甘愿地对之表示同意。我访问过许多学生,也参加了对核心课程提出怨言的会议,而虽然许多非裔美籍学生希望更好地把握这些书的历史脉络(比方说,埃及在希腊文化的形成中扮演了什么样的角色),很少有人要另选一批文本。但一整年我都无法忘却那个因为人家要她听莫扎特而大怒的黑人学生,以及其他坚持认为这些课程有种族歧视,且选书盲目,让他们自卑的少数族裔学生。

我听着这些学生的怨言,不能不注意到他们所用的词句:他们说,西方在正义和平等上是失败了。他们运用了西方的词汇和价值来攻击西方没有达成它自己的高标准。他们用可能是从那些书里学到的词句来反对这些课程。我也不能不注意到另一件事:他们知道一个伟大的文化在欧洲蓬勃发展过,美国继承了一部分,也部分受到它的塑造。他们或许把那个文化看成敌人,但并非对之漠不关心。他们衡量过它,知道它的力量所在。光是这种知识,就已经让他们成为美国人中的少数。

我要冒着跟他们唱反调的危险,说我得到的印象是他们作为非裔美国人的身份认同丝毫没有受到伤害或缩减。自觉卑下的人不太可能会在公开集会上挺身而出,质疑体制的政策(败者保持沉默)。这些学生离开大学之后,会融合他们所知道和所奋战对抗的东西;他们会用知识和抗拒来达成他们的目标,不是白人的目标,而是他们的目标;这个经验比较可能强化他们作为非裔美国人的身份认同。

如果他们拒绝把西方文化的经典看成是"共通"的遗产,但能把这些书用来当作资源和工具,这在我看来就很能算是对"西方"效忠了。西方文化的伟大之处在于任何美国人都可以立足其上,或立足在它的一小部分上。在这个国家,我们各取所需,融入自己的志向。除了偏执狂和头脑简单的人，这里没有人会要求纯粹；没有人能合理指控别人是文化“杂种”，因为所有的人都真的是“杂种”。但在教育的最后，从影响和认同的交会中会产生出一种既有弹性也有力量的东西，带着叛逆的自由立足于世界，没有其他现代文化能与之匹敌。

因为游戏肯定已经改变了。过去在美国，我们的流通管道有严重的问题:谁写,谁读,谁排版,谁出版？对于马克思称为“文化生产手段”的东西,少数族裔和女性的支配力在过去严重受限。但现在没有人能说，女人被排除在教育之外，而黑人之所以无法受教育，是因为他们很穷，因而受困于贫穷所造成的两难问题和气馁丧志。权力和无权力、富人和穷人的不平等，对于非裔美国人仍是问题，而白人的文化支配优势则不是问题。非裔美国人现在有丰富的机会利用报章杂志、媒体、博物馆、美术馆、录音室。从老一代“白人”文化里吸收的东西，会重新变成他们自己的东西，而且不会受其伤害。煽动家和有野心的学术界人士把过去的文化变成了地盘之争，他们是在玩声东击西的游戏，转移人们对政治和经济问题的注意力，而这些问题唯有靠研究、赚钱、投票、组织，以及取得权力才能解决。这些活动当中除了第一项，其他的都不能在英文系或黑人研究系里完成。课程的辩论不是茶壶里的风暴，而是风暴里的茶壶。暴风雨在大学之外仍然肆虐。

通过文化可以实现的，是我们任何人有能力获得的最大范围的乐趣、精神与理性力量。西方经典的课程迫使我们问出关于自我和社会的问题，这些问题我们已经不再能毫不困窘地面对了——我们被媒体训练出的讽刺习惯已经骗得我们不再问这些问题。为了要问出这些问题，学生需要先着迷于那种魔力，然后才能摆脱魔力。他们需要先爱上文本，认真读懂，然后才能攻击文本的言外之意。他们需要先阅读经典，然后就会避免中那电子“资讯”的贫瘠之毒，他们需要有机会先去建立一个自我，然后才不怕别人告诉他们不存在自我。他们需要先尝过强烈的欧洲风味，然后才能成为更好的美国人。惠特曼在《草叶集》（*Leaves of Grass*）里是这么说的：

死去的诗人，哲学家，神职人员，
烈士，艺术家，发明家，久远的政府，
他乡的塑造语言的人，
曾经强大的国家，现在变弱了，退缩了，或荒芜了，
我要先恭敬地赞许过你们留下来在此飘扬的东西之后才敢前进，
我细读过它，景仰过它（在它当中流连了一阵），
想到没有东西能比它更伟大，没有东西能比它更珍贵，
极为用心地注视了它很长一段时间，然后驱散它，
我才能站在我如今所站的这里。
这里有女性和男性的土地，
这里有世界的男女继承人，这里有物质的火焰，
这里有精神性这个女翻译家，是公开坦诚的，
永远留心的，是可见的形式的终曲，
那带来满足的人，在理应如此的长久等待之后向前进，
是的我的灵魂，我的女主人来了。

附录　早期书单

当代文明课书单的性质改变得非常彻底，以至于若把七十或五十年前的课表印出来的话也没什么意思。但文学人文课就不同了，我想把这门课早期的一些书单列出来，或许有助于我们看出品味的某些改变。我选择了初次开设这门课的 1937 年到 1938 年，以及二十五年后的 1961 年到 1962 年，那也正好是我第一次上这门课的时候。

文学人文课 1937—1938 年

第一学期

荷马	《伊利亚特》
希罗多德	《波斯战争》
修昔底德	《伯罗奔尼撒战争史》

埃斯库罗斯	《奥瑞斯提亚》
索福克勒斯	《俄狄浦斯王》《安提戈涅》
欧里庇得斯	《厄勒克特拉》《在奥利斯的伊菲革涅亚》
阿里斯托芬	《云》《普路托斯》
柏拉图	《伊安篇》《申辩篇》《理想国》
亚里士多德	《诗学》《伦理学》
卢克莱修	《物性论》
奥勒留	《沉思录》
维吉尔	《埃涅阿斯纪》
奥古斯丁	《忏悔录》

第二学期

但丁	《地狱》
马基雅维利	《君主论》
拉伯雷	《巨人传》
蒙田	《随笔集》
莎士比亚	《亨利四世》(第一、第二部)
塞万提斯	《堂吉诃德》
弥尔顿	《失乐园》
斯宾诺莎	《伦理学》
莫里哀	《伪君子》《厌世者》《不能自已的医生》
斯威夫特	《格列佛游记》
菲尔丁	《汤姆·琼斯》
卢梭	《忏悔录》
伏尔泰	《老实人》

歌德	《浮士德》(第一部)

文学人文课 1961—1962 年

第一学期

荷马	《伊利亚特》
埃斯库罗斯	《奥瑞斯提亚》《被缚的普罗米修斯》
希罗多德	《波斯战争》
索福克勒斯	《俄狄浦斯王》《安提戈涅》《埃阿斯》《菲罗克忒忒斯》
欧里庇得斯	《希波吕托斯》《美迪亚》《酒神的女信徒》
修昔底德	《伯罗奔尼撒战争史》
阿里斯托芬	《蛙》《吕西斯特拉忒》《云》
柏拉图	《伊安篇》《申辩篇》《斐多》《会饮篇》《理想国》
亚里士多德	《伦理学》《诗学》
卢克莱修	《物性论》
维吉尔	《埃涅阿斯纪》
《圣经》	《创世记》《阿摩司书》《约伯记》

第二学期

《圣经》	《马太福音》《约翰福音》《罗马书》
奥古斯丁	《忏悔录》
但丁	《地狱》
拉伯雷	《巨人传》

蒙田	《随笔集》
莎士比亚	《亨利四世》(第一、第二部)《李尔王》《安东尼与克莉奥佩特拉》《暴风雨》
塞万提斯	《堂吉诃德》
弥尔顿	《失乐园》
斯宾诺莎	《伦理学》
莫里哀	《妻子学校》《伪君子》《厌世者》《不能自已的医生》
斯威夫特	《格列佛游记》
伏尔泰	《老实人》
歌德	《浮士德》(第一、第二部)
陀思妥耶夫斯基	《罪与罚》